U0894492

——阅读之前 没有真相

午夜文库

绫辻行人作品集

绫辻行人 Ayatsuji Yukito (1960－)

日本推理文学标志性人物，新本格派掌门和旗手。

绫辻行人一九六〇年十二月二十三日出生于日本京都，毕业于名校京都大学教育系。在校期间加入了推理小说研究社团，社团的其他成员还包括法月纶太郎、我孙子武丸、小野不由美等，而创作了《十二国记》的小野不由美后来成了绫辻行人的妻子。

二十世纪八十年代是日本推理文学的大变革年代。极力主张“复兴本格”的大师岛田庄司曾多次来到京都大学进行演讲和指导，传播自己的创作理念。绫辻行人作为当时推理社团的骨干，深受岛田庄司的影响和启发，不遗余力地投入到新派本格小说的创作当中。

一九八七年，经过岛田庄司的引荐，绫辻行人发表了处女作《十角馆事件》。他的笔名“绫辻行人”是与岛田庄司商讨过后确定下来的，而作品中侦探的名字“岛田洁”来源于岛田庄司和他笔下的名侦探“御手洗洁”。以这部作品的发表为标志，日本推理文学进入了全新的“新本格时代”，而一九八七年也被称为“新本格元年”。

其后，绫辻行人陆续发表“馆系列”作品，截止到二〇一二年已经出版了九部。其中，《钟表馆事件》获得了第四十五届日本推理作家协会奖，《暗黑馆事件》则被誉为“新五大奇书”之一。“馆系列”奠定了绫辻行人宗师级地位，使其成为可以比肩江户川乱步、横沟正史、松本清张和岛田庄司的划时代推理作家。

绫辻行人“馆系列”作品年表

1987 《十角馆事件》

1988 《水车馆事件》

1988 《迷宫馆事件》

1989 《人偶馆事件》

1991 《钟表馆事件》

1992 《黑猫馆事件》

2004 《暗黑馆事件》

2006 《惊吓馆事件》

2012 《奇面馆事件》

绫辻行人作品集⑦

暗黑馆事件（上）

[日]绫辻行人　著
樱庭　译

新　星　出　版　社　NEW STAR PRESS

目录

出版前言

一九八七年，在日本推理文学史上是一个举足轻重的年份。在这一年，绫辻行人的“馆系列”登上舞台，改变了推理文学在这个东瀛岛国的发展方向，而这一改变的影响一直持续到了今天。

在“馆系列”之前，日本推理文学被一种叫作“社会派”的小说统治。这种类型的推理小说属于现实主义作品，淡化了谜团和侦探在故事里的作用，注重揭露人性的丑陋和社会的阴暗，和之前人们熟悉的“福尔摩斯式”推理小说大相径庭。

社会派推理小说的创始者是日本文学宗师松本清张，他在一九五七年出版的小说《点与线》是这类作品的发轫之作。小说诞生于日本经济飞速崛起之后，刻画了繁华背后日本社会隐藏的种种弊端和危机，因此引发了广大读者的强烈共鸣，一举取代了传统的“本格派”推理小说，统治日本文坛长达三十年。

在这段时间里，日本的每一部推理小说均或多或少地带有社会派痕迹；每一位创作者也都不同程度地受到了松本清张的影响。当时评论界有“清张魔咒”这样的说法，其统治力和影响力由此可见一斑。

随着时间的推进，新一代读者迅速成长。这些读者对于日本战后的情况缺乏起码的“感同身受”，导致社会派推理小说的读者群日渐萎缩；加之由于内容过于“写实”，导致作品出现“风俗化”趋势，进一步失去了读者的爱戴。

在八十年代初期，先后有几位创作者进行了尝试，主张推理小说回归本色，重拾“福尔摩斯式”的浪漫主义。其中，最具影响力的莫过于有“推理之神”之称的岛田庄司和他的代表作《占星术杀人魔法》。

八十年代末，在岛田庄司的指引和支持下，京都大学的推理社团高举“复兴本格”的大旗，涌现出一大批推理小说创作者，成为新式推理小说的发源地。这些创作者创作的小说被评论家称为“新本格派”，而其中成就最高、影响力最大的，莫过于绫辻行人和他的“馆系列”。

“馆系列”的灵感来源于绫辻行人的老师岛田庄司的作品《斜屋犯罪》，是当时非常典型的新本格式的“建筑推理”。所谓“建筑推理”，是指故事围绕一座建筑物展开，而这座建筑通常是宏大的、奢华的、病态的、附有某种机关或功能的、现实中绝对不可能存在的。这种超现实主义舞台赋予了谜团全新的生命力，使其更加具有冲击力。这种诞生于二十世纪八十年代的“二十一世纪”的推理，正是新本格派的存在价值和最高追求。值得一提的是，“馆系列”的主人公侦探名叫“岛田洁”。这个名字来自于“岛田庄司”和岛田庄司笔下的名侦探“御手洗洁”，也是绫辻行人以另一种方式在向老师致敬。

发表于一九八七年的《十角馆事件》是“馆系列”的第一部，截止到二〇一二年出版的《奇面馆事件》，这个系列总共出版了九部，并且还在继续创作当中。在这个系列里，绫辻行人运用了本格推理中几乎可以想到的所有手法，将“机关”渗透于故事的设置、陈述、误导、逆转、破解等各个层面。十角馆、水车馆、迷宫馆、人偶馆、钟表馆、黑猫馆、暗黑馆、惊吓馆、奇面馆……绫辻行人的“馆系列”犹如一部部悬疑大片，总能在故事被讲述到“山穷水尽”时，从不可能而又极其合理之处带给阅读者一次又一次震撼。

“馆系列”影响了当时所有从事推理创作的日本作家，直接鼓励了麻耶雄嵩、我孙子武丸、法月纶太郎、歌野晶午等一大批人走上了推理之路，其中也包括绫辻行人的夫人小野不由美。而其后京极夏彦、西泽保彦、森博嗣的出道，也和“馆系列”的启发密不可分，以至于这三位作家被评论界称为“新本格二期”。出道于二〇〇〇年以后的伊坂幸太郎、道尾秀介、东川笃哉、凑佳苗等新人，也都不同程度受到了“馆系列”的熏陶。二〇一二年获得直木大奖的女作家辻村深月更是为了向绫辻行人表达敬意，特意起了“辻村深月”这个笔名。如果说岛田庄司是当时第一个向“清张魔咒”发起挑战的作家，那么绫辻行人就是第一个击碎“清张魔咒”的推理作家。

之前中国内地曾有出版社引进、出版过“馆系列”，但一直没能出全；已出版的几册也因当时出版理念的影响，未能很好地展现这个系列的原貌，甚至出现了删改原版结局的情况。近几年，绫辻行人对“馆系列”做了修订，在日本讲谈社出版了新版，而中国读者还没有机会阅读这个版本，不能不说又是一大遗憾。

作为中国最大、最专业的推理小说出版平台，“午夜文库”经过不懈努力，在日本讲谈社总部及讲谈社北京公司的帮助下，终于有机会出版新版“馆系列”全套作品。“午夜文库”将采用全新译本和装帧，将最新、最完整、最精彩的“馆系列”呈现在读者面前。我们相信，作为已经经过时间验证、升华为经典的“馆系列”，一定会在“午夜文库”中占据重要而独特的位置，散发出永恒的光芒。

新星出版社

“午夜文库”编辑部

作者序言

亲爱的中国读者朋友们：

我以“绫辻行人”这个笔名出版《十角馆事件》一书是在一九八七年的秋天，距今已经超过四分之一个世纪了。自那时起，以“XX馆事件”为题、不断创作“馆系列”长篇小说便成了我的主要工作。到二〇一二年出版的《奇面馆事件》，这个系列已经出版了九部作品。我曾经说过要写出十部“馆系列”作品，距离这一目标也只剩下最后一部了。

在这一时间点，“馆系列”的中文新译版行将推出。旧译版只出到了第七部《暗黑馆事件》，这一次则将出版包括最新的《奇面馆事件》在内的全部作品。

跨越了国与国的界线、语言上的障碍以及文化上的差异，能在中国拥有这么多喜欢自己作品的读者，作为创作者来说，我在备感欣喜的同时，也感到了些许自豪。

“馆系列”作品着眼于“不可解的谜团与理论性的解谜”，属于通常意义上的“本格推理”小说。完成一部作品的方法有很多，除了重视这些着眼点以外，我一以贯之的目的，就是能写出具有“意外结局”的作品。当大家阅读到各个作品的结局时，如果能在“啊”的一声之后感到惊讶，对我来说就十分幸福了。

我听说，中国正不断地涌现志在从事本格推理创作的才俊。以“馆系列”为肇始的绫辻作品，如能对中国的推理创作事业的发展产生激励效果，那将是我无上的荣幸。

从《十角馆事件》到《奇面馆事件》，就请大家好好享受这段阅读“馆系列”九部作品的美好时光吧！

绫辻行人

二〇一三年三月

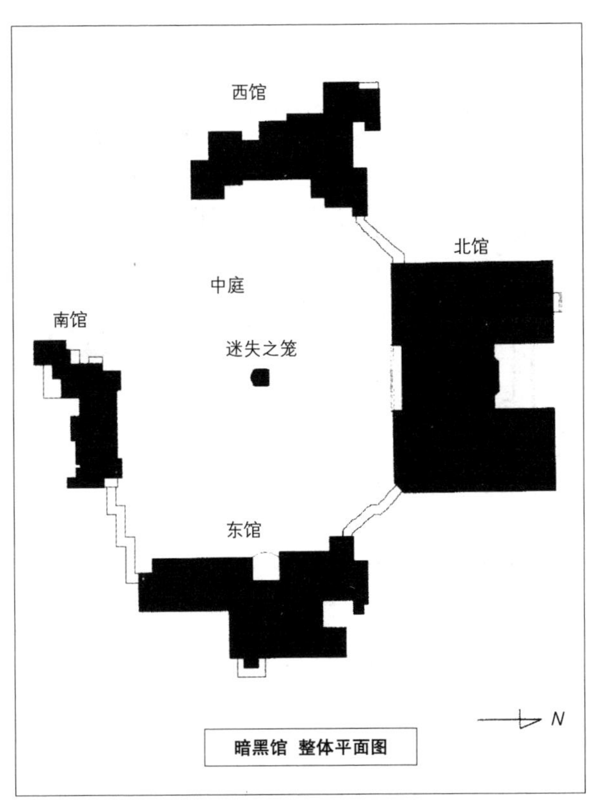

暗黑馆 整体平面图

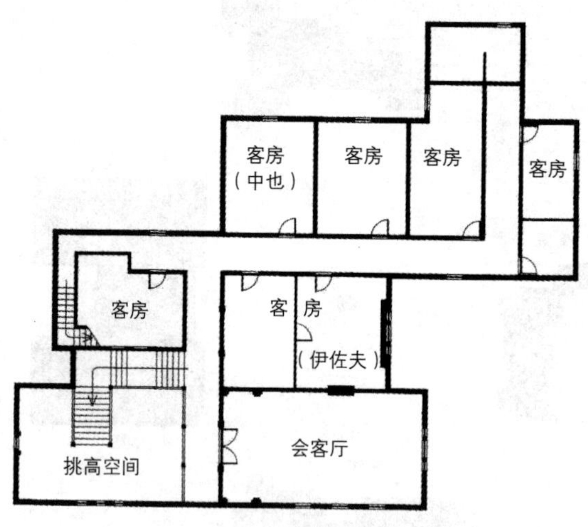

暗黑馆 东馆平面图／二层

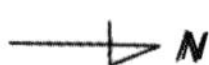

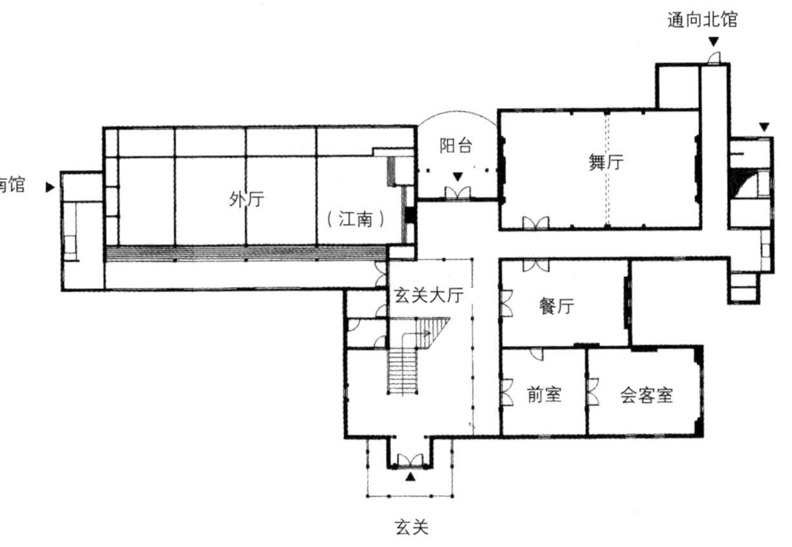

暗黑馆 东馆平面图 / 一层

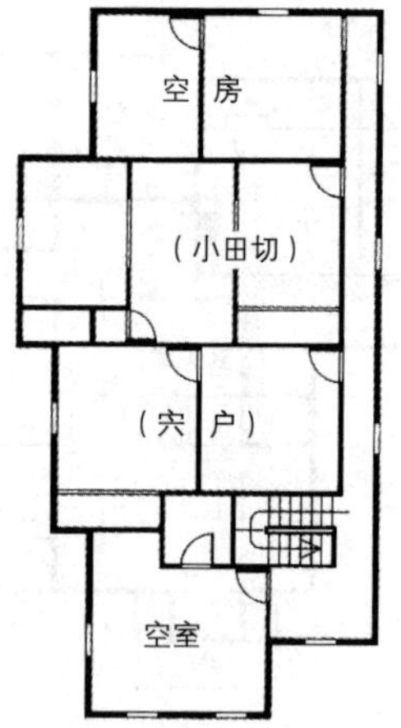

暗黑馆 南馆平面图 / 二层

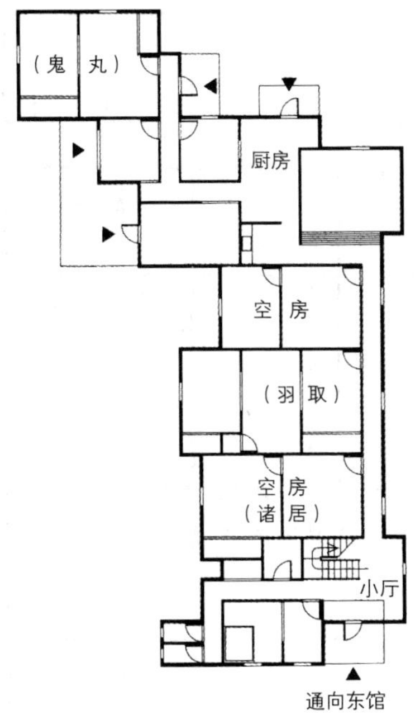

暗黑馆　南馆平面图 / 一层

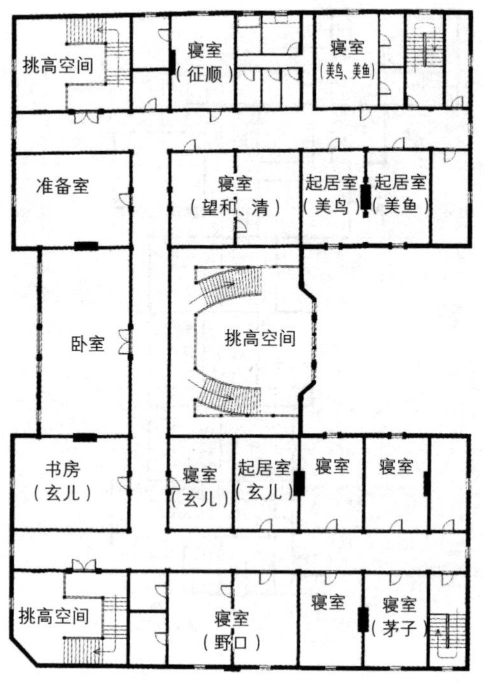

挑高空间
寝室
（征顺）
寝室
（美鸟、美鱼）
准备室
寝室
（望和、清）
起居室
（美鸟）
起居室
（美鱼）
卧室
挑高空间
书房
（玄儿）
寝室
（玄儿）
起居室
（玄儿）
寝室
寝室
挑高空间
寝室
（野口）
寝室
寝室
（茅子）
N

暗黑馆 北馆平面图／二层

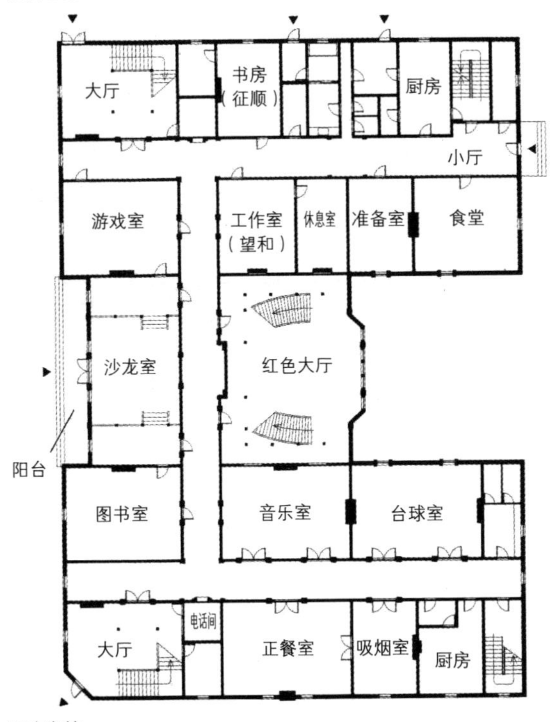

通向西馆
大厅
书房
（征顺）
厨房
小厅
游戏室
工作室
（望和）
休息室
准备室
食堂
沙龙室
红色大厅
阳台
图书室
音乐室
台球室
电话间
大厅
正餐室
吸烟室
厨房
通向东馆
N

暗黑馆　北馆平面图／一层

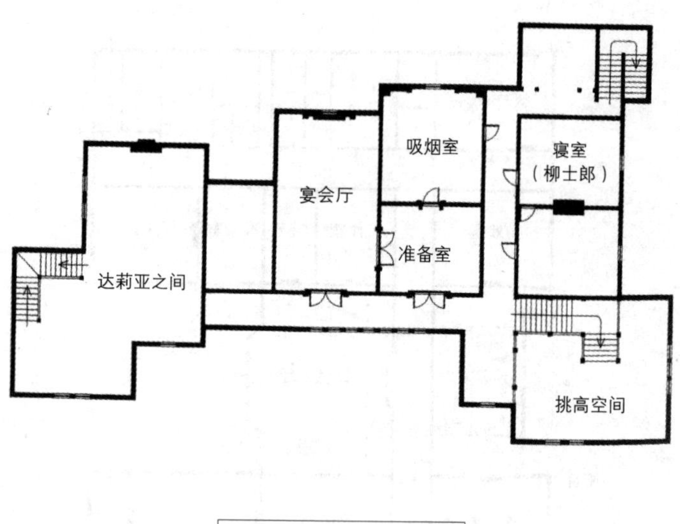

暗黑馆　西馆平面图／二层

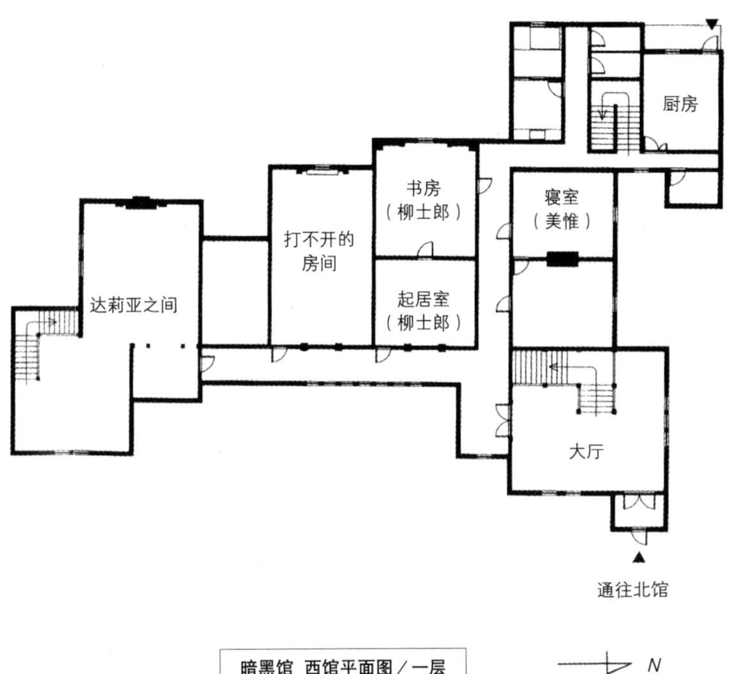

暗黑馆 西馆平面图／一层

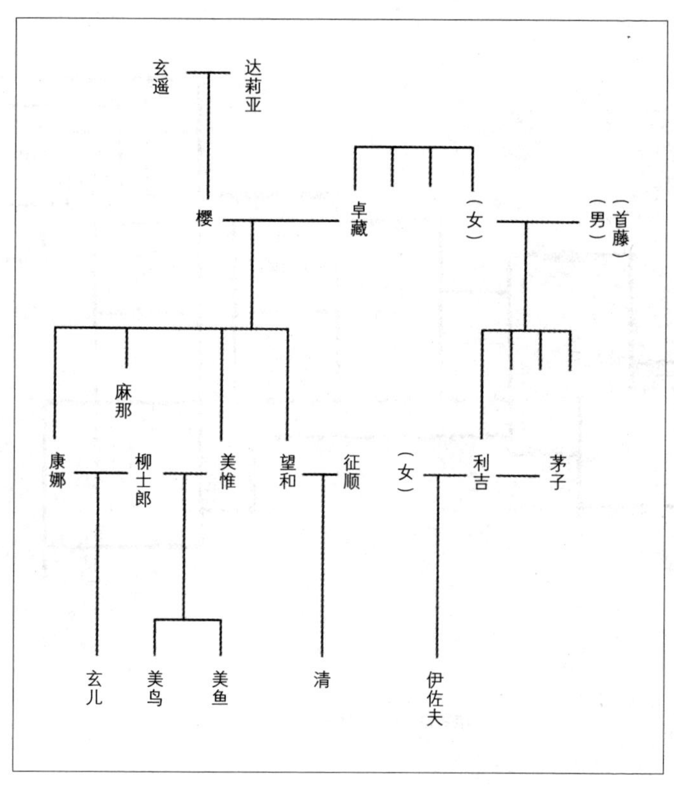

浦登家家系图

主要出场人物

江南孝明	出版社编辑。只身赶赴暗黑馆。
鹿谷门实	推理作家。执着于中村青司所设计的馆。
浦登玄遥	暗黑馆第一代馆主。
达莉亚	玄遥之妻。
樱	玄遥与达莉亚之女。
卓藏	樱之夫。
康娜	卓藏、樱夫妇之女。柳士郎前妻。
美惟	康娜之妹。柳士郎续弦。
望和	康娜之妹。征顺之妻。
柳士郎	暗黑馆现馆主，康娜之夫。康娜死后，与美惟再婚。
玄儿	柳士郎与康娜之子。
美鸟	柳士郎与美惟之女。
美鱼	柳士郎与美惟之女。与美鸟为双胞胎姐妹。
征顺	望和之夫。
清	征顺与望和之子。

小田切鹤子	暗黑馆的用人。
蛭山丈男	同上。
宍户要作	同上。
鬼丸	同上。
羽取忍	同上。
慎太	羽取忍之子。
诸居静	暗黑馆的用人。
忠教	诸居静之子。
首藤利吉	卓藏的外甥。
茅子	首藤利吉续弦。
伊佐夫	利吉与前妻之子。
村野英世	浦登家的主治医生。人称“野口医生”。
市朗	独自出门冒险的中学生。
“我”	大学生。人称“中也”。受邀到访暗黑馆。

引　子

那幢奇特的宅邸位于九州地区中部，熊本县Y郡的深山老林中。

从熊本市内出发前往那幢宅邸的话，首先要花三个多小时乘火车，再换班车——这是一天仅发两三次的班车——到达I山村的中心后，仍需步行几小时；即便驱车前往，也要折腾一个多小时才能到达。对于当下的日本来说，这里可谓相当偏僻。有人将这里与熊本县的另两处“秘境”——五木和五家庄[①]——相提并论，恐怕也并无任何不妥。

这里有座人称“百目木岭”的山岭。那里原本就地形复杂，加之夏季异常多雾，即便当地人也容易迷失方向。越过这道山岭，沿着逶迤蜿蜒的崎岖山道继续前进，便能看到一片郁郁葱葱的森林。林中悄然隐匿着一个小湖。大部分地图都没有标注出它的存在，因此或许将其称为“池沼”更为贴切。但它也算有个“影见湖”的名称，

①五木和五家庄都位于熊本县内，交通不便，山高林密，传说是古人隐居修行之处。

也为当地人称作“影见水库”或“巨猿足印”等。之所以有后一种称呼，则是因为这个湖的形状俨然巨猿遗留的足迹。

那幢宅邸就建在湖心小岛之上。

为何在那样的深山老林中，拣选那样的小小湖泊建筑那样的宅邸——如今，知情者已所剩无几。只流传着那幢宅邸是利用数百年前的城堡遗迹改建而成等传闻，但传闻的可靠性也无法确认。

据说宅邸首任当家浦登玄遥是个身价无数的大财主，在政、商两界都拥有举足轻重的发言权。当年，他的势力范围甚至一度扩展至军界。但也有传闻说浦登玄遥是个性格乖张的怪异男子。他将附近一带的山林悉数买下，修建了那幢宅邸后终日闭门不出，也少有呼朋引伴之举。这些传言真伪难辨，却仍流传至今。

这位浦登玄遥的后人代代居住于此，但实际上，清楚知晓那幢宅邸中到底何人居住、姓甚名谁的知情者恐怕很少。

“绝不能越过百目木岭。”

这是I村的老人们对孩子们发出的警告。

并非因为有迷路的危险，而是他们不愿让孩子们靠近山岭对面的那片森林、那个湖泊以及那幢宅邸。

那里有恶魔栖身——甚至还有老人一本正经地如是说。

造访者必将大难临头。因此，绝不能随便闯入那片森林，绝不能靠近那个湖泊，绝不能到那幢宅邸附近去……

如今，虽很少有人盲信这类警告，但似乎也不认为那是无稽之谈。事实上，这里的确发生过好几起可怕的事件，而那些事件又似乎牵扯到那幢宅邸。

那幢宅邸建于很久之前，风传为明治时代中后期竣工。由于地理位置特殊，不难想象兴建如此浩大工程的艰巨性及其所耗费的巨资。

那幢宅邸占据整个小岛。宅邸四周环绕着的高大砌石宛若坚不可摧的城墙一般。

石墙内侧盘踞着好几处乌漆抹黑、怪模怪样的房屋高塔。所谓“乌漆抹黑”绝不是一种比喻，那幢犹如巨大的奇特合体生物般的宅邸表层——无论门窗、房顶抑或烟囱——均被涂成毫无光泽的暗黑色。

因其乍看上去的怪异外观，那座宅邸——“山岭对面浦登老爷家的宅子”——建成不久便得了一个别名。每每提到那别名之时，当地人自然而然地满怀畏惧与嫌忌。

那个别名便是——暗黑馆。

那幢宅邸建成之后，曾多次被维修及改建。有时是单纯的扩建，有时则是重建因意外火灾惨遭毁损的房屋。距今几十年前，那幢宅邸进行了最后一次大规模的维修、重建工程。

不过，对于参与这次最后的浩大工程的**某位**建筑师，我们倒是多少有些共识的。

之后，这位建筑师于各地兴建了好几幢奇特的宅邸，亦因其离经叛道的风格而闻名于世。在九州大分县的角岛，这位建筑师亲手为自己设计修建了“青公馆”，并于一九八五年秋，戏剧性地死在那里——他，就是中村青司。

于某些领域成为天才代名词的中村青司，在他四十六年的人生之中，曾经亲自借力维修、重建的宅邸——暗黑馆——究竟具有怎样的存在意义，如今已知者寥寥。

第一部

第一章　苍白之雾

1

雾深了。

冷风阵阵袭来，时常剧烈地改变风向，以致能够看穿浓雾复杂的动向。浓雾犹如扯下的棉花糖般粘在地上蠢蠢欲动，时而聚作一团，时而随风散落、纷纷乱舞……即便如此，那雾仍似同心协力般悠悠地打着旋，将整个山岭吞入腹中，不肯吐出。

一辆轿车缓慢地行驶在这大雾之中。这辆黑色国产轿车行驶在狭窄崎岖的山路上，车体略显庞大，动力稍显疲软。

一个二十五岁左右的年轻人坐在驾驶座上。他身着淡蓝色长袖衬衣与褪了色的黑牛仔裤。车里别无他人。

车前方卷起的大雾看起来略显苍白，反衬出周围森林的颜色。他弓着背、伸着头，目不转睛地盯着车窗前方。突然间一个念头一闪而过——

这世界终将灭亡。

此后，一切人类文明将不复存在。不，连人类自身都会消亡殆尽。

无论是喧嚣的车子、路灯，还是借着无数电磁波而纷乱交错的声响、音乐、图像……这一切统统消失之后，肯定会有浓雾笼罩于大地之上，不动声色地抹尽往昔那闹哄哄的繁荣景象。

眼前的苍白大雾不就给人这样的感觉吗？在深山老林的某个地方，有着无人知晓的时空裂隙。世界灭亡后，那份冷漠平和的气息便会从那裂隙之中悄然无声地倾泻而出。

车前灯的两束光线照射出狭窄的视野。虽是白天，能见度只有区区几米，根本看不清路况。他只能小心翼翼地踩着油门。

在大雾中已经开了将近一个小时的车。可说实话，他根本就无法估算何时才能越过山岭。

这浓重的雾，仿若……

他重新把好方向盘，反复思考着相同的问题。

仿若……啊，没错。这浓重的雾仿若专为抹去世界灭亡后那无法恢复的文明残骸而弥漫开来一般……

胡思乱想间，本已逐渐远离的现实感更加淡化。他似乎连自己身在何处、所为何来都快要忘却了。

这怎么行！他心中默念着。现在必须全神贯注地开车，否则会很危险！

车是租来的，开起来并不顺手，何况还要开着它跑在陌生之地的陌生山路上，加上这浓重的雾。有好几次都是车开到近前，他才发现是个急转弯，于是连忙冷汗连连地踩一脚刹车。他将渗出汗水的双手从方向盘上交替移开，在牛仔裤的膝盖部位上擦拭着。他目不斜视地注视前方，刻意地反复深呼吸。但听上去让人觉得他是在叹气。

他不禁想到——在翻越这个山岭前，丝毫没有觉察出这种大雾的迹象。

晴空万里，空气清新。

时值九月下旬。虽然与历年相比，天气分外晴朗，但毕竟夏秋交替，漫山树木不再那么葱绿，由敞开的车窗外吹拂而入的凉风也让人觉得有些寂寥。无论是鸟虫的鸣叫声、流云的形态，抑或是沿途村落中村民的着装，无不让人产生初秋之感。

“不期而遇”这个词是再恰当不过的了。就他而言，这是一次愉快的旅程。这一切可以让他暂时忘却长期盘踞在心中那份无法排遣的阴郁。

“去百目木岭的话，可要当心有雾哟。这个季节雾还很多的。”

在I村问路途中，杂货店老板如此忠告。当时他口头应付着“好的，知道了”，心里却嘀咕着“那怎么可能”。当时天气晴好，怎么也想不到会有浓重到需要多加小心的雾气袭来，然而……

这雾……

这苍白的浓雾。

这仿若从通往世界灭亡的时空裂隙处流淌出来的……

尽管努力不去想，但一旦接上回路就很难断开。现实感更加淡化，他觉得自己的意识仿佛倏地被吸进苍白大雾的旋涡里。

……这可不行。

他赶忙摇摇脑袋。

现实——如今所处的状况，以往曾有的经历。那始终存在于一个相连的地平线上，是不可动摇的实体……

他拼命抵抗着，竭力确认自己的“位置”。

这里是一九九一年的日本。九州中部——熊本县Y郡的山林中。

今天是九月二十三日星期一。秋分。

刚过下午一点半。另外——

我叫江南，江南孝明。

一九六四年十一月七日，我出生于长崎县岛原市。后随家人迁到大分的别府市，而后移居熊本市。现年二十六岁。独身。身高一米七二。体重六十二公斤。B型血。K大工学部研究生毕业后，入职位于东京的综合出版社“稀谭社”，如今已做了三年编辑。此外……

现在我要去哪里？

为何要独自驾车？

……对了，我想起来了。

敢说自己清清楚楚地知道答案，甚至不必扪心自问吗？

他又摇摇头，紧紧抓住方向盘，睥睨着眼前难以脱身的苍白浓雾。

自己知道目的地，亦完全知晓前去**那里**的缘由——清清楚楚地知晓——虽然只是这样打算的。

越过这道山岭，再在森林中走一段，便能到达**那里**。那幢与已故建筑师中村青司相关的宅邸——暗黑馆。

大致说来，事情的来龙去脉并不复杂。

为了给七月去世的母亲做七七法事，我回到九州，从亲戚那里偶然听说了一件事。

在熊本县的大山中，有幢名为暗黑馆的怪异建筑。那建筑似乎曾发生过数起不祥之事，而偏巧那位中村青司似乎参与过该建筑的重建工程。

因此，我再也无法乖乖地原路返回东京。

我意外地得到了有关“中村青司之馆”的情报。虽然自己也知道为此早已吃够苦头，但依然无法压抑内心迅速膨胀的冲动。无论如何，我都要到那里去亲眼见证一番。

这雾……

这苍白的浓雾。

这是前往那幢宅邸所不得不穿越的异次元隧道。说不定那幢建于山岭对面、森林之中、湖岛之上的宅邸自身，才是这雾的源头。在那宅邸的最深处，或许有通往世界灭亡后的时空的裂隙……

……啊，糟了，这可不行。

此时，他觉得自己似乎置身密室，两边墙壁压迫过来，不管如何挣扎，空间仍越发狭窄。没有出口，无法逃脱。

他再一次深呼吸，但听上去依然让人觉得像在叹气。

2

不知何时开始走起下坡路来。他知道，自己似乎已经翻过了半边山岭。

那雾依然白惨惨地打着旋儿，黏黏糊糊地纠缠在一起，试图更加淡化现实感。江南也死了心，不再刻意摆脱这种虚幻感，仅仅保持最低限度的注意力。

与上坡相比，下坡时更要小心驾驶。速度不要太快，刹车不要踩得太猛，否则……弄不好就会走错山路坠落悬崖。

没错。一定如此。在那陡峭山崖下的幽暗森林中，存在通向世界灭亡后的时空的裂隙。而我……

我……

我的身体。我的意识。我的存在。我的时间。

我的这个……

没有任何预兆，便出现了转机。

原本浓重得让人觉得似乎就要永远消失其中的大雾，于不经意间变淡了。

原本像在狭窄隧道中行进的视野也变得多少有些开阔。颠簸的灰色路面，繁茂的绿色植被，随处可见的茶红色山岩……周围的风景开始恢复其原有的形态和色彩。

江南一只手离开方向盘，禁不住摸了摸胸口，吐了一口气——不是叹气。

当然，他并没有在损毁的迷途中彷徨。当然，出口也好好地在那里。毫无疑问，这里就是这里，现在就是现在……

大雾失去了黏度，随风飘散开来。透过雾气飘散的间隙，能看到仿佛是天空的颜色——但那绝不是明艳的蓝色。

肩膀和手腕一下没了力气。江南非常明白，这是刚刚精神连同肉体一起过于紧张所致。

稍事休息一下吧。

好想抽上一口烟。嗓子也干了。

江南把车停在路边，用力拉好手刹，打开车门。他没有熄火，虽然觉得对面不可能来车，但为了以防万一，依旧开着前车灯。

外面的空气潮湿、凉爽，也能感受到少许的温热之气。

江南打开后车门，从座位上的塑料袋里拿出矿泉水瓶。这是他路过I村杂货店时顺便买的。

在衬衣口袋里，还剩有几支柔和七星烟。他喝了几口水润润嗓子，然后叼起一支烟、点上火，深深地吸了一口。那烟味甜得让人心旷神怡，吐出的烟圈消散在大雾中。

在车里没有觉察，可现在他感到风声有点奇怪。

那风声听上去不是从身边吹过来的，而似乎是从下方——抑或是上方——吹过来的。

风很大，森林中的树木也被刮得呼呼作响，以致山岭这一带犹如大海一般波涛汹涌。

百目木，念作“doumeki”，由意为响动之声的“doyomeki”转音而来。而这声响恰似其词源本意。在九州的这个深山老林中，江南身陷一种似乎能听到日本海发出的怒涛般响动的错觉。难不成这道岭因此才被赋予了如此古怪的名称吗？

江南叼着烟，踱着步离开了车子。

他回头看着来时的路，方才彷徨其中的浓密重雾就像一个巨大集合体，让他想起了能吸收地面所有能量、无限生长的虚构的宇宙生物。与此同时——

那是从去年夏天以来吧。

江南突然回想起来。

那是去年夏天，七月初的事情。

当时，江南和自己负责的作家兼友人——年长的鹿谷门实——一起去了北海道。他们受生物学家天羽辰也之托，前去找寻中村青司设计的“黑猫馆”。当他们从钏路出发，北上阿寒的那日清晨遭遇大雾。那雾竟一直尾随于江南他们身后……

如今江南才想起，自那之后还未遇过这样的浓雾。其证据也许就是刚才他还仿佛置身于封闭状态中，而现在能够稍稍挣脱开来，感觉及思考也稍稍恢复了正常。

江南想起一年零两个月前的那个夏日，在阿寒的森林中发现了**某座宅邸**的身姿，想起了当时将所有风景一并淹没的那重浓雾的色彩。

同样浓厚的大雾，随着场所和状况的变化，给人的感觉会有如此大的差异吗？为何会如此有意识地思考这理所当然的事情？

发生变化的不仅仅是场所和状况，还包括接受变化了的我自己。去年夏天的我和现在的我也迥然不同了。

小题大做什么呀！真想扔下这么一句话就走，但是……

——小南，好大的雾！

江南觉得鹿谷现在似乎就在自己身旁感慨着。两人相识已有六年，可从五年半之前相遇以来，鹿谷一直称他为“小南”而不是“江南”。

鹿谷很瘦，身材修长，比本就不算矮的江南还要高。虽然他比二十六岁的江南大一圈还多，但至今还是单身。鹿谷看上去很难相处，甚至还被称为“皮肤黝黑的梅菲斯特”，但实际上他是个好奇心旺盛且健谈的推理小说家。他喜欢折纸，善于折“七指恶魔”。三年前，稀谭社首次出版他的作品。而在此之前，他一直待在大分县老家胡吃混玩。

现在，那个人在干什么？

——多加小心哟，小南。

如果他知道我现在只身前往暗黑馆，肯定会如此叮咛的。

——我们和青司设计的宅邸之间有着奇怪的联系嘛，最好不要轻易接近。就算接近，也要有相应的心理准备。那里有不祥的“魔力”。弄不好又要被卷入什么事件中。

没错。鹿谷肯定会如此嘱咐的。

但他本人并不会安分守已。如果知道有这么一个暗黑馆，就算迫近交稿日期，他肯定也会立马冲过来。虽然他老把“不吉利”挂在嘴边，但在这个世界上，对“青司之馆”最有兴趣的人恐怕就是他了。

“鹿谷先生。”

江南试着呼唤鹿谷的名字。而后，他又自言自语地嘟哝起来。

“没关系的。我只是去看看……看看而已。”

江南将烟头丢到脚下,用黑色旅游鞋的脚尖部位踩灭。与此同时，他把放在牛仔裤前袋中的怀表掏了出来。

那是一块手动上弦的老怀表，圆表盘上刻着十二个罗马数字。银白色的表盖及表链已然脏得发黑。

这是江南的外祖父爱不释手的怀表，四年前外祖父去世后，作为遗物传给了江南。自此，江南几乎就不戴手表了。

怀表的背面镌刻着小小的“T.E.”二字——这当然不是“江南孝明”的首字母缩写。那与已故外祖父——姓远藤（ENDO)，名富重（TOMISHIGE）——的开头字母正好吻合。

下午二时八分。

确认过时间，江南将怀表放回口袋，又喝了一口瓶中的矿泉水。他转过身，向车子走去。与此同时——

在山岭一带的呼啸声中，思绪又将他带回往昔的岁月。

3

中村青司……

在大分县的东海上，有个叫作角岛的小岛。中村青司曾住在那里,并在那里故去。他曾设计过无数风格怪异的建筑,为此闻名遐迩,是具有某种天分的建筑师。

青司以优异的成绩从T大工学部建筑系毕业后，回到故乡宇佐。二十多岁时移居角岛。在角岛，他亲自设计并建造私宅“青公馆”。

那是个自墙壁、房顶至天花板，一切均被涂成青色的奇妙西洋式建筑。在那里，青司和早有婚约的和枝结了婚，不久和枝便生下一个女儿。

大学时代，这个名为千织的女孩曾和江南隶属同一个研究小组。她比江南低一届，与他相当熟悉。或许这个偶然便是江南和青司“因缘际会”的开始。

中村千织在十九岁时，因一次意外离开了人世。九个月后，角岛的青公馆发生大火，整个建筑均被烧毁。青司和夫人和枝以及仆人们一起离开人世，享年四十六岁——正好发生于距今六年前的一九八五年九月。

包括青公馆在内，在青司修建的各处“馆”中，至今已发生了多起不祥之事。这的确是事实。而江南和鹿谷二人也偶然被卷入其中，这也是千真万确的事。

第一起案件发生在青公馆烧毁半年后——也就是一九八六年的春天，突然发生了**那件案子**。

在角岛，还有一座已故中村青司的私宅别栋，名为“十角馆”。那个从上空看来呈正十边形的建筑虽然躲过了半年前的火灾，但早已没有人居住，被废弃在岛上。一群大学生打着合宿的旗号，兴致高昂地前去探险。于是，这些学生们便遭遇那件可怕的惨案……

角岛的十角馆，熊熊燃烧。

江南并没有亲眼看到，但那火光不知为何，异常鲜明地印在他的脑海中。

无人生还……

登岛的大学生全是江南的熟人。他至今仍无法释怀得知大家死讯时的惊愕和茫然感……

车子将百目木岭上的呼啸风声甩在后面，沿着逶迤山路继续前行。

大雾早已散去，前方的视野也变得良好，但头顶上仍旧没有出现晴空。天空上垂落着苍白暗淡的云层，让人觉得刚才那阵浓雾被卷到那儿去了。因风起舞的树木缓缓地摇曳着，颤抖的树叶看起来似乎褪了色。

江南觉得他已经穿越了某道界线。有道通向世界灭亡后的时空的裂缝云云，也并不仅仅是自己那脱离实际的胡思乱想。

两年前的夏天……

说起来他还记得那时也有和现在同样的束缚感。两年前——那是一九八九年的七月底。

江南进入稀谭社后，被分配到月刊《CHAOS》的特别企划部门。当时他正赶往镰仓的“钟表馆”。

坐在行驶于郊外道路上的出租车内，江南产生了**那样的感觉**。当车子穿过幽静的住宅区拐了几个弯的那个时候；当道路两边一下出现了高大橡树的那个时候；当车子驶上枝叶繁茂的斜坡路上的那个时候——

跨越了界线。

刚想到这句话时，他便透过郁郁葱葱的森林看到了那幢宅邸——钟表馆的塔影。

自从十角馆事件后，江南就试图忘掉建筑师中村青司的名字，但当他看到那幢宅邸后，他又无法不回想起来。在那幢外形颇像巨大摆钟的宅邸内，收藏着一座大古钟。除此之外的一百零八座钟表各自静静地流逝着时间。没有指针的钟塔隐匿着巨大的谜团，耸立在那里。

三天后，那里发生了连环凶杀案，犹如噩梦一般……

时间终结

七色光芒照进圣堂

这是钟表馆初代主人、古峨精品表店的原店长古峨伦典留下的“预言”诗歌。

在震天动地的呼喊声中

你们听到了吧

坍塌的巨响再次回荡在江南耳畔。

沉默女神那只吟唱一次的歌声

那是美妙动人的临终旋律

江南所经历的三次馆之案件，除了十角馆、钟表馆外，还有去年引人注目的黑猫馆事件——那是发生在前年夏天的案件。包括青公馆的烧毁案在内一共四件；然而在其他“青司之馆”内，还发生了为数更多的悲惨案件。

例如冈山县山中的“水车馆”——宛若三套厚重水车相连般的宅邸。那里收藏着稀世幻想画家藤沼一成的全部作品。然而就在一个狂风大作的夜晚，那幢宅邸内突然发生了匪夷所思的惨剧。

例如丹后半岛森林中的“迷宫馆”——那里有着以希腊神话中米诺斯迷宫为原型而修建的地下迷宫——围绕着老作家宫垣叶太郎的巨大遗产，在那个整体成为密室的宅邸之中，发生了奇怪的连环凶杀案。

鹿谷介入了这两起事件，并为破案助了一臂之力。在京都，还有一幢名为“人偶馆”的宅邸，听说那里也曾发生过怪异的事件，但不管江南如何探问，鹿谷都不肯告知详情。

总之，“青司之馆”内发生过太多的死亡案件。不管从什么角度考虑，这都是不同寻常的。

鹿谷曾半开玩笑地说——“或许是被死神缠住了”。江南觉得言之有理；因此鹿谷让他不要轻易接近那些宅邸的忠告是正确的。

只是……但是……

江南的内心矛盾重重。

他当然不希望被卷进那种血腥的事件中，亦不愿再有那种体验；但另一方面，无法否认的是对于那些“馆”，他至今都还抱有一种奇怪的“眷念感”。

当十角馆和黑猫馆发生凶杀案时，江南并不在场，因此也可以理解他为什么能够心态平和地回顾过往。但在钟表馆事件中，作为当事人，他曾亲眼看到身边同伴相继被杀，现在竟然还有一种“眷念感”。惊恐、凄惨、憎恶、悲恸、愤怒……如果可能，这些痛心疾首的记忆本该被贴上封条，深埋心底。

可是，为何会有“眷念感”？

不仅仅是因为时间淡化了记忆，与近一年内江南自身的内心变化也有关系。

江南觉得之所以自己会有那样的感受，是因为那些案件——如此那般的案件、如此那般的死法与我们的日常生活相距甚远。那才是所谓的非现实性案件……如果用现实的寻常尺度去衡量，很难得出正确的答案。所有的那些案件都是界线**彼端**的现实……

与界线**此端**大相径庭。二者虽然毗连，却有截然不同之处。那是某种异世界，被无形之墙所隔，将我们所属的现实世界分离开来。只有在那里，才会出现那种非常特殊的**死亡形态**。因此……

“死亡”本身并不特殊。在我们的日常世界中充斥着死亡。所有人都有一死，无人可以逃脱。

这是理所当然的。这是不言而明的。但是……不，也许正因为如此，以往我才没有认真思考过，或者说无意识中忽视了这个问题。

日常世界中最普通形式的死亡，与每个人每天的生活都紧密相连的死亡，与“青司之馆”中常常遭遇的死亡完全不同。它既不稀奇，也没有戏剧性。在某种意义上，很具有**现代人**的特征……

妈妈……

妈妈躺在病床上，插满管子的样子从江南眼前一闪而过。她最后一次对江南所讲的话在耳边响起。

江南重重地叹了一口气，摇摇脑袋，但妈妈的身影和声音依然没有消退。

“让我死吧。”

当时她眼神恍惚，有气无力、口齿不清地说道。

“我受够了，杀了我吧……让我舒服一点儿。”

她的确是这样说的。

4

七月下旬，一个炎热的午后，在熊本市综合医院的一间病房里，妈妈去世了。

她临终时，除了医生、护士外，还有三个人在场，比江南年长四岁的兄长、嫂子以及妈妈的妹妹。爸爸得知她病危后，立即从公司赶来，但还是没来得及见上最后一面。

当时江南还在东京，为校对工作忙得不亦乐乎。因此他没能亲眼见到妈妈临终时的样子。

八个月前——也就是去年秋末的时候，他们得知妈妈患了不治之症。

当时，江南到九州出差，顺便回了一趟家。在他面前，妈妈突然将吃下去的东西都吐了出来，痛苦不堪。江南一问才得知那段时间，妈妈的病情偶有发作。为了不增加她的心理负担，江南安慰说不用担心，没有大碍，但还是立即带她去了医院。诊断下来的结果非常糟糕，让人难以置信。

妈妈才五十多岁。在此之前，她从来没有得过大病。她曾经提及晚年计划，说等爸爸退休后，便一起回到岛原，随心所欲地到各地的温泉景区游玩。还曾夸口说她能活到一百岁。但是……

如果不采取任何措施，只能活几个月。

全家人都接受了这个无情的宣告。

大家没有告诉她得了什么病。因为所有人都知道妈妈虽然看上去坚强，实际上却很脆弱。爸爸也希望不要如实相告，认为瞒着她反而是为她好。

既然与妈妈相濡以沫的爸爸如此强烈坚持，就算江南和兄嫂有异议，也只能服从了。

说实话，此后的许多事情，江南不愿回想，有些也想不起来了。

妈妈开始了漫长的住院生活——

过完年，妈妈做了外科手术，结果并不如意。当时，她恐怕也觉察出自己的病不容乐观。江南觉得不管周围的人如何隐瞒，纸还是包不住火的。毕竟最了解自己身体的还是本人。

但是，妈妈几乎从来不在百忙中抽空回熊本看望自己的儿子面前露出难过、不安的神情，总是故意显得很开心……江南真不愿回忆这些往事的点点滴滴。他甚至觉得还是索性忘掉才好。可偏偏事与愿违——

有好几个场景烙印在他的心头。其中之一就是……

……晚霞朦胧的广阔岛原湾中零星绽放着的樱树。阳光柔和，微风徐徐……春天里，一个和煦的下午。呆望着窗外风景的妈妈突然郑重其事地开口道：

“孝明，说实话……”

与上次见面相比，她似乎有了些精神。她从床上坐起来，一小口、一小口地吃着江南带来的点心。

“以前我一直没说——你不觉得你们兄弟俩不一样吗？”

江南知道她在说自己和哥哥。的确，无论容貌、体形，还是性格，他们两个都没有相似之处。江南自己一直这么觉得，别人也曾多次质疑过。

妈妈扭着脸看向窗子，眼角余光瞥到江南点头后，叹口气，接着说道：

“你们不相像是当然的——毕竟你们没有血缘关系。”

“啊？！”

“孝明，你和你哥哥并不是亲兄弟。”

突然听到这样的话，不明所以的江南只剩下翻白眼的份儿。妈妈看着窗外道：

“你不是我亲生的，而是我们夫妇收养的孩子……”

话是听得懂的，但江南不知该如何理解、如何反应。他真的是脑子一片空白，无法思考。

“怎么会？”

江南好不容易才挤出一句话。

“为什么会那样？”

妈妈慢慢地转过身，看着江南。她严肃地看着江南好一阵儿后，突然用一只手摸着苍白憔悴的脸颊，低声笑了起来。

“怎么了？怎么回事？”

江南被弄得莫名其妙，妈妈也没理他。笑了好一会儿后，妈妈才眯起眼睛说道：

“开个玩笑。”

“——啥？”

“这当然只是个玩笑嘛。你可不要当真。”

“什么？只是个玩笑……”

“难道病人不能开玩笑？”

她恶作剧般微微歪着脑袋，用眼神示意江南看墙上的挂历。

“喏，今天本来就是骗人的日子嘛。”

四月一日星期一——就发生在今年的愚人节。那是她对自远方赶来探望自己的儿子，绞尽脑汁所想出的活跃气氛的方法，抑或是一种逞强的表现。

无论如何都无法忘怀的场景不知道有多少。其次就是……

六月三日，星期一。

江南甚至连当天的时间都清楚地记得——下午四点八分。就在那时，岛原湾对面的地域因为云仙普贤岳[①] 火山的喷发而遭受重大损失。

当天熊本市内下着大雨。那场雨从前天开始，一直没有停歇。凄厉的雷声响彻天空。傍晚，雨势减弱了。正乘出租车去医院的江南，

①位于长崎县岛原半岛中部的火山群，主峰为普贤岳。

在车子里听到电台的紧急报道而得知那一消息。

去年十一月，休眠了两百年的普贤岳火山喷发了。据说其山顶上的巨大熔岩盖崩塌，形成从未有过的浩浩荡荡的岩浆洪流，山脚下的两个村庄——北上木场和南上木场均遭受岩浆袭击。当时在场的媒体人士以及火山研究者，有很多人都下落不明，生还的可能性极小。除此之外，受伤的人也为数不少……

下午六点左右，江南到达医院。当时姨妈也在。妈妈病床边的小电视机正开着。

妈妈盯着电视画面，连儿子来了都没打招呼。

由高温气体和火山灰构成的怪物般的洪流蜂拥而至，吞噬了一切。树木成片倒下，民居熊熊燃烧，众人惊慌失措……江南被电视画面里那惨不忍睹的情景惊呆了，一言不发。

江南出生在岛原，在那里度过了童年时代。长久以来，只要一提到云仙山脉，他就感到非常亲切。他还不止一次登上过普贤岳。上木场一带具有乡土气息的风景至今还记忆犹新。可现在，那里竟然变成这般模样……

“真可怜。”

妈妈嘟哝着，将视线从电视画面上移开。她的声音听上去很平淡，让人觉得她已经没有力气来表现自己的哀痛之情。

“人也好，村子也好，树也好，还有那座山脉，都让人觉得好可怜啊……”

“不知道要持续到什么时候呢。”

姨妈反倒略显夸张般，抑扬顿挫地说道。

“据说呀，搞不好我们这里也有危险呢。不是说山体塌陷会引发海啸什么的吗？好像在江户时代，就有过火山喷发引发海啸的记录。”

江南静静地走到床头，看了看妈妈。与上次来的时候相比，她的脸颊更加瘦削，眼球看上去都凸出来了。

从五月开始，她的病情明显恶化。锁骨一带插着点滴管，鼻孔里还插着氧气管……每次来，她身上的管子都在增多。她似乎已经无法摄取固体食物。虽然现在还能自己上厕所，但恐怕很快就不行了。

“感觉怎么样？”

过了好一会儿，妈妈才用嘴角挤出一丝笑容说道“我没事”。

“我没事的——和那些人相比。”

“‘那些人’？”

“就是那些被岩浆吞没的人……”

“啊——遭了大灾啦！”

“孝明，你看！”

妈妈稍稍抬起手臂，指指电视。

“以前，那山多美呀……”

电视里正在详细解说从去年开始的火山喷发的经过。当时画面中出现的是今年五月中旬的普贤岳。山顶上的灰白色熔岩盖像花菜一般，裂开无数细缝，向四周扩散。江南无法相信那就是自己孩提时代曾攀爬过的山脉。太奇怪了……

看着故土变得面目全非，不知妈妈当时是何种心情。

现在江南觉得——当时妈妈或许想到了自己被病魔所侵蚀的身体。而之前她所低声嘟囔着“真可怜”的那句话，恐怕也是对她自己讲的。

“恐怕回不了岛原了。”

之后，妈妈这样嘀咕道。江南不知如何作答，旁边的姨妈倒接过话头说：

“怎么会嘛，姐，等你病好了，火山也就不喷发了……”

“不可能了。”

妈妈躺在床上，轻轻地摇摇头。

当天深夜，妈妈吐了很多血……

据说，当时若抢救不及时，妈妈就会有生命危险。主治医生告诉江南家人，妈妈的病已经进入晚期，还提出几套治疗方案，供他们选择。

“尽量让她能多活一天是一天。”

爸爸说道。

“求您了，请尽量延长她的生命。”

……这样真的好吗？

这样做，真的是为她好吗？

虽然江南认为这值得商榷，但看着紧咬嘴唇、闪着泪花的爸爸，他也无法提出异议了。

啊……妈妈。

回忆又跳跃到下一个场景。无法忘却的，那个场景……

……七月六日，星期六下午。那是江南最后一次见到妈妈。

妈妈躺在病床上，身上插满管子。不要说自己吃饭、如厕，就连翻身都不行了。房间里充斥着说不出的味道——不知是臭，是甜，还是腥膻。

房间里没有其他人。江南坐在床边，直勾勾地望着妈妈那憔悴的面容。

她不时地微微睁开眼。透过罩在口鼻上的透明氧气罩，能看到她的嘴唇颤动，却听不清她说什么。她没有睡，而是因为药物，意识处在朦胧状态。

即便江南和妈妈说话，她也毫无反应。是听不到吗？听得到却没有回答，还是无法回答呢？她那种状态甚至让人怀疑——她能辨认坐在这里的人就是自己的儿子孝明吗？

妈妈突然睁大眼睛，无神地看着江南，慢慢地将右手放到嘴边。

“怎么了？难受吗？”

江南站起身问道。她皱着眉头，低声呻吟着……

“要叫护士吗？”

她用右手将氧气罩从嘴边移开。江南想帮她重新罩上去，她却缓缓地摇手，抗拒着。接着——

“让我死吧！”

虽然她呼吸无力、口齿不清，但江南的确听到她这样说了。

“受够了，杀了我……让我舒服点儿。”

“别这么想”“振作起来”这种话，江南没有说——他也无法说出口。他转过头，躲开妈妈的眼神，呆呆地思考着。

——她为什么非活成这样不可？为什么周围的人都非要她活成这样不可？！

江南原本就有的想法如同决堤一般，在心头扩散开。紧握的拳头上有着麻麻的凉意，胸口被压迫得很疼，连呼吸都觉得困难。

为什么非要这样不可？为什么？

为什么……啊，对了。妈妈她本人肯定也是这么想的。

妈妈完全知道接下来等待她的将是什么，所以才会说“受够了”，所以才会说“让我舒服点儿”……

“……妈妈。”

现在只要把这个氧气罩挪开。只要把点滴管取走。只要把病房里治疗仪器的电源全部断开——不，更简单的就是，只要用我这双手掐住她的脖子。只要一会儿，只要一点点力气，这一切都将立刻结束——立刻轻而易举地结束。只要那样做……

江南只能清楚回忆到这里。

不知为何，其后的记忆断断续续……自己踉跄着穿过幽暗的走廊。护士们扭着头，狐疑地看过来。坐在轮椅上等待电梯的老人。跑下楼梯时，皮鞋发出刺耳的声响。窗外传来救护车的鸣笛声。医院大厅里熙攘着素不相识的陌生人。从医院的扬声器中传来中性的声音。反复呼叫着的某人的名字。一个穿黄色衣服的小女孩孤零零地坐在门诊前的长椅上……当跌跌撞撞地冲出医院的时候，江南猛地站住了。

他上气不接下气，脸颊上带着几道泪痕。

外面下着雨。和普贤岳发生岩浆洪流那天一样，雨下得很大。

第二章　诱惑耳语

1

江南驱车拐过一个枝叶繁茂的大弯道后，发现了前方路段的异常情况。前方不远处的道路被堵住了，似乎是山崖崩塌造成的。沙土和倒下的树木将狭窄的山道完全堵死了。

江南暗叫不好。他咂了咂嘴，踩下了刹车。

“——糟了！”

路过I村杂货店时，店主曾经提醒过江南。越过山岭后再走一段，左边就会有条岔路，要拐弯进去才行。否则一旦错过，就会走进死胡同……

枉费了店主的提醒，江南已经彻底错过了那条岔路。

只能掉头回去。

江南不住咂嘴，重新握住方向盘。

先要掉头——江南好不容易找到比较开阔的地方，又费了半天工夫掉转车头。如果此时出现和山岭附近一样的大雾，他恐怕就无能为力了。

江南振作精神，开始驱车往回走。

虽然道路相同，但逆向行驶后，感觉风景迥然不同。

仿佛经过了特殊的图像处理，周围的色彩显得粗质，但明暗色调的对比反倒很鲜明。光线刺眼，影像深邃，感觉刚才是正面，现在是反面。

这次绝不能错过岔道了——

江南小心留意着右前方，同时回想起与杂货店店主的交谈。

也许是头发稀少，还夹杂着白发的缘故，店主看起来有五十多岁。但也许他的实际年龄要小一些。

店主身材不高，但体格健壮，晒得黝黑的脸上有道很大的疤痕。那疤痕很深，从额头穿过左眼，一直延伸到脸颊。他的左眼一直闭着，也许从受伤之后，那只眼睛就失明了。

“你翻过那道岭，想去哪里呀？”

他狐疑地问道。江南略微犹豫后，如实相告。

“我想去看看暗黑馆。听说那个建筑在百目木岭对面的森林中。”

当时，那个店主的反应是——

右眉往上一挑，右侧的唇角也轻微抽动了一下。从中可以看出他的惊讶以及畏惧——没错，的确是某种畏惧。

“你为什么也要去？”

“你知道那个建筑物吗？”

“——不就是山岭对面，浦登老爷的宅子吗。”

店主嘟哝着。他的声音很轻，江南要凑过去才能听清楚，而“浦登”这个名字江南是听说过的。

“如今那个建筑物还在吧？”

店主无言地点点头。

“什么人住在那里？”

“——你还是不要靠近为好。”

“欸？为什么？”

“嗯……”

“到底为什么嘛？”

“那里曾经发生过可怕的事情，好几起可怕的事情。”

不用说，听到这里，江南的脑海中浮现出两个字——凶杀。店主缄口不语，用手指摸摸脸上的疤痕，叹了口气。

“你听说过中村青司这个名字吗？”

“中村？”

“他是个建筑师，据说曾参与过暗黑馆的维修工程。”

“中村……中村、青司……”

店主絮絮叨叨地嘀咕着，慢慢摇了摇头。他缩着肩头，又摸了摸脸上的旧伤。他这副样子让人无法明白他是否知晓内情。

江南觉得再问下去也是徒劳，便想离开杂货店。然而就在那时——

“你等一下！”

店主叫住江南，告诉了他越过山岭后要找的那条岔路。

“你多保重吧。”

说完，店主眯着右眼，似乎在眺望远方。

“那里有**不祥之物**。”

“‘不祥之物’？”

“我死去的奶奶以前这么说过。但人就是这样，别人越那么说，反倒越想过去看看。”

“——是啊。”

“我不知道你为什么要去那个宅子。但还是小心为好。”

江南回到车上后，再次回头看向小店。店主的身影已经消失在昏暗的店中。江南叹了一口气，再次抬头看看那个店的招牌。

那个招牌非常陈旧，上面的涂料已经脱落，四角完全呈弧形，还有点倾斜。也许这个招牌经过风吹雨打，几十年都没有换过吧。

江南好不容易才辨认出招牌上的四个字——

波贺商店。

2

江南掉头开了十五分钟后，找到了那条岔道。

与他预想的不一样，那条岔道的路况并不很糟糕。虽然不是好路，但比较宽，中型车子也能轻松通过。

逆向行驶时，能很容易找到这条岔道，但如果正向行驶，那条岔道正好被大树遮住。所以，江南觉得刚才错过也是没办法的事。

道路延伸到森林之中。

开始是个大下坡。越往前开，光线就越暗。繁茂的杂草擦着车体，哗哗作响。江南手握方向盘，能感觉出很颠簸。

在前方——这个山林深处，真有自己想去的那个宅邸吗？

此时，江南担心起来。

百目木岭的对面，森林深处的湖中小岛上，有“浦登老爷的宅子”。之所以称之为“暗黑馆”，是因为它的外表被涂得黑黢黢的……

暗黑馆……

江南第一次听到这个不祥的名字是在前天。

九月二十一日，星期六下午。在熊本市内的江南老家，为已故的母亲举办了七七法事。随后大家来到饭店，一起吃个便餐。当时，面对着亲戚朋友，江南扮演着“失去慈母的孝子”，一直让自己显得很悲痛。

对于妈妈患病而死，江南当然很悲痛，很难过，但他无论如何也无法自然地表现出来。从七月六日下午——当妈妈要求“杀死自己”，当他冲出病房的那时起，他就无法自然地表现出来了。

他觉得自己的心有一部分被冻住了。

无论是在东京接到讣告时，还是回到故乡面对遗体时；无论是在葬礼上，还是在火葬时……当家人和亲戚们终日悲痛的时候，江南独自一人表情冷峻，连一滴眼泪都没有。不是他故意克制，而是想哭都哭不出来……

饭桌上，江南给男女老少们斟酒，和他们聊天，自己也喝了不少。渐渐地，他有点醉，也不太紧张了。但江南的内心并没有完全解冻，他本人也不积极盼望着内心的解冻。

各种各样的声音、话语传入他微微发热的脑子里。……去得太早了。真是的。去年这个时候还好好的。孝明，你一个人在东京生活，可得注意身体呀。你还在用那块怀表吧？你哥还没孩子吗？那是你爷爷的遗物吧？孝明，你有没有结婚的打算呀？岛原的情况好像还很糟糕。出版社的工资不错吧？不知什么时候，那火山才能停止喷发。去年我有个朋友到沙特阿拉伯工作。要不要我给你找对象呀？听说伊拉克打过去的时候，他就在离科威特边境不远的地方。也许是火山喷发的缘故，我们这里也经常地震。孝明，你出的是什么书呀？我绝对讨厌战争。东京妞儿可真不错，对吧，孝明？讨厌战争！最近有没有看过什么有意思的电影？最近，我的胃不太好。中东的动荡局势是不是还得持续下去啊。听说这次弗朗西斯·科波拉要执导《惊情四百年》了呢。孝明，要好好照顾父亲呀！上个月，苏联发生政变，让人大吃一惊。孝明，早点儿让你爸爸看到孙子呀。我不太喜欢推理小说呢。这样一来，苏联解体只是时间问题了。下次去东京玩，你可得带我去迪士尼乐园哟。还是戒烟吧。说到吸血鬼，我觉得还是克里斯托弗·李主演的《古堡怪客》比较好。听说前年夏天，在镰仓发生了可怕的案子，你也被卷进去了，是吗？我想去趟京都啊……

有些话，左耳朵进，右耳朵出。有些话从意识表层浮掠过。有些话说到一半，没有下文。有些话毫无头绪，最终淡出……其中有句话让江南一下来了精神——

“孝明，你知道暗黑馆吗？”

这位嗓音嘶哑的提问者名为远藤敬辅，是江南四年前去世的外祖父远藤富重的亲弟弟。

“它躲在I村的深山老林里，建在一个小湖的岛上。房如其名，整个宅子都是黑乎乎的。真的是个让人感觉怪怪的宅子啊。”

江南听说他和外祖父的感情很好，长期从事古董买卖。外祖父就是在他弟弟的店里，看中了那块怀表，后来作为遗物，传给了江南。

“孝明，你知道吗？”

“不知道——您怎么突然想起这个了？”

“我一看见你，突然就想起来了。”

他摸摸泛红的光头，像是期待江南的反应般笑眯眯地看着江南。他虽然已有七十高龄，而且喝了不少酒，但说起话来条理分明，口齿清晰。

“当时生意上的伙伴告诉我，那个宅子的主人——好像叫浦登——整理家产后有批东西要出手，问我去不去。那大概是二三十年前的事儿了。”

听到“暗黑馆”这个名字的瞬间，江南心中一阵悸动。暗黑馆……写作“暗黑馆”吗？难道、难道是……

远藤敬辅似乎看透了江南的内心。

“我从富重那里听说过一些事情。”

说着，他将杯中的酒一饮而尽。

“孝明，听说你上大学时，曾被卷进一个可怕的案子里，你还有好几个朋友被杀了。那案子好像发生在一个什么奇怪的建筑师建造的奇怪宅子里……”

啊，我对外祖父说过这个吗？也许说过吧。因为角岛十角馆事件后，我的情绪异常低落。回到家乡后，把事情的经过说给外祖父听也不足为怪。毕竟从幼年起，他就是我的倾诉对象。

“那就是那位中村青司的……”

“对，对，就是这个名字。”

敬辅又笑起来。

“来，孝明，喝！”

江南依言把酒喝干，而后战战兢兢地问道：

“难道那个暗黑馆也是中村青司设计的？”

“毕竟都过去三十年了，我可不敢打包票。但当时我似乎听过‘中村青司’这个名字……也没准儿没听过……”

他的话听上去含混不清。江南也觉得那毕竟是二三十年前的旧话，但是——

这绝非不应有的偶然。

想到这儿，江南心中的悸动更加强烈了。

“当富重说到你那个案子的时候，我才想起来那个早就被我忘到脑后的宅子，介意得要命。也许是因为中村的名字才一直记得吧。何况那宅子——暗黑馆里，也发生过类似的事儿哟。”

“类似的事儿？”

敬辅一本正经地点点头，边说着“是喽”边向自己杯中添满了酒。

“听说那宅子里还发生过好几件可怕的事儿——哎，孝明，不再喝点儿？”

尽管喝了不少酒，但那天晚上，江南上床后，却怎么也睡不着了。

那个从未见过的暗黑馆的影子朦胧地浮现在脑海中，无规则地反复伸缩、摇摆。馆影四周乱舞着无数不明物体。那是人脸人声、风景文字，以及其他更为抽象、无法言明的不明物体。

直至深夜都无法入睡的江南突然想要打个电话。他要打给东京上野毛的鹿谷门实。无论如何，江南都想把这件事告诉鹿谷。线路虽然通了，但电话那端传来的只是录音留言的声音。

3

最初感到的是异样的声响。

汽车马达发出峡谷间低沉的地动般的动静。未及多想整个空气就震动起来，犹如一个数十米高的外星巨人，怒气冲天地大步踏过。

方向盘猛然失控。瞬间，江南以为是车胎爆了，随即觉得情形不对——难道是地震？他赶紧踩刹车，但没控制好，车胎一滑，车体猛地弹起来。

江南刚意识到不妙，车子已经冲出山道，一头扎进森林中。

车子剧烈地弹跳着，而后持续地晃动。

江南的视线一下变暗。他咬紧牙关、抓住方向盘，拼命踩刹车。很快，伴随着一阵剧烈的撞击——

车子停住了。

江南闭着眼睛，不敢睁开……他觉得自己有点轻微的耳鸣。口干舌燥，没有唾液。好不容易有了一点儿唾液，却又咽不下去。身体软绵绵的。或许他曾失去知觉几秒钟时间。

他好不容易睁开双眼。

灰暗模糊中，他看到了前窗玻璃。到处是裂缝，白花花一片，有些地方碎了、散落下来。

江南的右肩到胸部隐隐作痛，身体被安全带勒得紧紧的。他抬起左手，想解开安全带，又感到另一阵疼痛。定睛一看，不禁呻吟起来。血红色——左手沾满了血，手背上有一道很深的伤口，可能是被散落下来的碎玻璃划破的。

江南忍着痛，解开安全带，从车里挣脱出来。发动机已经不响了。当他双脚落地，起身站立的一瞬间，感到头晕目眩。也许是因为撞击，失去了平衡感。

车子严重受损。

左侧的前灯部位深陷在山毛榉的树干中，完全变形。方才车子偏离山道后，又往前冲了一段，撞上这棵大树后才停下来的。否则——假如刹车不够及时——就不知道是否还能生还了。

……刚才到底是怎么回事？

江南检查了一下，发现四个车胎安然无恙，看来不是爆胎。这么说来——

难道还是地震了吗？

江南环顾四周。

幽暗的森林中，清清冷冷一片寂静，仿佛什么都没发生过。连风吹草木的声响都没有，只有虫鸟的鸣叫声。

刚才真的发生地震了吗？

江南的脑海中浮现出云仙普贤岳那面目全非的样子。

难道那座山脉又发生了火山喷发，由此而引发了刚才的地震……不，从地理角度考虑，那是不可能的。可刚才的震动相当强烈，连车子都无法很好控制。云仙山脉离这里可相当远呀。因此……

江南叹了口气，仰头看看透过繁茂树叶照射下来的一缕阳光。脖子有点疼，头已经不晕了，但脚步还有点晃悠。

不管怎样，眼前的状况却没丝毫改变——到底怎么回事？

江南思索着。他从牛仔裤的后口袋中掏出手绢，包扎好左手的伤口。

车子好像报废了，他不知能否发动。就算能发动，也不知能否开回原路；就算能开回原路，也不知能否继续前行——江南觉得都不太可能。

难道只能顺着原路走回去吗？一想到要花费不少时间和体力，江南就气馁了。

不管怎样，还是先回到山道上，看看有无过往车辆？再不然——还有一个选择。结合诸多情况来看，那肯定是最明智的选择。

江南再度环顾四周，然后下定决心，从副驾驶座上拿出土黄色外套，套在衬衫外边。

接着，他又不死心地转动了一下车钥匙，果然不出所料，发动机丝毫没有反应。他灰心丧气地想拔出钥匙，却怎么也拔不出来。车胎偏转得很厉害，方向盘也被打死、无法复位，所以钥匙被锁住了。

江南无力地叹口气。

离开车子后，江南摸摸外套的内口袋，发现钱包不翼而飞。他赶紧看看车内，深褐色的钱包就掉在满是碎玻璃碴的副驾驶座上。

为小心起见，他查看了一下钱包里面的东西。现金、银行卡、驾照、工作证以及——

钱包内还放入一张小小的照片。那是一张彩照，但年代比较久远，都褪色了。照片里照的是以满树红叶为背景的两个人，一个是身穿和服的中年女子，一个瘦小的男孩紧贴在那名女子身旁。那个女子笑容满面，孩子抿着嘴，似乎有点紧张。

照片背面有两行铅笔字。

摄于一九七五年十一月七日
孝明十一岁生日之时

这是十六年前的照片。当时江南上小学五年级，妈妈则不到四十岁。江南根本不记得当时的地点和情形，也忘了是谁拍的照。昨天下午，他在妈妈遗留下的相册中看到了这张照片，就悄悄拿了出来……

江南又叹了口气，将钱包放回内口袋。他离开车子，踩着躺倒的杂草和树丛，回到原来的山道上。

沿着这条路继续前行，应该就能到达那幢宅邸。那里应该也有人居住才是。

在这个年代，即便是在人迹罕至的大山中，住家也会安装电话的。如果自己说明经过、寻求帮助的话，总不至于被赶出来吧。先打电话把修理车的人喊来……那样一来，好歹就有救了。

江南不知还要走多远才能到达。但是与掉头回I村相比，还是去那边比较近。

现在是下午五点多，天快要黑了。江南慎重考虑着——就算去那边，恐怕也……

与此同时，耳畔传来低语声。

——快，去吧！

——好啦，去吧！不会迷路的。沿着这条路一直走，很快就到了……

江南踉跄着走了起来。左手不流血了，也不那么疼了。脖子和身体的其他部位虽也受了伤，所幸的是还不影响走路。

走了一段后，江南不禁想起了路过I村时，所遇到的波贺商店的店主。想到他抚摸旧伤的动作，想到他翻来覆去的忠告——“要小心”。与此同时——

——小南，要小心！

他耳边又响起了鹿谷门实的声音。

不用担心，我只是去看看——现在可不能这么说了。

说不定在这种地方发生事故、车毁人伤，都是“青司之馆”持有的“不祥之力”所引发的。他不由得这么认为。不管愿意与否，自己都已经被拖进这个早有设计的无形陷阱之中。如今早已无路可退、无处可逃了。早已……

仅仅走了不足十五分钟的路，江南就看到路边竖立着一个旧牌子。

那牌子倾斜得非常厉害——斜了一半，说不定就是刚才的地震所致。斑驳的方木牌上，有一段用红色油漆规规矩矩写下的字——

自此乃浦登家私有土地

非请莫入

此时，江南感觉到那个不明来路的耳语又响了起来。

——快，去吧！

4

昨天正午前，江南睡醒了。前一晚的酒精还残留在身体里，虽然没醉，但不是很舒服。

一起床，他就又试着给住在上野毛的鹿谷门实打电话，想早点儿告知暗黑馆的事情。另外，江南也想问问那究竟是不是中村青司参与建造的宅邸。但是——

“这里是录音电话。”

录音电话里传来鹿谷的声音，和前晚一模一样。

“请告知您的姓名和留言。我可以在外地查收。请您听到提示音后，在三十秒内说完。”

前晚江南喝醉了没意识到，今天才发现这录音电话里夹杂着少许有用的语句。比如“在外地查收”等。

最近，鹿谷门实没和自己联系，也许出远门了。啊，想起来了，他上次好像说今年秋天要回大分县老家，不正是现在这个季节吗？

稍隔片刻他又打了一次，但鹿谷依旧不在。他稍作沉思后，突然想起了一个人——

神代舜之介。

去年夏天，因为黑猫馆事件，江南认识了这位曾是 T 大学建筑系教授的老人。当他还是副教授的时候，曾教过在T大就读的中村青司。

神代的专业是现代建筑史，因此他并不直接教青司。但那位教授却觉得“不知怎的和青司性格相投”。据说青司经常出入神代的研究室，还多次造访过位于横滨的神代家。青司大学毕业后回到故乡。即使如此，在他搬到角岛的青公馆后，两人依旧保持着书信往来。

正因为如此，江南才觉得神代教授说不定会掌握一些暗黑馆的情况，就像他熟知黑猫馆一样。

江南赶紧把电话打到横滨山手的神代家，接电话的是他孙女浩世。她着实漂亮，让人联想到可爱的日本人偶，并且还很与众不同，是名喜欢读鹿谷门实作品的女高中生。去年年初，当他们去神代家的时候，她还缠着要鹿谷的签名，弄得他很不好意思。至今，江南还记得当时的场景。

江南报上名后，浩世显得很高兴。

“哎呀，好久不见了！你好吗？我很快就要高考了，不能看课外书。但鹿谷先生的作品还是全读完了。爷爷性子更急，都订好计划了，说等我考上大学，喊你们来家庆祝……”

她和一年前一样，还是那样无忧无虑。这让江南不免有些夹杂着自嘲感的羡慕。

“神代教授在吗？我有些事情想请教他，不知道他……”

“啊，好的好的。请稍等一下哦。”

电话里传来她穿过走廊喊“爷爷”的声音。过了一会儿，电话里传来神代的声音，从某种意义上讲，他的声音也没变。

“江南君啊，最近忙什么呢？偶尔来串个门儿呀。浩世还没男朋友。我给你提供机会，你倒不是很上心啊。”

“啊，这个，不……”

由于神代上了年纪，耳朵不好，所以嗓门很响。为了让他听见，江南也只能提高分贝。

“好久不见。这次我打电话来，主要是想请教您一个问题。”

“什么事？”

“是这样的……”

“哈哈哈，又是关于中村青司的？”

“您知道？”

“不知道反而好——那你想问什么呀？”

“哦，是这样的……”

江南把熊本山中那幢暗黑馆的事情告诉了神代教授。教授边听边低声“嗯嗯”地附和着。电话里传来他抓头的声响，似乎努力回忆着什么。

“这是很久前的事情，所以我不太记得了……嗯……熊本的暗黑馆？经你这么一提，我倒是想起来了。”

“果然……”

“如果老夫没记错，那的确是中村君还很年轻的时候参与建造的……对，我记得是他亲口说的。”

“他是怎么说的？”

“怎么说的来着……好像说过那个宅子是早就建好的，只是出于某种原因，他参与了改建工作之类的吧……”

除此之外，江南再没问出其他实质性信息。例如，“暗黑馆究竟是怎样一个宅邸？”“馆主是怎样一个人？”“后来，那个建筑怎么样了？”等，而神代教授都是一句话回答了事——

“那可是很多年前听说的，早不记得了。”

最后，江南被迫答应等浩世考上大学，和她约会一次后，方才挂下电话。

不管怎样，至少他已经确认暗黑馆与中村青司有关。如此一来，江南可就坐不住了。

紧接着，江南打给了远藤敬辅——已故外祖父的弟弟，向他仔仔细细询问了他曾造访过的那幢宅邸的情况。那时，江南已经下定决心过去看看了。

晚上，江南又给鹿谷打了一次电话，对方依旧是留言状态。听完录音留言后，江南等信号音一响，便给鹿谷留下了一条消息：

“在熊本的山中有幢名为暗黑馆的‘青司之馆’。明天，我想先一个人过去看看……”

5

越过木牌所标示的界线，江南步入“浦登家的私有土地”。

天越来越黑，从路边伸展过来的树枝重叠交织在一起，前方显得愈加昏暗。没有风，就连刚才还能听到的虫鸣鸟叫声也不知为何消失了。森林寂静得让人感觉怪异。江南觉得甚至连自己的脚步声、呼吸声似乎都要被这片静寂吞没了。

江南紧了紧外套，稍稍加快了步伐。不大一会儿，右边出现条岔道。走了一会儿，左边又出现条岔道。但江南没有犹豫，就顺着大路走。就这样走，一直走下去——不知何时开始，他有了这种自信。

不久——

两边的森林缓缓地往后退去，视野开阔起来。

突然间，风迎面吹来。树林沙沙作响，山鸟惊叫着飞出林子。

江南用手压住乱发，凝视前方。

那湖泊就在近前，仿佛屏息潜藏在森林中。不知何时，空中的积云已经散去，绚烂的夕阳普照大地，被晚霞染红的湖面熠熠生辉。

湖中小岛的四周被犹如城墙般的砌石围绕，那里面便是——

暗黑馆的所在。

暗黑馆为高墙所隔，让人无法窥其全貌。只能看见零星的黑黢黢的建筑。对面右首方位有一个比其他房屋高的孤零零的建筑，似乎是一个塔。

道路延伸到湖边，分成两股，犹如环抱住湖泊。往左边走，不远处像是码头。江南毫不犹豫地向那里走去。

那是一个防波堤式栈桥，从岸边延伸到湖中。桥头有个四方形的石造建筑。

那建筑的墙壁是用暗褐色石块堆砌成的，平坦的房顶被涂成黑色。江南放眼望去，没看到窗户。那建筑看上去就像为巨人准备的黑色石棺一般。它的体积虽然不大，却有种厚重感，因此亦不适合称之为“小屋”。

那建筑的狭长门廊面朝大道，里面还有扇整体涂黑的门。

“有人吗？”

江南边喊，边轻轻地敲敲门。

“有人吗？请问有人在吗？”

无人应答。

他正准备再敲一次的时候，猛地发现旁边有个门铃。江南试着按了下传声器下方的红色按钮，但里面好像没有门铃的声响，亦无人应答。

江南觉得这门铃没准儿一直通到岛上的建筑里，于是便又按了几下。等了一会儿后，依旧无人应答。是不是有故障，再不然就是……

门似乎锁着。江南转动把手，试着推拉了一下，打不开。于是，他绕到建筑后面，想看看是否有窗户，却不由得惊呆了。

这幢建筑坍塌了。

砌石墙的一部分完全崩落。

这——这也是刚才的地震造成的吗？看样子不像前些天坍塌的。

“有人吗？”

江南慢慢凑上前去。

“有人……吗……”

江南透过瓦砾缝隙窥视进去，但里面漆黑一片，什么也看不到，也听不到任何声响。

江南沿着屋后继续走，发现几扇窗户。但黑色的百叶窗紧闭着，无法窥视其中。

于是，江南朝栈桥走去。

那里有一艘手摇小船，船后左舷停着桨，用绳子拴在栈桥木桩上。

看来只能坐这艘船上岛了……

栈桥很陈旧，好几处的木板都掉了，人走上去会摇摇晃晃，发出吱嘎吱嘎的声响。江南好不容易才保持平衡，把心一横，一下子跳到小船上。

小时候，江南被外公带出去玩的时候，坐过这种小船。他还记得当时调皮地把弄过船桨。虽然水平不高，但江南还是会划船的。

解开绳索花了一些时间，可一旦划起来，船速比想象的要快。

啊……

江南凝视着晚霞笼罩下的湖中岛影，突然产生一个疑问。

我究竟要……

疑问变成不安，不安变成恐惧，迅速膨胀。似乎全身都被冻僵般凝固了。

但那只是瞬间的感觉。

随着小船的加速，感情、思考力全都被排出体外，吸进尽染赤红的湖底——啊，这到底是怎么回事？这里发生了什么？这是什么？这里存在着什么？为什么会气喘吁吁？身体为什么会动来动去？身上的疼痛是怎么回事？这是什么颜色？这是什么声音？这是什么味道？为什么会觉得冷？为什么会觉得舒服……

被一种非自我的意识所操纵。这时，那种感觉开始让江南的内心产生一种异样的甜蜜感。那感觉和江南在百目木岭的苍白色浓雾中迷失方向时所产生的感觉类似。

那是一种渐渐淡薄的现实感——这是什么地方？我在干什么？我在看什么？我感觉到什么？我是谁？我……“我”，到底是谁？

岛上的栈桥与陆地平行相连。那里有一艘带马达的小艇拴在木桩上。江南好不容易将船停靠在小艇后面，走下栈桥。

当江南走下摇摇晃晃的栈桥时，他一度迷失的自制力和思考力多少又恢复了一点。

6

从码头开始，沿着高高的石墙，缓缓的石阶一直延伸到整个岛屿的“入口”。

江南开始顺着石阶向上爬，气喘吁吁、脚步沉重，中途不得不靠在石墙边休息一下。

石阶尽头有一扇巨大的双开门，石墙之上有建成毫无雅趣的石拱门造型。门扉亦涂着与湖岸建筑相同的黑色。江南单手抵住一边门扉，调整呼吸，仰头看看天空。

悄然消退的晚霞将炭火般的颜色浸透天空。

远方飞鸟的黑影依稀可见，紫色流云飞快地变换着形态……黑夜很快就要降临了。

伴随着低沉的嘎吱声，大门缓缓地打开。江南不禁毛骨悚然。但他很快回过神——门内并没有人。只是身体重量通过手传递到大门上，将其推开了而已。

门打开可容一人进出的缝隙，江南悄悄地溜了进去。他刚进去，便听到“叮”的一声。是耳鸣吗？不，那是草丛里虫子的叫声。

门内的庭院很开阔，从这里望过去，无从得知有多大面积。从门前小道穿过大大小小、高矮不一的树木，一直延伸到深处。与“逢魔之刻”名号相称的妖冶黄昏中，对面时隐时现的黑色建筑让人联想到匍匐在地面上的巨大蝙蝠。

江南在小道上走了几步，站住身。他从牛仔裤前袋中掏出怀表、凑到眼前，确认了一下时间。

下午六时七分。

太阳很快就要落山了。

沿着这条小道一直走，应该就能到这个宅子的入口处吧。江南这么想着。他正准备迈步，突然——

——不是那里。

江南似乎听到那耳语声又在耳畔响起。

他一下子站住了。

——去那边……去那座塔。

“那边”是哪儿？“那座塔”又是哪座塔呢？

江南再度环顾四周，之后他明白了。前方不远处有条向右的岔路，一直通到与其他建筑相隔甚远的那座塔下。

——去那上面。

——快呀，去那塔的上面。

江南又被一种非我的感觉牢牢掌控。他快要无法抵抗。那种感觉就像美妙的蛛丝在心中扩散，将他带往半透明界线的对面……

……江南右手紧握着怀表，摇摇晃晃地走着。

江南拐向右边的岔路后一直往前走。小路穿过低矮的树丛，如同融化于薄暮般延伸到那座黑色石塔下。

那塔非圆非方，而是座正多边形的塔，很多等宽墙壁之间的夹角数相同。甚至不用环塔一周查看，只一眼看过去，江南就知道那等宽的墙壁数有多少——一共十面。

这就是**十角形的塔**。

正面有个双开门，像是入口。无论塔门抑或塔门四周的墙壁均被涂成黑色，如同即将笼罩大地的夜色一般。

江南站在入口处，毫不犹豫地伸手推门。随着沉闷的声响，塔门大开。十角形的黑塔迎来了到访者。

塔内比外面更黑。

借助黑暗之中渗透出的事物轮廓，江南登上通往上层的狭窄的螺旋楼梯。没有敞开的窗子，视线越来越暗。江南扶着把手，转了好几圈，终于登到塔顶。塔顶整层完全打通，很宽敞。十面墙之中，有四面墙上有窗户。

借助窗外的微弱亮光，江南走到一扇窗边。打开一看，那里有个小小的露台。天空已经呈现红黑色，很快就要完全黑了。

江南走到露台上，左手缠着手帕，右手握着怀表。他一踏上去，地板就发出了嘎吱的声响。露台三面有稍微高于他腰部一点的栅栏。

江南朝右侧望去，那一侧的黑色建筑群落规模很大。

那是暗黑馆的主体，由四幢大小、风格各异的建筑构成。……那是产生抗拒“死亡”狂想的宅邸。那是将不可救药的肉体和灵魂封存的十字架。那就是暗黑馆的……

在最面前的一幢建筑的二楼，有间屋子开着窗户。

透过窗子能看到黄色的灯光，窗边出现了一个优哉游哉的身影。那是个身着茶色衣服的人。

——有人！

那似乎是个男人，他正望向窗外。不知那人是否看得见自己。江南将身体探出栅栏。就在此时——

似乎事先预定好一般，江南脚下方传来令人胆战心惊的地动声。那突如其来的“重低音”让整个世界都震动起来，令人措手不及。各处传来嘎嘎吱吱的异样声响，黑塔也摇晃起来。

江南再度失去平衡。

他同时感到一阵眩晕。

江南下意识用右手摸额头，原本握着的怀表——指针指向六点半——掉了下去。他的脚一绊、膝盖一软，向前猛地一冲，身子甩出了露台。江南想抓住栅栏，但没来得及。他整个人被轻轻巧巧地抛向空中。而后——

从他坠落的抛物线上，“视点”迸散开来。

瞬间的闪光和无尽的黑暗交错在一起。天地颠倒，上下翻转……他的身体在重力影响下加速下坠，而“视点”则背道而驰，拧成螺旋状，飞向天空。

第二部

第三章　坠落暗影

从上空俯瞰，那个深山老林中的小湖就像某种动物，而且是某种类人动物的足迹，能清楚辨认出相当于五根脚趾及脚后跟的部位。难怪当地人将其称为“巨猿足印”。

“视点”不停地无规则扁平旋转，忽大忽小，时急时缓，降落到位于该湖“脚后跟”部位的小岛上。在昼夜交替之时，暗黑馆显得越发黢黑。但其实它迎来原本就所属的“夜”，亦无任何欢喜可言。它一直处于“夜”之中。

“视点”降落下来，在薄暮中滑行。它飘向暗黑馆二层那间唯一打开的窗子。

如今，灯光昏黄的室内有两名男子。

其中一名是二十岁左右、身材修长的青年。另一名男子则较青年个头稍高，年纪看上去也偏大几岁。

“视点”滑进屋内，与站在窗边的那名青年的视线重合在一起。

1

当时是九月二十三日——昼夜长度基本相同的那一日——的傍晚时分。我正站在别名“暗黑馆”的浦登家的一间屋子里，心不在焉地望着窗外。

这幢宅邸完全占据了整个湖中小岛。大致说来，它由四幢建筑组成。

当时我所在的东馆是西洋风格的木结构双层建筑。它最靠近小岛入口处，堪称整个宅邸的“正面形象”。整个宅邸的入口当然就设在这里。

据浦登玄儿介绍，在四幢建筑中，这个东馆和位于最里面的西馆均为古建筑，其历史可以追溯到明治后期。

不仅年代久远，外观也和听说的一样奇特。

黑顶黑墙、黑门黑窗，无论是谁看到这个纯黑外观的建筑都会感到惊异。而且，尽管建筑整体是显著的西洋风格，但通过巧妙的设计，传统和式建筑风格及技法糅合其中、随处可见。这使我兴趣颇深。在文明开化时期，日本各地兴建所谓“仿西洋式建筑”，将这幢建筑划为这个流派也未见不妥。

就快到下午六点二十分的**那个时候了**。我和浦登玄儿二人在东馆二层的一个西式大房间中。玄儿把这个房间称作“会客厅”。

窗户上镶着可以上下移动的毛玻璃，外侧是黑色百叶窗。当时窗户大敞，外面的夜色越来越浓。妖冶昏暗的黄昏风景中，在茂盛的庭院树丛对面，能够看到一个更为黢黑的塔。

塔孤零零地屹立在那里，和这边的建筑有一定的距离。塔不是很高。虽然我没有靠近看过，因而无法断言，但估计也就相当于三四层楼高。

塔的最上层好像有个小露台，从一片黢黑中兀自凸出来。那时，突然——

我看到一个白色的身影在那里移动。

我不禁“哎”了一声。

那是什么？难道那里有人？

我觉得奇怪，回头看向屋内。

这个房间无论是墙壁、地面，还是天花板，基本色调还是黑色。可能正因如此，那块铺在房中央的暗红地毯才会显得那么耀眼。

浦登玄儿泰然地坐在皮椅上吸着烟。他身着黑鞋黑裤黑衬衫，以及薄薄的黑色对襟毛衣。他这身纯黑打扮似乎是为了与这个宅子相配。

他看见我回头，放下跷着的二郎腿问道：

“中也君，你怎么了？”

玄儿还是一如既往地用那个已故抒情诗人的名字称呼我。我要他别再这样称呼我，但无论说多少遍都是对牛弹琴。因此近来我也完全习惯了，一本正经地戴上心爱的黑色棒球帽。

“从这里可以看见那个塔。”

“噢，你说的是十角塔吧。要是感兴趣，明天我带你去好好看看。”

“塔上有人，现在。”

“什么？”玄儿觉得奇怪，夹着烟站起身。

“奇怪了，那里的确……”

我再次将视线移到窗外，凝视着黑塔的最上层。那里有个白影——没错，那是个人影！虽然看不清楚，但露台上的确有人……

玄儿走了过来。他踩在地毯上的脚步声越来越近。就在那时，仿佛要阻止他过来般，突然一下——

传来了低沉的地动声……随即，沉闷的声响和撞击接踵而至。我抓着窗框，赶紧猫下腰，身后传来玄儿的声音："难道又地震了？"那时发生了当天的第二次地震。

和两小时前的第一次地震一样，火山喷发、烟雾冲天的景象从我脑海中一闪而过。

今年六月的那次火山大喷发，死伤众多。说不定那个活火山又开始大喷发，从而引发了这个地震……不，这种想法不切实际。从地理位置上看这不太可能——两小时前，自己也产生过相同的想法，同样被自己否定了。

最初是上下晃动，然后是比较猛烈的左右晃动，持续的时间似乎比第一次还要久。

窗户上的毛玻璃，桌子上的茶杯、茶壶，装饰架上的小物件被震得哗哗响，还能听见什么东西开裂的巨响。我顾不上回头看玄儿，双手抓住窗框，撑住身体。就在那时——

窗外传来什么人的惊叫声。

那声音很微弱，但一听就知道事情非同小可。

我猫着腰循声望去，清清楚楚地看到那白色人影从露台上直坠地面。

"啊！"

我不禁小声喊了出来。与此同时，壁炉上的座钟也报时了。那音色很清脆，与当时的混乱情形完全不协调——下午六点半。

当钟声的余韵消散时，晃动也停止了。

"停了？"

玄儿嘟哝着。我无意识地叹口气，站起身。

“哦呀哦呀。吓了一大跳呢。我觉得比第一次来得猛烈。”

玄儿边说边环顾室内。他开玩笑般展开手臂，似乎安心了。那件肥大的黑色对襟毛衣似乎并不适合他。随着他的动作，那件没有扣好的毛衣向两边扬了上去，看上去像蝙蝠的双翼一般。

“房子好像没事。太好了。”

从天花板上垂落下来的电灯还在慢慢晃动。这个房间并没遭到很大损害，充其量也就是架子上的小物件倒了几个，墙上的画框倾斜了一点而已。

“亏你还特意跑到这儿来。要是地震把重要的房子弄塌了，可就没得玩儿了……啊，危险！”

玄儿原地蹲下。烟头掉落在他脚旁，将地毯烧焦了一块。看来地震时，玄儿惊慌不已，失手将香烟掉到地上了。

“火灾也不是闹着玩的。”

玄儿捡起香烟，用脚踩了踩烧焦的地方。

“这宅子自古就与火犯冲，以前发生过好几次火灾。北馆被完全烧毁，这才整体重建的。当时我还是个孩子。”

“玄儿！”

我终于能够开口说话了。

“出事了。刚才那边……”

我透过四敞大开的窗子向外望去。玄儿皱着眉头，觉得奇怪。

“哦，对了，你刚才不是说‘十角塔’上有人吗？”

“他掉下去了。”

“什么？”

“刚才我亲眼看见那个人掉下去了。”

“真的？”

“我还听见惊叫声了。他刚走上露台，就发生地震了。”

“你的意思是那人失衡摔下去了？”

“——恐怕是。”

“走，去看看。”

说着，玄儿将香烟丢在烟灰缸里，冲出房间。我犹豫了一下，赶忙追了出去。

2

在通往一层大厅的宽大楼梯的拐角平台处，我们遇到了一个瘦高女子。她穿着丧服一般的黑色套装。我刚到这个宅邸时，就是她出来迎接的。她是浦登家的用人，玄儿称她为“鹤子太太”。后来给我泡茶的是另一个用人。那名女佣较鹤子太太稍矮，年龄大概在三十岁。

鹤子——姓小田切——看上去四十过半。虽然还是中年，头发却如同百岁老人般全白了。乍一看让人觉得怪异，但那盘在脑后的白发与她冷峻的面容相得益彰。

看见我们从二楼跑下来，鹤子一下站住。她肯定察觉出发生了大事。

“玄儿少爷！”

她抬头看着我们，一脸诧异。

玄儿一语不发，从她身边跑过，她更加迷惑了。

“玄儿少爷，发生什么事情了吗？”

“塔门钥匙在哪儿？”

玄儿停下脚步问道。

“——您说什么？”

“就是十角塔的钥匙。那个门不是一直锁着的吗？”

“的确是……”

鹤子扫了我一眼，随后又看着玄儿问道。

“十角塔怎么了？”

“好像有人爬上去了。刚才地震时，中也君看见有人掉下来了。”

“什么？！”

“如果是真的，那可不是小事。鹤子太太，我得去看看……”

“我也去。”

我们三人冲到屋外。

周围已经一片黑暗，只有门廊柱子上孤零零地挂着一盏灯。天空满是云，星光很微弱。庭院的树丛间是无尽的黑暗。

“还是带上手电筒比较好。”鹤子说道。

玄儿点点头，说：

“麻烦您去拿一下。我们先过去了。”

鹤子折回屋内。与此同时——

“中也君，这边！”

玄儿带着我，冲出门廊。

黑暗中，玄儿跑上那条通往小岛入口的小路，我紧随其后。途中，我们拐到左边，跌跌撞撞地跑着，周围越来越黑，跑了好一会儿我们才到达塔下。

借着微弱的星光，我仰头看看耸立着的黑色十角塔。塔内没有灯光。其正面有门，像是入口，但现在关闭着。玄儿挂念着那道“一直上锁的”门，径直走过去，但走到一半他就停下了脚步，似乎想起了什么。

“那边吧？”一边嘟哝着，玄儿朝左首方向，也就是面朝东馆的方向走去。我也跟在他后面，顺着塔的外围朝那里走去。

“是什么地方？要是露台下方的话，应该就是这一带了……”

两人环顾四周。黑暗中，我用眼睛搜索着，脑海中浮现出那个白色身影。

突然有咔嚓声传来，我们不由得一阵紧张。那是地面杂草被踩踏的声响……能听出是人的脚步声。

“谁？”

玄儿冲着黑暗处叫道。

“谁在那儿？”

咔嚓咔嚓。那个声音又传了过来。

没错，是脚步声。有人朝这里走过来。

突然亮起一点光亮。我抬头一看，只见风将云层吹散，圆月从云中露出了脸。那月亮让我联想到熟得快要烂掉的柠檬，就像那表皮即将脱落、从糜烂的果肉中蠕动出黑乎乎的虫子一般。

“谁？”

玄儿又问了一声。无人应答，脚步声越来越近。很快——

苍白的月光下，从塔旁边的繁茂枫树中，闪出一个小小的身影。

“谁……唉，是慎太啊。”

那是一个未成年的孩子。他穿着短袖衬衫和短裤。

“你在这儿干吗呢？”

少年停下脚步，看着我们，随后稍稍歪着光头。虽然天色昏暗、看不见他的表情，但我总觉得那少年好像很害怕。

“玄儿……少爷。”

少年的嗓音听上去像没有吹好的草叶笛声。

“那……那个……”

“怎么了？”

少年将右手插在短裤口袋里，往前走了几步。

“那边！”

少年伸出左手，指着自己刚走出来的树荫方向。

“有人躺在那里。”

“躺在那里？！”

“我没见过那个人。”

“你说那边有人？”

玄儿向少年走去，加重语气问道。少年像做了错事、遭到批评般浑身一颤，向后退了一步。

“回答我！慎太！”

“我不知道。”

少年虚弱地摇摇头，转身就跑。

“啊！等等！”

少年就那样跑掉了，他的右手还插在口袋里。他朝我们来时的反方向——宅子的后院——跑去。

“那孩子是谁？”我问玄儿。

“是忍太太的孩子。”

“忍太太？”

“不是有个用人把茶水送到你的起居室吗？她叫羽取忍。刚才那小孩是她儿子，叫慎太。”

玄儿停顿一下，用食指戳了戳自己的太阳穴。

“智力有点问题。”

“那孩子怎么会……”

“这个……不说了，还是先去那边看看吧。”

玄儿看向慎太所指的枫树。我点点头，和玄儿一起走了过去。少年说有人躺在那里，而我刚才也看见有人从塔上坠落。毫无疑问，这二者息息相关。

穿过枝叶繁茂的枫树，我们发现了那个趴在地上的坠落者。

3

在一丛半人高的杜鹃花前——

一个脸朝下的苍白身躯浮现在月光下，似乎湮没在繁茂的草丛里。从着装、身高、头发的长度来判断，那不是一名女子，而是一名年轻男子。

我们跑了过去。那人纹丝不动。莫非死了？还是……

玄儿单腿跪在他身边，凑过去查看。

“——还有气儿。”

“还有救吗？”

“说不好……啊呀，还好，还有脉搏。只是失去知觉了吧。”

“这人是谁呀？”

玄儿没有回答我的问题。他直起上身，环顾四周，然后又看看头顶上方，自言自语起来：

“原来如此。恐怕是……”

就在那时，从枫树对面传来“玄儿少爷”的喊声。似乎是鹤子太太拿手电筒来了。

“鹤子太太，我们在这里。”

玄儿站起来回应。

“在这儿！快过来。”

很快，一束刺眼的光线刺穿了黑暗。

“玄儿少爷。”

“快，照照这儿。”

鹤子准备了两只手电筒。她将其中一只递给玄儿，然后用自己的那只手电筒照向那名倒在地上的男子。

“就是这位先生从塔上掉下来的？”

“好像是他吧。他还活着——好像没有致命伤。”

玄儿拿着手电筒，再次单腿跪在那人身旁。

“鹤子太太，帮忙把他翻过来。”

“好的——中也少爷，请您帮我拿一下手电筒。”

鹤子将手电筒递给我，然后和玄儿一起将那个人慢慢翻转过来。她手脚麻利，看起来并没有惊惶之色。

我拿着手电筒，照向那名坠落者的脸部。果然是个年轻男子，和玄儿年纪相仿，二十五岁左右。

他双眼紧闭，脸颊和鼻尖被泥巴之类的弄脏了，但并未显出病态。污垢之中虽也夹杂着血痕，但他似乎并没有严重的外伤。

“喂！”

玄儿轻拍着他的肩膀唤道。

“能听到吗？”

挂着一丝血痕的双唇颤抖般微微动了动。我们还听到了一声微弱的呻吟。

“还活着呢。”

玄儿点点头，拿手电筒照着年轻人的脸，确认了一下瞳孔的反应。虽然他几乎没有什么临床经验，但总归是医学系毕业生，检查起来井井有条。

看着他，我的思绪不禁回到了**五个月前的那一天**。

五个月前，十八岁的我刚来东京上大学不久。那一天，从晌午时分起就飘起了冷得出奇的小雨。雨水打蔫了花期过后的樱花。这一切似乎都是很遥远的回忆。那个春天的夜晚……我说不定也是被玄儿这样亲手照顾着。那一天的那个时候，在那个地方，我……

不过这也都是想象，我已经回想不起当时的状况。不管我如何努力，**那部分记忆**始终是一片空白，让人着急。

当玄儿给那个年轻人检查的时候，鹤子迅速解开他的衬衫纽扣和腰带。她的动作看上去也很熟练。

“在这儿没办法检查啊。”

玄儿说道。

“他好像没有骨折。搬动一下也不要紧。还是先把他抬回家里要紧。”

“好。”鹤子随即应答道。

玄儿抬头看看我，说：

“中也君，帮忙抬着他的脚。”

他发起号令来。

“鹤子太太先回去。我想想看……就把被褥铺在外厅吧。然后赶紧把野口医生叫来。”

“遵命。我这就去。”

鹤子跑开后，玄儿的双手自那名年轻男子的身后穿过腋窝处，抱起了他的上半身。我把电筒塞到腰带里，伸手抱住那名年轻男子的两条腿。

年轻男子身上的土黄色外套和他的脸一样脏。裤子也不例外。

当我和玄儿同时抬起他的身体，缓慢移动时，发现其左手缠着手绢。在从塔上坠落下来之前，他好像就负伤了，那白手绢下渗着赤黑色的血迹。

“玄儿。”当我们把他抬往东馆的时候，我按捺不住地问道，“这人是谁呀？”

“我还想知道呢。”

玄儿边走边失望地回答道。

“我不认识他。至少他不是这个宅子里的人。”

“这么说，是从岛外来的？”

“也许吧，但不管怎么说，这家伙真走运。”

玄儿抬头看看塔。

“就像刚才我说的那样，这家伙可真是够走运的了。”

“怎么说？”

“一般说来，要是从露台上摔下来不可能安然无恙。毕竟有七八米高，即便当场死亡也不足为奇。”

“那倒是。”

我脑海中浮现出那名男子坠落于地的样子，不禁脱口而出。

“那个枫树帮他缓冲了一下……”

“也许吧。那树有三四米高，他可能被塔下的枫树树枝弹了一下，然后落到杜鹃花丛中，被花丛接了一下，最后落到地面。地上又有杂草，加上直到昨天雨才停，所以地面也很松软。”

“原来如此。”

“不管怎么说，这家伙真够走运的。”

玄儿看着失去知觉的年轻人，苦着脸，思索着。

“不过，这家伙到底是谁？从哪儿来的？”

与他的问题相呼应，一个词语在我脑海中复苏。

——**我是谁**？

啊……这是……

——我究竟是谁？

五个月前的那个春日，这是我扪心自问的问题。

——为什么我会在**这里**？为什么与**这个人**交谈？

“……他为什么在这个岛上？为什么爬到那个塔上？希望他能早点儿苏醒，说个明白。”

月亮又被云层吞没，夜色比方才更加浓厚。我们没有再继续说下去，在黑暗小路上快步走着。

4

大约是下午四点前，我和玄儿到达浦登家的老宅子——准确地说——是登上了宅子所在的小岛。

自此乃浦登家私有土地
非请莫入

大约半小时前，我看到了那个木牌。

即便进入私有土地，道路依然如故。稍作前行，便来到湖畔。湖面一片墨绿，湖畔有一片开垦森林后用作停车场的小广场。我们将车停放在那里，下到岸边的栈桥上。

我们坐小摩托艇到岛上去，驾驶员是一个叫蛭山丈男的用人。他五十多岁，驼着背，上面有个很大的瘤，也就是常说的罗锅儿。

我们一到，他就从栈桥旁边的小石屋中脚步轻快而又敏捷地迎了出来。他好像住在那里，既当门卫，又当小艇驾驶员。

宅邸所在的小岛被高如城池的砌石所围绕。我们乘船颠簸了不到十分钟，就抵达了小岛。

到达岛上的栈桥后，我们爬上一段沿墙而上的长长石阶，穿过一道大大的黑门后，再沿着树丛间的前院小路一直走，终于——

我终于能看见宅邸的全貌了。在此之前，由于围墙和庭院中的树丛阻隔，只能断断续续地窥其一角。

在灰色天空的背景下，那幢宅邸一眼看去像个影子。

那的的确确是个影子。那幢宅邸仿佛并不在那里，而是位于其他地方，挡住光线后，在这里投下了影子。一个巨大的影子，或者是——

在人迹罕至的无尽大自然中，似乎只有那幢黑色宅邸拒绝融入周围的风景之中。无论谁一眼看去都会留下这样的印象。顽固地拒绝，顽固地否定，顽固地……不，或者是——

那幢宅邸亦有种贪得无厌感。

它贪得无厌，妄图吸收这个世界上的一切光线、一切色彩，结果反成了混沌的“黑色”。最后这个世界就沉入由此而形成的无边黑暗中。说不定就是以那里为中心，将这世界完全颠覆过来——内外颠倒。不，也有可能是……

“中也君，感想如何？”

玄儿的声音把我从白日梦中拉了回来。我稍稍慌乱地摇摇头、眨眨眼，再次仰头打量眼前的宅邸。

那当然不是“影子”，而是实际存在的宅邸。黑墙黑窗、黑色房顶、黑色烟囱、黑色的……

“这个宅邸果然奇特。”

我装得若无其事。

“尤其是那堵墙。”

“墙壁？哦？”

“既不是木板，也不是石头。”

我凝视着那个黑色的墙面。

“原材料是瓦。”

四方形的黑瓦紧紧地排列在一起。涂在菱形瓦缝处的灰浆也和瓦一样黑乎乎的，毫无光泽。外观奇特，让人联想到覆盖着硬鳞的爬行动物的皮肤。

“应该用的是海鼠壁技术吧。”

“海鼠壁？”

“一种常用作建造仓库用墙的技术。你没见过？就是把平瓦一块接一块地排好，用白色灰浆涂在接缝处，像鱼鳞一样堆砌起来。”

“哦，那就是海鼠壁呀。可这个……”

“感觉完全不同吧。这墙上的灰浆是黑色的，瓦也砌得不够高，一点都不像海鼠壁——这种墙，我还是第一次看见。”

“远道而来，还是有价值的。对吗？”

玄儿微笑着。我默默地点了点头。

“还有别的建筑吗？”

“嗯。这是东馆，家里人也将其称为‘正馆’。大致说来，它只占据了整个宅子的四分之一。这宅子的中间是庭院，东西南北方各有一幢楼。”

“这些建筑的构造都一样吗？”

“只有东馆和最里面的西馆墙壁构造一致。其他两处则各不相同。

当然所有建筑都是黑色的——你看！能看见那边吧？”

玄儿指着东馆右侧。

“那就是北馆，用石材建造的。与东馆相比，它才是真正的西洋式建筑。”

“内部也全是黑色的吗？”

“基本上是。如果说还有其他颜色，恐怕就是红色了。”

“黑色和红色……”

“血红色。”

玄儿摸摸尖下巴，意味深长地撇撇嘴。

“所有建筑都很大，但窗户很少，而且几乎所有的百叶窗和挡雨板都关着。即便白天，屋内也很暗。真不愧是暗黑馆。”

“这宅子可真够怪的。”

“对吧？说起来我是因为从小就在这里，才对此见怪不怪的。等我长大了以后，才意识到这宅子的怪异。”

玄儿滔滔不绝地说着。他看上去很疲惫，本来就白的皮肤看上去苍白如纸，毫无血色。从熊本市到这里，一直是他一个人开车，当然疲倦了。

“即便如此，在这么偏僻的地方修建这么一个宅子……”

“不可思议？”

“一般人都会这么认为。”

“这宅邸的第一代主人、我的曾祖父浦登玄遥——虽然这话从我嘴里说出来，似乎有点炫耀——据说他年轻时善做生意，三十多岁时就已经积累了巨额财富。但他也有性格怪异的一面。一天，他突然买下这个小岛和周围的森林，建造了这个大宅子，过起了半隐居的生活。他将手中一应事情都托付给手下。即便如此，他也一直拥有绝对的权力……”

我一边听着玄儿的解释，一边打量着这个宅子。最初看到这幢宅子的全貌时所受到的冲击已经淡化，取而代之的是对这建筑的家装产生了浓厚的兴趣。

“Chimera。”玄儿说道。

我愣了一下。

“你说什么呢，又是海鼠壁又是希腊神话怪物的？”

“正确说法应该是 Chimaira 吧。”

“Chimera 是由 Chimaira 转化而来的吧。”

那是出现在荷马史诗《伊利亚特》中的怪物。相传它是个长着狮子的脑袋、巨蟒的尾巴、山羊的身体，口吐烈焰的怪物。后来，这个词演变成生物学术语，指那些由两个以上具有不同遗传基因的细胞构成的个体。

“据说这个宅子建于明治后期，是吗？”

“东馆和西馆应该是建于那个年代。”

“文明开化时代，在日本各地兴建了许多仿西洋式建筑。当时，工匠中的佼佼者照葫芦画瓢，建造出了所谓的‘西洋式建筑’。在那些建筑之上，东西方建筑风格被奇妙地糅合在一起。”

“原来如此。这么说来，这些建筑可谓 Chimera 了。”

“据说人们谈及‘仿西洋式建筑’时，常带一种蔑视的口吻。日本工匠们煞费苦心，建造出的都是些不伦不类的西洋式建筑。后来他们常说‘日西结合’，这其中也隐藏着一种自卑感。但至少我并不讨厌初期的仿西洋式建筑。”

“这个宅子也属于那种建筑吧。”

“年代上有点儿差异，但这么看上去嘛……”

我抱着胳膊，眯着双眼看了过去。

“日本的海鼠壁西洋建筑现已为数不多。像庆应大学的三田演讲馆、新潟税务厅等建筑早就化成了灰烬，筑地宾馆亦是如此。那可是日本国内最早的宾馆，在东部地区独一无二……它的海鼠壁可非同一般呢。”

“不愧是建筑系的学生，知道得很详细呀。”

“我才一年级，只是自己感兴趣而已。”

虽然这个建筑中融合了海鼠壁等传统日本建筑技法，但整体上还是西洋式风格。无论是凸出地面的玄关门廊，还是里面硕大的两扇大门；无论是百叶窗紧闭的细长窗户，还是突兀在房顶上的方形烟囱等……但玄关上方却是铺着瓦的歇山屋顶[①]，与左侧——也就是南边——相连的平房一侧还用了无双窗[②]。

只是，我觉得这个宅子和自己以前在照片或当地看到的仿西洋式建筑在本质上有很大的不同。一般说来，建于文明开化年代的建筑总是给人一种明快的感觉，有一种朝气，让人心情愉悦——从今往后，日本将融入世界，日本将成为世界的中心。但是——

眼前的这个宅子如何呢？

压根儿就让人产生不了那样的感觉。这个宅子只能给人又黑又暗、自我封闭的强烈感觉。

这里——这个西洋式宅子，到底是出于何种目的建造的呢？

如果那个黑色海鼠壁正如刚才感觉的那样，像某种生物的皮肤的话，那么整个宅子的正面就如同希腊神话中那个杂种动物的脸一般……

“进去吧。”

---

①由前后两个大坡檐、两侧两个小坡檐、两个垂直的等腰三角形冲剖面组成的屋顶制式。

②一种日式窗户，易于通风、采光。

玄儿催促道。

“走了那么久的路，你也累了吧？明天再慢慢欣赏也不迟。”

“——是呀。”

我拎起脚下的包，跟在玄儿身后，朝玄关门廊走去。走着走着，玄儿突然扭过头说道：

“中也君，你称呼自己时，还是用‘我’呀。”

“嗯？！是的。”

“我上次不是也对你说过吗？十九岁的大学生一般不说‘我’。不是还有别的叫法吗？”

“我不是也对你说过吗，我从上高中起就这么说。”

我故意板着脸回答。

“如果你让我说‘俺’‘咱’，我会觉得别扭，还是说‘我’最自然。”

“没想到你还挺顽固的。”

“我正朝这个方向努力。”

我也学玄儿刚才的样子，撇了撇嘴。

“我一直讨厌被别人看作小孩，也讨厌别人用‘年轻’来概括本人。所以……”

“原来如此。”

“你希望我称呼自己为‘咱’？”

“也不是。随你高兴好了。”

说完，玄儿轻轻耸了下肩。就在那时，发生了当日的首次地震。

5

我和玄儿抱着那名从十角塔坠落下来的、身份不明的年轻男子，回到东馆。

穿过玄关的黑色双开门，就是可通向二楼的宽敞大厅。正面有楼梯，向右拐个直角后通到楼上。刚才我们跑下来的时候，就是在那里遇见鹤子的。

当来访者初次到访这间大厅之时，都会被那地面所吸引，因为地面也铺着与外墙一样的黑瓦。

那方而平的黑瓦被铺成棋盘状，瓦缝中的灰浆也是黑色。房间的墙裙、天花板也被涂黑。整个空间都十分怪异，让人觉得像是被那个杂种动物完全吞噬了一般。

进入大厅，沿着右侧的墙壁，有一块两米多宽、铺着地板的区域。这块区域比铺着瓦片的地方高出一截。铺着瓦片的区域似乎相当于日式房间的玄关处，但即便我们不脱鞋子似乎也没任何不妥。

我们走向大厅里面。

走到尽头后，左侧有一扇双开大门敞开着。一条铺着瓦片、笔直而宽敞的走廊延伸出去。从方位上判断，这条走廊似乎一直延伸到东馆南端。

玄儿对鹤子所说的“外厅”就在这条走廊旁。

虽然我早就知道暗黑馆是个日西结合的建筑，但看到客厅时，依然多少有些吃惊。风格独特自不必说，更重要的原因是这个纯日式的房间竟与西式大厅近在咫尺。

这个房间在布局上与长廊并排，入口有三尺宽。一排黑门前敞开着两扇门，门内是铺着榻榻米的昏暗房间。

我们暂且把年轻男子放在入口处，腾出手来脱掉满是泥浆的灰色帆布鞋。与这间三十几平方米的房间相比，自天花板上垂落而下的电灯灯光未免显得微弱。房间中央已铺好一床被褥，却看不到鹤子的身影。或许她去喊“野口医生”了。

我们把年轻男子放入被褥之内。

“喂——”

玄儿凑到年轻人的耳旁。

“你可要挺住，听到没？”

那年轻人除了低声呻吟之外，没有其他任何反应。

“他不要紧吧？”我问道。

玄儿撇着嘴，轻轻地摇摇头。

“呼吸和脉搏都正常，我觉得应该没有大事。可问题是，不知道他的头部遭受了多大的撞击。”

“野口医生是谁呀？”

“他是我们家的主治医生。从熊本市每两周来这儿一趟，每次都会住上两三天。他也是我父亲的老朋友。这次应该是昨儿晚上出发……”

这么说来，那些停在湖畔停车场的几辆车，其中一辆就是野口医生的。

“不用送他去医院吗？”

“先让野口医生看一下。况且在这深山老林里，就算现在叫救护车来，也不知道什么时候能赶到。”

玄儿拿起放在枕边的湿毛巾，帮那名年轻男子擦脸。

擦去泥垢和血渍后，那年轻人闭着眼睛的神态竟然很安详。加之肌肤白皙、面容清秀，一看就知道他是个老实人。和预想中的一样，他果真有二十五六岁。

“你到底是谁呀？”

玄儿低头俯视着年轻男子的面庞，轻声低语道。

“不知道有没有证明身份的东西呢……还是帮他脱掉外套比较好。中也君，帮我个忙。”

二人脱去青年的土黄色夹克。玄儿随即在夹克口袋里翻找起来。片刻后，他摇摇头说：

“竟然什么都没有呢。”

“连钱包都没有吗？”

“——没有。好奇怪啊。”

玄儿又翻了翻那名男子的衣裤口袋，但只找到一包开了封的香烟，似乎没有表明他身份的物品。

“还有五六支烟，可连火柴和打火机都没有。这也够奇怪的。”

我站在玄儿身旁，紧张地四处张望。虽然我很关心这名年轻男子的身世，但我同样——或者说更加——没法不在意这个房间。

房间空空荡荡，光线昏暗。

脚下的榻榻米已经相当破旧，踩上去的感觉非常不爽。靠近走廊的一侧是黑色木门，对面是普通的纸拉门。那个纸拉门看上去也有很长时间没有替换过，上面破了好几处。

“如今，这个房间几乎不怎么用。”

玄儿似乎看透了我的心思。

“那边是院子吗？”

我指着纸拉门的方向问道。玄儿点点头。

“虽然外面的雨窗一直关着，但那里早就变成走廊了。”

房间一角有一个像模像样的书斋。带黑檀立柱的壁龛与壁炉紧邻一旁。这些简单的布置似乎是为了体现出“西式宅邸”的风貌，倒也让人觉得几分有趣。

在壁龛对面——朝南的一面有一排暗红凝重的拉门。我不禁想起玄儿在宅子前所说的话：

——黑色和红色……

——血一般的红色。

我注意到其中的一扇拉门半开着。于是，我撑着手、伸长脖子，悄悄窥视着拉门里面。

拉门对面一片寂静，延展着漆黑的空间。仅仅凭借这个房间的昏暗光线，根本就弄不清楚那个空间究竟有多大。

“对面有四间屋子。”

玄儿帮我解惑。

“南边的平房有这个客厅这么大，全部打通的话，可以开运动会了。”

“竟然……”

我家在当地也算是大户人家，宅子里也有个可供朋友亲戚共聚一处的大客厅，不过可没有大到这么夸张的地步。从这个客厅的规模就不难想象出，这宅邸的初代主人浦登玄遥是多么富有，权威有多么大。

当玄儿站起身、关上那扇半开的拉门后，鹤子赶了过来。看见我们后，她停住脚步，站在门口，上气不接下气地说道：

“我把医生叫来了。”

一个男人出现在门口。他手上提着藏蓝色的手提包，看上去沉甸甸的。皱巴巴的白大褂里面是灰色的西装和衬衣，领带也没打好，松松垮垮的。他就是野口医生吗？

他个头很高，有一米八左右。与其说他“魁梧”，倒不如用“大汉”来形容更贴切。我觉得他挺着啤酒肚的身材，还不如不要穿白大褂，穿浴衣更为妥帖。

他脸色通红，架着玳瑁框的眼镜。胡子灰白，从额至顶的头发都掉光了。由此估计，他可能已近花甲了吧。

“这小伙子就是病人吗？”

他的声音圆润，像个男中音。

野口医生慢慢吞吞地走进客厅后，一屁股坐在玄儿身边。我从被褥旁站起来，隐约闻到他身上有酒味。

医生低头看着仰面朝天、躺在被褥中的年轻人，低声“嗯”了一下。他摸了摸下巴上的灰白胡子，歪着脑袋，思索片刻，看向玄儿说道：

“听说他从塔上掉下来的。”

“还算走运。他被树枝挡了一下，然后才落到地面上。”

“是嘛。我大致看了一下，好像没有骨折和重大外伤，呼吸和脉搏也正常。但似乎意识不清，可能是坠落时的撞击造成的。”

“脑部有外伤吗？”

“脑后有一个大瘤。此外，他左手裹着手绢，似乎在坠落前就受了伤。”

“我先看看。”

野口医生把包拉到身边，再度目不转睛地看向年轻男子。他抚摸着下颚的胡须，歪着脑袋，再度“嗯”了一声。

“野口医生，您认识他吗？”

听到玄儿的问话，野口医生含混地否定道：

“不认识，不认识。”

“鹤子太太认识吗？”

玄儿问向依旧站在门口的鹤子。

“你见过他吗？”

“没有。我也不认识他。”

她冷淡地答道。

6

将那名年轻男子的救治工作交由野口医生和鹤子后，玄儿带我离开了外厅。

玄儿告诉我，鹤子曾经在医院做过护士。难怪在塔下发现年轻人时，她处置得井井有条。原来如此啊。我总算弄明白了。

“那个医生的身上有酒味。”

我压低嗓门说道。玄儿细长的眼睛里，透出一丝笑意。

“他一到这儿就非喝不可的。他已经是半酒精中毒了，如果他没醉，那才有点不对劲儿。”

“这样啊……”

“没关系的。你别看他那副样子，其实很有本事的。在熊本的医院里，有不少病人都主动要求让他看病呢。”

“他在你们浦登家族经营的医院里工作吗？”

“是呀。在熊本的凤凰医院。怎么样？名字够唬人的吧？野口医生就是那儿的院长。”

我自然觉得鹤子以前所在的医院恐怕也是浦登家族经营的。

我跟在玄儿身后，走出大厅。

在这条铺着瓦片的走廊正对面，也就是这个建筑物的北面，也有一道走廊。前面提到的那个高出一截的铺地板区域也与那条走廊相连。此时，一个身着罩衣的小个子女人正急急忙忙地从那里跑过来。她就是将茶水送到二楼起居室的用人——羽取忍。

“啊，忍太太！”

玄儿很随意地喊道。羽取忍停住脚步，站在客厅入口处，抬头看了我们一眼后，连忙点头行了一礼。

“刚才的地震，没事吧？”

玄儿问道。

“是的。”

过了好一会儿，她才回答道。

“房子没有受损吧？”

“这个……”她又停顿了片刻，“目前为止还没有。只是东西被震倒了。”

“像这样持续地震，还真是让人害怕啊。说不定附近又有新火山出现了。”

“不会吧？”

“开个玩笑。但九州就是一个火之国嘛。不管何时何地，发生地震和火山喷发都不足为怪。我记得忍太太的老家是阿苏吧？”

“我只是出生在阿苏町而已。”

“我曾经去过中岳的火山口，那山可够壮观的。如果它真的喷发，恐怕整个九州都要淹没在火山灰里了。”

羽取忍看上去不知该如何作答。玄儿对此视而不见，继续说道：

“对了，刚才我在外面碰见慎太了。”

羽取忍一下子抬起头。这一次她倒是立刻有了反应。

“那孩子调皮捣蛋了吗？”

“没有，没有。我不是这个意思。有个人从塔上掉下来，是慎太第一个发现的。”

“我早就对他说过——天黑后就不要出门。真对不起。”

“都说了要你别往心里去嘛，说他立了一大功都不为过呢。”

羽取忍半信半疑地轻轻点头。

“现在，野口医生和鹤子太太正在那里救治伤者。也许他们需要个帮手，你去帮个忙。”

“哦。遵命。”

羽取忍跑向客厅。玄儿则大摇大摆地穿过客厅，走到铺着地板的区域上——当然，那些地板也被涂成黑色。也许是肌肉酸痛，玄儿活动了几下脖子。而后他从衬衣口袋里掏出香烟，用那个自他二十岁起就常常使用的汽油打火机点上火。

我从今年春天才开始抽的烟，尚没有什么烟瘾，但此时此刻却非常想来一根。在玄儿的影响下，我也摸了摸自己的衬衣口袋，这才注意到我把香烟落在房间里了。

“喏。”

玄儿递给我一根和平牌香烟。我稍做犹豫后，接过烟叼在嘴里。玄儿随即用他的打火机为我点上火。我第一次抽这种没有过滤嘴的烟，反应比较强烈，刚抽了一口便被呛到了。

“那么，中也君！”刚抽到一半，玄儿望着玄关大门说道，“你能陪我去一趟吗？”

“——去哪儿？”

玄儿一边从裤袋中掏出手电筒，一边回答道：

“再到十角塔去一趟。我想看看塔内的情况。”

第四章　空白时间

1

晚上八点半，我们再次站在那座塔前。

夜寒深重，迎面而来的夜风有种温湿感，让人不禁加快了脚步。

云层已将夜空完完全全地覆盖住。别说刚才的月光了，连一丝星光都没有。

玄儿用手电筒照向黑色十角塔。

跨上几级台阶后，便能看到一扇双开门。塔门、过梁及以灰浆加固的塔壁均为黑色，与夜色融为一体。

之所以称其为“十角塔”，是因为塔的横截面为十角形的缘故吧。我在脑海中描绘着塔的形态——十条等长的边相互交叉成相同的角度，每个内角都为一百四十度。与西洋式建筑顶层的六角形、八角形的小屋相比，此塔更加接近圆形。

这座西洋式木结构十角塔除过梁外，没有任何明显的挑檐天沟。它不像佛塔那般有多重挑檐，而是任涂浆墙壁一直延伸到塔顶之下。玄儿曾说平台高度约为七八米，如此算来，整座塔的高度为十米左右。

“这塔是什么时候建的？”我问玄儿，“和主体建筑同一时期建的吗，还是……”

“听说是在那之后。”玄儿看着塔，回答道，“那会儿主体建筑已经大致建成，也有人住了一阵子了。”

“在这儿孤零零地建个塔，有什么特殊的用意吗？整座宅子很容易让人觉得位处忌讳方位似的……”

“这个嘛——”

玄儿欲言又止。

“我的曾祖父玄遥对传统的方位、风水等事不感兴趣。只有对感兴趣的东西，他才会表现出异乎寻常的执着。”

——异乎寻常的执着。

“是啊。不然的话……”

“他也就不会建造这个宅子了？”

“嗯。”

“你说得没错。刚到这里的时候，你不是也问过嘛——为什么玄遥偏要在这荒山野岭中，建造这么一个宅子。”

我无言地点点头，回想着今晨自熊本市内赶至此处的漫长路程。

暗黑馆建造之初的交通状况要比现在恶劣得多，想必搬运建材和器械等并不十分容易。当然，木材石料等建材大多是就地取材。

“要是你对这些事儿感兴趣，我可以慢慢向你解释。但大部分详情也只有玄遥本人才知道，如今也没法儿再问他什么了。还是趁早死了心吧。”

“十角形的塔很罕见呢。我还是第一次看到。”

“这个塔为什么是十角形，最后也成了一个谜……啊，不过呢，说起来也不是没有答案。”

“你说说看。”

“听说玄遥参照某个建筑才建造了这个宅子，包括这个塔在内。”

这可是前所未闻的，我不禁感到有些意外。

“玄遥赚了钱后，曾经有段时间离开日本、去欧洲旅行。当时，他在意大利待的时间最长。在那儿——”

“他遇到了那个建筑？”

“我不确定，只能说不是没有这种可能。他很可能在那里对某个建筑倾心，才照搬过来建了这个宅子……”

玄儿欲言又止，沉默了一会儿后，终于将一直投向塔的视线移到我的身上。

“你听说过朱利安·尼克罗蒂吗？”

猛地听到这个问题，我有点莫名其妙。

“我还是第一次听说。”

“他是个意大利建筑师，从十九世纪后半叶到二十世纪前半叶，长期从事于建筑行业。”

“没听说过，我孤陋寡闻了。”

“别这么说，没听说过很正常。他可不是什么知名人物。”

“难道玄遥看中了尼克罗蒂设计的某个建筑吗？”

“是啊。听说玄遥在意大利的时候，参观过不少尼克罗蒂设计的建筑，对其产生了莫大的兴趣。他差人建造的这个宅子就算没有照搬尼克罗蒂的建筑，也受到他不小的影响。”

“尼克罗蒂设计的建筑是什么样的？”

玄儿似乎不知道该如何回答这个问题是好。他将手电筒的光线从塔上移到自己脚下，不住地缓缓画圆。

“似乎净是些与众不同的建筑。”他话里有话地说道，“他似乎故意设计成不便居住的房子，让人忍不住想要怀疑设计者脑子是不是进水了的同时，也会感到他的设计有种不可思议的魅力。”

“具体说来是什么样的魅力呢？”

“那个无法用语言表达……好了，这些事情你会慢慢明白的，反正有的是时间。”

玄儿再次将手电筒的光线移到塔上。

“总而言之，我觉得玄遥参观过的尼克罗蒂的建筑中，也许就有十角形的。所以，我才说‘也不是没有答案’的。”

玄儿看了我一眼，朝着塔的入口走去。我赶忙紧随其后，跨上台阶，走到门前。

“鹤子太太不是说这个门一直是锁着的嘛。”

“是啊……本该是这样的……”

玄儿用手电筒照了照门把手。

“嗯？！哎……怎么会这样？”

“门锁怎么了？”

“——锁坏了。”

我站在玄儿身后看向门锁，不经意间轻喊出声。

一把弹簧锁挂在门上——似乎就是它锁住了这个入口——这把弹簧锁本应固定于两边门框之间，但安在其中一扇门框上的螺丝松掉了，于是，那锁才挂在了门上。虽然这弹簧锁本身是锁着的，但这样一来却起不到本来的作用了。

“会不会是被人弄坏的？”我问道。

玄儿摇摇头。

“螺丝不像是被人拔出来的。我觉得可能年代久远，松动了吧。”

“坏了很久吗？”

“天晓得。这个塔原本就不怎么用，所以我也不太清楚。有可能是一年前、一个月前，也可能就是今天坏的。”

玄儿没有理会挂着的弹簧锁，径直握住了门把手。随着一声闷响，塔门被推开了。

2

我们走入十角塔。

塔内一片黑暗，不动声色地泛着潮气。我们用电筒照了照四周。

墙壁满是污垢，地面灰尘遍布，四处散落着零碎板片及木棍……我知道塔内荒废不堪，但用手电筒还是看不清楚内部的构造。

从地板下面传来金龟子的鸣声。尘土、霉味以及旧木材的味道交织混杂一起，刺激着鼻腔。这是长期无人居住的建筑中所特有的气味，虽然谈不上舒服，但不知为何却让我产生一种久违的感觉。这个……

——这是上哪儿野去了？怎么弄了一身的泥啊！

十多年前的声音不经意间响彻耳畔。

——疯玩儿什么去了？

——你可是哥哥，怎么这么皮……

“中也君，走这边！”

玄儿招呼着我。

他照着右前方，缓慢地向前走去。光影间，能隐约看到一个通向上面的螺旋楼梯。

玄儿抓住楼梯扶手，猛地站上去，试试它的承重度。伴随着金龟子的鸣声，传来了嘎吱嘎吱的轻微响声。

“上来！”玄儿喊道，“小心脚下。没准儿有的楼梯板都烂了呢。”

楼梯很窄，无法让两人并行通过。等玄儿走上几级楼梯后，我才小心地踩上第一级楼梯。这个古旧的木楼梯比预想中结实，承载两个人毫无问题，也没有玄儿所担心的坏梯板。

塔的第三层是最高层。

玄儿爬到顶层后，立刻用手电筒照向身边的墙壁。他满意地轻声低语道：

“太好了，还有蜡烛。”

只见墙壁上有个烛台，上面插着几根粗蜡烛。看来这个塔内原本就没安灯。

玄儿用打火机点着蜡烛后，遮蔽了视线的黑暗逐渐化开。因此，我也能大致看清顶层的样子了。

整个房间呈十角形，大致分成两部分。一部分就是我们所在的楼梯附近一角，其余空间为另一部分。两部分空间被木栅栏隔开，因此即使我们站在楼梯处，也能看清整个房间的情况。看起来，这层被全部打通作为一间房用了。

“这里……”

我瞄了一眼玄儿的反应。

“可真像是……”

我觉得这儿真像个牢房。中间是栅栏，栅栏的对面是牢房，而我们站在牢房外面。从面积上推算，“牢房”与外面的比例大致是四比一。

“以前，那里似乎铺过榻榻米。”

烛光中，栅栏的影子投射在地面上。玄儿拉长的身影也重叠其上，摇曳着。

“不过现在嘛，就像你看到的这样，什么都没有。”

栅栏上敞着一扇门，玄儿穿过那里，朝“牢房”走去。我在裤子上轻轻拍了拍满是灰尘的双手，跟在玄儿身后也走了过去。

我们走到十角形房间的中央，借助着蜡烛和手电筒的光线，打量着四周——这里果真空空如也。不要说家具和摆设，就连以往铺过的榻榻米也荡然无存。

“玄儿，你说……”

黑色栅栏对面烛光摇曳。我眯起双眼，向身边的朋友问道：

“这个房间到底是做什么用的？”

“你觉得呢？”玄儿反问道，“你刚才想说什么？”

“我想说……嗯……”

“你是不是想说——这里像个牢房？”

“……是啊。”

玄儿沉默了一会儿后，深吸一口气，又呼了出来。

“你猜得没错。”

“啊？！”

他的声音听上去怪怪的，我不禁吃了一惊。

“那是怎么回事……”

“这里是**囚禁人的地方**，也就是**塔顶牢房**。那扇栅栏门上好像还曾上过一把结实的锁。”

“——牢房？”

听到这个古老的词语，我竟然有些毛骨悚然。

“要关谁呀？”

我当然想知道答案，但玄儿摇摇头。

“那可是个秘密，是浦登家族的秘密。你要是不打算活着回去的话，我就告诉你。”

“你说什么呢？”

“吐个槽而已。”

说完，玄儿轻声笑起来。但他吐的是哪句的槽，又有多少可信度呢？

“关于这个塔，我并不清楚建塔伊始时的状况。我也只是听说——宅子里的人出于**某种目的**才建了这个塔。”

玄儿转而正色地说。

“但至少我知道在竣工后的一段时间内，这里的确曾被当过囚禁室。不过，不知道是走运还是不走运，这些事儿我都想不起来了。”

“想不起来了？”

我再次看向玄儿。

“是因为你提到的那‘某个目的’？”

“没错。就是因为‘**某个目的**’。”

玄儿仿佛自嘲一般，故意耸耸肩。

“我现在回忆不起来了，心里急得痒痒的。这种心情，你或多或少可以理解吧？”

——**我**吗？

我默默地点头。

——我究竟是谁？

我不应该在这个时候依旧纠结这个问题。但，我认为他说得的确没错。

“平台在……哦，那边呀。”

玄儿转身朝房间里面走去。借助手电筒的光，我们看到一扇开着的窗户。

“这层有四扇窗子。不过，这四扇窗子里就只有这一扇窗子外面带平台。”

那是一扇有一人高的对开落地百叶窗，其内侧并没有玻璃。从这里走出去，才能看到百叶窗外侧还附有防雨木板——说来这构造也很奇怪了。

那个平台不大，有这个十角形中的其中一边宽，纵深不足一米半，其余三面均围有半人高的黑色栅栏。

“瞧。”

玄儿举手指指。

“那就是我们刚才所在的房间。”

我用手按住被暖风吹得蓬乱的头发，朝他手指的方位看去。横在地上的黑黢黢的巨大宅邸之影展现在眼前。面前那幢建筑物——东馆的二楼，有一扇透出昏黄灯光的窗户。

我正想朝前迈出一步，玄儿赶忙制止道：

“小心！虽然我觉得也不会再地震了，可这个建筑太老了，还是别靠近栅栏为好。要是再从这儿掉下去，我可不敢保证你也能像那个人一样安然无恙。”

说着，玄儿自己反倒走了过去，轻轻握住栅栏，朝塔下望去。他用手电筒照照下面，点头说道：

“没错，那个人就是掉在这底下的。”

随后，玄儿离开栅栏，查看起脚下的阳台地板来。

“要是有脚印就好了……可惜啊，现在什么都看不清楚。塔里应该会留有脚印吧。”

“留下脚印？是吗？”

“欸？你没注意到吗？不过，天这么黑，没注意到也很正常。”

是我疏忽大意了。这个塔内，长期无人出入，亦无人清扫，地面上积满了灰尘，那个人不可能没留下脚印。

“在一层入口处、楼梯上以及这层的地面上，肯定有**那人留下的脚印**。只是这里太暗了，看不清楚。还是明天再确认吧——对了，中也，你看！”

玄儿站起身，走到我身旁。

“我找到了这个东西。”

说着，玄儿伸出左手。我拿起手电筒照了过去。

“这是——表？”

“没错。而且还是怀表，带着银表链的怀表。”

“它掉在了这里？”

“就落在栅栏前。”

“你的意思是这表是那个年轻人掉的？”

“有可能。当他因为突如其来的地震坠落塔下的时候，这表掉在了这里……”

说着，玄儿收回左手，仔细端详起那块怀表来。

“表盘玻璃还好好的，但指针停了。可能是掉下来的时候，受到撞击才停的——六点半，正是地震发生的时间。一切都吻合。”

“的确如此。”

“欸？”

“又怎么了？”

“表盘背面刻着字呢。刻的是……”

玄儿重新握好电筒，左手捏着怀表凑到脸前，眯着眼睛仔细地端详。

“‘T.E.’。”

“‘T.E.’？是缩写吗？”

“像是。”

玄儿点点头，将怀表放入牛仔裤的口袋里。

“这表肯定是那个年轻人的。而且，这上面刻着的‘T.E.’很有可能就是他名字的缩写。不管怎样，我们总算找到了能够确认他身份的东西。”

我的脑海中浮现出那个躺在东馆客厅里的年轻人的苍白容颜。我又重复了一句“T.E.”，但什么都没有想到。

3

今年春天，我遇到了浦登玄儿。说得再精确些——是五个月前——四月下旬的一个晚上。

从孩提时代开始，我就喜欢建筑物，尤其是古老的西式宅邸。高中时期，我常常利用悠长的假期四处旅行，见识过许多不同地方的建筑。所幸的是周围的人没有过多指责，认为那不是高中生该做的事。其实他们早就觉得我挺怪异，也就见怪不怪了。

当然，我的学习成绩出类拔萃，无形中帮我摆脱了不少指责。很早，我就下定决心，打算高中一毕业就到东京去，正儿八经地学习建筑。我亦为此而努力……今年三月，我如愿以偿地考入了理想中的大学。

我离开位于九州大分县的老家，独自来到东京，寄宿在文京区的千駄木。我记得那天是入学典礼结束后一周多的一个周日，日期是四月二十日。

刚过正午，天空就飘起了小雨。我单手撑伞，夹着素描本走出房间。我记得当时自己穿着白色对襟衬衣、灰色长裤，外罩一件薄大衣。樱花已经过了盛开期，被雾蒙蒙的冷雨打湿。

那天，我打算走得远一点，去看看位于北区西原的原古河男爵的宅邸。那是由英国著名建筑师约西亚 · 肯德尔建造，具有浓郁北方哥特风格的石砌西洋建筑。我早就听说过这个宅邸，但还未曾有前去造访的机会。

我根本就不在乎这不大不小的雨，反而在心里祈祷着，这鬼天气能使得前去参观的人减少。

到达之后，我占据了一个适当的角落，撑着伞，开始素描起那个建筑。我喜欢描绘各地的建筑，从高中时养成的这个习惯从未改变过。

好几个小时，我没有休息片刻，专心致志地画着。小雨时下时停，等我大致画完的时候，小雨突然变大了。我看看四周，已有几分暮色。我合好素描本，抱在胸前——好不容易画好的，可不能被淋湿了——便急匆匆地离开了那个宅邸。

……我能清楚回忆起来的情景到此为止。

在那之后做过什么，我一点都想不起来，根本回忆不起来——那是一段被分割的记忆，是一段空白的时间。

此后能回忆起来的便是自己躺在医院充满药味的病床上，周围有几个素昧平生的人。

有穿着白大褂的中年男子，同样穿着白大褂的年轻女子，以及一名全身漆黑的男子——他就是浦登玄儿。

“现在好一点儿没有？”

当时，玄儿这样问我。

“如果你想起了什么，能不能告诉我们？”

“我……”

我不知所措地歪着脑袋。

“这里是……”

“是病房。”

“你是……你们是谁？”

“他们是主治医生和护士。我叫浦登玄儿。我不是已经对你说了好几次了嘛。”

“哦……”

“你还没想起来吗？你叫什么？”

“我叫……”

——**我**？

“我是……”

我从病床上坐了起来，只觉得脑袋隐隐作痛，身上倒不怎么疼。

——我到底是谁？

我不断扪心自问着这个令我焦躁的问题。

——我为什么会在**这里**，和**这些人**交谈着？

这是四月二十二日——星期二清晨发生的事情。

在我的记忆中，这是自己和浦登玄儿的初次相遇。但**对于浦登玄儿来说**却不是那样。他说我们的初次相遇是在两天前。

我是二十日周日下午离开原古河男爵宅邸的，那之后足足一天半的记忆被我完全弄丢了。不仅如此，当在病房里与玄儿“初次相遇”时，我连二十日之前的事情也完全忘却了——包括自己的姓名和出身。

后来从玄儿的口中，我得知了一些“事实”。

周日晚上七点半左右，我在小石川植物园附近。

这个植物园位于原古河男爵宅邸的南边，有相当长的一段距离，我不记得自己在雨天是步行，还是坐车去的。我为何不回千馱木，而要去那里？其中肯定有原因，但我也不记得了。可能仅仅是去散心，也有可能只是路过那里，还有一种可能就是我迷路了，可以设想出诸多可能。

总之，当时我就在那里，独自走在太阳下山后的昏暗小路上。

玄儿就是在那里和我相遇的。

当时，天空下着蒙蒙细雨，玄儿骑着自行车，办完事，正准备回去。路上的街灯稀稀拉拉，我撑着黑色的晴雨两用伞，走在小路中央。据玄儿讲——他在我后面，当时我肩上背着包，夹着素描本。

后来，一辆黑色的雷诺轿车飞驰而至，全然不顾路上的大水坑，从我身边全力驶过。

我赶忙跳起来，躲避飞溅而起的污水，但倒霉的是，我凑巧挡住了玄儿的去路。

“我来不及刹车或躲开。应该怪我没有注意前方情况。”

听他的口气像是在开玩笑，但他的表情却颇为严肃。

“最后，我们就撞了个正着……你被我撞飞起来，一头栽进路旁的小沟里。你手里的伞和素描本也被你扔了出去。你还记不记得？”

我完全记不得了。只觉得头痛，像是事故引起的后遗症。

玄儿赶紧扶我起来，但我本人却毫无反应。我趴在那里，头栽在路边的小沟中，不管他怎么喊我都一动不动。看来我被撞倒的时候，头部某处曾遭到猛烈的冲击。

玄儿当场就采取了力所能及的抢救措施，但他立刻意识到那还远远不够。虽然我没有明显的外伤，没有出血，头部和面部也没有变形，但丧失意识本身就是个严重的问题。

他喊来救护车，把我送到相关医院。所谓“相关医院”包含两层含义。一来是能及时抢救患者的医院，二来是玄儿父亲掌权的“凤凰会”集团旗下的医院。

被送入医院后，我得到了及时的检查和治疗。

据说刚开始，我只是恢复了意识。但我根本就不记得医生和玄儿曾经对我说过什么。虽然我的意识恢复了，但思考力和认知能力还不行。

经过检查，医生确认我的头盖骨和大脑并没有遭受损伤，其他部位也只是点擦伤，没有大碍。由此看来，只是头部的撞击和事故本身让我暂时丧失了记忆而已。

“交通事故中，经常有人会丧失事故前后一段时间的记忆，这并不罕见。”

主治医生如此解释。

“但你现在几乎完全想不起来自己过去的经历，这倒是比较罕见的病例。”

玄儿把我的素描本、包等都拿到医院来，但就算看到那些东西，我还是想不起来自己是谁。更为糟糕的是——随身物品中，找不到能证明我身份的东西。

伞不用说了，素描本、包以及衣服上都没有写着我的名字。我们还查找了包内的文具、地图、钱包、手帕等物，可还是白费力气。当时，我通常不随身携带学生证和通讯录。

“你是暂时性失忆，而且不属于器质性问题，只是心理问题。换句话说，就是受了刺激。”

主治医生的见解很乐观。

“所以你没必要太烦恼，很快就能想起所有的事情的。不要着急，好好休养。”

虽然他这样安慰我，但我不知道自己是谁，就无法得知自己应该去向何处。

医生告诉我已经没必要再继续住院治疗和检查了，可以早点儿出院。这本来是让人高兴的事情，但我不知道出院之后该如何是好。

正当我为难之时，玄儿伸出了援助之手。

“去我家吧。”

他这么说，倒也合情合理。

“对于独居的人来说，我家稍显宽敞了。多住一两个人也没问题。再说是我撞的你，应该负责任。”

就这样，出院后的一段时间里，我就暂住在玄儿位于东京白山的住处。

这最多也就是发生在五个月前的事情。但不知为何，我总觉得那些都是很久很久以前的事儿了。每每回想起来，我总觉得从那天起，在那个病房中和玄儿“初次相遇”后，自己就一直生活在和以往现实相隔的虚幻世界之中。如今，我来到位于熊本县深山老林中的这座暗黑馆，也是那件事的延续。

4

从十角塔出来后，玄儿说想看看渡口的情况。于是，我们顺便去了小岛的入口处。

“那个年轻人是怎么过来的？你不感到好奇吗？”

玄儿边快步穿过林间小道，边解释道。

“从湖畔至此只有两艘船。一艘是我们乘坐的由蛭山先生驾驶的摩托艇，另一艘则是手摇的小船。你应该见过，对吧？”

当我们乘摩托艇过来的时候，那艘手摇小船就停泊在栈桥边。如此想来，那个年轻人正是乘那艘小船，于我们之后来到岛上的。

入口处有扇黑色双开大门，近三米高。黑暗中，那扇大门显得更加威严，更有分量。环绕着整个小岛的石墙在门上方形成哥特式拱顶。

玄儿曾悉数告诉过我，传说这里曾是某个武将所在的城池，小岛四周的石墙就是在原有城池的基础上修建而成的。

虽然玄儿也说那个传说未必真实，但我觉得可以相信。因为那个“城墙”是用无数巨大的天然石块堆砌建成，不管玄遥家族多么富有，如果没有原来的城池为基础，很难想象他们能完成如此浩大的工程。

有一扇门留有仅容一人通过的缝隙。我们走出门外，走下通往栈桥的平缓石阶。

湖面上没有一丝光线。暗夜无边，不禁让人心惊胆战。

不知何处传来湍急的水流声，听上去近在咫尺。与刚才相比，风大多了，站在这里还能依稀听到湖边森林的沙沙声。

“这个湖深吗？”

我突然好奇地向玄儿问道。

“据说是个**无底深渊**。”

玄儿像在开玩笑。

“如果掉下去，没人能活着上来。”

“是吗？真的？”

“我不知道是不是无底深渊，但它的确不浅，而且水藻丰富，水面与深处的温差也很大。小时候，家里人警告我湖里危险，绝对不能下水游泳。事实上，这个宅子里就曾有人淹死在湖里。”

“是浦登家族的人吗？”

“是这个宅子里的用人母子。那是我未曾出生、很久以前的事情了。听说那个孩子在湖里戏水时溺了水，他妈妈本想救儿子，结果一起淹死了。”

我默不作声地打量着四周的无尽黑暗。树林依旧哗哗作响。玄儿继续说道：

“也有人说那不是简单的事故，是栖息在湖水中的**怪物**将他们二人强行拖进去的。”

“湖里……有怪物？”

“是个我们从未见过的怪物。”

玄儿装作开玩笑的样子。

“那是什么怪物？”

“本地流传着许多说法。在深山老林里，**确确实实**有这么一个湖存在。这本身就会让人浮想联翩，如果没有一两个传说，反倒不可思议。”

我们走下长长的石阶，靠近建造在岸边的栈桥。玄儿不再和我说话，用手电筒照向那里。他自然认为那艘手摇小船就停泊在那里，连我也是那么认为的。但是——

“没有！”

——栈桥附近并没有小船。

突然，一阵大风呼啸而至，吹动水面喧声连连。我觉得自己就要被吸入那无尽的黑暗之中，赶紧眨了眨眼睛。不经意间轻声嘟囔了一句“怎么会这样”。

“怎么回事？”

玄儿也嘟哝着。

“莫非他不是划船过来的？那么……不，可是那个……”

“‘那个’是什么呀？”

我掉头问道。

“难道还有别的途径上岛？”

“啊，那是——”

玄儿并没有回答，只是皱皱眉头发出“嗯”的语调。他又举起右手的手电筒，向栈桥的方向迈了一步。

“中也君，小船在那边。”

“什么？”

“在那边。”

玄儿拿着手电筒，照着前方。

“你看！船在那边。”

“啊？！”

玄儿拿手电筒照着栈桥不远处的湖面。透过无尽黑暗之中的这道光，能看见汹涌翻腾的粼粼水波，以及漂浮其上的一道孤零零的黑影——那是一艘船。

“竟然在那里……”

“那个年轻人是乘船下岸的，但没有系好缆绳，船就被湖水打过去了。”

“或许是地震时，缆绳松开了？”

“嗯，也不是没有这种可能。”

据目测，那艘小船离岸边并不远。若非正值湖水寒冷刺骨之时，完全可以游过去将船拉回来。但玄儿并没有这样提议。

“等会儿和蛭山先生联系一下好了。”

说完，他掉头往回走。

5

所灭亡者 可是我心
所灭亡者 可是我梦
所谓记忆 似已全无
漫步道中 不禁目眩

在出院后的第三天，我第一次听到玄儿念这首诗。我在事故发生的整一周后出的院，因此所谓的第三天，算来就是四月二十九日。

我欣然接受玄儿的邀请，在身份弄清楚之前，暂时先在他家寄宿一段时间。

玄儿的家位于白山一个幽静的住宅区，是一个木质结构的老式平房。房子整体建造得非常气派，还有不少细节一眼看去就知道经过了改良。正像玄儿所说的那样，无论占地也好建筑也好都是相当宽敞，肯定有许多房间是平时闲置不用的。门口的名牌上仅写着“浦登”二字。

我见他独居于偌大的房子中，不禁胡乱猜测起来——是不是他的家人都过世了呢？但我立马得知事实并非如此。玄儿的父母家在熊本，他是家中长子，为了求学而独自来到东京。提到浦登家族，知情人当然清楚那是一个在全国各地都拥有不动产的大资本家。这幢位于白山的房子便是那些不动产之一。

玄儿告诉我，他到今年夏天年满二十七岁，目前还是大学生，未婚。二十四岁时毕业于T大医学系，后来又进入同一所大学的文学系，但他几乎不去上课。

对于我单纯想要知道他为什么不直接做医生的疑问，玄儿如此回答：

“我觉得那个职业不适合自己。”

他脸上浮现出一丝笑容，让人觉得意味颇深，并不像他回答的那样简单。

玄儿让我住在一间面向宽阔庭院、可以铺八张榻榻米的南房。

庭院看上去无人照管、荒废不堪，但房间却收拾得井井有条，看得出房主是个一丝不苟的人。这让我产生了好感。而另一方面，房子里的窗户全部紧闭，让人觉得怪异。

不论天气好坏，不论是否出门，窗户基本上都紧紧闭合着，一天中只开一小会儿。如此一来，即便白天，房子里也很阴暗。空气静悄悄地，停滞淤积。

“我不太喜欢亮光。”

玄儿的解释让人有点费解。

“阳光可不是什么好东西。只要走到阳光下，人们就会不由自主地‘运动起来’。这实际上不好,过多地‘运动’只会加速生命的燃烧。因此……”

“是吗……”

我回答得模棱两可。

“不，这也许和我从小生长的环境有关系。我父母家就是**那样**，如今很难再改了。现在我……”

说着，玄儿露出自嘲的眼神。当时，我还无法领会他话的意思。

“生长的环境”是什么样的？“父母家就是那样”是什么意思？当时我和他相识不久，也就无法继续追问下去。

一个叫登美江的中年妇女来为我们做早饭和晚饭，打扫卫生等似乎也是她的工作。玄儿简单叙说一下经过后，把我介绍给她认识时，登美江吃了一惊。她那对小小的眼睛瞪得溜圆，说道：

“您连自己是谁都记不起来了吗？”

“……是啊。”

“您看上去像个学生……多大了呀？”

“我也不记得了。”

我甚至记不得自己的年龄和生日。

“反正，就是这样了。”

玄儿向登美江说道。

“他暂时住在我这里，所以，请你准备两人份的饭菜好了。”

“好的。”

接着，玄儿对我说道：

“如果有什么需要，不要客气尽管开口。如果我不在家，你就和登美江说。”

“好的。”

我点点头，与此同时偷瞥了一眼那个家政妇的表情。她也正用看外国人般的眼神看向我。

那天晚上——也就是我出院后，来到玄儿家的第三晚——登美江也为我们准备了晚饭。用过晚饭后，玄儿坐到起居室的安乐椅上，手捧满杯葡萄酒看着电视节目。就在那时，他突然念起诗来——

所灭亡者　可是我心

所灭亡者 可是我梦

所谓记忆 似已全无

漫步道中 不禁目眩

“那是什么诗呀？”

我吃了一惊，一时间觉得那可能是玄儿自创的诗歌。

“你不知道？”

被他这么一问，我才知道那可能是别人的诗。

“不知道——是谁的诗？”

“中也。中原中也。”

就算他这么说，我也没立刻反应过来。

我虽然丧失记忆，但忘记的主要是自己的过去，一些基本知识还是知道的。所以，我知道“中原中也”是已故诗人的名字，也想得起他出现在照片中戴着黑色帽子的模样。但我知道的就这么多，似乎从未通篇读过一册他的诗集。我好不容易才想起“咻——啸——吖哟”这句出自他的代表诗作《马戏团》。

“《昏睡》是他晚年写下的短篇，连《山羊之歌》和《往日之歌》中也没有收录，你不知道也很正常。虽说是‘晚年’，其实中也当时只有二十六七岁而已。”

生无所恋 莫若一死

虽如是说 吾欲苟活

虽如是说 吾欲偷生

即便如此 诸君何所云

恍惚忆起 诸君有所云

玄儿继续背诵着《昏睡》的下文。与此同时，他目不转睛地凝视着我。在柔和的灯光中，他的脸颊、脖子、手——所有裸露出的肌肤颜色均显得异常苍白。

"'所谓记忆，似已全无'……"

玄儿凝望着我，反复念叨着这一句。我不禁低下了头。

"我可不是故意念给你听的。你可不要误解。"

"哦……"

"有关自己的事情什么都不清楚，什么都想不起来，**完全丧失了记忆**——我说的不是别人，而是我自己。"

"啊？"

玄儿的话让我十分意外。

"这话怎么说？"

"我也有一段完全空白的记忆。"

"——不是吧？"

"虽然和你现在的情况不同，但我也有一部分记忆完全丧失了。我想不起来孩提时代——九岁、十岁之前的事情。"

"九岁、十岁……但是……"

"可能大家对于幼时的回忆都比较模糊，但我更为明显。我是一点都想不起来。就像是——"

玄儿把杯子放在桌子上，轻轻摸摸尖下巴。

"就像在那之前，我整个人都不存在一般。就是那样的感觉……"

沉默片刻，我看着玄儿的嘴角。

"是什么原因造成的？"我问道，"发生过什么事故吗？"

玄儿将插在裤袋里的左手抽出来放在桌子上，而后解下手腕上的腕表。

“那是……那个伤疤是怎么回事儿？”

我第一次看到在他的左手腕周围——也就是表带遮住的地方——有一块伤疤。那伤疤触目惊心，变了色的肌肤收缩成令人心痛的锯齿状。

“我自己完全不记得什么时候、怎样受的伤，后来才从别人那里听说的。”

“这伤和你的记忆丧失有什么关系吗？”

“没错。这个……”

玄儿欲言又止。

“哎呀，我们刚认识不久，我不应该和你提这种事情——对不起，让你受惊了吧？”

“那倒没有。”

“总之就是这么回事。”

玄儿从桌子上拿起杯子。

“怎么说好呢？姑且不论事故的责任，我是非常挂念你的。因为我觉得在你身上，能看到自己的一部分影子。”

我低着头，隔了一会儿说道：

“没关系……的。”

我又低声自语道：

“反正医生不也说了嘛，我很快就能恢复记忆了。”

事实上我一点都不乐观，心里非常焦急，惶惶不安，心生畏惧。

但是，一阵莫名涌上心头的大雾似乎将这一切情感所笼罩。那雾苍白无比、寒冷异常……它淡化了我的现实感，模糊了我的情感，让我感觉不到现实的烦恼和苦痛。

奇妙的浮游感时而眷顾于我。我觉得如果放任不管，自己的实体存在感似乎就会淡薄下去，直至半透明状——**恍惚之中**，我和这个世界相接。这种感觉并没让我觉得不快，因此我从来也没想过要把这种感受告诉警察，寻求帮助……

恍惚忆起 诸君有所云

不知为何，耳畔响起《昏睡》中的最后两行。我没有发出声，在喉咙深处反复咂摸着诗中滋味。就在那时——

“我说你呀。”

玄儿改了腔调调侃起来。

“那套衣服真不适合你。”

——突然之间，他要说什么？

“这身衣服吗？”

玄儿眯着双眼，笑嘻嘻地望着茫然不知所措的我。

“我觉得还是那样好——黑色的斗篷加上呢子礼帽。礼帽要能完全盖住头顶——那样肯定不赖。”

“斗篷加礼帽？”

“现在开始，我就称呼你为‘中也君’好了。”

“什么？”

我更加不明就里。

“没有人说你像中原中也吗？”

“我？像中也吗？”

“我觉得像。”

玄儿眯着双眼，显得更加开心。

“我觉得你要是把头发留得再长些，再扣上个帽子的话，就无可挑剔了。”

“这个……我说……”

见我一脸茫然，玄儿稍微正经了一点儿。

“你没有名字可不行呀。这样我也会为难的。”

“那倒是……可是……”

“中也君——这样称呼你怎么样？就这么决定了。明天我们就去买衣服。这年头恐怕没有斗篷了，不过我们可以找找类似的衣服……”

就这样，玄儿开始称呼我为“中也君”了。

正如医院的主治医生所言，在事故发生约三周后，除了事故前后之外，其他的记忆我都恢复了。只是，即便知道了我的真名，玄儿依然没有改口，还是称呼我为“中也君”。

第五章　绯红庆典

1

当我们回到东馆的时候，野口医生正好从客厅走到玄关大厅。

“野口医生！”

玄儿喊了一声，快步自黑色地砖上走了过去。大厅内侧墙角的大摆钟——那是个有一人多高、十分厚重的直立式长木箱挂钟——似乎要盖住他的脚步声般缓缓地报时了。那是晚上十点整的钟声。

“那个年轻人怎么样？”

等钟声散去，玄儿问道。

“他睡得很熟。”

说着，野口医生慢慢捋捋灰胡须。

“不过，也不用太担心。正如玄儿君的诊断那样，他至少没有生命危险，也没有骨折。虽然有许多擦伤，还有一些跌打伤……不过他左手的伤并不严重，头上的肿包亦无大碍，总之不要紧的。”

“——那太好了。”

“不过，他从那个塔上摔下来，竟然没受什么大伤，还真是走了狗屎运啊。”

“可不是嘛——对了，他还没恢复意识吗？”

“刚才睁开过一次眼睛。”

“说什么没有？”

野口医生皱皱红彤彤的圆鼻头，说道：

“没说什么。也许因为他摔下来，受了刺激致使大脑混乱，所以他虽然睁开了眼睛，却什么都没说。”

“你觉得他看起来茫然自失吗？”

玄儿接着问道。我不禁想起五个月前自己在病房中醒来时的情形。

“没错。”

野口医生提着一个看上去很沉的深蓝色皮包，慢悠悠地回头看看客厅。

“他表情变化很慢，身体活动也不积极。茫然……对，就是那样的感觉。不过，他能听到我说话，似乎也能理解。”

“他能表达自己的意思吗？”

“当我问他感觉如何、什么地方疼的时候，他会摇摇脑袋。擦伤处是会疼的，但没有恶心和头晕表现。看上去，他想说话，但无法顺畅表达……看来还是受惊带来的后遗症。”

“你还问了什么？”

“我问他是否知道这里是什么地方，他摇了摇头。”

“你有没有问他是谁？”

“问了，他还是摇了摇头。”

说到这里，野口医生自己也摇了摇头。

“你是否向他说明了前后经过？”

“没有。他那种样子，就算我再怎么解释，他还是稀里糊涂。他虽然没有受重伤，但体力消耗不少，还是先让他好好休息为好。我已经让他服用了营养剂和镇静剂，先让他睡到明天早晨。”

“这样啊。”

玄儿叹了口气，从胸前口袋里摸出香烟，叼到嘴上。我能从动作感觉出他有点焦虑。玄儿当然想早点儿知道那个年轻人的真实身份。

这不禁又让我想起了五个月前的事情。我能根据现在的情况想象出，自己丧失意识时玄儿的心理活动。

“安排好让他去医院了吗？”

玄儿吐出一口紫烟，问道。

“作为医生，我当然会建议——最好让他早点儿接受全面检查。”

野口医生慢慢捋着胡须说道。

“但从他现在的情况来看，还没到分秒必争的地步……可以先看看情况再作判断。”

“也许还得报警吧？”

“报警吗？”

野口医生皱皱花白的眉毛，显得有些困惑。

“这倒也是。一个素不相识的人闯进宅子、发生了事故，照理应该报警，可是……”

“你的意思是要问问我父亲？”

“对，还是先听听柳士郎老爷怎么说，然后再做决定。”

浦登柳士郎。

听说他是这个宅子——暗黑馆的现任主人，玄儿的父亲。他亦是以浦登家族为中心、在全国大肆扩展事业的“凤凰会”集团的会长。虽然他现居在这人迹罕至的深山老林中，但对整个集团拥有绝对的权力及威严。

“稍后，我去和父亲商量。”

说完，玄儿看着野口医生红扑扑的面庞。

“我爸的心情怎么样？”

“在我看来不怎么样。”

野口医生稍稍降低了嗓门说道。

“即便和我在一起也没什么话，酒也不怎么喝。”

“他是不是生气呢？”

“不，那倒不是。”

野口医生摇摇头，两颊的赘肉也随之颤动起来。

“不过，他最近情绪波动比较大，稍稍有点小事就容易抑郁……唉，这也是情有可原的嘛。”

“这倒是呀。”

玄儿考虑了一会儿，说道。

“不管怎样，关于那个年轻人，明天还是先问问他好了——野口医生，您真的不认识他吗？”

“不认识。”

“忍太太怎么说？”

“她也不认识，要是认识的话早就说了吧。”

“哦。谁都不认识他吗……需要大家都来辨认一下吗？算了，明天再说吧。”

说完，玄儿从裤子口袋里拽出银表链，那是我们在十角塔的平台上捡到的怀表。

“我们找到了这个。您有印象吗？”

野口医生不假思索便否定了。

“这好像是那个年轻人摔下去的时候掉落下来的。背面刻有缩写的‘T.E.’二字。”

“T.E.……”

野口医生歪着他的粗脖子喃喃念道。玄儿把怀表放回裤袋里，回头看着我，耸耸肩。

“对了，玄儿君，这位年轻人又是谁呀？”

说着，野口医生直直地看向我。我赶紧站好。

“哎呀，忘了介绍。”

玄儿向我招招手。

“这位是我的朋友中也君。他也就读于T大，是一年级学生。今年春天偶然相识的。他可是个优秀的人才呢。”

“中也……哦，和诗人同名呀。”

野口医生挺着啤酒肚，将皱巴巴的白大褂合好后，向我迈进一步。还没容我解释，他已经笑眯眯地打起了招呼。

“你好。敝姓村野。”

“村野？”

我不禁反问了一句。

“你不是‘野口’医生吗？”

听到我的疑问，野口医生笑了起来。

“我本姓村野，名英世。父母一不小心，给我取了一个和伟人相同的名字。”

村野英世？提起名为“英世”的伟人，当然就要数那位因研究黄热病而举世闻名的野口英世博士了。可是为什么……

我偷偷瞥了一眼玄儿，他正笑嘻嘻地重新叼上一支烟。我轻声“嗯”了一下，似乎明白了什么。

“玄儿君小的时候，会‘英世医生’、‘英世医生’地称呼我。对了，你什么时候开始改口称我‘野口医生’的？”

原来如此。玄儿从小就喜欢随便给人起外号啊。

“不过，我觉得姓名就是一个识别符号，不管别人怎么称呼我，我都不在意。就因为玄儿老这么称呼我，这个宅子的人全都改口喊我‘野口医生’了，你也可以这么称呼我。”

“不……哦，好的。”

“中也君的专业是建筑。从高中时代，他就看过不少西洋建筑，正因为如此，我才带他来看看这个宅子。”

听着玄儿的说明，野口医生点了点头。

“既然是大学一年级学生，那应该才十八九岁吧？”

“五月份刚满十九岁。”

“真年轻。不过，你看起来显得更加沉稳呀。”

“谢谢。”

“这个宅子——”

说着，野口医生环顾一圈漆黑的墙壁及天花板。

“的确值得一看。这宅子年代久远，风格怪异。”

“光看这个东馆，我就觉得心生悸动。”

“悸动……这个想法倒是蛮有意思的。”

“是吗？”

“以前，另一个人也说过同样的话。悸动——对，他就是这么说的。他站在玄关前，抬头看着这黑黢黢的宅子说的。没错。”

野口医生捋着胡须，忽而眯起了眼睛。从他呼出的气息中，能闻到酒精的味道。

“那是怎样的一个人？”

“这个宅子建于明治年间，之后经历了多次改建和维修。这些情况，玄儿应该告诉过你吧？”

“是的。”

我又悄悄瞥了一眼玄儿的表情，只见他叼着烟，轻轻地点点头。医生接着说道：

“在改建和维修过程中，当然离不开合适的建筑师。其中一位比较怪异，当他来这里的时候，我正好在。当时……”

当时，他谈到感想时，用到了“悸动”这个词？

“风格怪异的建筑师”——到底怎么怪异？我当然很想知道。

正当我犹豫是否继续追问的时候，野口医生转过庞大的身躯，慢慢地走到玄儿身边。

“对了，玄儿君。”

野口医生将声音压低了不少，似乎不愿让我听见。

“其实明天就是‘达莉亚之日’。带他来，没问题吗？”

“达莉亚之日”？这是怎么回事？我第一次听说这个词。

“我爸知道。”

玄儿也压低了声音回答道。刚才还比较缓和的气氛一下子紧张起来，这绝不是我神经过敏。

“是吗？”

野口医生的声音更加低沉。

“但是……”

就在那时，羽取忍从客厅一侧的走廊处小跑过来。玄儿和野口医生的对话就此被打断，紧张的气氛也因此消散了。

“我来晚了，不过我这就准备晚饭。”

忍太太向玄儿说道。

“我就在这边的餐厅准备晚饭，您看可以吗？”

“可以。拜托了。”

玄儿缓缓地从野口医生身边走开。

“中也君，你也饿了吧？谁让我们白天只能在车子里啃面包呢——野口医生，你呢？和我们一起吃吧？”

“不用了。我先前喝了一点儿。”

医生用手在嘴角边比画着喝酒的动作。

“伊佐夫君恐怕在北馆的会客厅里都等累了，我还要在那边继续喝。”

“我爸呢？已经……”

“已经回他自己的房间了。”

“是嘛。”

“那么，我就告辞了。”

随后，野口医生看向忍太太。

“客厅里的那个年轻人应该没什么大碍。如果有什么情况，就联系我或者鹤子太太，好吧？”

“好的。”

野口医生用右手接过左手提着的包，慢悠悠地转过身，走向通往北馆的走廊。

2

暗黑馆由东南西北四幢建筑构成。大致来说，玄关所在的东馆供客人使用，北馆供浦登家族的人使用，用人住在南馆。“那余下的西馆呢？”——对于我的问题，玄儿回答说那是供“馆主”专用的。

“现在我爸住在那里。之前，初代馆主玄遥一直住在那里。我外公卓藏在成为馆主之前就死了。西馆也被称为‘达莉亚之馆’，从某种意义上来讲是这幢宅邸的中心建筑。与外面的东馆相对，西馆也被称为‘内馆’。”

“达莉亚？”

对于这个名字，我当然有反应。

“这就是刚才你们……”

玄儿翘着嘴一笑。

“你听见我和野口医生的对话了。”

“‘达莉亚之日’究竟是什么日子？是怎么一回事儿呢？”

“明天是个有些特殊的日子。”

“特殊到有外人来会不太好吗？”

“是的，也可以这么说。”

“我不该问这些事的……”

“你不用担心。刚才我不是也对野口先生说过了嘛，我爸他知道你。”

“是吗？”

玄儿收起笑容，点了点头。

“以前我也对你提起过吧。目前，在这个宅子里乃至整个浦登家族中，我父亲柳士郎拥有绝对权力。只要他同意，不管是‘达莉亚之日’，还是其他什么日子，谁都不会说什么。”

“但是……”

我还是放心不下，低头看着黑色的地面。

“没关系的。你什么都不用介意。”

玄儿说得斩钉截铁，但我依然半信半疑。我还没有粗神经到可以立刻放心下来的地步。

上个月下旬，玄儿对我说，他老家是个名为暗黑馆的风格怪异的西洋式建筑。如果有兴趣，可以和他一起去看看。他父亲也诚邀我前往。我记得他是这么说的。

我们决定等九月份考完试后再去。考试时间一直到九月底，但在二十日之前，我就能考完所有科目。而玄儿似乎本就不打算认真考试，提议用接下来的一周回老家。之后的事情也都是玄儿积极地一手安排的。

玄儿提前回去了。我顺利完成考试后，也乘上了通往九州的火车。昨天下午，我到达熊本市，住进玄儿为我订好的宾馆。晚上，玄儿开车来到宾馆，与我会合。住了一晚后，今天一大早从宾馆出发。

事先我根本就不知道明天——九月二十四日——对于浦登家族是个特殊的日子。而玄儿完全知晓，并故意这样安排我的行程，带我来到这里。

难道我由着自己的兴趣，听从他的安排，来这个宅子是个错误？心中油然而生的疑问和不安，使我不禁蜷起身子。

“喂，玄儿君。”

我抬起头。

“达莉亚是……”

我刚想问，玄儿已经从我身边离开，向方才野口医生离去时走过的北馆走廊走去。

“等我一下。”

玄儿回头看着我。

“饭做好了的话，忍太太会通知我们的。哦，对了，吃饭之前，你先去那个房间坐坐。”

说着，玄儿指指玄关通往大厅的右首方向——北侧有一扇黑色的双开门。

“那扇门里面是前室，再往里面是会客室。你在那儿等我。”

“玄儿君去哪儿呀？”

“我去和蛭山先生联系一下，问问小船的事情。”

“怎么从岛上和那边联系？”

“有专用电话。”

“和岸边的那个建筑物之间？”

“是的。这边的电话在北馆。以前，两边通过敲钟联系，现在方便多了。”

玄儿去了北馆后，我先上了趟楼，回到今晚开始暂住的客房中拿了一盒烟。

原本放在椅子上的旅行包滚落到地上，这肯定是刚才的地震造成的。香烟被我丢在床边的小茶几上，茶几上的烟灰缸里有一个烟头和一根烧过的火柴——我想起来了，下午五点多钟，当我被带到这间客房放下行李后，我坐在床边，抽了一支烟。

已经过去五个多小时了，时间是过得快，还是慢呢——我完全不用考虑这些，但不知为何，这个问题总是浮现在我的脑海里。

玄儿所说的“前室”是个相当大的西式房间，大约可以铺十几张榻榻米。地板被涂成黑色，让人觉得凉飕飕的。

除了面向玄关大厅的门之外，前室里还有两扇门，左边一扇，正对面的里屋还有一扇与大厅相同的双开门。我想起玄儿的话——“再往里面是会客室”。于是，我便径直穿过了前室。

打开里面那扇门，映入眼帘的依旧是黑色调的房间。

黑色的天花板、黑色的墙壁、黑色的地面，上下开关的毛玻璃窗户也是黑色的，其外紧闭着的百叶窗亦为黑色，左边用石头搭建起来的壁炉还是黑色的。只有房间中央的地毯和二楼起居室一样，是暗红色。

——黑色和红色……

——血一般的红色。

房间里还有一组黑色的皮沙发。

坐下来之前，我慢慢地环视了一周。这个会客室和玄关大厅风格迥然不同。玄关大厅是东西结合的风格，而这里——旁边的前室亦如此——则完全是西式风格。难道这幢宅邸以大厅为界，相邻的四座建筑的南半部分为日式风格，北半部分为西式风格吗？

从天花板上垂挂下来的吊灯毫无光泽，让人觉得用它来装饰会客室未免过于朴素。橙色的灯光总让人觉得光线极其微弱。整个房间显得过于昏暗，致使房间的空间感失衡。但显得昏暗的不仅仅是这个房间，包括刚才我们所去的十角塔乃至整幢宅邸亦是如此。

昏暗……

我在沙发上坐了下来。

当身体接触到冰凉的皮沙发时，竟然起了一层鸡皮疙瘩。我掏出自二楼拿来的香烟，点上火。叼住棕色滤嘴之时，我只觉得苦涩的烟雾直入喉中。

尼古丁通过肺溶入血液里，我觉得一阵头晕和麻痹。就在此时——

"'所灭亡者，可是我心'。"

我竟然反复背诵起四月末那个夜晚，玄儿所念的中原中也诗中的开头一句。

"'所灭亡者，可是我心'。"

——怎么搞的，浑身都是泥巴？

突然，我的耳畔响起再也见不到的那个人的声音。

——你们疯玩什么呢？

——你是哥哥，竟然还………

"'所灭亡者'……"

……不，没有死。正因为如此，我才回忆起来。那声音才会传递过来。就在我触手可及的地方，就在那里。

——怎么随便去别人家……

十余年前的那个声音存留在我的记忆之中。

——万一有什么事，该怎么办呀？

这个声音的主人的面容、动作、气味……所有的一切都固定在那里，不曾改变。柔美、无情、可怕、若即若离……那些形态似乎很复杂，其实却很单纯。然而很快，一团红黑火焰无情跃起，仿佛要将那一切吞没。

"……啊！"

我眨着双眼，发出呻吟般的声音。记忆中的火焰似乎越发炽烈，它扩散开来，似乎就要刻印在我的眼底。就在那时——

在我右首方向的里墙上，出现了一团火焰。

那火焰早就在那里，与我记忆中的火焰毫无关联。我心知肚明，却需要一些时间拉回思绪。我不停眨着双眼、集中视神经，最终发现那竟是装饰于墙上的一幅画。

那是一幅镶嵌在黑色画框中、五十号大小的油画。

坐在沙发上之前，我曾集中注意力环视过房间，但不知为何，竟没注意到那面墙上有幅画。那黑色的画框似乎要融入黑色的墙壁中，而那幅画也似乎想融入黑色的画框里。

一道粗粗的蓝线从右上方至左下方，斜斜穿过漆黑的画布。我定睛一看，觉得那像是一块漂浮在黑暗中的“木板”。从上至下还有道泛着银色的细线，似乎要穿透“木板”一般，不禁让人联想到闪电。

从“木板”下方的黑暗中，伸出一个瘦削的土灰色臂膀，支撑住“木板”的右侧。那似乎是人的手臂。那幅画中，具体描绘出的便只有这个手臂和左上方飞翔着的白鸟。白鸟的羽毛前端带有一点血红，还垂落着若干血滴。而且——

在画面右下方四分之一处，有一片意欲自黑暗之中蠕动出来、形状不规则的“红色”。那红色或暗淡或鲜艳，或神秘或令人生畏。

就是这妖娆的绯红在我眼中呈现“火焰之像”。但当我弄清画的构图、重新审视之时，又觉得那描绘的未必就是火焰。

真是幅妙不可言的画作。

画的主题究竟是什么？画家出于什么目的创作出这幅画的？这是名家的大作吗？

我从沙发上站起来，走到那幅画作前。这才发现在那簇蠢动于黑暗之中的绯红火焰——犹如火焰的绯红——的下面，留有画家的署名。

五个潦草的罗马字母从左至右，一气呵成。我凑近一看，认出那些字母写作“Issei”。

3

晚饭准备好了，羽取忍过来叫我。于是，我离开会客室，朝餐厅走去，而玄儿还没有从北馆回来。

带有西式风格的宽阔餐厅位于前室的西边。在铺着暗红地毯的房屋中央，有一张长方形的桃木餐桌。桌子两端已经摆放好我和玄儿的晚餐。

“哎呀，让你久等了。”

我刚坐下没多久，玄儿就来了。他走向我对面的椅子，无精打采地说道：

“先吃饱饭。我们厨师的手艺相当不错，你尽管吃。”

难道除了鹤子太太和忍太太之外，这个宅子里还雇有厨师？

“和蛭山先生联系上了吗？”

玄儿正准备拿餐巾，听到我的问话，便噘着嘴不悦道：

“电话线好像有问题。”

“打不通？”

“是啊。虽然也不是完全打不通。可只要我一拿起电话，里面就全是杂音……也不知道对面的电话会不会响。也许是地震造成的线路不畅。”

“没有人接电话吗？”

“没有。”

“对了，那位蛭山先生看上去身体不太好。”

那个沉默不语、驾驶着小船的佝偻身影浮现在我的脑海中。

从他走出湖边的小屋，直至把我们送到岛上，除了回答玄儿的问题外，几乎一语不发。即便我行礼打招呼，他也只是板着脸点点头而已。

“也许他身体不舒服，在床上躺着，没法接电话吧。”

“他总是不开心的样子，那是佝偻病造成的。好像患佝偻病的人就容易那样。”

“好像那种病是因为缺乏维生素造成的。”

“有很多致病因素。不过，最典型的就是维生素 D 的摄入量不够或者吸收不好，不晒太阳也不好。”

“晒太阳……”

我不禁环顾起四周来。

这个餐厅只有北面墙壁上有一排小得可怜的毛玻璃窗，外面的黑色百叶窗照样紧闭着。即便是大晴天，屋内的光线也微弱得很。

“你的意思是这个宅子造成的？”

玄儿先我一步说了出来。

“那你可就想错了。他十六年前来这里工作时，就已经驼背了。”

当时，玄儿十一岁。那他应该还记得十六年前的事情。

“而且，中也君呀——”

玄儿展开餐巾，放在膝盖上。

“包括我在内，有好几个人是在这个宅子里生长的，但没有一个人驼背。虽然我——及我们族人的确很讨厌阳光，但也不是说我们一出生就一天二十四个小时待在黑暗之中。理想情况应该是那样，但不知道是幸运还是不幸……”

“理想情况？”

我觉得这个说法很怪异，无法理解。

“这是什么意思呢？”

“总之，就算蛭山先生没接电话，他明天中午还是要来岛用餐的，到时再问他小船的事情也行。而现在——最重要的还是明天要如何处理那个年轻人。”

“刚才你对令尊提过了吗？”

“没有。他已经休息了，明天再说吧。我们今天晚上还是早点儿睡觉吧。”

在东京，玄儿基本上属于夜猫子型。我也是每日晚睡晚起，而他则有过之而无不及，经常是天都快亮了才上床。但这次回来后，他似乎改变了生活规律，昨晚在熊本市的宾馆中，刚过凌晨一点就睡了。

“快吃吧，饭菜都凉了。”

玄儿喝了一勺浓汤，满意轻叹着这汤还不赖。

我也学着玄儿，拿起放在餐垫右边的茶色木勺。喝热汤的时候，与金属勺相比，还是木勺为好。我怕烫，花了玄儿两倍的时间，才把汤喝干净。

在准备好的餐具中，并没有刀叉，只有勺子和一双黑色筷子。饭菜以西餐为主，但像猪排之类的东西事先都被切割好，用不着刀叉。

玄儿所说不假，厨师的手艺的确不差，每样菜都很可口。真吃起来，我才发现自己已经相当饿了。

玄儿依旧倒满红酒，有滋有味地喝着。我也在他的劝说下喝了一点，但因为不胜酒力，脸很快就发烫了。

我借着酒劲，向玄儿问道：

“会客室的墙上挂着一幅很奇特的油画，上面还有‘Issei’的署名——那是什么意思？”

“哦，你说的是那幅画啊。”

玄儿继续向杯中加满红酒。

“那是藤沼一成的作品。”

“藤沼……”

“你听说过他吗？”

“没有。”

“他是个相当有名的幻想画家，喜欢画一些非常抽象的风景画。也有人说他是一个很有幻视能力的天才。我不知道父亲为什么那么中意他。我记得很清楚，父亲曾经多次招待藤沼来我们这个宅子。”

“原来是这样。”

“在这个宅子里，还有几幅他的作品。会客室里的那幅画名叫《绯红庆典》。”

“绯……”

“绯红的绯。《绯红庆典》是一幅让人浮想联翩的画。”

我沉默着点点头，脑海中浮现在会客室里看到的那幅画作。在画布的右下方，有一团“火焰”似乎要从黑暗中蠕动而出——那就是“绯红”吗？那预示着“庆典”吗？

此后一段时间，我们默不作声地埋头吃饭。那时，在我的脑海之中，往日那黑红的“火焰”与“绯红庆典”中的“火焰”牢牢地交织在一起。

4

席间，羽取忍来过几次。当我们吃完大部分饭菜后，她又为我们端来了水果甜点和咖啡。

“他情况如何？”

玄儿问道。

“啊，你说他？”

忍太太依旧反应慢了半拍地回答道。

“他睡得正香。”

“忍太太认识他吗？”

“不，不认识。”

“那么，你知道‘T.E.’这个缩写是什么意思吗？”

“这是那人的名字缩写吗？”

“我觉得是。”

忍太太缓缓地摇摇头，似乎很迷茫。她看上去似乎并没刻意隐瞒什么。

正当她将餐具放入盆中，准备端走的时候，玄儿又问道：

“忍太太，还有一件事想问你。首藤表舅还没回来吗？他昨天出去之后，就没回来过？”

我第一次听说首藤这个名字。

“是的。好像是这样。”

羽取忍停下脚步回答道。

“你知道他去什么地方了吗？”

“我不知道。他说今天晚上回来。”

“是吗？既然你不知道就算了。”

等忍太太离开餐厅后，玄儿拿起膝盖上的餐巾擦擦嘴巴。他面容苍白，只有嘴唇异常红润。

我一边把方糖放入咖啡中搅拌，一边在脑子里思索着——

刚才玄儿提到了“首藤表舅”。在此之前，野口医生也提到一个人——“伊佐夫君”……这个宅子里到底住着多少人呢？

玄儿的父亲浦登柳士郎作为“馆主”肯定住在这里。据说他的妻子，也就是玄儿的生母早就过世了。柳士郎再婚后，又生了一对比玄儿小很多的双胞胎姐妹。但——

我对于浦登家族的人员情况只知道这么多。毫无疑问，在这个宅子里，还有一些我不知道的人。

用人也是如此，也还有我不认识的。

我已经知道的用人有驼背的看门人蛭山丈男、原本是护士的女管家小田切鹤子、羽取忍及其儿子慎太，还有做饭的厨师。除此之外，肯定还有其他用人和浦登家的族人。这个宅子如此之大，就算还有其他人也不足为奇。

正当我考虑现在问这些问题是否适当之时，玄儿率先开了口。

“虽然我喊首藤叫表舅，其实他并非我妈的表兄弟。”

“但应该有一定的血缘关系吧？”

“算有吧。我们还有许多远亲，包括他们在内的浦登家族中，他算和我们比较近……”

也许是心理作用，我感觉玄儿的语调听上去并不很愉快。

“我的外婆名为樱，是浦登家的独生女。因此才招婿入赘，那个人就是我的外公卓藏。而首藤就是卓藏妹妹的儿子，全名是首藤利吉。”

“是你外公的妹妹的……”

我边听边在脑海中迅速描绘出家系图。

“啊，请等一下。你外婆是浦登家族的独生女——这么说来，令尊也是入赘的？”

“是的，我父亲也是浦登家族的入赘女婿。我死去的妈妈叫康娜，她是我外婆的第一个孩子……”

卓藏和樱后来就没生过男孩，或者没有养活？

“而首藤表舅和前妻所生的孩子就是伊佐夫君。”

“他再婚过？”

“和一个岁数小很多的女人再婚的。首藤表舅五十多岁，比我爸小一点。而他的后妻茅子才三十来岁，从大城市来的，长得很漂亮，让人觉得挺有文化的。”

“伊佐夫先生就是刚才野口医生提到的那位？”

“是的。我妈妈和首藤是表兄妹，所以我和伊佐夫就是表兄弟。他现在应该在北馆的会客厅陪野口医生喝酒。他比我小三岁，自称艺术家。他很爱喝酒，总是醉醺醺的。野口医生倒是很喜欢这个同道中人。”

“首藤父子平时就住在这里吗？”

“不是的。”

玄儿摇摇头。

“首藤表舅家在福冈。那里的好几家公司都交给他管理，可他总是找借口往这里跑，讨我爸欢心。他也经常带茅子太太和伊佐夫一起来。这次主要是为了参加明天的‘达莉亚之日’……”

啊，又是“达莉亚之日”？

“你的首藤表舅出去后就没回来。这是怎么回事？”

玄儿听我这样问，便慢慢地端起杯子，没有放糖和牛奶，浅啜一口后，边皱皱鼻子边叼起一支烟。

“三天前，他们三个人坐着首藤表舅的车子来到这里。昨天首藤表舅独自开车出去了。当我离开这里的时候，他的车子已经不在停车场了。今天和你一起回来的时候，我还是没在停车场看见他的车子。我想他应该没有回来。”

“原来如此。”

我点点头，脑海中浮现出湖边那个停车场。如果首藤今天晚上回来，那位蛭山又不得不去开船了。

“他到底去哪儿了呢？”

玄儿嘟哝着，看向壁炉上方的墙壁。那里有一个黑框的六角形挂钟，看上去有些年头了。此时，乳白色表盘上的两根长短指针就要在最上方重叠了。

“不过，到这个时候还没回来的话……”

当六角形的挂钟敲响零点钟声时，玄儿闭口不语。钟声比预想的要轻柔。稍过片刻，玄关大厅里那个摆钟的沉闷响声也隔墙传了过来。

“好了，中也君。”

钟声还在延续。玄儿一口喝完杯子里的咖啡后，站起了身。

“要不要泡个澡？我让他们去烧水。”

“算了，都这个时候了。今天就算了吧。”

“你看起来挺困的，那就休息吧。”

“也好。”

“还有就是……”

玄儿将指间的香烟摁灭在桌上的烟灰缸里。

“我们家的人不会早起。如果你先起床觉得饿的话，就到这里按一下那个按钮。”

玄儿指着通向大厅的双开门旁的墙壁。在照明开关的下面，还有一块木质嵌板，其上有一个乌黑的圆形凸起。

“如果你按那个，南馆的铃就会响。到时候你只要和前来听差的用人交代早餐就行了。”

“嗯，好的。不过我觉得无所谓啦，反正我经常不吃早点的。”

“我的房间在北馆二楼，如果有什么事……对了，你一个人还是不要到处乱逛。在我没有带你逛上一圈之前，你还是老老实实地待在东馆好了。”

“你怕我迷路？”

“是的，很容易迷路。”

玄儿故意撇撇嘴巴。

“这里可潜伏着很可怕的牛头怪物哟！会吃人的。”

“还好我准备了一团丝线。”

我爽朗地回答着。玄儿极力忍住没有笑出来。

5

四月二十日夜，我遭遇了那起事故，并因此而失忆。我在玄儿位于白山的住处待了近三周——也就是五月下旬左右——记忆终于恢复了。

我恢复记忆并没有什么直接诱因——比如遇到昔日老友或头部再次受到撞击等，也绝非一下子恢复的，而是渐渐地，一点点地恢复。现在回想起来，就是这样的感觉。

虽然我这么认为，但也不是完全没有一点恢复记忆的诱因。

住在玄儿家的那段时间，我多半宅在屋内。玄儿曾经开玩笑，说让我外出时穿上他准备好的黑外套、戴上黑礼帽。我并不是因为讨厌这样的装束而不愿出门，而是不喜欢漫无目的地四处闲逛。

玄儿早就带我去过事故现场——小石川植物园附近。但是不管他怎样说明——“就是这里”、“你的脸就栽在那条沟里了哦”等，我依旧没有半点切实感。

隔了一段时间，我又和玄儿去了那里，但我依然没有真实感。就在那时，我看到了附近住家庭院里竖起来的鲤鱼旗。端午节已经过去了，这个鲤鱼旗本该结束使命，被放到黑暗的仓库角落里……我记得自己当时的心情并不舒服。而后——

在微微暖风的吹拂下，鲤鱼旗飘动着。

黄昏的夕阳映衬在天边。在地面上晃动着的三道鱼影仿佛是蜗居在这个世界背面的离奇生物。

“中也君，你怎么了？”

玄儿站在我的身边，追随着我的视线望了过去。他像是寻求答案般沉思着。

“你就那么在意那些鲤鱼旗？”

我没有说话，压低帽檐走了过去。

当时，熟悉的童谣在我脑海中悄声响起。瓦之海，云之洋……五月五，端午节。

——哎呀，真是让人头疼呀。

在风中飘荡着的三个异形……在昏暗的客厅最深处。

——这孩子虽说是个男孩……

黑亮的盔甲，冰冷的触感……我嗅到黄昏的街道中隐约飘散着久违的菖蒲水的香气。

数日后的一个夜晚。

在白山住所的起居室中，玄儿和平日一样喝着红酒。我也待在那里，漫不经心地看着电视。就在那时——

从远处传来刺耳的警报声和钟声。我们很快就反应过来，那是救火车的声音，而且不止一辆车。

正猜测着哪里发生了火灾时，只觉得救火车的声响越来越近——原来是这附近发生了火情。而且，离我们相当近。

“去看看吗？”

玄儿问道。

“要是大火蔓延到这里可就糟了。”

我们两人冲出去一看，只见几间房屋前的一户人家正熊熊燃烧。根据当时的风力和风向，还真有点担心那火会蔓延过来。

几辆救火车堵在路中央，闪着红色警报灯。看热闹的人挤在周围议论不停——消防队员们已经开始放水救火。玄儿毫不畏惧地跑向现场，我也惊慌失措地紧随其后。

火势很猛，熊熊大火撕裂了夜色。虽然救火工作有条不紊地进行着，但那户人家恐怕还是要被烧毁了。一位三十岁左右身着睡衣的女人哭喊着要冲进大火里，被消防队员们一把抱住、制止了。

“听说那屋子里还有孩子。”

玄儿说道。

“——太可怜了。看这个火势是没救了。”

他平静地说着，随后深深地叹口气。我忍不住偷偷地瞄了他一眼。

两种迥然不同的红光——大火和消防车上的红灯——映照出他苍白的脸庞……他的表情看上去异常冷静，让人觉得不可思议。我不禁想到——透过眼前这熊熊大火，他是否看到了另一幅景象……因为，我也是如此。

我感觉到——面对着当时那场大火，一直紧闭着通向往昔记忆的大门一点点地打开了。我甚至觉察出锈迹斑斑的大门发出的嘎吱声响传至耳畔。还未等我明白，我便透过门缝、窥视到赤黑火焰之影。一瞬间，我醒悟了。

这就是我的记忆。这就是——

时隔几年之前的记忆。那日那晚，我曾看到与如今眼前的这幅场景一样，划破夜空、熊熊燃烧的无情大火……

——不能靠近。

身边传来别人的警告声。

——危险！喂！请你往后退！

……我觉得那或许就是一个诱因。

但我的记忆并没有一下子就完全恢复，所以我才会说——“没有发生戏剧性的变化”。第二天、第三天……随着时间的流逝，我丧失的记忆慢慢地恢复了。

我记起了自己的名字和出生地。我记起今年三月，刚刚在老家高中毕业的我，于四月份进入玄儿所在的同一所大学的工学部，并寄宿在千駄木。我还记起了老家的家人和朋友，想起了富甲一方的父亲、过世的母亲、小我三岁的弟弟，想起了五月五日的端午节——就在十九年前的这一天，我降生到这个世界。每一日，我都能杂乱地回想起一点。

就这样，五月中旬过后，除了事故前后的情况，我基本上恢复了记忆。

我离开白山的住所，回到位于千駄木的公寓。当我收拾行李准备离开的时候，玄儿送我一本书作为临别礼物。那是中原中也的诗集，其中收录了《昏睡》等作品。

回到原来的住处后，我又开始按时上学了。我向校方详细说明了事情的经过，取得必要的学分，重新回到课堂。我至多只耽误了一个月的课程，补习起来也不是难事。我和同届学生交往得不错，偶尔也参加联谊会什么的，尽情喝个酩酊大醉。

但我还会经常到玄儿在白山的住处去。

和玄儿住了一段时间后，我的确已经对他产生出一种亲近感、亲密感。他恐怕也和我一样。每次我去，他都很高兴。他还经常劝我退掉现在的房子，搬来和他同住。我犹豫了很长时间后，最终还是拒绝了。

每次我去玄儿那里，心头总会涌现出和我丧失记忆时完全相同的大雾。那雾异常苍白，异常冰冷。说不清，道不明。我周围的现实世界亦因此而变得暧昧模糊。说起来奇怪，我竟然还会产生一种错乱般的愉悦感。因此——不，那或许是……

玄儿依旧称呼我为“中也君”。即便是白天，他于白山的住处依然是那么昏暗。我们优哉游哉地聊天，并不觉得厌倦。玄儿曾经说过，在我的身上，他能看到自己一部分的影子。虽然我恢复了记忆，但他似乎依旧没有改变这种观点。

我们的交往就这样持续着。春尽夏来……在上个月下旬，盛夏已过的某一天——

“在九州的深山老林里，有一幢名称怪异的建筑，名为暗黑馆。”

玄儿不慌不忙地对前来造访的我开了口。当时我还不知道那就是他老家的宅子。

“那可是一幢在别处很难见到的怪异西式建筑。怎么样，中也君，想不想去看看？”

6

和玄儿分手后，我回到东馆二楼的客房，换上房间里准备好的浴衣。当时是凌晨十二点半。我本以为上床后会立刻进入梦乡，没想到竟然异常清醒。虽然身体很是疲惫，但神经极其亢奋。

我裹着毛毯，闭上眼睛躺了一会儿，可总觉得睡不着，于是坐起身来。

我打开枕边的台灯，拿起放在茶几上的水杯，喝了点水润润嗓子，然后点上一支烟，慢悠悠地抽完后，站起身走到窗边。我想呼吸一下窗外的空气。

房间里的窗户和我看到的其他那些窗户一样，均为上下开关式。镶嵌在窗框里的依然是毛玻璃，因此即便屋外光线昏暗，外边的人也无法看清房间里的状况。

我无意识地将脸凑过去，轻呼一口气。毛玻璃表面顿时升起一团小的雾气。我把脸贴上去，那硬邦邦、冰冰凉的感觉竟然让我觉得舒服。

从玄关大厅拐上楼梯，有一条通向馆内的走廊。这间客房就位于这条走廊上。从方位上考虑，这扇窗子应该朝西——面对着整幢宅子的中间院落。

我抬起玻璃窗，轻轻推开外侧的百叶窗。

顿时，带有草木芬芳的湿润空气飘进屋内。天空被乌云覆盖，庭院一片漆黑……黑夜阴沉得让人心生恐惧。在无尽的黑夜之中，不仅能听到远近的风声，亦能听到树木摇曳的声响。

隔着中间的庭院，对面的建筑就应该是西馆——“达莉亚之馆”。我睁大眼睛，想看清它的轮廓，却未能如愿。只有伸手不见五指的一片漆黑。那个建筑物之中，哪怕泄露出一丝光线也好……

风势明显比我刚才和玄儿一起去十角塔和栈桥时要强得多。照这种情形下去，很可能会变天。会有怎样的气候变化呢——在这里逗留期间，我当然想为这幢宅子素描出各种外观。因此，就算变天，我希望也不要下大雨。

我一直站在窗边，与黑暗对峙。很快，我的双眼多少习惯了夜色。即便如此，我依旧无法看清庭院及周围建筑的样子。只有无尽的黑暗，只有漆黑的夜晚，只有……

突然——

一种奇妙的感觉从脑海中一闪而过。

这是种什么样的感觉呀？这到底是什么感觉……

我觉察出这里事物的原有形态带有轻微倾斜。我觉察出无形的裂缝无声地扩展开来。我觉察出在这个秩序井然的世界里，局部产生了动摇……唉，这种感觉难以言表。这种——这种感觉是……

……我被谁盯上了？

我不禁屏住气息，用一双眼左右窥探着。

被谁……谁？那人从哪儿盯着我呢？说不定那人正紧紧地贴在我的身后(突然我产生一种疑问——这里将要发生什么事情吧？)……

但这种奇妙的感觉并没有持续很长时间。一瞬间，眼前这无尽的黑暗让我产生了错觉，让我的思想短路——没错，肯定是这样。

我缓缓地深呼吸一口气后，正准备关上百叶窗。就在那时——

身后传来一声咕咚声。

是风声作怪吗？不，这是……

紧接着，又是一声咕咚声。

身后的确传来同样的声响。

我扭转身，问道："谁？"

在台灯微弱的光线里，我看见那扇通向走廊的黑门开了一道缝，随后又轻轻地关上了。

"谁……是玄儿吗？"

我赶紧把浴衣合好，向门口小跑过去。

我探出脑袋，左右巡视了一下。只见左首方向的走廊尽头，转向馆内的拐角处，闪过一个灰白色的影子。难道刚才真有人推开房门，窥视过我吗？

我犹豫了一下，喊着"等一等"，随后，便冲到铺着黑色地毯的幽暗走廊上。

“谁？找我有什么事？”

跑到走廊尽头的拐角处，我一时哑然。

走廊拐进去后，只延伸几米便到了尽头。并且，那里空无一人。

消失了？

我只能这么想。

走廊深处有一堵黑色墙壁，墙上一个窗户都没有。我也没看到能让人藏身的家具等物。

消失了？这怎么可能！怎么可能会有这种事……

这时，我注意到在走廊尽头的前方，右首处有一扇黑门——是那儿吗？那人跑进去了吗？

我赶紧向那里走了过去，轻轻地试着敲门——但里面无人应答。

我胆战心惊地转动门把手。门并没有锁，一下子就打开了。

里面黑得伸手不见五指。我在墙上摸索着，很快便找到了照明开关。

借助昏暗的光线，我发现这也是一间客房。虽然比我住的那间要小得多，但内部摆设差不多。有张床、茶几以及矮凳。屋内有一扇上下开关式的窗户，紧紧关闭着——一个人没有，也没觉得有人藏在房间里。我还查看了窗户，发现锁得好好的。

这到底是怎么回事儿？

我不由得头脑一片混乱。

难道刚才那声响动、紧闭的大门、拐过走廊的灰白身影，这些全部都是我的幻觉？如果不是我的幻觉，那么人就是在这里——在这个走廊的尽头人间蒸发了？但这究竟……（一瞬间，我确信在这个宅子里会发生这种事情）……不，不可能，果真还是我的错觉，肯定是因为我过于劳累了。

屋外的风势似乎越来越大。虽然我离窗户还有一定的距离，但窗外的风声清晰可闻。我用右手的大拇指和食指掐掐眉间，慢慢地摇摇头。

我决定回去睡觉，而且不管怎样都要睡着。刚才发生的这件事说不定会出现在睡梦之中——对，那样最好。

我瞥了一眼走廊尽头的黑色墙壁，慢吞吞地转过身。

间奏曲　一

“视点”离开进入梦乡的“我”，滑出建筑物，在无尽的漆黑夜色中，再次飞上天空。

“视点”忽大忽小、忽快忽慢，持续着不规则的旋转。仿佛在某种超现实意志的操纵下，超越了法则。流逝不止的时光倒退回几小时前。

……暗黑馆所在的小岛，小岛所在的湖泊，湖泊周围的茂密森林，暮色悄悄地包裹住林间的蜿蜒小路。

一个少年走在那条小路上。

他十二三岁，穿着质地较厚的白色衬衣，外面罩着深蓝色的外套。他剃着光头，戴着黑色棒球帽，身后背着咖啡色帆布包。鞋子和裤子被泥土弄得脏兮兮的。他步履蹒跚地走在陡急的下坡路上。

“视点”从天空飘落，潜入满脸迷茫，正在赶路的少年体内，与之合为一体。

1

……九月二十三日，下午五点三十分。

少年停下脚步，看看手表——这是今年春天、他考上中学时，父亲送给他的礼物。

看完时间，少年半绝望地嘟哝起来：

“哎呀！怎么都这个时间了……”

本不该这样。

按照当初的计划，此时他应该已经达到预期目的，回到村庄了。可是，怎么会这样……

如今无论怎样都无计可施了。可即使如此，他还是忍不住会那样想。

今天一大早，他从位于I村的家中出发，向家里人谎称和朋友们到附近郊游。

虽然他有些痛心于对家人撒谎，但这也是不得已。如果他说出自己的真实想法，必然会被家人责怪。大人们绝不会明白今天的这次冒险对于他而言有多么重大的意义。但是……

少年擦擦额头的汗水，仰面看看天空。

天空依然乌云密布，弄不清太阳的方向。带有湿气的暖风迎面拂过，让他产生一种不祥的预感——很快又要变天了。

少年稍稍叹口气，低下头看向自己的脚下。

这是一条杂草丛生的废道，也许因为连日的大雨，路上泥泞不堪，而且——

还有两条清晰的车轮印，像是刚刚留下的。

事到如今，也只能依靠这个车轮印了。

无法掉头折回村子。无论从时间抑或距离上考虑，那都是不可能的。

只能继续朝前走。这个新车轮印肯定是刚才——一小时以前——在中途超过少年的黑色车子留下的。因此……

当时，少年好不容易才在茫茫大雾中越过百目木岭。他耗费了大量时间，也消耗了不少体力。他竭力抑制住心中的不安和焦躁，继续在山间小路上行进着。

就在那时，那辆车从身后开了过来。

少年立即躲到路边的大树后面。其实并不是因为有什么可怕的东西追过来，但不知为何他就是心里发毛，也没来得及看清车上的驾驶者。对方似乎也没注意到少年的存在。

当时，那辆黑色的车子轰鸣着疾驰而去。少年觉得那车的目的地一定是**那个宅子**。他希望自己的想法是对的，这样一来，只要顺着车辙走的话……

少年回头看了一下来时的路，不禁浑身颤抖。

无论从时间上，还是体力上考虑，现如今都无法掉头回村子了。

是的，已经无法回头，不得不向前迈进。只能坚信顺着车辙方向走，就能到达那个"山岭对面浦登老爷家的宅子"。除此之外别无他法。

少年再度迈开脚步。

还有多久就日落了？一个小时？半个小时？无论怎样，时间都所剩无几了。少年期盼能在天黑前到达那里。但与此同时——

就算能安然到达，宅子里的人肯伸出援助之手吗？他们愿意收留我吗？

一想到这些，少年顿时觉得脚下无力。

——绝不能越过百目木岭。

只要是I村的孩子，肯定都被大人们这样警告过。

——绝不能越过百目木岭。绝不能到山岭对面的那个森林中去。绝不能靠近森林中的那个湖泊。

少年生于I村，长于I村。周围的人中，就要数他奶奶念叨得最多。从少年记事儿起，这些话就如同咒语般在他耳边反复出现。

——浦登老爷家的宅子就建在湖中小岛上。千万不要接近那个宅子。知道吗？千万不要随意接近那里。如果接近的话，就会有可怕的灾难降临。

今晨，少年打破禁忌，独自离开村庄。他越过山岭，朝向被称为“巨猿足印”的湖泊进发。今天冒险的目的就是想亲眼看一看那个建在湖中小岛上的“浦登老爷家的宅子”。

奶奶曾煞有介事地说那里有不祥之物。但当少年询问是什么东西时，她却没有具体作答，只是满脸怯意地摇着头。

他们——住在宅子里的**那些人们**——究竟愿不愿意伸出援手呢？抑或是……

虽然心如刀绞，但少年也只能径直前行了。

2

下坡后又走了一段，少年发现情况有点异常。那车轮的痕迹突然猛地拐到左边，冲出道路，消失在路边。

“哈？！”

少年不禁失声喊道。

这是怎么回事？为什么会这样……

虽然少年还没想明白，但他发现了**那样东西**。

在被碾压过的繁茂的草木对面，有辆脏乎乎的黑色汽车。那辆车一头栽到山毛榉树下，淹没在杂草中。

“发生事故了吗……”

难道是驾驶者打错了方向盘，才一头栽进了森林吗？只是简单的驾驶错误吗？不，不是那样……少年的脑海中浮现出许多场景。

剧烈的震动伴随着山脉、森林发出的异样声响，犹如一个被打扰了美梦的巨大远古生物。

……难道因为刚才的地震？

那辆车超过少年不久后，地震便发生了。难道是那次地震引起的？

少年挪动脚步，胆战心惊地向幽暗森林中的那辆报废车子走去。

车子撞在山毛榉的树干上，严重受损。

这辆车可以坐五个人，但少年对车的型号并不很了解。车头已经被撞扁，前窗玻璃的碎片散落得到处都是。其他窗户上也布满白色的裂纹。虽然少年是头次看到出事故的车子，但也能感觉出这车子毁得很严重。

少年看看驾驶座，那里空无一人。玻璃碎片四散，还能辨认出血迹。后排座位上只有一条被人揉得乱七八糟的灰色毛毯。那里也没有人。

少年单手撑在车门上，困惑地看看四周。

我该怎么办才好？如今，我该怎么办……

现在这辆车里空无一人，也就是说车里的人丢下这损坏严重，已经报废的车子，步行前往那个宅子了吗？

——对，肯定是这样。

正准备离开车子之时，少年发觉自己脚下有一个黄色的东西，便弯腰拾了起来。

黄色、四方形、扁平状……那是一个火柴盒。少年摇了摇，里面好像还有火柴。

少年觉得说不定这东西能派上用场，便将火柴盒放进裤子口袋里。他起身再次看看四周——

森林中的暮色更加浓密，某样东西吸引住少年的目光。

“那样东西”离车子不远，被湿润的杂草覆盖着。少年觉得那和周围风景有点格格不入。不祥的预感浮上心头，少年觉得那不祥的东西令人反感，断然不愿靠近。

那到底是什么？

虽然少年真心不想靠近，但他还是不由自主地朝那里走去。每向前迈进一步，少年内心的不祥预感便膨胀一点。

“——啊！”

走到近前，少年的预感变成了现实。他总算弄清那到底是什么了。

“哎、哎呀……”

那是一个倒伏于地的人体，很明显，他的情况并不乐观。

手脚弯成可怕的角度。头颅满是鲜血，犹如被敲碎的西瓜。脖子也被扭断了。无论是肥硕的脸颊、扁平的鼻子，还是半张着的嘴巴均呈现出污紫色。

“……他死了吗？”

（……哎呀，这个人！）看起来的确死了。他的双眼无神地睁着，没有一丝生气。（少年时不时地考虑着——这个男人是谁？）

接下来的一瞬间，少年极度恐惧起来。他失声高喊，那令人悸动的声响回荡在暮色下的森林。而后——

“视点”像是被这喊声弹射出来一般，再度飞舞到天空上。

3

……九月二十四日，凌晨四点二十分。

“他”在睡梦中缓缓地睁开双眼。“视点”滑入“他”的体内。

“他”虽然已经醒来，但于一片漆黑之中什么都看不见。“他”只觉得脑子昏昏沉沉，即便如此，仿佛麻痹一般失去知觉的身体还是感到了间歇性的疼痛。

“他”想说话，但怎么也发不出声音。

“他”并不是想和谁说话，只是想听听自己的声音、确认自己的存在而已……如此而已。

可“他”却什么都看不到，也无法发声。

现在，我真的在这里吗……**这里**？这到底又是什么鬼地方？

“他”试着活动下右手手指。手指听话地活动起来，同时感受到被褥的温暖。

“他”嗅到了榻榻米的气味。

这里是某处某户人家某个房间的榻榻米上。我躺在这里铺着的被褥之中……

“他”又动动左手手指，只觉得手背上一阵刺痛。那里似乎有伤。

这是什么地方？为什么我现在会躺在这里？为什么我……

我？

“他”突然想起一个重要的问题。

我——我究竟是……

“他”不禁浑身轻颤了一下。（……为什么会这样？）

……我……

……我叫什么？（“他”不禁感到焦急和烦躁。）

“他”在朦胧的意识中，缓慢地搜寻着往日的记忆。但——

四分五裂的字谜碎片。锈迹斑斑的精密机器。失去整合性的算式罗列。

“他”独自伫立在荒凉的海滩上。随着海浪缓慢地拍打，某些东西时隐时现。“他”想伸手去抓，但那些东西很快就被卷回海浪之中……

“他”什么都看不见，也无法发声。但“他”侧耳倾听，却能听到自无尽黑暗中传来的微弱声响。

“他”的意识犹如失去浮力的漂流物，再次堕入黑暗的深渊。于深渊的一隅——

潮水涨退的间歇处，崩坏的字谜碎片的某处描绘出不可思议的抛物线，描绘出这份影像与声音的残片。

她伏于令人生厌的病床时，她的面容、她的表情、她的声音……

妈妈。

“视点”再次飞跃到“我”的身上。

第六章　诡异短剧

1

到达暗黑馆的翌日——九月二十四日的早晨，我被一阵笑声吵醒。

醒来之前的那段时间，我做了梦。虽然已记不起梦到了什么，但粗略区分的话，我觉得那绝不是**令人愉悦**的梦。那个梦会令人产生悲痛、愤怒以及畏惧等情感。

睡梦中，我无法察觉出那只是梦。我完全被那种悲痛、愤怒以及畏惧的情绪所困扰，无法摆脱。突然间，传来不知是谁的声音。听上去似乎有个人站在高处，诡异地笑着俯视我。

怎么回事？那是谁？

我在疑问中醒来。

我花了一点时间，才恢复意识、睁开双眼。半梦半醒之间，那好似乳白色浑浊液体般的暧昧中，始终能听到夹杂着不知是谁的笑声。

那个笑声清脆、柔和，好似晶莹剔透的玻璃风铃发出的响声，亦如小鸟的啼声——这是谁的笑声？

当我猛地睁开双眼，首先映入眼帘的是黑色的天花板。一瞬间，我产生了错觉，以为这里既不是玄儿老家的客房，也不是我位于千駄木的宿舍，而是位于白山的玄儿的住处……不、不对，不是的。这里是……

我从床上坐起身来。与此同时，传来房门关闭的声响。

我从瞬间的错觉中醒过来，立刻回忆起昨晚自己经历过的事情。又来了——我边心里嘀咕着，边跳下了床。此时，我听到屋外的细雨声。不知从何时开始下起了雨。

我没穿外套，冲到走廊上，反射性地看看左边。和昨晚一样，一个人影在走廊拐角处一闪而过。窃笑声就是从那个方向传来的——这是我的直觉。

“等一下！”

虽然天色大白，但投射入馆的光线极其微弱，无论是房间还是走廊依旧昏暗异常。虽说我刚刚起床、重心不稳，但还是在铺着黑色地毯的走廊上摇摇晃晃地跑动起来。

“等等！你是谁？”

没有人回答我。

当我就要跑到走廊尽头的拐角时，昏暗中传来硬物相碰的声响。

咔嗒、咔嗒嗒……

这是什么声响？是开关门的声音吗？是走廊拐角尽头的那间客房的门吗？依旧躲进那里了吗？

和昨晚一样，我转过拐角，可走廊尽头依旧空无一人。和昨晚一样，我站在走廊尽头右首方向的黑门前。

“你在里面吧？”

我加重语气喊道。

“我要进去啦。”

我轻轻转动门把手，打开了那扇门。些许光线透过百叶窗的缝隙照进屋来，使得屋内并不像昨晚那样黑。我立刻伸手去摸照明开关，迈步进屋。就在那时——

空气中飘散着轻微的声响。

那是某个人的窃笑声——并非发自屋内，而是来自我的身后。

我大吃一惊，转过身去。

走廊上空无一人，但我依旧能够听到那声音。从哪儿传来的……这里本应就是走廊尽头了。笑声究竟从哪里传来的呢？

正当我迷惑不解的时候，笑声突然消失了，随即传来别的声响。那是什么声音？听上去像脚步声，接着又有嘎吱嘎吱的响动。这是……

走廊尽头的那面黑色墙壁吸引了我的目光。我死死地盯着它思索着。

……那声音是从这面墙里传出来的吗？

我出了客房，半信半疑地朝那里走去。

从这面墙……这面墙的内侧传出来的？

乍一看，这面墙壁没有任何不同寻常的地方。

几乎整面墙都涂着毫无光泽的黑色，其上没有一扇窗户。墙壁左右两边各有一个陈旧的烛台，和十角塔中看见的一模一样。当然，如今那烛台早已废弃不用，一根蜡烛也没有。

墙内藏有什么秘密吗？难道有暗道或暗门之类的机关？

千万不能轻易地认为这些想法是侦探小说中的妄想。

我就觉得这里肯定有机关，心中充满了对身份不明之人的不安及恐惧。

一定没错的，肯定就在这面墙里……

很快，我就发现了**某样东西**。在右侧烛台的背面，似乎有一个纤细的控制杆突了出来。

犹豫片刻，我用手指勾住了那个控制杆。我果断地用力一拉，控制杆便纵向移动。自墙壁内侧传来细微的金属声的瞬间——

只听“咔嗒”一声，藏身墙内的“暗门”便露出了庐山真面目。

一直被视为墙壁接缝的地方陡生空隙，右侧向前突出，左侧向内倒退。即，这个机关是以墙壁中央为纵轴旋转开启的。

这就是所谓的“翻转构造”。从地板算起，“秘密旋转门”足足有一人多高。留下左右墙体的“边框”，旋转门的可移动宽度为一米半——这几乎占据了这面墙壁的百分之八十。而开启这扇规模宏大的“秘密旋转门”的开关，就是隐藏在烛台背面的控制杆。

我将两手放在向内侧倒退的左侧墙壁上，用力一推，那扇门便超乎预想地轻快地旋转起来。

在门的内侧，和外侧完全相同的位置上也有两个烛台。旋转门旋转半圈后，便会使得门的内外侧交替。若是按下开关，门内侧便会同周围墙面融为一体。刚才听到的“咔嗒、咔嗒哒”的声响，或许就是这暗门的开关声音。

暗门的内侧是和走廊等宽的“秘密空间”，还有一定程度的进深。在门对面的墙上，有一扇紧闭百叶窗的小小窗子。从那里透进些许光线进来。

我屏息静气地走了过去。

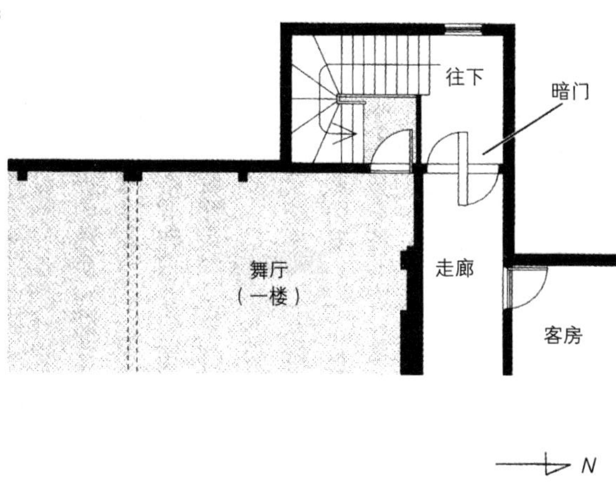

图一 东馆二层暗门示意图

2

走廊尽头的墙壁后面隐匿着的，是通向楼下的“秘密楼梯”。

虽然楼梯比较宽，但台阶相当陡。我小心谨慎地走着，以防一个不留神失足踏空。

昏暗之中，漂浮着夹杂于陈旧板材与灰尘的气味之中的某种香皂的甜香味。这或许就是刚才躲入这里的人所残留的味道吧。

楼梯在平台处转了一百八十度，通向楼下一个相当狭窄的小房间。这里一扇窗户也没有。黑暗潮湿之中，我在墙壁上摸索着，不久便找到了门把手之类的突起。

我刚试着转动那个突起，便顺顺利利发生了反应——墙壁的一部分在我的面前打开。和上面的旋转门机关不同，这就是扇普通的双开门。

“这里是……”

走出那扇大开的门，我不禁呆立自语。这里的空间出乎预料地宽阔，静静地等待我的造访。

那是一间西式大厅。如果铺榻榻米的话，可以铺五十多张。高高的天花板上挂着好几盏枝形吊灯，但如今仅有一盏灯亮着。相对于房间面积来说光线过于微弱，因此整个空间显得格外昏暗。

“这里究竟是……”

这是自我昨日造访以来尚未到过的房间之一。但是至少有一点可以确定，这房间位于东馆的一楼。

整个地上都铺着黑红格子的正方形木板砖。房间其中一面墙上有窗户，依旧紧闭着黑色百叶窗。天花板上雕有精细的镂空楣窗，正好将天花板一分为二。那楣窗自然也被涂成了黑色。

这房间的地面与方才我穿过的那道墙相同，也装饰着黑红格子的木板砖，但没有门把手。如果关上门的话，就会和二楼的“秘密旋转门”一样，巧妙地伪装为与周围墙面融为一体的样子。恐怕这里的某处也隐藏着开启的机关吧。比如说滑动某块墙砖什么的……

我粗略地巡视四周，没有看见一个人。或许那个人又从这里逃到别的地方去了。

“你是谁？”

我无法保持沉默，问向无形的对方。

“为什么要对我……”

我的声音无力地回荡在这几乎没有放置任何家具的宽敞房间之中。我慢腾腾地穿过房间，向一扇看似通向走廊的双开门走去。就在那时——

“中也先生。”

昏暗的大房间里，陡然回荡着一个声音。

“中也先生……呵呵……”

我觉得这声音和我从梦中醒来时听到的笑声完全一样。那笑声清脆、柔和，犹如晶莹剔透的玻璃风铃发出的响声，也如小鸟的鸣叫声……我停下脚步，急匆匆地寻找声音的出处。

声音肯定是从这个房间的某处传来的。但这个房间里看上去空无一人，这声音究竟从哪里……

“这边啦，中也先生。”

那声音听上去有点戏弄我的感觉。

“是这边哟，呵呵。”

我发现自我这个角度看，位于楣窗对面、房间的最深处，有一个和式屏风。暗红色的线条在黑色屏风之上画出抽象的图案，与这个西式房间十分相配。

那声音就是从屏风后面传过来的。

“中也先生……呵呵。”

那是女性的声音，但显然不是我昨天造访时遇到的小田切鹤子和羽取忍的声音。听起来更为年轻。

“你……是谁？”

真切听到对方回应的声音后，方才心中的恐惧和不安顿时消除不少。虽然不快并没有完全散去，但至少对方似乎对我并无敌意，也无恶意。

“你是这个宅子里的人吧？为什么要……”

“你好呀，中也先生。”

对方打断我的问话，毫不胆怯地和我打招呼。与此同时，对方从屏风左侧突然斜伸出头，露出脸来，但身体还藏在屏风后面。

隐约发白的光亮照映出一张美少女的脸。她的黑发轻轻摆动着，似乎和黑暗背景融为一体。

“你好。”

她又打了一次招呼。

“让你受惊了吧。”

“啊……没……”

正当我手足无措、不知该如何作答的时候，少女又轻巧地缩回屏风后面。

“请问，你是……”

“你好，中也先生。”

同样的声音再次回响起来。这次，屏风另一侧——也就是屏风右侧——刚才那位美少女又露出面孔来。

“你好。”

少女又打了一次招呼，嘴角微微含笑。

“让你受惊了吧？”

“你是谁？”

我向屏风走去。

“你去过二楼的我的客房吧？为什么要……”

少女满面含笑地说：

“玄儿哥哥说过中也先生是个优秀的人，所以……对吧？”

不知为何，我觉得她最后的那句“对吧”似乎是向着屏风里面说的。我心中纳闷，但还是接着问了下去：

“你刚才提到‘玄儿哥哥’，也就是说你是玄儿的……”

“我是他妹妹美鸟，写作‘美丽鸟儿’的美鸟。请多关照喽，中也先生。”

玄儿曾经说过他有同父异母的妹妹，这个少女就是其中一人吗？

正当我苦思冥想该如回应的时候，少女美鸟再次躲到屏风后面。

“为什么要躲起来呀？而且——”

我慢慢靠近屏风。

“其实你完全不必偷看我的房间……”

“中也先生嘛，嗯……我想想看……像个猫头鹰呢。”

这回，少女再次自屏风左侧露出脑袋，冷不防冒出这句话。

“猫头鹰？”

我有点吃惊。

“这是什么意思？”

“感觉呗。第一印象嘛。对吧？”

“我像猫头鹰吗？”

“猫头鹰有猫猫那种又大又漂亮的眼睛，我可喜欢了。”

说完，少女又缩回屏风后面，但很快她又从屏风右侧窥视过来。

“鹤子太太让人觉得她像个狐狸哟，还是银狐呢。对吧？”

“是吗？”

“忍太太是家鸭，慎太君是老鼠，野口先生是熊，蛭山嘛，应该是青蛙吧。谁让他走起路来一跳一跳的。对吧？”

“哈哈哈……”

看来她很擅长用动物来比喻周围的人。我给她的第一印象是“猫头鹰”。唉，我该用怎样的心情让自己接受这种比喻呢？不管怎样，我还是乐于进行这样的交谈。

“那玄儿又是什么呢？”

我姑且问了一句。少女又将脑袋缩回屏风后面，不到一秒，她又从另一侧露出头来。

“玄儿哥哥呀，他是鼯鼠。”

“鼯鼠？怎么又冒出一个奇怪的动物名字？”

我不禁笑起来。

“难道你见过鼯鼠吗？这个宅子的庭院里有鼯鼠栖息着吗？”

“这里怎么会有嘛，我在图鉴上见到的啦。鼯鼠张开前后脚之间的飞膜，就能在林间飞跃，一飞就几十米远呢，多厉害呀。”

“玄儿也能飞吗？”

说完，我就觉得这话问得无聊。但少女却乐呵呵地笑起来。

“怎么可能呀，只是给人这种印象而已啦。对吧？”

我仍然觉得她最后所说的“对吧”似乎是向屏风里说的。莫非在屏风后面，还藏着一个人？

“那里还有谁在吗？”

我问道。

“刚才我就觉得……”

“有啊，美鸟在呀。”

少女回答道。我被她弄得一头雾水。

“美鸟？你不就是美鸟吗？”

“中也先生，我是美鱼啦，写作‘美丽鱼儿’的美鱼。你好。”

我呆若木鸡地凝视着点头微笑的少女的容颜。刚才那个自称“美鸟”的少女和她神态酷似，声音也如出一辙。可……这是怎么回事？

“我是美鸟。”

一个人从屏风右侧探出头来说道。屏风左侧则是自称“美鱼”的少女。同时出现的两位少女果真长得一模一样。

“你们是双胞胎？”

我总算反应过来，来回打量着屏风左右两侧。

右侧是美鸟，左侧是美鱼。

从两人分毫不差的容貌来看，她们肯定是同卵双胞胎姐妹。我本来想问问谁是姐姐，谁是妹妹，可就算此时知道了也没有任何意义，于是便作罢了。

她们留着黑而亮的娃娃头，也许只有十几岁吧。她们身上的暗色红黄布料一直在屏风边时隐时现，看上去像是和服的袖子。与此同时，她们那娇美的面容又让人联想到西方的传统人偶。

“玄儿哥哥没有对你提起过我们吗？”

左侧的美鱼问道。

“虽然我知道他有妹妹，但没想到是双胞胎。”

“让你受惊了吧？”

她们又问了一遍。我用手梳理了一下睡乱的头发，苦笑着说道：

“一言难尽呢，唉……我醒来的时候，觉得有人来过房间。一追出去，就发现有人在走廊尽头消失了。接着，我又发现了那个暗门和暗道，最后还找出了你们。这么说来也确实受了惊吓啊。”

她们同时顽皮地笑起来。

“像那样的机关，在这个宅子里还有吗？”

听到我的问话，两姐妹白净的脸上露出相同的微笑。

“还有不少呢。”

“好玩吧？”

“昨天深夜，你们也来过我的房间吧？”

我再次问道。可这次，两姐妹却同时一下子瞪圆了双眼，说道：

“不知道呀。”

“不是我们呀。”

“是吗？那会是……”

那不会是我的心理作用。昨晚的确有人到过我的房间，然后在二楼的走廊上消失了。那人恐怕也是穿过那道“秘密旋转门”脱身的。只要是这个宅子里的人，恐怕都知道那个机关的存在吧。如此一来……

“肯定是阿清。”

右侧的美鸟说道。

“说得没错。肯定是阿清。”

美鱼也附和道。

“只要有稀客来，他总会偷偷摸摸地去看一看。”

“那家伙好奇心旺盛。”

两姐妹绝口不提自己，在屏风左右两侧议论着。于是，我问道：

“你们所说的阿清是谁？”

“他嘛，是我们的表弟。”

“是望和姨妈和征顺姨父的孩子，比我们小七岁……”

“这么说，他还是个小学生？”

“嗯，是呀。不过他不去上学。我们也是。”

“你们不去上学吗？”

我也许问了她们不太愿意听到的问题。

“学校不好。”

“不能去学校。”

她们两人的表情看起来像是蒙上了一层阴影。

“再说，就算只有我们两个人，也可以学习呀。”

“何况征顺姨夫和玄儿哥哥也教给我们很多知识。”

“图书馆里也有大量藏书哦。”

“所以，就让学校见鬼去吧。”

我已经厌倦了考虑这样的对话到底有没有营养，但至少我又多认识了三名住在这个浦登家族老屋中的成员——阿清、望和、征顺。那么，我到底要不要向这两姐妹打听更多有关浦登家成员的消息呢？

例如，这对姐妹的生母——也就是自玄儿生母死后，浦登柳士郎续弦的那位女性是谁？她现在应该也住在这幢建筑之中吧……

“那位阿清像什么动物呢？”

我认为还是不要在这种场合刨根问底比较好，于是半开玩笑地问道。

“猴子。”美鱼回答道。

美鸟立马补充道：

“阿清是只皱巴巴的猴子哦。”

“中也先生见到他就会明白了。”

“那望和太太和征顺先生呢？”

“姨妈是蜻蜓，红色的蜻蜓。不过她的翅膀破掉了，不能在天空中飞翔了。”

“姨夫给人的感觉像老鹰或是秃鹫。他和姨妈一样，不能飞就是了。”

“猴子、蜻蜓和老鹰……吗？”

我在脑海中边想象着未曾谋面的这三人的大致轮廓，边左右交互打量着屏风两侧看着我的这对姐妹的如花容颜。

“那么，美鸟小姐和美鱼小姐呢？你们是什么动物？”

我自然问得顺理成章。

“你们把自己看作什么动物呢？”

“我们吗？”

“我们是……”

不知道是不是我的错觉，我觉得同时陷入思索的双胞胎眼中浮现出某种奇异的光芒。她们缄口不语，倏地一下子躲入屏风后面。

我不由得向屏风迈进一步。

“我们呀……”

“我们呢……”

屏风后面先后传来两人的声音。接着两人扑哧一笑，异口同声地说道：

“我们……是螃蟹哦。”

3

两姐妹的话让我大吃一惊。

为什么是“螃蟹”？她们什么地方像“螃蟹”？我不知该如何作

答，怀着不可思议的心情驻足于屏风前。

屋外还下着雨。从声音听上去，雨下得不大，但时不时传来夹杂在雨中的凛冽风声，似乎预示着暴风雨即将到来。

我听到衣服的摩擦声，美鱼随之从屏风左侧探出头来。

“我们呀，是螃蟹哟。”

美鱼重复了一遍。她的手从屏风边缘露了出来，那杏色的和服袖子随着她的动作摆动着。

“嗯……也就是说——”

我语无伦次，不知说什么好。

“你们两个人都是螃蟹吗？”

“对呀。”

“我还是弄不明白。为什么……”

“我们两个人合在一起就是螃蟹。对吧？”

她语尾的“对吧”依旧向着屏风后面说道，随后便传来美鸟的应答。

“是的。”

我条件反射地看看屏风右侧，但美鸟并没有探出头来。

尽管如此，我更加不清楚那句话的含义——“两个人合在一起是螃蟹”——这到底是什么意思呢？

几秒钟后，我的疑问随着极度震惊而烟消云散了。

美鱼先探出脸及右手，接着自屏风后面悄悄现身。她的身材娇小纤细，好似一位不食人间烟火的美少女。身着碎白点花纹的杏色和服、深蓝色腰带。剪得整整齐齐的黑发下，那双满含奇彩的黑亮大眼睛直直地看向我。她的确如我最初所想的那般，宛若西方古典美女一般。

我觉得美鸟也会如美鱼那样，自屏风右侧悄然现身。但事情的发展完全出乎我的预料。

最初现身的美鱼双脚蹭地，横向移动起来。随后，美鸟像是被美鱼拖出来一般，出现在屏风左侧。

“中也先生，你好呀。”

“中也先生，你好呀。”

两人异口同声说着，步调一致地鞠躬行礼。

“我们两人合二为一哟。”

“我们两人合二为一了。”

姐妹两人并排站在那里。我看着她们的姿态、动作，心里有种说不出的别扭。直到觉察出别扭的原因之时，我顿时觉得上苍开了一个多么残忍的玩笑——

同时出生的姐妹俩容貌相同，身体均很纤细。但她们从侧腹部到腰部的那部分身体，紧紧地连在了一起。我仔细一看才发现，就连她们所穿的和服、亦在身体相连的部位缝合得严严实实。欸？这……到底是怎么一回事儿？

……暹罗双胞胎。

我那贫瘠的大脑里挤出了这个词。

所谓“暹罗双胞胎”或是“暹罗双生儿”，是指两个原应相对独立的个体在母体中，因为某些原因而发生异变，使得身体的一部分牢牢连在一起，或者共用一部分身体器官。我记得曾经在哪里读过有关这种先天性残疾的文章。之所以这样的畸形儿会被冠以此类称呼，是因为当年暹罗国——即现在的泰国——曾有这样一对举世闻名的畸形双胞胎……

现在，站在我眼前的两姐妹难道就是所谓的“暹罗双胞胎”吗？

她们各有一双手脚，但身体的一部分紧紧地连在一起。美鱼的腰部左侧和美鸟的腰部右侧完完全全连在一起。

“你看，是螃蟹吧？”

稍后露面的美鸟说道。她的语调没有丝毫改变。

“中也先生，我们吓了你一跳吗？”

合二为一的两人左右各有四只手脚，共计八只手脚，的确像螃蟹。她们说得没错——“两人合在一起就是螃蟹”。

我不知所措地低下头，震惊、畏惧、愧疚等各种情感在心中混乱交织着。我似乎看了不该看的东西，不知如何是好。

但姐妹两个依旧一副满不在乎的样子。她们笑眯眯地看着我，时不时轻笑上几声，随性地聊着天。

“还是吓着你了，对吧？”

“中也先生，对不起了，害你受惊了。”

“我们是不是挺怪异的？”

“可我们一生下来就是这样，所以自己也没觉得有什么别扭的地方。”

“我们做什么都是两人一起的哟。”

“一起睡觉。”

“一起洗澡。”

“只是穿不过狭窄的地方……”

“喂，中也先生。反正请你多包涵了哟。”

“中也先生，请多包涵。”

我不知如何应答，只能傻站在那里。

两人略感奇怪，便收住了话匣子。过了一会儿，她们步调一致地与我擦肩而过，走到房间中央。我隐约闻到一阵香气，和方才在密室楼梯上闻到的气味一模一样。

“现在，这个房间已经不用了。不过，据说这里以前是舞厅。”

双胞胎中的其中一位——可能是美鸟——环视了一下昏暗的房间说道。

“据说这里曾举行过舞会，也邀请过不少人参加……我们的父母也在这里跳过舞。”

“那已经是很久以前的事情了，那时我们还没有出生呢。”

“不错的舞厅吧？”

“不错的舞厅呢？”

说着，两人协调一致地跳起奇特的舞步来，仿佛房间内有个幻影般的乐团为她们伴奏一般。我一头雾水，只能屏息静气地看着这对美丽的暹罗双胞胎姐妹跳着奇怪的舞蹈。

很快，她们停下舞步，回头看向我。那两双同样黑亮的眼睛直勾勾地盯着我，害得我非常紧张、不知所措地垂下眼睑。

“中也先生。”

双胞胎中的其中一位——这次可能是美鱼——说道。

“我想说……那个……”

说着，她指指我的脚下。我只觉得很纳闷，不知道她想说什么。

“你看嘛。中也先生，你的鞋子呢？”

“——啊呀！”

我顺着她手指的方向看了过去，这才发觉自己没有穿鞋子。一觉醒来之后，我只顾着跳下床冲到走廊上，连鞋子也忘了穿，就一口气走到了这里吧。

“呃。哎呀，这是因为……”

我只觉脸涨得通红，连自己都觉得太过愚蠢。

“那、那个……”

两姐妹乐得见我狼狈不堪，美丽的脸上同时绽放出精灵般的调皮笑容。

“中也先生，拜拜喽。”

美鸟说道。

“中也先生，再会喽。”

美鱼说道。

还没等我反应过来，姐妹两人便灵巧地转过合二为一的身体，有条不紊地走出了房间。

4

“这……是怎么……”

耳畔传来不知是谁的声音，使我一下子回过神来。即使美鸟和美鱼这对双胞胎离开房间之后，我依旧独自站在屏风前愣神了好一会儿。

“……去……好……”

我根本听不清到底那声音说了什么，亦不清楚声音是从哪里传过来的。唯一可以确定的是这断断续续掠过耳际的声响的确是人说话的声音，似乎还是个男人的声音。

那对姐妹离开后，这个舞厅里应该只有我一个人才对。难道还有人躲在这个房间里吗？

我再次环视房间，也走到刚才那对姐妹藏身的屏风后面查看一番——一个人都没有。我也没有发现任何异常之处。

那，刚才的声音又是怎么一回事儿呢？

我悄悄地走到房间中央侧耳倾听，但此时已经听不到它了，耳畔只盘旋着窗外的雨声。那雨声叮咚作响，越发衬托出这间昏暗房间的寂静来。

我并不觉得那是自己的心理作用，或许是自别处房间传来的聊天声吧。这幢建于明治时期的老建筑，隔音不好也不足为怪。

我走出了那间舞厅，决定稍后问问玄儿。

直到走出房间，我才彻底弄清自己究竟身在何处。

这里是从东馆玄关大厅往北延伸、铺着地板的走廊，舞厅位于走廊西侧，对面则是昨天用过晚餐的餐厅。我的客房大概就位于舞厅的正上方。当我冷静地梳理了位置关系，在头脑中绘制出平面图后，发现馆内的房间位置也没有那么复杂。

玄关大厅的那个长木箱挂钟的指针已经指向十点半。虽然玄儿曾说宅子里的人不会早起，但到了这个时间，或多或少该有人起来了。

我走向玄关大厅的旋转楼梯，但想想又折回走廊。沿着这条走廊直走到头，有洗手间和浴室。虽然我也觉得光着脚四处乱逛有点儿不好意思，但还是想先洗个脸，好好清醒一下。

洗脸池的水龙头中淌出清澈冰凉的水。据玄儿介绍说，这个岛上还挖掘了水井出来。但这水并不是井水，而是湖泊后面森林中的清泉，通过湖底管道被引到岛上。

另外，在建造之初，岛上的电力似乎仅仅依靠自家的发电机。走廊上的蜡烛应该就是那时残留下的历史见证吧。但很快，电力公司似乎就开始为这里供电。这的确让人惊讶——竟然为这个深山老林中的宅子单独供电。由此即能看出，浦登家族自很久以前就在各方面拥有巨大的影响力和发言权。

在洗脸池上方的墙壁上，有一扇附有四方镜的木质对开折合门。

这似乎是最近才装上去的，与房间内饰及其他器具相比显得相当新，让人一时觉得不甚协调。

打开红黑色的木门后，一面五六十厘米大小的普通四方形镜子便呈现在眼前。看着镜子中映出的湿漉漉的自己的脸，我不禁想起了那对姐妹的话。

——中也先生嘛……让我想想看……像个猫头鹰吧。

我记得这句话是美鱼说的。从我的角度看过去，她似乎在屏风的左侧……从她们自己的角度看过去，应该就是暹罗双胞胎的右半身。

——猫头鹰有着猫猫那样又大又漂亮的眼睛，所以我很喜欢猫头鹰。

右半身是美鱼，左半身是美鸟。

——我们两个人呀，合二为一了。

“我……像猫头鹰？”

我嘟哝着，瞄着镜中映出的自己。

总的来说我的肤色很白，眼睛的确大而圆，嘴部饱满小巧，脸颊虽然瘦削，但下颚并不突出……

平时，我很少这样仔细观察自己的容貌，因此感觉怪怪的。在玄儿位于白山的住所中，不要说梳妆台了，连洗脸池上方的镜子都没有。

我用手梳了梳睡乱的头发，又顺了顺稀疏的胡须。我的胡子并不浓密，即使两三天不管也不会太长，但我想今天好好刮一刮胡子，过会儿还是再来一次好了。

尽管如此……

我漫无边际地回忆起来。

虽然我到这个宅子还不到一天，却经历了许多事情。刚刚越过大雾弥漫的山岭，来到宅子，便经历了两次地震。接着遇到了来历不明的堕塔者。而后又发现了秘密通道，还与美丽的畸形双胞胎姐妹相遇。

现在我才觉得自己似乎被邀请到了一个怪异的地方。当然我并不会因此而过多怀疑发出邀请的玄儿，也不会懊悔自己来到这里。

我敢肯定这里一定还存在着许多不为我所知的秘密。而且，我觉得在我逗留此地期间，无论好恶，我定将得知这些秘密的实质——虽然未见得会是所有秘密。

这幢宅子的秘密，这个家族的谜团……

我刚刚张开想象的翅膀，各种杂乱无章的情感——畏惧、不安与期盼——便交错在一起，弄得我心神不宁。

我似乎又深陷于苍白冰冷的大雾中，一如今春因那起事故失忆时一般。我似乎就要脱离那已暧昧化的现实世界的边缘。不管怎样——

这一切，似乎才刚刚开始。

第七章　迷失之笼

1

我回到二楼的房间，赶紧穿戴整齐，也蹬好了鞋子。我想看看雨下得如何，于是同昨晚一样，信步走向面向中庭的窗户。我推起磨砂玻璃，推开黑色的百叶窗。那一瞬间，我不禁用一只手挡住眼睛——

室外的光线刺眼得令我向后倒退一步。

那阴郁昏暗、乌云密布的光景，让人根本感觉不出此时已是上午十一点钟。即使如此，我仍觉得室外光线刺眼，可见整个暗黑馆遮得如何严实，馆内如何幽暗了。

等双眼适应了屋外光线后，我才重返窗边，深深吸了一口涌入室内的潮湿空气，环视起昨晚被黑暗所笼罩而无法窥其真容的室外风景。

庭院很大，四周环绕着建筑……所有的一切都被雨淋得湿漉漉的。

这个庭院疏于打理，甚至可以称之为破败。昔日，这里或许曾是个规模宏大的西式庭院，但现在在此俯视下去，说得夸张点儿，则让人觉得有如被神灵抛弃般荒废不堪。

与草木的葱郁相比，地面的泥泞反倒更加显眼。不知为何，庭院中的树木大都枯萎了。总体上说来，用“黑黢黢”这个词来形容的确是没有任何不妥。

周围的建筑也是如此。站在这里，我多少能窥视到北馆、西馆以及南馆这三幢建筑。虽然各建筑的设计结构均有差异,但放眼望去，整体上依旧能以“黑黢黢”这一个词来形容。

“暗黑馆……”

我下意识地嘟哝出这宅子奇怪的别名。接着——

我以手撑着窗框，将身体探出窗外，打量起“那个建筑”来。

“那个建筑”隔着庭院，与这里正面相对。那或许就是西馆——“达莉亚之馆”吧。玄儿曾经提及在四幢建筑中，那个建筑和东馆一样古老，建成后一直是宅子“当家人”的起居处，从某种意义上说那里是“这处宅子的心脏地带”。那里……

和东馆一样，西馆也是双层的西式建筑。但在其南端——从我这个角度望去，是正面的左边——斜斜地凸出着方顶塔屋。那塔屋与昨天我们去过的十角塔相同，约有四层楼高。

墙为黑色脊檩，让人联想到那种爬行动物——黑海鼠的皮肤。墙上零星开着几个黑框的小窗，被黑色百叶窗罩得严严实实。屋顶的瓦片石板、墙壁接缝处的灰浆自然也是黑色。整个外观和这里没有丝毫不同，均为清一色的黑色。窗框与百叶窗上的油漆已经剥落不少，其上紧紧缠绕着爬山虎，因而形成一种异样的色调，让人无法分辨出是黑色、绿色，还是灰色。尽管如此，它给人的整体印象依旧是黑黢黢的。

正如玄儿昨天所说的那样，与东馆、西馆相比，我正面右方的北馆一眼望去倒更像石制西式建筑。地起石砌墙壁、上覆悬山双坡顶，使得整个建筑显得庄重沉稳。说起来也奇怪，北馆竟让我联想到今春曾造访过的古河男爵的宅邸。那宅子的样子就像在原本全黑的建筑物上再次涂黑的一般……

供用人们使用的南馆是一幢铺有黑色鱼鳞板的双层建筑，就在我正面的左方。与其他三幢建筑相比，它显得素朴小巧。近代日本西式建筑常带有阳台，但现在放眼望去，不仅面前这幢南馆，目光所及之处全都看不到这样的构造。这是否明确地表示出暗黑馆根本就没有对外部“开放”的意思呢？

黑压压的天色下并排矗立着黑黢黢的建筑群落——

我再次仔细打量起整幢宅子来。整体上来看，暗黑馆让人觉得像是一幅精细的剪纸。或是一如昨晚，我站在东馆前产生的第一印象那样——“犹如映像”，而非实际存在的建筑。暗黑馆仅仅是个影子，没有实体。为人所看到的暗黑馆只是自暗色的纸张上剪切下来、空泛而又单薄的“形态”而已。

突然……

破败庭院的正中央吸引了我的目光。

在不知是黄杨还是青木的低矮灌木丛之中，一个很小的建筑隐约可见。树木挡住了我的视线，无法得知那到底是什么建筑，但它似乎不是凉亭，倒像一块自地下孕育而出的黑色磐石一般。

那是什么呀？

一阵更加猛烈的大风呼啸而过，带得庭中草木沙沙作响。细雨不意迎面打来，百叶窗也因风而闭。

我吓了一跳，从窗边退了回来。

遮蔽了屋外的光线，屋内再次变得昏暗。我不知为何松了口气，而后深深地呼吸了一下。用手摸摸胸口，才发觉心跳有点加快。

我再度深呼吸一次，将上下推拉窗照原样仔细关好。坐回床边的我，从小茶几上拿起一支烟，叼在嘴上，点上火，咬着茶色的过滤嘴思考起来。

风势很大，但是雨势并不强，称其为小雨亦不为过。如此一来，就可以到室外去素描建筑物了吧……

我掐灭香烟，站起身来，拿上我带来的铅笔及八开素描本，又将那顶黑色棒球帽深深扣于头上，而后走出了房间。

2

下楼之前，我决定先去别的地方看看。

我走出房间右拐，但没有下楼梯，而是沿着走廊向前走。走廊在中途一下子变窄，似乎在尽头处向左拐去。我走了过去，想看看那儿到底有什么。于是——

那里有段楼梯，与中途变窄的走廊同宽，但它并不通往楼下，而是延伸到上方。

难道还有三楼吗?

我吃了一惊，暗自纳罕。难道东馆还有第三层楼或是有相当于三楼的阁楼吗?

昨晚自屋外远眺之时，并未发觉这里还有三楼，也不曾看到有第三排窗子。那么……

走廊上的地毯一直铺到楼梯口。我讶异她爬起那段楼梯，发现那依旧染作黑色的楼梯踏板上，薄薄地积着一层灰。

楼梯通向上方，角度不是很陡。天花板很高，也是黑色。在十级台阶左右处，有一个简陋的休息台。楼梯在那里仍旧向左转了个直角，继续延伸向上。但是——

当我登爬到休息台处，不禁脱口而出——

“欸？”

楼梯的确继续向上延伸，但其尽头却没有理应存在的楼层——那里空空如也。楼梯到此为止，像被毫无光泽的漆黑天花板完全吞没了一样。

一瞬间，我甚至怀疑是自己看错了——可那又怎么可能呢。我赶忙眨眨眼睛，又爬了两三级台阶。可前面的确已无路可走。

难不成……这里也有类似旋转门那样的机关吗？

我边想边仔细观察着楼梯尽头一带的天花板和墙壁，但“吞没”楼梯的天花板上涂着灰浆，没有一丝接缝。墙壁亦如是。看上去根本就没有能设置暗门机关的地方。这次真的是无路可走了。

——似乎净是些与众不同的设计。

我突然想起昨晚玄儿说过的话。建造宅邸之时，浦登家族初代当家人玄遥多少受到那名异国建筑师朱利安·尼克罗蒂的影响。当我问到那名异国建筑师的建筑手法时，玄儿就是这样回答我的。

——他似乎故意设计出不便居住的房子，让人忍不住想要怀疑设计者脑子是不是进了水……

难道这段戛然而止、毫无用意的楼梯正是拜尼克罗蒂的影响所赐吗？

与此同时，这段无路可走的楼梯使我不禁想到那个位于东京深

川门前仲町的有名怪建筑

那幢被称作“二笑亭”的建筑是一家服饰杂货店的老板赤木城吉——我读过的书中曾记载他的名字——亲自设计并长期居住之所。后来，这位赤木氏被诊断为精神分裂症，因而被收容进精神病院并在里面去世。当时的报纸称那幢建筑是“疯子堆的鬼屋”，从而引发人们的好奇心，成为当时大家茶余饭后谈论的对象。

据说二笑亭中有各种出格的装饰，例如无法爬升的楼梯、毫无用处的壁橱、嵌入节孔的玻璃窗等。结果这一切都被解释为精神病人的突发奇想和与众不同的构思，有些人也想从中发掘出一些艺术价值……

总之，暗黑馆并非仅仅是一幢黑黢黢的西式宅邸，其内部更有许多极其怪异的构造。或许刚才所见的那道暗门及暗道亦为仿尼克罗蒂风格设计而出的吧。美鸟和美鱼这对双胞胎不是说，在这个宅子里还有许多那样的机关吗？我觉得光想象这些机关设计也蛮有意思的。

玄儿曾说过，尼克罗蒂的建筑特色无法用语言描述。但如果那特色被轻松地描述成“消遣之心”，我倒是不会反感就是了。下次要是和玄儿谈到这个话题，我是不是应该调侃他一下：“要是邀请江户川乱步到访，他肯定会欣然应允的吧。”

3

我自无路可走的楼梯折返回来，正准备下楼到玄关大厅去，突然听到一些动静。我停下脚步，环顾四周。

那似乎不是讲话声，而是深深地哈欠声。我觉得这声音是自楼梯附近的客房中传出来的。

有人已经起床，正肆意伸着懒腰吗？是玄儿吗？还是别的什么人？

我轻轻敲了敲房门，没等应答便推门而入。

昨晚，我就是在这间屋子里亲眼看到有人从十角塔上坠落的。现在，在我目击到堕塔者的窗子的反方向——也就是进门左转、房间最里面的睡椅上有个人。方才的动静就是他发出来的。

“……欸？啊——哎呀呀……”

那位仁兄看到我时，有些不知所措地喊出声来。而后，他就一下子从睡椅上坐起来，边用手指梳理着乱蓬蓬的头发，边拿起放在旁边桌子上的银边圆眼镜戴好。那位仁兄和玄儿年纪相仿或者更小一点，圆脸盘、五短身材，正侧着头打量着我。

“啊……你就是玄儿带来的客人吧？嗯……叫什么来着？好像是中也先生吧？”

我默默地点了点头算作打招呼。而那位仁兄又张大嘴巴，打了一个哈欠算作回礼。

在那位仁兄方才放眼镜的桌子上，还放着一个威士忌酒瓶和暗红玻璃酒杯。他一拿起酒杯，就苦着脸，将残留的杯中物一饮而尽。接着，他依旧打了个大大的哈欠，又咯吱咯吱地挠了挠头发。那位仁兄的胡须肆意遍布人中及下巴处，很是惹眼。

“哎呀，我告诉你啊，昨儿个晚上，我从那边儿回来以后呢，本想再来上一杯的。没想到我一觉醒来，竟然横在这个椅子上了……哎呀呀，头好痛。”

说着，这位仁兄又开始向杯中倒酒。他口齿含混不清，手也哆哆嗦嗦地颤个不停。

“你是——”

我略略愕然地发问。

“首藤……伊佐夫先生吗？”

首藤伊佐夫是玄儿的表兄弟，是个自称“艺术家”的酒鬼。所以，我才觉得眼前的这位仁兄就是伊佐夫无疑。

“对啦，没错，我就是伊佐夫呀。玄儿告诉你的？”

“嗯，听他提过一两句，说昨晚你陪野口医生在北馆喝酒什么的。”

“是啦是啦。那位老先生可真够能喝的！每次我一高兴起来陪他喝酒，就都会落得这么个下场。啊呀，我可真是受够了。”

看着他歪着短粗的脖子感慨的样子，我不禁想知道美鸟和美鱼会把他比喻成什么动物。是狸猫，还是浣熊呢？抑或是——

脑海中浮现出“树懒”二字。这让我自己都觉得太缺乏诗意。

“说起来你也算是个，怎么说好呢，也算是个好事儿的学生了——你别傻站在那儿啊，来，过来。”

他招了招手。于是，我走进屋里。首藤伊佐夫举起酒杯，一点点抿着酒说道：

“你也来点儿？”

我摇摇头，坐在昨晚玄儿所坐的皮安乐椅上。

“那是素描本吧？中也先生，原来你是个画家啊。”

“绘画不是我的专业，但我喜欢素描建筑。”

“哦，这样啊。原来你是建筑系的学生啊——不过，你还是个好事儿的人呢。就为了看这么一个阴森森的老宅子，竟然特地跑到熊本来，还跑到这么个深山老林里来。”

我先点了点头，随即补上一句：

“但是，我觉得这宅子很有意思。”

“很有意思？”

树懒——首藤伊佐夫轻轻耸肩，又将酒杯送到嘴边。

“对，你说得没错。我也觉得这里确实有点儿意思。正因为如此，我才会跟着我家老爷子跑到这儿来的。”

“——哦。”

“我说，你不会真的只为看这个宅子才来这儿的吧？”

伊佐夫询问道。他傲慢地翻着眼皮，试探性地仔细打量着我。我下意识地将素描本抱在胸前，点头称是。

“玄儿什么都没告诉你吗？可是啊，今天怎么偏偏就是九月二十四号呢。”

“今天，嗯，就是什么‘达莉亚之日’吧，所以就……”

“哎呀，什么嘛。你这不是知道嘛！”

伊佐夫摘下眼镜，扔在桌子上，将杯中物一饮而尽。他长长地舒了一口气后，用手背擦了擦嘴巴。虽然他属于喝酒不上脸的那种人，但他的醉意比刚才明显。

“唉，说来说去，中也先生，你也是被浦登家族的秘密吸引来的呀。嗯，原来如此。果真是这样啊。”

“不，那……我只是……”

我矢口否认。但伊佐夫根本就听不进去，打断了我的话。

“就是那么回事啦，没错的。这个宅子真的有意思。有意思归有意思，可那玩意儿真挺让人不舒服的。这可是我的真心话——有意思归有意思，但就是让人不舒服。住在这儿的人都被那玩意儿蛊惑了……玄儿也好，我家老爷子也罢，都拼了命地想得到‘肉’。但这次他和那个女人似乎有不良企图，我无论如何……”

他的口齿越来越含混，喋喋不休说个没完。

我根本无法插话，只得一边听他絮叨着，一边在脑海里回忆那些听说过的人名——恐怕“我家老爷子”指的就是前天出门的首藤利吉，而“那个女人”恐怕就是他的续弦茅子。但让我介怀的是“那玩意儿”指的是什么？“肉”指的又是什么？而“不良企图”又是什么意思？

“别看我这副德行，其实我是非常具有现代科学精神的人。你知道吗，纵使我可以对宗教现象表示理解，但自己却是个无法相信任何宗教的无神论者。这世上要是没有神灵存在，自然也就不会有恶魔和魔女这类玩意儿存在了。什么神灵、恶魔、魔女，统统都是扯淡，存在的只是相信这些玩意儿的人类而已。这个宅子里的人也是如此。不过嘛，作为第三者来观察的话，倒是很有意思。”

伊佐夫边滔滔不绝地发表着长篇大论，边又向酒杯里加满了酒，灌进肚子里。我在一旁边看着，觉得自己都要醉了。

“——我说，中也先生，你信吗？”

我被他不着边际的问题问糊涂了。

“你是说我相信不相信神灵吗？”

我不知道该如何回答，心里觉得焦躁。

“我嘛……我家里人信奉净土真宗[①]，我小时候也去过几次基督教堂。”

“哦，是吗？我那已经过世的老妈的娘家也信奉净土真宗……好啦好啦，不说这个了。”

“我有一个弟弟。”

“是吗？你是老大啊。我可是独生子。你弟弟是个什么样的人？”

“那小子也有点怪。他从小就喜欢看《枕草子》啦、《源氏物语》

①净土真宗，是日本佛教主要宗派之一，又名“一向宗”、“门徒宗”，由法然的弟子亲鸾在镰仓时代初期所创立。

之类的古典文学。我可不知道这些东西有什么好看的。”

“哦，原来你弟弟是个古典爱好者啊。好啦，不说这个了……中也先生，我好像误解你了。”

“误解我？你是指……”

“你好像并不清楚这个宅子的事情啊。”

喂喂，我刚才想解释的不就是这个嘛。我好不容易才忍住没有责怪这个“醉鬼”，只恶狠狠地瞪着他了事。

“好啦好啦，要不这样吧，你不是对这个家还不太熟悉嘛。既然这样，就听我说说吧。”

伊佐夫说话的腔调变得越发奇怪。他重新拿起刚才扔下的眼镜，摸摸胡须欠打理的圆下巴，突然一本正经地说道：

“我是个艺术家。”

“我听玄儿提过……”

我不知所措地回应道。

“许多艺术家都信奉神灵，还有些家伙为了创造出杰作，不惜向恶魔出卖灵魂。大致来说所谓的艺术家呀，或多或少都与神灵有关联。没错吧？”

“是这样的吗？”

“不过呢，我可是特例。我成为艺术家，正是为了证明神灵是不存在的！”

“不存在神灵？”

我觉得他说得有点过，即使听下去似乎也没什么价值。但是出于初次会面的礼貌，姑且还是敷衍了一句：

“听上去还挺有意思的。”

“是吗？你觉得有意思吗？有些人虽然这么说，但其实并没真正明白其中含义呢。”

透过有些污垢的圆镜片，我看到伊佐夫频繁地眨着眼。于是，我随口问道：

“你具体创作些什么作品？是绘画、雕塑，还是陶艺呢？”

伊佐夫低声呻吟一下，摆出与奥古斯特·罗丹创作的那个著名雕塑同样的姿势说道：

“问题就在这里。我一直考虑应当选择怎样的表现手法，一想就想了三年半。”

我忍着没笑出来。原来如此,难怪玄儿说他是个“自封的艺术家”了。当他和野口医生相对而饮的时候，不知道他又会说些什么。

伊佐夫一语不发、纹丝不动，似乎陷入了沉思。但他很快就摇了摇头，又啜了一口杯中物。我觉得再待下去，他会唠叨个没完，于是从椅子上悄悄站起身来。他似乎这才意识到那里有个人一样看向我说道：

“哎呀，这不是中也先生嘛。不过，玄儿为什么会带你到这儿来呢？这个问题也很有意思。”

“这个嘛……”

这也是我从昨晚开始就放心不下的问题。

“对了，伊佐夫先生，令尊已经回来了吗？”

“欸？我家老爷子？”

“昨晚我听说，他出了门后再也没回来。”

“这我可不知道。”

伊佐夫兴趣索然地回答道。

“恐怕已经回来了吧。也许现在就躺在那个女人旁边呢。”

“你是说茅子太太吗？”

“对，是我那亲爱的继母茅子。她一来到这里就发了烧，一直待在屋子里休息。”

说完，伊佐夫又打了一个大大的哈欠，放下杯子、自睡椅上踉踉跄跄站起来。

“那我也该上床好好睡上一觉了。”

“你也住在东馆吗？”

“是旁边的客房啦。我家老爷子和那个女人厚颜无耻地在北馆占据了一间房。可我讨厌那边的建筑。”

“为什么？”

“就是不喜欢！”

伊佐夫说得很不客气，接着又加上一句。

“如果非要我说出个理由……该怎么说好呢？太接近核心……的缘故吧，总觉得心里不舒服。”

“核心？”

“好了，再见！小心不要被蛊惑了。晚安。”

说完，伊佐夫跌跌撞撞地向门的方向走去。望着他的背影，我心想——

这个树懒也太饶舌了吧？

4

东馆一楼的玄关大厅内，有个黑色双扇平开门，其上有半圆楣窗。我从二楼下来后，便毫不犹豫地向那扇门走了过去。

楣窗上镶嵌着红色玻璃。那红色太过浓郁，若非光线透了过来，根本无法分清那是红色还是黑色。玄关大厅的门亦为同样构造，与其他各处的差异真是显而易见。从位置上看，这扇门似乎通向庭院。

外面的光线透过玻璃，泛着红晕照进屋内。那扇门没有上锁。我猛地推开了它。

不出所料，门外是一个正对庭院的大阳台。铺在地上的黑砖勾勒出一道柔和的弧线，延伸到庭院之中。

雨势减弱，风似乎也暂时停了。

我夹着素描本，由大阳台走向长满荒草的庭院。风雨交加致使气温骤降。我穿着与昨日相同的米色长袖衬衣、深蓝色马甲，竟然感到有点冷。湿漉漉的杂草也让脚下凉飕飕的。

蒙蒙细雨之中，我环顾四周。刚才在二楼窗口看到的风景没有丝毫改变，周围的四幢建筑依旧是黑黢黢的，让人觉得像巧夺天工的剪纸。

我躲到房檐下避雨，打开了素描本。保持站姿的同时，以左手和上腹部支撑着素描本，右手握住了铅笔。我决定先勾勒出开阔庭院对面的西馆轮廓。

爬满藤条的黑海鼠墙壁，左端突兀而出、涂抹黑色灰浆的四方塔屋……在昏沉黯淡的天色笼罩下，更让我觉得这个西式老宅看上去阴森可怕。它还有一个别名——“达莉亚之馆”。

与此同时——

我不禁想起刚才在二楼，首藤伊佐夫离开前丢下的那句话。

——太接近核心……的缘故吧。

他就是这么说的。我觉得他说的“核心”恐怕指的就是西馆。昨天晚上，玄儿不是也说过，从某种意义上讲，西馆是一幢中心建筑嘛。

据说宅子里的人把东馆称为“外馆”，把西馆称为“内馆”。我觉得这个“内”字本身就说明了一切。所谓“内”，就是某个事物的深处，也就是该事物的关键之处或核心之处。我也听说过“内”本来指的是家中放炉灶的地方，后来转为指房子的西南方向——也是祭祀神灵的地方。

——小心不要被蛊惑了。

这也是伊佐夫离开前丢下的话。

我会被什么东西“蛊惑”呢？包括玄儿在内的浦登家人到底被什么东西“蛊惑”了？

让我觉得不解的问题实在数不胜数。

素描的时候，我产生了一种想要更加接近那里的冲动。但是，我不愿雨水打湿素描本。心里后悔没带伞下来的同时，我放下素描本，走到庭院中。

稀疏枯黄的树丛中，有一条可供行人穿梭的小径。在庭院的正中，常绿灌木丛环绕于那个小小的建筑物周围。小径就像是从南北两面迂回一般，在那里分成两股。我选择靠近北馆的那条路，向西馆走去。

一眼望去，北馆和东馆有着同样通向庭院的大门和大阳台，从那里延伸出的小径在前方与脚下的小径汇合。黑色砌石堆起来的外墙上，窗户全部紧闭，让人根本就察觉不到里面是否有人居住。

我在细雨中踱着步子。被雨水打湿的地面松软得犹如连泥土本身都腐烂了一般令人厌恶。每一步都会有步履维艰之感。

渐渐地，西馆越来越近了。

西馆一层和二层的黑色百叶窗紧紧闭合着，黑海鼠墙壁上的藤条在风中此起彼伏地摇曳着。那就是“达莉亚之馆”——这个暗黑馆的“核心”。

……我突然停下脚步。

绵绵细雨之声犹如耳畔低语，草丛灌木摇曳轻唱。透过那些声音，我听到了奇怪的动静。

嘎吱嘎吱……那似乎是金属缓缓摩擦的响动。这个声音来自哪里呢？

我环顾四周，寻找着声源。很快，我就发现左首种植着常青树——那并不是黄杨或青木，好像是紫杉。难道是常青树后面发出的响动吗？莫非是从那边的小建筑里传出来的……

小路在前方缓缓地拐至左方，似乎一直通向西馆。那里无疑有通向常青树对面的岔路。

我加快步伐。风雨似乎也合着脚步的节奏变得更猛烈，草木也大肆喧嚣起来。我走得更快了。

果然不出所料，小路拐过去后分成三股。右方通向西馆，前方通向南馆，而左方的岔路则通向那个小建筑。

那到底是什么建筑呢？

方才，透过二楼窗户发现那个建筑时就产生了这样的疑问，现在同样的问题又萦绕在我的脑海中。也许，刚才传入耳中的异响就是那建筑的门闭合时发出的声音……

突然，前方的岔路上出现一团漆黑的身影。顿时，我停下脚步，差点儿喊出声来。

那到底是什么人？那人看上去很奇怪，浑身裹着肥肥大大的黑色斗篷，头上蒙着风帽，似乎挡雨用的。虽然那的确是人类，但除了能看出其身材不高外，根本看不出体格相貌。不要说年龄了，就连性别也分辨不出来。之所以觉得那人身材不高，是因为其弯着腰，但也不像蛭山那样是驼背。

那人拖着黑色衣摆，慢吞吞地走向南馆。我目不斜视地看着那人，也不知道那人是否注意到了我的存在。我觉得那人似乎停顿了一下，回过头瞥了我一眼，但那或许只是我的错觉。不管怎样——

我觉得从形态、动作上看，那人就像一个“活影子”。一瞬间，我甚至觉得自己看到了这个世界上本不存在的东西。

就在“活影子”的背影从我的视线中消失之时，一阵大风呼啸着从我头上刮过，总算将我从某种魔咒禁锢的状态中解救出来。

“活影子”双手拎着一个带把手的、有如黑箱子一般的东西。那里面有什么？算了，还是先弄清楚那个人到底是谁。

那人肯定住在宅子里。究竟是浦登家族的成员，还是这里的用人呢？至少从步伐上看，那人不像是小孩子……

我犹豫了一下是否要转身回去，然而还是好奇心占了上风。我心惊胆战地打量着周围，向“活影子”刚刚出来的那条路走去。

紫杉依旧紧紧环绕在那个建筑周围。那是种成年后可高达二十米的常青树。在西式庭院中，经常被修剪成几何造型或者是动物图案。也许，这里的紫杉就曾经被那样修剪过。

当我在二楼看到这个建筑时，第一印象就是“好似自地下长出来的黑色岩石”。这与实际情况相差无几。以大型黑色石材堆砌而成的小巧四方建筑，称其为小房子都不恰当。唯一比较相称的称谓即为“祠堂”。

建筑正面的大门紧闭着。那是一扇黑色的双开铁门。铁门表面刻着怪异的图案——左右门扉上各有几条象征人类肋骨的曲线，以及两条缠绕相交的蛇。

“骨头和蛇……”

我小声嘟哝着，轻轻握住了门把手。

门没有上锁，稍加用力就把它打开了。铁门同方才一样嘎吱作响。

没错，刚才那个一团漆黑的怪人动过这扇门，所以我才碰巧听见了开关铁门的声响。

这个建筑里面非常昏暗。

没有采光的窗户，也没有照明开关，至少我在入口附近没有发现。地上铺着与外墙相同的黑色石料，低矮的天花板有如储藏室一般。

借助从入口处照进来的光线，我心惊肉跳地打量着四周。

整个空间极其狭窄，只有四张半榻榻米的大小——最多也不过六张榻榻米左右。没有任何家具。

我定睛一看，发现在建筑深处还有一扇门。我就像受到某种吸引一般，不由自主地走了过去。

那也是一扇与入口同样的黑色铁门，但不是左右对开。铁门上方还开着一个成人脸庞大小的长方形小窗。窗子上挡着粗粗的长方形铁格子，让人自然而然地将其与监狱的囚禁室或精神病院的病房联系在一起。

铁门上挂着一把结实的弹簧锁，和十角塔入口处挂着的那把锁一模一样。我摸索着握住冰凉微润的门把手，用力拧了一下。门纹丝不动。

我将脸凑到那个带着铁格子的窗子边，屏息看向里面。那里空无一人。但是——

双目渐渐习惯了黑暗。我仔细一看，发现对面似乎有阶梯。地上开着一个巨大的四方形洞穴，黑色的石阶延伸下去……

那石阶是通向地下的吗？

我不禁颤抖了一下，脖子周围漾起一层浅浅的鸡皮疙瘩。

这幢建筑下面一定藏着什么，所以才会有通向那里的石阶。但下面究竟有什么东西，为什么要藏在那里呢？

我感到空气有些微的流动。

自铁窗棂对面，似乎有空气流出。不像是风，那种流动的感觉很微妙。与此同时，一阵气味扑鼻而来，有点潮湿、腐臭，总之不是让人心情舒畅的气味。

这臭味就是自石阶下飘浮上来的吗？如果那样，下面究竟有什么东西呢？谁在下面呢？

刚才那个怪人来到这里以后，就去了门里面吗？他沿着那个石阶下去了吗？到底……

越过铁格子窗，我目不转睛地盯着那消失在地下黑暗中的黑色石阶。我预感那里将有可怕的东西飞出，不禁心跳加快。就在那时——

耳中传来极其细微的声响。

那似乎是人的声音。微弱的低吟声，令人觉得毛骨悚然。那声音——没错，那就是自石阶下面传来的……

不，也许那只是自己的幻觉，我听到的不过是屋外的声响罢了，但当时我已经无法保持冷静。

迅速涌上心头的恐怖感将我的好奇心、冲动都驱逐出九霄云外。不要说喊出口，我甚至忘记从口袋中拿出火柴取亮，就连滚带爬地逃出了那个“祠堂”。

5

我惊慌失措，甚至都不愿意靠近西馆。直到此时，我的心头才渐渐为不安所笼罩——如果被人看见，弄不好会责备我吧。

我沿着来时的路掉头回东馆。也许是心理作用，我觉得风雨比刚才还要猛烈，草木的摇曳声也更强……

我快步穿过小径，就要跑到铺着黑砖的大阳台时，又猛地停了下来。似乎有谁在那儿。

那人站在房檐下，拿着我放在那里的素描本。对方似乎也看到了我，合上手中的素描本看向我。

我从未见过他。

那人五十岁上下。身材匀称、个头不矮。他穿着考究的咖啡色运动夹克，戴着无边眼镜，蓄着一点点胡须，看起来很有绅士风度。

“你好。”

那男人扬起一只手臂，声音洪亮地向我问候道。

“我擅自翻看了你的东西，不好意思。这个素描本是你的吧？”

“对，是我的。”

我惶惶地答道。而他则冷静地看着我。

“你就是玄儿的朋友中也先生吧？”

他说起话来不急不慢。

“是的，我就是。”

说着，我慢慢地走近大阳台。

突然传来“咣当”一声。那是大阳台里通向馆内的那扇双开门的关门声——看来除了眼前这个男人之外，刚才还有其他人在这里。

“那是我儿子阿清。”

还没等我发问，他主动说起来。

“是他先发现你……应该说是他先发现你的这个素描本的。”

“是阿清吗？”

——猴子。

美鸟与美鱼的声音在耳畔响起。

——阿清是只皱巴巴的猴子哦。

——中也先生见到他就会明白了。

为了能一睹“猴子”的样子，我看向门的方向，但那里已经空无一人。

“那孩子很认生，连个招呼都不打，真不好意思。他好奇心很旺盛，但因为那个病，只能一直待在宅子里。”

“哎呀，您不用介意。”

我还是非常在意，想知道那究竟是什么“病”。那对双胞胎姐妹曾提及阿清已经到了上小学的年纪，但从来不去学校。他的病真是那么严重吗？抑或是……

“雨下得大了。来，过来站吧。你都淋湿了。”

男人退到门前，让我躲到突出的房檐下。他轻轻地摸着油光光的头发，说道：

“电视上说台风好像又要来了。海面上波涛汹涌。听说昨天有一艘货船在大分湾沉没了。”

“昨天？竟然发生了这样的事故？”

“是的。好多船员都下落不明。”

这个让人痛心疾首的事故就发生在昨天，但我却没感到不可思议。我只是觉得这则不幸的新闻似乎发生在与如今身处的世界完全割裂的某个远方。

“我希望台风尽量不要直接袭击这里。当然这个宅子绝不会被吹散架的。这里虽然年代久远，但造得相当结实。”

我想起上周袭击了关东地区的二十一号台风。十八日，台风越过东京上空。当时，我还在千駄木的宿舍中埋头苦读，准备应付考试。不知为什么，我竟然觉得一周前的这些事情似乎都发生在非常遥远的世界中。

我摘下帽子，弹掉上面的雨滴，然后重新看向对方。

“您是浦登征顺先生吗？”

“亏你猜得出来呀。”

“因为，您说是阿清的父亲……”

“没错，我就是浦登征顺。玄儿还真是告诉你不少事情呀。”

“不是啦，不是玄儿君告诉我的……”

——姨夫给人的感觉像老鹰或是秃鹫。

耳畔又响起那对双胞胎姐妹的声音。

——但他不能飞就是了

他面部轮廓鲜明，的确能让人联想到那对姐妹所说的猛禽。尽管他的目光柔和，但我觉得那眼神中透出含而不露的敏锐。

“中也君，你喜欢西洋式建筑吗？”

浦登征顺看着素描本随口说道。他似乎也没急着要我回答。

“你去过不少地方呀。每一张画都能让人感觉到你对建筑的热爱呢。”

“是吗？”

我中规中矩地答着，而后重新戴好帽子。

“喜欢归喜欢，不过画得不好。”

“你对建筑物韵味的把握很到位。从某种意义上讲，素描比拍下大量照片更能接近本质。”

“谢谢夸奖。”

“听说你老家在九州？”

“是的。”

“你去过那么远的地方呀。连山形的济生馆都画了呢。在很久以前我也去过那里，那可是我永生难忘的建筑物之一。”

在全国各地残留的明治时期仿西洋建筑中，建在山形市七日町的济生馆因其主建筑形状奇特而闻名遐迩。高三暑假去东北地区旅行时，我前去那里参观……回想起来，那也就是一年前的事情，却不知为何觉得已经过去很长时间了。

第一任山形县长官三岛通庸鼓励建造西洋式建筑。故而于明治十二年即一八七九年，济生馆工程竣工。当时，该馆作为县立医院使用，同时还设有医学院。

整个建筑为木质结构，围绕中间庭院呈巨大的十四角形环状构造。正面巍然耸立着精心设计的三层楼，一层呈不对称的八角形，二层为正十六角形，三层为正八角形。外墙的鱼鳞板都被涂成鲜艳的鹅黄色，阳台周围的栅栏为蓝色，而柱子和窗框为暗红色……这种鲜艳的色彩搭配将建筑衬托得更加醒目。

“那这里如何？来了这个宅子后，你有什么感想吗？”

浦登征顺问道。我转过身，抬头看着庭院对面的西馆。

“虽然都是仿西洋建筑，但这里的建筑风格与济生馆迥然不同。这让我有点吃惊。总之这个宅子——”

“这个宅子怎么了？”

“怎么说好呢……‘闭塞’感很强。这与我以前见过的西洋式建筑所具备的‘开放’式特点正好相反。”

“原来如此。”

征顺静静地点点头。

“你当然会这么感觉。从各方意义上讲，这个宅子的确很‘闭塞’。”

说着，他将手中的素描本递给我。

“在四幢建筑中，最后建造的是那幢呢？北馆吗？”

我接过素描本，继续问道。

“是这样。”

征顺安详地笑起来。

“以前，那幢建筑也是木质结构。重建的时候成了现在这样。”

“我听说原来的建筑被付之一炬了。”

“这个宅子和大火犯冲呀。”

昨晚，玄儿也同样抱怨过这样的话。

“为了避免火灾，重建的时候就将其改建为不那么易燃的石质建筑……”

“这样啊。”

“听说南馆建于‘二战’前的昭和年间。以前那里没有建筑物，用人的房子在其他地方，即岛北，是一幢长平房。据说那个平房也被大火烧毁了。”

“对了——”

我突然想起一件事，赶忙向他打听。

“以前改建宅子的时候，在那些参与工作的建筑师中，是不是有一个有点怪异的人？”

“怪异的人？”

“我听野口先生说的。昨天我说这个宅子让我‘心生悸动’，野口先生就说过去有个怪异的建筑师也说过同样的话。”

“是吗。”

透过镜片，我看到征顺眯起了双眼。那眼神既不安详，也无猛禽般的敏锐。也许是我的错觉吧，我觉得一瞬间，他的目光里隐约透出强烈的悲哀。

“您知道吗？那是一个怎样怪异的人？”

“野口先生说他怪异吗？”

“是的。”

“或许的确可以那么说。那个男人选择了一种怪异的活法……”

“您认识他吧？”

“是啊。”

浦登征顺点点头，轻叹一口气。

“他姓中村。”

“中村？”

（中村……这个名字令我有所反应）

“最终，他也成为被蛊惑的一员。”

“被蛊惑……”

我用手摸着帽檐（在依旧暧昧且胡思乱想的认识中，不断重复着这个名字），怀着一种奇妙的心境（中村……中村……中村、青司……），直勾勾地看向对方。

“如今，那位中村先生怎么样了呢？”

“现在嘛……”

征顺又轻叹一口气。而后，他特地轻描淡写地说道：

“他呀，早已经去世了。”

6

雨下得更大了。雨滴被大风吹到房檐下。我们不再交谈，不约而同地回到馆内。

“对了，浦登先生——浦登征顺先生。”

走进昏暗的玄关大厅，我提心吊胆地喊住征顺。我还有一件事情想问他。

“什么事？”

浦登征顺回头看着我。透过无边眼镜，我觉得那目光又恢复了原来的柔和与安详。不管三七二十一，我开门见山地问道：

“庭院中央有个像祠堂的小建筑，对吧？那究竟是什么呀？”

“听你的口气，已经去过那附近了吧？”

征顺稍微皱了一下眉头，随即反问道：

“你觉得那是干什么用的呢？”

“这个嘛……”

我不知道如何回答是好。

现在，我应该告诉他，自己看到黑衣怪人和进入‘祠堂’的事情吗？正当我犹豫不决之时，征顺走到大厅中央，静静地仰面看着天花板。然后，他缓缓地转过身看看我，又将视线移到那扇通向庭院的大门。

“那是墓场。”

“墓场？”

“是墓场啦。这个家族——浦登家族的墓场，那个建筑物就是墓场的入口。”

“入口……”

那个附有铁格窗的铁门里面，犹如被黑暗吞噬的阶梯下方，难道是骨灰存放处吗？抑或是……

“也有人把那里称为‘迷失之笼’。”

“笼？”

我很纳闷。

“那是什么意思？”

“要说残酷也的确残酷，但那也没办法……”

征顺低头喃喃自语道。接着，他抬头看着我说道：

“中也君，总之就是，即便宅子里的人也不能随意靠近那里。你还是注意为好。”

我终于知道那里原来是墓场。但是，那里为什么被称为“迷失之笼”？为什么人们会这样称呼那里呢？

其实，我还有很多问题想要继续追问下去。可我还是点点头，说了声“我知道了”。就在那时——

“中也先生。”

从楼梯方向，传来耳熟的女性声音。

“哎呀，原来您在这里呀。啊，征顺老爷您也在……”

来人是身穿围裙的羽取忍，似乎刚从二楼上气不接下气地跑下来。她跑到我们身边喘着粗气说道：

“玄儿少爷正在找您。昨天那个从塔上掉下来的人已经恢复意识了。所以，玄儿少爷希望中也先生也过去看看。”

7

从玄关大厅向南延伸的铺瓦走廊一侧，黑色的双层格子闭合拉窗关得严严实实。与百叶窗不同，这种窗一旦被关紧，就不会透进一丝光线。因此，走廊与昨晚一样幽暗。

房间入口处除了有那年轻人的鞋子外，还并排放有两双鞋。或许是玄儿和野口医生的吧。但是在最前面的房间里却看不到他们的身影，那年轻人也不在被子里……

在忍的催促下，我走进屋内。征顺跟在后面。进屋后，我发现左边的紫红色拉门大敞着，那三人正围坐在里屋中央的黑漆桌边。

那个年轻人低着头、伸着两条腿，靠在第二间与第三间屋子之间的拉门上，奶白色衬衣外套着一件土黄色的夹克。

玄儿坐在与外廊相连的拉门边，野口医生则坐在他的对面。看见我们进来，他们两人都扭头看了一眼，而那年轻人则依旧低着头。

“中也君，你来啦。早上好！”

尽管当时已经是中午十二点二十分，但玄儿依旧对我说的是“早上好”。

“昨晚睡得好吗……哎呀，姨父也来了？”

“刚才在那边的大阳台遇到了他。”

征顺回答道。

“我们两个人很愉快地聊了一会儿。”

玄儿看看我，眼神里透着狐疑，但很快便将视线移到忍的身上：

“不好意思，能给我们泡杯茶吗？”

“好的。”

忍的回答依旧迟了半拍。而后，她向走廊走去。

那年轻人一直低着头，也不知道他是否听到了我们的对话。他面前的桌子上放着水罐和杯子，旁边还有一条湿毛巾。

“感觉怎么样？”

穿着皱巴巴的白大褂、体形犹如狗熊般庞大的野口医生看着那年轻人。

“头疼不疼？想不想吐？”

年轻人依然低着头、轻轻摇了摇。

“肚子饿吗？你什么都没吃，肚子饿了吧？”

年轻人依旧摇摇头。

“你知道这里是什么地方吗？”

年轻人稍稍犹豫一下，歪着脑袋沉思起来。野口医生追问下去：

“你知道自己是谁吗？知道自己为什么会在这里吗？”

年轻人没有作答。不久，他发出呻吟般的声音，两手抱紧了头部。

我和征顺默默地看着年轻人，隔着炕桌坐在他的对面。玄儿向我们耸了耸肩，说道：

“从刚才开始，他就是这个样子。一小时前，宍户先生看到他在南馆附近晃悠。后来鹤子太太就来喊我了。”

“宍户是谁呀？”

“哦，是这个宅子的厨师，全名是宍户要作。除了准备料理之外，还干些杂事。”

“他一个人在南馆闲逛吗？”

“听说是这样。”

玄儿扫了年轻人一眼。他依旧双手抱头，双肘支在桌子上。

“宍户先生好歹也听说过这个年轻人的事情，当时就问了他许多问题，但没有任何结果。当我赶到时，他已经被忍太太带回这个房间了……对吧？”

玄儿扭头看着那年轻人。

“你随便说说看嘛。这个时候我们并不会责备你，也不会欺负你的。”

那年轻人还是没有反应。

“也许他说不出话吧？”

我在一旁插嘴道。

“昨晚，野口医生不也这么说吗？”

“那种可能性很大。”

野口医生点点头。连我都闻到了他身上的酒味。昨晚，他和伊佐夫到底喝了多少酒啊。

“但或许这是因为惊吓而产生的暂时性症状。”

“想说但说不出来……吗？”

玄儿和那年轻人一样，将两只胳膊支在桌子上发问。

“我说，你能听到我们说话吧？”

年轻人放开抱着头的双手，微微点点头。但他依然低着头。

“那也就是说，你还是无法说话，发不出声音，对吗？”

年轻人停顿几秒，有点胆怯般地再次微微点点头。

“这样啊……”

玄儿用手支着双颊，显得不知如何是好，但不久又开口——

“对了，看看这个……”

玄儿的手伸进裤兜里，拽出一条银锁链。链子下垂挂着的自然是昨晚在十角塔露台上发现的那块怀表。

银锁链哗啦啦响着，放到年轻人面前。

“你认识这块表吗？”

年轻人慢慢地抬起视线，看着桌上的怀表——随即，他伸出右手，抓住银锁链，慢慢拿起来，又用左手抓住锁链一端。缠在他左手上的绷带似乎昨晚被野口医生换过了。

年轻人径直抬起头。那块怀表就在他眼前轻轻晃动着，银色光芒一闪一闪。

方才还很茫然、没有喜怒哀乐的脸上渐渐有了细微的表情变化。我觉得那似乎是惊讶的神色。年轻人的嘴唇微微颤动，但没有发出任何声音。

“你认识这块表吧？”

玄儿探出半个身子,问道。年轻人目不转睛地看着那晃动的怀表。

“中也君。”玄儿回头看向我，说道，“能把那个借我用用吗？”

“是这个吗？”

我看了看玄儿指着的放在我身旁的素描本。

“给，但你要干吗？”

“有笔吧？钢笔、铅笔什么的。”

“嗯，有的。”

玄儿接过我递过去的铅笔，打开素描本的最后一页——那里当然什么都没画。他把素描本放在年轻人面前。年轻人把怀表放回桌子上，茫然地看着玄儿。

“来，用这个吧。”

玄儿将铅笔塞到那个年轻人的手中。

“如果你说不出话，就用笔来回答好了。没问题吧？——对了，我先问你一些简单的判断题好了。对用圈表示，不对用叉表示，写在素描本上。如果两者都不是，或是不知道，就用三角表示……怎么样？听懂了吗？”

虽然玄儿的话没有立竿见影，但那年轻人似乎听懂了他的要求。不久，他用右手握住了玄儿递来的铅笔，只是那握笔的姿势看上去有点别扭。

他伸手将打开的素描本拉到面前，将铅笔靠近白色的画纸，然后画了一个标记，虽然画得歪七扭八，但仍能看出那是个圆圈。也许这是对玄儿刚才那句“没问题吧”的回答。

“太好了。那么，我现在开始发问了——你认识那块怀表吗？认识画圈，不认识画叉。”

玄儿点点头，问道。

年轻人笨拙地画了一个圈。

“那块表是你的吗？”

他又画了个圈。

“在那块表的背面刻着的缩写字母是‘T.E.’，那是你名字的缩写吗？”

年轻人犹豫片刻。这次，他画下一个三角标记。我不知道他想表达的是“非对非错”还是“他不知道”。

“那我再问一遍刚才的问题。你知道自己是谁吗？”

回答是叉。

“你知道这是什么地方吗？”

隔了一会儿，答案还是叉。

“昨天傍晚，你独自登上十角塔，从顶层的露台上摔落下来。我们发现了失去意识的你，把你抬到了这里。这块怀表就掉在那个露台上——你记得吗？”

年轻人画了一个叉。

“果然如此。”

玄儿缓缓摸摸尖下巴，自言自语道。

“这也许就是所谓的模糊记忆吧。这里是什么地方，为什么到这里来，甚至连自己是谁都无法准确地想起来。坠落时的撞击造成了他的记忆丧失吧。”

玄儿又向年轻人问道：

“对了，你有没有丧失记忆、想不起来的感觉？”

年轻人依然笨拙地画了一个圈。

“是嘛，这样啊。”

玄儿自言自语后，深深叹了一口气。

所灭亡者

可是我心

我看着两人，脑海中浮现出中原中也那首诗的片断。玄儿背诵的声音又在耳边响起——声音很轻，犹如耳语。

所谓记忆

似已全无

和着玄儿的叹气声，那年轻人也轻轻地叹口气。他茫然而无神地看着桌上的素描本。

我看着看着，心中一点点地懑闷起来。失去的记忆，空白的时间……我很不情愿地回想起五个月前自己的样子，并与现在坐在那里的年轻人的身影重叠起来。

而后，自然而然地——

——所谓记忆，似已全无……

玄儿肯定也或多或少地以同样的心境和那个年轻人“交谈”。

——我无法坐视不理。

“那我再按顺序说一下昨天傍晚发生的事情。”

最后，玄儿像和一个孩子聊天般说道。

“这里是位于九州熊本深山中的浦登家族的宅子。这个宅子建在影见湖的小岛上。今天是九月二十四日——昨天你因为某些原因登岛，爬上了这个宅子里的塔。那个塔叫十角塔。你爬到塔顶，走到露台上。当时正好发生了地震，或许就是因为地震，你才从露台坠落到地面。

“从这边主体建筑的窗户看到你坠地的人是他——中也君。他和我跑到塔下，找到了失去意识的你，并把你抬到这里。为你治疗的是那位医生——野口医生。幸亏你没有性命之忧，也没有骨折等重伤。昨天晚上，你曾恢复一次意识过，但当时和你现在的状态一样，茫然自失，发不出声音。

“总之，事情大体就是这样。”

玄儿停顿下来，叼起一支烟。

“怎么样？听完我这些话，还是什么都想不起来吗？哪怕能想起名字也好啊。还是想不起来吗？”

年轻人握着铅笔，一动不动。他紧抿着干裂的嘴唇，紧皱眉头，这种表情还是第一次看到……看起来，在玄儿的催促下，他本人也在努力寻找着“丧失的记忆”。

“顺便说一下——”

玄儿补充说明起来。

“我叫玄儿，浦登玄儿。我是浦登家族现任掌门人柳士郎的儿子。在本地，这个宅子有点怪异，所以很多时候被叫作‘暗黑馆’，是个不吉利的名字。”

此时，年轻人的表情发生了变化。至少在我看来——当玄儿提到“暗黑馆”这个别名时，年轻人有了反应，表情发生了变化。

年轻人吃惊地抬起头，慢慢地环顾四周，然后仰面看着天花板，又转过身，依次打量着围坐在桌边的我们，再次仰面看天花板……很快，他又低下头。犹如一阵大风吹过沉寂的沼泽，掀起一阵波澜。

“打扰一下。”

就在那时，羽取忍走进屋来。她把盛着点心和茶的盘子放在桌子上，麻利地忙碌起来。

“哎呀，谢谢。”

玄儿先行拿了一杯绿茶，有滋有味地喝了一口。当他将烟灰弹进桌上的烟灰缸时——

“啊！”

我情不自禁地喊出了声。玄儿惊讶地扭头看看我。我无言地指指那个年轻人。

那个年轻人右手握着铅笔，在素描本上写起来。

他的动作还和刚才一样笨拙，如同孩童练字，也似无法记起如何写字。看得出他用了很大的力气，在画纸的空白处，慢慢画出蚯蚓般的线条来……

好不容易写出来的第一个字是“江”。

年轻人继续写着，很快第二个字也被画了出来——是“南”。

——江南。

写到这里（江南……吗。这次对这个名字有了反应），随着一声闷响，铅笔折断了。我赶紧从口袋中掏出备用铅笔，但年轻人慢慢地摇了几下头。我觉得那意思是“写不下去了”。

“这是——”

玄儿看着那歪七扭八的文字，问道。

“这就是你的名字吗？你刚刚才想起来？”

年轻人放下折断的铅笔，犹豫地点点头。

“这是姓吧？那你的名字呢？”

听到玄儿的问话，年轻人似乎被玄儿的气势压倒般垂下眼帘。他表情痛苦，歪着脑袋，呼吸急促，似乎写下这两个字像是一件非常重的体力活似的（江南……江南、孝明。啊，就是他啊……瞬间，这样的念头冒了出来）。

“想不起名字来吗？”

年轻人轻轻点点头。

“——我知道了。”

玄儿再次看看素描本。

“是不是应该念‘ENAMI’呢？”

他低语道，而后看向我。

“也可以念成‘KAWAMINAMI’或是‘KAWANAMI’，还可以念成‘KONAN’。或者是——”

我早就觉得日语人名和地名的念法相当麻烦。有好几种读法的汉字多得不胜枚举。比如我的出生地“别府”不念成“BEPPU”，而是念做“BIU”。除了当地人，我还没遇到一个能正确读出这个地名的人。

“但从刻在那块怀表上的缩写分析，至少‘江’应该读作‘E’，因为那个缩写不是‘T.E.’吗……恐怕‘江南’两个字还是读作‘ENAMI’。”

“这倒是。ENAMI君……呀……那，我可以这么称呼你吗？”

年轻人对玄儿的提问暧昧地晃晃脑袋，未知可否。他呼吸急促，还没有恢复正常，看起来还很痛苦。虽然这两个字是他亲手写出来的，但恐怕本人也没有太多的自信。脑海中仅仅回想出“文字”而已，但还没回忆出“念法”。总之，无论是精神上还是体力上，他都已经处在相当不安定的状态了。

“还是到此为止吧。”

野口医生没让玄儿再追问下去，随后扭头看向年轻人。

“先吃点儿东西，补充补充营养。再好好休息休息。虽然现在无法发声，也失忆了，但等过段时间你平静下来之后，说不定这些症状都会逐步消失了。”

我回想起五个月前，主治医生在病房里也曾对我说过这样的话。我看看那个年轻人——江南氏的反应。只见他垂着眼帘，大口喘气，右手握成拳头，接连敲了自己的额头好几下。

间奏曲　二

“视点”突然分裂，而后无规律地跳跃。

那是孕育了可疑的恣意性变化。但是，于此赋予某些意义的自律性思考，基本上仍然处于昏暗的混沌之中。

扩散的暗影出乎意料的柔软。与此同时，却又冰冷、恶意满盈。这个“世界”的居民自然无法得知其真实面目源于何处……

筑馆之岛。浮岛之湖。湖畔森林建造的停车场。停车场上并排着几辆车子，其中一辆附带车篷的货架之上——

暗夜无光。将那因不安与恐惧而全身发抖的少年身影重重笼罩。

飘落的“视点”再度滑入少年体内。

1

少年名叫市朗。今年九月刚刚迎来十三岁的生日，是初一学生。父母在I村经营一家杂货店。

市朗惴惴不安。

他钻进堆满车子货架的防水布中，横放帆布包以代替枕头，随后紧紧抱着双膝，浑身缩成一团。

直至刚才，市朗还在浅睡中挣扎。因梦魇惊醒，方觉身处与自家卧室极其不同的浓厚夜色时，市朗重新绝望地叹了一口气。他不得不在心里无奈地不断叹道：怎么会变成这样呢？本不应这样呀……

他看了一眼表盘上荧光绿的长短针。刚刚过去一个小时，但日期却已变成第二日，即九月二十四日。现在是凌晨一点多——距离天亮还有好几个小时。

除手表的荧光表针之外，四周漆黑一片，伸手不见五指。随身携带的手电早已没电了。在那个事故现场的车旁见到的火柴放在裤子口袋里，但是就算现在点燃它也无济于事。

星月无光。市朗被这伸手不见五指的黑暗世界紧紧包围，无法挣脱。姑且只能在此忍受夜露，静候天明。

市朗紧紧闭上双目。

他不再思考，继续就此睡着，但怎么也无法停止思考。脑海中接连不断映出各类景象……

市朗浮想联翩。

……暑假结束，开始上学的时候，发生了一件令市朗和同学们非常震惊的事情。

——山岭对面的大宅子吗？哦，那个啊！我见过呀。

升至二年级时，自邻村中学转校过来的男生坦然自若地这样说道。

听他说，他似乎和他那喜欢在山中漫步与采集昆虫的叔叔一起，一直走到了百目木岭的对面。那时，他们偶然遇到森林中的小湖，窥视到建于湖上小岛的漆黑建筑。

对于市朗那个年纪的少年来说，显而易见的“勇气”往往都是能够汇聚伙伴们尊敬的勋章。要证明自己的勇气，就要挑战更进一步的“冒险”。

今年暑假兴起的“试胆”冒险有很多，比如潜进禁止入内的老化旧校舍；自村外吊桥上腾空翻起跟斗、扎入河流；在后山尽可能向山洞深处探险；在森林中出现“二战”中惨遭杀害的逃兵幽灵的神社中过一夜……所以……

在I村土生土长的市朗他们看来，提起“百目木岭对面的浦登老爷的大宅子”，自很久以前那就是兼具极大禁忌与极端恐怖的令人好奇之地。亲眼得见那幢大宅的同龄少年的出现，无疑给他们带来了巨大的冲击。大家自然用一种含有敬畏的眼神看待那个转校生。

于是，生来好胜的市朗想到个好主意——我也能……

“百目木岭对面的浦登老爷的大宅子”亦有个令人毛骨悚然的名字——暗黑馆。我也能亲眼见见那个宅子，最好还能从那儿带回什么东西以作见证。毕竟是独自前去，没有任何随行的只身冒险。如此一来，自己肯定可以一跃成为大家瞩目的焦点，也无疑能获得尊重。

市朗开始制订计划。

翻越百目木岭后，如何才能到达**那里**；从I村出发需要多久；向转校生打听必要的消息；准备地图及指南针，确定方位……等他做好准备后，定于这个月的二十三日，秋分那一天清晨出发。而后，市朗按照计划，昨日清晨独自从村子动身出发。但是……

这场大雾……

攀爬百目木岭的险坡时渐渐起了雾。最终化作浓雾，将一切悉数笼罩于苍白之中，愚弄市朗的知觉及思考。

不只是视觉，就连听觉与嗅觉、立足地面的双腿的感觉也变得有异于常。他觉得，随着呼吸侵入肺部的雾气直接渗入脑部。或是突然有人自背后推了自己一下般**几欲摔倒**，或是耳畔传来某种奇特声响，或是猛然察觉距自己前方一步远就是断路绝壁……

花费比预定多上几倍的时间，总算登至岭顶之时，市朗彻底失去了冷静，亦丧失了必要的判断能力。他一个字也说不出口，暂时陷入茫然与浓雾之中。

那时本应放弃而归的——时至今日他才这样考虑。那时，绕道右转，折回村子就好了。可偏偏我……

赶赴那苍白浓雾搅起的可恶旋涡之中。即便如今回想起来，还是会有连现在的思维也会被陷入那旋涡的感觉。此时，犹如瑕疵唱片跑音般突然转换了场景。

……那个时候，因那场地震。

那辆黑色车超过去后，市朗头重脚轻地走在山路上，发生了那场地震。伴随着异样的声响，山体与森林大片坍塌。那是一场长时间的强烈震动。惊恐万状的市朗顿时蹲下了身体。

而后，市朗追随车胎痕迹前进。不久，车痕拐向岔路。市朗亦随之拐去，爬下陡峭难行的下坡路。然而——

方才地震之时响起的“异样声响”再度令周围的空气震颤起来。

发生什么事儿了？市朗惊慌失措之时，那声响膨胀为轰鸣之声。他不寒而栗地回头看向来时的路，就在直线距离不过二十米的不远处，现正发生了塌方。

降至昨日的连绵阴雨致使地面松动，处于极为不安定的状态。毫无疑问，阴雨造成这里渐渐失衡，加之方才的地震冲击……

在市朗的注视下，伴随着撼动地面的鸣响声，山的斜坡崩塌了。

茶色砂土吞没接连倒下的树木。几只鸟儿同时飞离森林，于上空盘旋着高声悲鸣。不过几分钟时间，方才还畅通无阻的道路就被大量砂土冲垮，销声匿迹了。

市朗所在之处未遭波及。倘若时机稍有错失，那里便会立刻被砂土冲垮。由此可见，市朗还可以称得上走运。但是——

经此变故，市朗完全没有退路了。就算此刻他想立刻返村，在没有疏通道路之前，实际上也是不可能的了。

市朗看着脚下的车痕。没错。只能顺着它继续前行，别无他法。

半个多小时后，他发现了冲进森林后严重毁坏的黑色车子。

2

……那辆车。

回想的场景再度切换。

……那具尸体。

那具尸体倒在车子附近丛生的杂草中，看似被杂草湮没一般。手脚弯成可怕的角度，头颅满是鲜血，犹如被敲碎的西瓜，脖颈扭断，偏向一旁的脸颊，毫无生气的空洞眼神……

那是具陌生男人的尸体。市朗过于害怕，以致连碰都不敢碰那尸体一下。但那男人的确已经死亡，不可能还活着。那只是一副凄惨的、令人作呕的、失去了灵魂的躯壳而已。那只是……而且……

市朗尖叫着逃离现场，在夜色苍茫的森林之中不顾一切地奔跑着。丝毫没有时间考虑如何是好，亦没有时间考虑要怎样做才对。

他记得不久就在前方路旁发现一枚警告牌。

自此乃浦登家私有土地

非请莫入

木牌上排列着令人震惊的殷红文字。市朗将这红色与尸体头部沾染的鲜血颜色重叠起来，害怕得直发抖。与此同时，他又感到些许安心——看来这条路没走错。

“自此乃浦登家私有土地”，即这前面果真就是被称为“巨猿足印”的那个湖。湖上小岛建有的暗黑馆，也就是那个“浦登老爷家的大宅子”，那就是自己的目标。

市朗无视“非请莫入”的禁止命令，顺着同一条路向前走去。不久，他来到湖边。此时已过下午六点，日落西斜。那黑暗越发浓重，几乎要将一切风景悉数吞没。

建于湖畔的栈桥旁，有一个小小的四方建筑（……那个建筑是）。那是个黑色石制建筑。一心求助的市朗不管三七二十一地向那幢建筑奔了过去。

他在建筑物前刹住了脚。

刚刚握住黑色木门上的铁制门环，市朗的脑海里突然冒出祖母的表情——那十分严肃地告诫自己“那里有**不祥物**栖身”的满面怯意的表情。

不祥之物。如今，那个——那**玩意儿**还在宅子里吗？

听祖母说，很久以前——她还年轻的时候，接连发生过村里人突然失踪的事情。

突然失踪的村里人以儿童与年轻女性为主，最终她们也没有返回村子。据说那些失踪的村人被那宅子里的“不祥物”攫走，而后……祖母曾这样煞有介事地对自己悄悄讲过这则传闻。

市朗缩回握住门环的手，提心吊胆地打量起四周来。竟连半个人影也没有。犹豫了半晌，他还是从门前（……这扇门）离开了。姑且围着那幢建筑绕一圈，查看查看情况好了。

他发现与入口反向一侧的墙面上有几扇小窗。从窗内微微透出些光亮来——看来有人在屋内。

市朗慢慢靠近小窗。每扇窗的黑色百叶窗都拉得严严实实，但仅有其中一扇窗留有窗缝。市朗屏息静气地透过那处窗缝向建筑物中窥视。而后——

市朗看到——

天花板吊垂而下的电灯闪烁着微弱的光芒，映照出一个男人的身影。

自偷窥的窗缝处看来的斜右方最里面的墙角处，似乎有个料理台。轻轻晃动着身体走过去的男子站在料理台前，不经意间回头看向窗子。

市朗慌忙离开窗边。

也许被发现了。市朗本欲立刻逃走，然而他屏着气息，竖起耳朵听了一会儿后，发现那名男子并没有发现自己。于是他决定再度窥视房中。

男子已经站在料理台前。在市朗看来，那身着深灰色服装的身影犹如令人毛骨悚然的怪物一般。

严重的驼背，隆起的部分犹如硕大瘤体一般，致使脸部远远低于那坨隆起……

怪物男默默干起活来。

料理台的案板上放有某种红褐色的石状物。细细的水流自水龙头里垂下，能听到微弱的哗哗声、霍霍声……

市朗聚精会神地看着那男人的动作，终于知道他在做什么了。

……菜刀?

那红褐色的石状物是……磨刀石。那个男人正用它磨刀呢。

自市朗窥视的角度亦可看到那男人的侧脸。病态的死灰般面色，外加乱蓬蓬的鬓发，使得那男人看起来犹如野兽一般。何况，他脸上还浮现紧皱眉头、狰狞呆笑的可怕表情。市朗觉得那个恐怖的窃笑声已经传至耳畔了。

市朗吓得浑身发抖。总之，他吓坏了。

恐怕怎么也不能向那家伙求助了。无法向他求助，绝不能向他求助啊。要是向他求助的话，肯定会……

不行啊！万万不可！市朗不断在心中告诫自己。正当他离开窗边时——

脚边传出越来越响的动荡的地鸣声，紧接着感到一阵强烈的冲击。刚一觉察地震再度发生之时，市朗立刻趴在地上。就算他很不情愿，可方才目击到的塌方场景还是冒出了脑海。他不由得用双手抱住了头部。

眼前传来好大一声响动。

某种巨响。

崩溃的声音……啊，崩溃吧。整个世界都在崩溃……

停止动荡后，响声依旧继续。市朗似乎还听到响声中夹杂着什么人的喊声。那声响终于停止了。市朗慢慢撑起上身，看了一眼手表，此时刚过六点半。

待心动过速平息后，市朗巡视起四周来。

刚才的喧嚣犹如一场幻影般，湖面依旧一片宁静。云间闪烁着点点星光，稀释了浓重的夜。

市朗站起身来，又向刚才的窗子走了过去，窥视起令人心惊胆寒的建筑物内。于是，他竟看到一副出乎意料的场景。

安设着料理台的四周墙壁及天花板的一部分通通因刚才的地震而崩塌。

靠墙放置的硕大架子已然倾倒，碎玻璃与瓦砾混于一体散落在地。那名男子被压在架子下面。

那男人自脚至胸口都被倾倒的架子死死压住，满脸是血，神色更加恐怖。露在架子外面的双手在瓦砾及玻璃碎片中缓缓移动着。

天哪……如何是好？

在市朗的心中，一定要救他与畏惧怪物男这两种情感相互较量并膨胀开来。

总之，他快速向建筑物的入口处走去，打开门后跑了进去。从玄关一口气跑到建筑物最里面，进入那个男人倒下的房间。

还是得……救救他呀。

市朗情绪高涨地跑了过去。不知道是不是察觉出市朗的存在，那男人突然发出一声听起来似乎夹杂着痛苦与愤怒的呻吟。

那声呻吟在市朗听来犹如凶暴野兽的咆哮声。他吓得停住脚步，心中那份想要救人的义务感消失殆尽，转眼便逃离了那个房间。

然后……

借助稀疏的星光与手电的光线，市朗漫无目的地在附近徘徊起来。最后，他找到了那个停车场。

绝对不能再返回刚才的那个建筑物——但市朗还是很介意那个男人的伤势如何。也许那人受了重伤。要是一直被压在架子底下的话……哎呀，不行啊。不准再想了。反正我也帮不上什么忙。反正我……

那个广场上停着好几辆车，也许是那座宅子的停车场吧。市朗在那几辆车中找到一辆带敞篷货架的吉普，接着立刻跳进货架，钻进堆积的防水布中。犹如生怕被潜入黑夜的某种恐怖生物看到一般，他将整个身体蜷缩成小小一团……

姑且等天亮再说。他如此劝说自己。

只要天一亮，岛上的宅子里就会有人到这边来了吧。那样的话我就可以从这里出去，向那人说明情况……不，也许我什么都不用做。一直藏身于此的话，这辆车子也许会开回村里。唉，可是——即使如此，要是不修复那条被塌方冲坏的道路的话……

市朗因不安与恐惧瑟瑟发抖。他希望自己再度陷入睡眠，令意识与现实剥离开来，只管静候天明即可。

3

分裂的“视点”降落在东馆的房间，滑入身处此处的他——江南的身体里。

直立式长木箱挂钟厚重的报时声音响彻整个玄关大厅。时值九月二十四日下午一点。

……我是（……是）……

我的名字是（名字是……）……

撕下的那页素描纸就放在枕边。他趴在被褥上，下巴抵着枕头，边看着那页素描纸上歪扭的两个文字，边不断地轻轻叹气。

亲手写下的“江南”二字，就是自己的名字吧。没错。这就是我的……

自己以圈或叉来回答那名唤作“浦登玄儿”的男人提出的问题。

答着答着，自心底那片蔓延着黑暗的混沌海底，突然冒出这两个字来。尽管已经回想起“写字”这种行为，却依旧颇费劳苦。但总算勉强写了出来。

他坚信这两个字肯定是自己的姓氏无疑。但是其他多半记忆依旧沉睡在黑暗的混沌海底。

绝非失忆，记忆肯定还残留在脑部某处。只是，无论如何他都无法顺利地自行恢复记忆——好似七零八落地散落着的拼图碎片，或是锈得厉害的精密仪器，抑或是那失调的公式组。

方才在房间内聚集的人们已经散去。就在五分钟前，他们离开了房间，独自留下江南。遵照名为“野口”的医生的嘱咐，江南再度躺回被褥中。那名叫作“忍”的用人很快就该送些食物过来了吧。

几小时前，在这里睁开眼。而后，仅仅于此房内稍稍走了一会儿，身体就十分疲惫。虽然没有剧烈头痛与想吐的感觉，可全身都笼罩着一层稀薄的冰冷麻木感。脑内亦有这样的感觉。手、足、背部等身体多处隐隐作痛。难怪那位医生要求暂且静养，的确如此。

——感觉怎么样？

——你知道这里是什么地方吗？

江南闭上双眼，回想着刚才他被问到的那些问题。

——你知道自己是谁吗？知道自己为什么会在这里吗？

——我说，你能听到我们说话吧？

——那也就是说，你还是无法说话，发不出声音，对吗？

……对了，我想起来了。当时，我想说话却发不出声音。就算想要说出想到的事情，可声带却凝滞住、无论如何也无法发声。

——你认识这块表吗？

——那块表是你的吗？

江南睁开眼，看向素描纸旁的那块怀表。为什么我能不费吹灰之力就知道**自己认识这块表，并且知道那就是我的表呢**？

——你知道自己是谁吗？

……我不知道。除了**自己姓江南**以外……除此以外，我什么都想不起来。

——你知道这是什么地方吗？

……我不知道。直到他刚才告诉我，才知道这里是诨称为“暗黑馆”的宅子。暗黑馆、浦登家……这些名称似曾相识。通过这些线索似乎可以想起什么（这里是暗黑馆。是中村青司的……）似的，但是……

——你有没有丧失记忆，想不起来的感觉吗？

——那也就是说，你还是无法说话，发不出声音，对吗？

……没错。就是这种感觉。

也觉得就算自己从睡梦中醒来，大多是意识依旧不甚明朗、不明所在。如今对于身处此处的自己而言，几乎没有什么真实感。老实说，甚至感觉原本的自己早就被遗弃于遥远的过往……

江南翻过身仰望着房间的黑色天花板。再度轻叹后，将右手搭在额头之上的江南又一次悄悄闭上双目。

——此时，出乎意料的是——

影像与声音的碎片形成奇异的抛物线盘旋而至。与今晨在黑暗之中一度醒来时相同的……

躺在病床上的她(……啊，妈妈)，那副容貌、那副表情、那个声音。

——让我死吧。

她眼神恍惚、有气无力、口齿不清地说道。

——我受够了，杀了我吧……让我舒服一点儿。

她的确是这样说的。

第八章　征兆之色

1

下午一点半，玄儿与我第三次造访十角塔。

大约半小时前，我们把那个恢复意识的年轻人——江南——独自留在客厅里。当玄儿得知我还不怎么饿的时候，便吩咐羽取忍道：

“那我们过会儿再吃好了。忍太太，请您在两点后准备中饭。我和中也君都在这个餐厅用餐。”

随后他又转过身对我说：

“能给我二十分钟吗？我刚起床就被鹤子太太喊来了，还没来得及洗脸。”

听他这么一说，我才发现他虽然还穿着和昨天一样的黑色衣服，但衬衣领子没有翻好，扣子也没有扣好，头发乱蓬蓬的，尖下巴上冒出些许胡须。

“台风又要来了。趁着雨还不是很大，我想去十角塔看看。中也君，你能陪我去吗？”

“嗯，没问题。”

“太好了。那么二十分钟以后，我们在玄关大厅碰面。请等我稍微梳洗一番。”

随后，我把素描本放回二楼房间，返回一楼。而玄儿则准时出现在玄关大厅。我们各自拿了一把馆内预备好的黑色两用伞，结伴走向十角塔。

雨势和我刚才在庭院中的时候相差不大，但风势变得极其猛烈。一不小心，伞和帽子都会被吹掉。

这场劲风预示着更加猛烈的暴风雨即将来临。而十角塔一如往昔，屹立在风雨中岿然不动。白天再看那黑色的塔壁，便能感到这十角塔已经年代久远，塔身伤痕累累、斑驳褪色。尽管如此，它与自二楼窗子及庭院之中看到的西馆相差无几，整个塔依然给人黑黢黢的印象。

玄儿没去塔的入口，而是先到昨晚那名年轻人掉落的地方查看。他沿着塔外围向左拐去，钻进枝叶繁茂的枫树下。

那年轻人压过的杂草上，勉强残存着少许痕迹。那些成为缓冲物的杜鹃花丛亦如此，枝断花散的痕迹依稀可辨。

玄儿抬头看着塔上的露台，仿佛在追逐年轻人掉落时的轨迹般慢慢移动着视线。他的视线一直移到枫树、杜鹃花丛，直至脚下。接着，他又低头看着地面，在杜鹃花丛附近踱着步子，不时探头窥向杜鹃花丛之中。

“你找东西呢？”

“嗯，是啊。”

“找什么呢？”

“那个叫江南的人连钱包之类的东西都没有。他的衬衣口袋里有香烟，却没火柴或打火机。看来……”

“你认为他坠塔的时候，那些东西都掉在附近了？”

“没错。”

玄儿抬起头，耸耸肩。

“可到处都找不到。”

“也许掉在塔里，或者是其他地方了吧。”

“或许吧。”

玄儿有些想不通。他再次仰面看向露台，然后眯起眼睛环视四周。很快他转过身，快步走起来。

“对了，玄儿君。”我跟在他身后问道，“昨晚你提过的那位首藤先生，他回到宅子没有？”

“没有。”

玄儿冷淡地回答。

“很快就要变天了，真让人担心。”

“和守门人蛭山先生联系上了吗？”

“也没有。今天他好像还没有到岛上来，我有点放心不下。”

“听说首藤先生的夫人——茅子太太发烧了，一直在屋子里休息。是吗？”

“是啊。你知道得不少嘛。”

玄儿停住脚步，等我追上他后接着说道：

“你已经见过伊佐夫了，对吧？”

“是的。我起床后不久，在二楼和他偶然相遇了。”

“他怎么样？”

“喝醉了。”

玄儿低声浅笑，再次快步走起来。

“他虽然是个醉鬼，但却是个有意思的人。你看，伊佐夫不是就把他那个俗不可耐的爸爸作为反面教材了嘛。至于他是否具备艺术家的才华呢，我可就不敢妄加评论了。”

“是吗……”

我还有许多事情想向玄儿请教，但不是现在。我决定找个机会好好问问他，而后将快被狂风吹走的帽子重新紧紧戴好。

2

塔内很暗，但从窗户缝隙透进了一点光线，所以塔内并不像昨晚那样黑得伸手不见五指。玄儿也准备了手电筒，所以我们没花多少时间，便弄清了地上的状况。

地上堆积了厚厚的灰尘，那上面自然还残留着我们昨晚的脚印——进来和回去的各两串、共计四串脚印。除此之外，还能辨认出另外一串帆布鞋的脚印，从入口一直延伸到旋转楼梯。这应该就是昨晚那个年轻人留下的。

帆布鞋印一直延伸到楼梯上方。虽然其中还夹杂着我们的脚印、很难分辨，但肯定没错。

我们也顺着帆布鞋印，一直登上塔顶。

和昨日看到的相同，这层四个窗户的构造很独特，内侧是百叶窗，外侧是防雨的木窗。虽然窗户紧闭，但透过缝隙，还是有光线透进来，所以和昨晚只有烛光照明相比，今天这里要明亮得多，更容易观察地面的情况。

那年轻人的帆布鞋印越过格子门，穿过当年被作为“塔顶牢房”

使用的空间，一直延伸到露台上。**除此之外，地面上只有昨晚我和玄儿留下的脚印**。这点很关键。

“昨天，除了我们两人之外，只有那个叫江南的年轻人来过这个长期无人进出的地方。”

玄儿用手电筒仔细地照着地面，朝格子门对面走去。他很小心，尽量不踩到已有的脚印，走向通往露台的窗子。

“如此看来，昨晚那个时候，他——江南君独自一人走到窗外露台上。偏巧此时发生了地震，他自己不慎从这里坠落塔下。”

“你的意思是没有人为因素，那件事自始至终只是个事故而已吗？”

“是的。通过这些脚印就能很明确地得出这个结论。”

玄儿再次打开昨晚关好的那扇双开窗。顿时，透入塔内的光线驱散了黑暗。

“但是他为何上岛之后，就到这个塔里来呢……”

玄儿走上露台。

在刺眼的白色逆光之中，身着黑色衣装的玄儿犹如剪纸一般。我觉得他的身影很快就要消失在露台护栏的对面，慌忙紧随其后追了过去。

“——他的东西也没落在这里。”

玄儿嘟哝着抬起头。他单手扶着湿漉漉的黑色护栏，稍稍欠身探出护栏外，放眼向远方望去。我站在他身旁，也按着帽子，环顾四周。

构成暗黑馆的主建筑在雨中仍旧黑黢黢的。最前面的那幢是东馆，右方与石筑的北馆相连。南馆隐匿在其他建筑的阴影里看不到，而最里面的西馆也只露出南端的塔屋一角而已。

“从这儿看不到湖呀。”

听见我的感慨，玄儿点点头。

“从其他三个窗户也看不到那个湖。”

“凑巧看不到的吗？”

“不，是故意选了看不到湖的位置和角度开了窗的。”

“故意？”

我窥视着玄儿的侧脸。

“好不容易建了座塔，为什么要故意……”

“这个吗……”

话刚开了头儿，玄儿突然停顿不语了。

“怎么了？”

“你看！那边！”

玄儿伸出右手。

“有人！”

我顺着玄儿所指的方向看了过去。

在北馆背面，有条小径穿过郁郁葱葱的庭院林木。此时，一个黄色的东西正顺着那条小径移动。似乎是伞。有人撑着黄色的伞，走在那条小径上。

“那恐怕是慎太吧。”

玄儿说道。也许他是通过伞的颜色判断出来的。

“慎太？就是我们昨天在塔下碰到的那个孩子，忍太太的儿子慎太？”

“对，就是那孩子。”

“那孩子的父亲呢？也和忍太太一起在这里做用人吗？”

“具体情况我不是很清楚。不过，那孩子的父亲好像很早就过世了。大约五年前，通过野口医生的介绍，他们母子二人来到这里。”

“这样啊。她一个人带孩子，真是不容易。”

“那孩子已经八岁了。虽然他智力上有点问题，但性格很好。这个年纪本应上学了，但在这个深山老林里，却也诸多不便呀……”

“这儿还有一个叫阿清的孩子吧，就是刚才我碰见的浦登征顺先生的孩子。”

“对，他是我的表弟。他的妈妈是亡母的妹妹，也就是我的姨妈，叫望和。”

和玄儿的外公卓藏、父亲柳士郎一样，阿清的爸爸征顺也是招赘入浦登家的。

“他们——阿清和慎太一起玩吗？”

玄儿默默地摇摇头。当时，玄儿苍白的侧脸上浮现出一丝阴郁，这恐怕不是我的心理作用。

浦登清和羽取慎太年纪相仿，又住在同一个宅子里，却不一起玩耍，这究竟是为什么？就因为一个是浦登家族的小少爷，另一个只是用人的孩子吗？还是因为慎太智力上的问题，抑或是阿清患病的缘故呢？

“你还没见过阿清吧？”

“没有。”

对方肯定已经不止一次见过我，但我还从来没有见过他。

“我听征顺先生说阿清得了某种病，因此不得不一直待在宅子里。”

玄儿默默地点点头，表情中仍然夹杂着阴郁。

“是什么病呀？”

“你见到他就知道了。”

玄儿叹着气说道。

“本来我不应该说的。但是，阿清真的很可怜。可惜，我们却无能为力。”

当我们说话的时候，小径上的黄伞渐行渐远，很快消失在视野中。在这么一个大雨倾盆的日子，慎太出门去哪儿呢？就在我胡思乱想的时候——

轰隆隆的雷声穿过满天的乌云，嘶吼起来。像是得了令般，雨势也突然变得更强了。

狂风卷着雨滴刮至房檐之下，我们只得躲回塔内。

3

“她们说你是鼯鼠。”

我们一直退至塔顶房间的中央。玄儿重新将窗子关严。我看着他的背影，随口说道。玄儿像是吃了一惊，扭头看着我。

“她们说你是鼯鼠。”

“哎呀，我的天！”

当内外侧的窗户全部关好后，屋内又显得很昏暗了。玄儿摊开双手，做个怪相。

“你也见过美鸟和美鱼了？”

“是的。今天早上一睁眼就见过了。”

然后，我就把今早的事情大致向他说了一遍——从我追踪窥视者，从而发现暗门到通过暗道，在舞厅与姐妹二人相遇。

“哈哈。想必你吓了一大跳吧？”

说着，玄儿用手电筒照向我。

“你没想到在那个地方有那样的机关，是吗？当然，那对姐妹的样子也让你吃了一惊，对吧？”

“怎么可能不吃惊呢。”

我眯缝着眼睛，看向手电筒照过来的方向。

“但是和她们见面后，怎么说呢？我的确感到有一种不可思议的魅力。那种超凡脱俗的美丽，那种天真无邪……”

“你说她们是美丽纯真的连体姐妹？”

手电筒的光线垂落玄儿脚畔。他目不转睛地看着我，说道：

“中也君，你真那么觉得吗？当你突然看到美鸟和美鱼的时候，就没害怕或恐惧过吗？”

“如果说一点没有，那是撒谎。但是当我和她们面对面聊着天的时候，那种害怕或恐惧就会不知不觉烟消云散了。”

“是吗？”

玄儿向我靠近一步。

“你能这样看待我的妹妹，作为兄长，我感激不尽。谢谢！”

“你不用这么郑重其事的。”

“在这个社会中，那对姐妹的样子无论如何都让人觉得与众不同。”

“那是……”

“十七年前，我父亲和美惟姨妈再婚。第二年秋天，那对姐妹诞生了。那时，他们两人确实受到相当大的打击。当时的情景，虽然很朦胧，但我还记得。”

我才知道美鸟和美鱼的妈妈叫“美惟”。既然玄儿称她为美惟姨妈，那么她和玄儿的生母就是姐妹了。

“美鸟和美鱼也很可怜，情况和阿清不同。”

玄儿的口吻依然让人觉得感情淡漠。

“所幸她们二人没那么觉得。她们完全接受现在这副样子，根本没感到任何悲观和自卑。”

——我们是螃蟹哟。

——我们合二为一了。

我想起在舞厅与她们聊过的只言片语。

——我们是不是挺怪异的？

——我们一出生就这样，所以也没觉得什么。

“对了，中也君！”

玄儿再次用手电筒照向我。

“你被她们比喻成什么动物了？”

——中也先生嘛，嗯……我想想看……像个猫头鹰呢。

“似乎是……猫头鹰。”

——猫头鹰有像猫猫那样又大又漂亮的眼睛。我可喜欢了。

听到我的回答，玄儿愉快地笑起来。

“你是猫头鹰，我是鼯鼠，还不赖嘛。都是夜行性动物，也都能在空中飞。我们是**同类**。”

塔外传来沉闷的雷声。我觉得这个古塔也在雷声中微微颤动。

“玄儿君。”

我稍微偏下身子，避开手电筒的直接照射。

“我有件事情一直想问。”

“什么事情？”

“昨晚，你说十角塔最上层的这个地方过去曾用来作囚禁室，对吗？”

“是的。”

玄儿低声答道。塔内很暗，我无法看到他的表情。

“入口的格子门就不说了，连所有的窗子都被上了锁——看来人是逃不出去的。何况连窗子本身都不是玻璃的，这也是为了囚禁人用的。对吗？”

“的确如此。”

我再次环顾这个被黑色格子隔开的正十角形昏暗空间。

——囚禁室。

昨天我听到这个词的时候，一下子联想到的便是可怜的疯子。

我听说在过去很长一段时间内，这个国家在法律上是允许私设囚禁室的。以私宅监控为由关进这种囚禁室的人，一般是家族内部的精神病人。当时能收容精神病人的医院相当不足，所以在法律上就允许这种囚禁室的存在。

到底这个塔顶牢房中关过什么人呢？

疯子、精神病、神经病……先不从法律、社会的角度考虑，这里肯定含有这家族不想为人所知的情况。由此看来，囚禁的对象就不一定是疯子或精神病患者，也很有可能是畸形儿等该家族不想为外界所知的人……

“难道……”

我看着玄儿的影子。

“难道……这里曾经关过……那对双胞胎？”

“没有，怎么会？！”

玄儿惊讶地大声否定。

“那对姐妹一直住在北馆，从来没有被囚禁在这里。应该也没人说过这种胡话。”

“是吗？”

我放心地长出一口气。

“那是我多想了。那这儿曾经……”

“你想知道吗？”

玄儿压低了声音问道。那声音低沉却很有穿透力。他慢慢地向迷茫的我走过来，关掉了手电筒。黑暗中，我们相对而立。

“从前，究竟是谁曾被关在这里呢？”

玄儿一直走到我面前，停住脚步。而后，他悄无声息地凑到我耳边——我甚至能感到他呼吸的温度——说道：

“就是我。是我浦登玄儿。”

他低语道。

“但是，正如昨晚我说过的那样，我自己也完全不记得当时的情况。”

4

和来时相比，雨势的确变强了。但从十角塔出来后，玄儿并没有立刻返回东馆。

“要是台风来了，雨会下得更大。趁现在我带你去北门看看，怎么样？”

还没等我回答，玄儿已经撑开伞走出去了。他沿着塔外的小径，向露台下方走去。

走了一会儿，出现一条偏离塔的岔路。玄儿毫不犹豫地走了过去。虽然风势没有刚才猛烈，但是一不留神，帽子还是会被吹掀的。我一手按着帽檐，急急忙忙地跟在玄儿的身后。

当我们走进隐匿在枝繁叶茂之中的小径，回头一看，塔顶的露台一角正好出现在视线之中。透过繁茂的树丛，正前方的左边那石造的黑色北馆时隐时现。方才我们在塔顶看见慎太的时候，或许他正撑着黄色雨伞走在这条小径上。

不久，小径变宽了，宽到可以容两个撑伞的人并排行走。我走到玄儿身边，说道：

“玄儿君，你说的那个北门，是不是岛的另一个入口？”

“你还记得昨晚我们去看的那个栈桥吗？”

玄儿瞥了我一眼，问道。

“当时你不是问，除了坐那两艘船之外，还有没有上岛的方法吗？”

“嗯，是啊。”

——莫非他不是划船过来的？

当我们发现栈桥边并没有那名青年乘坐的船只时，玄儿的确这样说过。

——那么……不，可是**那个**……

当时我就在考虑“那个”是什么意思。玄儿所说的“那个”，指的就是上岛的其他方法吗？

“那个栈桥位于岛的东面，那里的门称为正门或东门。在岛的西北角还有一个门，那就是北门。那里也有栈桥，但已经很长时间没有人使用了。”

“北门也有船吗？”

“岸边有个小船屋，里面放着备用的小船，但是——”

玄儿稍作停顿后，猛地冒出一句。

“现在那个小屋已经没有了。”

“没有了？”

“那个小屋早就被烧毁了。”

“烧毁了。”

“好几个星期前，这里曾惨遭雷击。虽然当时我不在场，但雷电的确直击了小屋。等宅子里的人发现的时候，小屋早就陷入火海，无法扑救了。这又一次证明这个老宅和火犯冲。”

“可是，这样的话……”

我的脑海中又浮现出昨天从栈桥上看到的场景——无人驾驶的小船在幽暗的湖面上随波逐流。

“如今，现在想往来于岸边和小岛的话，只能靠那两艘小船了。对吗？”

“那倒不是。除了乘船，还有一个办法。昨晚，当我发现栈桥边一艘船也没有的时候，一下子就想到那个办法了。”

“还有一个办法？”

除了乘船，还有别的什么办法呢？仔细一想，答案就明了了。

“是桥。”

玄儿直截了当地说道。

“当初建造宅子之时架设的浮桥还保留着。至少曾经有人步行通过。小轿车肯定不行，但板车绝对没问题。”

“这么说，浮桥现在无法过人了吗？”

“毕竟年代久远嘛。那可是明治时期修建的，早就破烂不堪了，也没有认真修理过。那浮桥半沉入水中，根本无法安心过人。小时候，对面岸上还竖着一块‘危险，禁止渡河’的牌子。”

听他这样一番解释，我终于完全理解了他昨晚所说的“可是**那个**”的意思。

玄儿快我一步走了过去，步伐也稍稍加快了。此时，雨势越来越强，走路的时候不得不非常小心脚下的水坑泥洼。

又往前走了一段，岔路两旁已经没有树木，视野也开阔了许多。

前方十米左右是环绕小岛的高耸石墙。那里，能看见一扇比正门小许多的黑门——那就是北门吗？

玄儿冒着大雨，加快速度走向那扇门。我正准备赶上去，但突然停下脚步。在那扇门的右侧——暗褐色石墙的前方，有个不明物体，像是幢旧建筑。

“那是什么？”

我在玄儿的身后问道。

无论从位置还是形态上看，那都不像是玄儿所说的小船屋。

玄儿停下脚步，回过头，顺着我手指的方向看了过去。

“哦，你说的是那个啊。”

“像是什么建筑物的遗迹。”

“是废墟，以前用人们就住在那里。”

听玄儿这么一说，我想起浦登征顺说过的话。以前，在岛的北端，有个供用人居住的平房，遭火灾尽毁后，这才修建了如今的南馆。

“那个建筑好像也是因为大火而烧毁了。不过，那可是很久以前的事情了。要是完全拆除就好了，但当时没有那么做。这么多年一直就这样放任不管。”

也许当时那个建筑并没有被完全烧毁。现在残存在那里的便是当时躲过劫难的部分。无论是房顶还是墙壁，都被藤蔓缠绕着，整个外形显得很怪异。

可以想象去除藤蔓之类的东西后，那破烂不堪的方形木平房就会呈现眼前。即使如此，用“废屋”来形容似乎也不贴切。当时，在我脑海中浮现出的是长期丢弃不管的战争期间的碉堡和防空洞。

玄儿转过身，再次走向北门之时——

“啊，那个！”

我又喊出了声。

“又怎么了？”

“伞！”

我的手伸出伞外。

“看，就在那棵树的对面。”

在平房遗迹的旁边，有棵枝叶繁茂的橡树。仔细一看，在那棵布满青苔的大树干后面，似乎依旧残留着看似平房遗迹的入口。就在那里——

在那满是绿藤青苔的墙壁旁，一个黄色的东西隐约可见。黄色的……对，那不是伞吗？一把折叠好的伞立在那里。

“伞？慎太进去了吗？”

玄儿有点吃惊。他大步朝平房遗址走去，高声喊道：

“慎太，慎太，你在里面吗？慎太！”

过了一小会儿，一个小小的人影出现在那个像是入口的地方。那个光头少年——羽取慎太——穿着茶色的短裤和蓝色的短袖衬衣，缩着身体躲在建筑物的阴暗处，静静地窥视过来。

——忍太太是家鸭，慎太是老鼠，野口先生是熊。

我突然想起这句话。不知道说这句话的是美鸟还是美鱼。

——慎太君是老鼠……

“慎太，你怎么会在那里？”

玄儿问道。

慎太一声不吭。他胆战心惊地缩回建筑物中，很快就又跑出来。他一面悄悄瞄着我们，一面拿起放在墙边的伞。

“你到底在干什么？”

玄儿加重语气问道。

“在里面玩吗？那里很危险哦。”

慎太还是一言不发，胆战心惊地低下了头。

我觉得对于这个年纪的孩子而言，那样的废墟无疑充满魅力。

那个建筑早已无人居住，被人们弃置不管，荒废不堪，破败不已。悄悄潜入这种地方本身就开心得好似深陷美梦之中无法自拔，那可是自己专属的秘密空间……

——怎么回事儿啊，浑身脏兮兮的？

遥远过往记忆中的声音在心中徐徐响起。

——疯玩儿什么去了？

——你可是哥哥，怎么这么皮……

长久以来，这个人迹罕至的建筑中充斥着独特的气味。那种气味绝谈不上好闻，却不知为何让人怀念。那种……

“待会儿可能会有暴风雨。听着慎太，那儿太危险了，你可不要一个人跑出来！”

慎太未置可否地点点头，算作对玄儿的回答。而后，他撑开黄色的伞，走出平房遗迹，没精打采地走向我们。

中途有一次他停下来回头望了一眼，但很快便转过身小跑起来。他根本不顾脚下的水坑，径直自我们面前跑开了。

5

在黑色的北门上，有个看上去很重的门闩。在北门旁边，有一扇像是便门的小木门，那里似乎没有上锁。玄儿推开那扇木门，径直钻过去后，招手让我过去。

我收拢伞后，钻过木门，视野顿时开阔起来。

在铅灰色的天空下，环绕于烟雾袅袅的群山和森林之中的湖泊展现在我眼前。昨日登岛时所看到的墨绿色湖面此时显得更加深邃幽暗，无数雨滴落在随风泛起阵阵涟漪的湖面。湖水泠泠与雨声交织在一起，在小岛周围喧闹着。

“这个湖泊似乎也被称作‘巨猿足印’。”

玄儿说道。

“是呀。”

我点点头。

“据说整个湖呈脚印的形状，才会有那样的别名。”

“那是因为有像五根脚趾的小湖岔嘛。昨天我们乘船的那个湖边栈桥也是其中一根‘脚趾’。”

“听你这么一说，我觉得还真是那样呢。”

“这个岛位于靠近湖泊‘脚后跟’的地方。岛上的这一带岸边正对着‘脚后跟’，所以距离对岸也近。”

“所以在这里修建浮桥？”

“或许是这样吧。”

门外有块犹如平台般突出的岩石，长长的石阶从我们脚下向左一直延伸到岸边。与正门所在的小岛东侧相比，这里至湖面的垂直距离明显要长一些，也就是说这里比小岛东侧明显处于较高的地理位置。

石阶沿着小岛外围缓缓地延伸到下方，一直延伸到一块陡然突起的大岩石背面。玄儿走在前面，我跟在他身后，沿着石阶向下走去。

“这下面有栈桥、小船屋，还有我曾提过的那个浮桥。”

玄儿一边慢慢往下走，一边解释道。

“刚才我也和你说过了，那个小船屋已经完全烧毁。栈桥也烧得不轻，所以既没修理也没拆除……”

当我们走到那块突起的岩石处，已经可以看到岸边景象。正如玄儿解释的那样，在小栈桥的一侧，残留着小屋被烧毁的黑乎乎的痕迹。

“看！就是那样。”

玄儿用手指着说。

“小屋里的小船也无一幸免。”

“桥在哪里？”

我问道。玄儿举着伞，伸长了脖子向湖边探身看去。

“在栈桥和小屋的对面——啊，就是那个，在那边……欸？！”

玄儿突然惊讶地叫了一声，随后加快脚步，跑下石阶。

“怎么了？怎么回事……”

我紧跟在玄儿身后，一边跑一边朝湖的方向望去，但根本不知道究竟发生了什么事。石阶被雨水淋得湿漉漉的，很容易滑倒，但我根本就无暇他顾。

一直等我跑到岸边，才发现栈桥对面幽暗的湖面上——风吹雨打的湖面上，现出和昨晚截然不同的青灰色，上面漂浮着一些歪歪扭扭，让人感觉有些异样的黑影。

……那是什么呢？

我百思不得其解。

那就是连接小岛和湖岸的浮桥吗？如果是的话……

“中也君，过来！”

玄儿走过栈桥一侧，大踏步向前走。我也急忙跟在他身后追了过去。耳畔不断传来湖水翻涌的声音。

不久，走在前面的玄儿停下脚步。与此同时，上空传来低沉悠长的雷鸣。

“果然……”

玄儿自言自语道。

“是那个吗？”

我走到他身后问道。

“那就是你提到的浮桥吗？”

“是的。但怎么会变成这样……”

我顺着玄儿的视线看向正前方。那里的确有桥——不，**是那里的确曾经有过桥**。

现在，能让人步行穿越湖泊的浮桥已经不复存在。只有两根漆黑的木柱竖立在那里，木柱之间扎着两根象征禁止通行的粗绳。木柱前方两三米处的浮桥遭到损毁，断掉了。

我们伫立在湖畔。一道炫目的闪电从眼前掠过，仅仅隔了两三秒，耳畔便传来震天动地的雷声。

那道闪电的白光瞬间照射出漂浮于湖面的黑影。那黑影从对岸延伸至湖中，在风吹雨打中左右摇摆。黑影附近到处漂浮着木板一类的东西。

“那是浮桥的残骸吧。”

玄儿开口说道。

“一般来说，浮桥是将许多竹筏一类的浮板置于湖面之上，用锁链或绳子固定住后铺上桥面制作而成。但是我刚才也说过了，这个浮桥年久失修，无人照管，已经有好多年无法通行了。”

“也许锁链或是绳子断了吧。”

我猜测道。

浮桥的确是断了，散落下来的浮板和用来做桥面的板子兀自漂散在湖面上。而从对岸延伸至此的部分浮桥也在湖水的拍打中逐渐散开。

“到底什么时候变成这样的？”

我不解地问道。玄儿也不知如何作答。

我觉得这和十角塔入口那把脱落的弹簧锁一样，都是由于年久失修、自然损坏的情况很严重造成的。要是稍加外力就……

难道是有人想强行渡桥才会致使浮桥断开吗？还是昨天的两次地震造成的呢？也许推断为后者更为稳妥吧。

大雨持续下着，我们一言不发地盯着漂浮着浮桥残骸的青灰色湖面。

从这里到对岸恐怕有几十米……最多也就是一百多米。但在我看来，那似乎是一道无边无际、幽暗无底的深渊。

“我们回去吧？”

说罢，玄儿转过身。

“雨会越下越大。打雷也不是闹着玩的。还是祈祷雷电不要打到伞上吧。”

话音未落，云间掠过闪电，几秒后雷声轰隆而响。我们像是逃命般掉头跑回石阶。

跑至北门前，我曾回头张望过一次。自对岸延伸至湖中的浮桥残骸的黑影，看起来如同一条漂流在湖中的蟒蛇的尸体。

当我们就快跑到门外那块陡然突起的大岩石处时，走在前面的玄儿突然“啊”地喊出了声。

“这次是怎么了？”

我问道。这时，他已经停下了脚步、慢慢地举起手臂，指着斜前方说道。

“你看那边。那边的湖色……”

“什么？”

“刚才根本没注意到……你看！你仔细看清楚。那一带的湖水颜色变了，你没看出来？”

“湖水的颜色？”

玄儿所说的“那一带”指的是自北门向右，亦即“巨猿足印”的“脚趾”分布的方向。

听他那么一说，我才发现青灰色的湖面的确变了色。以那一带为界，这边和对面的湖水颜色迥然不同。不知道为什么总觉得对面的湖水带有茶红色。

一瞬间，我突然冒出个念头来——自己未曾亲眼所见的赤潮是不是就是这种样子。当然在这个季节、这个湖泊中，是绝不可能发生赤潮的。

“是不是光线的原因造成的？”

我推断道。玄儿则断然否定。

“不可能。在我的记忆中，湖水还是第一次变成这种颜色。所以我觉得这并不是光线造成的。”

“那是……”

“也许是昨天的地震造成的。”

玄儿放眼望着湖面。

“岸边某处因为那场地震而崩塌，致使大量红土滑入湖中。红土中的铁元素让湖水变成了那样的颜色吧……一般来说应该是这样的。”

“哈哈，是……红土啊。”

“对。但是让我觉得不解的是，自己竟然对这种现实性的解释稍稍带有某种抵触情绪。”

“为什么？”

“也许那颜色并不是红土造成的——”

玄儿停顿一下，淡淡地笑起来。他那苍白的脸似乎都在痉挛。

“而是染上了人鱼之血吧。”

第九章　午后惨案

1

我们没有原路返回，而是从北馆的后门回到宅子里。我当然完全分不清东南西北，不得不紧紧跟随在玄儿身后。

北馆后门入口处设有小厅。玄儿看看小厅墙上的挂钟，自言自语道：

“嗯？都这个时间了。”

我看看手表，发现的确如此。指针早已过了两点半。而玄儿曾吩咐忍太太在两点多为我们准备好饭菜。

我们把湿漉漉的雨伞搁在门口，走进北馆。

这是我第一次进入北馆。这里装潢的基本色调自然也统一为黑色。墙壁涂着黑色灰漆，黑色的地面上铺着黑色的地毯，天花板也好门把手也好，全部都是毫无光泽的黑色。整个空间很是幽暗，几乎没有来自外界的光线，屋内灯光也很微弱。也许整个建筑均由石筑，因此这里比东馆凉爽许多。

一条又暗又长的走廊从小厅延伸出去。我跟在玄儿后面沿着它向里走去。与东馆不同，这里让人几乎感觉不到任何西式风格。屋外的雨声和我们两人的脚步声交错可闻，让我觉得似乎是走在漆黑的海底回廊中。

我们走过走廊两侧的好几道门，很快便左拐了。

“沿着这条走廊一直走，前面有个厅。从那里可以走到通向西馆的走廊上。这条走廊横贯北馆东西……”

玄儿在拐角处停下来，向我解释。

“一楼有会客厅、图书室、正餐室。二楼则是大家的卧室。”

“首藤夫妇也住在这里吗？”

“是伊佐夫告诉你的吧？”

“是的。他说只有他自己一个人住在东馆。”

“伊佐夫总是这样。他和首藤表舅以及茅子太太不同，总想和浦登家族尽量保持距离。”

我想起在东馆二楼的起居室中与伊佐夫聊天的情景，默默地点点头，然后问道：

“野口医生呢？他来这个宅子的时候，住在哪里？”

“也住这里。他和我父亲是老朋友，和家族成员没什么区别。”

玄儿，征顺、望和夫妇及其儿子阿清，美鸟、美鱼两姐妹，野口医生，首藤夫妇。在这个北馆中，至少有这些人的卧室。而现任馆主柳士郎和妻子美惟的卧室则和众人不同，在被称为“达莉亚之馆”的西馆之中。

“对了，玄儿！”

玄儿刚刚准备再次迈步向前走的时候，我叫住了他。

“除了从东馆二楼通到舞厅的暗道外，今天早晨我还发现了一处有意思的地方。”

“哦？是什么？”

“无路可走的楼梯。”

“哦，你说的是那个呀。”

玄儿扫了我一眼，薄薄的嘴唇上露出一丝笑意。

“很有意思吧？”

“的确很有意思。那也是受到那位意大利建筑师的影响，出于某种消遣之心才设计出来的吗？”

“那些设计都是无法用语言来表达的……”

玄儿倏地眯起双眼，再次重复起昨晚说过的话。

“尤其是那些钟情侦探小说的人，他们更加喜欢暗门、暗道之类的东西。尼克罗蒂的设计之中，也有不少宛若立体迷宫般的建筑。好比本来打算上楼，结果不知不觉地下了楼；或是本来打算绕着回廊走一圈，结果却到了别的地方等。”

“用建筑来设计一种立体骗局吗？”

“他擅长设计没有意义的构造。比如安装在天花板上的门，只能从窗户进出的房间，竖在地下室里的风向标，没有开口的烟囱，建在屋外的壁炉之类……”

的确如此。这些设计的确毫无意义可言。不止毫无意义，且不合情理、没有任何使用价值。

突然，我的脑海中冒出这样一种想法——这也许是对从本世纪初开始盛行的现代主义建筑流派的一种对抗形式。虽然我至今对那方面的专业知识依旧知之甚少，但并不觉得自己的这种看法就是错的。如此说来，那位建筑师善于自无意义及不合理中挖掘出“内涵”来。

“这个新的北馆也要抱着消遣的心态翻建吗？”

“是啊。这个建筑曾经被烧毁了。翻建北馆之时，负责设计的建筑师就留下不少他匠心独具的机关。”

“就是姓中村的那位建筑师吗？”

“哎呀，你连这个也知道了——”

玄儿略略诧异地看着我。

“你不声不响地收集了不少信息嘛。那位中村的全名是……算了，你应该也已经听征顺姨父说过了吧。”

“嗯。”

“他都告诉过你什么？”

“说过什么……他只告诉我那个建筑师姓中村，性格怪异，而且人已经死了。”

“已经死了……嗯，就这些啊。”

玄儿摸摸尖下巴，正儿八经地点着头。

那位性格怪异的已故建筑师到底是怎样的一个人——我想在脑海中描绘出他的大致形态，但或许是他的姓氏（**中村……**）妨碍了我的想象，无论如何也想象不出他（**中村青司……**）的样子。也完全想象不出他的风采，更揣测不出他的面容、体格以及年龄。我的脑海中只有一个模糊的灰色身影晃动着。

“说起侦探小说迷——”玄儿边走边说，“征顺姨父就非常喜欢。图书室里有许多他的藏书。”

“他？是吗？”

“他以前就喜欢，因而收集了不少侦探小说。在图书室里，专门有一个区域放那些书，数量可是不少呢。中也君，你也喜欢看侦探小说吧？”

“嗯，还可以。”

“你看！图书室就在那边。”

玄儿举起右手，指着前方的一扇门。

“稍后你可以过去看看。要是你向我姨父讨教的话，他还会给你看著名侦探小说家的签名本呢。”

2

北馆呈巨大的コ字形。可以想象得出有着如此规模的西洋建筑，大多带有典型的平面构造。コ字形的缺口正对北侧庭院。自庭院方向来看，刚才的后门位于其右侧，也就是西翼前端的位置。

主走廊横贯石造建筑的东西两侧，其尽头与南北向的边廊汇合。从这条走廊向右拐，左边有扇敞开着的厚重的黑色双开门。

门内是个犹如平面长方形被斜切后的形状般，呈不规则五角形的厅。厅内正面内里有通向二楼的宽阔楼梯，而在五角形的斜边部分则有扇黑色的单开门。恐怕那就是通向东馆的门。

“快！走这边！”

玄儿径直走向那扇单开门。中途，他像是突然想起什么似的，停下脚步转过身。

在五角形斜边部分的对面角落处，另有一扇黑色单开门。玄儿小跑过去，说道：

“中也君，稍稍等我一下。”

说完，他推开门，溜了进去。

我当然觉得奇怪，便跟在玄儿身后，凑到门前，偷偷向里面看。

只见小屋内光线微弱，玄儿背对着我，拿着电话模样的东西放在耳边。

原来如此。玄儿曾经和我提起北馆放有小岛与湖岸之间的专用电话。或许这里就是电话室吧。

玄儿很快从里面出来。

“蛭山先生怎么样了？”

我连忙问他。玄儿紧皱眉头，摇摇头。

“和昨晚一样，还是打不通。电话铃在响，可不知道是他不接，还是电话线出了问题。”

“他不会有什么事吧？”

“这个嘛……”

玄儿的眉头拧得更紧了。

“如果他再不到这边来，我就有点担心了。或许应该让人过去看看。”

位于五角形斜边部分的那扇门内，果然是连接北馆与东馆的走廊。

黑色的石壁以及低矮的天花板让人觉得那并不是走廊，而是隧道。地面上也铺有黑色粗石。

在两侧墙壁的上方，零零碎碎地开了些四方形的小孔。那上面嵌有与东馆玄关大厅通往庭院大阳台的那扇门的门楣上相同的深色玻璃。屋外的光线透过这些玻璃照进来，泛着微弱的暗红色，让整个空间显得异样。

——黑与红……

我想起昨天与玄儿聊起的话语。

——血一样的红色。

“刚才你说湖水——”

我不由自主地说出萦绕在脑海中的问题。

“是‘人鱼之血’，那究竟是什么意思呢？”

“那个啊，是的……”

玄儿边继续往前走，边含糊其辞地附和。我继续说道：

“昨晚，去正门栈桥边的时候，你话里有话地说什么这个地方有许多传说之类的。”

“是嘛……我有说过吗？”

“当然说了啊。你说这个湖深不见底，说曾有对用人母子淹死在那里，还说是‘怪物’将他们拉入湖底什么的……”

隧道般的走廊中途斜着拐过去，在其尽头有扇黑色单开门。玄儿走到门前，停下脚步，回头看向我。

“这个湖——影见湖，人称‘巨猿足印’。它的由来正如你所知的那样。但是原本在全国各地都有这种湖泊池沼是某种巨大生物的脚印的传说。”

玄儿娓娓道来，平淡的声音回荡在黑色的天花板及墙壁之上。

“比如群马县的赤沼，传说那是大太法师在赤城山上坐下时踩下的脚印。这个传说不是人尽皆知吗？”

“大太法师……那个传说中的巨人吗？”

“大太法师、大大坊、大大僧等，有很多种称呼。以关东一带为中心，流传着不少他的传说。他不仅造出湖泊，还造出大山和洼地，有不少与此相关的故事呢。就连东京的代田及代田桥的地名，也是源于这个巨人的名字。与此相异的是九州一带，关于大人弥五郎的传说比较多。”

“嗯，那倒是听说过。”

“这个湖的‘巨猿’之类的传说似乎可以归在巨人传说之中吧。”

“是啊——可是，在这个深山老林中怎么会有‘美人鱼’呢？”

“我觉得这是在原有的巨猿传说中后加上去的。”

“加上了美人鱼的传说吗？”

“是的。”

玄儿舔了一下嘴唇。

“但至少可以确定在浦登玄遥买下这一带土地的时候，便已经有了这样的传说。具体内容是这样的：巨猿造湖之后下了山，一直远征到天草，还带回了在天草海岸边发现的美人鱼。巨猿是雄性，而美人鱼则是美丽的雌性。巨猿迷恋着她的美貌……那个美人鱼似乎还有尾鳍。巨猿向她求爱不成，便强行将她掳回这个湖泊。”

“这个被掳掠回来的美人鱼就是你昨天所说的‘怪物’吗？”

“是的。”

玄儿一本正经地点点头，而我则不容他喘息，继续问下去。

“她会把人拉入湖底？”

“提到美人鱼，关于她的形态、品性，世界各地的传说不尽相同。并不都像安徒生童话中的人鱼公主那样可爱。其中也有些对人类抱有敌意和恶意的吧。”

“是……嘛。”

“提到美人鱼，人们通常想到的是上半身是人，下半身是鱼的样子。但是在有些地区与年代中，也有恰恰相反的描述。上半身是鱼，下半身是人……就像《亚马孙的半鱼人》中描述的那样。据中国的《山海经》记述，那是种有四只脚、叫声如小儿啼、光是想想就令人毛骨悚然的生物。在日本的古代文献中，却被形容成‘鱼身人面’，也就是有着人类容貌的鱼吧。在日本的江户时代以后，西式美人鱼的传说才广为人知的，所以关于这个湖泊的美人鱼传说应该是在那个时代之后才加上去的吧。”

但是一提起“美人鱼”，我首先想到的就是流传在若狭、小滨地区的八百比丘尼传说。传说中吃下了人鱼肉从而长生不老、一直活到八百岁的那位——

“美人鱼的肉”中的这个“肉”字让我猛然一惊。肉……对了，今天早晨和首藤伊佐夫聊天的时候，不是出现过这样的字眼吗?

“总之，的确有这样的传说就是了。美人鱼住在这个湖泊里。她从不露面，孤独地在湖底沉睡。如果有人搅扰她的清梦，便会勃然大怒，将那人拖至湖底。所以，那个湖禁止游泳。”

玄儿平淡地继续说道。

“而且不知从什么时候起，另外一个新说法又被添了上去。那就是——终有一天，湖水会被美人鱼的血染红。”

我想起刚才见到的茶红色湖水。那就是……美人鱼的鲜血吗?

——被那玩意儿蛊惑住了……玄儿就是那样吧。

那个自称艺术家的无神论者伊佐夫曾这样说过。那玩意儿指的是什么呢?

——小心不要被蛊惑了。

“玄儿，那怎么可能?”我说道，“你不相信吧?”

“相信?相信这世上真有美人鱼……吗?”

玄儿耸耸肩，嘴角露出一丝笑意。那笑容看上去有点讪讪的。

“那东西当然不存在。所谓的美人鱼都是人类的想象，其实原本那不过是娃娃鱼、海豹或海马之类的东西。而那些流散在各处的所谓人鱼的木乃伊，也只不过是人为的假货。而这个湖水的颜色变化应该还是因地震导致红土崩塌造成的。但是——”

“但是?”

“如果单从现象上看，现在‘湖水被血染红’的确已成为现实。关键在于我们如何看待这个现实，如何附加意义，这是相当微妙可又非常重要的事情啊。”

我很难明白玄儿想表达的意思。如何看待，如何附加意义……我觉得对于任何事物，这都是“非常重要”的。但是……

“刚才在北门外看见湖水的样子时，我不能不感到奇怪。之所以这样，除了和我刚才告诉你的传说有关，还有另外一个原因。”

“原因？什么原因？”

玄儿将视线从我脸上移到别处，眯起双目说道：

“是画。”

“画？”

“昨晚，不是有一幅画让你很感兴趣吗，就是装饰在东馆会客室里的那幅油画？”

“那幅名为《绯红庆典》的油画吗？”

“是的。我记得和你说过在这个宅子里，还有几幅出自同一个画家的作品。其中，就有幅描绘和刚才我们目睹到的湖中情形完全一样的画作。”

名字似乎叫藤沼一成的那位画家的作品吗？那幅画作——

“阴暗的天空下大雨滂沱，湖泊的一部分染作茶红色——就是这样一幅风景画。现在就挂在北馆的会客厅里。”

《绯红庆典》所描绘的“火焰”在我脑海中熊熊燃烧，蔓延开来。那对面出现的是深沉的青灰色湖面。蔓延的“火焰”犹如液体般滑入湖中，不久，湖水便被染成红色。

“当然也不排除这种可能，就是曾经到这里造访过的那位画家，从我父亲那里听到‘人鱼之血’的传说后，以此为原型创作出来的——

尽管如此，当我发现眼前的景象与画中如出一辙的时候，还真是大吃一惊呢。”

“那幅画题名了吗？”

“题了。”

玄儿严肃地点点头。大雨持续不断地敲打着房顶，时不时传来低沉的雷声。

“题名是《征兆》。”

“《征兆》？玄儿，这么说来，在传说中，湖水变红意味着某种凶兆吗？”

玄儿缓缓地摇摇头回答道：

“正相反啦。”

“相……反？”

“那并非凶兆。对于我们浦登家族的人而言，**那是吉兆啦。**”

3

在我们进入东馆，到达餐厅前，没有遇到其他人。

和昨晚一样，餐厅的长桌上已经备好两人份饭菜。玄儿让我先坐下来，自己向通往玄关大厅的双开门走去。他用手按了一下门边墙壁上的那个黑色的圆形突起——那是个铃铛按钮，用作召唤身在南馆的用人。或许他想把鹤子或忍唤来，让她们去看看正门的栈桥。

此时已过下午三点。

“我有好多问题弄不明白。”

玄儿刚坐下来，我就冒出这样一句话。他那苍白的脸颊上浮现微笑，似乎认为这是意料中的事。

“我会继续回答你的问题。但是，我只能回答我能回答的问题。”

想要问的、试图问的问题有很多。但是被他这样郑重其事地一讲，我反而有点不好意思提了。这倒也是人之常情。而且，他说他“只能回答能回答的问题”是什么意思呢——这句话里大概包含两层意思：一是即便我问他也无法回答，也就是说他不知道答案；另外一层意思则是即使知道答案也不告诉我。我想这大概就是双关语吧。

自从今春因那场事故与玄儿相遇后，我和他一起度过了许多时光，我想和他继续保持这种亲密关系。但是，对于他的出身及家世，我究竟有多少了解呢。时至今日，我心头才涌现这个问题。

“好了，还是先填饱肚子吧！”

玄儿打破了这尴尬的沉默。他将餐巾铺在膝盖上，将水瓶中的果汁倒入自己的杯子内，一口喝了下去。然后，又夹起了盘子里的鸡蛋。

“菜都凉了，快吃吧！”

我也如玄儿那般倒了一杯果汁，同时压低了头，偷瞄着他——偷瞄着我这位友人一语不发、埋头吃饭的样子，第一次感觉到他看起来是那样令人琢磨不透。

“嗯，首先——”

我慢慢喝完果汁，润了润喉咙，而后开始提问。

“首先呢就是，现在有多少人住在这个宅子？昨天，我遇到了一些人，也听说了一些人……所以，就是说，我想提前了解一下。”

“喔，这个当然。”

玄儿轻轻点点头，放下了筷子。

“可以说是包括我在内，有八个浦登家族的人住在这个宅子里。我父亲柳士郎，他的后妻、即我的继母美惟，父亲和继母的两个女儿美鸟与美鱼，征顺姨父与望和姨妈，他们两人的孩子阿清，还有我。”

“美惟太太和望和太太是有血缘关系的姐妹吧？”

“是的。我的亡母康娜是她们的亲姐姐。也就是说，昨天我提到的外婆樱和外公卓藏一共生了三姐妹，分别是康娜、美惟和望和。康娜是长女，望和最小。其实，在康娜之下、美惟之上还有一个女孩，叫麻那。可惜她在五岁那年就过世了。”

“五岁……病死的还是别的什么原因？”

“生病……是的。听说她和阿清得的是同一种病。”

“和阿清一样……”

浦登征顺与望和的儿子也得了这种弄不好就会丧命的病吗？玄儿刚才说过“只要见到他就会知道”，那到底是什么病呢？

“然后就是——”玄儿继续说道，“现在，除你之外到这宅子做客的共有四个人。野口医生、首藤表舅、茅子表舅妈和伊佐夫君。就这些人……不对，如果把那名叫江南的年轻人算在内，就是五个人。加上你，一共是六个人。”

“这样啊。”

“余下的就是宅子里的用人。”

玄儿略作停顿，举起杯子。他舔舔沾在嘴唇上的果汁后继续说道：

“以前似乎雇佣过更多的人。当时，宅子里的人在岛上耕作田地、饲养家畜，长期过着自给自足的生活，所以需要相应的人手。”

“原来如此。”

“后来，以某个时期为界线，宅子里的人不再耕地、饲养家畜，用人的数量也就随之大幅减少。最后，现在就……”

“只剩下蛭山先生、鹤子太太、忍太太，以及做饭的宍户先生。”

我把自己知道的人名列举出来。玄儿替我补充道：

“再加上慎太，就是五个人。除了蛭山先生以外，其他人都住在南馆。对了，还有一个人……”

“还有一个人？”

话音未落，那个黑色身影便浮现在我的脑海里，诡异地晃动着。

那时——当我走到庭院里那个“祠堂”时，在半道中碰见了那个黑衣怪人。他好像从浦登家族墓地所在的建筑物中走出来，双手提着带把手的黑箱子向南馆走去。看上去犹如“活影子”般的那个人……

“有个叫作鬼丸的老人。”玄儿说道，“他在用人当中资格最老。从很早以前起——那时浦登玄遥还健在，我已故的外婆樱还只是个孩子——他就住在这里。”

“鬼丸……那是他的姓吗？”

“是的。他的名字是什么来着……大家只叫他‘鬼丸老’，所以我也不清楚。他已经快九十高龄了，但如今依然干得动活儿。”

那个裹着宽大的黑色衣服，蒙着头巾的怪人。除了能看出他个头不高以外，他的长相、体格、性别等都没看清。也许因为他弯腰驼背，所以看上去才个头不高。但是如果是九十岁的老人，也就不难理解了。

“那个鬼丸老都做些什么事？”

我问玄儿。

“他在宅子里干些什么活呢？”

“有一件从很久以前就让他负责干的活。但是那个嘛……”

玄儿闪烁其词，并没有继续说下去。这难道是他“能回答”范围以外的问题吗？

于是我便换个方式切入问题：

“在宅子的庭院中央，有个小建筑吧。今天早晨我独自去庭院的时候看到了。后来听征顺先生说，浦登家族的墓地就在那里。”

玄儿眉头轻蹙，无言地点了点头。我继续说下去：

“当时，我在那个建筑附近看到一个怪人。那人穿着黑色斗篷般的衣服，好像是从那里面出来的，难不成他就是玄儿说的鬼丸老？”

玄儿再次无声地点点头，而后又加上一句：

“听上去像是他。”

“这么说，鬼丸老在这个宅子里的工作就是——”

我寻找着与那相符的婉转字眼，可最后什么都没想到。

“守墓地，对吧？”

“没错。”

玄儿冷冷地回答道。

“这也是征顺先生告诉我的。他还告诉我那个墓地被称为‘迷失之笼’，即便是宅子里的人也不能随便接近。”

“的确如此。”

玄儿稍稍皱着眉头，直勾勾地看着我。

“征顺姨父没有再告诉你些什么吧？”

“没有。”

我摇摇头。

“再说就是‘能回答’范围以外的问题了吧？”

玄儿皱着眉头抿着嘴，过了一会儿说道：

“是啊。”

然后，他重新举起筷子，夹起吃了一半的食物。

“我迟早会告诉你的，但是现在……”

"这个家族的人被某种东西蛊惑了——这句话是什么意思？"

我不等他歇口气，又问了一个让我挂心的问题。玄儿顿时停下夹菜的手，吃惊地看向我。

"这也是征顺姨父告诉你的吗？"

"不是，这是伊佐夫说的。他说宅子里的人，包括你在内都被某个东西蛊惑着。"

"哦？'某个东西'……吗？"

喃喃自语的玄儿难得露出了透有些微怒气的表情。但很快，他便讪讪地笑起来。

"他怎么想是他的自由嘛。在这里出生的人可不会那样。"

"这是什么意思？"

我索性加重语气问道。

"被什么蛊惑呢？"

我根本不指望他能如实回答。这肯定也是"能回答"范围之外的事情吧。可明知如此，我还是发问。

"也许是……恶魔吧。"

没想到，玄儿竟然很爽快地回答了我。

"至少绝非神灵。"

我不知道该如何理解他这个像是纯粹的玩笑话或是某种比喻的回答，于是不再看他。一时间，大家尴尬地沉默着。

我再次向空杯子内倒上果汁。刚才的对话让我口干舌燥，得赶快润润喉咙。玄儿沉默着继续吃饭。我也拿起筷子。所有的菜都凉了，但并不难吃。

"真奇怪……"

过了一会儿，玄儿喃喃自语道。他边看向通往玄关大厅的门，边纳闷地说道：

“谁都不在吗？”

明明已经按了南馆的铃铛，但谁也没有过来。难怪玄儿会觉得奇怪了。我看看壁炉上方的六角时钟，发现再过几分钟就三点半了。

玄儿从椅子上站起来，大步向门口走去，再次按下那个按钮。而后，他打开门向外看去，但依然没有谁到来的迹象。

“真是奇怪了。”

玄儿再度自言自语道。他虚掩一条门缝后，回到餐桌边。趁这个机会，我又开口问道：

“还有一个问题，现在能问吗？”

“什么？哦，你说吧。”

“从昨晚开始，我就很介意了。就是……”

我有意识地坐正，直直地看着对方的脸。

“今天是‘达莉亚之日’吧？而且被称为‘达莉亚之馆’的西馆，从某种意义上说是这个宅子的‘中心建筑’，对吗？”

“没错，的确是这样。”

玄儿回答道。但和刚才一样，他的脸上再度露出一丝讪笑。我干脆单刀直入地问道：

“到底‘达莉亚’是什么意思？”

“哦，你觉得奇怪也很正常。”

玄儿叼上烟，点上火，煞有介事般优哉地吞云吐雾。而我则一直目不转睛地看着他。

“达莉亚就是——”

不久，玄儿静静地回答起来。

“达莉亚是这个宅子第一代主人浦登玄遥的妻子的名字——浦登

达莉亚。从前，玄遥在欧洲巡游的时候，与她——就是达莉亚，在意大利相遇，陷入了热恋。”

“浦登达莉亚……是你的曾外祖母吗？”

“是的。玄遥把她带回日本，结婚后在这里修建了宅子。她住在宅子的西馆，并在那里亡故。因此，西馆被称为‘达莉亚之馆’。至于‘达莉亚之日’……”

墙上的六角钟轻轻地响了。

三点半。

片刻后，玄关大厅里的座钟也发出了沉闷的报时声。等钟声的余音散去，玄儿继续说道：

“九月二十四日，这一日是她——达莉亚的生日，也是她的忌日，所以被称为‘达莉亚之日’。”

玄儿的话音未落之时，突然从隔壁大厅里传来慌乱的声响。

4

首先传来了大门被猛然推开的声响。我立刻听出那是玄关的门。接着传来一人以上奔跑的脚步声，以及女人的声音。虽然听不清楚她们在说什么，但是我能感觉出那异常的紧张与惊恐。

玄儿踢开椅子，站起来，向刚才留有一道门缝的门跑去。我也赶紧站起来，跟在后面追过去。

当我们从餐厅冲到玄关大厅时，迎面碰见两个女人——是小田切鹤子与羽取忍，她们正跌跌撞撞地跑在铺着黑瓦的地板上。她们的衣服和头发都湿透了，鞋子溅满泥点。看得出她们刚从大雨滂沱的屋外进来。

“啊！玄儿少爷！”

“玄儿少爷！”

看见我们后，鹤子与忍几乎异口同声地大声喊起来。那是非同寻常的慌乱和惊恐的声音。如此看来，她们当时的精神状态一定很紧张。

“发生什么事了？”

玄儿突然追问道。

“外面发生什么事了？”

“是……”

鹤子一时语塞。她还穿着与昨日相同的，犹如丧服般的黑色服装。但是，她的脸色却和盘在头上的白发一般，惨白失色。

“出大事了。蛭山他……”

“蛭山先生怎么了？”

玄儿望向玄关。

和通往庭院的那扇门一样，玄关大门也镶嵌着红色玻璃。现在那扇门正四敞大开。透过那扇门，外面的风雨声直接传入馆内。

“马上就抬他过来了。”

鹤子调整一下急促的呼吸说道。

“我们先回来，去南馆准备房间。”

“马上就要被抬过来了……到底发生什么事了？”

“一直到下午蛭山都没有过来，我就觉得奇怪。还有就是首藤老爷前天出去后也没再回来。所以我想先问问蛭山，可是电话一直打不通。可是刚才我去正门的栈桥边查看情况时……”

虽然玄儿并没有命令她这么做，但她还是和我们一样察觉出蛭山那边的情况有点奇怪，便采取了行动吧。

刚开始，鹤子的声音因为不安而颤抖，说着说着便逐渐恢复了往日的沉着。站在她旁边的忍也是面无血色，双手不安地搓着衣服和头发。

“你去栈桥了？然后呢？”

玄儿催促着问道。鹤子深深呼吸一口气后，似乎说服自己般的猛地点了一下脑袋。

“当我到达栈桥的时候，那个——那个事故已经发生了。”

“事故？”

“是的。不知道是什么原因造成那样严重的事故，总之，等我到达那里的时候，岸边漂着小船的残骸，惨不忍睹。”

“小船的……是那艘带引擎的船吗？”

“是的。我觉得蛭山坐的船可能猛烈撞击到岸边。从当时的情况看，小船没有充分减速，撞得很猛。船上的蛭山被抛到岸上，摔倒在地。头也好脸也好，连身上都是伤，完全失去了意识……一看就知道他还骨折了。”

在正门的那个栈桥附近发生了如此惨烈的事故吗？我站在玄儿身后，屏息倾听着鹤子的说明。

“我一个人什么也做不了，便赶紧回来通知羽取，还告知了正在北馆会客厅的野口医生。另外还需要人手去抬，当时正好征顺老爷在，便把他和宍户一同喊去了……”

就在此时，玄关外又传来杂乱的脚步声。鹤子提到的三个人把受伤的蛭山抬了过来。

玄儿和我赶忙跑过去。鹤子与忍则跑向大厅里面，沿着客厅，消失在铺着瓦向南延伸的走廊上。

很快，男人们便从敞开着的大门处进来。其中两人穿着湿漉漉的雨披，抬着伤者的担架。担架旁则是穿着白大褂的医生，一手撑伞，一手拿着深蓝色的包。

“野口医生。”

玄儿赶到他们身边。

“情况怎么样……”

“哦，是玄儿呀。”

野口医生将伞折叠好放在地上。他神情严峻地看着担架上的人，雨滴从那玳瑁框儿的眼镜片内侧滴落。

“很糟糕。在那里我就看过了，这家伙伤得不轻……”

“会危及性命吗？”

对于玄儿的问题，野口医生没有作答，只是失望地噘起了嘴。

我站在玄儿身后，窥视着担架。身上盖着毛毯的蛭山侧躺着，驼背致使他无法仰躺。

——蛭山嘛，应该是青蛙吧。

——谁让他走起路来一跳一跳的嘛。

被雨淋湿的毛毯上还有被别的东西弄湿的痕迹。黑红色。那是血吧？他露在毛毯外面的脸也满是黑红血迹。一眼看过去，根本无法辨别出那是谁。蛭山的头部缠着绷带，那就是野口医生在现场采取的应急措施吧。

“好了，还是先抬进房间去吧。”

抬着担架尾端的男子——浦登征顺说道。

“南馆的一楼，有空房和床铺吗？”

“第一个房间空着。”

抬着担架前端的那位四十出头的男子粗声粗气地说道。这就是负责烧饭的宍户要作吗？这还是我第一次遇到他。

“我来帮忙吧。”

玄儿说道。征顺简洁地回了一句不要紧，便催促宍户快走。水滴自湿漉漉的雨披上滑落，二人拖着沉重的步伐朝大厅里面走去。

“蛭山先生！”玄儿在担架旁跟着边走边大声喊道，“蛭山先生！能听到我说话吗？”

但是，蛭山毫无反应。正如鹤子所说，他似乎完全丧失了意识。

“医生。”

玄儿看看野口医生。医生沉痛地缓缓摇头，说道：

“他遍体鳞伤，不止骨折，头部的伤也很重。说不定内脏也……”

二人抬着担架，沿着刚才鹤子与忍穿过的铺瓦走廊快速行进。我不禁想起昨晚我与玄儿抬着那个年轻人的情形。野口医生跟在担架旁，玄儿紧跟在担架后面，我则走在最后。

正当他们穿过走廊第一个房间的时候，那扇黑色房门打开了。从里面露出那个叫江南的年轻人的苍白脸庞，他晃晃悠悠地走到门口，探出脑袋看着我们。很快，他的视线落到担架上的蛭山身上，那一瞬间——

年轻人的表情发生了明显的变化。

他的表情原本很茫然，就像与现实分隔开来一般。突然他露出非常惊讶的神色。与此同时，他像是企图喊出声般张大了嘴巴。但是，他无法正常发音，只能满脸惊异，直勾勾地看着担架上的伤者。

此时，蛭山犹如痉挛一般蜷曲着咳嗽起来。抬着担架前端的宍户要作顿时停下脚步，向后回头看了过去。

“你不要紧吧？”

玄儿走到担架旁说道。

从不停咳嗽、全身颤抖的蛭山嘴中冒出了血泡。野口医生赶忙用手帕擦去蛭山嘴角的血污。蛭山发出的微弱呼吸声，与屋外的雨声交织在一起，回荡在走廊内。与此同时，天空中传来沉闷的雷声。

“啊……”

注视着眼前一切的江南发出了呻吟声。

“……啊……呜……”

看样子他还是无法很好地发音。他到底有什么感受，到底想要告诉我们什么呢？要想知道这些，就必须像刚才那样，准备纸笔，让他写下来。

等蛭山咳嗽平息后，征顺又催促着宍户往前走。两个抬着担架的人迈着小心整齐的步伐，向走廊深处走去。

伫立于房间门口观望的年轻人脸色比刚才更加苍白冷峻，他的双肩亦微微颤抖。亲眼看到这样的场景，他的反应也很正常，只不过他似乎受到了很大的打击。

“好了，你——江南君，你还是在里面休息吧。”

玄儿走到年轻人的身边，轻轻地拍拍他的背。

“出了点儿事故而已。昨天你还真是走运。”

5

东馆与南馆间的走廊同刚才北馆与东馆间隧道般的走廊不同，构造十分简单。地面铺有黑瓦，上面则是木质房顶。也就是说这里并没有墙壁，但只要横向吹的风不是很大，也足以让人躲雨了。

我们穿过这条走廊，从南馆的正门走进屋内。

虽然我初涉南馆，但还是能看出它的外观虽然是带有传统鱼鳞板的西式风格，但内部的陈设、装饰却夹杂了很多日式风格的东西。

一条铺着黑色平瓦的走廊从入口的小厅笔直地延伸到房屋里面，这似乎是模仿东馆的风格修建而成。在前方右首，面朝庭院的黑色百叶窗全部紧闭。借助自窗缝中透进来的微弱光线，能看到走廊尽头那高出一截的木板地与拉门。门内大概是日式房间吧。

受了重伤的蛭山丈男被抬进走廊左边最靠前的房间内。敞开的黑色房门一旁有个柱子，上面挂着一块空白的古老木牌。

那是什么？

一瞬间，疑问冒了出来。

那可能是表明房主的名牌。既然是空白的，就说明这间屋子现在没有人使用，即空房——刚才征顺不就是这么说的吗？

这样的房间有两间。

最外面的是个八张榻榻米大小的西式房间。正里面有扇通向隔壁房间的门。那扇门现在也敞开着。我们刚走进房间，鹤子便从那扇门里探出了头。

“到这边来！”

她招招手。

抬着担架的征顺与宍户依言走进里面那扇门。野口医生、玄儿和我鱼贯而入。

这也是间西式房间，和外间的大小差不多。房间内并排放有两张单人床——原来这是间卧室。一张床上铺有防止落灰的白布。另一张床上的白布则被拿开，铺上了新的床单，大概是鹤子她们预先准备好的吧。

玄儿帮征顺与宍户将蛭山从担架移至铺好新床单的床上。而后，就在取掉盖在蛭山身上的毛毯的瞬间，就连站在最外边的我也能一眼看出，这个穿着和昨天相同的深灰色衣服的驼背看门人受伤严重，惨不忍睹。那带着让人害怕的质感、黑红发亮的血迹给人以很强的视觉冲击。手臂折弯、不自然地扭曲着，皮肤也破了，甚至能看见外露的骨头。

我不禁转过头，好不容易才忍住没吐出来。

不久——

拿着盛满开水的脸盆和几条毛巾的忍小跑进来。野口医生将包放在脚边打开后，从包内取出他的医疗器械。

“这里就交给我和鹤子太太吧……”

医生扭头看向无能为力、只能观望的我们说道。

“对了，玄儿君，你留一会儿帮个忙。”

“好的。”

“另外，忍太太，能不能麻烦你打扫一下房间？灰尘不利于伤者治疗。”

“是。”

“其他人请暂时先离开……”

“中也君，你能在隔壁房间等我一下吗？”

玄儿说道。我无言地点点头。现在即使独自回到餐厅，应该也没有胃口。而且，我也担心伤者的情况。

我们按照要求，留下野口医生、鹤子与玄儿，退到外面的西式房间——不知道将其唤作会客室是否合适。很快，忍跑向走廊，去拿打扫地板用的抹布。

此时已过下午四点，自昨天登岛正好过去整整一日。

昨天傍晚，我在湖岸栈桥旁初次见到那个面容可憎的驼背看门人蛭山丈男。如今，他躺在隔壁房间内，在生死线上挣扎。尽管我才目睹他遍体鳞伤的样子，但仍无法相信那就是事实。我几乎没有和他交谈过，都会产生这样的感受，可想而知那些常年住在宅子里，与他每日见面的人更是如此了。

“我在这里等。”

浦登征顺脱下身上的雨披，坐在面前的扶手椅上。这把椅子也好，其他的摆设也罢，都与隔壁的床一样盖着白布。黑色的木板地上堆积了厚厚的灰尘。由此可见，显然这是间长期无人使用的“空房”。

“尽管如此，还真是——”

征顺摘下被雨水弄湿的无边眼镜，自言自语起来。

“弄不懂发生了什么事。那个小船，他不是驾轻就熟的嘛。怎么会发生事故了呢？”

“听说是迎头撞击。”

我说道。征顺从外套口袋中抽出手帕、擦擦镜片，接着说了下去：

“现场非常惨烈。小船变得七零八落，油从发动机渗漏出来，到处都是汽油味。小船迎头直击过去，因此驾驶小船的他被惯性甩到前面，撞到岸边的石头上，撞到了头部。即便当场死亡也不足为奇。就是这样……”

“我告辞了。”

宍户要作的话正好打断了征顺。他的声音硬邦邦的，可以用“金属感”来形容。脱下的雨披被他胡乱折好后放置于脚旁。

“我还有工作要做。如果有什么需要，敬请吩咐。”

他是名中年男子。四方脸，稍稍凹陷的三角眼，个子并不很高，但肩膀很宽，且体格健壮。头发剪得很短，浅黑肤色让人觉得很精干。可是他的表情麻木，像是被黏着剂固定住一般。说不定美鸟和美鱼会给他起个诸如“土鳖”之类的外号。

目送厨师离开房间后，我问征顺道：

“他和蛭山先生的关系不太好吗？”

可以称之为同事的人正身负重伤，在隔壁接受治疗，而他却借口工作而离开。这不禁让我觉得有点奇怪。

“蛭山可是个相当沉默的男人，似乎和宅子里的人都不太熟。”

征顺回答道。

“所以，他不是和宍户关系不好。宍户是个感情不外露的男人，他也不是现在才这样。”

“蛭山先生有亲人吗？”

“没听他提过。我猜他恐怕是孑然一身吧。”

“宍户先生呢？他也是一个人在这里吧？”

“没错，他也是独身一人。我不知道他年轻时的情况，但至少来这里以后……”

“这样啊。”

不仅是蛭山和宍户，连小田切鹤子和羽取忍也都由于个人原因在这里工作的。否则，即便有高额的报酬，也不会有人愿意长年在这种深山老林的宅子里工作——

此时，从隔壁房间里传来无法言传的呻吟声——天哪，那是蛭山的呻吟声吗？他恢复意识了，还是没有恢复意识呢？无论如何，那都是疼痛难忍才发出的呻吟声。

刚才见过的血、肉以及骨头的影像不由分说地涌现在脑海中。伴随耳畔传来的呻吟声，这些黏糊糊的物体嫌恶地蠕动、交织，而后又渗出新的黏稠血液……我突然恶心起来，赶忙捂住嘴巴。

“你怎么了？”

征顺担心地看着我。

“不舒服吗？”

“没有。”

我用手压住嘴角，慢慢地摇摇头。

“没关系。胃里有点儿……”

“要不躺下来休息休息？”

“没事的。还是给我一杯水吧。”

“从这个房间出去，向左一直走到尽头后拐弯。那里有洗手间。”

“谢谢！那我……”

征顺要陪我一起去，却被我谢绝了。独自走出房间后，我和拿着拖把赶来的忍正好打了个照面。

6

按照浦登征顺所说，我沿着微暗的铺瓦走廊一直向里走去。每走一步，胃里就翻滚得更加厉害。我一手捂住嘴，另一手按着胃，双脚稍稍不听使唤似的紧赶慢赶着。

走廊在尽头的日式房间前向左拐去。沿着走廊左拐后再往里面走一段，便能着见灰白的洗脸池。

双手捧着自水龙头中喷出的水，将它送到口内。本来我觉得还是吐一吐比较好，但是送进两口凉水后，胃里渐渐地平复下来。

——哎呀呀，真是拿他没办法。

这时，从前的那个声音再度唐突出现。

——他明明是个男孩子呀。

如今，我再也见不到这个人了。其面容一点点在我心头扩散开，温柔美丽，冰冷恐怖，忽近忽远……

……唉，竟然在这个时候又……

我用凉水擦把脸，对着洗脸池、躬着身体摇了摇头。而后，我将双手撑在洗脸池的边缘，沮丧地看着水流卷起的小小旋涡流进排水口。

“你……不要紧吧？”

突然，背后传来一声陌生的问候。我大吃一惊，抬起了头。

这个声音很陌生。又尖又细，还有些沙哑。

哒、哒……胶底鞋发出的脚步声渐渐近了。紧接着，那个声音再度问了同一个问题。

“你……不要紧吧？”

我猛地回过头去。在蕴含湿气的昏暗走廊中，前方几米处的一个小小人影出现在我的眼帘里。

……小孩子。

我突然想起来了。

一眼望去就知道那是个孩童。从轮廓上看去，那人并不像蛭山那样驼背，也不像老人那样弯着腰。

那是个身量不足的孩童。年龄亦不足……他是羽取慎太吗？不对，刚才那声音和昨晚在十角塔下与慎太相遇时听到的声音截然不同。如此一来，在这个宅子里就只剩下一个孩子了。

昏暗中，我看不清对方的容貌与服装。但是，那孩子头上似乎戴着个贝雷帽。

“你是谁？”

说着，我向对方迈进一步。那人影顿时往后退了一步。

“刚才确实不太舒服。不过现在已经没事了。谢谢你的关心。”

我尽可能柔和地说话，以免惊吓到对方。

“难不成你是阿清吗？浦登清吧？不是吗？”

“是的。就是我。”

那声音和刚才一样有点沙哑，不像是个孩子发出来的。但是，他回答得很清楚。

“请问……你是玄儿的朋友，中也先生吧？”

“是呀。你好。”

我轻轻点点头，柔和地问道。

“昨天到我房间偷看的人，就是你吧？美鸟小姐和美鱼小姐可是这么说的哟。”

顿时，那孩子——浦登清有点不好意思地“嗯”了一声，接着道歉起来：

“对不起。我只是想看看是什么样的客人。”

“不用道歉啦。不过，当时我可被小小吓了一下呢。”

“对不起，我……”

我从裤袋里拿出手帕，边擦干脸上的水，边慢慢靠近阿清。他本打算再向后退，但想通了什么似的站住了。

“你……你好。我是浦登清。”

他用郑重其事，却依旧不像小孩子的哑嗓打着招呼。

“中也先生，那个……”

“怎么了？”

“你要是看到我的脸，可不要吓一跳呀。”

“为什么会吓一跳呢？”

阿清从刚才起就一直低着头。他头上戴着的似乎就是贝雷帽。他不像慎太那样穿着短裤，而是穿着长裤与长袖衬衣。

“因为，我生病了。”

听他这么一说，我一下站住了。

——你见到他就知道了。

在十角塔的最上层，玄儿曾叹息着这样说。

——真是个可怜的孩子。可惜，我们却无能为力。

——阿清是只皱巴巴的猴子哦。

美鸟和美鱼似乎这样说过。

——中也先生，你见到他就会明白了。

这个少年究竟患上了什么病呢？

据说，玄儿的姨妈麻那也曾患上这样的病而早夭了。难道就这样走过去看看他的脸，就会知道那是什么病吗？

“我已经听说过你得了病呀。”

我缓缓向他走去。

“不要紧的，我不会吓一跳的。”

他的病真的会让人看一下脸就会吓一跳吗？难道他如美鸟及美鱼那样，是先天畸形吗？还是患有很严重的皮肤病呢？

我站到少年身边。他的个子只到我的胸口。即便是个孩子，个子也并不高。也许是心理作用吧，眼前的他传来的呼吸声似乎很微弱。

阿清胆战心惊地抬起头。出现在我眼前的那张脸是……

——猴子。

虽然我已经做了一半的心理准备，还是不由得大吃一惊。但我不愿意被他看出我的惊吓，猛地将手中的手帕按在额头上，闭上眼睛，重新睁开。

——阿清是只皱巴巴的猴子哦。

我胆怯地看着这张**苍老**的脸。无论如何也想象不出这是一张只有八九岁的男孩子的脸。“皱巴巴的猴子”——这个比喻真贴切。这张脸没有光泽、没有弹性，满是褶皱。脸颊瘦削，双目身陷。这样看来，那顶头上的灰色贝雷帽下，也藏匿着如老年人般的地中海秃顶。

“我得的是早期衰老症。”

从这个相貌苍老的少年嘴中，发出细细的沙哑声。

“虽然我还是孩子，但不幸的是身体已经像老头子了。”

“早期衰老症……你得了这种病吗？”

“柳士郎姨父说这个宅子里偶尔会生下像我这样的孩子。还说这是没有办法的事儿。”

“阿清，你几岁了？”

“——九岁。”

“你从什么时候开始得上这个病的呢？”

“这个嘛……”

阿清歪着脖子，显得很为难。

“等我自己弄清楚病症的时候，头上已经变成这样了……”

他稍稍掀起贝雷帽给我看。果然，他的头发看似全部脱落了。

“我听玄儿哥哥说，你是个好人。”

阿清再度开口。

“美鸟和美鱼也说，她们今天见了你，和你聊了聊，觉得你是个好人。画儿也画得好。所以，我……”

阿清那满是褶皱的脸上露出不自然的微笑，他偷偷观察着我的表情，然后像是下定决心般说道：

“我能和你成为朋友吗？”

“乐意之至。”

我回答道。

我觉得自己并非回答得言不由衷。虽然九岁只是小学三四年级的孩子，但通过简单的交谈，我发现他很聪明，而且并不是装得少年老成。基本上我并不讨厌这样的孩子。

我伸出手，想和他握握手。阿清稍做犹豫后，也伸出手来。他那冰冷的小手瘦骨嶙峋，犹如稻草纸一样干巴巴的。

这个孩子还能活多少年呢?

玄儿的姨妈麻那在五岁的时候,因为同样的病早夭。阿清才九岁，但看起来与年过六旬的老人没有什么区别。到底还有多少时间留给他……

"中也先生，谢谢你。"

"皱巴巴的猴子"露出惹人疼爱的笑容，从我身边走开了。他转身向右准备离去，又猛地站住，扭头看着我。

"那个抬到客厅的男人已经没事了吗？昨天他从塔上掉下来了吧？"

"是的。看样子他的伤已经没什么大碍了。但是因为强烈的刺激，无法开口说话。而且他连自己是谁似乎都不知道。目前，他只能想起自己叫江南。"

"哦？江南先生……是吗？"

"对了，阿清，你听说蛭山因为事故受了重伤的事儿吗？"

"嗯，听说了。"

"在那边的房间里，野口医生他们正在抢救。你爸爸也在那儿。"

"是的——不过……"

阿清的声音变得有些发涩。

"我不太喜欢蛭山先生那个人……"

就因为不喜欢而不管他的死活吗？他是这个意思吗?

我吃了一惊，看着他再次转过身，沿着昏暗的走廊离去。我突然感到背上爬上一丝寒意。并非因为那个少年方才的话语，而是对这个他生长的“地方”、这个建筑——整个暗黑馆隐隐地产生出这样的感觉。

7

从南馆入口处的大厅延伸下去的走廊两边，除了刚才蛭山被抬进去的房间外，还有两扇黑门。其中一扇门——位于三个房间的正中——的门旁，挂着和隔壁房间一样的木牌，上面用毛笔字漂亮地写着“羽取”二字。看来这是羽取忍和慎太母子的房间。

回到原先那个房间门口，我的脑海里突然冒出一个念头来。于是，我摘下那块空白的木牌，看了看木牌背面。

木牌背面写有两个字——“诸居”。

依旧是毛笔字，但笔迹与隔壁的“羽取”不同。而且就木牌本身与墨色来看，也比隔壁房间的木牌年代长。

诸居。

这是原来住在这个房间里的那个人的名字吗?

玄儿曾经告诉我，“以某个时期为界线，用人的数量也减少了”。那么，“诸居”说不定就是其中一人或一族的姓氏。他或她——或者他们“以某个时期为界线”离开宅子。自那之后，这里就再也没有人住过。是这样吗?

“好点儿了吗？”

看见我回到房间，征顺从椅子上站起来，平静地询问道。

“哎，是的。已经……”

说着，我环视一下室内。

房间里只有征顺一人。刚才遇到的少年阿清自不必说，拿着拖把和我打过照面的忍也不在。她还在里面的寝室吗？按理说随便打扫一下地面也花不了多少时间。

“忍太太去西馆了。”

征顺似乎看透了我的心思。

“她向我姐夫——也就是柳士郎汇报情况去了。是鹤子太太吩咐的。”

“这样啊。”

“蛭山的情况看起来不太妙。”

征顺看着那扇通向里屋的房门说道。就在此时，传来回应般的低沉雷声。

“刚才我在那边走廊上遇到了阿清。”

听我这么一说，征顺“哦”了一声，眯起了双眼。

“他看见我不舒服的样子，担心地问候了我。”

征顺再次“哦”了一声，眯起的双目更加细长。

“对那孩子而言，这需要相当大的勇气。”

“他还告诉我他患病的事儿，还给我看了他的脸。”

“吓了一跳吧？”

“是的。”

我老实地点点头。

“我不知道该安慰他些什么。”

“不仅仅是面部，手脚、全身都是那样。”

“是早期衰老症吗？”

“没错。早衰症、早期衰老症……一种原因不明的怪病。”

征顺坐回椅子上，向前弯着身体，将双臂撑在膝盖上，低头看着黑色的地面，仿佛大梦初醒般地说起来：

“头发脱落，皮肤变薄，皮下脂肪萎缩，骨质疏松，动脉硬化加快……总之，年轻时身体机能便以异常速度老化下去。那孩子还算不错了，许多人很早就因此丧命。”

我本打算问问这种病的“治疗方法”，但转念一想还是作罢了。征顺已经说了那是“一种原因不明的怪病”，看来想要根治是很困难的。只能根据病症，采取可能的救治措施。

我没有提出这个问题，而是将自己遇到阿清时的感受如实地说了出来：

“他很聪明呢。”

“是的。非常聪明。”

征顺看也没看我，点了点头。

“他非常清楚自己得的是什么病，也明白自己今后会怎样。怎么说呢？他很宿命地接受了这个事实，从来不责怪我们。”

“责怪？”

“就是责怪我和我老婆——他的妈妈望和，为什么会生下他这样一个孩子。”

“你有这种自责的念头吗？对不起，可能我说得不恰当。”

“自责？”征顺稍作沉默,片刻后低声说道，“并不是没有自责过。但在这个宅子里也是没有办法呀。因为那个——那个病是浦登一族人所要背负的风险之一。”

唉，又是“没有办法”吗？玄儿以及阿清自己都这样说过。但那所谓的“风险”究竟是什么呢？“浦登一族人所要背负的风险”——这句话究竟是什么意思？

“那孩子——阿清虽然可怜，但我觉得我老婆更可怜。”

“你是说望和太太吗？”

“今天才和你认识就这么说，有点不好意思。自从那孩子的病情明了之后，望和她的心就碎了。所以……”

“心……碎了？”

“虽然和她的姐姐美惟——就是美鸟和美鱼的妈妈表现出的症状有所不同，但是她的确陷入了一种疯狂的状态。”

我觉得他的说法很微妙。

“心碎了”“陷入疯狂状态”……她到底是怎样一种状况？而且，征顺刚才还说“和她姐姐美惟的症状有所不同”——那是不是说美鸟与美鱼的妈妈浦登美惟也发了疯呢？

那之后，征顺便噤口不语，继续低头看着地面。我不知道是该继续追问下去，还是就此打住。

此时，寝室的门打开了。野口医生、鹤子与玄儿三人走了出来。

8

“蛭山先生怎么样？”

听到我的问话，野口医生卷起脏兮兮的白大褂袖子，失望地摇摇头。站在他身旁的玄儿神色疲惫，叹了口气。野口医生像被玄儿感染般、也叹了口气。

“该采取的措施都用了。”

“难不成——”

“没，暂时保住了性命。但照这种情况，也就是时间的问题了。手腕、肩膀以及好几根肋骨都断了。内脏器官似乎也受到损伤，最糟糕的是头部啊——头盖骨骨折。不拍 X 片，就无法准确掌握头部的伤势，但据我推测伤势相当严重。”

“那就早点儿送医院。”

我脱口而出。而野口医生则怅然地摇摇头。

“就算现在叫救护车来，也赶不及。”

“那就……就用这里的车子把他送到医院。”

“中也君，行不通啊。”

玄儿说话了。他压抑着感情、冷静地说道：

“你应该明白的。就算我们去送，但是要怎么渡过湖泊呢？”

“对啊……”

“昨晚你也看到了吧，这里两艘船的其中一艘划桨的小船已经漂离了栈桥，另外一艘带引擎的船则撞到岸边，撞散了架。而北门船屋中的备用船嘛，刚才你不是也亲眼看到了吗？船屋早就被烧毁，荡然无存了。而且那个浮桥也变成了那样——重点就是现在我们无法渡过湖泊。

“当然，也不是绝对没有办法。我们可以迅速搭一个筏子，把他放在上面，送到湖对岸，或者让谁下湖。”

“游到……湖里？”

“对。在这个大雨天游到湖里，把那个漂流的小船拖回来。”

“这个……”

“问题在于谁愿意下湖。就算有人去，也要花费一定的时间。搭筏子也一样。况且台风就要来了，把伤员放在车上，长时间在山路中颠簸，能来得及吗？”

我无言以对，无意识地无力摇头。

“那么——”

一直沉默地看着我们说话的征顺问向野口医生。

“能不能让野口医生在这里进行应急手术呢？尽力而为嘛。这个宅子里也有一些药品和医疗器具。”

“恐怕不行。”

野口医生紧紧皱着花白的粗眉毛说道。

“我一个人无论如何也应付不来。而且要做这样的手术，设备也不充分——鹤子太太，你觉得呢？”

“我没资格说……”

那个护士出身的鹤子板着脸，垂下眼帘。

“但他的伤势非常严重。就算这里是设施完备的医院，能否救活也是未知数。”

“是呀。”

突然，从房屋一角传来清脆的铃声，与沉闷的气氛格格不入。

鹤子首先反应过来，向入口门边小跑过去。此时，我这才发现门边墙壁上在成人脖颈的高度处有个奇怪的凸起。那玩意儿看起来像是金属制品，涂成茶色，犹如喇叭开口、即牵牛花的形状。

“您好。”

鹤子将嘴凑到“牵牛花”处，自报家门。

“我是小田切。”

说完，她把脸偏过来，将耳朵凑到“牵牛花”旁。

“那是传声筒。”

玄儿凑到我身边，低声说道。

“直通到西馆我父亲的房间。喏，可以看到挂在天花板附近的铃铛吧。那是他专用的。”

“明白。”

鹤子对“牵牛花”——那个传声筒的通话口回应道。

“那个……啊……好的。我明白了。”

鹤子听完吩咐后，立刻对我们说道：

“柳士郎老爷说要过来。羽取已经向他汇报过事故情况了。”

听她这么一说，我不禁浑身僵硬。当时，我感觉到和以往不同的紧张气氛。

浦登柳士郎——这个宅子的当家人就要到这里来了。我没有想到自己会在这样一种状况下，与玄儿所说的这位“浦登家族的绝对权威者”见面。

“听说，这个宅子里的传声筒是第一代馆主玄遥提议设置的。”

玄儿开始向我解释。

“也许他出门游玩的时候，在客船上曾看到类似的装置而受到启发。以前，西馆馆主的房间与其他建筑中的好几个房间都通了传声筒。现在，只有这个南馆里的几个房间还有。”

“东馆餐厅里的那个按钮呢？是不是和传声筒有什么关联？”

“那是另一种东西啦。按了餐厅的按钮，这里走廊上的铃铛就响了而已。”

“对了，玄儿君。”

野口医生打断了我们的对话。他看了一眼通向寝室的房门，说道：

“刚才我查看他的伤势时，发现一些疑点，你注意到没有？”

“疑点？”

玄儿惊讶地皱皱眉头。

“从他的胸口到下半身，有许多皮下出血的痕迹，似乎是跌打造成的。那个……”

“有什么可疑的地方吗？”

“虽不敢断言，但据我观察，时间上似乎不吻合。”

野口医生摸摸下巴上的灰胡须。

“怎么说呢？与其他的擦撞伤相比，那些地方的伤痕在时间上似乎不一致……也就是说，从受伤后来算有时间上的差异。”

“你的意思是——他不是在同一时间受伤的？当小船发生事故的时候，蛭山先生的身体已经有皮下出血的伤了吗？”

“就是这个意思。”

野口医生严肃地点点头。

“可能昨晚因为某个原因，他就有了那些撞伤。几根肋骨可能也是那时折断的。”

“有道理。”

我也觉得他言之有理。

“他对那艘小船驾轻就熟，怎么会发生那样的事故呢？”

听野口医生这么一说，刚才征顺提出来的这个疑问也就可以消除了。蛭山在肋骨骨折、身负重伤的情况下，驾驶着那艘小船。也许中途因为疼痛而意识蒙眬或者神志不清，最后操纵失误，撞到湖岸——

如果假设成立，那么昨晚当他从小岛回到对岸小屋后，发生了什么意外事故呢？发生了什么意外的……究竟是什么事故呢？

突然，我想到一种情况。

难不成是那场地震造成的？

那个让江南坠落塔下的第二次地震（……没错，就是那个地震）。否则，那时蛭山应该早就回到对岸小屋中了。因为地震，一些大家具倾倒下来，他不幸地被压在底下……

我看了一眼通向寝室的门，心情黯淡地按住胸口。

9

不久，通向走廊的黑色房门被轻轻地打开，传来羽取忍的声音——

“您请。”

随后，浦登柳士郎走了进来。

黑暗馆的当家人比我想象的更高，体格很好。我记得玄儿曾和我说过他今年应该五十有八。一瞬间，我同时产生两种截然不同的感觉——既觉得以那个年龄而言，他显得很年轻，又觉得他过于老成垂暮。不知是什么地方会有年龄不祥的感觉。

他和玄儿、鹤子一样，一身黑色着装：黑色西装、黑色衬衣、黑色领带，连鞋子都是黑色的。黑亮亮的头发梳成大背头。额头宽阔，脸部轮廓鲜明，颧骨突出，大鹰钩鼻……怎么说呢，给人一种冷峻的威严感。

他全身散发出这种不容分说的威严感。玄儿那句“绝对的权威者”的话也给我留下了深刻的印象，所以此时此刻那种感觉更加强烈。

浦登柳士郎向房间中央迈进一步，而后缓缓环视着房间。我注意到他右手握着一根黑色拐杖。

那拐杖是干什么用的？至少我看不出他腿脚不便。

除了这个疑问外，另一种不协调的感觉突然而至。那究竟是什么呢？表面上他给周围的人造成一种强烈的威严感，但我总觉得与之相反的是……

“那位年轻人——”

冷不防，他对我说道。那声音低沉得犹如自地下冒出来一般，但却吐字清晰。

“是。”

我不禁立正起来。我心里发慌，不敢正面直视他。

“你就是中也君吧？”

“啊，是的。”

“大老远的跑来这里，辛苦你了——今年春天，玄儿给你添了大麻烦。我在这里向你表示诚挚的歉意。”

“不、不用客气。”

“你刚到这里就发生了许多事，真的不好意思。”

“哪、哪有。”

我本想回答得巧妙些，但是却紧张得什么话都想不起来。我一时语塞，低下了头。于是，柳士郎扭头看向野口医生。

此时，我才领悟到为什么会有那种不协调感。

因为他的眼睛。

当我抬起头，直直看向面对医生的柳士郎时，我终于发现柳士郎全身都散发出一种威严感，但他的眼睛却没让人感到与之相称的锐利。

目光迟钝，眼球浑浊。这并非某种比喻，而是他的眼球大部分黑眼珠是浑浊的，所以才……

我立刻想起白内障这种眼疾——水晶体浑浊导致视力低下。虽然听说这是因人而异的，但是只要上了年纪，谁都难以避免。从柳士郎的眼睛状况看，他的白内障相当严重。

我终于明白他右手为何握着拐杖了。他视力低下、行走不便，所以只能借助拐杖。

“怎么样？”

柳士郎向野口医生问道。

“羽取已经向我说了事情经过，那我就单刀直入地问了。蛭山活下来的可能性有多大？”

“您要看看他的状况吗？”

野口医生说罢，看了一眼里屋的门。

“不了，不必看。只要听听村野君的判断，就足够了。”

当家人还是喊这个老朋友的本名“村野”。

“蛭山活下来的希望有多大？”

柳士郎又问了一遍。野口医生缓缓地摇摇头，说道：

“几乎是零。”

“是吗？”

“说实话，或许只能活到早晨。”

“原来如此。”

柳士郎点点头，连眉毛都没动一下。

“既然村野君这么说，应该不会错的。蛭山真可怜，但是也没办法。”

“您可能也听忍太太说了，他因为小船的事故受了伤。”

这时，玄儿开了口：

“现在把他往医院送，已经没有意义了。但最好还是报警吧。”

“没必要。”

柳士郎的回答很冷淡。

“但是昨天还有个年轻人从十角塔上掉落下来。虽然他比较走运，没有大碍，但至今连自己是谁都想不起来。这样听之任之，不太好吧？还是报警吧。”

“没必要！”

柳士郎的话里透出不容分说的威严。

“如果蛭山死了，只要村野君开个死亡诊断就行了。蛭山没有亲人，这样做就行了。”

“那个从塔上掉下来的年轻人呢？要怎么处置？”

“再观察一段时间就好。”

柳士郎那浑浊的眼睛直直地盯着玄儿。

“没必要慌了手脚。就算报警，事情也不会立刻得到解决。而且，玄儿，你应该知道——”当家人淡淡地说道，“今天是‘达莉亚之日’。不要让那个垂死的重伤者和身份不明的不速之客搅扰了安排。不是吗？”

柳士郎又缓缓地环视一圈。没有任何人提出异议。

从敞开的大门外传来哗哗的雨声和呼啸的风声。屋内这种让人窒息的沉闷又持续了几秒钟，我觉得风雨声更加强烈了。

“另外，老爷……”

鹤子打破了沉寂。

“前天首藤老爷出去后，就没再回来过。还有就是蛭山出事后，就再没有可以渡过湖的船了……”

“是吗。”

柳士郎用拐杖咚地敲了一下地面。

“利吉没回来，肯定有他的事情。至于船嘛，的确要考虑一下。但是也应该有很多办法。”

“让宍户造一些可以代替船的东西，行吗？”

“恐怕没那个必要。”

当家人的判断很明确。

“就算因为暴风雨，这个宅子成为孤岛也没必要担心。粮食充裕。等天气恢复，就通知船家，让他们把新船运来。这样，问题就解决了。”

柳士郎再次环顾四周。

“剩下的事情就交给你们了。”

语毕，他正准备转身，又猛地停下来，缓缓地扭头看着我。我不禁浑身僵直。他拄着拐杖，走到我身边。

“可能你已经听说了，今晚是‘达莉亚之夜’。对我们而言非常重要的夜晚即将来临了。”

他以私语般的低音说道。

“今晚，我们将在‘达莉亚之馆’举办宴会。中也君，请你务必参加。这也是玄儿的愿望。”

我被弄得措手不及，偷偷瞄向玄儿。他正目不转睛地看着我。发觉我看向他后，他的唇畔露出谜一样的微笑，并轻轻点头示意。但是——

“可以吗？那个……也就是说……”

我不禁想起昨晚在东馆的大厅里，当把我介绍给野口医生后，他问玄儿的那句奇怪的话。

——明天就是“达莉亚之日”，没问题吗？

我无论如何也忘不掉这句话。

“我是个外人，能参加那个特别的宴会吗？”

“那是玄儿的要求。我同意了。”

柳士郎痛快地回答我后，那轮廓鲜明的惨白脸庞上露出了笑容。浑浊的双眼睁得很大，鼻梁上满是褶皱，嘴巴咧到耳根……但他那异样的笑容几乎没有出声。

这简直就像……

就像是……没错，就像是在今年夏天，我在有乐町的电影院偶然看的那部英国鬼片中的场景……

我紧紧闭上眼睛，想把这唐突冒出来的联想赶出脑海。心跳却快得似乎就要跳出喉咙一般。

“那么，稍后在‘达莉亚之馆’见。”

我听到柳士郎这样说。可当我慌忙睁开眼睛时，只见当家人已经转过身去，准备离开房间。

第十章　探索迷宫

1

留下鹤子与忍轮换照顾蛭山后，其他人从南馆返回东馆。野口医生与征顺直接回了北馆，玄儿和我则先回到餐厅。餐桌之上还剩下许多料理，但我们根本没有胃口。两人坐在长长的餐桌两端，各自沉默着。

“这也是没办法……的事儿吗？”

我拿起吃饭前放在桌子一角的软帽，轻声问道。

“没办……法？”

玄儿忧郁地托着下巴。

“你是说蛭山先生吗？”

他反问道。我点点头，戴上帽子。玄儿舒展一下肩头，眯起双眼。

“不管怎样，他是没救了。只能听天由命——我爸爸的决定是正确的。”

“也没必要报警吗？”

“这……”

玄儿似乎犹豫着该如何回答，很快又眯起了眼睛。

“我爸已经说没必要了。没人会违背他的意愿，这也没办法。”

哎，还是“没办法”吗？

其实，柳士郎的话还是很有说服力的。就算现在报警，在这个深山老林里，天气如此恶劣，连摆渡的船只都没有。的确如他所说，事情不会立刻得到解决。但是——

即便如此，发生紧急情况时，通常的处理方法不都是立即报警，向警察说明事情经过吗？就算今天是“达莉亚之日”……

“令尊柳士郎先生患有眼病，是吗？”

我有意识地换了话题。无论我怎样向玄儿提出异议，也只是白费力气罢了。

“是白内障吗？”

“嗯，是的。”

玄儿叼上一支烟，用他心爱的煤油打火机点上火。

“这一年病情突然加剧，水晶体浑浊得很厉害，视力也跟着大幅下降。这两三个月，连走路都要拄着拐杖了。野口医生劝他早点儿做手术，但爸爸怎么也不答应。”

“还没有完全失明吧？”

“白内障造成的视力低下和近视不同，视网膜上的影像是白的，就像透过毛玻璃看外面的景色一样。最根本的治疗就是通过外科手术去除掉浑浊的水晶体。如果放置不管，就会病变成青光眼，那可就麻烦了。”

“原来如此。”

“有些白内障和视网膜症是因为糖尿病引起的，但我爸爸没有糖尿病，也没有可能成为诱发因素的其他病史。纯粹是老年性白内障，从这点来说还是比较幸运的。但是对于我们而言，急剧的身体老化还是一个不祥的征兆。因此，最近我爸不太开心，情绪波动大，动辄就会抑郁。这也是没办法的事儿。”

“不祥的征兆……”

我不由自主地喃喃自语道。

“急剧的身体老化”是“不祥的征兆”——这是理所当然的。要论好坏，那肯定不是好事。不仅对于柳士郎而言，所有人都一样。

“我觉得他变得胆小了。”

玄儿故意显得很平静，继续说下去。

“不难察觉到现在父亲的心境混乱、沮丧，以及畏惧……不管别人如何相劝，他都不愿做手术。这种心情也能理解。他才五十八岁。这个年纪就这种精神状态的话……”

我不知该如何应答才好。

玄儿轻声叹气，显得很痛苦地抽着那烧了半截的不带滤嘴的香烟。我略喝了些杯中剩下的橙汁后，也叼起一支烟。这是我身上的最后一支烟。

“那么，现在做什么呢？”

不久，玄儿问道。

“离宴会还有些时间——你很累了吧？”

我摇了摇头，右手手指夹着还没点上火的香烟。

“累倒是不累。只是……”

“我们到北馆的会客厅去吧，怎么样？如果你愿意，我带你逛逛那幢建筑。”

“哎，好的！”

“会客厅里也有电视。对了，还有刚才我对你提到过的那幅画——画家藤沼的《征兆》。”

玄儿从椅子上站起来。我当着他的面，把空烟盒揉成一团。

“烟没了。包里还有几盒，我去房间拿一盒。”

“那我先过去了。”

说着，玄儿从桌边走开。

“会客厅在刚才那条长走廊的旁边。从这里过去的左首方向，面向庭院的中间那个房间，很容易找的。”

玄儿向那扇通往餐厅西侧走廊的双开大门走去。

“我说，玄儿君。”

我喊住了他。今天从他口中听说了不少事情，其中一件事让我百思不得其解，所以决定索性问问他。

“你在十角塔的顶层对我说的那句话是真的吗？”

“什么话？”

一瞬间，玄儿肩膀一颤。他叹口气，转身看向我说道。

“哦，那件事啊。”

我的脑海中浮现出几小时前，和玄儿二人登上塔顶时，顶层上那昏暗的房间。我边想边继续追问道：

“你说被关在那里的人是你自己，对吗？”

“没错，我是这么说的。”

“为什么？”

我站起来，双手撑在桌子上问道。

“为什么会那样……究竟是谁把你关在那里？”

“中也君，你也知道我想不起孩提时代某段时间的事情了。我也是从别人嘴里才知道自己曾被关在那里——”

玄儿淡淡地说着，双手插进了裤兜。他轻轻靠在门上，看着自己的脚下。一时间，他一语不发。我静静地抬起头看着他，催促他继续说下去。

“我出生后不久，就被关在那个塔顶的房间里，就是那个木格子栅栏里面……我在那里待了好几年。当时，宅子里的用人诸居静做了我的奶妈。当然，我也根本想不起这个人，也完全不记得当时自己的心情。正因为如此，现在我才能像叙述别人的事情一样，说起这件事。”

……诸居……静？

我立刻想到了蛭山被抬至南馆的那个房间，想到了那挂在门边上的木牌。写在木牌背面的不正是“诸居”二字吗？

“中也君，你刚才问是谁把我关在那里的吗？没错，距今二十七年前，的确有人下令把我关在那里。”

玄儿看着空中，说道。

“就是浦登柳士郎。”

“令尊吗？他怎么会？”

我不禁想听他说下去。玄儿直起身体，依旧淡淡地说道：

“我爸爸非常爱我妈妈，就是他的前妻康娜——肯定是这个原因吧。”

2

下午六点多，我和玄儿分开，返回东馆二楼的客房里拿香烟。

刚才，玄儿问我是不是累了的时候，虽然我回答他说不要紧，但实际上已经相当疲倦了。这并非是肉体上的疲劳，而是因为自昨日起发生的一系列事情导致自己精神上的疲惫不堪。

我从包里重新拿出一盒烟，拆开封口，在房间里悠然地抽完一支后，将头上的帽子扔在床上，离开了房间。

屋外已染暮色。敲打在建筑物上的雨声依然很响。风势似乎比刚才要小一点，但时不时传来的雷声却让人心惊肉跳。

当我走到走廊上，对面的房门被打开了。首藤伊佐夫从里面踉踉跄跄地晃悠出来。他头发蓬乱，胡子邋遢，银边眼镜的镜片脏兮兮的……和今天早晨一样，他穿着淡黄色的长袖衬衣，但那衬衣却皱巴巴的。看得出来，他似乎是和衣而睡的。

"您醒了？"

我向这位正打着哈欠，自诩为艺术家的家伙说道。他一只手撑在墙上，以便保持身体平衡。

"嗯？"

他看向我说道。

"啊，哎呀，我记得你是……中也君吧？"

虽然没有早晨那么严重，但他的口齿依旧不利落。

"你还记得我呀？"

我好不容易才没苦笑出来。

"你酒醒了没有？"

"哎呀，我觉得睡得不够香。"

说着，伊佐夫再度打了一个大大的哈欠。一股酒气顿时向我袭来。

"刚才楼下好像乱哄哄的。把我吵醒了——出什么事了吗？"

"是的。这样的……"

我大致说了一下事故的情况及前后经过，还告诉他蛭山严重受伤，已经朝不保夕了。

“哦，那位蛭山老兄出事了呀。”

伊佐夫用手指揉着泛着油光的圆鼻头，眯起充血的眼睛。稍过片刻，我又补充了一句：

“对了，听说令尊也还没回来。”

伊佐夫稍显吃惊地反问着“还没回来吗”，但很快满不在乎地耸耸肩。

“到底怎么搞的嘛？哎，反正我可什么都不知道。茅子妈妈恐怕要着急了吧。”

“是吗？”

“对了，中也先生，现在几点了？”

“六点二十分。”

我看看手表，回答道。伊佐夫皱着眉头抓着头发，真不知道他是感觉这个时间是早了还是晚了。

“我再睡一会儿好了。”他开口说道，“你能不能帮我跟忍太太说一声，如果晚饭做好了，就把我叫起来呀？”

“好的，当然没问题……但是今晚在‘达莉亚之馆’要举办宴会。伊佐夫先生，你不参加吗？”

“宴会吗？哦，那玩意儿啊？”

伊佐夫的眉头锁得更紧。

“那不关我的事儿，也不关你这个外人哪儿疼吧。但是对我家老爷子和那个女人而言，就另当别论了。”

与外人无关。看来基本观点都是一样的。

我却被邀请参加这个像我这样的外人原本不能参加的特殊宴会。玄儿非常希望我参加，柳士郎也同意了。可是，这值得开心吗？

“对了，中也先生，你酒量如何？”

伊佐夫问道。

“酒量……吗？嗯，能喝一点儿。”

“是吗？那今天晚上一起喝喝酒吧？”

“这个嘛……”

“你信奉基督教，又是古典迷，对吧。我可要好好和你探讨一下艺术问题。中也君，好不好？”

“这、这个嘛……”

虽然我小时候去过教堂，但并非因此就信仰基督教。而且喜欢古典的是我弟弟，而不是我。但我并不想纠正这个醉鬼的紊乱记忆，只能含糊其辞。至于今晚我被邀请参加宴会的事情，最好现在也不要对他讲。

“好了，再见。”

伊佐夫说完早晨我们分开时就说过的那句话后，又跌跌撞撞地回了房间。等他再次清醒过来的时候，他脑中又将如何重新组合刚才的对话呢。对于从来没有因喝醉而分不清东南西北的我而言，这是个很有趣的问题。

3

我一时兴起，决定不从原路返回，而是通过暗道去一楼。并非想要刻意这么做，只是等伊佐夫进屋后，我自发自动地向通往一楼大厅的楼梯的反方向走去。

我按动了烛台背面的控制杆，打开了那扇暗门，悄然走进墙壁后面的小房间。传入耳中的雨声顿时比方才响了许多。我静悄悄地走在昏暗的楼梯上，心中产生了一种和早晨发现这个暗道时截然不同的悸动。

这是个无人知晓——事实上，这个宅子里的人无人不晓——的秘密空间。独自待在这样的地方，会让人产生一种又怕又喜的感觉。不仅仅我一人如此吧？

这种感觉就像是孩提时代，偷偷摸摸溜进后院仓库时的感觉；就像是和小朋友们玩捉迷藏，钻到老校舍地下室的感觉；就像是……

——怎么回事儿啊，浑身脏兮兮的？

当我还是小学生的时候，在我家附近有个很大的空屋。听说曾经有对德国老夫妇住在那里——为什么德国人要住在那么偏僻的乡下呢？这本身就是个谜——那是一幢两层的小洋房。

灰白色墙壁。咖啡色木质结构。涂成深蓝色的人字形屋顶坡度很陡。神秘的屋顶天窗。院子周围的高大红砖墙。总是紧闭的青铜大门。每次放学回家路过那里时，幼小的我总觉得那就是神秘的异国城堡。

——你们疯玩什么呢？

——你是哥哥，竟然还……

遵从今晨的记忆，我找到门把手，从暗道里的神秘小屋走到外面那个宽敞的舞厅。

太阳已经下山，百叶窗的缝隙里没有透过一丝光线，整个房间几乎一片漆黑。从走廊一侧的房门下面，透进微弱的光线。借助这点光线，我在黑暗中摸索着。

“……在……好……”

在持续不断的雨声中，我听到莫名其妙的声音。

“……怎么……的……”

声音自这个宽阔房间，自黑暗中的某个地方传过来——

断断续续，小心翼翼。根本就听不出在说什么，也听不出是谁在说话。

我猛地刹住脚步，环视着黑暗。

对了。今晨也是在这个屋子里，美鸟与美鱼姐妹离开后，我也曾听到过类似的声音。这声音——

究竟从哪里传来的呢？

恐怕不会有人潜伏在这个舞厅中。事实上，我根本没感觉到这里有人。莫非还是和今晨想到的那样，这声音是从别的地方传过来的，抑或是我的幻觉？

我闭上眼睛，用力摇摇头。

一瞬间，方才在南馆看到过的蛭山的惨状浮现在脑海中。我赶忙再次用力摇摇头。那声音已经消失了。

我离开舞厅，去洗手间用冷水洗了一把脸，然后走向北馆。穿过隧道一般的石质通道，走过设有电话室的那个厅，然后准备向那条沿着北馆东侧延伸的短廊走去。就在那时——

一如方才在漆黑的舞厅中似的，我突然刹住脚步。

自北馆附近的房间内传来了钢琴声。

那旋律阴郁、倦怠，却让人感受到一种奇妙的透明感。几个头披深褐色布的侏儒乱哄哄地出现在这个昏暗建筑的昏暗走廊上，胡乱排好队走了起来……不知为何我的脑海中出现了这种景象。莫说古典音乐，就算流行音乐，我也是知之甚少。但我竟然莫名觉得这首曲子似乎在什么地方听到过……

……有人正在弹琴吗？

还是并没有人在弹奏，只是放着唱片呢？

我在短廊上边走边侧耳聆听着钢琴的曲调。前方不远处就是与东西横贯这幢建筑的主走廊交汇之地。这时我才发现，在交汇处的墙边有一个等身青铜像。那铜像是好几条蛇缠绕在一个半裸的男子身上的造型。我记得与此类似的等身青铜像在主走廊与西翼短廊交汇之处也有一个。

钢琴声依旧持续着。

那旋律轻柔不连贯，让人觉得倦怠、阴郁。此时，我确信这声音不是从录音机里传出来的，肯定是有人在某个房间里弹奏。

青铜像斜对面有扇黑色的双开门，门缝微露——难道钢琴声是从那个房间里传出来的吗？

我下意识地悄然走向那扇门。钢琴声越来越清晰。我将脸凑到透出微弱光线的门缝处，如此一来——

也许对方感觉出我的存在，那钢琴声戛然而止。我赶忙离开门边。

"阿清。"

背后突然传来呼唤的声音。我更加手足无措。回头看去，发觉隔着走廊，在我偷窥的这间屋子的斜对面，也有扇双开门。那扇门敞开着，可以看到门内站着一个人。

"阿清……阿清，你在哪里？"

那个人走出房间，向我缓缓走过来。

那是一个穿着黑色长裙、橘色罩衫，身形纤细的女性。她留着短短的大波浪烫发，看上去将近四十岁，面庞清秀小巧。也许是心理作用，我觉得她整体上给人的感觉似乎不太协调。

"喂……阿清呢？"

尽管我们是初次见面，可她根本不问我是何人，张口便问起来。对了，难道说这个女人就是阿清的母亲浦登望和吗？

——姨妈是蜻蜓，红色的蜻蜓。

美鸟与美鱼姐妹这样形容她。

——不过她的翅膀破掉了，不能在天空中翱翔了。

——她的心碎了。所以……

这是刚才她丈夫征顺所说的话。

——她陷入一种疯狂的状态。

“喂……你到底看见阿清没有？”

她再度问道。

“这个嘛……呃……就在刚才，我在南馆见到他了。”我语无伦次地回答起来。

顿时，浦登望和那长长睫毛下的大眼睛猛然圆睁，她那涂着与罩衫同色的口红的嘴唇微微颤抖起来。

“那孩子没事吧？他身体可不结实。我担心得不得了……可这都是我的错。如果我好好的，那孩子的身体也不会……”

说着说着，她的大眼睛里含满了泪水，让人感觉她马上就要放声大哭了。

“……要是我能代他受罪就好了。唉，我的阿清啊。我好担心这个孩子啊，我真的好担心好担心呀……”

我只能默默地点着头。她用手绢擦去终于夺眶而出的泪水，继续反复念叨着“好担心呀好担心”。不久，她突然噤声，仿佛突然想起什么似的东张西望起来。

“阿清呢？”

她以绝望的声音再度问起来。

——她的心碎了，所以……

我看着她，回想起征顺的话。她稍稍扭着脖子，视线胆怯得在空中游移。

“阿清……呢？”

此时——

“阿清嘛，他刚才在二楼哟。”

“他到我们的房间里，和我们聊了会儿天。”

同时传来两个一模一样的声音。

我吃惊地转过身。只见刚才传出钢琴声的房门大开着，美鸟与美鱼那对双胞胎姐妹站在那里。

“姨妈，放心吧。”

“阿清看上去蛮好的。”

“姨妈，别担心哦。”

“阿清可是个好孩子。”

“啊……阿清。”

浦登望和无力地说道。而后，她慢慢地转过身，踉跄着走向短廊深处。

“望和姨妈总是那个样子。”

双胞胎中的其中一个说道。

“她总是在宅子里游来荡去地寻找阿清。”

我转向她们。这对美丽的连体双胞胎穿着和早晨一样的带碎白花纹的杏色和服。当我们视线交汇时，她们向我微微一笑。

“你好，中也先生。”

“你好，中也先生。”

两个同样的声音打着同样的招呼。

“你们好。今天早晨打扰了。”

我边回应，边在心中确认：从我的方向看去，右边的是美鸟，左边的是美鱼……对，应该没错。

“望和姨妈她啊，非常担心阿清呢。”

美鱼说完，美鸟接过话头继续说起来：

“她很担心，总是哭个不停。所以她的眼睛通红通红的。就像一只红眼睛的蜻蜓，在宅子里游来荡去。”

原来如此。所以才……

——姨妈是蜻蜓，红色的蜻蜓。

“刚才是你们在那个房间里弹奏钢琴吧？”

我问道。她们显得有些害羞，不约而同地笑着点点头，异口同声地承认了。

“是你们谁弹的？”

“两个人一起弹的。”

美鸟回答道。她好奇地看着我，问道：

“中也先生，你喜欢萨蒂吗？”

听她这么一问，我才想起来。

那是萨蒂的曲子——埃里克·萨蒂。在玄儿位于白山的家里，爱好音乐的他曾放过那张唱片，因此我也时常能听到。故而方才我有种似曾相识的感觉。

“萨蒂还创作过联弹曲哦。”

美鱼说道。

“曲名是《三首梨形小品》。萨蒂创作的曲调都有一个怪异的名字。我说，中也先生呀，你知道吗？”

“呃，这个嘛……”

“刚才我们弹的是《吉诺希安》。据说《吉诺希安》是个萨蒂随意创造的词汇。好奇怪哦。”

我记得玄儿也曾说过同样的话。

我记得他说过“吉诺希安（Gnossiennes）”是从“克诺索斯（Knossos）”这个词演变而来的。“克诺索斯”指的是古希腊克里特岛上的古都，传说那个迷宫之都曾是米诺斯王的宫殿。他的王妃帕西法伊就在那里生下了畸形儿弥诺陶洛斯。

“那首联弹曲《三首梨形小品》也是你们一起弹的吗？”

“正在练习啦。这个曲子太难了，还弹不好。”

“我们弹得可没那么好啦。”

说罢，美鸟降低了声调继续说道——这也许只是我的心理作用吧。

“听说我们的妈妈很会演奏乐器呢。”

“你们的妈妈……美惟太太吗？”

“是的。”

“是你们的妈妈教你们弹钢琴的吗？”

两姐妹不约而同地摇摇头。

“是鹤子太太教的。”

美鸟答道。

“鹤子太太弹得也很不错哦。”

“是吗？那个人？”

这令我有些意外。那个曾当过护士的鹤子总是将银发盘在脑后，表情严肃，让人觉得情绪低落。我边回忆着她的相貌，边继续问两人道：

“可是，为什么你们的妈妈不教你们呢？如果她弹得很棒的话，应该比鹤子太太更……”

“妈妈教不了。”

美鱼垂下双目。

“妈妈教不了我们。”

美鸟也垂下双目。

“妈妈她呀……”

“妈妈她呀……”

两人异口同声说道。随后，美鱼独自抬起双目看向我。她的表情里透出一种哀怨与迷惑交织的神色——这是自今晨与她们在舞厅相遇后，我第一次看到她露出这样的神情。

“生我们的时候，妈妈受了很大的惊吓。从那以后一直……时至今日她依旧活在惊吓中。”

4

双胞胎姐妹弹奏钢琴的房间似乎称作“音乐室”。据说那里除了钢琴，还放置了许多乐器、音响、唱片之类的东西。其北面的房间是台球室，隔着短廊，对面是正餐室、吸烟室以及厨房。光从这一区域看，就不难发现北馆的规模比东馆还要大。

我和双胞胎姐妹约定等她们练习好那首联弹曲后，就弹给我听听。随后，我便在她们的指引下，去了玄儿所在的房间。

那个称作“会客厅”的房间位于横贯北馆东西的主走廊的南侧中央。这个房间有两个入口。我们从最近的入口，即东门走了进去。

这个西式房间大约有四五十张榻榻米大小，中间三分之二的地方比入口处要低一点，有台阶相连。这样一来，原本很高的天花板显得更高了。

在面向庭院的南侧墙面上，正中有扇通向大阳台的双开门。其形状有法式窗户的风格，但无论门框还是门扉，一律涂作黑色。门上镶嵌着彩色花玻璃。从这点来看，这扇门只是不具备法式窗户风格的代用品而已。

通常情况下，面对南边庭院的房间会建造得更加开放，以便更好地采光。但是就我所知，那样的常识在这个宅子里行不通。这个会客厅与其他所有房间一样，总体色调是黑色，环境整体上昏暗。无论地板、墙面，还是天花板、摆设，都是毫无色泽的黑色。从天花板上垂落下来的吊灯亦无任何金属色泽。

但是——

镶嵌在房间中央的法式窗户上的玻璃却是深蓝色。除去个别物品及工具不提，我觉得这是自我进入这个宅子之后，自己所见为数不多的红色之外的另一种颜色。其他窗户上的黑色百叶窗都死死闭合着，因此白昼时，这个会客厅被一种蓝色的光线渲染着，烘托出一种身处深海的氛围。

“中也君，你来啦。这边请！”

玄儿坐在房间中央的沙发上。他看见我们进来，轻轻地扬起一只手臂打起招呼来。已经脱下白大褂，体格庞大的野口医生隔着低矮的桌子，坐在他对面的沙发上。野口医生自不必说，玄儿也没有因为我和美鸟、美鱼姐妹在一起而显得惊讶。

“玄儿哥哥。”

“玄儿哥哥。”

从侧腹部到腰部连为一体的双胞胎姐妹异口同声地喊着同父异母的哥哥的名字，步调一致地走下台阶。我紧跟在她们的后面走过去。

“我们是在音乐室门口相遇的。”

“中也先生来的时候，我们正在弹钢琴。”

她们用清脆的声音开心地汇报着。玄儿的嘴畔露出一丝微笑。

“又弹萨蒂吗？”

他问道。

“我现在不太喜欢了。与其半吊子的古典曲目，还不如玩玩爵士乐之类的。怎么样？”

我听着兄妹的对话，心想玄儿你自己不是还经常听吗？

“真是的，玄儿哥哥，你又开始存心捉弄我们了。”

“还不是你教我们萨蒂的曲子的嘛？”

“中也先生喜欢萨蒂的曲子哦。”

“哦？是吗？”

玄儿瞥了我一眼，眯起双眼随口说道。

“这也对，萨蒂和中原中也都是达达派艺术家嘛。”

这块区域比入口处低矮，地面铺有黑石。以沙发一带为中心，铺有黑色地毯。靠庭院一侧的墙角处放着电视。电视里男播音员正一丝不苟地播报着今日富士山上降下本年度第一场雪的新闻。和去年相比，这场雪晚了四天。但与历史平均水平相比，早了三天。

无论成像还是声音都不是很清晰。这在深山老林中也是正常现象。宅子里的人肯定也采取了一些办法，比如在西馆的塔上竖起接收天线等。但无线电波本来就很微弱，这也是没有办法的事情。何况在这台风即将来临的恶劣天气之中，图像能这样就已经让人求之不得了。

“台风似乎没有衰减的迹象。”

野口医生看着电视，低声嘟哝道。

“今晚到明天要更加小心。刚才新闻里不也是这么说的吗？”

玄儿让我坐在沙发上，美鸟和美鱼并排坐在我的右边。一阵淡淡的清香从我身边飘过。

我问野口医生道：

“对了，野口先生，茅子女士怎么样了？我听说她发烧，正卧床休息。”

野口医生“嗯”了一声后，说道：

“大概是流感吧。她烧得厉害，整个人的意识处在朦胧状态，感觉不到难受。总之，只要老老实实在房间里休息……”

“如果总不见起色就麻烦了。不把感冒当回事，会倒大霉的。”

我不禁用力点点头，赞同玄儿的见解。

去年冬天我得了流感，相当难受。当时的情形还历历在目。据说去年似乎全世界都遭到了流感的袭击，在日本，有半数人口传染上了流感。

“伊佐夫担心吗？”

“担心……也不是，他似乎不太担心。”

“我想也是。对于父母的事情，他总是显得不闻不问。我甚至觉得他干吗还要跟他们一起来。”

“茅子太太知道首藤利吉先生还没有回来吗？”

我问道。听我这么一问，玄儿略略歪着头，为难地说道：

“恐怕还没有人告诉她吧。”

“不用告诉她吗？”

“是啊，这当然不是一直瞒得下去的问题呢。”

“视她的身体状况再定吧。如果可以的话，就让我告诉她好了。”

野口医生摸摸下巴的胡须。

“要是她烧得迷糊的时候说这些，反而会乱上添乱。”

“那就拜托你了。或许等今晚的宴会结束，到了明天再告诉她更好。”

“说得也是。”

“对了对了，中也先生。”

美鱼隔着紧挨着我的美鸟，探出头来看着我。

“中也先生，你在这里住到什么时候呢？”

“这个嘛——”

我瞄了玄儿一眼。

“本来准备后天告辞的。”

“欸？为什么不多住几天嘛。”

“就是嘛就是嘛。”

美鸟附和道。

“你可是约好了要听我们的联奏啊。”

“是啊，不过……”

“不用担心啦，中也君还会再来玩的喔。”

玄儿在一旁打圆场道。

“那个时候再让他听你们弹琴就好了嘛。对吧，中也君？”

“嗯，是啊。一定会再来的……”

美鸟和美鱼对视一下，噘起红润的粉色嘴唇，默默点点头。

对于十几岁的少女而言，她们这种举动过于孩子气，却让我觉得有趣。生理构造天生奇特的姐妹二人却拥有西洋古董人偶般的美貌。对此，我还是不由得感到一阵半敬畏的悸动。

“中也君，你看。”

玄儿指着走廊一侧的墙壁。

“那边儿挂着的就是我提到过的那幅画。”

“哦，就是那幅啊……”

我从沙发上站起来，慢慢地向那幅镶于黑色画框中的画作走去。

藤沼一成的画作——《征兆》。

这幅画作与挂在东馆起居室里的《绯红庆典》一样，也是幅在五十号尺寸的画布上描绘的作品。

到这个宅子之前，我连藤沼一成这个画家是谁都不知道。尽管如此，身为外行的我也能辨别出眼前这幅与起居室的那幅画风格截然不同。《绯红庆典》是由好几个客体组合而成的高度抽象作品，而这幅画则出乎意料地具有写实风格。乍一看，令人觉得那描绘的不过是普通风景而已。但是——

那风景绝不普通。对此我早已心知肚明。

藤沼一成是非常有名的幻想画家。这幅是他受浦登柳士郎之托，造访宅子后创作的画。

连绵群山之下是广阔的湖泊，那原本藏蓝色的湖面自右至左渐变为茶红色。乌云密布的天空落下无数雨滴，敲打在湖面上……

的确如玄儿所说。

这幅画与白天我和玄儿二人在北门外看到的景象过于相似，相似得让人害怕。

藤沼一成。这位画家亦被描述为具有“幻视力”的百年难遇的天才。他所具备的“幻视力”究竟是……

“中也先生，你喜欢画吗？”

不知何时，美鸟和美鱼也走了过来，站在我身旁。对了，刚才的问题到底是她们当中的哪个人发问的呢？

“望和姨妈也会画画哦。”

这次则是美鸟。

“望和太太？”

我觉得有点意外。一瞬间，脑海中无法把刚才那个在走廊上手舞足蹈的女人与“会画画”的望和太太联系在一起，我觉得这两者格格不入。

“平时，姨妈总是闷在画室里，不停地画呀画。她画出来的净是些可怕的怪画。”

“还有哦，只要她从画室里出来，就会像刚才那样找阿清。净听她说好担心呀好担心什么的了。还说什么‘要是我能替那孩子受罪就好了’之类的话。不管什么时候，她捉到谁都会那么说。”

当她独自在画室中埋头作画的时候，是否可以暂时忘记她那不幸的儿子？抑或是作画本身对于她而言，有着能够保持心理平衡的重要作用呢？

“这幅画——”我指着眼前这幅挂着的《征兆》，对双胞胎姐妹说道，“听玄儿说这湖泊里的红色是美人鱼的血。”

“美人鱼吗？”

“美人鱼吗？”

两人不约而同地反问道，随即用力地点点头。

“是呀。”

“是美人鱼的血呢。”

美鱼接着说道：

“中也先生，你喜欢美人鱼吗？”

“啊？”

她怎么会问我这样的问题呢？

看见我纳罕的模样，两人轻笑起来。那笑声犹如鸟啼莺啭般动听。

“中也先生，你喜欢什么样的女孩子呀？”

这次换美鸟发问了。我不知该如何作答，于是她们又发出了轻快愉悦的笑声。

这对双胞胎到底知不知道今天蛭山受伤的事情？还没有人告诉她们吗？这样的问题突然闪现在脑海。

"'北方的海／没有美人鱼'。"

突然，美鱼低声吟诵起来。

"'那海上只有浪涛。'"

"你念的是什么？"

我迷茫地看着她们。于是，美鱼调皮地笑起来。

"是中也先生的诗呀。"

"啊，是中原中也的诗吗？"

"诗名是《北方的海》，收录在玄儿哥哥送给我们的诗集中。这首诗写得很棒，所以就记住了。"

说起来，我依稀记得在玄儿送给我的诗集中看到过这首诗。不过，我根本就背诵不下来。

"中也先生，你喜欢诗吗？"

美鸟继续问道。还没容我回答，她就接着背诵下去。

"'阴郁的天空下／浪涛发疯了似的撕咬／仿佛有数不清的嘴／日夜向着那阴郁的天空／咆哮出大海深处的诅咒'。"

紧接着，美鱼又将开头的那两句吟诵了一遍：

"'北方的海／没有美人鱼／那海上只有浪涛'。"

"没错吧？这首诗很棒吧？"

美鸟说道。

"北方的海里可没有美人鱼呢。恐怕有美人鱼的地方，只有这里的湖吧。"

5

在会客厅的东西两侧各有一扇通向邻屋的门。

东侧的邻屋是图书室——当我们白天穿过走廊的时候，玄儿曾经告诉过我。以前，许多放在北馆中的古老书籍都葬身火海了。尽管如此，现在那里依旧会有不少藏书。我并不是书痴，但对征顺收藏的侦探小说抱有浓厚的兴趣。说实话，我还是很喜欢东西方的侦探小说家——爱伦·坡、柯南·道尔、切斯特顿、江户川乱步、横沟正史等人的作品的。

而西侧的邻屋是游戏室。本来我想去图书室看看，可当我刚从画像前走开，美鱼与美鸟邀我道：

“去那里嘛，中也先生。”

我只能身不由己地被她们拖去了西侧的房间。

“中也先生，你喜欢国际象棋吗？”美鸟问道。

率先进入游戏室的双胞胎姐妹同时回头看向我。

如果是将棋，我还稍稍知道些，可对于国际象棋的认识却仅限于那是“一种类似将棋的游戏”而已。当我如实相告自己只知道棋子名称及基本下法的时候，姐妹二人显得有些失望。

“中也先生，那你观棋好了。”

美鱼说着，姐妹二人走向棋盘所在的正方形小桌子。她们将两把椅子并排放在桌子一侧，一屁股坐下去。

我跟在她们身后，顺便环视一下室内。

地板上铺有与东馆舞厅相同的黑红交错木砖。靠庭院一侧的窗前垂有黑色天鹅绒窗帘。窗帘前放有铺着胭脂色桌布的大圆桌，恐怕卡牌类游戏就是在这里进行的吧。除此之外，还有几个类似于姐妹二人正在使用的那种小桌子，其中一个似乎是麻将桌。

美鸟与美鱼并排坐在桌子前，放好国际象棋的棋盘。从两人的角度来看，美鸟于左侧执白，美鱼在右方执黑。诚然，如她们这般的连体双胞胎，若要下棋也只能采用这样的姿势了。

“你们谁下得好呀？”

我站在她们身后，看着棋盘问道。执白一方先出，很快较量就要开始了。厚重的大理石棋盘之上，是精心雕刻而成的大理石棋子。所谓的“黑”棋却是暗红色的。

“大概差不多吧。”

美鱼答道。

“对呀，我们互有胜负。”

美鸟说道。

“不过玄儿哥哥可厉害呢。”

“中也先生，也让玄儿哥哥教教你嘛。”

“好主意。让哥哥教教你嘛。”

“要是你会下的话，就能和我们一起玩了哦。”

“可不是嘛。要是中也先生的话，一定很快就能下得很好了。”

二人开心地说着，边说边接二连三地移动着棋子。她们下得很快，仿佛预先知道对方的想法。

“中也先生，你喜欢猫猫吗？”

冷不防，我又被问了这种问题。这一次是美鱼发问的。

“猫吗？让我想想啊……虽然我没有养过，不过并不讨厌猫。”

我的回答令美鱼乐呵呵地微笑起来。

“那待会儿让你见见我们的猫猫哦。”

“欸？这儿养了猫吗？”

这倒出乎我的意料。我不禁想就算这个宅子真的养了猫，那她一定也是通体黑色的。

“柴郡在二楼，我们的卧室里。”

美鸟说道。

“柴郡？那只猫叫柴郡吗？”

“是呀，是只很萌的猫猫呢。她总是和我们在一起，一直在一起哦。”

我马上就想到了刘易斯·卡罗尔的作品——《爱丽丝梦游仙境》。在这则奇妙的童话故事中，就有一只柴郡猫。她们肯定受启发于此，才给自己的猫命名为柴郡的。

闲谈中，两人的较量还在继续。

随着战局的扩大，两姐妹的话越来越少，思考的时间也变长了。现在，美鸟的白棋占据着优势。由于我有将棋的根基，大致的情形还能看得懂。

我暂且不去关注棋盘上的攻防交错，而是交叉双手、举过头顶，舒展了一下腰身，同时再次环视着室内。这时，我发现靠走廊一侧的角落，即房间的西北角上，放有一个怪异的钟表。

那距地面一人多高的表盘本身并没什么特殊之处。直径约四五十公分的灰白色圆形表盘上，罗马数字由一至十二呈环状排列，一长一短两根黑色表针指示出几近八点的时刻来。

这样一个表盘镶嵌于不足一米宽的墙板上，而那墙板的形状犹如斜斜切去房间一角般，这才是其奇特之处。那钟表并非挂在墙上，而是墙体的一部分成为表盘的构造。

真是罕见的设计。

整个钟表的机械部分纳入墙板之后，看上去就像整块墙体成为钟表自身一般。

正当我端详着这奇异的钟表时，表盘上的指针正好移到了八点。就在那时——

先是传来轻微的齿轮咬合声。很快，表盘下方的墙板发生了很大变化。那原本看上去什么都没有的黑色墙板成为一扇双开门，向前“啪”的一下打开了。而后，从里面弹出来的是——

黑色扁平的盒式台座上，是一个载有两具人偶的圆盘。

其中一个人偶是身穿漆黑燕尾服的男性，另一个则是身着深红色裙装的女性。那人偶约莫二十公分高，做工精细，于圆盘上相拥而立。

台座弹出的同时传来八音盒的三拍子曲调。那曲子轻快柔美、音色清澈，但隐隐地含有一丝寂寥。接着——

台座上的圆盘随着音乐缓缓转动起来。相拥而立的人偶们也随着音乐缓缓旋转，犹如在跳华尔兹一般。

这是个制作多么考究的自鸣钟啊。我屏息静气地倾听着这跃动的旋律，出神地看着人偶们旋转。

同一曲调重复几次后，八音盒才不再发出任何声响，人偶们也停止了舞蹈。伴随着齿轮的咬合声，台座缩回原处，双开门也闭合如原样……只有那镶嵌于黑色墙板里的表盘依旧露在外面。

第十一章 暗夜盛宴

1

最终,这局棋以白后将死黑王告终。双胞胎姐妹抬头看看自鸣钟、确认时间后,同时从椅子上站起来。

“中也先生,过会儿见。”

“中也先生,过会儿来看着我们的柴郡,好吗?”

说着,她们打开另一扇门,走出房间。

“中也君,你可真讨人喜欢呀。”玄儿说道。

我听见他的声音,回头一看,不知什么时候他也来了,正坐在游戏室一角的黑色皮质安乐椅上,脸上露出那个童话中柴郡猫般的笑容。

“很少看到她们那样兴高采烈呢。”

“是吗?”

“似乎自从听说你要来,她们就一直盼望着呢。也许连中原中也的诗集也温习过了。”

“是不是玄儿你说了什么让她们期盼的话？”

“没说什么啊。”

玄儿一本正经地点上烟。

“我只说你是一个认真的建筑系学生，和中原中也相似的好青年，我非常喜欢你。仅此而已。”

我不知道自己是否该为此感到开心，但总比被宅子里的人讨厌和无视好得多。

“那钟挺有意思的。”

我看着那嵌在黑色墙板里的表盘说道。

“每隔一段时间，都会出现那段音乐和人偶吗？”

“是的。北馆重建的时候，我爸特地找人定做的。”

玄儿吹散烟雾，顺着我的视线一同看向表盘。

“不是有一个叫作古峨精钟社的钟表厂嘛。据说我父亲和当时的社长关系很好，便亲自拜托他们设计、制造了这个。”

“做得真好——那首八音盒曲叫什么？”

“哦，你问那首曲子啊。曲名是《红色华尔兹》。”

“《红色华尔兹》？”

我有些不解，对这个曲名以及刚才听到的旋律没有半分印象。

“你不知道也很正常。”

玄儿说道。

“那是我的继母美惟年轻的时候创作的一节曲子。她还创作了另一节曲子，曲名是《黑色华尔兹》。上下午各用一节音乐报时。上午是‘黑’，下午则是‘红’。做得很巧妙吧。”

玄儿的继母、那对双胞胎姐妹的生母，浦登美惟。说起来，方才在音乐室前遇到美鸟与美鱼时，她们曾说过自己的妈妈“很擅长乐器”。看来不止如此，她还有作曲的才华啊。

“好了，时间差不多快到了。”

说着，玄儿从椅子上站起来。

“我回房间换个衣服，你就在会客厅里休息休息。”

“为了那个宴会换衣服吗？”

“对，就算是吧。”

“那要不我……”

“你不用换。这样就可以了。”

玄儿笑眯眯地看着我。

“包括我爸在内的所有人都知道你是我的重要客人。你没必要那么紧张——过会儿见。时间到了，我会来接你。”

“——好吧。”

而后，玄儿打开双胞胎姐妹离开游戏室时通过的那扇门，离开了这间房间。我独自回到会客厅，坐在沙发上。野口医生还在那里，单手拿着一个盛有乳白色液体的磨砂玻璃酒杯，盯着打开的电视。

“中也君，你也来一杯怎么样？这是我带来的特产家乡酒，口感不错，很好喝。”

虽然他冷不防向我劝酒，但我还是摇摇头。

“我不太能喝。”

“是吗？你才十九岁嘛，身体会越喝越习惯的。我在你这个年纪的时候，也不是这么能喝的。”

“野口医生，过会儿您参加在‘达莉亚之馆’举办的宴会吗？”我慢条斯理地问道。

满面通红的野口医生轻轻摇了摇举着酒杯的手，说道：

“不去。我可没收到邀请呀。”

“但是医生您不是和浦登家族的人一样吗？”

“对。我和柳士郎的确是老朋友，相互信任。不过嘛……”

野口医生没有再说下去，而是一口气喝掉了杯中物。我觉得他那副“不要深究”的架势似乎很是抗拒我的疑问。

不知道电视里播放的是什么鬼节目。解说员板着脸，滔滔不绝地讲述着近来的国际形势。苏联奉行和平共存路线，中苏对立加剧，中东各国局势让人担忧，今后日本在东亚地区的……哎呀，这些真的（仅仅一瞬间，我感到了焦躁）都是发生在我**这个**世界中的事情吗？这些……

我又被一种淡化的现实感，以及与之相伴的浮游感所困扰。

2

“我想问问美鸟与美鱼的事情。”

我将视线从杂音喧嚣的电视画面上移开，看向野口医生。

“您是看着她们出生的吗？”

“是啊。”

野口医生将酒杯放在桌子上，挺着啤酒肚，深陷在沙发中。他抱着双臂说道：

“都快十六年了吧。她们出生在熊本——我的医院里。哎呀，也许作为医生我不应该这么说，但那个时候的确受惊不小。”

“难道当时是您负责分娩的吗？”

我随口说出自己的想法后，医生那玳瑁边眼镜之后的眼睛讶异地略略圆睁，说道：

“怎么会，当然不是啦。我的专业是外科。分娩由产科医生负责，但当时产科医生也吓得不轻，手忙脚乱地让护士喊我过去……所以，我可是比她们的父亲柳士郎先看到她们出生的哦。”

“在日本，像她们那样的连体双胞胎多吗？”

“非常少见。据某种观点认为这样的概率是十万分之一，而且其中七成以上不是死产就是出生不久就夭折了。虽然我也具备相关知识，但还是第一次亲眼看到呢。哎呀，真是吓了一大跳呀。”

野口医生停顿下来。他喘了口气后，慢慢地捋了捋灰色的胡须。

“不管在哪个时代、哪个国家，都有一定先天异常儿的出生概率。有报告显示，近年来这种概率有增大的趋势。这和人们最近经常谈论的工厂有害废水、大气污染、新药的副作用以及放射性能源等问题有着复杂的关联。因此，老产科医生或多或少地都会碰到这样的婴儿。但是，很少能碰到像那对孩子那样的完全 H 型双重体……”

“H 型双重体？”

我没有听过这种说法，并不太明白。野口医生向上推了推眼镜，轻轻地哼笑一声。

“那个是专业术语，是‘连体双胞胎’是俗称。在母胎内，双胞胎两个个体的某个身体部位结合并发育下去。这种的畸形被称为‘双重体畸形’，进而还可以分为‘对称性双重体’和‘非对称性双重体’两类。

“所谓‘非对称性双重体’，就是指其中一个个体发育不良，与另一个个体结合时，犹如寄生其上，比如只能长出从胸部以上的上半身，或者只能自腹部以下长出脚来等许多结合的情况。与此相对，正如你所见，那对双胞胎姐妹的身体各自独立，她们是‘对称性双重体’，而且属于其中的‘H 型双重体’或‘X 型双重体’。”

"除了'H 型双重体'之外，还有其他类型吗？"

"是的。"

野口医生使劲地点点头。

"仅仅一个'对称性双重体'就有各种各样的病例。比如有'Y 型双重体'，以及被称作'德尔菲畸形'的'逆 Y 型双重体'等。"

"'Y 型'……那究竟是怎么回事？"

"就是两个个体的身躯结合在一起，呈 Y 形。虽然头部和上半身是分开的，共有四个手臂，但下半身合而为一，只有两条腿。而'逆 Y 型'则相反，两者共有一个上半身和头部，但下半身一分为二，共有三或四条腿。"

两个上半身两条腿，一个上半身三、四条腿……听着野口医生的解释，我胆战心惊地在脑海中描绘着那些奇形怪状的样子。仅仅如此，就足以让我头晕目眩了。

"'Y 型'最有名的例子便是十九世纪后半期，出生在意大利的乔瓦尼和杰科莫兄弟。而'逆 Y 型'最有名的例子是弗兰克·伦蒂尼。据说他有三条腿，其中一条腿可以代替椅子使用。后来，他去了美国，在马戏团、杂耍场表演，还拍了电影，大获成功。他被称作'三条腿的奇迹'，甚至还被称作'怪王'——你听说过吗？"

我从来就没有听说过这些人名或传闻。或许注意到了我困惑的表情，野口医生轻轻咳嗽了一下，继续说道：

"离题了。总而言之，人们常说的'连体双胞胎'，指的是'对称性双重体'中的'H 型双重体'，就是两个个体的腰部、背部或者胸部的某个地方结合在一起，形同罗马字母 H 的形状——你知道昌和恩两兄弟吗？"

"昌和恩吗？嗯，他们是……"

“就是昌·邦克和恩·邦克。这对双胞胎于一八一四年出生在泰国。他们二人就这样面对面、胸骨的剑状突起部分结合在一起。据说他们的父亲是中国人，母亲则是中泰混血。而‘昌和恩’在中文中有‘右与左’的含义。”

“右与左吗？”

“这对兄弟非常聪明，也很有运动细胞。后来他们巡游欧美各地，进行马戏表演，从而成名。‘暹罗连体人’的称谓就是从那时盛行起来的。”

“哎，没错。我也在什么地方读到过这些传闻。”

埃勒里·奎因曾以“暹罗连体人”为标题写过侦探小说，其中有提及昌、恩两兄弟的部分。但是在此之前，我便知道这对兄弟了。上中学时，我曾偶然于图书馆内看到一本名为《惊异的实录故事集》的书，其中涉及相关内容。

“我记得他们兄弟二人后来分别结了婚，生了很多孩子吧？”

“他们四个人一共有二十二个孩子。关于他们夫妻四人还有个古怪的插曲。据说他们的妻子闹别扭，从而致使两对夫妻分居。那对双胞胎以三天为期限，来往于两个家。最后，他们一直活到六十岁左右。据说昌·邦克因肺炎先行死去，四小时后恩·邦克也一命呜呼。”

“真不愧是野口医生，知道得真详细。”

“你过奖了。十六年前，当我亲眼看着那对刚刚出生的双胞胎后，我才着手调查了许多相关内容。”

上半身靠在沙发上的野口医生向前坐了坐，伸手拿起放在桌子上的酒杯，又倒点酒进去，喝了一口后，更加大声地继续说了下去。

“所以，现在已经非常明了的就是……怎么说好呢……就是美鸟与美鱼那对姐妹的情况非常罕见，可以和昌跟恩两兄弟匹敌。”

“匹敌？这话怎么说？”

“首先最重要的就是她们的健康状况非常良好。除了身体侧面的腰部有一部分结合在一起外，其他身体机能几乎没有任何问题。虽然同样是‘H 型双重体’，根据结合的部位和深度，悲惨之极的例子比比皆是。正如我刚才所说，有些生下来便是死胎，有些出生后不久便死了，这样的概率很高。而且就算有些双胞胎可以挣扎着活下来，往往又受到许多疾病的折磨。

“可是这对双胞胎姐妹的结合状态却是——身体侧面相连，但并没有给她们的身体机能带来太多的障碍，她们又没有多少共用的器官。而且两个人还都那么美丽，可以和世界知名的希尔顿姐妹相媲美……”

说着说着，野口医生的嗓门越来越大。他那光秃秃的红脑门晕染出更多潮红，嘴角堆积着白沫，甚至还能看到他的眼睛有点湿润。很显然，他似乎处在一种兴奋状态。

他如此依恋——可以这样说吧——那对双胞胎姐妹吗？虽然当时我有点吃惊，但还是赞同他的见解。

“她们的确很漂亮。”

——我们两人合在一起就是螃蟹。

“我觉得她们很自然地接受了自己以如此形态出生、成长的事实。怎么说呢，正因为如此，她们才那么……”

——我们合二为一哦。

“但是，野口先生。”

我自衬衣的口袋中摸索着香烟。

“我一直在考虑，她们会像昌和恩两兄弟那样，今后一直都只能那样吗？”

野口医生那拿着酒杯的手顿时停止了送酒。他乜斜着眼睛看着我，说道：

“你的意思是能否给她们两人做分离手术，对吗？”

我犹豫片刻，默默点点头。医生哼笑一声后，便抿着嘴一语不发。过了好一会儿，他才轻声叹口气。

“我觉得从医学及技术角度而言，并不是非常困难。”

“也就是说——”

“不是做不了分离手术。”

野口医生说道。和刚才的兴奋状态截然不同，他的声音很低，犹如波纹散去的水面般沉寂。他的脸上露出一丝苦恼的阴郁。

“据我所知问题不在身体，而在于她们的精神上——唉，不过这或许不能一概而论吧。”

3

从西侧的游戏室隐隐传来八音盒所奏的《红色华尔兹》——晚上九点，这是宣告宴会开始的时间。玄儿怎么还没来？

我正想着，通向走廊的两扇门之中，那扇西门被打开了。来者不是玄儿，而是女管家般的小田切鹤子的身影。

“中也先生，请随我来吧。”

“哦……好的。”

我赶紧掐灭手中的香烟，从沙发上站起来。野口医生默默地看着我。

“玄儿呢？”

我问转身走向走廊的鹤子。她没有回头，只是停下脚步。

“玄儿少爷已经在那里了。”她答道，“刚才他吩咐我为你带路。”

“——是吗。”

此时，鹤子显得很从容，根本想象不出刚才垂死的蛭山被抬进来的时候，她会那样惊慌失措。她挺着胸，静静地走在前面，带我向走廊走去。我本想利用这个机会问她一些问题，但看样子似乎不行。

我们走到コ字形建筑西侧边的廊上。

这里也放着一尊青铜像，和我刚才在音乐室前看到的那尊几乎一模一样，只不过这尊是好几条蛇缠绕着一个半裸的女性。从这个拐角往右转，一直走，就是我和玄儿看完北门回来时经过的那个后门。鹤子在此处向左拐去。

走廊右侧有一扇双开门。里面和东馆一样，有个大厅。厅里也有通向二层的楼梯，最里面则有一扇双开黑门，可以通向西馆的走廊。

“请，走这边。”

鹤子穿过大厅，走到最里面的那扇门前说道。我默默地跟在她身后，脑海中浮现出白天目睹的西馆那黑黢黢的外观。

门对面的走廊基本上与连接东馆和北馆的走廊相同，也是一条用石头建造的酷似隧道般的通道。墙壁、天花板以及地面都砌着黑色石头。

当我正跟在鹤子身后准备踏足这条走廊的时候，不禁“哎呀”一声脱口而出。

走廊一直向前延伸。在昏暗的对面能看见一扇黑色的单开门，但是这段距离比我想象的要长得多。我感觉那要有几十米的距离。这两幢建筑之间竟有这么远吗？这让我感到很迷惑。但等我实际走过去的时候，才明白那是自己的错觉。

这个走廊故意建成令人产生错觉的样子。

首先，与面前这扇双开门相比，走廊对面的那扇单开门无论是高度还是宽度都小一号，也就是说**造得更小**。而且整个通道也相应地被建造成**前窄后宽**的形状。

无论两边墙壁的高度，还是顶部和地面的宽度，都是越往前越窄。墙壁上方的采光窗户也一样，越向前越小。而且，窗户和窗户之间的间隔亦是如此。总之，通过这种特殊的整体构造令人产生远近错觉，自北馆看向西馆就会产生比实际大几倍的距离感。

据说在十七世纪的巴洛克时代，有许多建筑中都采用了这种令人产生错觉的建筑手法。即便在日本，在通往茶室的甬道中，建筑师也经常利用这种手法令人产生远近错觉。

从建材为石头这一点来看，这个走廊是北馆翻建时才建造的。或许这种令人产生幻觉的建筑手法也是那位建筑师中村提议的。或是连接旧北馆与西馆的通道原本就是如此精心设计而成的，如今不过是重现旧日的风貌罢了。

无论如何，这种建筑风格到底蕴含着什么意味呢？

如果非解释不可的话，恐怕是突出隔离感吧。

西馆是这处宅邸的“深处”，“某种意义上的中心”，亦为“核心”之地。为了强调如此重要的西馆与其前方的北馆之间本应“**隔离**”开来，才会有这种视觉差吧——

这个宅子本来就和我们日常世界相隔很远。这不仅仅是单纯的地理位置问题，而是所有的一切都与我们的常识相去甚远——如同合成怪兽的外观、黑黢黢的内饰，以及生活在这个宅子里的人……

在这样的宅子里，西馆——“达莉亚之馆”则处在更加孤立的“深处”。说得夸张一点，这西馆或许是一个日常世界的理论和法则完全无法相通的“异界”。要想到达这个“异界”，就必须经历一种“仪式”，那就是穿过这条让人产生距离幻觉的通道……

我跟在鹤子身后胡思乱想着，向前窄后宽的隧道走去。

实际走过去时，我才发现这条走廊最多七八米长，尽头的单开门也比普通的门低矮狭窄。

穿过走廊尽头的门，展现在眼前的是一扇普通大小的双开黑门，其上附有门楣的这扇黑门看上去似乎是这个西馆的昔日入口。

门内是个有楼梯的宽敞大厅。这里比北馆更加安静，微微散发着旧木材和灰尘的气味。光线更加昏暗，各处都是或浓或淡的黑暗。

很快，我就发现光线之所以昏暗与照明有关系。这里的光源不是电灯，而是墙壁上的烛台——烛台之上插有几根燃烧着的蜡烛。

这个房间里不是没有电，自天花板垂落而下的吊灯黑影抬头可见。只是无意开灯，用蜡烛照明而已。或许因为今晚是“达莉亚之夜”的缘故吧。

“请小心脚下。”

说着，鹤子走向大厅中央的楼梯。

“宴会厅位于二楼。”

我随鹤子走上铺有黑色绒毯的宽阔楼梯。

走到正面墙壁尽头，楼梯成直角向左拐，而后一直延伸到二楼走廊。这条走廊上的照明也只有烛台上的蜡烛。一旦亲眼得见自己的身影随着烛光摇来晃去，就忍不住觉得非常恐怖。那时，外面再度传来轰隆的雷声，我虽然不觉得热，可手掌上满是汗水。

“就在这边。”

鹤子停下脚步，推开走廊上的其中一扇黑门，回头看向我说道。

“请进。”

我听话地慢慢走进去。这昏暗的屋子内空无一人。

“这里是休息室。宴会厅在那边……”

说着，鹤子指指入口左手方向一扇双开门。她走了过去，轻轻拧开把手说道：

“我把中也先生带过来了。”

“请进来吧。”

门内立刻传来应答声。那是浦登柳士郎的声音吗？

“中也先生，请。”鹤子从门前退下，伸出一只手，催促道，“请这边。”

“谢谢。”

我走向宴会厅的门。正准备用汗渍渍的手握住门把手时，我不禁回头看了一下鹤子。只见她站在通向走廊的门旁，岿然不动地望着我。

怎么回事？

一瞬间，我脑海里浮出这样的念头。

她端庄的脸上毫无表情，直勾勾地盯着我的手。那眼神，那目光……非常锐利，让人胆寒。那看起来似乎非常憎恨我般的眼神……

她那个眼神是什么意思？

厌恶？不，是羡慕或嫉妒吧……还是……

“那我就告辞了。”鹤子避开我的视线，冷冷地说道，“希望你能得到达莉亚太太的祝福。”

很快，鹤子的身影仿佛融入走廊上的黑暗中般消失不见了。我无意识地叹口气，再次握住门把手——此时，沉闷的雷声再度响起，仿佛要鼓起我心中聚积的不安一般。

4

当我走进只有微弱烛光的房间，首先映入眼帘的便是黑暗中的那位异国美女的身姿。

犹如自背景色流淌而出一般垂至胸前的黑发，眼神锐利的双眸，那眼珠是深褐色的，病态般惨白的肌肤，高挺的鼻梁，尖尖的下颚轮廓。很明显，她不是日本人。那涂着鲜艳口红、线条优美的唇畔浮现出美丽、性感、妖艳的微笑。

……啊，她就是……

我站在正面墙壁前，抬起头出神地看着那幅硕大的肖像画。

她就是……达莉亚吗？那就是以她名字命名西馆、浦登达莉亚年轻时的肖像吗？

她是第一代馆主浦登玄遥从意大利带回来并与之成婚的女人。她是玄儿、美鸟与美鱼两姐妹以及阿清的曾祖母。说实话，漂亮的美鱼与美鸟两姐妹和画中的女人还真有几分相像。

画中的美女穿着黑色长裙坐在安乐椅上，两手叠放于膝盖处。随着烛光摇曳，她的表情似乎也在发生微妙的变化。她那褐色的目光仿佛带有某种能够射穿对方的魔力，那鲜红的嘴唇似乎就要张开，讲述这个世界的一切秘密……

“欢迎。”

昏暗中，传来浦登柳士郎的低沉声音。这声音犹如从地底下冒出来的一样。我似乎刚刚摆脱魔法，环视室内一圈。

我觉得房间里似乎有淡淡的白烟，应该是什么地方点着香，那气味闻上去酸酸的、甜甜的，好像还有点苦，让人觉得不可思议。

浦登家族的人全都围坐在房屋中央的晚餐桌旁。从我进门的角度看，柳士郎坐在长长的桌子最里端的右首方向。和去南馆时一样，他依然穿着黑色服装，只是换了深红色的领带。

“请吧。请坐那边。”

宅子的当家人说着，用手指了指他的正前方。

隔着桌角，坐在我座位左边的是玄儿。他也和柳士郎一样，换穿黑色西装，系着和父亲同样的深红色领带。自从春天和他认识以来，我还是头一次看见他系领带。

“中也君，这是你的座位。”

玄儿冲我招招手。

即便听到友人的声音，我还是觉得身心紧张。我关好门，向柳士郎鞠躬行礼后，走向指定的位置。我一定走得摇摇晃晃的吧。

我坐到高靠背的黑色椅子上，玄儿轻轻对我说道：

“对不起，刚才走不开，所以才拜托鹤子太太带你过来。”

“没什么。”

我低下脑袋，摇摇头，不禁想起刚才在邻屋时的鹤子的眼神。接着，我抬起头看看玄儿，也许是烛光的作用，他那本来就苍白、瘦削的脸颊显得更加苍白，宛如病入膏肓一般。

美鸟与美鱼两姐妹并列坐在玄儿身旁。她们也换下了和服，换作鲜艳的红色洋装。当然，那裙子是按照这两个连体双胞胎的尺寸特制的。

在美鸟与美鱼身旁，有个女人纹丝不动地靠在椅背上。她就是这对双胞胎的母亲美惟吗？在座的人当中，只有她是我初次见到。

——妈妈她呀……

——生我们的时候，妈妈受了很大的惊吓。

她穿着与肖像画里的女性相同的黑色长裙，身材纤细，脸庞被长发遮住。从我这个角度无法看得非常清楚，但大致能看出她皮肤白皙、容貌清秀。

——从那以后一直……时至今日她依旧活在惊吓中。

她目光呆滞地看着空中，似乎没有意识到我的加入。看那样子，她完全心不在焉。

“今晚——九月二十四日的晚上，我们又相聚在这里。”

浦登柳士郎缓缓地说起来。

“今晚是‘达莉亚之夜’。就在这个晚上，我们的母亲达莉亚于遥远的异国诞生。三十年前，还是在这个晚上，她留下遗愿离开人世——今年的‘达莉亚之日’又来到了……”

长桌上放着两个黑黢黢的烛台，每个烛台上面插着几根蜡烛，所有的蜡烛都是刺眼的大红色。周围的墙壁上也有几个烛台，上面的蜡烛也为红色。

我突然想到房间里的气味说不定是从那些蜡烛上散发出来的，也许蜡烛里面添加了一些香料成分，所以……

玄儿的对面坐着望和与征顺夫妇。望和比征顺坐得更远，他们的儿子阿清坐在两人中间。在南馆走廊上相遇时，阿清还戴着贝雷帽。现在他脱掉了贝雷帽，露着光秃秃的脑袋。他们一家三口也和其他人一样，换上了黑色的衣服。

共有八人——这就是如今住在暗黑馆里，浦登家族的所有成员吗？

我边听着柳士郎继续说着犹如咒语一般的话，边悄悄抬头瞄向左侧上方。肖像画里的美女用锐利的眼神看向这边，唇角露出妖艳的笑容。我突然觉得虽然浦登柳士郎本应为这个场合的“主导者”，但那幅画——确切地说是那幅画中的女性仿佛凌驾其上。

“恐怕诸位都已得知……”

说着，柳士郎慢慢地环视一圈。很快，他那浑浊的视线直直地盯着我没有移开。

“今晚，我们邀请到一位客人来参加这个宴会。”

我赶紧坐直，不知道该有怎样的反应，只能暧昧地点点头。宅子的当家人悠然地抬起右手指向我，说着“重新为大家介绍一下”，随后报出了我的名字。

“由于玄儿的一再要求，今晚中也君受到了邀请。原则上，只有继承玄遥及其妻达莉亚血统的浦登家族的人，以及他们的配偶才有资格出席‘达莉亚之夜’的宴会。但以前我就考虑有时也应允许例外。过去，我也曾想创造这样的机会，所以——”

柳士郎将视线从我的身上移到我的邻座玄儿身上。

“这次，玄儿提出这样的请求。经过确认，我决定破例。”

柳士郎再度缓缓环视一圈。

“有人反对吗？”

他问道，那语调依旧令人不敢提出异议。没有任何人作答。

我又抬头看看墙上的肖像画。我觉得那女人含笑的鲜红嘴唇似乎微微一动——这肯定是我的心理作用——我不知道她说的是“同意”，还是“反对”。当然，她是不可能开口说话的。

那股令人觉得匪夷所思的酸酸甜甜，似乎还带点苦的气味依然在昏暗之中弥漫。我觉得这股气味越来越浓，仿佛从鼻腔渗入气管、肺部……不，是直接渗入脑内。无规则摇曳的烛光与这气味一起，令我心神恍惚起来。

……啊，这里是（……这里是）……

盘踞于心中的不安深处，突然冒出这样的疑问。在这种状况下，产生如此反应也是理所当然的。

……这里是……

这里到底是什么地方呢？我在这里做什么（……做什么）？在这里即将发生什么事呢（……发生什么）？我到底会怎样（为什么会这么想……）？

“好了——”

浦登柳士郎的声音再度响起。

“今晚的宴会现在开始！”

5

宴会的气氛本该轻快热闹，但恰恰相反，自始至终肃穆沉重，令人产生犹如仪式般严肃的感觉。

当柳士郎宣布宴会开始后，没有任何人说话。每个人拼命保持着沉默。有人看着烛台上的蜡烛，有人埋头看着桌子，有人看着墙上的那幅肖像画，还有一些人始终注视着当家人的一举一动——我就是其中之一。

这样的沉默持续了多长时间呢？我觉得有好几分钟之久，又觉得不过短短几秒。总之，当时我几乎失去了正确的时间感。

柳士郎不慌不忙地将双手抬到胸前，拍了拍巴掌。一下，两下。那似乎是个暗号，令通向休息室的双开门吱嘎一声被推开，一个人从那里悄无声息地走了进来。我好不容易才忍住没让自己喊出声来。

——进来的那人竟是“影子”！

就是白天我在庭院中见过的那个“活影子”。这人全身裹在类似西方修道士那种宽大的黑衣之中，衣服上还有帽子。白天我看见的肯定就是这种类似斗篷的衣服。

“他是鬼丸老？”

我凑到玄儿耳畔，低声问道。

“是的。”玄儿稍稍点下头，在我耳边嗫嚅道，“那个人的基本工作是守墓——就是看守那个‘迷失之笼’。在‘达莉亚之夜’的这个宴会上，原则上禁止宅子里的用人进入这个房间。但有个人例外——就是他，鬼丸老。”

这个老用人已经快九十高龄，从玄遥时代开始，就一直在这个宅子里做工。

尽管现在已经弄清此人的真面目，但在我看来眼前的这个人还是像“活影子”。或许这和他的着装有关系吧。明明身在屋内，他竟然还戴着帽子。

随着衣服摩擦的声音，这个老用人走进屋内。由于那件宽大黑衣的遮掩，除了能看出他有点驼背、个头不高之外，我根本弄不清他的体形，也看不到被帽子遮盖住的长相。

我突然意识到一点——

这位被称作“鬼丸老”的用人究竟是男是女？玄儿从未提过那人的性别，他还说过不知道鬼丸老的全名……

这个老用人先走到房内，将身影融入柳士郎身后的暗影之中。很快，他又回到桌旁，手里捧着一个形状有些怪异的硕大红色罐子。

柳士郎拿起倒立于桌子上的酒杯，放在黑色杯垫一角。老用人一手握着罐子的瓶颈处，一手扶着罐子的下方，开始向当家人的酒杯中倾倒起来。倒入杯中的是与罐子一样赤红的液体。那似乎是红葡萄酒。

身披黑衣的老用人按照顺序，默默地给每一个人的酒杯中倒上酒。继柳士郎后是美惟、美鸟与美鱼、玄儿，最后轮到我。

老用人走到我身边，但由于其脸部被黑色帽子遮掩，除了能稍稍看到嘴角的皱纹之外，我还是无法看清他的长相与表情。可我又不能刻意地盯着老用人看个没完，只好僵直地坐在椅子上，默默地看着自己的酒杯渐渐装满酒液。

酒罐由红色毛玻璃制成，形状有点怪。从远处看，觉得它根本不是左右对称的，表面坑坑洼洼。靠近一看，终于明白它的形状像什么了——人的心脏。

吃惊归吃惊，可我还是能够理解的。在基督教中，葡萄酒即“圣子之血”。因此，将酒装在心脏造型的罐子里，也不值得大惊小怪。

很快，所有人的酒杯都被倒满了。鬼丸老将罐子放在桌上，再次退到房间内柳士郎身后的暗影之中。今晚，这个老用人的工作就是负责给宴会上的人斟酒吗？

“来——”柳士郎将杯子举到面前，对众人说道，“先干杯，而后敬酒——”

众人都举起各自的酒杯。美惟依然愣愣地看向空中，纹丝不动。邻座的美鸟催促母亲快点儿举杯，而后自己也举起了杯子。我也仿效他们，拿起了自己的酒杯。

“九月二十四日——这一天，是我们的母亲达莉亚诞生的日子，让我们共同为她庆祝。这一天，是我们的母亲达莉亚逝世的日子，让我们共同为她哀悼。”

柳士郎的话听上去越来越像咒语。

“我们接受达莉亚的恳切愿望，信任她的遗言，直至我们的永远。我们远离阳光，悄然隐身于这个世界上存在着的黑暗里……我们将生命永存。”

柳士郎将杯子举得更高，放声大喊道：

“愿达莉亚祝福我们吧！”

其他人也高高地举起酒杯，异口同声地喊道：

“愿达莉亚祝福我们吧！”

他们的声音整齐划一，在昏暗的房间里回荡着。

“愿达莉亚祝福我们吧！”

柳士郎又重复一次。

“愿达莉亚祝福我们吧！”

其他人跟着附和。

……这到底是怎么回事？

举杯的手变得僵硬。不安与疑惑在那半恍惚半清醒的心神中扩散开来。

这是——这个宴会是怎么回事？现在，他们在这里到底进行的是什么“仪式”呀？

但是当时的气氛根本就不容我细想。

众人将杯中酒一饮而尽。就连十几岁的美鸟与美鱼，以及刚刚九岁的阿清亦不例外。

“中也君，你也快喝吧。”

身边的玄儿命令道。

“把它全部喝完！”

我心生疑惑地将酒杯送到嘴边。那葡萄酒闻上去很香醇，我索性将那酒一口气灌入喉中。

“太好了。”

我听见玄儿喃喃低语。

刚刚灌入腹中的红酒有点甜，口感不错。但是味道有点怪，和我以前喝过的不一样。感觉有什么东西粘在舌头上，糙糙的，有点铁锈的味道……

我感觉到酒精在胃里被快速吸收，开始在全身的血管中循环，亦察觉出我开始心跳加速。弥漫在房间里的那股香味更加浓厚，刺激着我的鼻腔，一直渗入大脑深处。我的脸发烫得厉害，就连坐在原位都会觉得视线摇摇晃晃。

鬼丸老再次自昏暗中现身，重新往众人的空杯中添酒。很快，我的酒杯又满了。玄儿淡淡地笑着看向我。

“中也君，干杯！”

说着，他用自己的酒杯轻撞了一下我的酒杯。

“愿达莉亚为我们祝福。”

长长的晚餐桌上放着好几个黑色的硕大餐盘，里面堆放着许多薄薄的面包片。喝完第二杯酒后，玄儿欠起身，将手伸向那餐盘。他拿了几片面包，放在小碟子里，递给我说“吃吧”。

“啊……谢谢。”

我看看四周，只见所有人都从大餐盘中拿起面包片，涂上黄油之类的东西吃起来。每人面前的餐具垫上，各放有一个带盖子的黑色容器。有些人正准备打开盖子，取出里面的东西。

我先接过玄儿递过来的小碟子。

那面包看上去也没什么特别，是很松软的法式面包。可能是在这里新鲜出炉的吧。

“涂上这个吃比较好。”

说着，玄儿把一个打开盖子的黑色小瓶递给我。

我用瓶子附带的木勺捞了一点瓶内物——这不是普通的黄油，而是类似于酱的茶色黏稠物。我本想闻闻味道，但房间里的那股香味令我失去嗅觉。我觉得这肯定是以天然黄油或者人造黄油为基础制作而成的东西。

于是，我撕下一块面包，涂上那玩意儿，正准备往嘴巴里送时——

我感觉到了异样的氛围，不禁停下动作，抬起头。

那异样的氛围正是“视线”。

所有围坐在桌边的浦登家族的人——心不在焉的美惟除外——齐刷刷地看着我。柳士郎、美鸟与美鱼、玄儿、征顺与望和，以及阿清，他们全都看着我的手，看着我的嘴，那眼神犹如锥子一般扎人。

为什么这样……

尽管我感到恐惧，但尽量做出淡定的样子，将面包塞进嘴里。那涂在面包上的酱一般的茶色东西非常咸，还稍稍有些腥味，无论如何都不算好吃。

我看看玄儿，问道：

“这是什么东西……”

“吃不惯？”

玄儿一本正经地问道。

“也许是不太好吃吧。”

“没有啦……不过，这个是……”

“中也君，再喝点汤吧。”

“中也先生，请喝。”

美鱼从玄儿身边探出脑袋，向我笑眯眯地劝道。接着，美鸟亦探出头来，说道：

“中也先生，请喝。”

随后，两人轻笑起来。

“妈妈，你也要喝呀。”

美鸟向身边发呆的美惟说着，替她拿起容器上的盖子，帮她拿好勺子，然后催促着“妈妈快喝呀”。

我无意识地瞥向坐在父母中间的阿清。此时，他那由于原因不明的怪病而皱纹密布的脸上，露出寂寥、哀怨的神情。当我们视线交汇时，他大吃一惊，赶快垂下眼帘。

“阿清，你还好吗？”

望和将手放在看上去比她还要苍老的阿清的肩上。

“阿清，你还好吗？你还好吧？”

阿清一语不发，有气无力地点点头，然后慢慢地拿起勺子，打开那个黑色容器的盖子。

“你还好吧？吃得下去吗？阿清，吃得下去吧……”

我看看放在自己面前的那个容器。玄儿还在劝我“再喝点汤”。这个容器里装的是汤啊，但那究竟是什么样的汤呢？

我毅然决然地掀起盖子。一股热气冒出来的同时，我闻到香辣调味料的刺鼻味道。我拿起放在餐垫一端的大木勺，慢慢地搅拌起来。

这种汤我从未见过。黑红色，黏糊糊，汤头熬个稀烂，没入黏稠汤体之中。我觉得那与其说是汤，倒不如说是焖过火的杂烩。

但此时我犹豫也没办法。虽然不知道那是什么汤，但反正不会有毒，吃不死人的……

我安慰着自己，重新拿起勺子。但是——

当我舀了一勺汤，正准备喝的时候，又感觉到气氛不对。

我举着勺子抬起头。只见众人——除了美惟——的视线和方才一样，都集中于我身上。柳士郎、美鸟与美鱼、玄儿、征顺与望和，以及阿清。

这……到底是什么意思？

我真心觉得恐惧，于是将勺子原样放回容器中。顿时，场面有点骚动。我用余光瞥了瞥玄儿，只见他眉头紧缩，直勾勾地瞪着我，眼珠子都快要飞出来一般。

很快，于奇妙的骚动声中传来一个低沉的声音，仿佛令整个昏暗的房间共振起来。

“给我喝下去！”

这是柳士郎的声音。

“不准犹豫，喝下去！”

他浑浊的双眼目不转睛地盯着我。那表情、那声音都充满了威严感，令我无法违抗。

“把那个喝下去。”

柳士郎用同样的声调再度命令道。

“在这‘达莉亚之夜’、这个‘达莉亚之馆’内，在达莉亚的守护与许可下，在众人诚挚的祝福下……”

我仰面看着墙上的肖像画。“在达莉亚的守护下”就是“在这幅画前”的意思吗？

“毫不犹豫地喝下去！”

柳士郎再度重复道。

“喝下去！”

其他人也开始附和起来。

“喝下去！”

“把那肉吞下去！”

……肉？

方才，我的确听到了“肉”这个字眼。这究竟……

“喝下去！”

"喝下去！"

我感觉自己要是不喝下去，他们会一直说下去。不管愿意与否，我只能照他们的话去做了。

我重新拿起勺子，紧紧闭上双眼，然后将那个黑红色、黏糊糊，不知道是什么玩意儿的汤灌了下去。

汤里加了不少香辛料调味，但与刚才涂抹在面包上的糊状物一样，一点都不好吃。总的感觉就是非常咸，还有点腥。汤头吃下去糙糙的，就像是吃了浸泡在盐水里的碎纸屑一样。

我实在受不了，将杯中剩下的葡萄酒含入嘴中，和汤一起灌进喉咙里。与此同时，我还胆战心惊地注意着众人的反应，他们的视线依然盯着我的手与口。

"喝下去！"

柳士郎再度重复道。接着，又有几个人跟着附和。

看样子如果我不把汤喝完，他们似乎不会善罢甘休。我索性自暴自弃，再次将勺子伸入容器中。

6

葡萄酒、面包与汤。

看来，宴会上就准备了这三样饮食。算上涂在面包上的糊状物也不过四样。剩下的就只有杯中的清水了。

一开始，我以为还会有后续的菜肴送上来。但随着时间的推移，似乎没有丝毫上菜的迹象。负责斟酒的鬼丸老一直站在房间深处，只要有人的酒杯空了，他就会拿着那个心形的罐子将空杯注满。年少的阿清喝完第二杯酒后，终于换成喝水了。

我终于喝完了汤，又吃了几片面包，喝了几杯葡萄酒。与其说我很长时间没有这样喝酒，倒不如说我几乎头一回这样喝酒。上大学后，我参加过几次学生聚会，但从未如现在这样接二连三地喝。最多也就喝几杯啤酒。我总觉得按自己的体质，无法喝那么多。

但今晚的情况有所不同。

我觉得或许自己完全被那种非同寻常的氛围给镇住了。深山老林的怪宅，居住于此的谜样一族，这场特殊的夜宴，犹如秘密仪式般异样……

摇曳的怪异烛光、弥漫的奇异香气、莫名其妙的料理、秘而不宣的馆主乃至其家人的言行……玄儿亦如此。昨天，通过一连串的事情，我稍稍看到玄儿的另一个侧面。那是今春与他相识后，从来没有发觉到的另一个侧面。而在这里，在这个诡秘的宴会上，他的另一面却完全暴露出来了。

方才，在我想喝汤又没喝的时候——那时，玄儿的表情深深烙印在我的脑海之中。我从未见过他表现出那样的不满与不快。

当柳士郎命令我“喝下去”的时候，玄儿亦与其他人一样，诵咒般地重复着那句话。那声音听上去犹如中邪一般。玄儿可从来没有用那种声音和我说过话。

——住在这儿的人都被那玩意儿蛊惑了……

对了，那位自称“具有现代科学主义精神”的首藤伊佐夫曾经这样评价宅子里的人。

——玄儿亦如此。

玄儿到底为什么要让我参加这个宴会呢？柳士郎在宴会一开始曾提到“有时也允许例外”，但他们为什么单单挑我做这个“例外者”呢？到底是为什么……

喝了太多葡萄酒，酒精的确让我的身心失去了平衡感，我的意识越来越陷入一种朦胧状态。我丧失了思考力，却对声音敏感起来。我感觉房间里到处都有人在窃窃私语。我眼前晃动得厉害，觉得坐在椅子上的整个身体犹如在波涛中颠簸一般。

围坐在桌边的浦登家的大多数人只管吃面包、喝汤，喝葡萄酒。

美鸟与美鱼忙着照顾依然发呆的美惟。望和则一直担心着阿清。征顺不时低下头喃喃自语。柳士郎时不时交叉双臂，用那浑浊的眼眸慢慢地环视众人。而墙上那幅肖像画中，年轻的达莉亚带着妖艳的笑容，聚精会神地俯瞰着他们。

“中也君，怎么了？你不喝了吗？”

玄儿问我道。他也喝了不少酒，眼睛充血发红，让人觉得害怕。

“是啊，我已经……”

我用手掌盖住酒杯，无力地摇摇头。仅仅如此稍稍动一下，就令我顿时觉得天旋地转。

“我说……玄儿。”

“什么事？”

“那个……洗手间在哪里？”

“欸？你不舒服吗？”

“不、不是的。”

我已经相当醉了，但不可思议的是我没感到恶心和烧心。

“只是想去方便一下。”

“是吗？那就好。”

玄儿用力揉了揉充血的眼睛。

“洗手间在楼下。我带你去……”

“由我为您领路吧。”

从我的斜后方传来一个声音，打断了玄儿的话。我第一次听到这个声音。粗糙沙哑，性别难辨。

“我来为您领路。”

不知什么时候鬼丸老走了过来，站在我的身后。

“请您跟我来。”

说着，那个穿着黑衣的老用人向我正后方的门走去。这扇门并不通向刚才的休息室，而是直接通到走廊上。

见玄儿用眼神示意，我惶惶然站起身来。此时，平衡感和运动机能比我想象中更加迟钝。我踉踉跄跄地穿过房门向外走，却差点儿跌倒。我好不容易才站直了身体，跟在步伐犹如滑行般的鬼丸老身后，走到昏暗的走廊上。

我们在大厅前向左拐去，沿着走廊一直向前走。至走廊尽头后向右拐去，最里面有通向一层的备用楼梯。鬼丸老迅速回头看了我一眼，而后默默地走下楼梯。我几乎整个人靠在楼梯的扶手上，跌跌撞撞地跟在他身后。

洗手间就在楼梯旁边。

“在那边。”

鬼丸老嘶哑地说着，指了指洗手间的门。那时，自他那宽大的黑色袖口中露出一只干瘦的手，用“皮包骨”来形容也毫不为过。但是仅仅以手的外形，以及走路姿势等方面来看，依旧很难判断这个老人的性别。我突然觉得这位老人是一种无须区分其性别也无所谓的个体。

我上过厕所，洗了洗手。洗脸池附近没有镜子，无法看到自己此时的样子。我没有感到脸颊发烫，亦无呕吐感，但也许自己的脸色苍白无比，还和玄儿一样眼睛充血。

从洗手间出来后，我借助着微弱的烛光，独自回到走廊上……在走廊尽头左拐，一直走，而后向右拐，来到第二扇黑门前。

我心神恍惚地想象着屋内的情景，握住了门把手。然而，不知为什么门把手转不动。我握着门把手推推门，那扇门却纹丝不动，无法打开。

门上锁了？

我不知所措。

怎么回事呢？刚才我和鬼丸老离开房间后，有人把门锁起来了吗？明明知道我马上就回来，究竟为何要这样做呢？

“玄儿！”

我大声喊道，边喊边使劲敲着那扇黑色门板。与此同时，屋外传来低沉的雷鸣声。

“怎么回事呀？请开开门。”

此时，一只手从旁边猛地抓住我的手腕。宽大的黑色袖口。苍白干瘦的手……是鬼丸老吗？

“请您住手。”

嘶哑的声音回荡在昏暗之中。

“这里不可以。”

我被弄得莫名其妙。

“欸？门打不开呀，所以……”

“这里不可以。”

鬼丸老又强调一遍。

“但是——”

“不能靠近这个房间。”

“但这里不是……”

我依然没弄清状况，重新握住了门把手。那黑色兜头帽下满是褶皱的嘴巴动了起来。

“您弄错楼层了。”这个老人正颜厉色地说道“宴会厅在二楼。”

“……啊？”

尽管我醉得不轻，但也明白自己做了一件傻事——竟然没有上楼。从洗手间出来后，我只是按照与来时相反的顺序，在走廊上走了回来。这么说来，这个房间位于宴会厅的正下方。这样一想我才意识到，现在被我握住门把手的这扇门是单开门，而宴会厅的那扇门嘛，我记得是双开门。

“请往这边走。快，请这边走。”

“啊……对不起。”

鬼丸老转身向走廊走去，我跌跌撞撞地跟在他身后。

“刚才那间屋子是做什么用的？”

我问道。

“为什么不能接近？难道有什么……”

“您这是在向我提问吗？”

鬼丸老猛地停下脚步，反问道。我暧昧地“嗯”了一声，这个老用人背对着我说道：

“那扇门已经被锁了十几年，禁止任何人进入那个房间。”

锁了十几年？我的脑海中自然地浮现出“打不开的门”“打不开的房间”之类的字眼。同时，我随口问道：

“为什么锁上房间不让人进入呢？”

“您这是在向我提问吗？”

鬼丸老再度反问道。

“嗯……是的。”

“我非回答不可吗？”

“不是的……那个，是的。”

虽然我醉醺醺的，意识模糊，但反而难以抑制住好奇心。

“那是什么房间？”

“那曾是玄遥老爷的书房。”

“浦登玄遥先生的……那里发生过什么事儿吗？”

“我非回答不可吗？”

“——是的。”

“那么……”

这个身着黑衣的老用人依然背对着我，淡淡地回答道。

“在那个屋子里发生过毛骨悚然的事情。距今十八年前的九月二十四日——‘达莉亚之日’的那个夜晚……”

“毛骨悚然的事情……是什么事情呀？”

“玄遥老爷就在那间书房里惨遭杀害。卓藏老爷于同一晚，在另一个房间里自杀了。自此，那个房间就上了锁，作为禁忌之地被封了起来。”

7

我记不清当晚的宴会是何时结束的。

当我上过厕所返回宴会厅后，烛光下的房间里依然飘散着不可思议的香味。浦登家族的人依然在墙上肖像画的俯瞰下，静静地吃着面包，喝着葡萄酒和汤。我又被灌了几杯酒。只要稍稍动一动身体，就会觉得天旋地转。耳中响起本不应有的越来越多的嗫嚅声。混沌的脑内交织着各种各样的黏滑声线，自闭性重复着不得要领的自问自答。我突然觉得身边的那个好友非常可怕。而那对忙着照顾“依旧活在惊吓中”的妈妈的连体双胞胎的声音，竟然和《吉诺希安》的旋律重叠在一起。我突然觉得她们的微笑中充满“女人味”的妖艳。那个隔着餐桌坐在对面的当家人则突然变成了可怕的牛头怪物。望着那苍老的少年与他的妈妈交谈的样子，我突然很想大哭一场。而少年的爸爸则突然向我提问道：

“你读过宫垣叶太郎的作品吗？”

知道的人自然清楚宫垣叶太郎是个侦探小说家。但他问得过于突然，还是让我吃了一惊。或许他从玄儿那里得知我喜欢看侦探小说。

“我有《冥想诗人的家》的签名本呢。如果你有兴趣的话，我拿给你看看。”

“我想看。”

作为宫垣叶太郎的处女作，《冥想诗人的家》是著名的长篇小说。现在已经绝版，很难得到。我一直想看这本书，但很难见到它。

“那明天我拿给你看。”

少年的爸爸——浦登征顺说道。

“对了，也不一定急于明天。今后机会多得很。”

就这样，宴会终于结束了。我记得自己喝得酩酊大醉，几乎辨不清东南西北，只能在玄儿的搀扶下，走在昏暗的走廊上。我还记得玄儿曾问了我好几次——“没事吧，中也君？”但我却记不清自己是如何回答的。我记得自己口齿不清地问了许多，却想不起问了什么、如何问的，当然我也想不起来玄儿是如何作答的。

夜越来越深，被风雨声、雷鸣声以及黑暗所包围。不知何时，鬼丸老不见了。我似曾见过鹤子。对了，在北馆的走廊上似乎遇到过那个叫作“江南”的（名叫江南的、那个……）年轻人（他从塔上坠落下来……但为什么会坠塔呢？一瞬间，又产生了那样的疑问）。他摇摇晃晃地从对面走过来，走在石质建筑的冰冷走廊上。我似乎记得玄儿问那青年在做什么，但他却默默无语、满脸困惑，视线游离。

玄儿肯定一直送我回到东馆二楼无疑。我没有换衣服，一头栽倒在床上。那时，不知为何，我突然想起那个因为事故而身负重伤的驼背蛭山。现在，在南馆的那个房间里，他是如何备受煎熬的呢？煎熬……那是单向通至死亡的煎熬。煎熬的结局就是死亡。死亡即空吗？只有空才是现世的唯一永恒吗？据说在西馆那个“打不开的房间”里，第一代馆主玄遥遇害身亡。他究竟是被怎样杀害的？是谁害死了他？为什么非害死他不可呢？我记得卓藏是玄儿的外公。据说这位卓藏先生在玄遥遇害的同一晚自杀身亡了。玄遥与卓藏死后，是被安葬在庭院中的那个墓地内了吗？那个墓地称作“迷失之笼”……为什么“迷失”呢？谁会“迷失”呢？为什么是“笼”呢？那是用来做什么的“笼”呢……

——请吃。

……啊，这是美鱼的声音。

——中也先生，请吃。

这是美鸟的声音——这对美艳的畸形双胞胎是完全的H型双重体，可与昌、恩两兄弟媲美。

——不要犹豫，吃下去！

众人附和柳士郎的声音。

——吃下去！

于“达莉亚之夜”、“达莉亚之馆”内，在达莉亚的守护与许可下，在众人诚挚的祝福下……

——把那个喝下去！

——把那肉吞下去!

肉……呀，那真是“肉”吗？那是什么肉？我吃了那肉吗？他们到底让我吃了什么呀？而且，我……

……在风雨雷鸣声中，我不知不觉地进入梦乡。我睡得很死，仿佛被吞没到无尽黑暗的深处。

间奏曲　三

分裂的“视点”带有很大的随意性，各自不规则地不断沉浮着。

现在，本应成为“视点”主体之物尚处于昏暗的混沌中，无法掌握那个在半透明墙壁对面展开的“世界”。有时，感觉、认识以及思考的零星片断会因为某一缘故而变得活跃。但颇具讽刺意味的是作为结果而言，夸大了导致混乱与错误的可能性……

吞噬一切般蔓延的暗影出乎意料地柔软，然而它依旧冰冷、恶意满盈。

1

又迎来了一个夜晚。市朗独自缩在一角，胆战心惊。

屋外，滂沱大雨下个不停。大风呼啸，听上去像是人的喊叫声。草木沙沙作响。电闪雷鸣。还有那浓重的漆黑夜晚……这个夜晚的一切都让市朗胆战心惊。

市朗待在一个陈旧得称其为“茅舍”都会觉得难为情的木屋之中。这间废屋似乎曾发生过火灾，大部分建筑被烧得差不多了，只有这里幸免。但却放任不管，既没有修缮也没有拆除。

这里太过破落荒芜，令人根本就无法想象当年它原本的风采如何。墙壁上满是裂缝，窗户上没有一块玻璃，地板腐烂脱落，破烂不堪的天花板上到处都漏着水。

在昏暗房间的一角，没有漏雨的一处，残存着几乎快散了架的肮脏木质桌椅。市朗抱着膝盖，坐在那椅子上。每当电闪雷鸣之时，他便把头埋进两腿间，屏住呼吸。虽然天气并不寒冷，但一连几小时，市朗都不由自主地浑身打着哆嗦。

桌上放着一个可折叠的旧灯笼，里面点着蜡烛。拜其所赐，总算没有昨夜那么黑得怕人了。挂在椅子靠背上的帆布包内，有一块吃了一半的法式面包。这样一来，市朗好歹能够填填肚子了——这都是那个男孩子给的。一定要好好谢谢那个男孩子不可。但是，话虽如此……

……接下来，我该怎么办呢？

市朗无力地叹口气，看了看手表。晚上十一点多。不到一个小时，就又要迎来新的一天——二十五日。

昨天、今天都没回家，自然也没去上学，家里人肯定担心死了。说不定整个村子都乱作一团。如果真是这样，还不如事先把目的地告诉某个人……

市朗回想道。

自己在湖边停车场上的吉普车货架里度过了一晚……今天上午十点半左右，他从睡梦中醒来。也许身心都相当疲惫了，这一觉才睡得很香，一个噩梦也没做。

醒来后，市朗立刻觉得口干舌燥、饿得要命。耳边传来了敲打在吉普车车篷上的细雨声。他睡眼蒙眬地环视四周——这里是什么地方……现在，我这是在哪里呢……只要想到自己所处的状况，昨晚那种不安和恐惧便再度涌上心头，战胜了饥渴。

天亮后，屋外下起了雨，但基本状况没有任何改观。

雨下得还不是很大。市朗背好包，戴上棒球帽，罩上夹克的兜头帽，胆战心惊地爬下吉普车。天空虽然乌云密布，但毕竟太阳升起来了。市朗从来没有因为白天的日照而这么开心过。

市朗张大嘴巴、仰面朝天，让滴落的雨水润润嗓子，顿时又觉得肚子饿了。要找点填饱肚子的东西……市朗突然想起栈桥旁的黑色石屋。去那里找找，肯定有什么东西可以吃。但是……

昨天发生的事情，那时的场景又活生生地展现在他的脑海里。

市朗透过百叶窗的缝隙，向屋内窥视时看到的那个异形男。他那看起来病态的、死灰般的脸上露出恐怖的笑容。正当他磨菜刀之时，地震再度发生。

屋内的墙壁和天花板塌了，家具摆设也倒下来……在散乱的瓦砾和玻璃碎片中，那名男子被压在架子下面，痛苦地挣扎着。他浑身是血、表情狰狞，发出野兽般的呻吟声……

那家伙怎么样了？

市朗明知那人受了重伤，却心生恐惧，逃离了那里。几乎没有救人的勇气——后来，那家伙怎么样了？还被压在架子下面吗？总不会就那么死了吧……

罪恶感与挥之不去的恐惧感交错在一起，心情复杂的市朗冒雨走向湖边的栈桥。

那时，市朗第一次见到那个湖中小岛。岛的四周围着犹如城墙般高耸的石墙。隔着石墙，那宅子的黑影时隐时现。

那就是——

市朗不禁浑身哆嗦了一下。

那就是暗黑馆……

湖边那个屋子的大门半敞着。市朗小心谨慎地走进去。他从门口一直走向那男子倒下的房间。墙壁与天花板崩塌了，瓦砾和玻璃碎片散落一地，这些和昨天目睹的情形一模一样。但是……

市朗不禁惊叫起来。

没有人。架子下的那名男子消失不见了。

他自己逃脱出去了，还是有人来救他呢？

市朗心中的罪恶感稍微减轻了一些，但恐惧感却急剧上升。

那家伙说不定就在附近，或许还有他的同伙。如果被他们发现了，自己究竟会落个什么下场呢？

——绝不能到那幢宅邸附近去！

市朗又想起奶奶的话。

——那里有恶魔栖身。

市朗心惊肉跳地环视四周。于是，他发现在入口一侧的台子上有台电话。

市朗冲过去，抓起电话。这下子就可以和家里联系，就可以求救了。

但是，放到耳边的话筒中只传来讨厌的杂音。即便拨号也还是杂音，无法打通。不知是电话本身坏了，还是电话线出了问题。

市朗没有放弃。他挂上电话，又拿起来拨号。但无论尝试多少次，结果都是一样。

就在那时，市朗听到微弱的呻吟声。顿时，他吓得心里怦怦直跳。那是从附近传来的痛苦的呻吟声。

市朗好不容易才忍住没有立刻逃出去，而是走向隔壁房间，偷偷看了进去。那里好像是卧室。房间最里面的窗子一旁放有一张床。屋外的光线透过百叶窗的缝隙照了进来。而后——

市朗看到那个发出呻吟声的人倒在床前的黑色地板上。

那人穿着深灰色的衣服，就是昨天看到的男子。背部隆起的硕大肉瘤，令他只能侧身躺着。抱着腹部倒地不起的男人，不断发出痛苦的低吟声。

他自己从架子下挣脱出来，爬到这里后筋疲力尽了吗？他曾经昏迷过去了吗？他伤得怎么样呢？

市朗想喊他，但犹豫不决。昨天透过窗户看到这个男子令人恐怖的笑容……当时那种强烈的恐惧感再次于脑海中复苏，令市朗如鲠在喉，说不出一个字来。

“那、那个……”

市朗好不容易才挤出一点点声音。

“你……”

突然，那男子的身体猛地一动。

市朗顿时惊叫着，飞也似的逃离那个房间。

市朗从建筑物中冲出来，跑向栈桥。栈桥上拴着一艘小船，是小型的摩托艇。

坐这个摩托艇上岛吧，向宅子里的人求救……

市朗从来没有驾驶过摩托艇。要是有船桨，还能划一划。他边想边扭头看向那个房子——

只见一个灰色人影摇摇晃晃地从建筑物背后走了出来。市朗再度惊叫起来——天哪！是那家伙！那家伙要追过来了！那家伙来追我了！

市朗忘我地跑起来。他冒着雨，慌不择路地跑到湖边小径上。

跑了一阵子后，市朗回头一看，发现那名男子的身影已然不见了。

……没事了。安全了。

市朗拼命说服自己。

那家伙受了伤，跑不动的。肯定不会有事的。没事了……

上气不接下气的市朗边调整呼吸，边望向湖中小岛。此时，他才注意到——

湖水……湖水的颜色很奇怪。非蓝非绿，亦非灰色。总觉得那湖水有些泛红，一如倾倒许多颜料般，湖面泛起了茶红色。

这湖水原本就是这种颜色吗？还是某种原因致使湖水变成这种颜色（……这种颜色是）的呢？

市朗突然想起若是沿着湖边走一圈，说不定还能找到其他船只。或是……对了！或许还能发现绕过发生塌方的地段，折返回到村庄的道路呢。要是能找到的话……

雨打湖面、喧嚣不止之时，又传来另一种不同的声响。那是马达的轰鸣声。

市朗惊讶地望向栈桥。这是……刚才那艘摩托艇的轰鸣声吗？

那艘小艇驶离栈桥，驾船者正是那名男子。

一瞬间，市朗觉得那男子驾船来追自己了。很快，他就知道并非如此。那艘小艇径直开向了小岛的方向。

小艇在茶红色的湖面上（这种红的颜色是……）滑行着。马达发出高亢的轰鸣声，船速越来越快，笔直地冲向那黑色的小岛。市朗站在湖边，屏息望着。

接下来发生的事情令人意想不到。那个高速行驶的小艇既没有减速，也没有掉转方向，而是向那四周都是石墙的小岛上猛烈撞去。

烟雨朦胧之中传来巨大的声响，短短几秒钟，那艘小艇就从市朗的视野中消失了。市朗似乎隐约看到那飘散在空中的黑色碎片，但不知那驾船的男人情形如何。

当时是上午十一点半左右。

2

随后——在自己目击小艇碰撞的事故之后……

市朗坐在椅子上，抱着腿继续回想。

……雨势渐渐变大。市朗独自走在湖边小径上，心里已经不再像方才那样恐惧。再也不用担心被那男子追击，再也不必害怕那男子了——尽管如此，市朗所处的基本状况并没有改观。

肩膀和四肢都很沉重。而且，最主要是肚子饿。尽管如此，市朗还是不想回那个湖边小屋去找吃的。

就这样走了一小时左右，市朗正好绕到小岛的后面。就在那时，市朗发现了那条延伸到岛上的桥。

在风吹雨打中，湖水颜色呈现出暗蓝色，看来，栈桥一带的湖水还是因为某种原因才变成了茶红色。

与栈桥那边相比，这里与小岛的距离要短很多，估计最多也就百十米的距离。一座形状罕见的桥将小岛与岸边连接起来。那既非吊桥亦非板梁桥更非拱桥……市朗还是第一次见到那种桥。

危险，禁止渡河

桥前立着一块牌子。与昨天见到的那块标示此处乃浦登家族私有土地的牌子相同，这块牌子上面也写有四四方方的红色警告字体。

市朗有些犹豫——要怎么办呢？

这桥仿佛直接漂浮在湖面一般。或许叫“浮桥”吧，连接大量筏子般的“浮子”，其上铺木板搭建而成。

经历风吹雨打，加之湖水的推波助澜，这桥显得非常不牢固。虽然桥宽可令一辆板车通过，桥的两侧还拉有锁链，但或许年代久远才“危险”的吧。如果强行通过，说不定会将桥弄坏。

犹豫良久，市朗还是无视警告走上了桥。他觉得自己身小体轻，只要多加小心，只身一人应该可以过桥。就算掉到湖里，自己也会游泳。

再那样在湖边乱转也没什么用。就算回到森林，恐怕也只会迷路而已。似乎也没有能绕过那片塌方的远道。就算真有那种路，自己也找不到。风雨越来越强，远处似乎传来雷鸣声。

市朗决定先去岛上再作打算。

虽然不知道宅子里住着什么人，但好过这样漫无目的地游荡。因此……

此时已过下午一点。一阵猛烈的风刮过，仿佛从后面推着市朗前行一般。

市朗重新背好帆布包，戴好夹克上的兜头帽后，开始慢慢渡桥。

浮在湖面上的那座桥比想象中摇晃得更厉害。桥面和锁链都严重腐朽，加之雨淋，脚下滑得厉害。每走一步，都会传来让人惴惴不安的声响。仿佛那腐烂的桥板即将脱落一般，连接“浮子”的铁锁锈迹斑斑，不断发出吱吱嘎嘎的声响。

好几次都想掉头回去，但市朗在心里不停地念叨——就差一点、就差一点了。他慢慢地迈着脚步向前走着。

最后十米，市朗决定索性跑过去——事后想想，那也许是个错误。

市朗跑向小岛的时候，耳边不时传来“咣当、咣当”的声音，好像是锁链断裂的声响。整座桥摇晃得更加厉害，到处传来令人心惊肉跳的声音。脚下有几块木板脱落了，令他差点儿跌倒。真没想到，那个看似伸手可及的对岸，竟然令人感到如此遥远……

尽管如此，市朗还是登岛了。不能不说他很幸运。市朗连滚带爬地上了小岛。就在那时——

整座桥猛地横向弯曲起来，随着剧烈的异响，浮桥自中间断开了。

只要有一处断开，其他地方也是迟早的事。木板的脱落声、锁链的断裂声持续不断，桥面到处断开。从岸边延伸过来的桥面犹如水中大蛇，七扭八歪地漂移开来。湖面上到处散落着桥板和“浮子”。

就这样，市朗登上了小岛。但他也是这个世界上最后一个渡过这座桥的人。

桥边建有一个小小栈桥，但一艘船也没有。栈桥旁有个看起来黑黢黢的，像是遭到烧毁的建筑物遗迹。那里曾是存放船只的小屋吧。

长长的石阶自岸边以缓缓的坡度向上延伸。市朗再次看看毁坏的桥，然后将不知何时脱落的兜头帽重新罩在棒球帽外，紧紧系上帽带后，登上了石阶。

石阶尽头有一扇厚重的黑门。市朗推了推那扇门，却纹丝不动，似乎自门内闩住了。然而幸运的是，门旁的木质便门却敞开着。

穿过便门，展现在眼前的是草木繁杂、郁郁葱葱的大庭院。市朗首先看到的是这个依石墙而建的陈旧建筑物。以他的角度看过去，这房子位于左首方向。

这是一个腐朽不堪的“废屋”，覆盖着常春藤与蔓草。

市朗跑了进去。至少，那里可以遮风挡雨。

3

市朗继续回想。

当他发现这个建筑物，跑了进去的时候，雨下得还没这么大，从天花板上漏下来的雨水也没这么多。市朗脱下被雨水淋湿的夹克，从包中取出毛巾，擦了擦手和脸。当他总算回过神的时候——

“谁？”

从房子入口传来询问声。

“谁？”

市朗大吃一惊。扭头一看，只见一个拿着黄色雨伞的人正看着自己。这就是叫“慎太”的那个男孩子与市朗的初次相遇。

“谁？”

对方又问了一遍。他叠好雨伞，放在门外，然后小心翼翼地走了进来。那少年穿着茶色短裤和蓝色短袖衬衣，剃着光头。

“我、我叫市朗。”

市朗回答道。从外表上看，对方比自己小五六岁，似乎因为他的出现而相当吃惊。

“我从I村来。后来……”

“I村……”

少年显得纳闷。

“你叫……市朗？”

“是的——你呢？是这宅子里的孩子吗？”

“我，慎太。”

“慎太？是你的名字吗？”

“妈妈，忍。”

“忍……”

市朗觉得那孩子就算比自己小五岁，也应该八岁了，但他说话没有条理，反应也很迟钝，说不定智力上有问题。

“你是这宅子里的孩子吗？”

市朗又问了一遍。慎太费解地回答道：

“我，宅子的……”

说到这里，他停顿下来，然后略略困惑地说道：

“妈妈，干活。”

妈妈在这宅子里工作吗？难道他是用人的孩子？

“这里是什么地方？”

市朗问道。

“这个建筑是用来做什么的？”

“这里，我的……”

回答一半，慎太闭口不说了。

“我的……”

“是你的房间吗？”

“我的……”

市朗再次环顾四周，这里只是间破烂不堪的“废屋”罢了。难道这里就是让这个孩子住的房间吗？怎么可能！

市朗突然想到这里或许是他的“秘密基地”之类的地方。这里是这个少年瞒着大人，独自进出的秘密游戏场所。

“宅子里的人可怕吗？”

市朗诚心诚意地打听起来。慎太再度费解地想了半天，挤出一句：

“老爷，可怕。”

说完，他低头看向自己脚下。

“可怕……是吗？”

——那里有魔物栖身。

市朗再度想起奶奶的话，心中充满了困惑和不安。

“果然这样。”

市朗觉得还是在这里潜伏一段时间，看看情形再说。

眼前这个少年暂且不论。如果这宅子里的人都和岸边那个建筑物中的男人一样恐怖，自己该如何是好？此时，市朗一下子犹豫起来。他心中还有一种罪恶感——不仅随意闯入私人领地，还弄坏了上岛的浮桥。而那艘小艇的事故，也不能说自己没有一点责任。他边发着愁边说道：

“肚子好饿啊。”

市朗无法抑制自己此时的生理需求。

“这里有没有吃的？”

他看向慎太。

“肚子……饿了？”

少年用奇怪的眼神看向他。就在那时，突然——

“慎太！”

从建筑物外面传来很大一声呼唤，市朗一下子跳了起来。

“慎太！你在里面吗？”

那是个男人的声音。听上去那人非常生气。

慎太也惊慌失措地回头张望。市朗轻声问道：

“谁？谁来了？”

慎太一语不发，胆战心惊地朝房外走去。市朗赶忙叫住他，跑过去后，把手指放在嘴唇上轻声道：

“嘘——我在这里的事儿要保密。现在要是被发现就惨了。拜托了！”

慎太暧昧地点点头，然后慢慢地从建筑物入口处探出半个身子，向外看去。

“慎太！你在那里干什么？”

还是那个男人的声音。慎太缩回身体，扭头看向市朗，说道：

“这里，保密。”

这个废屋看来还真是这个少年的“秘密基地”，所以他才要市朗向任何人都保密。

市朗用力地点点头。而后，慎太立刻转身走了出去。

“干什么呢？”

传来的男人声音听上去像是在训斥慎太。

“在里面玩吗？那里可是很危险的！”

虽然市朗拜托那孩子保持沉默，但他还是不放心。市朗退到房子的角落里，缩成一团。

很快，那男人的声音消失了。过了好一阵儿，似乎也没见有人过来。这下子，市朗总算放了心。

大约不足一小时，慎太又回来了。当时，没有勇气踏出建筑物一步的市朗饿着肚子，蹲在房间的角落。

“市朗，先生。”

少年叠好和刚才一样的黄色雨伞，走了进来。他唤着市朗的名字，不自然地笑着。

“这里，保密。”

他说话显得没有条理。

“市朗先生，也要保密。”

市朗明白那少年不想对任何人说。不知道那少年是否明白，对于双方而言，这里都要“保密”。

“给！”

说着，慎太递给市朗一个装在纸袋里的法式大面包。

“这个，保密。”

那少年对家里人“保密”，偷偷拿这个给饥肠辘辘的自己吗？

市朗都忘了道谢。他接过面包啃了起来，也没好好嚼，就往肚子里咽。结果，他被猛地呛住，剧烈地咳嗽起来。

“谢谢啦。”

市朗咽下第一口食物后，才想起来道谢。

“这里，保密。”

慎太又重复了一遍。他似乎相当不情愿让别人知道这里。

“我知道，保密嘛。”

市朗用力点点头，回应道。

“我不会和任何人说的。对了，那你能不能再帮我个忙？”

慎太疑惑地看着市朗。市朗接着说道：

“有没有蜡烛什么的？蜡烛……明白吗？到晚上，这里会一片漆黑。我想要个能照亮的东西。”

“蜡烛……”

慎太考虑了一会儿后，走到放有脏桌子的房间一角。然后，他打开抽屉，在里面翻找起来。不久，慎太自抽屉里拿出一样东西。那就是现在正在市朗眼前发出微弱光芒的灯笼。

自那之后，慎太就再也没来过。

自傍晚转深夜，市朗只能在这房子一隅熬时间。随着黑夜的到来，风雨也更加猛烈，时不时出现的电闪雷鸣，让本来就恐惧不安的市朗更加心惊胆战。

毫无办法。如今，姑且只能困在这里——虽然场所变了，但闭塞的状况与昨夜基本相同。

忍到天亮，忍到风雨平息之后。

到那时再想办法。

与昨夜不同，现在的自己不再是单枪匹马。那个叫慎太的男孩子——只有那孩子是“自己人”，至少他不是“敌人”。因此——

市朗看看手表。已经又过了一天，指针正接近凌晨一点。

灯笼里的烛光猛地摇曳一下。市朗看看立于四块平板挡风玻璃之中的蜡烛，发现它已经所剩无几，燃尽只是时间的问题。

市朗站起身来，犹豫片刻后，打开桌子的第一层抽屉。他想看看里面是否有备用的蜡烛。

抽屉里放了不少东西。有玻璃球、悠悠球、陀螺、竹蜻蜓等儿童玩具，也有铅笔、钢笔、雕刻刀、锤子、钉子、螺丝刀等文具与工具。这些肯定都是那个少年拿来的。这个灯笼恐怕也是他从宅子里的储藏室中找到后拿到这儿来的。

没有找到蜡烛，市朗便又打开了第二层抽屉，那里的东西和上层的风格有所不同。

有挂着几把钥匙的钥匙串、打火机、烟斗、戒指、一只耳环、领带夹、不知哪个国家的银币和铜币……哪一个看起来都不像是小孩子拥有的东西。市朗发现里面还混有一个深褐色钱包。他不禁觉得奇怪，便拿出来看了看。里面有几张纸币。钱包和纸币都湿漉漉的。

除了纸币，市朗从里面还找到了一张湿乎乎的照片。他拿出那张照片，借烛火看了起来。

那是一张旧照片。

两个人站在某处室外，以稀疏的树木为背景拍摄下这张照片。

其中一个人是身穿和服的中年女性，另一个则是干瘦的孩子。孩子紧紧地贴在那女人身边，看上去像是一对母子(……哎呀，这张照片)。当然，市朗不认识他们之中的任何一人。

市朗看看照片背面，上面写有一行字。但是大部分文字都洇了水，无法看清全部。

“于X月七日X岁生日”(这行文字是……)。

市朗费了半天劲，也只辨认出这么多。

“哦——”

市朗不禁自言自语起来。

“那家伙……原来如此。”

那个叫慎太的少年将在宅子里找到的各类物品偷偷地藏在这里，第二层抽屉里的东西肯定就是那孩子收集来的“宝物”。所以，那孩子才不想让宅子里的那些人知道这里是他的“秘密场所”，想要对他们“保密”的呀。

市朗将钱包放回原处，又在抽屉里翻腾起来。终于，他在这层抽屉的最里面找到了几根蜡烛。

抽屉里的打火机已经没气了，打不着火。市朗从裤兜里拿出昨天——不，是前天——在那个森林中，汽车事故现场捡到的那个火柴盒。现在燃烧着的蜡烛就是用火柴点着的。

在火柴盒的黄色外盒上，印有“岛田咖啡店”字样的店名。在外盒一角还印着店家的地址和电话号码，这好像是位于熊本市内的咖啡店。可这个火柴盒为什么会掉落在发生事故的汽车旁边呢……

市朗重新点燃一根蜡烛，替换下灯笼中的短蜡烛。这样一来，至少可以维持几个小时。

虽然市朗已经达到预期目的，但还有两层抽屉没有打开。他突然变得很好奇，想看看还隐藏着什么“宝物”。

市朗拉开了第三层抽屉。

市朗多少已经预感到，那里面应该放着许多那个年纪的男孩子的“宝物”。有好多栋树果、橡树果、袍树果等果实，除了形状有点奇特外并无特别之处的石子，还有好几块瓦片之类的东西。另外，里面还放有蛇蜕、蝉蜕、蜂巢残骸、螵蛸、鸟类羽毛、干瘪的壁虎尸体等这类被大人看见肯定会皱着眉头，勒令丢掉的东西。

就连市朗看到蛇蜕和壁虎尸体，也不禁皱起眉头。加上目前所处的状况，市朗更加心生恐惧。

即便如此，当他关上第三层抽屉后，还是打开了最底层的抽屉。

最底层的抽屉比其他抽屉都要大。如果这里面也藏着“宝物”，那“宝物”的体积一定不小。市朗边想边拉开了抽屉。当他看见里面滚动的**那样宝物**后，不禁失声尖叫、后退数步。

“什、什么玩意儿？”

市朗用力眨眨眼睛。后脊爬上一股寒意，胳膊上也起了鸡皮疙瘩。

“刚才那玩意儿到底是什么啊……”

市朗胆战心惊地走到桌子旁，弓着腰，再次看向打开的抽屉内。那的确就是刚才自己亲眼所见的**东西**。它依旧在抽屉内转来转去。

“怎么会有这种东西？”

最底层抽屉里放着的是脏兮兮的**骨头**。而且，一眼就能分辨出那是人类的头盖骨。

这就是——这也是那个名叫慎太的少年搜集的“宝物”吗？那孩子从哪儿找到这玩意儿的？拿着这样的东西，那孩子不会害怕吗？不可能不害怕的呀！这是谁的头盖骨呢？这是何时何地死去的人的……

那个唯一被自己认为是“自己人”的少年一下子变得很恐怖，让人琢磨不透。市朗颤抖着双手关上抽屉。他离开桌子，找了一块没有漏雨的地方坐下。

他又开始害怕起来。

4

同一夜晚的同一时刻——

在暗黑馆东馆一楼的客厅里，江南仰面躺在被褥之上，看着黑色的天花板。

灯光暗了一点。从刚才开始，他就一直努力想让自己睡着。但越是这样，就越是难以入眠。各种各样的情景毫无关联、杂乱无章地出现在脑海里。

或许医生给的药产生了效果，身上各处的钝痛基本消失，疲劳感也没有那么强烈了。随着时间的推移，浑身的麻痹感也逐渐减弱。他觉得要是睡上一觉，等再醒来，感觉会更好。但是——

接下来会怎样呢？连江南本人都无法预测的是自身内部——心灵深处的问题……

——总之，还是什么都想不起来吧？

——那也就是说，你还是无法说话、发不出声音，对吗？

……是的，现状就是如此。

九月二十三日傍晚，我独自上岛，独自登上十角塔，从塔顶的露台上掉落下来。虽然我尚不能清晰地回忆起这些事情，但既然别人这么告知我，那应该是个不争的事实。

这里是位于湖中小岛的宅子。这个浦登家族的宅子有个奇怪的别名，叫作暗黑馆。在内心深处，“暗黑馆”、“浦登家族”等这些名称，与我的那些零散记忆相互呼应——的确有这种感觉，我确实……

是了……我为了赶到这个人称暗黑馆的浦登家族的宅子，开车在山道上颠簸了好长时间（……没错）。但在半路上，车子不幸冲进了森林里……

在混沌的心中，记忆片断缓缓地动起来。

……对了。车子冲进森林，撞在大树的树干上停了下来。而且，我……

有若干如此复苏的记忆片断。但往往想起一些却又再也想不下去了。这些记忆断片无法把江南的过去和现在有机地结合起来。

似乎是自塔顶坠落带来的冲击，致使我丧失了记忆。在此之前，我的记忆——我的想法是怎样的呢？唉，所谓的“我的记忆”究竟是什么呢？未曾失去**此物**的人又要通过怎样的证据，确信那就是自己呢？

……我不清楚。

肉体虽然恢复了，但头脑深处依然还存在着那种麻痹感。江南觉得意识中的大部分还很朦胧，杂乱无章——天啊，“我”到底是谁？

当他用力闭上眼睛时，他在客厅前的走廊上所目击的情景缓缓地浮现在脑海里。

傍晚前——大约是下午三点半吧。玄关大厅那里传来了喧嚣声与慌乱的讲话声。江南躺在被褥里，出神地想：出了什么事呢？发生了什么大事吗？

很快，从走廊上传来两个人慌乱而急促的脚步声。接着，从玄关大厅传来更多的脚步声和好几个人的讲话声。或许因为走廊与大厅之间的门开着，故而江南听得更加清晰。

——很糟糕。在那里我就看过了，这家伙伤得不轻……

——会危及性命吗？

——好了，还是先抬到房间吧。

——南馆的一楼，有空房和床铺吗？

——第一个房间空着。

说话声越来越近。几乎每个人嗓门都很大，似乎发生了紧急事态。

——蛭山先生！能听到我说话吗？

——医生。

——他遍体鳞伤，不止骨折，头部的伤也很深。说不定内脏也……

难道出了事故，有伤员吗？

江南爬起身来，打开面向走廊的拉门，向外望去。当时，说话者正准备穿过走廊。

有两个抬着担架的男子。江南对其中一名男子有点印象，上午来过客厅的那些人里就有他。身穿白大褂的男子走在担架旁，那是人称“野口”的医生。而担架上躺着的是——

一个身上盖着毛毯，脸扭向江南这边的男人。当江南看见他那满是血污和泥巴的丑陋面容时，因受到强烈刺激而变得浑身僵硬。

毫无疑问，那人身负重伤，头上缠着代替绷带的毛巾。他双眼紧闭，眼睑沾满污血。舌头从嘴角无力垂下，犹如腐烂的肉片一般……

江南直觉地感到那人已是奄奄一息。看来真的发生了重大事故，那人才变成这样……

江南张大嘴巴，想喊些什么。但他无法顺畅地发出声音。连他本人也不知道自己想要喊些什么。

就在那时，那伤员犹如痉挛一般，蜷曲着身体咳嗽起来。

“你不要紧吧？”

紧跟在担架后面的男子——浦登玄儿问道。

让人揪心的咳嗽声还在继续。从伤员的嘴中冒出血泡，野口医生赶忙用手帕帮伤员擦去嘴角的血污。那人发出微弱的呼吸，被天空中传来的沉闷雷声覆盖。

“……啊。”

江南发出呻吟。他依旧无法顺畅地说出口。

“……啊……呜……”

那人已是风中之烛。所以，才会如此痛苦。所以，也会如此痛苦。

很快，那怪人止住咳嗽。他的眼睛似乎微微睁开了一道缝。江南觉得那人的无力眼神与自己的眼神瞬间交汇在一起。那已经复苏的记忆片断——躺在病床上的**她**的面容、她的表情与之重叠在一起。

虚弱的眼神、无力的呼吸、含混的发音……啊……妈妈（……妈妈）。那时，在那个病房里，我……

“好了，你——江南君，你还是在里面休息吧。”

浦登玄儿在我身旁说道。

“出了点事故而已。昨天你还真是走运。”

还真是发生事故了——江南还记得自己当时的想法。他慢慢退回房间，一屁股坐在被褥上，脑子里反复想着“事故”这个词。

于是，他很自然地想起了那个场景——没错，就是那个。

……冲进森林里的黑色轿车，破碎的玻璃，飞溅的鲜血，撞瘪的发动机罩，左手上的刺痛……以及，我……

突然——

江南预感到现在回想傍晚前的事情的**这种**意识，似乎要被某种莫名的力量拖曳到**别的什么地方**去。他赶忙睁开眼睛。

微弱光线下，黑色天花板仍旧依稀可见。除了屋外呼啸的风声与自己的呼吸外，他听不到任何声音。就连身处这个房间时偶尔会听到的那个不明来历的声音，此刻也听不到。

江南把手掌放在额头上，枕在枕头上，慢慢地摇摇头。

我究竟为什么要来这个暗黑馆？为什么——为什么呢？我和这个浦登家族的宅子有什么关联吗？

……不知道。还是不知道。

江南觉得那“答案”似乎近在眼前。

晚饭依旧是那位叫作忍的用人送来的。当时，江南用身体比画着，让她带自己上厕所。进入那个叫作南馆的建筑后，沿着左侧走廊一直走，到尽头拐弯，便是厕所。忍告诉他，东馆最里面也有厕所，但那是来客用的，所以尽量使用南馆的这个厕所。

此后，夜越来越深，江南没有任何目的，从客厅里溜出来。

他朝与南馆相反的方向走去。

江南穿过铺着黑色地板的走廊，左拐后又走了一阵儿，便看到一条类似隧道的走廊。那条走廊一直延伸到一个与东馆风格非常不同的建筑中。从方位上考虑，那里恐怕就是被叫作北馆的地方。

江南在那里漫无目的地转了一会儿。这是他第一次进入北馆之内，所以一切对他而言，自然都很陌生。

这里有放置大量书籍的房间，有摆放钢琴的房间，还有摆放台球桌的房间；有相当宽敞的大厅，以及散落着绘具及尚未完成的画作的工作室。江南也去二楼看了看，那里还有许多自己未曾去过的房间。

江南又回到一楼，继续在昏暗的走廊上转来转去。最后，他被玄儿叫住了。

“怎么了？你在那里做什么？”

玄儿的声音听上去像是在责备江南。江南无法发声作答，不知所措地避开了对方的视线。

“看起来你的身体正在逐渐康复呀？”玄儿似乎是这么说的，“但最好不要随意在宅子里闲逛——你想起什么没有？”

江南摇摇头，算是回答。

那个叫“中也先生”的年轻男子站在玄儿身边，眼神游离地看着自己。他一语不发，但脸色难看。或许是喝醉了，他被玄儿架着，踉踉跄跄地走着。

江南独自回到客厅。中途，他找到了东馆的洗手间，上个厕所，顺便洗洗脸。此时，他心惊胆战地看向洗脸池上方的镜子——

这就是（这就是……）我的脸吗？那是他最初的真实想法。神色虚弱，目光哀怨。这就是我的脸吗？似曾熟识的（……无法不陷入强烈的混乱之中）这张脸却俨然是素不相识的陌生人的脸……

玄儿让他好好休息。江南没有理由拒绝，只能听话地钻进被窝。但自试图入睡起，不知道过了过久，他依旧毫无睡意。

江南再次闭上双眼。

那紧贴在大脑深处、挥之不去的麻痹感慢慢地凝聚在一处，形成一个压瘪的球体，然后慢慢转动起来，速度越来越快。形形色色、各种各样的片断混杂、融合于其表面。当旋转速度到达顶点时，只能看到一团黑影。伸手过去，被猛地弹开，再次伸手过去，则几乎被吸卷进去。某些东西在启动。某些东西在损坏。某些东西在那里相连。某些东西在那里飞奔。某些东西……什么东西？什么情况……不知道。动机不详。辨认困难。无法驾驭……是担架上的伤员的……是冲进森林，受损严重的黑车的……是那个躺在病床上的她的可恶的……

江南再次睁开双眼。

映入眼帘的依然是黑色的天花板，传入耳畔的依然是呼啸的风声。暴雨，狂风，以及雷鸣——啊，对了（……那一日亦是如此）！那一日，那个时候，亦是如此（亦是如此……）。

更加强烈的雷鸣，令这个昏暗房间里的潮湿空气微微颤动。

江南第三次闭上双眼。几道泪水溢出眼角，顺着脸颊流淌下去。“视点”似乎被这眼泪冲刷一般，沉入当晚那无尽的冰冷黑暗之中。

第三部

第十二章　混沌清晨

1

我身陷于弥漫的苍白大雾之中。

彷徨其中，时间久得令我有恍若隔世的感觉。我是谁，为何在这里……连这些基本认识都无法确认，就无休止地彷徨其中。此时，大雾终于散去。那幢西式建筑渐渐出现在我的视野之中。

红瓦高墙。青铜格子门紧闭。门内是那幢古旧的二层西式建筑——附于暗淡象牙色墙壁上的咖啡色木质骨架。坡度很陡的藏青色房顶与带着些许神秘的天窗。仿佛是隐藏着无限秘密的异国城堡一般的那个……

那早已不复存在的建筑就这样出现在眼前。即——

没错，这当然不可能是现实中的事情。我是在睡梦中看到的它。这是梦——尽管我于意识一角如此感觉，但梦中的自我却没有跟随这份感受采取相应的行动。

当我回过神来，那完全覆盖整个世界的浓雾竟完全消散。我回头一看，身后有一个幼小男童。那是比我小三岁的弟弟。

不知何时，红黑色的晚霞在天空中扩散开来。某处传来茅蜩的鸣叫——啊，这是十一年前的夏末时分，我八岁的时候。

锁在格子门上的铁锁已然整体生锈。只要用力推门，锁就能轻易断裂。我拉着弟弟的手，溜进敞开的大门内侧。

红砖小路穿过荒芜的前院。茶色的玄关大门紧闭，门侧并排的窗子上已有几块玻璃破碎掉落在地……

……我让弟弟留在原地，自己则打开一扇窗户，溜进馆内。我绕到玄关，从里面把门打开，把弟弟招了进去。一瞬间，我产生一种错觉，觉得自己俨然就是这个西式建筑的住户。

弟弟有点胆怯。我硬拉着他，走在通向房间内里的昏暗走廊上。灰尘、霉味以及旧板材的气味交错在一起，刺激着鼻腔。这是长期无人进出的建筑物所特有的味道。

我和弟弟在一间间空无一人、静得可怕的房间里逛来逛去。

盖在家具上的白布，透过污浊的玻璃窗照射进来的夕阳的红色光芒，遍布各处的或深或浅的阴影。仿佛有人正盯着溜进房间的弟弟和我，那人的气息声至今依旧依稀可闻……

越向里面走，我就越觉得自己仿佛来到无人知晓的另一个世界。突然心生一种预感，那是既感到非常开心，同时又十分害怕、安定、愉悦的复杂心情。但接下来的一瞬间，场景猛地被切换掉……

——怎么回事儿啊？浑身脏兮兮的……

夏末的某日，当我和弟弟完成西式建筑“大探险”回到家后，那个人这样对我们说道。现在再也无法见到的那个人——我的妈妈。

——疯玩儿什么去了？

看到满身灰尘的我们，她诧异地皱着眉头发问。我有些内疚，只说在后面树林里玩的。

后来，谎言还是败露了。恐怕是弟弟无心之中将我们去那建筑里“探险”的事情，如实地告诉了妈妈。

——那怎么成!

妈妈严厉地批评了我。

——你可是哥哥，怎么这么皮……

……妈妈，对不起。

交错时空的往日回忆。那个人声音、容貌、动作、气味在梦中重现……

——怎么能随便进入别人家呢?

……但是，现在那里没有人住呀。

——不许回嘴!

……我知道了，妈妈。

一切仍旧停滞在那里。温柔美丽，冷漠可怕，近在咫尺似又远在天边……以这般看似复杂，实则单纯的形态停滞在那里。

——万一有个闪失，怎么办?

……对不起，妈妈。

——要是下次还这么皮，就让你爸爸狠狠地揍你一顿。

……知道了，妈妈。

……对不起，妈妈。

我无法具体想象出怎样才是“万一有个闪失”。但是，当那日我踏足那幢西式建筑时，确实于内心深处的一隅感到几分胆怯。我觉得自己做了不该做的事情——妈妈不也说“万一有个闪失”吗？我茫然地说服自己。但是——

我自然知道。

被妈妈训斥之后，我仍有几次偷偷溜进那个西式建筑。我没有告诉任何人。一个人偷偷溜进去。

……对不起，妈妈。

——哎呀，真是让人头疼呀。

梦中的场景突然又切换了……

自某处传来熟悉的童声。瓦的海洋，云的海洋……五月五日，端午节，亦是我的生日。不知为何，我无法忘却当时的场景。

——这孩子虽说是个男孩……

竖立在院子里的竹竿前方，有三个奇形怪状的影子在风中摇摆。昏暗的客厅最深处，摆放着一个古代武士人偶。那黑漆漆的铁盔甲摸上去凉凉的，令儿时的我心生恐惧。

至今，孩童的面容还映于客厅的硕大穿衣镜之中。而那个孩童，就是我。当时，我才三四岁，正是刚刚懂事的年纪。

在我的印象中，爸爸或是妈妈曾开玩笑般给我穿上自武士人偶身上脱下的盔甲。当我看见自己镜子里的形象后，竟然撇着嘴放声大哭。或许是因为我觉得自己穿着那威严的盔甲太可怕了，也可能因为头盔上那两个镀金的凤翅形装饰看上去像鬼的角，令我害怕。

——哎呀，真是让人头疼呀。

看见自穿衣镜前走开，还在痛哭流涕的我时，那个人——妈妈如此说道。

——这孩子虽说是个男孩……

这话听上去十分惊讶。却也非常冷漠。

我拼命想要停止哭泣，大人们觉得好玩，窃声笑了起来。那笑声重重叠叠，在昏暗的客厅里打了个小小的旋涡。我脱下盔甲，塞住耳朵，但那笑声并未消失。耳朵捂得越严实，那笑声的旋涡就变得越大……

……妈妈。

……对不起，妈妈。

回过神来的时候，我又走在空无一人的西式建筑那昏暗的长廊上。我独自走着。

——那怎么成。

如今我再也见不到的那个人的声音再度回荡在耳畔。那个人的名字是晓子，是个和服美女。

——XX，那怎么成呢。

从某处传来呼唤着我的名字的声音，但是不知为何，独独喊到我名字的地方，声音变了调，无法听清。那个人一直直呼我的名字，却对弟弟唤以爱称。

——你可是哥哥，怎么这么皮……

……啊，妈妈。

——阿清……在哪儿呢？

阿清……这是？不对，不是这个。

——要是我能代他受过就好了。

不对。这些毫无关联、混杂进来的话是那个……

——妈妈，你也要喝呀。

这也不对。

——快吃吧，妈妈。

不对！这是浦登家族中那对连体双胞胎中美鸟的声音。在那个宴会上，她向她那一语不发的妈妈说道。

——我爸深爱着已故的前妻，我的生母康娜。

这个是……对了，这是玄儿的声音。为何如今出现在这里，这样……

……我继续独自走在昏暗的长廊上。

我本应身处建筑物之中。但不知何时，四周再度弥漫起苍白大雾。我边向里走边想——这里就是儿时悄悄潜入过的那个西式建筑吗？

——XX，那怎么成呢？

还是受浦登玄儿之邀而造访的那个怪宅子吗？

——还好吗？阿清，还好吧。

我渐渐无法确信。

——你是哥哥，竟然还……

——中也君，你怎么了？

——怎么能随便进入别人家呢。

——啊，妈妈。

——不许回嘴！

——请吃吧，中也君。

——要是万一有个闪失，怎么办？

但是，无情的黑红大火很快燃烧起来，似乎要把这一切吞没。藤沼一成创作的那幅奇妙画作中的不定型的“红色”，以及今春于玄儿在白山住所附近燃烧的熊熊大火与这黑红大火重叠在一起摇曳起来。

——不能靠近！

有个声音就在身边响起。

——危险！快，退后！

……妈妈。

我哭喊着。

……啊，妈妈!

“……中也君。”

有个声音在身边响起。

“中也君。喂，中也君，快起来呀。”

我猛地睁开眼睛。玄儿出现在我那犹如罩上一层白纱的视线之中。

我仰卧在床上，被子和枕头都踢落在地。我两手抓着被单，汗渍渍的，额头、脖颈、背部都被汗浸湿了。

“啊……玄儿。”

我擦擦模糊的眼睛，慢慢坐起身——可能是梦魇的缘故，我觉得非常不舒服。但最主要的原因就在于昨晚的宴会上，喝了太多的葡萄酒。

“——有什么事吗?”

“你先清醒一下，然后跟我过来一趟吧。似乎发生了一件麻烦事。”

玄儿的声音与平日不同，听上去有些可怕。究竟是什么“麻烦事”呢?我边在半梦半醒之间思索着，边起身下地。

“究竟……发生了什么事?”

我问道。

“蛭山先生他，死了。”

听到玄儿的回答，我不由得叹了口气。

“唉，受了那么重的伤，看来还是……”

不知能否活到第二天早晨——昨天傍晚，野口医生做出的这番推测还是正确的。但是——

“中也君，不是那样的哦。”

玄儿说了一句让我意想不到的话。

“并不是你想象的那样。蛭山似乎并非死于昨天的重伤，**他似乎是被什么人杀死的。**”

2

只是弄清楚这句话的意思，就花了好几秒钟的时间。当我总算明白了那句话的意思时，却还是无法理解**那到底意味着什么。**

蛭山丈男死了——**被杀死的。**

究竟为什么会发生那种事呢？非发生不可吗？

也许至今仍旧处于半梦半醒之中的我的意识所捕获到的那则消息，并非“实际发生的事情”——我真心想要如此怀疑。

我站起来，觉得更加不舒服。反胃。头和身体犹如灌了铅般沉重。

说实话，我哪儿也不想去，但当时的情况却不允许我这么做。我总不能拒绝玄儿让我跟他走一趟的要求吧。

“去哪里？”我竭尽全力问道，“一起……去哪里？”

“就是昨天的那个房间。南馆一楼最前面的那个房间。”

“——玄儿你先去，我马上就来。”

尽管我这样对他说，但身体却摇摇晃晃的，连站立都困难。大脑的反应也非常迟钝。还是喝点冷水，洗个脸，如果胃里不舒服就呕吐一下……如果不这样，我根本无法顺畅地行动和思考。

马上就要到上午十点了。

我不知道昨天夜里什么时候回到自己的房间。总之，我没脱衣服、没摘手表，就这样睡着了。

我慢慢回忆着散乱在脑海里关于昨天晚上的记忆碎片，离开了房间，向楼下走去。走到东馆北端的洗手间内洗脸、漱口、喝水。

但如此一来非但没能止住反胃的感觉，反而越发想要呕吐了。

我终于熬不住跑进洗手间，弯腰向坐便器内呕吐起来。但昨天吃下去的食物早就被消化了，呕吐出来的是刚刚喝下去的水，以及混于其中的黄色胃液。

我痛苦地呕吐了一会儿后，再度洗脸漱口。而后，离开了洗手间。虽然身体还没有完全舒服，但多少可以行动了。可是，话说回来——

蛭山丈男遇害了。

那个驼背的看门人，于南馆的那个房间之中遇害了。

刚才，玄儿的话是真的吗？不是弄错了吧？会不会是故意吓唬我而开的玩笑呢……这怎么可能呢？无论怎样，玄儿绝不是开这种无聊玩笑的人。

蛭山丈男遇害了。

如果千真万确的话——

既然“遇害”了，就一定有“杀害”他的凶手存在。而那个动手杀人的人——那名**杀人犯，而今就在这个宅子里**。

我踉踉跄跄地顺着铺有黑色地板的走廊折返而回。屋外大雨倾盆，风啸亦声声入耳。看来台风尚未有离开的迹象。

穿过玄关大厅，走在向南延伸的铺瓦走廊上，我突然想要瞄一眼客厅里的情况。

昏暗的房间中央依旧铺着被褥，亦能看到房间之中那名叫作江南的年轻人的身影。也许是听见了拉门的声响，他蠕动着撑起上半身，看着我这边。当我们四目相对之时，他很困惑地歪着头，但没有说一个字。他仍然无法出声吗？

我打算告诉他“没出什么事”，因此默默地摇摇头，然后轻轻地关上门。

东馆与南馆之间那条铺有黑砖的走廊完全被雨水淋湿。虽然这走廊有顶棚，但没有墙壁。看来自昨晚至今晨，暴雨是斜着打湿了这里的。

我走进南馆，自小厅沿着延伸至房子内的走廊走去。很快，我就看到那间敞着房门的屋子。即使再怎样不愿，那个身负重伤、奄奄一息的蛭山那张血迹斑斑的面容依旧瞬时自我脑海中闪过。

我用两手捂着心口，边深呼吸边慢慢向房门走去。

3

小田切鹤子在最外面的起居室中。她坐在靠里面墙角的睡椅上，看见我走进房间，吃惊般“啊”地喊了一声，而后站起身来。

“现在，这里很忙乱。”

说着，她走到卧室的房门前，两手背到身后，抓住门把手。很明显，她要我“不准进屋”。

“玄儿让我来的。”

我毫不畏惧地向前走去。

“他说蛭山遇害了，让我也到这儿来。”

“玄儿少爷……”

鹤子嘟哝着，视线在空中游离。那表情显得茫然若失。我想起昨晚她带我去西馆的宴会厅离开之时，那好似憎恶又如羡慕般的锐利眼神。我边想边继续向前走去，渐渐走到她面前。

“……是吗？”

最终，鹤子静静地点点头，转身将卧室门拉开一条细缝。

“玄儿少爷。”

她向室内喊道，声音听上去不带任何感情。

“玄儿少爷，中也先生来了。”

很快，玄儿自门缝中探出头来。鹤子低眉顺目地沉默着退到一旁。

“哎呀，你好慢啊。”

玄儿自卧室中走出来，脸上没有一丝笑容。他上下打量着我，问道：

“身体怎么样？好些了吗？”

“不算太好。”

说着，我用右手按住了胸口，嘴里还残留着刚才呕吐时的胃液味道。玄儿轻轻地哼笑一声。

“还有更加令人难受的事情等着你——怎么样？要进去吗？”

“这个嘛……”

想象着等在里面的那间卧室的惨状，我按住胸口，一时语塞。看来玄儿似乎也是刚接到通知赶至此处。在那之前，他顺便去了我的房间。

“里面还有别人吗？”

“野口医生在里面。除此之外，就只有死人了。”

“哦……”

“你也不用硬撑着。但我想如果可能的话，作为相关者之一，你还是直接看一下现场比较好。”

“相关者之一？”

“浦登家族的相关者之一。”

说着，玄儿苍白的脸颊上露出一丝微笑——我感觉是这样——这微笑到底是什么意思？

“怎么样，中也君？”

他又问了一遍。我不知道如何是好。

蛭山丈男那具失去生命力的躯体就在里面。那个驼背的看门人的尸体——被害的尸体就在里面。

其实，我怕得根本不愿特地去看一具死尸。但与之相反，在我心中的某处又好奇得想要一睹人的尸体。

“我知道了。那就——”

我不再按着胸口。

“作为相关者之一，我也去看看。”

玄儿点点头，率先回到卧室。他无言地瞥了一眼站在门边低着头的鹤子。于是，我追随于玄儿身后进去了。

这间卧室和外面的起居室差不多大小，有八张榻榻米那么大。正面的墙边放着两张床，墙壁中央有一扇上下开关的毛玻璃窗。除了天花板上的电灯外，床边小茶几上的台灯也闪烁着柔和的光线。昨天身负重伤的蛭山就躺在两张床之中靠右侧的床上。但是——

现在，还是在同一张床上，蛭山死了。

“他真是被什么人杀死的吗？”

我胆战心惊地挪到床边，问向玄儿。野口医生穿着皱巴巴的白大褂，站在两张床之间说道：

“那是一目了然的。”

野口医生代玄儿回答了我的问题。

“只要看一眼，你也会明白的。”

躺在床上的蛭山身体上盖着灰色毛毯，将他从头到脚都遮住了。我走到野口医生对面的床头一侧后，玄儿轻轻掀开毛毯，将蛭山的脸露出来。

看到蛭山的脸，我不禁用手捂住嘴角，呻吟起来。

那位看门人的头上缠满绷带。原本血色很差，土灰色的脸肿得一片乌紫。白眼整个翻出来，舌头从厚嘴唇一角耷拉着。而且——

他的喉咙附近——胖胖的脖子上缠着的茶色物体深陷皮肤之中。

“那是裤带啦。”

玄儿说道。

“蛭山就是这样被他自己的裤带勒死的。没有任何反抗的痕迹。”

“昨天给他治疗的时候，我们把他的裤子脱下来，放在那里了。”

说着，野口医生扭头看着那个铺有白布的床铺。正如他所说的那样，蛭山那满是泥巴的灰色裤子与其他衣服一起丢在那里。

“有人从裤子上取下裤带，勒死了蛭山。就是这么一回事儿吧。”

玄儿不悦地说着，又看了医生一眼确认道。

“直接死因是勒颈导致的窒息，对吧？”

“是的。”

野口医生慢慢地捋了捋花白胡须。也许昨天他喝酒有所节制，所以今天他身上几乎没有酒味。不，或许是我自己体内还残留酒精，从而难以正确判断。

“他脸部浮肿，呈现淡淡的紫红色，这是被勒死的典型特征。另外，眼球有些凸出，眼皮与眼结膜上有血斑，这同样是被勒死的特征。再加上绕在他脖子上的裤带下面有勒痕，所以几乎可以百分之百地认为他是被勒死的。”

“大致的死亡时间呢？”

“我尽可能勘验了——”

说着，野口医生抓起蛭山那无力垂于床上的右手，确认死者手指的张开度。

“从他死后的身体僵硬情况判断，嗯……我觉得已经死了七到八个小时。从体温下降的情况分析，结论也大致相同。”

“这么说——”

玄儿抱着胳膊。

“现在是上午十点半。那他就是在今天凌晨两点至三点之间被害的吧？放宽时间跨度的话就是两点到四点之间……”

“你们可千万不要完全相信我的推测。”

野口医生放下死者的手，照原样盖好毛毯，遮住了死者的脸部。

“毕竟我不是专门的法医啊。应该进行司法解剖来更为详细地调查……”

室内充斥着一股臭气。

从时间上考虑那不太可能是尸体腐败的臭气，或许是死者的排泄物散发出来的。我的右手掩住口鼻，左手按住上腹部，不得不竭力忍住恶心要吐的感觉。

很快，玄儿和野口医生换了一下位置，站在两张床之间，查看起这个房间里唯一的窗户。上下开关的窗户自内侧锁得好好的，而外侧的百叶窗上也看不出有什么疑点。

既不戴手套，又不用手帕裹住手，就这样在现场摸来摸去没问题吗？

我突然担心起来。

我想起昔日读过的大部分侦探小说之中，有好几处调查杀人现场的场景。

在警察赶来做勘查之前，在现场留下多余的指纹和足迹可不好。“保护现场”这个词在脑子里一闪而过。

“通知警察了吗？”

我问道。

“将这件事通知警察了吗？”

如此一问，玄儿表情复杂地和野口医生对看一下，然后两人轻轻地摇摇头。

“这是什么意思呀？”

我继续问道。

“该不会还没……”

玄儿自窗边走到我身旁，两手叉着腰，叹了口气，然后开始说明事情经过。

“今天早晨，忍太太发现蛭山这样死在了这里。我们担心伤者情况恶化，让她负责看护，如果情况有变，就要立即通知鹤子太太或野口医生。故而她在隔壁房间的睡椅上过了一晚。”

玄儿看了一眼站在身边的野口医生，继续说下去。

“但事实上，她似乎没能定时查看蛭山的情况。她也相当疲惫，在睡椅上躺着躺着就睡着了——上午八点半左右，等她一觉醒来，进房间查看时，才发现蛭山的情况不对。于是，她赶紧通知了鹤子太太。鹤子太太的房间在这儿的二楼——忍太太与慎太母子的房间正上方。顺便说一句，这间屋子的正上方是宍户的房间。

“鹤子太太听说后大吃一惊，赶忙跑来查清蛭山确已蹊跷地死了。于是，她就将情况报告给我爸。爸爸命鹤子太太唤醒野口医生，然后一起到这里来。他亲眼确认过尸体，稍作沉思之后，下了判断——野口医生，就是这么一回事儿吧？”

玄儿向野口医生确认道。后者抬起玳瑁边的眼镜，用手指揉揉眼睛，说道：

“没错。”

“我是在这之后——当时我爸已经从这里离开了——才知道这件事的。大概是上午九点四十分吧，鹤子太太赶来告诉我。我让她先回去，然后顺便去了中也君你的房间，把你喊醒后，再急忙跑到这里——事情的经过大致如此。”

“原来如此。”

我点点头，眼睛盯着脚下，尽量不看床上肿胀的尸体。

“——然后呢？”

我忍住恶心，继续问道。

“令尊当时下了什么判断呢？”

“这个嘛……”

玄儿表情难堪地皱皱眉头。

“蛭山丈男因为昨天的事故而身负重伤，至今日凌晨死亡。死因是脑挫伤。尸体上没有任何疑点。”

“什么？！”

我很纳闷，不禁喊了起来。

“这是怎么回事？”

“柳士郎说：‘在我看来，就是这样。’”

野口医生在旁边回答道。

“‘赶快照此写出死亡诊断。村野君，你知道了吧’——他是这么对我说的。”

“情况就是这样，所以——”

玄儿接着说下去。

“没有必要急着报警。如果按照我爸的要求去做，尸体就不需要司法解剖，也不需要刑警来勘查现场遗留的指纹和足迹。”

玄儿看着我语塞的样子，问道：

“中也君，你怎么看的呢？作为相关者之一，你怎么看待这个事态的呢？”

4

尽管他询问我的意见，但一时之间我不知道该说什么才好。暂且低下头，深呼吸一下后，我避开玄儿的视线，困惑地看着床上那具无法开口说话的肿胀尸体。

那是被他自己的裤带勒死的蛭山丈男的尸体。杀害他的某个人就在宅子之中。不管什么情况，杀人都是重大的犯罪行为，至少在本国的法律之中是这样严格定义的。案件发生时，我们都有义务报警。但是——

“令尊为什么要那样做？”

我作为相关者之一，反问道。玄儿自己肯定也很迷茫，只见他表情难堪地皱皱眉头说道：

“说实话，我也很难揣摩出爸爸的真实想法。”

“那么……”

“但是既然他这么命令，肯定有相应的理由。我们无法当面反对。而且就算我们不听他的，警察也不可能马上赶到。天气既没有好转，也没有摆渡的船只。与昨晚一样，这宅子依旧处于孤立状态。”

“这……”

我看向野口医生。

“医生您也和玄儿的想法一样吗？”

野口医生苦着脸，点点头说道：

“当然，不管是作为医生，还是作为一名善良的公民，也许都会有些抵触感。可即便如此，在这个家里还是……”

他想说还是无法违抗柳士郎的命令吗？我不禁想到那句话——“浦登家族的绝对权威者”。

“柳士郎和医生您不是故交吗？您就不能说服他吗……”

“不能。”

野口医生缓缓地摇摇头。

“正因为是老朋友，我才……”

才不能多嘴。野口医生一定会这么说吧。我不禁大声喊了起来：

“可这是凶案呀！一个人就这么被人杀死了！”

说到这里，我突然产生一个念头。

“难不成，凶手就是那个人——浦登柳士郎本人，所以他才……”

“怎么可能？”

玄儿当即否定。

“我爸有必要杀死蛭山吗？很难想象啊。”

“但是——”

“昨天蛭山出事，还有那个年轻人坠塔，你也看见我爸的反应了吧。可无论是通知医院或联系警察，不管我怎么劝他都无济于事——原则上，他讨厌外人插手，也讨厌警察等什么人蜂拥而入，打破这个宅子的……怎么说呢，‘气场均衡’吧。他总是那样，所以这次也……”

“但是，玄儿，不管怎样——”

“我当然明白你想说的话。我明白的。但是……”

我瞪着含糊其辞后闭口不语的玄儿说道：

“这里有杀人犯呀！”

我的声音有点变调。

“在这个宅子里，有杀人犯呀！”

“你是说杀人犯就在这个宅子里——在这个浦登家族之中，对吗？”

是的。没错——在浦登家族的宅子里发生了凶案。这对于馆主柳士郎而言，是件非常不光彩的事情。而且，一旦凶手是家族成员，那可就成为丑闻了。所谓“相应的理由”，还不就是因为这个嘛。

“但是，中也君。”玄儿平静地说道，“当这里发生凶案的时候，一般来说，值得怀疑的真是这个宅子里的人吗？”

“——你的意思是？”

“如果凶手是这个宅子里的人，那么他或者她为什么特地选择今天动手呢？有必要选择这个时候作案吗？”

“如果凶手憎恶蛭山想要置他于死地的话，不一定非选择今天动手不是也可以嘛。首藤表舅他们一家到达之后，陆续还有其他外人来到此地。会有人偏偏选择这种时候，实施杀人这种危险费力的行动吗？”

“——这个嘛，倒也是。”

“这样一来，首先值得怀疑的反而就是浦登家族以外的人，对吗？”

“外人……”

“现在，从宅子外来的人嘛，先是首藤一家三口。就算排除出门未归的利吉表舅，也还有茅子以及伊佐夫。虽然不知道是何方神圣，那个叫江南的年轻人也算一个。野口医生也暂且算在来客之一。以及中也君，你也是。”

“我？”

呆若木鸡的我眨眨眼睛，问道。

“为什么要把我算在内？”

“比如说，也许你以前和蛭山有过某种过节。一直密谋想要杀死他……之类的。其实硬要找个理由的话，可以设想许多情况。”

“胡说八道。”

“胡说八道……对，肯定所有人都会这么说。”

玄儿舒展眉头，从黑色对襟毛衣的口袋里摸出烟盒，拿出一支香烟叼在嘴上。

“不过，**凶手肯定存在**。”

他坦率地甩出一句。

“在这个宅子里——不，**在这个岛的某处**。有很多种可能性。也不排除这么一种可能，那就是凶手既不是浦登家族的人，也不是来客，而是另外有人偷偷闯入岛内。”

“不管令尊怎么说——即便野口医生拟出虚假的死亡证明，凶案这个事实都无法就此抹杀掉。”

我尽量用平静的口吻说道。

“至少对于直面事态的我们而言，这是客观存在的事实。”

“我同意。”

玄儿叼着还没点火的香烟，回答道。

“即便表面上遵从我爸的命令，但也无法不去考虑这件事情。我们应该尽可能地继续分析下去。”

“尽可能分析下去？”

“杀死蛭山的凶手是谁？作为相关者之一，我还是很想知道，也非知道不可。”

玄儿的话并没让人感到类似于“找出凶手并将其绳之以法”的万丈豪情。他那眯着眼睛，扭头看向床的样子，令人感觉他犹如冷血动物般冷淡。

“大致看来，现在似乎没有看似凶手遗留的物品。或许留有指纹，但我们无法调查。至于足迹嘛，你看——”

玄儿环视着房间的地面。

“昨天蛭山被抬进来的时候，忍太太按照野口医生的吩咐，打扫了地面。如果地上有灰尘，或许会轻易找到一两个凶手的足迹……”

的确，铺着黑色木地板的地面被擦拭得干干净净，无法留下清晰的脚印。

“我们还是先出去吧。”

说着，玄儿走向门口，轻轻地扬了扬下颌。

“这味道可真让人难以忍受。”

5

在隔壁房间，鹤子还站在老地方等候着。她直直地看向玄儿，似乎故意无视我的存在。

“玄、玄儿少爷，蛭山他真的死了吗？”

她声音僵硬地问道。

“鹤子太太，你不是也看到了吗？”

玄儿立刻反问道。

“你看到那个缠在死者脖子上的裤带了吧。”

“——看到了。”

“他自己应该不会做出那样的事。所以只能认为是他杀。”

鹤子摸着苍白的脸颊，无言地垂下眼帘。黑色罩衫下的肩膀微微颤抖着。

“对了，鹤子太太。”

玄儿紧接着问起来。

“今天凌晨——两点到四点之间，鹤子太太你在什么地方？做些什么？”

“啊？”

一瞬间，鹤子费解得语塞。

“难不成……”

此时，房间里传来清脆的铃声。这是从靠走廊一侧的房门旁，那个传声筒发出来的声音，是身处西馆的柳士郎命这里的人作答的信号。

同昨晚一样，鹤子走到传声筒前回答道：

“我是小田切——好的。是，他在——我知道了。”

简单地对答后，她说了声“请您稍等”，便扭头看向玄儿。

“老爷要少爷您接电话。”

“什么——好的。”

玄儿轻声回答后，便与鹤子更换了位置，走到传声筒前。

“父亲，我是玄儿——是的，野口医生已经将事情告诉我了——我知道了。但是，为什么要那样……啊，不是的。我明白。再见……”

从玄儿的回答就能大致推断出，传声筒那一端的柳士郎说了些什么。我们一言不发，看着玄儿结束短暂的通话后，走了过来。他将手指间的香烟重新叼在嘴角。

“我爸不放心。”玄儿说道，“他说不准报警，将此事作为事故致死，进行内部处理。”

无人回应。野口医生摘下眼镜，用白大褂的一角擦着镜片。鹤子直勾勾盯着玄儿的脚下，一动不动地站着。

玄儿拿出打火机，点燃了一直没有点火的烟。他并不怎么享受似的吸了一口烟后，说道：

“就是这样，鹤子太太。”

玄儿向这位白发苍苍的前护士问道：

“你愿意回答我的问题吗？凌晨两点到四点之间，你人在何处，做些什么？”

“我……”

“我并不是怀疑你。如果报警的话，我们所有人都会被问到这个问题的。”

鹤子板着脸，微微点点头，说道：

“在房间。”

“打扫完宴会厅后，在那个时间段，我已经在自己的卧室里睡下了。”

“睡得很沉吗？”

“两点半之前好像还没睡着，后来就睡着了……一直睡到早晨。我担心蛭山的情况，所以睡得并不沉。”

“有没有听到什么可疑的动静，尤其是楼下有没有传来什么动静？或者说，你有没有听到有人进入这个房间？”

“没有。没听到那种动静。”

“——是嘛。”

玄儿走到睡椅旁的桌子前，把烟灰弹进桌子上的烟灰缸里，然后再度看向鹤子。

“忍太太通知你有变故的时候，你已经起来了吧？”

“是的，刚刚起床。”

“于是，你大吃一惊，就跑来了。当你看见蛭山先生的时候，觉得他已经死了吗？”

“我一看到他的脸就知道他已经死了。也给他号了脉。当时，我还看到在他脖子上，缠着像裤带一样的东西……”

“当时，有没有发现什么可疑情况呢？”

“没有。”

“关于蛭山先生被勒致死的事情，你有什么线索吗？”

“没有。”

“那你知道谁有杀死蛭山先生的动机吗？”

“没有。我什么也不知道。”

“前天，蛭山先生送我和中也君上岛后，顺便在宅子里逗留了一会儿。当时，你和他说话了吗？”

“说了。只说了两三句。”

“当时他有什么反常的地方吗？”

“没有，没什么不对劲的地方。”

“蛭山先生是几点回去的？你还记得吗？”

“玄儿少爷您是四点左右到的。四点半左右，发生了第一次地震。蛭山是在那次地震结束后不久回去的。”

“这么说，他最晚五点就回到对岸了——后来，你就没有和他再说过话吗？也没打过电话吗？”

“没有。”

自始至终，鹤子的回答没有抑扬顿挫，不带任何感情成分。

玄儿将香烟掐灭在烟灰缸里。这一次，他又看向了野口医生。医生没等玄儿问，就主动开口说道：

“我在北馆二楼的房间里。十二点以后去的，一直待在那里。”

“独自一人吗？”

“是的——不，伊佐夫在那里待到凌晨一点左右。”

“伊佐夫吗……你们一起喝了酒？”

“是的。他喜欢喝酒喜欢得有点过头了。我说这话，有点惭愧。

作为医生，我本该劝他节制一点儿。”

“此后，等伊佐夫走了以后，你呢？”

“我睡得死死的。大概两三点吧，就那个时间段。”

“我知道了——算了，不管问谁，大概那会儿都在睡觉吧。”

玄儿扫了我一眼。

“这个房间的钥匙呢？”

玄儿向鹤子问道。

“由我保管着。”

“那过会儿就把这间屋子锁起来，不要让人进来，好吗？虽然我不知道我爸的想法，但就算要下葬，也要等到天气好转。拜托你了。”

“——我知道了。”

玄儿对我使个眼色，而后向房门走去。很快，他又扭头看向鹤子问道：

“忍太太呢？她现在人在哪里？”

“她应该在自己房间里休息。看来她受惊不小。”

说着，鹤子向隔壁看去。我立即想到那挂在门边，写着“羽取”字样的木牌。她的房间就在隔壁。

“这个嘛，也很正常呀。”

玄儿转过身，懒洋洋地走出房间。我和野口医生紧随其后。鹤子最后走出来。玄儿一直看着鹤子给门上了锁，然后走到我身边，耳语起来：

“那么，到底谁才是凶手呀？中也君，这可是你和征顺姨父的强项呀，对吧？”

虽然我喜欢看侦探小说，但因此就说处理这种非常事态是我的强项什么的，这可让我不爽。虽然我的确习惯了虚构小说中的情节，可这根本不代表我对现实中的凶案具有免疫功能。

我有点不开心，一语不发。不知道玄儿看透了多少我的心思。他深深叹口气，然后转而戏谑道：

“影见湖的人鱼登上岛屿，对以小艇事故打乱湖水平静的人施以惩戒——可以这么认为吧？”

6

羽取忍的应门声很是虚弱，好似长期卧床不起的病人发出的声音一般。玄儿自报家门之后——

“啊……请进！”

门对面依旧传来虚弱的声音。

我和玄儿走进房间。野口医生也跟着进了房间。鹤子已经走了。刚才她锁上凶案现场的门后，就动身前往东馆方向去了。

这房间是三连间。外面两间是西式风格，里面一间是六张榻榻米大小的日式房间。隔门全部打开。在房门入口旁，也有一个与隔壁相同的传声筒。

忍在最里面的日式房间。她刚从被褥之中站起身来，正准备走到前面的西式房间。被她躺过的被褥还摊在榻榻米上没有收拾。

“好啦，你就躺着吧。我只想问几个问题而已。”

玄儿举手示意她不要出来。忍迟缓地点点头，无力地坐在被褥上。日式房间里没有开灯，百叶窗紧紧闭合。室内光线昏暗，无法看清她的表情。即便如此，我依旧能够察觉出她在精神上受到了很大的打击。

“你不舒服，是吗？”

野口医生走向前，关心地问起来。忍坐在被褥上，无力地摇摇头。让人不知道那到底是什么意思。野口医生将手中的深蓝色皮包放在脚边，蹲下巨大的身躯，在包内翻找起来。

玄儿与我正准备走到中间那个日式房间，突然听到轻微响动。除了忍之外，那里似乎还有别人——我一看，只见在房间一角，刚才未留意的地方有个书桌。书桌前站着一个身着短裤与短袖衬衫的少年。那少年正是羽取慎太。

“你好呀，慎太。”

玄儿立刻向他打起招呼。

“你昨天在那里干什么呢？”

慎太右手拿着托球，默默地摇摇头算作回答。绳子拴着的红色球体也跟着晃动起来。

“可不能在那里玩。你听懂了吗？”

玄儿继续说道。慎太拿着托球，一路小跑着从我们身边穿过、跑到走廊上。

“对不起。”

忍说道。她似乎是为孩子的无礼而道歉。她自被褥上欠了欠身，说道：

“那孩子又淘气了吗？”

“没有，并没干什么坏事。北门旁不是有原先那个平房的遗迹吗？昨天下午，他好像跑到那里面去了。那房子随时都可能坍塌。小孩子在里面玩太危险了。”

“老天。”

忍用手捂住嘴巴。她的反应依旧慢了半拍。玄儿接着问道：

“你把蛭山的事情告诉慎太了吗？”

“没有，我什么都没说。”

“是嘛。不过，那孩子肯定也能感觉到出了什么大事吧。”

“嗯。”

野口医生走到日式房门前，说道：

“好了，这个给你。”

他把右手伸到忍的面前。

“黄色的是营养剂，白色的是小剂量的镇静剂。营养剂可以马上吃。至于镇静剂嘛，等你心里忐忑不安、无法入睡时再吃就行。”

“哦。”

忍有点纳闷。过了一会儿，她还是缓缓地点点头，说道：

“谢谢你，野口医生。”

如此说来——我回想起昨天玄儿的话。大约五年前，忍是通过野口医生的介绍才来到这个宅子里做工的。慎太的爸爸似乎很早就过世了，只有她们母子二人在这里生活。

我越发觉得母子二人的房间收拾得相当干净。

虽然地面、墙壁与天花板同隔壁房间一样，依然是具有暗黑馆风格的内饰，但这里还是浸染了人类生活的气息。书桌周围散落着绘本与画纸，小圆桌上放有茶杯、茶壶与盛放小点心的盘子，墙壁上贴着日历，日式房间与西式房间的隔门上有几个破洞，日式房间的角落里放着叠得整整齐齐的衣服。

“看来蛭山的确是被人杀害的。”

玄儿与野口医生换了位置。他站在日式房间前，单刀直入地说起来。当时，忍正准备把野口医生给的药放到枕畔。听到玄儿那句话的瞬间，她的身体颤抖了一下。

“不管怎么说，忍太太你可是第一发现者，所以我想先问问你。

你就舒舒服服地坐在那儿，回答我几个问题就行。可以吗？”

忍慢慢地直起上半身。我站在玄儿的斜后方，在日式房间那昏暗的光线之中观察着端坐在被褥上的她的表情。

“听说自昨夜到今晨，忍太太你一直待在那个房间的起居室内。是吗？”

“嗯。”

“最后一次查看里面的卧室是几点钟？你还记得吗？”

“大概是——”

忍的声音听上去不是很自信。

“凌晨一点或者一点半吧。大概是那个时候。中途，我曾有一次回到这个房间看了看慎太，然后……”

“当时没发现可疑之处？”

“没有。”

“那个卧室里亮着灯吗？”

“我记得只有床边的台灯亮着。”

“只有台灯亮着？后来一直亮着？”

“是的。”

“这样啊。那卧室的门没有上锁吧？”

“是的。”

“通向走廊的房门也没上锁？”

“没上锁。”

“听说忍太太你后来就在那个起居室的睡椅上睡着了。是这样吗？”

“是的。迷迷糊糊的，一不小心就睡着了。”

“那么在那段时间，任何人都可以从走廊悄悄进去，趁你不备溜进那个卧室里，是吗？”

“……是的。”

“你睡得很沉，不管谁从你身边经过，都不会察觉，是吗？”

忍先是点了点头，但紧接着否认道：

“不，那样的话我会察觉的。”

“为什么呢？”

“因为我睡得很轻。平时我的睡眠就不好，就算睡了也老是做梦。稍微有点声响，我就会醒过来。所以……”

玄儿轻轻地“嗯”了一下，说道：

“看来凶手为了不吵醒忍太太你，非常小心地悄悄溜进了房间……吧？或者是……”

玄儿用左手拇指按住太阳穴，略作沉吟。我仍旧站在原地，听着他们二人的你问我答。听着听着，我又开始觉得恶心，按住胸口的手上渗出汗来。

“听说你今早八点半左右醒来后，发现蛭山先生不对劲儿。没错吧？”

“没错。大概就是那个时候。”

“当时，那卧室里也只有台灯亮着吗？”

“我记得是。”

“当你在那个卧室里看见蛭山的样子时，第一反应是什么？”

“这个……”

忍支吾着，用手摸摸自己的额头，似乎在量体温。

“我立刻觉得他是不是已经死了。”

“你为什么会那么想呢？”

“我总觉得不对劲儿。或许是因为他躺在床上的姿势与我上一次巡视的时候不同……啊，不过也是，昨晚小田切太太曾说过不知道他是否能熬到早晨，所以我……”

“你没有靠近看看吗？”

“没有。”

忍轻轻地摇摇头。

“总之，我立刻通知了小田切太太。”

“当时，你没注意到蛭山先生的脖子上缠着东西吧。”

“没注意。我喊上小田切太太，再回房间的时候，才注意到的。”

“原来如此。”

玄儿点点头，又用拇指按住了太阳穴。

“为了以防万一，我想再确认一下。当忍太太你在起居室的睡椅上睡着的时候——说得具体一些就是凌晨两点到四点——你没听到可疑的声响或发现什么可疑情况吗？”

“什么都没发现。”

忍有气无力地回答道。

“我什么都没发现。”

“这样啊——对了。”

玄儿换了一种语调。

“忍太太你是怎么看待被害的蛭山先生呢？”

玄儿又问出了这个问题。

“怎么看？什么怎么看？”

忍不安而困惑地说道。玄儿解释道：

“是喜欢还是讨厌？关系好不好……大致就是这些。你怎么看他的呢？”

“没什么特别的。”

“没什么特别的，那是什么意思呢？”

“没什么特别的看法。”

忍口齿不清地嘟哝着，低下了头。

“我也没怎么和他说过话。再说那人本来就非常沉默……”

“在用人们当中，他是怎样一个人呢？难道他和谁都不怎么聊得来吗？”

“是的。他和我们又不住在同一个地方。”

“他和什么人发生过争执吗？”

“没有。”

“是吗？那么，慎太呢？”

一听到这句话，忍吃惊地抬起头。

“我忘了是什么时候，曾看见慎太和蛭山一起划过船。慎太喜欢他吗？”

“那孩子呀……我不让他和蛭山一起玩的。”

“你讨厌蛭山先生和慎太一起玩吗？”

“这、这个嘛……”

忍含糊其辞，再次低下头。玄儿也没再追问下去。不管怎样，羽取忍似乎对蛭山没有什么好印象。

我突然想起另外一个用人——宍户要作那张四四方方、略有点黑的面庞。昨天，蛭山被担架抬到这里时，那个厨师的样子，像是根本不关心伤者的安危，急急忙忙地离开了。当时我就觉得很别扭。

——蛭山可是个相当沉默的男人，似乎和宅子里的人都不太熟。

当时，浦登征顺是这样说的。

——所以，他也不是和宍户关系不好。宍户是个感情不外露的男人，他也不是现在才这样。

浦登柳士郎说蛭山丈男没有亲人，征顺则用“孑然一身”来形容他。他没有亲人，没有朋友，独自生活在那个湖边的小房子里……平日，他有哪些想法？依靠什么存活至今？以及，他为什么会被人绞杀呢？

正当我胡思乱想的时候，胃里越来越难受。额头与脖子上渗出黏黏的汗液，脑子晕晕的，令我难以站立。我觉得稍不克制就会吐出来，便赶紧用手捂住嘴巴……

“对了，玄儿少爷。”忍结结巴巴地说道，“有件很让我在意的事情……”

“什么事？”

“可能少爷您也知道。就是，那个房间里有……”

“对不起，我……”

我打断了忍的话。我察觉到自己已经忍耐到极限了。

“中也君，你怎么了？”

“对不起，我稍微离开一下。”

我觉得自己的脸色与行动足以说明一切。

“你不要紧吧？”

我来不及回答玄儿，就跌跌撞撞地离开房间。

7

我走在昏暗的铺瓦走廊上，与强烈的呕吐感战斗着。终于，我走到昨晚用过的那个洗脸池前。刚止住脚步，我就大声呕吐起来，那声音连自己都觉得恐怖。呕吐物——其实就是胃液——从嘴角溢出。腹部痉挛。泪水从眼角渗了出来。

我开足了水龙头，边放水边趴在洗脸池上呕吐。吐到再也吐不出任何东西之后，我又喝了些水，将手指伸进喉咙里强迫自己再吐。

真难受。除此之外还能说些什么呢。

我逐渐感受到切实的痛楚，但仍觉得自己的身体已然不属于自己……都怪昨天晚上的酒，令我第一次尝到这种苦头。我也问野口医生拿点特效药好了。像他那样爱喝酒的人，必然随身携带特效解酒药吧。

不知道在洗脸池前痛苦了多久，总算感觉舒服了一些。我用手背擦擦嘴角，关上龙头。之后，屋外的雨声再度传入耳中。

……啊，这风暴何时才会过去呢？这大雨何时才会停止呢？

心中突然冒出如此不安的念头。

如果大雨一直下个不停，那这个深山老林中的这湖泊、这小岛、这宅子将永远与世隔绝吗？我们将永远被关在这个暗黑馆之中吗？这里有凶手，也有受害者，还有幸存者……

"怎么会呢？"

我嘟哝着，缓缓地摇摇沉重的头。此时——

我感觉背后有人，不由得一下屏住呼吸。

什么人……像是有什么人。我感觉有什么人站在那里，注视着我。

瞬间，我想起昨天于同一处、同一种情形下遇到的浦登清的身影。那个年纪尚小，却异常衰老的少年。

——能和我成为朋友吗？

我又想起他的话。当时他满是褶子的脸上露出不自然的笑容。手上仿佛又触摸到他那冷冰冰、干巴巴，犹如草纸一般的皮肤。

还是那孩子吗？也许他感觉到南馆这里出了大事，在好奇心的驱使下赶了过来，而后……

昨天的事情会重现吗？我半确信着转过身。但是——

站在那里的不是阿清。

对方离我很近，近得出乎我的意料。我吓了一大跳，差点儿喊出声来。对方与我之间只有不到一米的距离，竟然近在咫尺也毫无察觉……

不知道是毫无察觉的我太过大意，还是对方善于轻手轻脚走路？我甚至认为对方说不定自刚才起就一直站在那里，在身后看着我呕吐。

“您不舒服吗？”

那是身着肥大黑衣的鬼丸老。他那压得很低的黑色兜头帽下传出了与昨晚相同的沙哑声音，令人无法辨认性别。虽然换了地方，相隔如此之近，但“活影子”的印象却没有丝毫变化。

“您不舒服吗……”

鬼丸老向难以回答的我再度发问道。我掏出手绢，擦擦额头与脖子上的汗。

“没有……嗯，是的。有点不舒服。”

我说得语无伦次。

“稍稍……有点恶心。好像昨天喝得太多了。”

“您多保重。”

说完，鬼丸老悄无声息地转身向建筑物深处走去。走了几步后又突然停下脚步，补充说道：

“希望达莉亚能祝福你。”

“啊……请等一下，鬼丸老人。”

我不禁叫住对方。于是，这位身穿黑衣的老用人慢慢地回过头说道：

“有什么事？”

“看门人蛭山先生死了——是被杀死的。您知道这件事了吗？”

鬼丸老对我的话显得一点儿都不吃惊。

“是嘛，发生了那样的事情啊。”

“有人勒死了他。就在那个房间，就在他睡的床上。”

“真可怕。”

可与此话相反，鬼丸老的声音听上去并没有什么大的情绪波动。

“告辞。”

说着，他又背过身。

“啊，请等一下。”

我再次叫住他。

“昨天你说在那个房间——就是西馆一楼的那个房间，曾经发生过凶案，对吧？”

是的。没错。

现在，我总算从昨晚那个宴会上，犹如噩梦的混沌中清醒过来，想起了这件事。

“发生在十八年前吧？在那个上锁的房间里，当时的馆主浦登玄遥被人杀害了……”

“是的。”

老用人用沙哑低沉的声音回答道。我索性直截了当地问道：

“那件凶案的凶手是谁？已经抓到他了吗？”

“您是问我吗？”

鬼丸老反问道。与昨晚一样，他依然将脸部藏在兜头帽下。见我点点头，这个老用人便沉默着摇了摇头。看来他的意思是“没抓住”。

“那么，鬼丸老人。”

我继续问道。

“已经知道谁是凶手了吗？是知道凶手而没抓，还是至今依旧不知道谁是凶手呢？”

“您是问我吗？”

鬼丸老再度反问道。

“我必须回答吗？”

“是的。”

这次，我边回答边点了点头。

“大家早已知道那名凶手是谁，却没有抓他。”

“凶手跑了吗？”

“也不是那个缘由。”

“那么……”

那凶手究竟怎么了呢？

正当我考虑是否接着追问那个本就冒出脑海的疑问时，鬼丸老慢慢地背过了身。我犹豫着，没再叫住老用人，只得呆呆地目送那个“活影子”的漆黑背影离去。

十八年前九月二十四日的“达莉亚之日”晚上，发生过大事。这的确是昨夜鬼丸老告诉我的。在西馆一楼的那个房间里，第一代馆主浦登玄遥被杀死了。同一晚，在另一个房间里，玄遥的女婿，玄儿的外公卓藏自杀了。自此以后，那个曾是玄遥书房的屋子被锁上，成了禁止任何人进入的“打不开的房间”。

是的！在这个暗黑馆中，过去曾发生过那样的凶案。

十八年后的现在，暗黑馆之中再度发生了新的凶案。跨越时间、于同一处宅邸发生的两起凶案之间，说不定有着某种关联——这种想法亦非不自然。那么……

当我的大脑急速运转之时，身体的感觉奇迹般地转好了。或许是因为与意想不到的人不期而遇，经由交谈令神经受到了良性的刺激吧。虽然身上还有些倦怠，但已经不怎么恶心，自认为脑子多少也运转得快了。

其中——

当我一个接一个地想起昨天宴会厅里的情景时，不能不再度问自己那究竟是些什么名堂？那些——那个“仪式”是怎么回事？参加了那个诡异的宴会之后，我得到了什么？我又失去了什么……

如今，这一切依旧是谜。

迟早，我必须要问问玄儿。现在，我应该有提问的权利，玄儿也应该有回答的义务。而且——

如果弄清楚浦登家族的秘密，说不定就能发现一些有关蛭山丈男被害的线索。

对此，我坚信不疑。

第十三章　疑惑之门

1

当我回到羽取母子的房间前，玄儿和野口医生正好开门出来。玄儿看见我，询问道：

“你还好吗？”

“还凑合。”

我有气无力地回答道。

“昨晚本该注意一点儿的，可还是喝多了。”

“唉，没办法。在那种氛围下，很难自我控制的。”

我点点头，心里想着“的确如此”。昨晚那宴会上的怪异氛围又怎能令自己静心处之呢？我只能被当时的怪异氛围所感染，除了随波逐流之外别无他法。

那宴会究竟是怎么回事儿？我在那里所经历的事情，究竟有什么意义？

我本想现在就发问，但想想还是作罢。毕竟野口医生就在身边，还是等我和玄儿两人单独相处的时候再问比较好。那样一来，我方便问，玄儿也方便回答。

关上房门后，玄儿问野口医生：

“医生，我们赶快确认一下吧。”

“确认？确认什么？”

我站在旁边问道。玄儿一脸严肃地哼了一下，说道：

“刚才你离开房间之后，忍太太说了一件很有意思的事情。”

对了，我想起来了。当时她正准备告诉玄儿“有件很在意的事情”，恰巧此时，我无法忍住呕吐感，冲出了房间……

“野口医生，您知道吗？”玄儿问道，“忍太太说的那件事——您以前知道有**那扇门**吗？”

“这个嘛……”

野口医生捋着花白的胡子，歪了一下胖乎乎的脖子。

“我记得以前好像听谁说过，但没有亲眼看见……毕竟我很少有机会来这幢建筑。”

“到底怎么回事，玄儿？你们说什么呢……”

“好了，好了，你很快就会明白的。”

随后，玄儿拢了拢侧发，带我沿着铺有黑瓦的走廊，走向这幢建筑入口所在的小厅。我只能跟着一起过去。野口医生亦紧随其后。

厅里有通向二楼的楼梯。玄儿从楼梯前走过，自那里沿着右首方向，即南向延伸的走廊走去。

“在这里啊……”

不久，玄儿止住了脚步。

走廊似乎在前面几米处的尽头向左拐去。在我们的正面右首方向、直至尽头的墙壁上开有两扇黑色的门，其中一扇是平开门，另一扇为拉门。玄儿站在离我们近的那扇平开门前。

“应该就是这里。”

说着，玄儿握住涂黑的门把手，毫不费力地一下子推开了那扇门。玄儿向里面走了一步。

“这里是储藏室。那边带拉门的房间也是储藏室……哎呀！”

“怎么了？”我问道。

玄儿的半个身子探进房间，说道：

“灯不亮。难道电灯泡坏了？”

很快，微弱的火光在黑暗中摇曳起来。这是煤油打火机的火光。玄儿进去后，催促我和野口医生也赶快进去。

从走廊上投射进来的光线非常微弱，根本不起作用。玄儿举着点着火的打火机，这才令我弄清屋内的样子。

这屋子大约有两张榻榻米大小。虽说是“储藏室”，但里面空空荡荡，几乎没放什么东西。火光中依稀能看见墙角放着几个木箱，旁边的墙上竖着附有长柄的扫帚、拖把，以及掸子、盆子等物。仅此而已。

“哦，就是这个吧？”

玄儿在左面的墙壁前弯下了腰。

“怎么了？”

我凑到玄儿身边。

“那里有什么吗？”

“你看这个，中也君。”

说着，玄儿将右手中的打火机靠近墙壁。在玄儿所指的黑色铺板的墙壁附近，高度大约位于我的腰部左右，贴有一张小小的红纸。

“这是……彩纸吗？”

“嗯，是的。”

“这是……”

“用糨糊粘到墙上的。但是你看，这纸从中间裂开了。”

的确如此。这张正方形的彩纸和普通的折纸一样，没有任何特别之处，但仔细一看才发现那张纸正中间纵向裂开了。

“忍太太说得没错。”

身后的野口医生说道。

“这张纸破了，也就是说……”

“这张纸贴在墙板的接缝处。”

玄儿向我解释。

“墙板的接缝处？”

“是的。因为建造得很精细，乍一看是看不出来的。”

说着，弯着腰的玄儿右手举着拿着打火机，另一只手伸向墙壁。

“你看，这里有个凸起……”

在黑色墙壁那贴有彩纸的右侧，有犹如几个摆做一圈的鱼糕板般小巧、细长且平的木质凸起。由于那凸起亦涂成黑色，如果不留心仔细地（脑海之中突然冒出一个念头：这一定是……）看，一定无法注意到那个地方竟然还有这样的凸起。

玄儿用手拨弄着凸起，顺时针方向旋转了九十度……

顿时，只听见咕咚一声闷响，墙板的一部分凸了出来。

“这部分就是门。彩纸正好位于门和墙之间、封上了接缝处。”

“这样啊。”

我自然而然地想起了昨日于东馆见过的那扇“秘密旋转门”与“戛然而止的楼梯”。

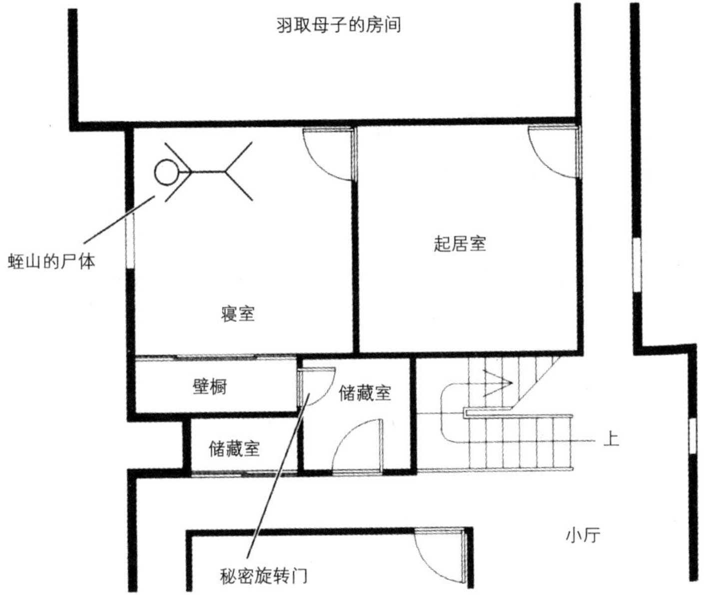

图二 南馆一层暗门示意图

据说在暗黑馆里，仿照那位异国建筑师尼克罗蒂而修建的机关还有许多。这些“无法用语言表达”的机关，可以称为犹如某种孩童恶作剧般的产物。而恶作剧之一（虽然可以理解连这个地方都设有机关……）就建在南馆的这个地方。

打开的暗门只有大半个人高，宽度不足一米。尽管如此，只要弯下腰，即便如野口医生那样庞大的身躯，也可以通过。

“进去看看。”

玄儿率先步入暗门。我紧随其后。野口医生犹豫片刻后，最终还是将自己的包留在暗门外，跟着我们进去了。

暗门另一侧好似壁橱一般，比储藏室的空间更加狭小幽暗。玄儿穿过暗门后，随即拉开面前的双开拉门。顿时，淡淡的橙色光线透了进来。

“啊，这里是——”

我脱口而出。玄儿打断了我的话，说道：

“是刚才的那个房间——就是蛭山先生遇害的那间卧室。那个壁橱之中，只有那块藏有暗门的地方没放隔板。”

透射进来的微弱光线似乎是床边台灯发出来的。玄儿熄灭打火机，走出了壁橱。我和野口医生紧随其后。

“——就是这么回事。”

玄儿两手叉腰，慢慢地环视房间。

房间里的情形当然和刚才一模一样。两张床并排摆放着——蛭山丈男的尸体就放在其中一张床上，尸体上盖着灰色毛毯。屋内的空气潮湿浑浊，透着一股难以言表的异臭。我觉得好不容易平息的呕吐感再度涌了上来，不禁双手按住了胸口。

“忍太太告诉我的就是这扇暗门。”

玄儿说道。

“她说在蛭山先生被害的卧室里，有一条可以自壁橱通向储藏室的‘暗道’。凶手可能利用了那条暗道。如果是那样的话，凶手就不必从待在起居室的忍太太身边走过。如果万一被她发现，凶手还可以金蝉脱壳，安全地逃离现场。”

2

或许是我的心理作用，但我就是觉得那股异臭越来越浓烈，按住胸口的手也越来越用力。我一直盯住自己的脚边，尽量不去看床上的尸体。玄儿或许注意到了我的反应。

“好了，我们出去吧。”玄儿说道，“目前再没什么需要确认的事情了，不是吗？”

我们自壁橱折返而回。隔壁起居室通向走廊的门上了锁，因此我们只能自同一扇暗门出去。

野口医生、我，然后是玄儿。我们按照和来时相反的顺序，穿过暗门、回到储藏室。黑暗之中，玄儿将暗门恢复成原状。

从储藏室回到走廊上后，我一语不发跑向小厅，独自从建筑入口冲到屋外的走廊上。外面一片静谧，我反复深呼吸，总算忍住再度涌来的呕吐感。

滂沱大雨近在咫尺——

连绵的雨声中混杂某个人高亢而悠长的喊声。我赶紧摇摇头，打消这突如其来的错觉。虽然已经接近中午十一点多，但眼前的景象却异常昏暗，沉闷无比。就连沾染雨露的青青绿草看上去也像是毫无生气的灰色一般。

“喂，中也君，你还好吧？”

追在我身后出了南馆的玄儿轻轻地拍着我的背。

“又不舒服了吗？”

“不，已经没事了。那个房间里的味道让我有点儿……”

“我觉得你相当难受呀。让野口医生给你拿点儿药，好吗？”

“我现在没事了。不过，为了以防万一，还是听你的比较好。”

我们回到南馆。野口医生正坐在小厅一角的椅子上安然歇息。他也因为今晨的事情而感觉疲惫吧。一起床就被拖着做与专业不对口的检查死者尸体的工作，也真是难为他了。

“给中也君一些解酒的药吧。”

玄儿拜托道。

“小意思。”

野口医生从包里拿出白色药包，递了过来。我心生感激地赶忙放入衬衣口袋里。

“刚才那扇暗门——”

关于这个问题，我刚才就想问玄儿。

“那个红色彩纸到底是做什么用的呀？”

“那个呀，好像是忍太太贴上去的。”

玄儿靠在楼梯扶手上，回答道。

“那个成为凶杀现场的房间长期闲置不用，所以入口处的门一直锁着。昨天，蛭山先生被抬进去的时候，才打开了那扇久未使用的房门。但是正如你所看到的那样，储藏室里的暗门可没上锁。”

“是啊。但是，那个是用来……”

我觉得纳闷。

“慎太啦。”

玄儿这样简单回答道。我更加纳罕，问道：

“慎太？他怎么了？”

“据忍太太说大概一年前，慎太发现了那扇暗门，他自己跑了进去。到了晚上，忍太太还没看见慎太。她放心不下，到处搜寻，最后听到那个房间传出哭声才终于找到了慎太。

“那孩子虽然可以穿过暗门，溜进那个房间，但似乎无法自己出来。哎，那个孩子呀，说不定他玩着玩着就忘记了出口，或者里面光线太暗，他找不到出口了。还好那天听见慎太的哭声忍太太才找到了他，皆大欢喜。但是忍太太担心如果下次发生同样的事情，要是没人立刻发现或者出事可就麻烦了。所以——”

“贴上了那张彩纸？”

“是的。她当着慎太的面贴上了那张彩纸，并严厉地警告他‘这里绝对不能打开、不能进去’。”

那彩纸就是禁止标志吗？对于有智力缺陷的孩子，她那样做也不失为一种教育方法。

“如果慎太不听活，再次溜进房间的话，那张纸就会裂开，忍太太也会立刻知道。当然也可以将那张纸撕下来，然后重新贴一张——但那孩子想不到这种坏点子。忍太太的这个方法还真不错。”

“原来如此。所以……”

我扫了野口医生一眼。

“**那张彩纸已经破了**。也就是说……”

“昨天蛭山先生被抬进来后，忍太太按照野口医生的要求，打扫了房间地面。当时她就是到那间储藏室里拿拖把的。那时她查看过那张彩纸，没有发现异常——她说自己已经养成不时查看彩纸是否完好的习惯。后来，她放回拖把的时候，又查看了一次，依然没有异常。”

“这样啊。”

“所以，忍太太想起这件事后，就告诉了我。她说弄不好凶手是从那扇暗门进入房间的。如果真是那样的话，贴在那里的彩纸应该会破掉。”

“而她不幸言中，那张彩纸破了。”

“是的。**自昨晚忍太太确认贴纸没有异常直至今晨，肯定有什么人打开过那扇暗门。**证据确凿。”

玄儿斩钉截铁地说道。对此，我表示赞同。但还是说出了自己的疑问：

“难道凶手没有注意到那张贴在暗门和墙壁之间的彩纸吗？要是凶手发现了，就应该知道自己留下了使用过那扇暗门的证据……”

“这个嘛……”

玄儿的嘴角透出一丝微笑。

“当时，那个储藏室里的灯泡肯定坏了。”

“噢，这样啊。”

“凶手知道暗门的位置，所以就算有点暗，也能顺利打开它。但是当时太黑，致使他没能发现那张彩纸的存在。就算凶手真的注意到那里有东西，但看不清是什么，也不会深究，难道不是这样吗？”

“的确如此。”

一直坐在椅子上默默地听着我们分析的野口医生也开口附和。玄儿继续说下去：

“也许昨晚储藏室的灯泡已经坏了，稍后可以再向忍太太确认。那张纸是忍太太贴上去的，而且她因为工作关系，每天出出进进储藏室，我觉得她应该能在没有光线的黑暗中确认彩纸是否异常。”

“原来如此。”

“原来如此。”

我和野口医生异口同声地附和起来。

玄儿的分析的确符合逻辑，无可非议。

凶手想进入房间杀死蛭山丈男，但随后便发现羽取忍在外面的起居室。虽然她似乎在椅子上睡着了，可如果随随便便从其身边经过，万一弄醒她就后悔莫及了。为了避开危险，凶手决定直接从储藏室的暗门进入里面的卧室。痛下杀手之后，再从那扇暗门逃离犯罪现场——这也许就是今晨凶手的行动过程。

“玄儿，这么分析的话，那凶手自然是……”

我刚一开口，入口处的黑门突然被打开了。厨师宍户要作走进小厅。

3

看见我们三人时，宍户似乎表现得相当吃惊。他翻着凹陷的三白眼，停下了脚步。但他那昆虫般的表情很快就恢复如初，轻轻点下头说声“打搅”，就准备离开这里。

“你来得正好，宍户先生。”

靠在楼梯扶手上的玄儿直起身，叫住了他。然后，玄儿走到宍户身边，说道：

“我想问你几件事情，方便吗？”

“什么事？”

宍户低声问道。那只能用“金属感”来形容的硬邦邦的声音听上去依然没有抑扬顿挫。玄儿又问起同样的问题：

“你知道蛭山先生死了吗？”

“是的。”

“你知道他是被杀死的吗？”

“刚才小田切太太告诉我了。”

“那宍户先生你没有亲眼看见那具尸体吧？”

“没有。”

宍户淡漠地回答道。他的面部表情几乎没有任何变化。和昨天的感觉一样，他的脸似乎被胶水固定住一般。

“蛭山先生被人勒死在昨天安排他睡下的卧室的床上。宍户先生的房间是在二楼，就是那个卧室的正上方吧？”

玄儿继续问着。

“是的。”

宍户回答的声调没有变化。

“昨晚，你睡在自己房间里吗？”

“是的。”

“凌晨两点到四点之间，你在干吗？”

“当然是在睡觉。”

“一个人？我的意思是没有人在那个时间段去你的房间吗？”

“没有。”

“在那个时间段，你有没有听到楼下的房间传出什么异常的声响？”

“我想没有。就算有，当时我睡得正香……”

“是吗——也对，是呀。”

玄儿停顿一下，看看我和野口医生。我觉得他的眼神似乎在问我们有没有什么想问的，但我和野口医生当时并没开口。

“对于蛭山先生被害，宍户先生你是怎么想的？”

玄儿重新问起来。

“就算问我怎么想……”

那厨师欲言又止，四四方方、略有点黑的面部没有任何表情。他是故意隐藏自己内心的感受，还是本来就是个冷血动物呢？我不禁胡思乱想起来。

“他真可怜。不管是昨天的事故，还是今晨的……”

宍户回答道。无论我怎么揣度，都觉得那不是他的真心话。

“对于蛭山先生被害的原因，你有什么线索吗？”

“没有。”

“他有没有被人怨恨，或者卷入什么矛盾了呢？”

宍户缓缓地摇摇头，说道：

“平时，我很少和他打交道，什么都不知道。我曾经为了小事和他吵过，但那是几年前的事情了。”

“那么，平时谁和蛭山先生来往比较多呢？”

“在宅子里，好像没有那样的人。”

“哦，是嘛——好了，谢谢。”

玄儿摸摸长着稀疏胡须的尖颚，向一旁退了一步。

“那我走了。”

宍户点个头，准备走。

“我能再问一个问题吗？”

玄儿又叫住他，目光锐利地看着那个停下脚步，面无表情的厨师。

“宍户先生，你知道那个储藏室里有个暗门吗？”

“暗门？”

宍户的目光转向储藏室入口所在的走廊上。

"就是和隔壁房间的壁橱相连的那扇暗门吗？"

"是的。你知道吧？"

"知道是知道……不过，我觉得这是宅子里人尽皆知的事情。"

"嗯，这倒也是。"

玄儿不断点头，没有再接着问下去。

"那么，我走了。"

宍户再度颔首行礼后，自玄儿身边急急忙忙地走上通往二楼的楼梯。他这是准备回到自己的房间吗？

4

"——好了，中也君。"

等宍户上楼后，玄儿扭头看向我。

"你刚才要说什么？"

"啊，哦。这个嘛……"

我调整一下心态，在脑子里重新组织宍户出现前自己想说的话。

"哎……是这样。这个凶手自然应该……"

说到这里时，我再度停顿下来，观察玄儿和野口医生的表情。野口医生从椅子上探出身子，看着我的嘴。而玄儿的眼神似乎也在催促我继续说下去。

"**这个凶手自然应该事先知道储藏室里有暗门**，所以……"

玄儿认同地回应一声，将两手插进裤兜说道：

"不管是谁，都会这么分析。"

"所以，这就说明玄儿你最初的分析是错误的。"

"我最初的……哦，你是说我讲的那句话——'当这里发生凶案的时候，一般来说，值得怀疑的真是这个宅子里的人吗？’”

“是的。你当时的意思是——值得怀疑的不是浦登家族内部的人，反而是浦登家族以外的人。”

我慎重地选择词句。

“凶手为何偏偏选择此时作案呢？你认为嫌疑人不是来自宅子内部，而很有可能是外来人员。你是这么说的吧？”

“是的。的确是这么说的。”

“当时，我觉得你的解释也合情合理。但既然现在弄清一个事实，那就是凶手是从储藏室的暗门潜入房间的。所以……”

“你说得没错。”

玄儿很干脆地承认了自己的错误。

“或许我应该收回这种看法。”

“那时值得怀疑的‘外来人员’是首藤伊佐夫先生与茅子太太、那个叫江南的年轻人，以及野口医生与我五个人。但是考虑到通过研究而变得明朗的凶手的作案条件的话，现在整个推测要逆转过来了。”

我舔舔嘴唇，继续说下去。

“凶手是知道储藏室设有暗门的人。**具备这种作案条件的，并非我们这种‘外来人员’，而是住在宅子里的浦登家族成员。**”

“我暂时没有异议。”

玄儿老老实实地点点头。

“至少，首先能排除你和那个叫江南的年轻人。你们二人是初次来到这里，根本不会知道那个暗门的存在。我认为就连你们来到之后，偶然发现暗门的可能性都没有。毕竟那个暗门不在你们能偶然发现的地方。”

“我也这么认为。”

“伊佐夫与茅子太太十有八九也不知道。他们虽然时不时跟着首藤表舅来，但来的次数不多，而且每次最多住两三天……虽然说起来是亲戚，但他们毕竟还算是‘外人’。他们应该对这个宅子的构造和内部机关不是非常清楚。”

“野口医生的情况比较微妙。”

我说道。

“是呀。”

玄儿的表情一本正经。

“等一下，玄儿。”

野口医生从椅子上站起来，想发表不同意见。

“我……”

“野口医生您刚才想说曾听别人说起过，对吧？至于您是否亲眼见过，我们无从得知。但至少您知道暗门的存在，这是事实。所以我们无法把您简单地归到‘外人’之列。”

“是呀。”

野口医生苦笑着，夸张地耸耸肩。

“真是冷酷无情的分析哪。唉，我也没办法。”

“那么，玄儿。”我继续说道，“在‘内部人员’，也就是住在这个宅子里的人当中，有多少人知道那扇暗门的存在呢？”

“这个嘛——”

玄儿满脸严肃地回答。

“正如宍户刚才所言，可能所有人都知道。”

“所有人？”

“是的。如果长年住在这里，就算你不主动了解也会知道的，别人会告诉你。当然从玄遥时代开始，就一直不想为人所知的东西或事情另当别论，那扇储藏室里的暗门并没什么值得保密的。说不定，在这个宅子里，还有许多连家人都不知晓的类似那种暗门般的秘密机关。”

玄儿似乎话中有话。他环视一圈，继续说下去：

“鹤子太太也好鬼丸老也罢，住在这个南馆中的用人都知道那扇暗门。据忍太太讲，慎太也知道。

“至于浦登家族的人也是一样。我爸和征顺姨父不会不知道，我从很久以前就知道那个暗门，还和慎太一样，偷偷溜进去过。美鸟与美鱼、阿清也是。望和姨妈就不用说了，美惟姨妈……我的继母正如你昨晚看到的那样，长年是那副茫然若失的样子。但她也知道暗门的存在。”

我又想起昨晚浦登美惟的样子，于是点了点头。自那对双胞胎出生后，她一直处在“惊恐之中”，犹如没有意志的木偶。

凶手是事先就知道储藏室里有暗门的人。

如果按照这个作案条件分析，那么包括野口医生在内的“内部人员”全都有可能是凶手……

5

我们回到东馆，走到那条自餐厅一直延伸到玄关大厅的长长走廊上。我们注意到从我们这个角度来的最里面，从玄关大厅的角度看，最前面的那扇黑色木门四敞大开着。那是客厅的门。自前天开始，那个从十角塔坠落下来的江南就躺在里面。

玄儿似乎立刻就察觉到了。他疑惑地“嗯”了一声，看了我一眼。

"江南君已经起床离开房间了吗？"

"好像是的。"

"昨天夜里，他还到北馆逛来逛去的。"

"能逛来逛去的，就说明体力恢复了。"

身后的野口医生说道。

"问题是声音和记忆。"

"是呀。他究竟是什么人？"

"总而言之，在他恢复记忆之前，我们无法对他采取任何措施。"

"关于那个年轻人，令尊怎么说？"我问道。

玄儿轻轻耸肩道：

"我觉得他自然不会不担心。昨夜，我觉得他准备'一步一步考虑对策'。但现在又发生了那样的事情……"

如果蛭山的事情进行内部处理，那就不会报警。这样一来，自然也就无法将那个丧失记忆的年轻人转交警察或医院。但是也不能因为这样，就让这样一个身世不明的闯入者一直留下来。正如玄儿所说，身为馆主的柳士郎不可能不担心。

这条铺有黑瓦的走廊右侧，即东侧的无双窗都紧闭着，几乎没有透入一丝光线。借着天花板上照射下的稀疏光线，我们三人稍稍加快脚步，走向那扇大敞的黑门。

我想起自己被玄儿叫醒后前往南馆的途中，曾看过客厅里的情况。那个叫江南的年轻人坐在被褥上看着我，纳闷地歪着脖子，似乎依旧不能发声讲话——没想到，那已是一个半小时之前的事情了。

玄儿朝昏暗的室内望去，不禁轻轻地发出"嗯"的一声。

"哎呀，那不是阿清吗？"

阿清？那个少年在这里吗？

我站在玄儿身后，也望了过去。只见被褥上空空荡荡，并没有江南的身影。但是在左边，紫红色拉门的对面，却看到了浦登清的身影。他依然戴着那顶灰色贝雷帽，和昨天初次相遇时一样。

“你在这里干吗？”

说着，玄儿脱下鞋子，走进客厅。脱鞋子的地方放着一双小鞋，似乎是阿清的。但是，江南穿的拖鞋却不在那里。

“玄儿。”野口医生喊道，“我先回北馆，行吗？我还没好好收拾，另外想把这个脏兮兮的白大褂换掉。”

“啊，好的。”

玄儿扭头回答道。

“那过会儿在北馆的沙龙室或者餐厅见。”

“你打算像刚才那样问问所有人吗？”

“我觉得有必要。”

“好吧——我可以理解你的心情，但不要胡来。”

“我可没有胡来。在这种情况下……唉，我知道啦。我知道哪些不该说，您不用担心。”

野口医生晃着啤酒桶般庞大的身躯离开了。玄儿转身走进客厅。我也脱了鞋子，跟在他身后走了进去。

紫红色拉门对面，那间有十五叠大小的屋子里点着灯，浦登清独自站在屋中央的那个黑色桌子前。

“啊……你好，中也先生。”

与我对视的阿清略显腼腆地行了个礼。他说话的样子像个孩子，但从干瘪的嘴中发出的声音则沙哑无比。

——我能和你成为朋友吗？

——乐意之至。

我边回想着昨晚与他相遇时的一段情景，边向他招招手，露出微笑。

“你在干什么？”

玄儿问向阿清。

“那个年轻人呢？”

“他……刚才突然出去了。”

“你来这里之后，和他说过话吗？”

“——说了。但是那个人——江南先生，似乎发不出声音。”

说着，阿清的视线移到桌子上。那里有一本大学笔记本和圆珠笔。难道他们用这些进行了笔谈吗？

这时，我发现笔记本的旁边有个扁平的纸箱，里面放着许多印有樱花的彩色印花纸。纸箱周围散落着几只用那花纸折叠的纸鹤。

“这个是阿清你带来的吗？”

玄儿问道。

“是的。”

少年点点头，说道。

“我觉得那个人——江南先生，一个人待着挺无聊的，所以就拿这个过来了。”

“那些纸鹤是他叠的吗？”

“我先叠了一个给他看，然后他也叠了起来。”

“原来如此。他记住了纸鹤的叠法啊。”

玄儿双手交叉地站在那里。

“对了，阿清。”

我走到玄儿身边，向阿清问起一件刚刚想到的事。

“他成为你的朋友没有？”

虽然他在天生的强烈好奇心的驱使下过来看看，但是要想和那个年轻人搭话，还是需要相当大的勇气。或许需要和昨天在南馆与我搭话时同样的勇气，或许需要比那更大的勇气。

“他和中也先生你一样。”

阿清答道。“皱巴巴的猴子”般的脸上露出不自然的微笑。

“他刚看见我的时候，还是吓了一大跳……但是，当我告诉他自己的病情后，他似乎理解了。他在那里写了一句‘你真可怜’。”

说着，阿清指指桌上的笔记本。

“是吗？那真不错。”

“是的。”

“对了，阿清——”

玄儿换了另一个话题。

“你知道在南馆发生的事件吗？”

“事件？”

阿清很纳闷地歪着脑袋。

“你是指……蛭山先生死了的事吗？”

“是的。你听谁说的？”

“昨天，他不是因为摩托艇的事故，受了重伤吗？所以……”

“哦。”

玄儿放下抱在胸前的双臂，看着年幼表弟的衰老容颜。

“你是说他是受伤而死的？”

“难道不是吗？”

阿清惊讶地歪着头问道。至少在我看来，他的表情不是伪装的。

“蛭山先生他……好像是被什么人杀死的，在南馆的那个房间里被人勒死了。”

听着玄儿解释，阿清的面部表情明显地僵硬起来。不管他有多聪明，毕竟也只是个九岁的孩子，当他听见“被人杀死”这个词时，所受到的冲击肯定和我们有所不同。

“被人杀死了……真的吗？”

“没错。这可是很危险的呀，所以现在你最好不要单独行动。”

“是谁下的手呢？”

少年问道。

“目前正在调查。”

玄儿回答道。

“现在外面狂风暴雨，警察来不了。所以，我们只能做一些能力范围内的调查。对了，阿清，关于蛭山被害一事，你有什么线索吗？”

阿清无言地摇摇头。玄儿似乎不想再追问下去，也没打听今天凌晨阿清的行踪。

我不禁松了口气。但与此同时，又突然想起昨晚在南馆与这个少年相遇时，他最后说的那句话。

——我不是很喜欢蛭山。

顿时，我觉得背后一阵凉意。但是，我不会因为这么一句话而怀疑他。

“走吧，中也君。”

在玄儿的催促下，我走出客厅。

我穿好鞋子，走到走廊上，不禁伸个懒腰，靠在黑色无双窗所在的墙壁上。虽然，那股呕吐感已经被抑制住了，但我的身体倦怠，脚底发软。

“阿清，你怎么了？”

走到门口的玄儿回头说道。阿清还在里面，似乎不想走。我定睛一看，只见他站在壁炉前，直勾勾地看着枕头旁边。

“哎，那个……玄儿。”

走廊上的我好不容易听到阿清那沙哑的声音。

“怎么了？”

说着，玄儿向客厅里走了一步。

“嗯……那个叫江南的人，我总觉得他……”

阿清说了一半，没再说下去。他抬头看着天花板，然后慢慢地环视一圈，表情困惑地看着玄儿。

“怎么了？”

玄儿问道。阿清突然慌慌张张地喊起来：

“妈妈。”

“啊？”

“妈妈在找我……”

他的妈妈——浦登望和在找他吗？

我赶紧左右环视了一圈，但不管是走廊上，还是玄关大厅里，凡是视线所及之处，都没有出现她的身影。阿清究竟为什么会突然这么说呢？

“妈妈……”

阿清无力地喊着，让人听着难受。

“已经……那么……”

“喂，阿清。”

玄儿赶到阿清身边，拍拍少年纤细的肩膀问道。

“望和姨妈怎么了？为什么……”

玄儿没有继续说下去。我听见他似乎嘟哝了一句“是吗”。

“姨妈总是担心阿清担心得不得了，所以才会那样……你应该明白的。”

玄儿把手放在阿清的肩膀上说道。阿清垂着头，说道：

“但是——”

“我当然明白阿清的心情——不要这么愁眉苦脸的嘛。好了，我们走吧。”

“但是，我……”

“——我懂的。”

玄儿的手从阿清的肩膀上放下来，退后一步接着说道：

“那我们先回北馆了。不过，就像刚才我对你说的那样，现在最好不要独自乱转。虽然还不知道谁是凶手，但这里肯定有个手染鲜血的凶手。你应该明白这个问题的严重性吧。”

少年抬起满是皱纹的脸，默默地点点头。

6

我们离开客厅，走到玄关大厅。

刚才阿清那奇怪的言行究竟是怎么回事？我心里痒痒的，非常想知道。不知玄儿是否明白我的想法。只见他快步穿过大厅，走在通向北馆铺着木地板的走廊上。恰巧此时，大厅里的直立式长木箱挂钟响了。

此时已是中午时分。

虽然是白天，但馆内昏暗依旧。走在昏暗走廊上的玄儿突然停下脚步。这时，我才发现他正好停在那个舞厅前面。

那扇黑色双开门略略打开，正好可以容一人通过——里面有谁在吗？

"嗯，果真如此呀。"

玄儿自言自语着伸出双手，轻轻地推开门。

"玄儿，究竟……"

我正想问那句"果真如此"是什么意思，但玄儿摇摇头，似乎让我保持沉默，然后向我招招手。

二人走入舞厅。

这是我自昨日起第三次踏足这个房间。这是个西式的大房间，过去曾举办过热闹的晚会。在那黑红相间的格子地板上，那对踏着奇妙舞步、美丽的连体双胞胎姐妹的幻影时隐时现……

"……阿清。"

我听到一声呼唤。

"阿清，阿清你在哪里？"

有个人影独自站在房间一角。透过百叶窗的缝隙，室外的光线露了一点进来。昏暗中，我看出那是个身着红衣的女人——那是浦登望和，阿清的妈妈。

"阿清呢？"

回荡在空荡荡房间里的那个声音听上去让人觉得纤弱悲郁，同时还有一种慌不择路的紧迫感。我不禁想起昨天傍晚，在北馆音乐室前与她相遇时的情景。

"阿清，阿清……"

望和似乎没有意识到我们走进来，继续呼喊着自己儿子的名字。在她前方，有一扇打开的门。那就是通向那个"秘密楼梯"的小房间的门。

是她打开那扇门的吗？她正准备进去吗？但是看起来，也像是刚刚从里面出来一般。

“姨妈。”

玄儿走到房间中央，轻声唤道。

“望和姨妈。”

望和徐徐地转过身。当她看见我们，便摇摇晃晃地从小房间前走过来，她看看玄儿，再看看站在玄儿斜后方的我。

“阿清呢？”

她看上去就要哭出来了。她穿着和昨天傍晚相同的黄褐色罩衫。虽然在屋内，但还是扎了一条淡红色的围巾。

“阿清去哪里了？那孩子身体太虚弱了，对吧？你知道的。那孩子有病，得了可怜的病……所以我总要看着他才行……”

“阿清很好。”

玄儿沉着地回答道。

“您不用那么担心好吗，姨妈。”

“阿清很好……不，那孩子身体太虚弱了，对吧？你知道的，你知道的呀。那孩子有病，得了让人可怜的病……”

望和不断重复着同样的话，可她本人却根本就没意识到。

“那孩子有病，我总要看着他才行……但都是我的错，是我的错呀。是我生下可怜的他，所以那孩子才……”

“不。”

玄儿劈头盖脸地说道。

“那不是您的错。那不是任何人的错。”

“就是我的错呀！”

她突然大叫起来，眼睛瞪得大大的。

——她很担心，总是哭个不停。

——所以眼睛才会通红。

她用手中捏着的手绢擦擦犹如决堤般溢出来的眼泪。

——所以她的眼睛通红通红的。就像一只红眼睛的蜻蜓，在宅子里游来荡去。

“就是我的错。”

望和还在说。

“那孩子之所以得病，是因为我……要是我能代替他就好了。真的。我真的已经……啊，让我来代替那孩子吧。我……”

这话是对我们谁说的呢？或许是对我们两个人一起说的吧。

——她的心碎了。所以……

作为家族成员之一的玄儿对初次来访的我如此说。

——她已经陷入一种疯狂的状态。

“拜托，拜托了。让我……让我代替阿清那孩子……”

“那怎么行呢，姨妈。”

玄儿加重语气。

“您那么说，阿清会难过的。”

“阿清他？”

望和突然醒悟过来一般，放下擦拭眼角的手帕说道：

“对了……阿清在哪里？”

不知道她在问谁。只见她慢慢转过身，背对着我们，看着房间一角的那扇小房间的房门。

“啊，在那里。”

她自言自语道，好似刚刚才注意到那扇门一般。

“阿清是不是去二楼了呀？我明明嘱咐过他，让他不要一个人到处乱跑。那孩子的身体太虚弱。啊，阿清。”

“啊，姨妈。”

但是，她似乎没有听见玄儿的唤声，犹如风中的柳絮般轻飘飘从我们面前穿过。

“阿清……阿清你在哪里？”

她窥视着门内呼唤着，然后走进那间小小的房间。门慢慢合拢，与黑红相间的墙壁成为一体。很快，墙壁对面传来上楼梯的脚步声。

7

“可以这么放任不管吗？”

我这么一问，玄儿便忧郁地皱起眉头。

“唉，反正她一直都这样。”

“她怎么会变成这样的呢？”

我难以忍受地叹口气，脑海之中同时浮现出刚才客厅里阿清的样子与方才见到的望和的样子。

“征顺先生说望和太太的‘心碎了’。为什么会变成……”

“我觉得——”玄儿依然皱着眉头，回答道，“也许可以说是她姐姐——美惟姨妈的那种状态对她产生的反作用。”

“反作用？”

“我这么觉得。”

“什么意思呢？”

“十六年前，当美鱼和美鸟姐妹出生时，美惟姨妈——我的继母就受到了很大的打击。自那以后，她就陷入昨晚你看到的那种状态。美鸟和美鱼似乎称她为‘仙人掌’。但借用主治医生的话来说，她的分离性昏迷状态已经慢性化。她几乎整天待在西馆自己的房间里，或躺或坐。几乎看不见她能有意识、自发性地行动，也很少主动开口说话。总之，她无法接受亲生孩子是连体双胞胎这个残酷的现实，她想要逃避。我这么认为。”

——生我们的时候，妈妈受了很大的惊吓。

——从那以后一直……时至今日她依旧活在惊吓中。

“望和姨妈作为旁观者，看到姐姐那种样子，作为亲人来说同情姐姐的同时，另一方面也带有强烈的反感。她认为不管生下来的孩子是什么样，终究是自己视为宝贝的骨肉。她觉得作为母亲，如果逃避现实，把自己封闭起来，那是非常不负责任、非常过分的行为。所以她觉得美鸟与美鱼非常可怜。”

没错。就连我听了这些话都十分赞同。但那对双胞胎似乎并不在意，看上去乐呵呵的。

“十四年前，望和姨妈与征顺姨父热恋后结婚了。”

十四年前……我借助幼时模糊的记忆以及后来掌握的知识，想象着十四年前这个国家的样子，描绘出陷入“热恋”中的两人的样子。

“他们的第一个孩子不幸是死产儿。过了一段时间，第二个孩子出生了，那就是阿清。很快，他们就发现阿清得了那种病。虽然出生在浦登家族的孩子都要冒着患上早衰症的风险，但望和姨妈还是很受打击。那种打击绝不亚于生下美鸟与美鱼的美惟姨妈。

“但她不愿像姐姐那样，也不能像姐姐那样逃避现实——她无法摆脱这种想法，从而走上了与她姐姐那种渐渐无视女儿们的态度正好相反的另一个‘心碎了’的极端。具体地说就是溺爱、牵挂她那可怜的儿子，而且表现得非常明显——这就是我的解释，可能比较俗。”

我老老实实地点点头。这解释相当直白。

“因此望和姨妈总是扮演一个非常担心儿子的妈妈的角色。我不是说那是伪装出来的担心，那绝不是伪装。除了将自己关在北馆一楼的工作室里作画之外，她总是担心阿清。她总是跟在阿清身后，嘘寒问暖、呵护备至，时不时感慨一番‘那孩子在不久的将来，会因为那病而丧命’之类的话。而且她认为一切都是自己的错，想包揽所有的罪过。

“但是阿清又是那样聪慧的孩子。他很不喜欢望和姨妈的做法——也可以说他觉得每次见到自己都会一味哭泣的望和很可怜。所以才在宅子里兜来转去，不想让妈妈看见。而望和姨妈就会在宅子里找来找去……这种关系已经维持了好几年了。”

我又老老实实地点点头——但玄儿怎么能如此平静地叙说呢？他讲述的可是与自己有血缘关系的表弟和姨妈的事情呀。或许他故意这样。总之我觉得他似乎是在讲不相干的人的事情，虽然忧郁，但似乎没有表现出同情。

“在望和姨妈早已失衡的狂乱心中，她希望尽量让阿清活下去。每次姨妈都要对别人说让她代替阿清得那种病，让她来替阿清去死。从某种意义上说，那是任何做母亲的人都会有的想法，但最近我觉得姨妈过分的言行反而令人感到她似乎有点本末倒置。”

“这话怎么说？”

“我觉得阿清的存在似乎成了一种理由。也就是说，她本人似乎在主动寻求死亡。”

“——像是有自杀倾向？”

“说实话，我觉得是那样。”

玄儿看着刚才望和所站的地方，目光更加锐利。

“但是，有个非常难的问题堵在她前面。”

“非常难的问题？”

“是的。”

玄儿点点头，压低了声音。

“难办的是死不了。不管她怎么想死，都死不了。”

“啊？”

我无法明白玄儿说这话的意思，眨着眼睛问道。

“这是怎么回事？”

玄儿犹豫着，就在那时——

从宽敞的房间某处，传来刷刷的轻微响动。似乎是某人转动身体的声音。

我们吃惊地环视房间，却没有看见半个人影，也没看到有人自走廊上走来。但是——

唔、唔唔……这次又传来低吟般的声音。那声音的确是从这个房间里发出来的。看来，除了我们二人之外还有别人在这个房间之中。

我顿时想起昨天和美鸟与美鱼相遇时的情形。我转身看着放在房间里的屏风。那个用暗红线条画着抽象图案的黑色屏风——当时，那对双胞胎就藏身于那个屏风后面。

玄儿已经先我一步跑了过去，查看屏风后面。

“——欸？怎么回事？”

我也赶了过去，绕到与玄儿相反的屏风另一端。只见刚才离开客厅的年轻人——江南在那里。

“江南君，你怎么在这里？”

玄儿走到他身边。

“哈哈，难道你也被望和姨妈逮住了？她可不管逮到了谁呢。就是刚才的……”

刚才的？他说什么呢？

江南坐在屏风后面的墙角处，显得筋疲力尽。他抬起头，轮番看着我们，失去血色的嘴唇微微颤动，喉咙深处传来呻吟声。他似乎还无法正常发音。

“你还好吧？”

玄儿伸手抓住他的胳膊，想拉他起来。江南缓缓地被玄儿拉了起来。

借助从百叶窗缝隙透入的微弱光线，能看到这年轻人的面容。也许是心理作用，我觉得他气色很差，脸色苍白不堪，头发蓬乱，目光无神，额头与鼻头渗出点点汗珠，脸颊上亦残存着汗渍……不，也许那是泪痕吧？

“你还是不要硬撑为好。”

玄儿放开江南的胳膊，说道。

“记忆呢？又想起什么没有？”

江南没有作答。稍过片刻后，他摇摇头。

“你还是不能正常发声吧——能走路吗？江南君，你还是应该老老实实地在客厅休息呀。是不是觉得无聊、待不住呢？如果你愿意，我可以带你在宅子里转转。当然那是后话，你要先养好身体，好吗？”

年轻人缓缓地点着头，算作回答。他的脸色苍白依旧，眼神空虚依旧。也许是稀稀拉拉长出的几根胡子，令他的下巴看起来更尖。

窗外连绵的雨声被一阵闷雷所掩盖。这还是今天听到的第一次雷声，不禁令我身体僵直。与此同时，我竟然产生一种奇妙的心情(这是？瞬间这样想到……)

面前站立的青年的相貌。

这是——瞬间产生出这样的困惑。

这是——这张脸似曾相识（究竟这是……强烈的震惊立刻再

度……）……啊，但这是不可能的——绝对不可能。

“又打雷了。”

玄儿叹口气，自言自语着。

“这暴风雨何时才能平息呢？”

第十四章　无音键盘

1

“蛭山先生死了。”

当玄儿告知蛭山死讯之时，浦登征顺的反应与正常人没什么区别。他用右手的拇指和中指扶着纤细的无边眼镜的镜腿，死死皱着眉头。

“真是可怜。”

他轻声自语道，然后将茶色睡袍的前襟合拢在一起。

“虽说那也是没有办法的事情，不过还是……”

玄儿暂时没有说话。他紧紧地盯着对方那露出遗憾表情的脸部，然后才缓缓地试探性地问道：

“您还没听谁提起吗？”

对于玄儿那句带有试探意味的询问，征顺有点纳闷。

“听谁说些什么？”

“您还没遇见鹤子太太、野口医生或是我爸吗？”

“我下楼后就一直待在图书室。今天除了望和与阿清之外，我还没遇到过别人。”

“经过野口医生的检查，发现蛭山先生死于今日凌晨两点到四点之间。”

停顿片刻，玄儿压低嗓门道。

“死因不是昨天的重伤。”

“什么？”

在这种场合下来说，征顺的反应很正常。但如果有人问我他那种似乎一无所知的表情是不是伪装出来的话，我却无法很自信地肯定。

“这到底是怎么回事儿……”

现在，我们在北馆一楼的沙龙室之中，时间是将近下午一点。

玄儿带着在东馆舞厅中茫然若失的江南，回到了客厅。当时，阿清已经走了，江南听话地躺在被褥上。虽然他没有主动说自己身体不舒服，但他那无神的目光、迟缓的行动、心不在焉的样子等，一切都没有改观。

之后，我与玄儿来到北馆。我坐到沙龙室里的沙发上后，接过玄儿递过来的水，润润干得冒火的喉咙，顺便把野口医生给的解酒药也一并吃了。总算觉得身体舒服一点后，我决定问问玄儿那一直萦绕于心头的疑问。但是——

我刚刚开口，沙龙室东边的图书室的门打开了。浦登征顺走了出来。或许他听到我们的声音了。

“……什么意思？玄儿，他死得蹊跷吗？”

征顺紧缩眉头问道。他身后传来轻微的八音盒声响，是西邻游戏室中的那个自鸣钟报时的声响。那是双胞胎的妈妈美惟年轻时创作的曲调《红色华尔兹》，听上去有点寂寥的感觉。

“蛭山先生他——”

玄儿压低声音回答征顺的问题。

“蛭山先生不是因为身负重伤而死的。他是死于什么人的手上。在他睡下的床上，被裤带勒死了。”

征顺顿时神色大变，不知说什么好。

“为什么会……没有弄错吧？”

“我刚才和中也君一起近距离检查过。”

说完，玄儿看看我。我老老实实地点点头。征顺表情凝重，轮番看着我们两人，然后猛地摇摇头，似乎不相信这个事实。

“谁下的手……为什么要杀他啊？”

“不知道。既不知道凶手是谁，也不知道蛭山先生为什么遇害。”

“报警了吗？”

“没有。”

玄儿摇摇头，重述一遍他在现场对我解释过的话。

听着玄儿的解释，征顺的表情越发凝重。过了一会儿，他叹口气，表情也缓和一点儿。但让人看上去，与其说他放心，倒不如说已经死心——我觉得是这样。

“您怎么看待我爸的判断？”

玄儿问道。

“他要将这件事作为简单的事故死亡来内部处理。”

征顺沉默数秒钟后，长叹一口气说道：

“没办法。”

这种口吻又让我觉得是一种死心的表现。

“虽然不合常理，但他——姐夫那么坚持的话……但是，如果那样——”

征顺看着我。

“如果那样，中也君也必须要保守秘密才行。”

“是呀。”

玄儿随声附和道。

“即便你回到东京，对于今天发生在这里的事情，也要绝口不提。警察就不用说了，对什么人都不能提起——就是这么一回事儿啦。中也君，做得到吧？”

虽然我不能不假思索地保证，但通过昨天傍晚的经历，我知道不管自己如何按照一个正常人的思维陈述意见，都没有任何效果。我困惑得不知该如何作答是好，只得沉默地垂下眼帘。

“不管怎样，必须保守这个家族的秘密。因为你已经承担起了这种义务。”

“义务？”

听玄儿这么一说，我不禁重复道。

“什么意思，玄儿？”

“**同伴哟，你是我们的同伴**。所以……”

我更加迷惑不解。

怎么回事？我是他们的同伴，必须保守秘密——究竟是怎么回事？

玄儿歪着脑袋，目不转睛地盯着我看。他那苍白瘦削的脸上露出一丝微笑——啊，**这种**微笑……

一模一样。

我这样想道。

——如果可能的话，作为相关者之一，你还是直接看一下现场比较好。

这是当我们走进蛭山被害房间之时，玄儿对我说过的话。

——**作为浦登家族的相关者之一。**

当时，他的脸上露出了与现在一模一样的微笑……

与此同时，在我的脑海中，昨夜那缠绕着烟霭的记忆、那个异样宴会的记忆蠢蠢欲动起来。

——愿达莉亚祝福我们吧！

浦登家族的唱和声犹如回音般响彻耳畔。几根深红蜡烛的火焰在我脑海里跳动。那飘散在昏暗房间中不可思议的香味仿佛又刺激起我的鼻腔，而舌头仿佛又感受到那莫名的食物味道。

——愿达莉亚祝福我们吧！

——愿达莉亚祝福……

——达莉亚……

……难道就因为参加了那个宴会，我就成为他们的“同伴”了吗？玄儿当时所说的“相关者之一”也包含了这层意思吗——怎么会呢？但是……

“但是，玄儿。”征顺说道，“不管怎样，现在有个最棘手的问题。到底是谁、出于什么目的杀死了蛭山呢？”

“你也介意这个吗？”

“这个自然。”

“是呀。”

玄儿点点头，点上烟。

“我也一样。所以才有必要追查下去。”

“追查……追查事情的真相吗？”

“是的。查查到底是谁、出于什么目的杀死了蛭山先生。不管是否报警，都不能不解开这个谜题。”

“是的。”

“我准备过会儿再和我爸细谈。”

说着，玄儿板起面孔。

“他也会担心。作为这个宅子的主人，他不会不想追查杀人犯。只要他自己不是凶手……”

2

我默默地听着玄儿和征顺的谈话，又将水瓶里的水向自己的水杯里倒了些，慢慢喝完。我强忍着极想抽烟的念头，因为只要一抽烟，又会觉得想要呕吐。

宽敞的沙龙室隐约被染成深蓝色，这是因为屋外光线透过法式窗户的蓝色花纹玻璃照进屋来的缘故。正如昨晚想象的那样，好似身处深海之中一般。我迅速看向头顶。这里是海底，而高高的天花板附近则是水面……而且我突然产生一种不应有的错觉，觉得似乎有人正从那里窥视着我们。

“推测蛭山先生遇害的凌晨两点到四点间，姨父您人在哪里？做些什么呢？”

听到玄儿的询问，征顺轻轻耸耸肩膀，说道：

“这是询问我的不在场证明吗？”

“当然了。确认所有人的不在场证明不正是侦探破案的基本手法吗？”

“听你亲口说出侦探小说里的经典台词，还真是让人感到意外。”

征顺眯着双眼，露出浅浅的笑容。玄儿并不反感地轻轻耸耸肩膀，说道：

“请您不要误解。我并不讨厌侦探小说。虽然我也觉得侦探小说里的内容是胡说八道，可一看起来也会忍不住为之着迷。但是，对于小说中的那些名侦探，我往往无法理解。”

“哦？那又是为什么呢？”

“究竟是什么令他们如此傲慢呢？”

“傲慢？”

“是的。案件发生后才被叫去的侦探们，有什么权利和必要那么积极地探寻‘真相’呢——我说这些可能偏离了刚才的话题，或者有些矛盾。可实际上当自己身边发生凶案，一般人还是想弄清真相的。”

“原来如此。不过这次你可不是被从外面叫来的无关人士呀。”

“虽然有所不同——”

玄儿停顿一下，重新点上一支烟。

“如果能不拼命探寻‘真相’，安于现状也挺好。也可以有这样的处理方法——尤其这几年，我常这么考虑。说实话，我似乎还是个蛮傲慢的人。”

“玄儿，你说得挺有意思。”

征顺摸摸蓄在鼻下的浅浅胡须。

“就算不知道真相也能坐得住，未尝不是好事——我觉得这么想也没什么不好。”

“关于这个问题，我们先不聊了。”

玄儿深吸一口烟，悠悠地吐出来。

“您能先回答一下我的问题吗？凌晨两点到四点之间，您在什么地方？做过些什么事情？”

“我在睡觉。”

征顺爽快地回答道。

“宴会结束后就回了卧室。我醉得不轻，很快就睡着了。”

“与望和姨妈一起吗？”

“她在对面房间。我们已经分房睡很久了。你也知道吧。”

“嗯，我知道。”

玄儿点点头，将烟灰弹进黑色桌子上的黑色烟灰缸之中。

“阿清与姨妈同睡吧？”

“是呀。”

“昨晚也是这样？”

“哎呀？你难道把阿清也列入了嫌疑人之一吗？”

“怀疑所有人是侦探破案的基本要求嘛。姨妈和阿清也不能例外。”

玄儿说道。我在旁边听着，虽然知道那是“经典台词”，但还是出了冷汗。恐怕没有一个家长能容忍别人怀疑自己刚刚九岁、患有早衰症的亲生儿子。

但是我的担心是多余的，征顺露出绅士般温和的笑容。

“你不觉得至少阿清在体力上是无法做到的吗？那个孩子根本无法勒死一个大人。”

“不，那未必。”

玄儿当即否定。

“正如您知道的，蛭山本就奄奄一息，恐怕连意识都不清醒。无论谁对他做了什么，他应该都无法反抗。而且将裤带缠在脖子上勒死人也不是很难的事情，不需要很大的力气。如果知道怎么下手，连三四岁的小孩都办得到。”

“这倒是。”

“只是确认一下。”

玄儿继续说道。

“昨晚，阿清也和姨妈在同一个房间里休息吗？”

“是的。而且在你说的那个时间段，他们两人也许睡得正香。”

“也许吧。”

“玄儿，照你这个样子盘问，恐怕所有人都无法准确证明自己不在犯罪现场。如果有人说得非常肯定，那反而值得怀疑。我说得没错吧。”

“这还真是侦探小说式的思路。”

说着，玄儿把烟掐灭。

“我觉得如果您要是凶手，肯定能事先准备好自己的不在场证明。对吗？”

征顺的微笑变成了苦笑，但什么都没说。

“算了，不说这个了。”

玄儿接着说起来。

“在蛭山被害的那个南馆的房间中有道暗门。您应该知道这件事吧？”

“——啊，你这么一说我想起来了。你说的是自壁橱连接到外面储藏室的暗门吗？”

“是的。昨天傍晚之后，您开过那扇门吗？”

“我？”

征顺睁大眼睛，摇摇头。玄儿直直地看着对方的反应，那眼神锐利得令人害怕。

“没有那个必要呀……哦，我明白了。难道凶手是从那扇暗门进去的吗？”

“好像是那样的。刚才我们调查过，当时忍太太在起居室。恐怕凶手为了不被她发现，就利用那扇暗门进出现场的。”

“这样啊。也就是说……”

“望和姨妈与阿清也都应该知道那扇暗门的存在吧？”

“这个……是的，应该知道。长年住在这个宅子里的人，应该都知道的。”

“没错。可不是吗。”

玄儿用力点点头。那句话说到最后，听起来像是自言自语一般。

凶手事先就知道那扇门。也就是说，凶手是浦登家族内部人员——我考虑着刚才得出的结论，脑海中浮现出今天还没有见到的几个“内部人员”。

馆主柳士郎。他的妻子美惟。而后是美鱼与美鸟两姐妹——或许玄儿还准备向他们“确认”，但到底能有多少效果呢？

“玄儿，即便如此——”

这一次，轮到征顺发问了。

“刚才你在提及蛭山遇害的瞬间，我就觉得奇怪。为什么要杀死他——蛭山呢？我觉得这才是最大的‘谜团’。”

玄儿一语不发，拿起桌子上的香烟，发现里面空空如也。他“啧”的一声，将烟盒捏成一团。

“请稍等。”

玄儿从沙发上站起来。

“我的烟抽完了——中也君，你喝咖啡或者红茶吗？”

“啊，不用了。我喝水就行。”

“还恶心吗？”

“不，好多了。”

“中饭怎么办？如果你有胃口，我让她们马上准备。”

“不用了。”

我按住胸口，慢慢地摇摇头。

——哎呀呀，真是拿他没办法。

恰巧此时，那个遥远往昔的声音，那个我再也见不到的……妈妈的声音，突然在耳畔响起。

——他明明是个男孩子呀……

“直到晚上我都没什么胃口。”

我再次缓缓地摇摇头。

“玄儿，你不用管我，自己去吃吧。”

3

玄儿离开沙龙室后的好长一段时间，我和相对而坐的征顺都一语不发。

我根本不想再提蛭山被害的事情。虽然还有很多关于昨晚宴会的问题，但总觉得此时开口似有不妥。

屋内鸦雀无声，更觉屋外的风雨之声变得强烈。或许是这里宽敞，天花板高，加之石质建筑的缘故，所以连雨声听上去都与在东西两馆之中听到的感觉不同。高音显得更高，低音显得更低，加上此时屋内犹如深海般的氛围，令人觉得那雨声好似波浪声……

征顺深深陷入沙发之中，交叉着手臂，一动不动。他的眼神集中在桌子上的某一点，不再令人觉得沉稳，而轮廓鲜明的脸上，表情却倍显严峻。

——姨夫给人的感觉像老鹰或是秃鹫。

我不禁想起美鱼与美鸟的拟物比喻。

——不过，他不能飞就是了。

“刚才在东馆的舞厅，我遇到了望和太太。”

我无法忍受持续的沉默，率先开了口。

“啊……”

征顺放下交叉的手臂，抬头看着我。他脸上的严峻表情似乎烟消云散了。

“她没有为难你吧？”

“没有，怎么会呢？”

我赶忙摇摇头。

“玄儿已经对我说了。她是因为太爱阿清，才变成那样的……”

“爱？”

征顺猛地扬扬眉头。

“也对，那的确也算一种‘爱’吧。从某种意义上讲，那是爱的一种完结态……我什么都不能做。”

征顺轻叹一口气，眼神又落在桌子上。他脸上的表情已经从方才的严峻转变成一丝阴郁。接着——

“我第一次来浦登家族的这个宅子是在十七年前。后来与她——望和相遇……很快，她的美貌就让我魂不守舍。”

征顺开口说起来，仿佛在独自追忆。

“说得通俗一点儿，那就是一见钟情吧。她似乎也很快就接受了我……我想结婚，但有几个必须遵循的先决条件。我必须入赘浦登家族，改姓浦登。抛弃过去的生活，定居在这个宅子里……

“……后来，我决定接受全部条件。我周围有很多反对意见，但我充耳不闻——我们相识三年之后结了婚。当时，我陶醉在一种不可思议的满足感中，可以说很幸福。我们连做梦都相信那种幸福会持之以恒。”

我不知道该如何回答。征顺或许注意到了我的表情，嘴角露出难为情的苦笑。

“对不起，突然对你提起这些陈年往事，让你为难了。”

“啊，不是的。”

“虽然有很多烦心事，但长期在这里住下来，发现生活本身倒也不差。”

征顺似乎想改换一下情绪。他伸伸腰，缓缓地环视着深蓝色光线下的房间。

“能远离世间的嘈杂，静静地与时光相对。可以无限思考，可以一直读书——不只看侦探小说，有大量的书籍可供阅读。何况，还有可供大量阅读用的无限时间……”

“昨天，我听美鸟与美鱼姐妹说‘姨夫给人的感觉像老鹰或是秃鹫’，她们还说您‘不能飞就是了’。”

“把人比喻成动物的那个吧？”

征顺的脸上露出温和的笑容。

“我知道哟。不过，唯独她们的母亲，被比喻成植物。”

“她们为什么说您‘不能飞’呢？”

“你别看她们那个样子，但观察力很强呀。我觉得——”

征顺轻轻闭上眼睛，停顿一会儿后继续说道。

“‘能飞’与‘不能飞’这些话可能和她们对外部世界的憧憬有关联。她们天生就是那副身体，一直生活在深山老林里的这个宅子之中。虽然她们似乎并没有强烈的不满，但还是开始憧憬外面的世界了。所以她们才会把离开宅子，在东京生活的玄儿比喻成‘能飞的’动物。我记得玄儿被她们称作鼯鼠吧。”

——玄儿哥哥呀，他是鼯鼠。

——鼯鼠张开前后脚之间的飞膜，就能在林间飞跃，一飞几十米远呢，多厉害呀。

“中也先生，你呢？被她们比喻成什么动物了？”

“是……猫头鹰。”

“那也是‘能飞的’动物。”

征顺的脸上又露出温和的微笑。

“所谓的‘能飞’，应该是‘自由’的象征吧。这样看来，或许那两个姐妹认为曾经‘能飞’的我现在‘不能飞’了，失去了自由。”

我点点头。

“但是，征顺先生您能从这个宅子——这个岛上出去吧？”

“如有需要的话当然可以。”

征顺回答道。

“但是，本质上来说的确是‘不能飞’的。怎么说好呢？这么说吧，那不是因为翅膀折断而‘不能飞”，而是因为被锁链所困而‘不能飞’的。”

“锁链？”

“没错。即便在她们看来‘能飞的’玄儿，事实上和我一样……他不是被比喻成鼯鼠吗？鼯鼠是无法像鸟儿那样自行飞越距离遥远的小岛的。”

“难道玄儿也被锁链羁绊着？”

这种谜一般的比喻令我喘不过气来。

“被那羁绊着。”

我问道。

“在哪里羁绊着呢？”

“当然是这个宅子。这个暗黑馆。这个浦登家族之中。”

征顺眯起双眼，继续说着让人摸不着边际的话。

“不仅是我和玄儿，望和以及她的姐姐……包括当代馆主、姐夫柳士郎也不例外。不仅是我们的身心……包括生命本身都被羁绊在这个暗黑馆的宅子里，犹如被困在这里一般。换一种说法就是咒语的束缚吧。”

4

即便征顺道出了答案，我还是觉得喘不过气来。

能飞。不能飞。自由。为锁链羁绊。生命本身。咒语的束缚……正当我在心里重新考虑这些词语在意思上的关联时——

“中也君，你觉得东京怎么样？”

征顺突然改换语调，冒出这么个问题。

“听说从今春起，你就一直生活在那里。习惯住宿生活了吗？”

我暧昧地点点头，说道：

“东京让人很难形容。地广人多，感觉所有人都很忙碌……和我的家乡俨然是两个国度。”

“我也曾经在那里住过。”

征顺说道。

“就在十七年前，与望和相识之时我就在东京工作。当然，那会儿与现在不同，全国各处都不太平。”

“您的家乡在哪里？”

“我出生在九州。一直在岛原生活到十岁左右。”

"岛原……在云仙山脚下呀。"

我曾经隔着有明海，眺望过那雄伟的云仙山。当时正值盛夏，涌上苍穹的积雨云犹如火山喷发的烟雾一般。那是我独自旅行途经熊本街头时看到的景象。

"那个从塔上坠落下来的年轻人——"

征顺仿佛突然想起来一样。

"他的确姓'江南'吗？"

"是的。"

"昨天，当他在客厅写下那两个字的时候，我想弄不好他也是岛原地方的人。"

"为什么会这么想？"

"因为岛原那儿姓'江南'的人非常多。"

征顺边摘下眼睛边说。

"虽然汉字都是写'江南'，但读法众多。除了ENAMI的读法之外，还有你曾提过的KAWAMINAMI的读法。"

"哦。"

"虽然不能因此就认定他是岛原人，但我觉得他的亲戚家人中应当有岛原一带的人。"

那个叫江南的年轻人是谁？为何独自来到深山老林里的这个湖边、登上小岛？他为何要登上十角塔？征顺肯定也在思考这些令人在意的问题。

突然，面向中庭的法式窗外掠过一道闪电。顿时，这个原本暗蓝色的空间一下亮堂起来，犹如穿过天际一般。片刻后，传来轰隆隆的雷声。

这张脸是？一闪而过的困惑在脑海中复苏。刚才在东馆的舞厅里与江南相遇时，心中曾产生这种奇妙的感觉（这张脸是……这样的困惑与混乱……一闪而过）。当时，我……

“雷声真讨厌，总是让人不知不觉地产生不祥的联想。”

征顺收回投向法式窗的目光，看向我。

“对了，中也君，玄儿对你说了吗？”

“说什么？”

“关于昨天晚上的达莉亚之宴，以及这个浦登家族的事情。他和你详细说了吗？”

“没有。”

我轻轻摇摇头。

“还什么都没说。”

征顺显得有点意外地说道：

“那么说，你……”

“**昨晚的宴会**到底是怎么回事？”

我想总算逮到机会了，便加重语气问道。

“我知道达莉亚是这个宅子的第一代主人浦登玄遥从意大利带回来的女人，是玄儿的曾外婆。昨天既是那位达莉亚太太的诞辰也是她的忌日。在宴会上，柳士郎先生也是那么说的……我觉得那幅挂在宴会厅里的肖像画中的女人应该就是达莉亚。但是，**昨晚的那个宴会**到底是怎么回事？到底那是什么‘仪式’？”

“这个嘛……”

征顺正准备回答，但又犹豫起来。

“与其现在由我告诉你，还不如让玄儿直接对你说。”

他静静地将视线移开，重新系好睡袍的纽扣，从沙发上站起来，打开电视，然后走到放着玻璃器皿的橱柜前。

也许是暴风雨的缘故，电视中的图像比昨晚更加糟糕，似乎播放的是纪录片，声音很嘈杂，弄不清里面在说什么。似乎是在介绍各地的风土人情。

征顺又坐到沙发上。他也将水瓶中的水倒入自橱柜中取出的蓝色毛玻璃杯中，一口气喝了一半下去。我又不自觉地想抽烟，手刚伸向上衣口袋，但转念一想还是忍住了，勉勉强强地为杯子里加满了水。

“哦。”

征顺轻声低语一声，身子探向电视机方向。

“这又是惊人的偶然……”

他自言自语道。

“怎么了？”

我问道。

“究竟怎么了？”

“啊，没什么……你看，画面里的那个建筑。”

征顺指着电视正准备说下去，画面又被切换到另一个场景了。外面的雷声还在轰隆大作，图像也更加不清晰。杂音越发严重，几乎听不清电视里在说什么。

“刚才电视画面里的那个建筑……你看见了吗？”

“看见了。”

刚才，我看到了那个电视图像中出现的大建筑。立柱、横梁、窗框等这些木架结构显露在外墙，即半露木式西洋建筑。

半露木式建筑盛起于北欧，多见于十五世纪到十七世纪的英国住宅中。在日本，明治后期至昭和初期流行这种建筑样式，或许是因为这种让立柱外露的建筑风格与日本传统的建筑样式有相通之处吧。现在全国各地都残存着当时的建筑，位于福冈县北九州市户畑区的被评为“现存最华丽的西洋式宅邸之一”的松本健次郎故居也采用了这种建筑样式。我曾经亲眼见过，觉得比想象中的还漂亮，令人感动。

“外面声音太吵了，可能听不清说明——”

征顺将视线从模糊不堪的电视画面上移开。

“刚才节目中出现的是濑户内海上的时岛。”

“时岛……”

“过去——其实最多二十年前吧，有一个好事的富豪在垂暮之年，将那座岛整个买下，想建造自己的‘乐园’。他把自己收藏的美术品等物悉数搬上岛，还安排自己的众多情人在那里住下，和江户川乱步的作品《帕诺拉马岛奇谈》中描述的犯罪性、猎奇性的情节有许多相似之处。”

濑户内海，时岛的“乐园”——

征顺这么一说，我觉得自己似乎在什么地方听说过这种传闻。

“结果，在富豪期盼的乐园完工之前，他撒手西去。工程也半途而废。听说那里被某个财团接管了，他们似乎要对外开放整座岛，将那里建设成有点怪异的景点。刚才电视里播的就是那里。”

“原来如此——但是，刚才的那个建筑物怎么了？”

“如果我没有看错——”征顺略作停顿后继续说道，“那是昨天你一直在问的那个建筑师设计的。他受那个富豪之托负责设计的……”

“啊？”

我不禁失声叫了起来。

“就是重建这个北馆的那位……”

征顺眯着眼睛，乐呵呵地看着我的反应，点点头说道：

“是他年轻时负责的工程。了解的人自然了解——”

我将视线投向画面模糊的电视机（中村青司竟然还设计过……惊讶之情缓缓浮上心头，随即沉下），心头一阵懊悔——早知道是他设计的，刚才应该仔细地看看的。

那位初到暗黑馆，曾发表过和我同样感想的建筑师。那位选择了怪异的生活方式，而后离开人世的建筑师。

——最终，他也成为被蛊惑的一员。

昨天，征顺亦如此说过。我的好奇心迅速膨胀，一个轮廓暧昧的灰色影子在我心头煞有介事地晃动起来。

“虽然总体上是半露木式风格，但到处都融合了他的独具匠心，例如使用超出构造所需的大量木架，在墙面上绘制了纷繁复杂的图案等……”

征顺继续向我说明那位建筑师中村所设计的时岛上的西洋宅邸。

“镀铜屋顶上的所有木架都被涂成铜绿色……”

听着听着，突然心里有种很别扭的感觉。

又是一道闪电掠过，将整个屋子的色调变成青白色。接着，又传来一阵轰隆隆的雷声，这持久的雷声比刚才还要沉闷。电视画面更加模糊，而后瞬间黑屏了。

“征顺先生……”

我正准备将心中的不协调感与疑问提出之时——

房间外面传来人声。究竟是谁的声音呢？好像是女人歇斯底里的喊声。

5

征顺也觉得似乎有什么事情发生。我们对视一下，几乎同时站了起来。刚才，在南馆目睹的蛭山被勒死的尸体在脑海里一闪而过，不祥的预感顿时涌上心头。

我们冲到走廊上。但是，这条横贯北馆东西的昏暗长廊上空无一人。声音是从右边、音乐室与台球室所在的东侧边廊上传过来的——

“……不。不要……别过来……”

声音断断续续地传了过来。我觉得那似乎不是喊叫声，而是哭喊声，其间还夹杂着痛苦的咳嗽声。

“你镇静一点，太太。没事的，你先镇静一点……”

这是另外一个人——一位男性的声音。浑厚的男中音。我一下就听出来那是野口医生的声音。

“是茅子太太。”

征顺低语着扭过头，看着我。

“你听说过她的事情吗？”

“是的。她是伊佐夫的……”

首藤茅子。在这个宅子里，她是唯一一位我未曾见过的人。她是那位自诩为艺术家的醉汉——首藤伊佐夫的继母，是大前天外出后至今未归的首藤利吉的续弦。

“听说她来到这里后就发了烧，一直躺在床上。”

“是的。好像出了什么事。”

我们走向发出喊声的地方。就在这时，在走廊交汇处，即放有几条蛇缠绕于半裸男子身上的那个青铜像处，一个穿着浴衣的女人跌跌撞撞地走了过来。她看都不看我们，沿着边廊往前走。脚步蹒跚得犹如喝醉酒一样。她那苍白的脸颊上垂着几根头发——这就是茅子吗？

接着，野口医生那庞大的身躯出现在我们的视野中。他换下了脏兮兮的白大褂，穿上了深绿色的马甲。看见我们后停下脚步，很郁闷似的向我们耸耸肩。

“怎么了？”

征顺走上前去。

“正如你们看到的。”

野口医生皱着眉头。

“被病人抛弃了。”

他看看茅子离开的方向。

“‘夫人，您先冷静一下’之类的话，不管我怎么说……”

野口医生又向我耸耸肩。

“她都置若罔闻啊。我刚想拉住她，她便大喊大叫，像是发了疯一样。不管怎样……真没面子。”

“茅子太太去哪里了？”

“可能是那边的电话室吧。她说‘你们都不可靠，我要亲自确认’。”

“确认？”

“刚才我去查看病情的时候，顺便告诉她首藤先生还没回宅子。她高烧不退一直卧床休息，所以时间感似乎麻痹了。当她得知今天已经二十五号，可丈夫还没回来后，顿时神色大变，从床上跳下来……”

“然后就说——你们都不可靠？”

“是的。”

野口医生轻轻地叹口气。

“她追问我‘为什么不早点儿告诉我？不是太过分了吗’。唉，我觉得她那么想也无可厚非。所以我就想尽量把事情说清楚，但是还没容我说完，她又嚷起来，说‘不可能，你说谎，是你们把他藏起来了’。其实，她现在还不能到处乱走。”

“还没有退烧吗？”

“反而严重了，弄不好会恶化为肺炎。她必须要静养，但不管我怎么劝，她都听不进，非要自己打电话确认不可……”

“您有没有说蛭山被害的事情？”

“那倒没说。如果我告诉她宅子里发生了凶案，还不知道她会怎么吵闹。”

野口医生又轻叹一口气，捋着花白的胡须。征顺也摸摸下颚，仿佛在模仿他的动作。

“电话吗……她准备往哪里打电话？”

“天晓得。也许她知道她丈夫去了哪里吧。”

自主走廊往右拐，就是大厅的门。穿过大厅，便是通向东馆的走廊。我们跟在野口医生后面，穿过那扇大开着的双开黑门。电话室在大厅的左首方向。昨天，玄儿就是在那个小屋子里，试图与蛭山取得联系。

透过电话室半掩的门可以看到茅子在里面。她手拿电话，背靠着墙，坐在地上。

“这电话怎么了？”

茅子看着我们，声音沙哑地问道。她的眼神中透着怯意。

“这电话怎么了？打不通呀。”

“什么？”

征顺嘀咕着走上前去。他一把推开小屋的门，俯视着茅子温柔地问道：

“电话打不通？真的吗？”

“打不通，不管往哪里打都打不通。”

茅子用沙哑地回答道。

玄儿说她是“都市美人”。她的眉眼的确端端正正，但现在不管怎么奉承，也不能说她“美丽”。渗着汗珠的苍白脸上有好几道泪水和鼻涕的痕迹。很深的黑眼圈，毫无光泽的一头乱发，胸口处裸露出的皮肤没有让人产生欲念，反倒令人心痛。

“听说通向湖畔小屋的电话线出了问题。”

征顺走进电话室，从茅子的右手中接过电话。她就坐在那里，犹如一个断电的机械人偶般纹丝不动。野口医生凑到她身边说道：

“没事吧？”

野口医生想把她抱起来。

“怎么回事？电话不通……”

她茫然若失地反复嘟哝着，左手捏着一个黄封皮的记事本。难道那上面写有她丈夫的联系电话吗？

“台风来了，一直雷雨交加。”

我隔着弯下身体的野口医生，对她说道。

“所以，首藤先生可能暂时回不来。您不用担心。”

茅子将视线转移到我身上。她歪着脑袋，显得很惊诧。

“你是……”

她那龟裂的紫色嘴唇微微一动，还没来得及说下去，便大声咳嗽起来。

“真的不通。”

征顺看着电话，说道。

“好像外线也不行。里面全是杂音，的确是打不通。”

“电话线断了吗？”

我问道。

“不，好像不是。如果断线的话，应该听不见杂音。或许是因为暴风雨，电话线出了故障。”

征顺放好电话说道。

“那么……”

就算柳士郎允许报警，我们所处的状况也不会发生改观。即使想要报警，电话也打不通，根本无法联系警方。只能找人想法渡过湖泊，开车去村里。

真是的！到底怎么回事儿啊？

没有渡船，浮桥坏了，连电话也打不通的“暴风雨之馆”——这个宅子完全与世隔绝。无法求救。无法逃离。而且，现在这里还发生了让人费解的凶案——这些事情太离谱了，犹如侦探小说中的情节一般，令我感到轻微的头晕。

“好了，还是回房间吧。”

野口医生催促着茅子。

“我受够了……我受够这个宅子了！”

她缓缓地摇摇头，扭动身体，甩开野口医生的手臂。但当野口医生挪开手后，她一下失去支撑，再度靠着墙坐在那里。

“讨厌，我受够了！讨厌……”

她反复念叨着，但声音听上去全无气力，半睁的双眼目光呆滞，就连方才的胆怯之色也悉数尽失。

“……我并不怎么感兴趣啊，可……可那个人非要那样不可，所以，所以才……”

她的嘴唇似乎因寒冷而瑟瑟发抖。说出来的话好似呓语，时断时续，渐渐地模糊起来，让人真担心她会就这样丧失意识。

“太太，你要挺住。”

野口医生再次在茅子身边弯下腰。

“你扶着我的肩膀站起来。”

“……所以我……啊，我已经无所谓了。反正已经变成这样了，成这样了……”

“我来帮你，野口医生。”

征顺绕到野口医生对面，将茅子的手腕搭在自己的肩膀上。

“先把她带回房间再说。”

两人把茅子架起来。她已经没有力气反抗，任凭他们架着自己，拖着双腿，离开电话室。

我看着他们三人走上大厅里那通向二楼的楼梯，想起昨天首藤伊佐夫的话。

——但这次他和那个女人似乎有不良企图。

首藤利吉与茅子夫妇究竟有什么企图？刚才我也从她的嘴里，听到她抱怨说什么“我并不怎么感兴趣”啦、“可那个人非要那样不可”之类。

某处传来微弱的报时声响。下午两点，不，或许是两点半。

当他们三人从视野中消失后，我便独自返回走廊。

6

“啊，中也先生。”

“真的是中也先生呢。”

当我返回到主走廊，正准备打开沙龙室的房门时，传来两个一模一样的声音。那声音好似透明的玻璃铃铛发出的清脆声响……是美鸟和美鱼那对双胞胎姐妹。

她们在走廊深处——靠西馆一边的走廊尽头。在墙壁、天花板与地面尽染黑色的昏暗之中，身穿金黄色和服，连为一体的身影朦胧地出现在我的视野里。

“你好，中也先生。”

“你好，中也先生。”

她们两人同时向我打着招呼。我扬起手，报以回答。

“昨夜睡得好吗？”

“没做噩梦吧？”

“明天真的会走吗？”

“下次什么时候来？”

两个人七嘴八舌地问起来。她们如果不走近点，我根本弄不清谁在说话。正对着我的右面一侧是美鸟，左侧是美鱼——我在心里确认着走了过去。她们也向我走了过来。

“刚才我们碰见玄儿哥哥了。”

“我们在西馆遇见他的。”

“西馆吗？”

我重复了一遍。

“是的。”

“是的。”

两人点点头，异口同声。

“他的表情很恐怖，去了爸爸的房间。”

她们当中一人说道。

“发生什么事了？”

“发生什么了？”

她们好像还不知道蛭山遇害的事情。

“中也先生，你知道吗？”

“不清楚啊。”

我含糊其辞。

“是吗？玄儿去令尊那里了呀？”

玄儿去干什么了呢？去说服柳士郎，让他不要对凶案置之不理，还是向他汇报自己的“调查”经过，或者还想顺便确认一下今晨柳士郎的行踪吗？

当我与那对双胞胎只有几步远的时候，我才发觉她们身后还有一个人。那是位身材纤细、穿着茶褐色裙子的女性。黑色长发垂至胸口，脸庞细长而白净……啊，那不是双胞胎的妈妈美惟吗？

她们很敏锐地注意到我的表情。

“妈妈，这是中也先生哟。”

双胞胎中的其中一个、左侧的美鱼说道。

“昨晚，你们不是在宴会厅见过吗，妈妈？”

说着，她们一起看向美惟，然后对我说道：

“中也先生，对吧？”

这次是美鸟先开口的。

“啊，对——您好。”

我悄悄对美惟行了个礼。但是她没有任何反应，照样以那副心不在焉的表情，无神地看着空中。

十六年前，当她生下这对异形的双胞胎后，就一直生活在“惊吓中”。用玄儿所说的医学词汇来说，她陷入“慢性的分离性昏迷状态”。此时，不知道她那对茫然的眼睛看到了什么。在她那封闭的心灵中，展现出怎样的世界。

“来，妈妈。”

美鱼向她招招手。

“妈妈，请。”

美鸟说着，打开了北侧的一扇黑门——从我的角度看，是右首方向。这扇门隔着走廊，位于沙龙室的对面。里面究竟是什么房间呢？美惟跟着两个女儿，晃晃悠悠地向打开的房门走去。

“中也先生，请你也一起进来。”

“请，中也先生。”

我听话地跟在她们母女三人后而。当我走进房间的一瞬间不禁睁大了双眼——里面的景象完全出乎我的预料。

这个房间非常大。单从面积来说，要比对面的沙龙室大上一到两倍。天花板大约有两层楼的高度。里面几乎没有任何家具，所以感觉更加宽敞。而且——

最让我吃惊的是这个宽敞空间的色彩。

红色。

犹如空气悉数染红般。犹如红色雾霭笼罩了整个房间。

染成红色。

里面的内饰和其他房间一样，依旧是清一色的黑。地面也和沙龙室中央一样，铺有黑色大理石。目光所及之处的墙壁亦与建筑的外墙一样，裸露着黑色石头。所有的立柱都是没有光泽的黑色，天花板上是黑色灰浆，垂挂下来的吊灯也毫无金属色泽。

尽管如此，整个空间之所以是红色，都是因为正面——面朝北侧庭院墙上的彩色固定框玻璃格窗。

墙上整齐地排列着长方形的大窗户，上下各五扇，镶嵌在窗户里的是清一色的暗红花玻璃。白昼，当室内灯光关闭，室外的光线透过这些玻璃照射进来时，整个房间染作红色。虽然从效果上看，这与沙龙室里的法式窗有着异曲同工之妙。但这里却带给人更大的视觉冲击，令人觉得之所以造这个大房间，就是为了创造如此的视觉感受。

“这里是红色大厅。”

双胞胎步调一致地走到里面，猛地转身看着我。美鸟说道：

“对面的房间是‘蓝色的沙龙室’。”

“这里的氛围很棒吧？”

“我们非常喜欢红色。”

“那是人鱼之血的颜色。”

“‘北方的海／没有美人鱼’。”

“嘻嘻。”

“‘那海上只有浪涛’。”

“呵呵呵……”

这对美丽的连体双胞胎的清脆声音回荡在通透房间的暗红空气之中。

就在那时，屋外掠过一道闪电。顿时，屋内的暗红色一下子变成鲜艳的赤红色。片刻后，传来轰隆隆的雷声。那雷声犹如巨大的定音鼓被乱打一气般，似乎与刚才在沙龙室里听到的雷声不同。不仅如此，在这间红色大厅里，持续不断的雨声、呼啸的狂风声听上去似乎都不同。特别是大风的呼啸声，让人感觉有人在身边吹笛子……

“雷声真响。”

“中也先生，你讨厌打雷吗？”

“我可不喜欢雷声呢。”

“我也非常讨厌雷声。”

“恐怕没有喜欢打雷的人吧。”

听到我的回答，美鸟和美鱼相视一笑。

“是呀。”

“讨厌打雷。”

“古代的人认为打雷是因为自己的肚脐被拿走了。”

“要是肚脐真被拿走了可就糟了。那会变成什么样？”

“中也先生，你喜欢没有肚脐的女孩吗？”

对于她们的无聊对话，我只能报以苦笑。走到红色大厅的中央后，我边环视着房间，边深切体会着这里的奇妙之处。

两个铺着胭脂色地毯的厚重楼梯划着柔和的曲线，一直延伸到南侧的二楼部位。楼梯与建造在二楼的宽敞回廊相连。那回廊与整个建筑一样，呈コ字形环绕着大厅。通常情况下，自那回廊处可以走到二楼的房间或走廊。但一眼望去，回廊的墙壁上似乎一扇门也没有。也就是说这个回廊和楼梯并不是为了上下楼而设计的。

我不禁想起昨天在东馆二楼看见的那个“戛然而止的楼梯”。

难道是担负北馆重建工作的中村受到“戛然而止的楼梯”的启发，而想到红色大厅的这个奇妙设计吗？我这么想恐怕也不一定错。

正当我为此而分神的时候，一同进来的浦登美惟发生了一点变化。虽然那心不在焉的表情和踉踉跄跄的脚步并未变化，但她开始慢慢地、主动地走向房间里的某个地方。

当我看见这个“从未主动、有意识地行动”的女人主动行动的时候，略略感到吃惊。据说她几乎终日缩在西馆自己的房间里，傻傻地或坐或躺。正因为她处在“不动”的状态，美鸟和美鱼才把她比喻成“仙人掌”。

但是，现在——

美惟竟然自发自动地走起路来。没有任何人命令，她主动走了起来。这是怎么回事？

她走向与回廊相连的两个楼梯之间的墙壁。

南侧那一带墙壁向屋内凸出来——外面走廊上的相同部位凹进一块壁龛——只见沿着黑色石头墙体，放有一张细长的桌子。桌子上铺有红色的天鹅绒，其前面还有一把铺有红色天鹅绒的椅子。

美惟晃晃悠悠地走到那张桌子前，对着墙壁深呼吸一下，而后静静地坐在椅子上。她抬起手臂，将双手放在桌子边缘。

啊，她究竟想在那里干什么？

突然一道闪电掠过，把整个空间又变成了鲜艳的大红色。轰隆隆的雷鸣声接踵而至，与此同时，一阵大风吹过，夹带着大颗雨滴，敲打着建筑物的外墙……我觉得那笛子般的声音即将再度响起之时，静悄悄的大房间里空气微微振动着。

我不禁扭过头去。

刚才的空气振动是怎么回事？

我觉得那空气振动好似大风吹入屋内一般——

难道这个大厅里有窗户开着吗？还是那些并排的红色花玻璃其中之一……

“中也先生。”

身边突然有人喊我。我吃了一惊，差点儿跳起来。

“哎呀，真是的。你也用不着这么吃惊嘛。”

“啊……那个，我有点……”

不知何时，美鸟与美鱼已经走到我身边。出声喊我的似乎是左侧的美鱼。

我转身看看她们，然后又扭头看看坐在天鹅绒椅上的美惟。

“美惟太太要干什么？”

我轻轻问道。

“那个桌子和椅子是干什么用的？”

“妈妈就要开始演奏了。”

美鸟小声回答道。

“演奏？”

“对，风琴弹奏。”

“风琴？”

我眨眨眼睛。

“但是，那里……”

那里没有任何乐器，只有铺着红色天鹅绒的细长桌子。

“据说以前呀，恰巧在这里有间音乐室。当时我们还没出生呢，前北馆也还没有被烧毁。”

美鱼说道。而后，美鸟接着说下去：

“在前北馆之中，这里正好就是音乐室。还有哦，那个位置放着风琴。不过现在的音乐室里没有风琴就是了。”

“据说过去的那个风琴非常可爱，上面有奇妙的装饰，音质非常棒呢。”

乍听到“风琴”这个词时，我首先想到的便是大教堂里的巨大管风琴，或者是小学音乐课上使用的脚踏式风琴。孩提时代，我去过的町上教堂内也有风琴，但和小学里的风琴相差不大。她们所说的“风琴”到底是什么样呢？我完全想象不出。

“以前，妈妈非常喜欢风琴的音色，几乎每天都要弹奏。”

“以前，爸爸也非常喜欢妈妈弹奏风琴，几乎每天都要听。”

“妈妈还会作曲。”

“妈妈是为了爸爸而创作风琴曲的。”

“以前，妈妈总是弹奏那首曲子。”

“所以，即便过去的音乐室已经没有了，妈妈每天还要来这里。”

“每天到了固定时间，她都会来这里，像那样弹奏风琴。”

“现在那里没有风琴了。”

“但妈妈认为那里还有。”

虽然她们说什么“自创的风琴曲”，但我一点都听不懂。因为我的音乐知识相当匮乏，勉勉强强能说出几首巴赫创作的曲子而已。

“这些事情都是玄儿哥哥告诉我们的。”

美鸟说道。

“但是，玄儿哥哥也没有亲耳听过、亲眼看到啦。”

这次是美鱼。

“是的呢是的呢。因为玄儿哥哥想不起来小时候的事情。”

“或许是爸爸告诉玄儿哥哥的。”

“也可能是鬼丸老人吧。”

“鹤子太太说的和玄儿哥哥说得差不多。”

“但鹤子太太也没有亲耳听过、亲眼看到过哟。”

“过去的那个北馆被烧毁后，鹤子太太才到宅子里当差的嘛。”

“那么，鹤子太太可能也是从爸爸那里听说的。”

“也可能是鬼丸老人……”

那对双胞胎叽叽喳喳地说着。

她们的母亲背对这里，坐在铺有天鹅绒的椅子上。她那纤细的肩膀微微动了一下，垂于背部的黑发也随之摆动起来。如果绕过去看一看，肯定能看见她那十根洁白的手指正在什么都没有的桌子上弹奏着。

“妈妈创作了什么样的曲子呢？”

美鸟眯起水汪汪的大眼睛，犹如眺望远处的风景。

“妈妈正在弹奏什么曲子呢？”

美鱼分开短发，顺势将手放在耳后，似乎倾听着遥远的声音。

“中也先生，你说呢？”

“中也先生，你说呢？”

我什么都没回答，一直屏息静气地凝视着美惟的后背。

于红色……血色笼罩的昏暗中，她将手指放在实际并不存在的，幻想中的乐器上，疯狂地弹奏着根本无法发出声响的虚幻键盘。我看着看着，也产生一种幻觉，觉得从某处传来哀怨庄严的曲调。突然，一个虚无的曲名冒出脑海——

《虚像的赋格》。

第十五章　无意之意

1

“啊，哥哥。”

“玄儿哥哥。”

美鱼和美鸟同时喊了起来。我循着她们的视线望过去，只见玄儿自走廊进入红色大厅，他与站在双胞胎身旁的我目光交汇。

“你果然在这里。”

玄儿说着，加快脚步走到我们身边。

“我想现在是美惟姨妈的‘演奏’时间，说不定你也在这里，被她们两个人拖来的吧？”

“这个嘛……算是吧。”

“吃惊吧？”

玄儿看着美惟的背影。不管这里谁在说话，这对双胞胎的妈妈都旁若无人地面向铺有红色天鹅绒的桌子，继续弹奏着无声的曲调。

“刚才，她们已经解释过了。”

我看看那对双胞胎。

“美惟太太每天在固定的时间，在那里弹奏风琴。”

“是的。弹奏看不见的风琴。”

玄儿板着脸说道。

“征顺姨父呢？”

他随后问道。

“沙龙室里空无一人。”

“刚才首藤太太下楼闹了好半天。她的身体状况相当不好，而且惊慌失措……野口医生和征顺先生好不容易才稳住她，把她送到二楼去了。”

“茅子表舅妈……嗯，她还在担心首藤表舅，不过这也自然。”

玄儿依旧板着脸。

“他是在回来的途中抛锚了，还是已经到达岸边但无法渡湖过来呢？或许表舅妈是担心他出事，才会惊慌失措的。”

“她试图打出电话去，但电话线好像出了问题，根本就打不通。她就越发……”

“外线电话吗？”

玄儿的声音中透着慌张。

“真的？”

“是的。好像电话线并没有完全被切断。”

“是嘛……这下子可又……”

很显然，玄儿想说变得麻烦了。不管如何应对目前的突发事件，于紧急时刻能否打通外线电话具有很重大的意义。即便是当代馆主柳士郎也不得不承认这点。

“听说你去见令尊了？”

“嗯？是的。”

玄儿瞥了一眼同父异母的妹妹，点点头。

“刚才我想和他谈点事情。”

“谈什么……谈什么事情？”

“对了，玄儿哥哥。”

就在这时，那对双胞胎从旁边插话过来。开口说话的是美鸟，两人同时看着玄儿。

“哥哥，妈妈就拜托给你了。可以吗？”

“什么？”

“离演奏结束，还有一段时间。”

美鱼接着说道。

“所以接下来就拜托你了，玄儿哥哥。”

“拜托了，哥哥。”

“喂……”

玄儿正要说什么，那对双胞胎姐妹转过身，对我说道：

“走吧，中也先生，我们走吧。”

“走吧。”

两个人的脸颊上露出天真而又妖艳的笑容。我被弄得莫名其妙，傻乎乎地站在那里。

“什么？”

“去我们的房间。”

“把柴郡介绍给你。我们不是约好了吗？”

这对姐妹的和服是所谓的“黄八丈”，即金黄底色，上有黑色与茶褐色的格子条纹的织品。浅紫色腰带。足蹬红色木屐——昨天初次见面时，我就产生一种感觉。我觉得那纯日式的打扮与她们那犹如西洋人偶般的容貌很不协调，但很具有诱惑性。正如她们那从肋腹部一直到腰部连为一体的异形身体一样。

“你就陪她们去吧，中也君。”

玄儿眯着双眼，很是享受地看着我狼狈的样子。

“过会儿，我会去接你的。”

2

美鸟的左手抓着我的右手腕，美鱼的右手抓着我的左手腕。她们拖着我，离开了红色大厅。到走廊上后，她们松开手，走在前面，走向建筑物的深处，即西侧。

“那儿就是望和姨妈的工作室。”

美鸟指着那座以蛇缠绕半裸女子为造型的青铜像的对面。那个工作室位于走廊西端，在东端的相同位置则是音乐室。接着，美鱼指着边廊对面的房间说起来。

“那里是征顺叔叔的书房……”

“我们的房间在二楼。”

“这边请。”

接着，两人带我走进西端的大厅。昨天鹤子带我去宴会厅时，也曾穿过这里。西头大厅里有扇厚重的双开黑门，其另一侧就是那条通往西馆，前窄后宽、令人产生错觉的走廊。在黑门的右首方向，便有通向二楼的楼梯。

“快来，中也先生。”

“快点儿啦，中也先生。”

楼梯在中途拐了一个直角。那对双胞胎先到达拐弯的平台处，催促着慢腾腾跟在后面的我。就算不考虑这是她们住惯宅邸的因素，她们的动作也轻快得令人难以想象二人的躯体是连在一起的。

——我们，是螃蟹哦。

与她们初次见面的场景再度在脑海中复苏。我产生了一种不可思议的感慨。那说不上愉快与否，却有一种独特的悸动在心中扩散开来，令我坐立不安。

——我们两个人合在一起就是螃蟹。

我跟在她们身后上了楼梯。两人似乎怕我追赶上一样，一个劲地往前走。登上楼梯后，她们站在一扇黑门前。美鸟用左手，美鱼用右手，两人抓住那扇双开门的把手。可是——

门扉向后退去，仿佛想从她们的两只手中逃脱。

“欸？”

“啊！”

两人发出短促的惊叫。紧接着，传来另一个人慢了半拍的惊叫声。她们正好与门内的一个人巧遇。

“唉……吓死我了。真是的……”

一听到那缓慢含混的声音，我便知道开门的是谁了。是那个自称艺术家的醉汉首藤伊佐夫。

“美鸟、美鱼……哦，畸形的美丽小姐们。我呀，可是非常喜欢你们的个性哟。但是我还没做好心理准备呢，就遇到你们了，还真是吓死我了。啊呀呀，失敬了……”

自门内出来的伊佐夫依旧醉醺醺的，装模作样地开着那种玩笑。当他看见我站在那对双胞胎的身后，便扬起手打着招呼，脸上挤出不自然的笑容。

“哦？中也君也和你们在一起呀——你好吗？”

“你好，伊佐夫先生。”

“你好。”

美鱼和美鸟往后退了一两步，毕恭毕敬地鞠了个躬。和玄儿一样，她们和伊佐夫也是表兄妹的关系。

“我们带中也先生转转。”

“去我们房间玩。”

她们的声音听上去很冷淡，似乎不愿搭理伊佐夫。

与昨天东馆相遇时相比，伊佐夫把自己拾掇好了许多。他已经换下皱巴巴的衬衫与裤子，换上别的衣服；头发不再蓬乱；稀疏的胡须剃干净了；银边眼镜的圆镜片也擦拭干净，但他的小眼睛依旧充血。靠近一闻，他身上还是有一股酒味。

昨晚，他似乎在野口医生的房间里一直喝到深夜。睡醒一觉后，又独自喝了不少。我觉得像他这样，可以说是一个彻头彻尾的酒精中毒患者。

“好像我后妈给你们添麻烦了……啊呀呀，虽说是外人的事情，但在户籍上我毕竟还算是她的儿子，所以我不向你们道歉也说不过去呀。”

那几句话似乎是对我说的。尴尬的笑容依然挂在伊佐夫的脸上。

“刚被野口医生叫过去看完她的情况。”

我“嗯”了一声，等着他继续说下去。实在无法长时间闻他身上的酒味，我几乎把整个脸扭了过去。伊佐夫揉揉圆鼻头说道：

“真要命啊。不管野口医生、征顺先生和我如何小心解释，她根本就不理解。原本她的脑子就不聪明。我家那老爷子也是个愚笨的人。虽说当儿子的我这么说，似乎有点不近人情。但是这两个笨蛋啊，凑在一起只会想一些奸计，做出这么丢人的事情……”

我当然格外在意“奸计”这个词。首藤夫妻究竟想用什么“奸计”呢？对于他们的“奸计”，伊佐夫又知道多少呢？

“茅子太太好像要往什么地方打电话。”

伊佐夫点点头，对我的话表示赞同。虽然他口齿不清，但头脑似乎还比较清醒。至少我能和他正常对话。

“你知道首藤先生去什么地方了吗？”

“老爷子的去处吗？”

伊佐夫耸耸胖乎乎的肩膀。

“具体情况我可不知道，不过嘛，大致也能估计出来。他肯定为了实施奸计而去采买材料了，一定是这样没错。”

“这是怎么回事？”

“天晓得嘞。我只是在他们俩嘀嘀咕咕的时候，偷听了几句而已……”

伊佐夫略显胆怯地叹口气。而后，他猛地举起双手，挺起圆乎乎的矮小身体，伸了一个大懒腰。

“但是啊，反正那个宴会已经结束了，他们无计可施啦。今年又没吃到肉，真是可惜呢。”

“‘可惜’。”

美鸟在一旁插嘴。

“‘可惜’？伊佐夫先生也觉得可惜吗？”

“我？——开什么玩笑。那玩意儿就是白送给我吃，我也不要。”

“哦？是吗？”

“伊佐夫先生，是吗？”

美鱼接着说道。她们两人的声音听上去越发冰冷。

“分明什么都不懂。”

“明明什么都不懂。”

“对吧，中也先生？”

“对吧，中也先生？”

她们突然把问题丢过来，我赶紧将视线移到别处。伊佐夫饶有兴趣地看着我。

“怎么？中也先生，你……”

“昨晚，中也先生参加宴会了。”

美鸟说道。

“昨晚，中也先生吃过了。”

美鱼说道。

“对吧，中也先生？”

“对吧，中也先生？”

我看出伊佐夫的脸在抽搐，于是心中更加慌乱。

“哎，那个，事实上……”

“中也先生也受邀参加了宴会……我的老天呀，这还真让人吃惊啊。”

“这个嘛，就是说，那个……”

“一个毫不相干的外人……原来如此，还能有这样的破例啊。”

伊佐夫的口吻听上去并没有生气，只是觉得惊讶罢了。

“不过呀，要是让我家那老爷子和那女人知道的话，那可不得了——是呀是呀，真的不得了呢。不过不要紧的，我会替你保密的。”

“这……”

“作为条件嘛，中也君，以后你要悄悄地告诉我宴会中的事情哟。还有你自身今后的变化也要告诉我啦。”

“这个么……啊，不……”

我自身“今后的变化”吗？那是怎么回事呀？我身上会发生什么变化呢？

“我记得昨天说过吧？我可是艺术家。我献身艺术事业就是为了证明没有神灵与恶魔的存在。为此，我需要知道很多事情。总之呢，就是说……”

“不行啦，中也先生。”

美鸟打断了伊佐夫的话。

“你不能告诉他那些事。”

“喂，等一下啦。你是……嗯，是美鸟吧？”

“不行就是不行。”

美鱼劈头盖脸地继续说道。

“伊佐夫不是‘同伴’，所以不能把‘秘密’随便透露给他。这是原则。”

“哦，原来是这样呀。”

伊佐夫再度胆怯地叹口气，然后踉踉跄跄地向楼梯走去。他抓住扶手正准备下楼，突然又转过身。

“啊，对了，我听说那件事了。”

他说道。

“听说那个驼背的守门人被杀死了，对吧？”

我无言地点点头，而那对双胞胎的反应则截然不同。

“蛭山先生吗？”

“被杀死了？”

“为什么？”

“谁干的？”

“哎呀哎呀，两位小姐还都不知道吗？”

“伊佐夫先生，你听谁说的？”

听到我发问，他向二楼那扇敞开的门扬了扬下颌，说道：

“刚才听野口医生和征顺先生说的。”

“那么，茅子太太也知道了吧？”

“怎么会？！我们背着她说了个大概——看来事情闹得还挺严重呀。宅子因台风陷入绝地，也没有可供渡湖的小船。对吧？”

“是啊。”

“你们和杀人犯待在同一个地方，胆子还真大呀。总之，大家都要当心喽。”

“对了，伊佐夫先生。”

我决定利用这个机会，问一下玄儿肯定要确认的问题。

“你知道南馆里的那扇暗门吗？”

听到我的问话，伊佐夫瞪大了充血的眼睛，说道：

“什么？暗门？还有那种东西吗？”

“算了……你不知道就算了。”

“是吗？”

伊佐夫重新抓住楼梯扶手，跌跌撞撞地走了下去。途中，他站住打个大哈欠，然后再次扭头看着我们。

“葡萄酒窖是在这里的地下吧？”

很显然，他是在问这对双胞胎。她们什么都没说，而伊佐夫独自在那里点头。

“我去看看有没有好酒。”

我不禁哑然——他真是没救了。照此看来，无论再过多少年，他肯定还在思考他那“为了证明神灵不存在艺术”该选择怎样的表现手法吧。

“真是讨厌。”

当伊佐夫的身影消失不见后，美鱼冷冰冰地自言自语道。

“可不是么。他真讨厌。”

美鸟也附和着。

“他被比喻成什么动物呢？”

我不由自主地问起来。

“树懒吗？”

“不，不是的。”

美鸟摇摇头。

“他不是树懒。”

美鱼也摇摇头。

“那是什么？”

“首藤表舅是狸。”

“茅子表舅妈是海蜇。”

“伊佐夫先生就是……”

“是什么呢……”

两人考虑了一会儿，然后几乎同时张开嘴巴，报出一个动物的名称。

“也许是蚯蚓吧。”

“是蚯蚓吧。”

3

“是这边哟，中也先生。”

“是这边啦，快点儿呀。”

这对双胞胎在二楼西侧的边廊上走着。很快，她们在几近中央的右侧一扇黑门前停下脚步。等我赶过去时，美鸟伸出右手，拉开了房门。

“中也先生，请进。这里就是我的房间哦。”

美鸟的话让我觉得奇怪。她为什么说是“我的房间”呢？——一直以来，她们都是用“我们的”这个词啊。

“请，中也先生。”

美鱼接着说道。她的话打消了我的疑问：

“这里是美鸟的房间啦。我的房间在隔壁。”

“房间中央相连哦。”

“合二为一。就像我们的身体一样。”

“请吧。快请进。”

在她们的催促下，我走进“美鸟的房间”。

这是一个有十几叠大小的西式房间。进门后，左侧墙壁中央有个用黑砖砌成的壁炉。壁炉的右边即房间深处没有墙壁，那里很宽，与“美鱼的房间”相连，可以让这对双胞胎并列通过。那里没有门。我一下子就想到——美鱼的房间肯定与这里对称。

“请坐，中也先生。”

“请吧，中也先生。”

我顺从地坐在房间的一个椅子上。那是张黑色布面的交椅。隔着低矮的桌子，对面还有个黑色布面的可供两人同坐的椅子。那对双胞胎在那张椅子上并排坐下，各自的手放在各自的膝盖上，面对面地看着我，脸上露出无忧无虑的笑容。

“中也先生，你喜欢吃曲奇吗？”

美鸟缓缓地说道。

“宍户教我们做的。我们亲手做的曲奇，你尝尝看吗？”

“啊，算了。”

我摆摆手。

“你不喜欢吃甜的东西吗？”

美鸟略显失望地歪着脑袋。

“中也先生，那你喝红茶吗？”

美鱼问道。

“鹤子太太教我们如何泡出美味的红茶。”

“不用了……”

“你不喜欢喝红茶吗？”

“不，不是的。”

我赶紧解释起来。

“昨晚的宴会我喝得太多了。起床以后，一直觉得不舒服。宿醉未醒。我解释清楚了吧？所以，暂时还是不要吃东西比较好。”

顿时，她们二人显得有点吃惊。眨着乌黑的大眼睛说道：

“哎呀，中也先生，你不舒服？”

“那怎么行。你吃过药了吗？”

“吃了。野口医生给过我药了。”

“但是……不要紧吧？”

“还是躺下休息比较好吧。”

“啊，没事。”

我尽量显得很精神地说话。

“已经好多了。我想已经没事了。”

“那么，下次再请你吃曲奇。”

“那么，下次再请你喝红茶。”

“啊，对，下次我一定品尝。”

我和她们进行着无聊的对话，同时不禁觉得非常紧张的自己十分滑稽。我想放松一下心情，便避开这对双胞胎直勾勾的眼神，环顾起屋内来。

除了我们相对而坐的椅子和桌子外，屋内还有小桌子、装饰架及衣橱等其他家具，却四下不见衣架与床的影子。或许这些都摆在隔壁“美鱼的房间”里，也可能两人的卧室另在他处。我估计后者的可能性比较大。

这间十几岁“小姐”的闺房缺少女孩的装饰品，显得很是朴素。从某种意义上，感觉有点煞风景。

当然，这也许是因为清一色黑的内饰造成的。墙壁也好天花板也罢，依旧是没有光泽的黑色。内墙上的窗户依然还是上下开关的磨砂玻璃窗，其外是紧闭的黑色百叶窗，与其他房间里的状况如出一辙。恶劣的天气也令那透过百叶窗缝隙照射进来的光线极其微弱。壁炉上方及其对面墙壁上的两盏电灯的淡淡灯光，总算让屋子里有点亮光。

只有铺于地面的地毯是红的颜色。那是远胜于这宅子里其他房间任何地毯的鲜艳的红。而且，这地毯的绒毛也长于其他地毯。

——我们非常喜欢红色。

刚才，美鸟在红色大厅似乎这样说过。

——那是人鱼之血的颜色。

我记得是美鱼——对，就是美鱼，她这样附和过。

“对了对了，中也先生。”

美鸟开口说道。

“蛭山先生真的是被人杀死的吗？”

我将视线重新移回这对双胞胎身上，老老实实地点点头说道：

“你们还不知道吗？”

“不知道。”

“难怪那个时候，玄儿哥哥的神情很恐怖……”

“为什么蛭山先生会遇害呢？”

“会是谁干的呀？”

“中也先生，你知道吗？”

“我怎么会……”

我用力地摇摇头。

“现在还是一无所知。不知道是谁下的手，也不知道凶手为什么要这么做。”

“欸？”

“是吗？”

刚才，当伊佐夫说到这件事时，她们二人显得非常吃惊。但是，她们没有表现出任何对于遇害身亡的用人的同情，或是对于动手害人的凶手的畏惧。

“蛭山先生是怎么死的呢？”

对于美鱼的发问，我最小限度地进行了说明：

“在南馆一楼的一个房间里被勒死的啦，被害时间是今天凌晨两点到四点之间。”

“趁大家都睡着了动的手呀。”

“是啊。”

“那会儿我们早就睡着了呢。”

“你说的那个南馆的房间，难道是以前诸居太太住过的那间吗？”

美鸟问道。“以前诸居太太住过的那间”——对了！翻着挂在房门旁边的旧木牌上，的确写有“诸居”字样。那就是过去曾住在那间屋子里的用人的名字。

——我出生后不久，就被关在那个塔顶的房间里，就是那个木格子栅栏里面……我在那里待了好几年。

这令我不禁想起玄儿昨夜说过的话。

——当时，宅子里的用人诸居静做了我的奶妈……

“现在，那位诸居太太人在何处呢？”

我情不自禁地反问道。突然，我对那位曾经做过玄儿奶妈的女性产生了强烈的兴趣。

“谁知道呢，我也不清楚。”

美鸟答道。

“听鬼丸老人说，在我们出生前的一年或者再前一年，她带着一个幼小的男孩离开了宅子。”

“诸居太太有孩子吗？”

“鬼丸老人似乎那么说过——对吧？”

美鸟希望得到美鱼的确认般地问道。后者则附和地说了一声“是呀”。

“那么，她后来怎么样呢？”

“不知道。”

“不知道呀。”

那对双胞胎同时摇了摇头。我也不想再追问下去，看向美鸟又问起了别的问题。

“你为什么觉得诸居原来的房间会成为杀人现场呢？”

“那还不是因为，刚才中也先生问了伊佐夫那样的问题嘛。”

“哪样的问题？”

“你不是问过他暗门的事情吗？”

“哦，对啊。”

“说起南馆有暗门的房间，也就是诸居住过的那个房间嘛。所以肯定……对吧？”

“是呀。”

美鱼又跟着附和。

我明白了，深深地靠在椅背上，满脸严肃地交叉手臂，眯起双眼看向桌子对面那两张一模一样的面庞。诚然，如征顺所说，这两个女孩的洞察力和观察力的确不可小觑。

“凶手肯定是忍太太。”

美鸟突然如此下起结论来。我吃了一惊，放下交叉的手臂问道：

“你怎么又会冒出这样的念头呢？”

“忍太太似乎讨厌蛭山。”

美鸟毫不犹豫地回答。

“我听征顺姨父提起的啦。昨天，蛭山先生不是因为事故受伤了吗？”

“是的，没错。”

没错。蛭山因小艇撞毁事故而身负重伤的。然而这……

“所以，她感到机会难得嘛。”

“机会难得？”

“是呀。趁蛭山身体虚弱，借机下手杀了他。对吧？”

“难道她不觉得即使弃置不管，蛭山也会重伤而死吗？”

“要是死不了不就糟了嘛，所以喽……”

美鸟的口吻中仍旧没有令我感觉出悲伤、恐惧或是不安等深切的情感。我实难判断“凶案”这一事实对于她而言究竟意味着什么。

“如果凶手不是忍太太的话——”

美鱼也发表起自己的意见。

“那凶手肯定是阿清。”

“阿清？为什么你会这么认为？”

“因为阿清似乎讨厌蛭山先生。”

“阿清还是个体弱乏力的小孩子，所以他会觉得这是个难得的机会，趁蛭山身体虚弱，借机下手杀了他。对吧？”

我一时无言以对，趁她们不留神，轻轻地叹口气。而后，我再次环视屋内，发现壁炉上方有个造型奇特的座钟。

乍一看，那似乎是个小风车模型，三四十公分高的嵌木工艺四角柱的上方，带有一个四叶风车。仔细一看，风车之中嵌有一个直径数公分的小型怀表般大小的圆表盘。身在远处很难看清时刻，所以那个座钟并不实用。

我努力地辨认着，终于看到了在那小表盘上移动着的两根指针。现在刚过下午三点。

4

“对了，我说中也先生呀。”

美鱼说道。

“接下来去我的房间吧。”

“走吧，中也先生。”

美鸟也说道。说罢，二人从椅子上站了起来。

“还有样东西想给中也先生看呢。”

“是呀，是的呢。”

“是柴郡吗？”

听我这样一问，双胞胎那粉嫩唇畔露出一丝浅浅笑意。

“过会儿再给你介绍柴郡。”

“过会儿就介绍哦。”

于是，我被带到隔壁的“美鱼的房间”。不出所料，那里的摆设与“美鸟的房间”一模一样，以壁炉所在的墙壁为中心轴对称布置。这种布置俨然她们“合二为一”的身体特征。

我看过摆放在装饰架一角的书籍后，才依言坐了下来。

动物图鉴、植物图鉴、国语辞典、地图册……还有几本小说与诗集。夹在其中的那本刘易斯·卡罗尔的《爱丽丝漫游仙境》没能逃过我的眼睛。或许，在那边的“美鸟的房间”里，装饰架的同样位置上放有同一作者所著的《爱丽丝镜中奇遇记》吧。我总能轻易就联想到这些。

壁炉上方也摆放着与邻屋相同的风车造型的座钟，指示出完全相同的时刻。我突然想到——这对双胞胎的妈妈还在红色大厅里演奏着吗？正值此时，窗户上的毛玻璃微微颤动，剧烈的雷鸣声轰响起来。

“讨厌打雷啦。”

刚才在红色大厅，她们也是这么说的。

“真是讨厌打雷。”

她们背对着我，看向窗子。故而我无法弄清哪些话是美鸟说的，哪些话是美鱼说的。

接着，那对双胞胎走到窗边，四只手分工配合，灵巧地打开了紧闭着的推拉窗。室外的雨声一下子变得清晰入耳。二人稍稍躬着身子，透过黑色百叶窗的缝隙向外张望。

“要是能早点儿放晴就好了。”

她们其中一位说道。

“可不是嘛，要是能早点儿放晴就好了呢。”

另一位附和着。

“人家原本想和中也先生到院子里散步的嘛。”

“原本想去散步的嘛。”

“但是要是雨停了，中也先生就要走了……”

“如果明天还是这样的天气，中也先生就走不了了吧。”

“会吗？”

随后，两人步调一致地扭头看着我。

“你说呢，中也先生？”

“你会怎么办呢，中也先生？”

“让我想想啊。如果暴雨依旧的话，我似乎也无法离开这里。”

我如实回答。

“好歹也得找个能渡过湖泊的小船，可现在连外线电话也接不通……”

我已经做好心理准备，知道自己恐怕无法按原先的安排于明日离开宅子。气候恶劣、欠缺渡船等实际问题，加之蛭山被害，自然都成为阻碍行程的巨大障碍。

我的回答令美鸟与美鱼显得非常满足。她们目不转睛地看着我，两张美丽的脸上绽放着纯真的笑容——我的推迟离开竟让她们如此开心吗？不，应该说她们为什么如此喜欢我呢？

我傻站在那里，心情微妙。觉得很不好意思，也有些感到抱歉。与此同时，刚才她们提到“想去院子里散步”的话，令我联想起那个建在院子中间的祠堂一般的建筑。

征顺说那是“墓场”，是有“迷失之笼”之称的，这个浦登家族的墓场的入口。亦有一种说法是即便家族成员也不能贸然接近那里。而长久以来，负责守墓的便是那位鬼丸老——玄儿是这样告诉我的。

美鸟与美鱼当然知晓那个建筑物，当然知晓那里就是这个家族的墓场，当然知晓那里被称为“迷失之笼”的缘由……

“中庭有个小建筑吧？”

我坐在与邻屋相同的铺有黑布的椅子上，问双胞胎道。

“我听说那里是墓场。”

“墓场？”

美鱼不解反问道。但美鸟却马上说道：

“就是坟墓吧。”

于是，美鱼也点头说道：

“是坟墓呀。没错哦，中也先生，那下面有好大一块墓地呢。”

“真的吗？地下有……”

瞬间，昨日上午在院子里目睹的情景又接连重叠着映现于眼前。

紫杉围绕下的黑色石质建筑。刻有奇妙图案的黑色铁门。铁门之上有几道象征人肋骨的曲线，被两条蛇所缠绕——狭小昏暗的空间深处，有扇带有小窗的铁门。那带有铁格子的窗令人联想到监狱的禁闭室或者精神病医院的病房。铁门上挂有结实的弹簧锁。地面上有个硕大的四方形洞穴，能看到有黑色石阶自那里延伸下去。而且……

“茔窟”这个词自我那贫乏的知识之中冒出脑海。在意大利罗马附近，至今还残存着基督教初期的几十个地下墓室。小规模的墓地称为“地下墓窟”。走廊相连、构造复杂的则称为“茔窟”。但是——

“为什么会称为‘迷失之笼’呢？”

我继续问道。

“为什么会这么称呼呢？”

双胞胎对视一下，显得有点为难般同时歪了下头。

“因为……那就是笼子嘛。”

不久，美鱼这样回答道。美鸟接着说道：

“笼子就是……笼子嘛。”

“所以……不能靠近那里哦，中也先生。”

“那里可是禁地哦。”

“只有鬼丸老人例外。”

“没错，只有鬼丸老人可以进去。”

我还记得当时自那石阶下面的黑暗中，飘散出异样的臭味。是了，我似乎还记得那里传出过细微的声响。啊，那到底是……

我几欲打起寒战来，但还是忍耐着继续问道：

“浦登家族的成员都被埋葬在那里，是吗？这么说，你们的曾外公玄遥，以及你们的外公卓藏也都葬在那里吗？”

十八年前的“达莉亚之夜”，在“达莉亚之馆”的那个房间里，浦登玄遥遇害身亡。而在同一晚，浦登卓藏也自尽而亡。我之所以此时提到这两个人，是想看看美鸟与美鱼的反应。

“玄遥曾外公和卓藏外公……”

美鱼轻声低语着，若有所思地看着美鸟说道。

“是呀，他们二人也埋在那里面呀。”

美鸟亦若有所思地看向美鱼附和道：

“是呀。”

“樱外婆、康娜姨妈、麻那姨妈，所有人都埋葬在那里……”

“会不会所有人都在笼子里迷失着呢。”

“康娜姨妈和麻那姨妈不一样。”

“卓藏外公和樱外婆肯定一样……”

“玄遥曾外公嘛……”

“玄遥曾外公是例外嘛。”

“虽然例外，可还不是失败了嘛。”

“现在还没有人成功过嘛。”

“爸爸最近身体好像也不大好……”

“爸爸可能也要失败吧？”

“天晓得呀。”

“只有玄儿哥哥是例外呢。”

“我们又会如何呢？”

“如何呢？”

“能和玄儿哥哥一样就好了。”

“然后就是中也先生……对吧？”

“是呀。中也先生也……”

两人的对话令我更加混乱起来。什么“例外”、“成功”、“失败”之类的……我根本不知道她们到底在说什么。

我茫然地反复看着那对双胞胎。很快，两人没有再说下去，走到房间一角的小桌子前。美鱼拿起放在桌上的一个不知是什么的小包袱，走回我面前。

“中也先生，请看这个……”

说着，美鱼把那个东西放在桌子上。那似乎是个扁平的小箱子。箱子外面包着黑色和纸，上面系有红色丝带。

“中也先生，请看。”

这是她们准备送给我的礼物吗，还是……

我轻轻解开丝带，打开黑纸，露出里面附有薄薄盖子的桐木箱。

“这是什么？”

“嘻嘻，请打开看看嘛。”

“请打开看看呀，中也先生。”

“好。”

我听话地打开箱子。接下来的一瞬间，我惊声尖叫起来，猛地向后一仰，差点儿连椅子带人翻到地上。

冷不防自箱子里啪嗒啪嗒地飞出**某样东西**来。这完全出乎预料之外，令我吃惊不已……

我这种反应令美鸟与美鱼十分开心地笑了起来。

“吓了一跳吗，中也先生？”

“吓了一跳吗，中也先生？”

自箱子里飞出来的**那样东西**在空中啪嗒啪嗒地略作飞舞后，便落于红色地毯之上。我虽觉浑身无力，却仍坐在椅子上，弯下腰将它拾起来。

那是蝴蝶模型。薄薄的黄绿色翅膀以赛璐珞制成。

它比真正的蝴蝶大上几倍，以橡胶动力等装置令翅膀振动。当有人打开箱子时，失去**支撑**的“蝴蝶”就会如刚才一般展翅飞出。这属于“意外之箱”的一种。

“这是征顺姨父制作的哟。”

捧腹大笑好一阵儿后，美鱼才用手指擦擦眼角的泪水说道。

“姨父制作了许多好玩意儿呢。”

美鸟也擦着笑出的眼泪说道。

“像这种有机关的玩具都是他亲自设计并制作的呢。”

“有趣儿吧？”

“你看，这蝴蝶挺漂亮的。对吧？”

“中也先生，你不喜欢这种游戏吗？”

“你不喜欢被吓到的游戏吗？”

我哑然地抿着嘴唇，捡起“蝴蝶”后放回木箱之中。这期间，我一直没有抬头看向她们。于是——

“中也先生，你生气了吗？”

说着，美鱼担心地观察着我的表情。

“中也先生，你生气了吗？”

美鸟也担心地看着我。

“我怎么会为了这种恶作剧而生气呢。”

我边回答边抬起头，努力让自己看起来笑得自然点儿。只是，我不知道能装到什么程度。

5

“我得介绍柴郡给你认识呢。”

美鸟提议道。

“对哦，得介绍柴郡给你认识呢。”

美鱼正说着，两人便迈开四条腿走到了门口。她们转过身，美鸟以左手，美鱼以右手向我招了招手。

“这边请，中也先生。”

“请。”

我们走出“美鱼的房间”。那对双胞胎步调一致地向走廊斜对面的黑门走去。

“这边哟，中也先生。”

“是这边哟。”

我觉得那间屋子肯定是两人的卧室。看来她们养的那只名为“柴郡”的猫就在卧室里面吧——但是，那扇房门紧闭，连让小猫出入的地方都没有。难道她们就只在屋内饲养猫咪，不让它出屋吗？

双胞胎打开房门，率先走入屋内。很快，里面的灯就亮了。

“中也先生。”

“请进，中也先生。”

我听到她们唤我进去的声音，心中竟然又涌现出奇怪的紧张感。我应邀走入屋内。不出所料，这里就是她们的卧室。

房间正中摆有只出现于电影与书中的那种带有顶盖的床。床出奇地大。别说是她们两人，就是几个人并排躺在上面也宽绰得很。

双胞胎面向我坐在床沿。

“中也先生，请。”

“中也先生，你也坐呀。”

虽这样说，但我总不能坐在她们身旁。我发觉前方墙边放着一个双人沙发，便在那里坐下。

柴郡在哪儿呢？

我边想边环视起室内来。

屋内有装饰架、衣橱等一些外形气派的家具，但表面都毫无例外地涂作光泽全无的黑色。房门右侧的墙壁上有两扇黑色门扉，那可能是化妆室或储藏室之类的小房间。

在床的右侧深处放置着一个椭圆形的桌子。我看到桌上出现那只猫咪的身影。

不出所料，那是只黑色的猫咪。它伏于蜷曲着的前腿之上，趴在罩有红色灯伞的台灯一旁。

“她就是柴郡哦，中也先生。”

顺着我的视线看了过去的美鸟说道。

“她很可爱吧，中也先生。”

美鱼重新看向我说道。

“柴郡总是那个样子。”

“总是那个样子陪着我们。”

黑猫卧在桌上一动不动。即便像我这样的陌生人造访房间，也没有丝毫反应。它看也不看我一眼，甚至连戒备的样子也没有显现出来。它就是这种优哉游哉的猫咪，还是陷入睡梦之中了呢？

“柴郡这个名字——”

我盯着猫咪问向两姐妹道。

“取自‘爱丽丝’的吧？《爱丽丝漫游仙境》中不是有只叫柴郡的猫吗？”

“没错啦。”

美鱼微笑着回答道。看起来很是开心。

“不过‘爱丽丝’中那只叫柴郡的猫可不是黑色的。”

美鸟补充说道。

“中也先生喜欢‘爱丽丝’吗？”

“嗯，就算是吧……”

我暧昧地回答着，双眼却一直盯着桌子上的黑猫。它依旧纹丝不动地趴着。我觉得十分奇怪。啊，看上去它就像是……

双胞胎似乎看透了我的心思一般。她们站起身来，走向趴着猫咪的桌子。

“柴郡，快向中也先生打招呼嘛。”

“柴郡，快打招呼呀。”

美鸟轻轻抱起猫咪。但那只黑猫似乎还是纹丝未动。

两人回到原处，重新在床边坐下，并将爱猫放在膝盖上。我从椅子上欠起身，看着它拳头般大小的黑黢黢的脸。很快——

我的疑惑成为现实。

猫咪并没有睡觉。它的双眼睁开，但是陷在眼窝中的双眸却很特别。那双红色……绯红色的，并非动物的眼球，而是镶嵌于眼窝内的玻璃球或者石头——说不定是宝石。

“柴郡她呀，三年前就不能动了。”

美鸟说道。她神色悲伤地眯起双目，抚摸着膝盖上的黑猫背部。

“她不能动了，身体也变冷了……”

“她死了。”

美鱼接着说道。她也神色悲伤地眯起双目，用手指抚摸起黑猫的头部。

“我们明明那么疼爱她。”

“明明和我们那么要好。”

“所以要是弃置不管，她很快就会烂掉的。”

“所以我们才恳求爸爸，让他想办法不要让柴郡烂掉。”

“柴郡虽然死了，但依然保持着原貌陪着我们。”

“她绝对不会烂掉的。所以会永远和我们在一起。”

“一直永远在一起，对吗？”

“在一起。对吗，柴郡？”

“好啦好啦，快点儿和中也先生打招呼吧。”

双胞胎将一动不动的黑猫从膝盖上举起来，就像孩子们玩木偶或者布娃娃一样，让它向我低下头。

“你好，中也先生。”

“你好呀。”

此时，异口同声替黑猫打着招呼的两人脸上，已然没有悲伤的神色，而是露出少女般的微笑。

“所以我们才恳求爸爸，让他想办法不要让柴郡烂掉。”

这恐怕就是制作猫咪标本吧？柳士郎不会亲手做那种事，应该让专业人员做的。或许也不是不可以认为是他让鬼丸老做的。

疼爱的猫咪死了，为了防止它腐烂，将其制成标本放在身边。她们竟然还将这些事讲给客人听——我多少有些吃惊，也感到别扭。但冷静想想，我觉得也不是不能够理解她们的心理。这从一个方面反映出她们如何对待宠物的“死亡”。这并不涉及好坏的问题，但是……

“你身体怎么样了，中也先生？”

也许是我的脸色发生了变化，美鸟将黑猫标本放在膝盖上，担心地询问起来。

“是不是还在难受呀？”

美鱼接着问道。

“要不然，你躺下来休息怎么样？”

“不用了。”

我慢慢地摇摇头，重新陷入沙发之中。双胞胎见我陷入了暂时的沉默，便将猫咪从膝盖放到身边，然后欠起身，看着我的脸说道：

“你还好吗，中也先生？”

“不要紧吧，中也先生？”

“嗯。”

“那我们接着聊吧。”

“那我们接着聊吧。”

“好吧。”

我慢慢地点点头，目不转睛地看着眼前这对异形的双胞胎姐妹。她们那妖艳的美丽让我心中再次产生不可思议的躁动。乍一看她们似乎很纯真，但心中的想法如何就不得而知了。我茫然地胡思乱想着，然后——

“可以问你们一个问题吗？”

从昨晚开始，就有个问题一直萦绕于心，我决定问问她们。

“你要问什么呀，中也先生？”

“问什么呀？”

“就是昨天宴会上的饭菜。”

那涂在面包上、酱一般的东西，那不知放了什么东西的红黑色的汤——我舔舔干涸的唇，回想着那无论如何也谈不上好吃的味道，接着问道：

“那些是什么东西？究竟给我吃了什么……”

两人对视一下，嘻嘻的小声窃笑起来。

“刚才伊佐夫不是说过吗？说什么‘今年又没吃到肉’。昨天吃的**那些**就是那个‘肉’吗？如果真的是‘肉’，那究竟是什么肉呢？”

我一个劲儿地追问。那对双胞胎再度对视一下，小声笑着说道：

“中也先生，你不知道吗？”

美鸟开口问道。

“玄儿哥哥还没有告诉你吗？”

美鱼开口问道。

“**那些**……那就是伊佐夫先生所说的东西呀。”

“那些可是相当特别的东西哦。”

“那些嘛……呵呵。”

“那些嘛……呵呵呵。”

“你们不肯告诉我吗？”

我这么一问，两人三度对视起来。

“也不是不能告诉你。”

美鸟这样说道，但是显得有点犹豫。美鱼很快接着说道：

“但是，那还是让玄儿哥哥告诉你比较好。”

“……是哦。”

“是的呢。”

“玄儿哥哥会告诉你的哦。”

“因为玄儿哥哥知道的比我们清楚得多呀。”

“就是嘛。”

“就是呢。”

“这样一来，中也先生就会和我们永远在一起了。”

“没错没错，肯定是这样没错。”

“毕竟中也先生也好好地吃下去了嘛。”

“在这‘达莉亚之夜’、这个‘达莉亚之馆’内，在达莉亚的守护与许可下，在众人诚挚的祝福下……”

美鸟双眼微闭，默诵起这句话。我听出这是昨晚宴会之上，馆主柳士郎的讲话。

“……所以，肯定没问题。”

“中也先生肯定会永远和我们在一起呢。”

“永远……是啊，永远在一起。”

话至此处，我仍旧不甚理解她们所说的话到底是什么意思。我觉得即便自己继续追问，她们肯定还会不断重复那些令我更加摸不着头脑的话语。

我决定还是问问玄儿。我从沙发上站起来，美鸟和美鱼顿时就慌了神。

“欸？中也先生，这就要走吗？”

“和我们聊天没意思吗？”

“没有，怎么会呢？”

“那我们再聊聊嘛。”

“如果你累了，就在床上躺下来好了。”

我被她们诚挚的话语与表情所打动，于是我刚站起来，便又坐回沙发。此时，那心中奇怪的躁动再度涌上心头。

“对了，中也先生。”

“对了，中也先生。”

美鸟和美鱼异口同声说道。四只水汪汪的大眼睛目不转睛地看向我，眼神突然变得认真起来。

“我们有件事要拜托中也先生。”

“我们有件事要拜托中也先生。”

“是什么事呀？”

我完全被她们的气势征服，将视线移到她们的膝盖下方。

“我们呀，觉得要是能成为中也先生你的新娘该多好呀——对吧，美鱼？”

“是呀，要是能成为中也先生你的新娘该多好呀——对吧，中也先生？”

“什、什么？”

她们突然说出这样的要求，自然令我狼狈不堪。

“但、但是……”

“不行吗，中也先生？”

“你讨厌我们？”

“不……不是的。只是，那个嘛……”

我不知道她们说这话到底有几分真心。但仓促间，我无法仔细琢磨她们的意思，便笨嘴拙舌地回答道：

“我是一个人，你们可是两个人，这怎么能行呢。如果一个男人和两个女人结了婚，就犯了重婚罪呀。”

“那就没关系啦。”

美鱼说道。

“因为我们俩就是一个人呀。你说对吗，美鸟？”

“可不是嘛，我们俩是一个人呢。对吧，中也先生？”

“即便如此，可还是……”

“还是不行吗？”

“中也先生，你讨厌我们吗？”

“你讨厌我们吗？”

“不是的。这不是讨厌不讨厌的问题……”

我语无伦次地回答着。脑海中渐渐浮现出身处家乡的某位女子的容貌与名字。她是那么可爱，让人恋恋不舍。如果她看到现在这种情形，心下会作何想呢？我这样想着，心中同时弥漫着些微罪恶感。

“我们可是合二为一的呀。”

美鱼反复强调着。她的眼角隐隐泛有泪花。

“所以，中也先生，你就和我们结婚吧。”

美鸟紧逼过来，眼角亦隐隐泛有泪花。

“然后，我们永远在一起……好吗，中也先生？”

“永远在一起……好吗，中也先生？”

“这、这个嘛，所以说那个……”

就在这时，玄儿敲了敲门走了进来，终于将我从困境中解脱出来。不知道他看见我们这种状况，心中能猜出几分。

“哎呀呀，这是怎么了呀？”

他像是故意开玩笑般张开双臂。

“美鸟、美鱼，你们可不能任性，让中也君为难哦。”

被玄儿责备的双胞胎略显不开心。

“是，哥哥。”

“是，哥哥。”

她们老老实实地回答道。随后将目光移到我身上，露出一丝微笑。此时，她们眼角的泪花已然消失了——唉，她们在想什么呢？就像那个蝴蝶的惊吓箱一样，她们只是在和我开玩笑而已吗？

——据我所知问题不在身体，而在于她们的精神上。

昨晚，野口医生在沙龙室里说过的那些话突然回响在耳畔。当时，我没来得及深思。这对双胞胎在精神上到底有什么“问题”呢？

“好了，可以了吧？”

玄儿对妹妹们说道。

“把中也君还给我吧。”

“遵命，哥哥。”

“遵命，哥哥。”

“我已经把美惟继母送回房间了——好了，中也君，我们走吧。我有事想和你说，到我房间里聊聊怎么样？”

6

“和她们在一起很累吧？”

当我们从二楼西端的边廊拐上主走廊的时候，走在前面的玄儿停下脚步，等我赶上去。我没有直接回答是或否，而是态度暧昧、若有所思地说道：

“我听她们讲了许多让我介意的事情。”

“介意的事情吗？”

玄儿的嘴角边露出一丝笑意。

“对你而言，介意的事情实在太多了吧——我能理解，我很快就会全部告诉你的。”

我可不想再等下去了，一心只想立刻就问。但我也知道就算我现在开口，他肯定也会打岔的。见我默不作声，玄儿斜着眼睛瞄着我说道：

“话说回来呀中也君，刚才你怎么一副手足无措的样子呀？该不会是那对双胞胎想要抓住你吃掉吧？”

“那是因为……”

我稍稍压低了声音回答道。

“老实说，她们想要和我结婚。”

“结婚？”

这下连玄儿也显得很吃惊。但是，他的唇畔很快再度挂上了微笑。

“原来如此。难怪你觉得束手无策了，这也很正常。”

“可不是吗。”

“然后呢？你怎么回答的呀，中也君？”

“我可什么都没说。”

我摇摇头，有点生气。

“就算我想和她们结婚……”

“也不可能吗？就因为她们的身体是那个样子吗？”

“这个……唉，当然也有那个原因。”

“哦？中也君，那么——”

玄儿收起笑容问道。

“如果她们两个人被分开，成为独立的个体，你怎么办？”

“啊？”

“在美鸟和美鱼之间，你选择哪个？”

“这个嘛……”

我不知道如何作答，于是不禁想起昨晚野口医生的话来——有关美鸟与美鱼这对连体双胞胎进行外科手术分离的可能性。

野口医生说无论从医学上、还是技术上，这都不是非常困难的手术。将两人分离开来并不是没有可能——如果真是那样……

当然，那种手术或多或少存在危险。但是为她们的将来考虑，还是应该实施分离手术。那样一来，她们现存的各种问题必然会迎刃而解。比如“结婚”的问题。在国外，可能连体双胞胎可以拥有配偶，就像昌和恩兄弟一样。但是在日本，这样的先例少之又少。法律上的判定也很微妙。

“你无法从美鸟与美鱼两人当中选择一个吗？”

玄儿再次问道。我不知如何回答，只得轻轻叹口气。

“那你就和她们两人在一起不就好了嘛。”

“欸？玄儿，你说什么呢？”

“管它什么重婚不重婚的呢。你可以和其中一人交结婚申请嘛。”

玄儿一本正经地说道。

“如果她们选择你的话，我倒是不会反对啦。”

“玄儿。”

我不知不觉地提高了嗓门。

“以前我不是对你说过嘛。我应该对你说过的呀。我、我……”

我瞪着这位年长的友人，脑中浮现出那名身处家乡的女子的面容。突然，他的表情缓和下来：

“我开玩笑的，中也君。”

他说道。

“我知道你已经有了未婚妻。对于现今这个时代来说，你有点儿心急了。不过那才像你嘛。”

“玄儿……”

“但是，今后也请你好好和美鸟与美鱼相处下去。虽然她们有点问题，可是毕竟是那么天真无邪的小孩子嘛。”

“啊……是呀，我知道。那是当然。”

“好了，就是这里。”

玄儿在一扇黑色单开门前停住了脚步。这里位于主走廊与东侧边廊的交汇点的南侧。一楼的这个位置是图书室。

“这里是我的书房。那边是我的卧室。”

玄儿向对面房间扬扬下颌——那里位于一楼音乐室的正上方。

“已有一年之久没用这个房间了，里面可不适合带客人来。好了，请进吧。”

7

玄儿带我进的这个房间没有什么特别例外之处。无论内饰还是家具，都被没有光泽的黑色所统一。若说黑色之外的颜色，便是铺在面前的一块地毯的暗红色了。

在那地毯中央，放着一张黑色的木质摇椅。玄儿让我坐在上面，自己则走到房间里面，坐在大书桌旁的交椅上。

我听话地坐在摇椅上，突然想起了一件事。

玄儿在白山的寓所里，也有一张与此相同的黑色摇椅。那是一个可以铺六张榻榻米的房间，暗红色地毯中央孤零零放着那张摇椅。在那个白天都窗子紧闭的昏暗房间中，玄儿就在那张摇椅上来回晃着陷入沉思。我记得我见到过好几次这样的场景。

“刚才在红色大厅里，刚开个头。”

玄儿将双臂撑在书桌边缘，看着我说道。

“我去了西馆，和我爸聊了聊。”

“啊？哦……”

我集中精神，重新看向玄儿。

“我听美鸟与美鱼说了。她们说你神情恐怖地去了令尊的房间。”

“是嘛——你告诉她们那件案子了吗？”

“我们上二楼的时候，遇到了伊佐夫。他提起了凶案，后来我对她们说了个大概。”

“是吗？伊佐夫是听谁说的呢？”

“他说是野口医生和征顺先生告诉他的。”

“那对双胞胎反应如何？吃惊吗？”

“倒是显得吃惊。”

我回答道。接下来要解释的内容相当麻烦，故而停顿了两三秒之后才说道。

“她们并没有大喊大叫、害怕不已，也没有哀悼蛭山先生的意思。怎么说好呢，感觉很冷淡，仿佛就是别人的事情一样。”

“是吗？”

玄儿没有显得特别吃惊。他轻轻地点点头，叼起一根烟，自桌上拿起看起来犹如装饰品般的黑色打火机，点上火后向斜上方悠悠地吐了口烟。而后说道：

“刚才我去见我爸，一来向他汇报一下现场调查的情况，二来想探探他的真实想法。”

“真实想法是指？”

“就是关于谁杀死了蛭山先生这个问题的真实想法。”

玄儿的表情一本正经。

“从我爸的性格和日常言行上，我不是不能理解他不肯将事情公开、不愿外部介入的想法。但是我也说了好几次，这毕竟是凶案。的的确确有一个人遇害了，而凶手就在宅子里。凶手是谁？杀人动机何在？正常人不会对此漠不关心的。”

“所以玄儿你才想弄清事情真相的嘛。”

“这并不是我爸命令我这么做的。他曾要我‘不准管’。但是我很想知道在他内心，究竟如何考虑事情的真相，有怎样的见解。”

“原来如此。”

我靠在摇椅的椅背上。椅子发出细微的声响，开始前后摇晃起来。拜其所赐，我再度觉得不舒服起来。虽然不至于呕吐，但这种晃动却并没让我觉得惬意。

“那么结果怎样呢？”

“我得到了明确的回答。”

玄儿轻皱鼻子。

“他认为蛭山被害可能和用人之间的矛盾有关。他不想为这么点小事报警，还是先内部处理，之后以既往不咎为诱饵，让凶手坦白并将其解雇。”

用人之间的纠纷吗？也就是说浦登柳士郎认为凶手是小田切鹤

子、羽取忍与慎太母子、宍户要作以及鬼丸老当中的一个吗？

——凶手肯定是忍太太。

方才双胞胎之一——好像是美鸟——如此断言。说起来，那结论也是基于“用人间的矛盾”这一假设。但是——

这起凶案就如此单纯吗？

我觉得并非如此。至少不像柳士郎考虑的那样简单。虽然我无法自信地阐明自己的理由，但就是这么觉得。

“关于那个叫江南的年轻人呢？”

我欠起身，岔开话题。我的脚支在地上，让椅子停止摇摆。

“事实上，令尊怎么看待江南的呢？”

“哦，那件事呀……”

玄儿的手指夹着香烟。

“那件事情，我也多少套问了一些。怎么说好呢？我觉得他虽然显得漠不关心，其实挺在意的。”

“怎么说呢？”

“我爸还没有见过江南君，也没说要见。但当我告诉我爸因为事故的后遗症，江南还不能说活，记忆也比较模糊的时候，我爸就说‘这种样子，见了也没意义’，也就是说我爸显得很不关心。但是就另一方面来说，他也有相当关心之处。聊起来就能发觉我爸虽然在意，但又嫌麻烦，不愿主动采取行动……非常微妙的心理。”

“哦？”

“就像昨天说过的那样，现在我爸的白内障正在恶化，总的来说脾气不大好，精神消耗非常大。野口医生也说了，我爸会因为些微小事陷入抑郁之中。而抑郁会令人乏力、令人厌于采取行动，并有棘手之感，还会觉得凡事无所谓。”

“虽然心里在意，却显得漠不关心。所以才会表现出那种态度的吗？”

“我觉得是这样没错。”

说着，玄儿将香烟掐灭在烟灰缸里。

他身后的墙上是这个屋子里唯一的窗户，其外侧的黑色百叶窗依旧紧闭。突然自那缝隙之中，射透一阵亮光——是闪电。稍过片刻，便传来轰隆隆的雷声，但那声响比刚才要小了一点。

“我告诉我爸有关江南君的情况……坠落时的状况自不必说，他的年纪、长相，包括没有任何表明身份的物品之类的情况都告诉我爸了。”

“那令尊没有任何线索吗？”

我只是想要确认一下。玄儿点点头，说道：

“我感觉是那样。但是——”

“但是什么？”

“只有一件事，就是当我说起那块表的时候，他稍稍有点反应。”

“就是那块刻有‘T.E.’名字首字母的怀表吗？”

“没错。”

“他是什么反应？”

“他问我是什么表。我如实回答后，他自言自语着‘是吗？还刻着那些字母呀’，然后就陷入了沉默。”

“是吗？”

“之后，不管我怎么问、问什么，他都不予回答。仅仅板着脸、闭着嘴，一味暧昧地摇头。”

“你觉得他看起来像是在隐瞒什么吗？”

“天晓得。不好说呀。”

玄儿亦如自己的父亲的那副表情般，板起脸、闭上嘴，暧昧地摇摇头。

“最简单有效的方法就是直接把江南带到我爸那里，让他们见个面——但是我们必须先解决今天早晨的凶案。”

“那个年轻人造访此处的事情和凶案之间，是不是有什么关联呀？”

我不由得将心中的疑问脱口而出。

“我觉得毫无关联。”

玄儿斩钉截铁地回答道。

“正如昨天我们在十角塔确认足迹时掌握的情况那样——江南君从露台上坠下塔完全是偶然事故，并没有人推他下去，也就是说和凶案毫无关联。而且正如我们刚才探讨的那样，他这个不速之客与中也君你一样，不应该知道那个南馆暗门的位置。说得极端一点儿，就算他是在逃的凶恶罪犯，也不可能是杀害蛭山先生的凶手。”

“——的确如此。”

“所以，我觉得还是把两件事分开来处理比较好——所以，中也君。”

玄儿再度将双臂撑在桌边，交叉起来撑着下巴，直勾勾地看向我。

“让我们以已经弄清的事实为基础，进一步探讨凶案好吗？你有什么想法吗？”

8

“你确认过令尊的不在场证明吗？”

我侧过脸看向看着我的玄儿，反问道。

“嗯，我做好了挨骂的心理准备，试着问了一下。”

玄儿的口气听上去似乎很痛苦。

“我爸当时就甩出一句‘我没杀他，也没杀他的必要’。他还说：‘你觉得我到底有什么理由，非得杀死蛭山不可吗？’”

“关于那扇暗门的事儿，你问了吗？”

“那个就不用问了。作为这个宅子的主人，我爸不会不知道。”

“说得也是。”

我再次靠在摇椅的椅背上，并非有拖延时间的打算，然而也没有急于回答玄儿刚才提出来的问题，而是默默地环视着屋内。

正如进屋之前玄儿所说的那样，他在白山的寓所里生活了一年多，所以这个宅子里的书房几乎没怎么使用。或许正是这个原因，才令人感觉这里有点萧条——尽管如此，这里并不脏乱，相反地，书桌及其周围非常整洁。摆放在墙边书架的书并不多，似乎与“书房”这个称呼有些不甚相称，但那些书都被排得整整齐齐，令人感觉“寂寥”。杂乱无章的地方反而少得可怜。

玄儿在白山的寓所也收拾得干干净净、有条不紊。我认为那都是他一丝不苟的性格决定的。但这里之所以“整洁”，多半和那里有所不同。这并非玄儿主动收拾的，而是因为他长期不在形成的。

墙上挂有几幅画，每一幅画都是以朴素的色彩所描绘的静物画，镶嵌于同样的木质黑色画框之中。我觉得那些画作之中，说不定有那位藤沼一成的作品。但转念一想，若果真如此，玄儿早就提醒我了。

“好了，中也君。”

玄儿开口说道。

“你可以回答我的问题了吗？对于这起案件，你有什么想法吗？”

“嗯，是啊。这个嘛——”

我尽量避开玄儿向我投来的目光。

“我倒不是没有自己的看法。”

“我想听听看呢。”

“好的。”

我的确有自己的见解。但是——

我尚未考虑好该从何说起、该怎样说。结果，我发现“从何处开始，该怎么问”是一个很难回避的问题。

“刚才，在楼下的沙龙室，征顺先生也说了。”

我索性开口说了起来。

“他说**蛭山为何非要那样死去不可**。这应该就是最大的谜团。”

“哦？”

“换言之，就是**凶手为何杀死奄奄一息的蛭山，为何非动手杀人不可**。”

“你指的是犯罪动机？”

“对。”

我停止晃动的摇椅，用力点点头。

“昨晚，蛭山先生被抬进南馆那个房间时，已经是身负重伤、气息奄奄。根据野口医生的诊断，他能活下来的可能性‘几乎为零’，‘不知道能否活到早晨’。可以说，如果放任不管的话，蛭山可能几个小时之后就一命呜呼了。凶手为何要大费周章地杀死这样的人呢？”

“是呀。”

玄儿亦用力地点点头。

“也就是说，**这样的凶杀毫无意义**。”

“是的，没有意义。”

“那么——”

玄儿紧接着问道。

“对于这个问题，你怎么考虑的呢？”

“这个嘛——”

我欲言又止，低头看向自己的膝盖。现在的问题在于我“从何处开始、该如何问”。我想问的事情、该问的事情堆积如山，但在这种情况下最应先问的就是……

“那么，中也君……”正当我苦思冥想的时候，玄儿开口说道，“要不然我先说说自己的想法，行吗？”

“啊……好的。”

“凶手为什么要杀死迟早都要丧命的蛭山先生呢？”

玄儿再一次用明了的语言提出这起凶案中最大的谜团。然后，他又点起一根烟继续说道：

“看起来是毫无意义的杀人。但也许这‘意义’就存在于这个看似毫无意义的事情之中。”

没错。这和我的想法不谋而合。

无论如何，我都不认为在这里发生的凶案毫无意义。我也不愿意那样认为。也许于某处存在着什么样的目的才对。不，是应该如此才对。所以……

“如果单独列出可能性的话，就会出现许多可能性。例如，让我想想看，比如凶手对蛭山恨之入骨，恨到即便杀死他也不解气的地步。或者，凶手不愿蛭山就那么受伤而死，想要亲手结束掉蛭山的性命。或者凶手真的没有任何目的，和蛭山身负重伤没有任何关系，凶手就是想勒死他而动手——你觉得呢？”

听到玄儿的问话，我立刻摇摇头，说道：

“那怎么可能？我觉得凶手应该有某种目的。”

“没错，我也那么认为。我也觉得应该有意义。”

玄儿微笑起来，那笑容颇有含义。

“某人对蛭山先生恨之入骨，那份恨意令他不管不顾地杀死了蛭山。或者某个疯子没有任何动机杀死了蛭山。但我总觉得这些推测和这起凶案的情况不吻合。凶手为了避开被忍太太发现的危险，利用暗门出入现场。从某种意义上来说，这是非常冷静且慎重的行动，与以上的推测并不吻合。”

“赞同。”

“那么，真正的‘意义’到底在哪里呢？凶手为何非杀死蛭山不可？——我想到一个非常合乎逻辑的答案。”

当玄儿被他自己喷散的紫烟所萦绕的那一瞬间，他那苍白的脸好似毫无血色的能面一般。

“通常情况下，没有必要杀死奄奄一息的人。尽管如此，凶手却动了手杀了人。也就是说，**凶手可能不知道蛭山快要死了**。”

听到他的分析，我不禁“啊”了一声。虽然我从来没有这样考虑过，但这或许真的是“合乎逻辑的答案”。

“凶手知道蛭山因为事故而受伤，并被抬进南馆的那个房间里。但是，凶手并不知道蛭山受伤严重，严重到可能活不到第二天早晨。所以，他才决定利用这个机会杀死蛭山。至于动机，我们还不知道。”

——我觉得机会难得。

美鸟与美鱼刚才这样陈述过她们的看法。

——趁蛭山虚弱之际杀死他。

但是，当时她们作为嫌疑人列举出来的忍完全知道蛭山的受伤程度。她应该知道就算什么都不做，蛭山也离死不远了。

那对双胞胎还列举出一个嫌疑犯，就是浦登清——他知道蛭山

“因为事故身负重伤”，但那名少年可能不知道那是“濒死重伤”。另外就是……对，美鸟与美鱼那对双胞胎也……

当我说到“就算放置不管，他也会因为伤势严重而死”的时候，她们是这样回答的——“要是死不了不就糟了嘛”。

“那么，有哪些人知道蛭山最多活到早晨呢？”

玄儿继续推论着，稍稍加快了说话的速度。

“征顺姨父、鹤子太太、你和我，以及我爸柳士郎。以上几人肯定知道。因为这些人都亲耳听到了野口医生的判断。忍太太也说过她当时虽然不在场，但后来鹤子太太告诉她蛭山的情况了。

“那么，其他人又如何呢？宍户和野口医生、征顺姨父一起，将蛭山从事故现场抬到房间。他近距离亲眼看到伤者的情形，肯定不难看出蛭山已经危在旦夕了。说到‘亲眼看到’，在东馆的走廊上，那名叫江南的年轻人也亲眼看到蛭山的惨状。至于他是如何判断的，那就不得而知了。还有就是……”

“我记得昨晚自己曾对伊佐夫说过事情的大致经过。当时，我还告诉他蛭山似乎没救了。”

“是吗？”

玄儿点点头，又慢慢地深吸了一口已经变短的香烟。

“剩下的就是美惟姨妈、望和姨妈、美鸟与美鱼、阿清、慎太、鬼丸老以及茅子表舅妈。现在，在这个宅子里，‘有可能不知情’的就是这八个人。”

“但也有可能从其他人那里听说。”

“是的。但是，我觉得已经没有必要逐个确认他们是否知道蛭山危在旦夕的事情了。因为凶手肯定会撒谎说知道。”

9

“——以上就是我目前的想法。中也君，那你呢？看你的反应，你的想法似乎和我并不完全一致呢。”

玄儿问道。于是，我从摇椅上直起腰，在衬衫口袋里摸索着，拿出刚才一直想抽的一根烟。

应该没事了——我无声地在心里默念道。其实这时不一定会觉得好抽，但心神都需要某种镇静效果，所以还是想来一根。我的烟瘾并没有大到“中毒”的地步。

我借用玄儿放在书桌上的打火机点上烟，没有坐回摇椅，而是坐到书架前面的椅子上。我轻轻地将烟灰弹进旁边小桌子上的烟灰缸里，看着玄儿开口说道：

“我的想法嘛，是的，我考虑的和你截然不同。”

“是吗？你的想法是什么？”

“玄儿，我觉得你刚才的想法的确合乎逻辑、简明清晰。我无法坚定地反驳你。但是——”

我苦着脸。舌头泛上烟草的苦味。

“我觉得还有一种解释，与你的解释一样合乎情理。当然，这解释并非方才玄儿你所否定的那种‘最终毫无意义’，而是能将凶手乍一看没有意义的行动显现出适当的‘意义’来。”

“哦？”

玄儿探出身子说道。

“那我一定要聆听高见，福尔摩斯先生。”

“请别拿我开玩笑。”

我一本正经地瞪着玄儿，下定决心说道。

“在我说出这种解释之前——我有一件事想要向你确认。”

“什么事儿？”

“鬼丸老告诉我，在十八年前的‘达莉亚之夜’这个宅子里发生过凶案。案发现场就在西馆一楼，现在的那个‘打不开的房间’之中。”

“原来你想问的是那件事啊。”

玄儿显得有点吃惊。

“鬼丸老告诉你的？什么时候告诉你的？”

“昨晚。宴会途中我去上厕所，出来的时候走错路，差点儿进了宴会厅正下方的那个房间。当时，帮忙带路的鬼丸老赶到了。”

“原来如此。”

“听说遇害者是浦登玄遥。我还听说当天晚上浦登卓藏在另一个房间里自杀了。凶手虽然没有被抓住，但是大家都心照不宣——我想确认的是真的有这回事儿吗？”

玄儿和刚才一样，将下巴放在交叉的双手上，但是刚才一直盯着我的眼神移到了桌边上。

“的确发生过这样的事儿。”

他的声音一下子变得低沉。

“不过，那是十八年前的事儿了。那时我才九岁。你也非常清楚我丧失了九岁前的记忆。”

“是的。”

“的确发生过那样的案件，而且我也知道是怎样的情况。但这些并不是我记忆中的事情，而是别人告诉我的。”

“我知道了。”

我点点头。抽了一半的香烟的过滤嘴被我咬得变了形。我将那半截烟放在烟灰缸上。

“我是这么考虑的——蛭山身负重伤，性命危在旦夕。这令凶手产生了某种恐惧。”

“恐惧？”

“是的。这是我的想象，也许蛭山知道凶手不为人知的秘密。凶手觉得如果蛭山在临死前走漏了风声，那可就糟了。凶手肯定为此心生恐惧，所以，为了以防万一才——”

“杀人灭口……的吧？”

“没错。”

我有意识地喘口气，接着说下去。

“我很自然而然地想起十八年前的凶案。还是在这个宅子之中，曾经发生了不可思议的大事件——第一代馆主遇害身亡。无论如何都难免会推测到时隔十八年的这两起凶案之间，说不定会存在某种联系。”

“有道理。”

“于是我才觉得蛭山所掌握的凶手的秘密，也许正是和十八年前的那起案子有着重大关联。虽然我不知道具体是什么秘密——比如说如果将其大白于天下，那么十八年前那起案子的结论会被推翻之类的隐情……”

“不过呢，中也君。”

玄儿反驳起来。

“就算十八年前的案子里隐藏着什么秘密，那蛭山先生到底是如何得知的呢？十六年前，他才开始在宅子里工作。十八年前，他还没来这里，怎么可能知道那起案子中的秘密呢？”

“难道没有他来了以后，才因为某个机会而得知的可能吗？”

“这个嘛，我并不完全否定这种可能性。”

玄儿深深地靠在交椅的椅背上，仰头斜看着天花板，似乎在大脑中梳理着什么。我目不转睛地看着他白皙的颈，等着他继续发表意见。不久——

“你的想象力可以打满分，但缺乏说服力。”

玄儿对我的想法做出评价。

“缺乏说服力——是吗？”

“你的说法完全可以解释‘凶手为何要杀死奄奄一息的蛭山’的疑问。但是，你将这起案子和十八年前的凶案联系在一起，这就值得商榷了。我可以理解你的心情，但怎么说好呢？有点偏离方向了吧。”

“是吗——那么，哦、对了，或许蛭山知道其他什么重要的秘密……”

“你觉得这个宅子里有重大到非要杀人灭口不可的秘密吗？”

玄儿反问道。

“这个宅子里净是秘密，难道不是吗？”

我不由加重了语气。

“至少对于像我这样的外来造访者而言，从未见过如此满是秘密的宅子呢。所以……”

“嗯，或许是这样吧。”

“你不应该不知道。”

我瞪着玄儿说道。

“从前天直到现在，我到底经受了怎样的……”

玄儿安抚般地说着“好啦，我知道”，边从椅子上站了起来。他走到书桌旁，腰部抵着桌子，一只手放在膝盖上，稍稍向前探着腰，屏息凝神地看着我说道。

“迟早，你对这个宅子的所有疑问都会消除。你没必要感到不安。”

“玄儿……”

“没关系的。我肯定不会害你的。”

一时之间，我不知道该说什么是好，只得低下了头。就在那时，闪电刺透百叶窗的缝隙明晃晃地穿入屋内。几乎同一时刻，房间里传来很不协调的清脆钟声。

那是房间内的时钟播报下午五点这一时刻的声音。

10

“那么，玄儿。”

我慢慢地抬起头，打破了报时后持续的短暂沉默。

“关于十八年前的凶案——”

利用现在这个机会，至少应该尽可能多地打探一下那起凶案的情况。我如此判断，并给自己打起气来。

“玄儿，那起凶案到底是怎么回事？是在什么情况下发生的？你了解当时的实际情况吗？”

“遗憾的是我根本不记得那些事情。所以是否是实情，我没有十足的自信。”

玄儿站在书桌旁边，慎重地选择着词句回答。

“我听说了大致的情形。对于当时的一些情况，也有比较具体的了解。”

“也知道凶手是谁吗？”

“是的。”

我犹豫着是否该立即询问凶手是谁。因为玄儿的表情告诉我，他似乎不太愿意回答这个问题。

“虽然知道那个凶手是谁，但也没有抓捕他。是吗？”

“没错。结果就是这样。”

“鬼丸老说那个凶手也没有逃走。”

“是的，他也没有逃走。”

“那么，究竟是……”

玄儿没有回答我这个问题。

“还是让我重新给你说说那起凶案的具体情况吧。”

玄儿接着说道。

“那起案件发生于十八年前的九月二十四日——‘达莉亚之日’的夜晚。当时居住在此的浦登家族中人有第一代馆主浦登玄遥、他的女婿浦登卓藏、柳士郎、美惟、望和与我。玄遥的女儿、卓藏的妻子樱已经过世。征顺姨父当时还没有入赘，所以自然也没有阿清。我爸和美惟姨妈是后来再婚的，所以那时美鸟与美鱼也还没有出生。野口医生和我爸是故友至交，但当时还没有像现在这样频繁地出入宅子。”

“用人都有谁呢？”

“当时的用人只剩下鬼丸老一人而已。鹤子太太和宍户先生都是那之后的第二年雇佣的。”

“那个叫诸居静的人呢？”

“当时她应该在宅子里吧。”

“诸居似乎还有个孩子，是吗？”

“你知道得很详细嘛。美鸟她们提供情报给你的？”

“嗯。刚才稍稍透露了一点儿。”

“好像是一个叫忠教的男孩。忠义的忠，教诲的教。不过我也记不得他的长相了。”

玄儿苦笑着耸耸肩。

“后来呢？”

我催着他继续说下去。

“听说当晚按照惯例，在西馆二楼的宴会厅举办‘达莉亚之宴’。此后，发生了凶案。现场就在西馆一楼那间玄遥作为第二书房使用的屋子里。玄遥被人用钝器杀害。同一晚，卓藏在重建前的旧北馆之中，他的卧室里自杀了。听说是上吊自杀的。当时玄遥已有九十二岁高龄，卓藏也五十有八了。”

玄儿淡淡地陈述着。在我的心中，那连长相都不知道的两个人的尸体竟然异常逼真地浮现出来。

一位是建造暗黑馆的初代馆主，身为玄儿曾外公的男人；另一位则是玄遥的女婿，身为玄儿外公的男人。一位惨遭杀害，另一位上吊自尽。

“你知道卓藏为什么自杀吗？”

这本来是一个很自然的问题，但玄儿却显得有点惊诧，不知如何回答我。我注意到他这表情的瞬间，终于明白了那个一直令我混沌迷茫、无法掌握概况的十八年前的凶案是怎么回事了。

“玄儿，莫非……”

我说出了心中的疑惑。

“莫非……**卓藏就是凶手吗？他杀死玄遥之后，畏罪自杀了**……”

同一晚，一人被害，一人自杀。想想看，这推论是最自然最容易联想到的情况。

“我说，玄儿啊，真的是那样吗？”

玄儿抿着嘴，过了好一会儿才轻轻地叹口气说道：

“我认为就是那样。”

“凶手没有遭到抓捕，也没有逃走——的确如此。他犯下罪行之后自杀了，离开了这个世界。”

“——是啊。总之，你这么理解也可以。”

玄儿显得有些郁郁寡欢。这也不难理解。无论具体情况如何，毕竟是自己的外公杀死了自己的曾外公。如此旧事重提，恐怕谁都难以平静。

“十八年前的凶案就是这样一个结局……”

玄儿说得支支吾吾的，仿佛牙齿里面塞了什么东西一般。

“但是……”

“但是？但是什么？”

“听说留下了一个不解的谜团。这也是几年前，鬼丸老对我说的。”

“不解的……谜团？”

我不禁直起腰板。

“那究竟是个什么样的谜团呢？”

“就像侦探小说中所谓的不可能情况。”

玄儿的脸上没有一丝笑容。

“据说那起凶案发生后不久，在那个成为案发现场的房间里，被认为是凶手的人消失了。”

“消失了？”

“对。一个大活人犹如烟雾一般消失得无影无踪了。虽然是老调重弹，不过确实如此。而亲眼看到那一幕的似乎正是我自己。可惜的是，我根本就不记得那件事情了。”

说着，玄儿轻咬着下唇。

所灭亡者可是我心

我凝视着玄儿低垂头颈的样子，心中不禁吟诵起那首诗——中原中也的《昏睡》的片断来。同时，脑海里亦朦胧地浮现出今春的场景——那时，自己住在玄儿位于白山的寓所里，连自己的名字都回忆不出来。

所谓记忆似已全无

朦胧之中，这一句也轻轻在耳畔回荡开来。

“玄儿。”我轻声发问，“你为什么会丧失儿时的记忆呢？”

五个月前，我第一次听玄儿提起“记忆丧失”的事情。自此之后，我再没问起这个问题。我知道那肯定是某个事故造成的。他的左手手腕周围，有一块皱巴巴的旧日疤痕。我想那恐怕也是事故中留下的。但是……

“听说那是十八年前的那个凶案后，同年冬天发生的事情。”

玄儿看着自己的左腕，声音有点僵硬。

“我不是对你说过好几次旧北馆被毁的事儿嘛。那次火灾——旧北馆的大火灾就发生在那年冬天。以此为契机，之后许多用人被解雇了。宅子里的人也不再种田、饲养牲畜了。这些事情先放在一边——”

玄儿抬起头瞥了我一眼。

“那一次，我身陷大火之中……死过一次。”

虽然“死”这个词令我吃了一惊，但还是老老实实地点点头。“死过一次”或许是“差点儿死掉”的夸张说法，也可能是比喻“丧失记忆”

吧？

“死过一次的我……是的，再度复活了。但是当时遭受的惊吓令我失去了之前的全部记忆……”

……五月中旬的**那个夜晚**。

我回想起在白山寓所附近发生火灾时，眺望着消防车灯与熊熊大火交相辉映的玄儿那冷静得不可思议的表情来。那火焰也令我回想起自身的遥远记忆。

——不行！不能靠近！

那回忆让我心中一阵绞痛。（……燃烧的宅邸，那火焰的颜色突变……）

——危险！快点儿，请后退！

我注视着脸色苍白的玄儿。

我注意到玄儿此时的表情与当时一样，冷静得令人不可思议。

玄儿似乎还想对我说什么，但只是动了动唇，并未开口。我凝视着玄儿的脸好一会儿，但没有提出任何问题。我觉得至少现在还是什么都不要问了。

虽然有些疑问已经消除，但依旧散乱残存着许多“谜团”。而且，还出现了一个犹如侦探小说中场景般的崭新谜团——在十八年前的凶案现场，发生了“活人消失”的事情。

我突然意识到也许近在咫尺的最大谜团，可能就是如今站在我面前的这位友人。

间奏曲　四

（……什么？）

（在这里即将发生什么事？突然产生如此疑问。）

（……在**此处宅邸**之中，是会发生的。瞬间，产生了如此确信。）

分裂的“视点”依附在不同的载体上来回沉浮。在这些“视点”的背后——

（……这辆车）

（……这种样子）

（……啊，这是……）

（这个男人是？……间歇产生的疑问。）

有许多感觉、认识、思考上的零星碎片，间或偶尔显现出来——

（……为什么会那样）

（那也……不由得觉得焦急、烦躁）

（中村……对这个名字有所反应）

（在认识还相当模糊，无法形成整体的情况下，反复咀嚼着这个

名字）

（中……中村……中村、青司）

（江南……这次，对名字有所反应）

（江南……江南、孝明。啊，这个就是……瞬间，产生如此的认识）

至今，那些应该成为主体之物自律、能动的机能依旧遭到破坏。

（……那个建筑物）

（……这扇门）

（……是）

（……名字是）

（这里是暗黑馆。这里是中村青司的……）

但随着事情的不断发生，正从昏暗的混沌深渊之中脱离出来。但是——

（……啊，妈妈。）

（中村……）

（……中村青司的）

（……对。就因为那场地震）

（啊，那究竟是……只在一瞬间）

（……这里是）

（……做什么）

（……什么）

（为什么这样……）

这些零散脱离出来的碎片。

（江南这个名字……）

（从塔上坠落下来……但是为什么？瞬间又产生这样的疑问）

（……这个颜色）

(这个红色……)

究竟何时可以将其统一到明确的意识之下。而且为此还要经历多少时间，需要什么手续呢？

(……啊，这张照片)

(这些文字……)

(……对了)

(……妈妈)

(这是……)

(……不得不产生巨大混乱)

(那天也……)

(相同的……)

包裹一切的冷冰恶意到底是什么？其根源在哪里？弄清这些问题的方法不会在这个“世界”之中……

(这肯定是……突然产生如此认识)

(虽然知道——果真这里也……)

(这个？一瞬间……)

(到底这个……激烈摇曳起来、但很快又……)

(这是？一瞬间的……迷惑、混乱)

(……啊，中村青司他还如此……这种惊讶徐徐地浮现出来，但很快就又沉寂下去)

(……燃烧的宅邸。那火焰的颜色突然……)

“视点”依附在前来造访宅邸、被弄得晕头转向的“我”的体内(……这个学生，究竟是……)。“视点”依附在那个独自上岛的乡村少年的体内（……这个男孩，究竟是……)。“视点”依附在至今不知自己是谁，迷惑不已的那个年轻人的体内（啊，这究竟是……）——

作为没有任何关联的事物，“视点”依附在无数的“自我”身上，共有着各种体验。

1

九月二十五日。

快到中午时分，市朗才醒过来。

市朗好不容易才在小岛北门附近的平房里找到一块不漏雨的地方。他胆战心惊地坐在那里，将头埋在膝盖间的时候，不知不觉就睡着了。醒来后，他发现自己躺在又脏又湿的地板之上，犹如婴儿一般蜷曲着身体。

当意识稍稍清醒一些后，他首先感到的是疼痛。自肩膀至肘关节、腰背、膝盖……身上到处隐隐作痛。自己也没有受伤，也许是睡觉姿势不好造成的，也可能是因为发烧而关节疼痛。

市朗想坐起身来，但浑身疼痛，而且还有一种难以言表的倦怠感——恐怕还是发烧了，抑或是感冒引起的吧？

他只好软绵绵地躺下来，恢复成婴儿的姿势。

两边眼皮似乎有些肿。虽然睡的时间够长了，但很快他那稍微清醒的意识又慢慢地模糊，似乎又要将他拉入睡梦之中。

打在屋顶上的雨声及风声依然如故。雨水依旧漏得厉害。灯笼里的蜡烛早已燃尽，但这个摇摇欲坠的房子里到处都是裂隙与破洞，屋外的光线自这些缝隙之处投射进来，令屋内多少有些明亮。

市朗躺在地上，蜷曲着身体，模糊地回想着醒来之前的那个梦。

梦里的舞台是位于I村经营杂货生计的市朗家。除了市朗本人外，他的父母、奶奶都现身于那舞台上。

……傍晚时分。

妈妈在厨房里忙着准备晚饭，市朗饿着肚子在一旁看着。很快，妈妈让市朗去叫爸爸吃饭。爸爸关门打烊后，走到店前的马路上，独自看着店招牌，显得很是满意。今年夏天，他亲手用油漆重新刷写了那块招牌。市朗也帮了不少忙。他们的辛苦没有白费，那块招牌（……这块招牌）看上去崭新如初。

爸爸看见市朗后，向他招手让他过去。不知为何，他的笑容并非微笑，而是冷笑。市朗虽然觉得奇怪，但还是听话地跑到爸爸身边。

——好了，市朗。

爸爸收起笑意，用力地点点头。

——我来扛你吧。

他突然冒出这句，随即蹲下身子，让市朗跨在自己脖子上，慢慢地站起来。

——怎么样，市朗？高吗？高不高？

记得小时候曾玩过这样的游戏，但现在我已经是中学生了。爸爸为什么突然像哄小孩一样对待自己呢？这种理所当然的疑问只在脑海里停留了片刻。爸爸扛着市朗靠近招牌。

——好啦，市朗，握住那个。

市朗觉得奇怪。“那个”是指什么呢？眼前不是只有重新涂刷过的招牌吗（这是为什么，为什么这样……）。

——市朗，就是那里。看见招牌上的两个突起了吗？双手握住那个，挂在上面。

市朗仔细一看，那个白底黑字的店招牌的中央附近，有两个像是圆木桩子的突起。为什么这里有这样的东西呢？为什么非要吊在这上面不可呢？市朗虽然不知道原委，但却必须听从爸爸的话。

——好样的，市朗。

爸爸慢慢地蹲下来，撤出身，向后退去。

——加油，市朗。不要掉下来哦！

市朗最擅长单杠和爬云梯，像这样吊着本不是什么难事。但是，那块刚刚刷完油漆的招牌近在咫尺，那油漆的味道实在是难以忍受。而且，那两个突起握上去的手感也不好，非常滑——怎么回事？那是油漆还没有干透的感觉吧。

市朗正想着，突然又下起雨来。没有任何预兆，自傍晚昏暗的天空上落下大颗雨滴。

眼看着双手打滑，就要掉下去了。

市朗向下一看，不禁浑身发抖。不知为何，自己离刚才站着的地面似乎非常遥远。爸爸的身姿看上去也如木偶般大小。不知何故、不知何时，那招牌竟然升高到几十米处。

"太可怕了，放我下来呀。"

市朗重新死死握好突起，来回晃动着双腿。不知何故、不知何时，那个招牌竟长到原来的几十倍大。自己的膝盖和脚尖不住地打在上面。这样一来，刷在上面的油漆一下子飞溅出来，溶入落雨之中，将市朗全身上下染成白色、黑色、红色——可应该没有使用红油漆呀。市朗全身都被这些油漆打湿了。

"放我下来，爸爸。"

市朗都快哭出来了。

"我不行了，我要掉下来了！"

但是爸爸根本没有理睬，他悠然地交叉双臂，站在遥远的地面上，仰头看向市朗。

——市朗，爸爸还没收工吗？

自家中传来妈妈的声音。而后——

——市朗，你在哪里？

这是……啊，是奶奶的声音。

“妈妈，奶奶，救救我！”

很快，那两人就出来了。她们各自拿着伞。那两把伞都是用从未见过的半透明布做成的，油漆雨打在上面后，伞面立即就变成黑、白、红混杂的颜色。

“妈妈，救救我！”

——怎么了，市朗？

妈妈抬头看向市朗。

——你在那里做什么呢？

“奶奶，救救我呀！”

——哎呀，市朗。

奶奶抬头看向市朗。

——你又淘气了。

雨越下越大。握着突起的双手不断打滑，市朗只觉得手臂快没有力气了，肩膀也疼了。如果这样，就……

——市朗，听好了哦。

这次，声音在身边响起。应该自下面传来的奶奶的声音不知为何在耳畔响起。

——市朗，听好了哦。如果太淘气的话，浦登家的鬼怪就会找上门来哦。它会把所有坏孩子都抓到山岭那边去哦。

……鬼怪？

据说百目木岭对面的“浦登老爷家的宅子”里有“不祥之物”。而所谓的“鬼怪”，就是指那个“不祥之物”吗？被它抓去的坏孩子会有什么可怕的下场呢？

雨越来越大。市朗再没有踢溅起油漆，但不知何时在那黑、白、红色之中，又溶入了蓝、黄、绿色的多彩的暴雨打在市朗的身体上。

啊，不行了。

已经熬不住了。再也吊不住了。真的已经……

——加油，市朗。

——你怎么了，市朗？

——行吗，市朗？

遥远的下方，现在空无一人。就连家的影子，甚至连地面都已然看不见了。只有三个人的声音在耳畔不断反复着。

——加油，市朗。

——你怎么了，市朗？

——行吗，市朗？

市朗终于挺不住了，双手放开了突起，和那多彩的大雨一起，开始了漫长的坠落。

当市朗自天空之中头朝下加速坠落之时，他突然觉得当这个漫无止境的坠落结束的时候，这个世界的末日也会到来。巨大声响、地动山摇、森林塌陷……

……对。

所有道路都已坍塌，所有房屋都已倒塌。店铺也好、招牌也好、父母以及奶奶，所有的一切都被砂土吞噬，烟消云散。市朗虽然心知肚明，但却无能为力，什么都做不了，只能这样坠落……

在绝望和无能为力之中，噩梦结束了。

当他醒来、发现那只是梦时，市朗真的松了一口气。但联想到自己现在的处境，他又重新陷入绝望和无助中。

市朗躺在地板上，蜷曲着身体，呆呆地回想起来。

除了最后那个噩梦之外，他还梦到其他许多东西。市朗觉得这次和在吉普车上度过的前晚不同，一直处于梦境之中。

尽管这些都是噩梦，他也想不起具体的内容。但自前天以来，市朗体验到的各种恐怖以种种不同的形式缠绕在梦中。

那片笼罩于山岭之上的苍白浓雾。那条因山体坍塌而被冲毁得无影无踪的山道。那辆撞毁于大树上的黑色车体（……那辆车是——）。那具倒于森林之中的尸体（……那个男人是——）。那位湖畔小屋里的异形男人（……那个男人是——）。那被压在架子下的男人的血迹斑斑、恐怖不堪的神色。那如同野兽呻吟的声音。那只猛烈地撞于小岛、变得四分五裂的小艇。那个七零八落地漂浮在湖面上的浮桥。以及……

市朗揉揉有点肿胀的眼睛，心惊胆战地看向位于房间一角的桌子。

那张桌子的最下层抽屉。

那里放有一个脏得发黑的头盖骨——

那究竟是什么呢？那是谁的骨头？为什么会在那里呢？

也许头盖骨是那名唤作慎太的少年拿来的。也许那个少年在某个地方拣到了头盖骨，作为“宝物”之一藏匿于此——对，这么想应该没错。但是……

市朗把手放在额头上，躺在地上缓缓地摇摇头。就算他打算继续思考下去，大脑似乎再也无法转动。全身关节疼痛，还很倦怠。他甚至觉得有些发寒。

“唉……”

市朗不禁发出一声叹息。那声音嘶哑得令自己都吃了一惊。他心情黯淡地闭紧双目。瞬间，在最后那个梦结束时所体验到的无止境的坠落感和加速感又复苏，令他不禁一阵目眩。

2

下午一点多，市朗感觉有人来了。

慎太拿着与昨天一样的黄伞，自房屋入口处向屋内张望。他的穿着亦与昨天相同，蓝色短袖衬衫加茶色短裤。市朗虽然不再简单地把慎太看作是“伙伴”，但是见到他的时候，还是感到多少安心了一些。

“啊……你好。”

市朗向少年打着招呼，声音依旧嘶哑。倦怠的身体尚在发寒，喉咙里有痰，刚一说话就咳嗽起来。

“慎太，你又来看我了吗？”

“市朗。”

慎太收好伞、放在地上，然后傻笑着走入建筑之内。

“这个，给你。”

他将一个纸袋递给依旧坐在地上的市朗。纸袋之内依旧放着一条与昨日相同的法式面包。

“啊，谢谢你。”

昨天的面包还剩下一半，放在背包里，况且现在没有一点饥饿的感觉——不，虽然有饥饿的感觉，但没有食欲。无论怎样，对于少年的关心，市朗感到非常开心。

“这个，也给你。”

慎太从裤袋内拽出一样东西。那是一个附带“剑尖”与“皿”，挂有红球的十字形木棒，是市朗非常熟悉的木质玩具——剑球。

“给，也给你。”

“这个也给我？”

市朗觉得纳闷，但还是接过了剑球。或许这个少年觉得市朗独自待着无聊，才拿这个来给他解闷的。

“这个剑球，给你。”

说着，慎太又傻笑起来。然后，他竖起右手的食指，放在嘴唇上。

“保密哦，市朗。”

“哎……啊，嗯。是啊，保密。”

市朗慢慢站起来，重新拿好剑球，瞄准目标，先将球穿进三个之中最大的那个“皿”中，然后一抖手腕，又将球穿进第二大的“皿”之中。

“哇，好厉害。”

慎太天真地喊了起来。市朗没有再玩下去。

“谢谢，慎太。”

他由衷地表达着自己的谢意。

“哎呀，我……”

慎太难为情地扭动着身体，而后自市朗身边走开，将手伸进另一个裤兜里，走向那张桌子。

市朗屏息看着他。

慎太打开桌子的抽屉。从上面数第二层的抽屉，那里面放着钥匙链、打火机，还有那个深褐色的钱包。

慎太自裤兜里拿出来的是一个银光闪闪的小物件，还传来金属的声响——那是什么？他又弄到了新的“宝物”了吧。

慎太把东西放进抽屉里、关上抽屉后，转身面向市朗，犹如刚才那样，竖起食指，放在唇边。

“保密哦，市朗。”

他满脸严肃地说道。

“啊……哦，我知道啦。”

市朗应答着，走到少年身边。

“那抽屉里的东西，全部都是你的‘宝物’吧。”

“宝物……”

“那里面放了很多东西，对吧？像玻璃球、蛇皮之类的。”

慎太点点头，说道：

“是宝物。保密哦。”

“是要保密的‘宝物’吗？好的，我明白了。”

风雨根本就没有停的架势，而且从刚才开始，屋外时不时又传来雷声。在这种天气下，慎太还专门送来面包和剑球。这个少年虽然智力水平与实际年龄不相称，但绝没有坏心眼。市朗觉得他至少不会暗算、陷害自己。

“对了，慎太。”

市朗坐在桌旁的椅子上。

“我该怎么办呢？”

慎太微微歪着脑袋，没有回答。

“如果我从这里出去，被宅子里的人发现，会怎么样呢？或许他们会生气吧？我没得到允许就擅自上了岛。宅子的主人可怕吗？”

“老爷，可怕。”

慎太低着头，说着与昨日相同的话。市朗再度问道：

“还有其他可怕的人吗？”

“可怕的人……”

慎太考虑了一会儿后，默默点点头。

“是吗——你妈妈怎么样？”

“妈妈……我妈妈吗？”

“对，慎太的妈妈。如果慎太把我的事情告诉她，她会怎么样？”

慎太又考虑了一会儿，然后看着市朗，神情为难地说道：

“保密哦，市朗。”

慎太说道。

“啊，哦。那是当然。”

“保密哦，市朗。”

慎太不断重复，表情非常严肃地将右手食指放在唇边。

难不成和抽屉里的东西一样，这少年把自己也当作“宝物”了吗——市朗突然这么觉得，心情变得十分复杂。

“对了——”

市朗决定换个问题。

“昨天，湖面上发生了小艇的事故，你知道吗？”

“小艇，事故？”

“是呀，小艇撞到湖岸了——你不知道吗？”

慎太心不在焉地晃晃脑袋。这种反应令人弄不清他是否知道。但市朗还是接着问道：

“驾驶那个小艇的男人怎么样了呢？”

听到这句话，慎太显得似乎想起了什么。

“HIRUYAMA 先生？”

他歪着脑袋。

“HIRUYAMA？”

市朗也歪着脑袋。HIRUYAMA 写作“蛭山”二字吗？这是那个长相奇特的男人的名字吗？

“蛭山？就是那个驾驶小艇的人吗？”

“蛭山先生……对，就是他。”

慎太微微点点头，而后说道。

“蛭山先生，受伤严重。”

“重伤？”

“听说蛭山先生，死了。”

“死了？”

那个男人血迹斑斑、痛苦万分的面容鲜明地浮现在脑海里。市朗觉得十分难受，不由自主地深深叹了口气。

“是吗？他死了？”

“——蛭山先生。”

慎太嘟哝着那人的名字，无力地垂下头。他也许很难知道“人死了”是什么意思，但看起来他似乎知道那是件“应该很伤心”的事情。

“慎太，我有件事想问你。”

市朗目不转睛地看着低着头的少年，郑重其事地问起来。现在至少还有一件事非问不可。

“那个最下层的抽屉里，放着白骨吧。那可是人类的头骨呀。这里怎么会有那种东西？”

“骨头？”

慎太抬起头，向桌子的方向瞥了一眼。

“白骨？”

他又问了一遍，然后开心地咧着嘴笑起来。

瞬间，市朗打了个寒战。

为什么这样笑？这可笑吗？难道那个让人毛骨悚然的头盖骨就

是他珍藏的“宝物”吗？这个少年到底能否理解“死人的骨头”是什么意思？

“白骨，捡的。”

纳罕、疑问、不安、恐惧等感情再度在市朗的心中杂糅、蠢蠢欲动起来，而慎太则显得很无所谓。

“在哪儿捡的？”

市朗胆战心惊地问道。

“在哪里捡到那种骨头的呢？”

慎太稍微犹豫了一下，慢慢抬起右手，指着外面说道：

“那边。”

“那边？”

就算慎太这么说着指给自己看，市朗还是弄不清地点。他连在岛上的什么方位都不明白。

“是在家里，还是在屋外呢？”

市朗接着问道。这次，慎太回答得倒是干脆：

“屋外。”

“在屋外捡到的吗？那东西是掉在院子里了吗，还是说……”

“屋外，捡的。”

说着，慎太走向坐在椅子上的市朗。和刚才一样，他再度竖起右手的食指放在唇边：

“保密哦，市朗。”

“哦，好……”

最后，也只能问出这么多。

市朗精疲力竭地沉默着，而慎太纳闷地看着他。过了一会儿，慎太说声“回去了”，而后转过身。离开前，他说“还会再来”，但市朗连一个笑容都没能回应。

慎太走后，市朗无法抑制自己的念头，将手伸向了抽屉。就是滇太刚才放进“宝物”的从上面数的第二层抽屉。市朗也不是没有犹豫，但他很想知道那是什么，便查找起来。

很快，他便找到了。

那是带着银锁链的怀表——就是这个。昨晚查看抽屉的时候，里面还没有这件东西。肯定就是这个。

市朗提着银链，将怀表举在面前。这表看上去也没什么特别，十二个罗马数字排列在圆表盘上。不知道是没上发条还是坏了，表的指针停在一个时刻上不动了。

六点三十分——市朗当然不知道这个时刻的意义。

3

九月二十五日，中午一点四十五分。

在浦登玄儿和他的伙伴的陪同下，江南回到客厅。当时，那名面容苍老、唤作阿清的少年已经离开了那里。

桌子上还留着阿清拿来的折纸和几个叠好的千纸鹤。用于笔谈的圆珠笔和笔记本也还在桌子的原处放着。

看见江南老老实实地钻进被窝后，玄儿他们离开了客厅。临走前，玄儿又关照了一句：

“尽量不要独自出去，发生了一些可怕的事情。你要是在宅子里到处乱转的话就麻烦了，明白了吗？”

玄儿这样说道。江南当然知道“可怕的事情”指的是什么。昨天傍晚时分，有个男子被人用担架抬到南馆。所谓“可怕的事情”

就发生在他的身上……对，肯定是**那件事情**。

自今晨起，许多人慌乱地往来于客厅前的走廊。江南数度听见他们说“蛭山死了”、“被杀死了”，所以肯定是……

今天第一次遇到那个唤作阿清的男孩。当那男孩刚进来的时候，江南大吃一惊，因为他虽然还是个孩子，却满脸皱纹。后来据他本人讲，那都是因为早衰症造成的。因此，他既无法上学，也没有朋友。

真是个可怜的孩子——江南自心底里这样认为。

现在，江南仍旧无法完全想起自己是谁。即便在这种状况下——不，或许应该说正因为在这种状况下，江南不由得同情阿清的遭遇。江南虽然还不能说话，但他将自己的想法化作文字，写了下来——“你真可怜呀”。于是，阿清那满是皱纹的脸上露出安详微笑的样子浮现在江南的脑海之中。

“不要紧，这也是没办法的事儿。”

阿清这样回答道。

两人开始叠纸玩，又交流了一会儿。阿清也非常担心江南的身心情况。当江南在纸上写下“让我们做朋友吧”的话时，阿清立刻回答他“谢谢你，江南先生”。那声音听起来似乎非常开心。

之后，江南才知道阿清所患的早衰病是个不治之症，会导致过早死亡。那个少年在说及此事时语调平和，根本没有显得低人一等。

江南不知该如何应答。于是，阿清那满是皱纹的脸上又露出了安详的微笑，说着“不要紧，这也是没办法的事儿”。但紧接着他又说了一句：

“为了不让妈妈难过。我要尽量活下去。”

此后，江南将阿清留在客厅，独自出去了。原因有二：一是当他了解阿清的情况之后，觉得实在坐不住了；二则纯粹是生理原因，他想去厕所。

江南不想靠近南馆，便去了东馆北端的洗手间。上完厕所后，他再次在洗脸池前照了照镜子。不知为何，他又觉得心情郁闷起来……在他打算回到客厅的途中——

当他沿着走廊，路过硕大的舞厅时，偶然遇到了某个女人。某个自房间深处的昏暗之地走出来的女人。她就是阿清的妈妈……

她看见江南后，立刻就问起来：

“阿清呢？”

江南觉得那是他们的初次见面，但对方似乎毫不在意。她走到江南身旁问道：

“喂，阿清在哪儿？”

她以追问般的口气连声问道：

“阿清在哪儿？喂，阿清呢？你说呀……”

刚才阿清还和我在一起，现在应该还在对面的客厅里——江南想这样回答，但无法正常发声，只能指着走廊方向，似乎表达出自己的意思，但根本就没效果。不管他如何努力用手势或是肢体语言来表达，对方似乎还是不明白。

“阿清那孩子的身体非常弱。唉，你也知道吧，那个孩子得了病，得了很可怜的病……”

她根本不管江南的反应，带着哭腔诉说着。

“……不过，那孩子之所以得病，都是因为我。都是我的错。因为是我把他生成那样的。所以，所以那个孩子是……”

说着说着，她渐渐提高了嗓音，眼看泪水就要从那圆睁的眼睛里溢出来。

“所以，求你了。我求求你，让我代替那孩子……”

她用手绢擦擦濡湿了脸颊的泪水，继续诉说着，同时一步一步地逼近江南。江南不禁害怕起来，一步一步地向后退去。就这样，江南一直被逼到房间一角，逼入那个屏风的后面。

她直勾勾地看着江南，一步步逼近，眼神阴气逼人，又充满了深深的绝望和悲伤。江南一直被逼到墙边，一点点地滑坐于地上。于是，她突然抿嘴不语，转身摇摇晃晃地走开了。

江南无法站起身来，就那样睁大双眼，发了一会儿呆。那时，在他的脑海中重现出往昔的回忆，与现实重叠在一起——躺在病床上的那个人，那天的样子，那时的面容、声音、语言。从灵魂深处涌上来的悲伤，令他痛苦得浑身颤抖。以及那挥之不去、紧贴于大脑中的麻痹感集中到一点，很快化为被压瘪的球形，开始那样旋转、加速、变形、变色。那种黑暗，那个引力，那种联结，那种暴走，那种……

恰巧此时，玄儿他们走进舞厅。不知何时开始，江南的额头上已然渗出汗珠，眼中亦噙满泪水。

江南坐在屏风后面，那个女人——阿清的妈妈和玄儿的对话逐一传入耳中。他这才知道了她的名字——望和。望和又开始对玄儿诉说起来，内容与刚才她对江南说的几乎相同。之后，她终于离开了舞厅。

此后，玄儿他们的对话自然地传入耳中，他并不是有意偷听的。他们的讲话中出现了许多江南没有记忆的人名，由此也能看出这个宅子里的事情和人际关系非常复杂……

现在江南躺在昏暗客厅里的被褥内。

江南仰面看着黑色天花板，用两手的大拇指按着太阳穴。他想把脑子里零碎的东西集结为原本的形态，但是——

看来无论如何都不能如愿以偿。

自这个客厅里恢复意识已经过去两天了，但不明白的事情、无法记起的事情还非常多。尤其是从十角塔上坠落下来时的前后状况，真是一点儿都想不起来。

据说自己是因为坠落事故的冲击而失去了记忆。但是如果用词谨慎的话，恐怕“失去”这个词就是用词不当了。并非“失去”记忆，仅仅是“无法随心所欲地回忆”而已。记忆绝对没有“消失”，自己的绝大多数记忆应该残留在这个脑子里的某个地方，只是现在自己无法发现那个地方而已……

随着时间的推移，最初无法把握去向的那些记忆会逐渐地显现于各处。但是，说起来那些都是七零八落的碎片，现在还不能将他们全部集结、重新排列，恢复到原本的形态。

因此，江南依然无法掌握自己周围的状况和事情。虽然对于这个世界、这个现实的轮廓有个大体的了解，但对于“自己是谁”这个最大的问题，他还是无法明确回答。如今似乎总算能找到一点自身存在的基本意义。

……他慢慢地闭上双眼，往昔的一些光景又复苏了。一些零星散乱的记忆碎片牢牢地烙刻在脑海中，那是即便想要忘掉也无法忘掉的情景。

……在那个医院的那个病房之中。

——你啊，不是我生的孩子。

躺在病床上的人（……妈妈？）突然冒出这么一句。那人——妈妈面容憔悴地说：

——你不是我的孩子，你从前是……

这是什么时候的事情？

——让我死吧！

眼神空洞。呼吸乏力。言语含混。那人——妈妈她是这么说的。时间和日期可能不同，但这的确是发生在那个医院那个病房里的事情。

——我受够了，杀了我吧……让我舒服一点儿。

她的确是这么说的。

(啊……妈妈)

当时，外面下着倾盆大雨。当时，没错，那是夏日的那个时候。

我去探病，独自站在她的病床旁——是的，就是那样。当时，我……

我跑出病房，踉踉跄跄地穿过走廊（……昏暗的走廊）。护士们扭头看着我，觉得奇怪（……觉得奇怪的表情）。一个坐在轮椅上的老人在等电梯（……老人）。跑在走廊上，鞋声很响（……很响）。窗外传来救护车的声响（……窗外）。许多陌生面孔的人在大厅里走来走去（……许多陌生面孔）。从扬声器中传来医院的广播，是中性的声音（……中性的声音）。反复唤着某人的名字（……唤着）。坐在综合挂号处前的长椅上（……前的长椅上）。一个穿着蓝色衣服的男孩孤零零地（……孤零零地）（……怎么回事？这奇怪的）……我记得自己差点儿栽出医院般冲出建筑物的大门外面后，总算停住了脚步。此后……

江南将大拇指从太阳穴移开，深深地叹口气。他慢慢地翻个身，趴在卧具上。就在那时——

江南发现原本放在枕边的那块怀表不见了。他掀开被子，拿起枕头，找了好一会儿，但还是没找到。

最后看到那块怀表是什么时候呢？

昨天深夜，还是今早起床之后呢——总之，现在的情况就是那块怀表的确不在这里了。

那块怀表可是我的，是我收到的非常珍贵的……可是，被谁偷偷拿走了呢？究竟是谁拿走的？为什么要做这样的事情呢？

再度产生了新的困惑的江南深深地叹了口气。

4

……即将拉上夜幕。

房间里尚存些许微弱亮光，但夜色正一丝丝渗透进来。很快，黑夜再度降临。那个将一切封入黑暗之中的恐怖黑夜即将降临。

在摇摇欲坠的房子一角，市朗像昨天一样，抱着腿蜷缩在椅子上。

一直漏雨导致地板完全湿透，似乎很难再找到一块干燥的地方。能放心坐下来的地方已经只剩下这把椅子与桌子了。

外面的雨还在下个不停。虽然雨势时大时小，但似乎没有停下来的迹象。每次当闪电掠过，市朗总担心这个房子会遭到雷击。

市朗看看手表，确认一下时间——再过十分钟，就到六点了。

慎太离开这里已经有好几个小时了。在这段时间里，市朗先坐在地上，然后挪到椅子上，迷迷糊糊地睡着又惊醒，周而复始。

睡眠时间明明已经足够了，但还是无法完全清醒。明明已经有大半天没有进食了，但还是没有一点食欲。已经习惯关节上的疼痛，但整个身子很沉重，似乎血液里被灌了铅。身上冷得要命。用手摸摸额头，连自己都知道已然发了高烧。

虽然慎太临走前说过“还会再来”，但至今还没有现身。已经到了日落时分，恐怖的黑夜即将来临……

由于高烧而处于半朦胧状态的市朗的头脑之中，强烈的焦躁感突然而至。

以这样的身体状况，还要在这个漏雨的房子里度过一个夜晚吗？雨还下个不停不是吗？身体状况或许会越来越糟——烦死了！我到底什么时候才能回家啊？怎样才能回家呢？难道我会就这样死在这里吗？就这样躲在这里，度过一个又一个夜晚。无所作为。一味害怕。像蜷着腿的昆虫一般柔弱……

“才不要呢。”

市朗浑身颤抖着低语道。

我可不要死在这里。我可不要再在这里度过一个又一个无尽黑夜。我可不想再在这种鬼地方……

无计可施了吗？

至少也要在放晴之前，潜入宅子里随便找个什么地方藏身吧？或是拜托慎太……对呀，如果我向他妈妈说明情况，说不定会把我藏起来的。

就在市朗绞尽脑汁的同时，夜色越来越浓。

市朗终于下定决心。他滑下了椅子。

猛然站起的瞬间，市朗觉得头晕，差点儿摔倒，但还是振作精神，坚持住了。他拿起扔在桌子一角的棒球帽，戴好后再罩上夹克的兜头帽，系好扣子，把背包留在原地，走了出去。

在倾盆大雨和越来越浓重的暮色中，庭院里繁茂的植被似乎失去了本色。整个天空被浓密的乌云所覆盖。脚下的泥土也是黑黢黢的，泥泞不堪得好似无底的沼泽。市朗觉得要是自己跌倒的话，说不定会不可救药地被拽入地心深处。

市朗胆战心惊地注视着周围，在泥泞中艰难跋涉。自小岛入口处，一条小道一直延伸进庭院的树丛中。市朗稍微向前猫着身子，走在那条小道上。

走了一会儿，一个巨大建筑的影子从树丛后面显现出来。那是一幢犹如西方城堡的威严的双层建筑。那凹凸不平的黑色石质外墙被雨打湿，看起来黑得越发深重。

很快，道路分成两股。其中一股通向那个建筑。市朗几乎毫不犹豫地向那个方向走去。不久，前方出现一扇黑门。那似乎是建筑的后门。

市朗再次环顾四周，确定无人后，便踉踉跄跄地跑向那扇门。

他以前胸贴着门，两手握住依旧涂作黑色的金属把手。市朗一点点用劲，把手顺从地转动起来。伴随着轻微的嘎吱声，门向内打开了。市朗心惊肉跳地从门缝窥视里面。

门内是个小厅。一条铺有黑色地毯的宽走廊笔直地延伸到昏暗的建筑深处。人影全无，寂静一片。

市朗犹豫片刻，毅然决然地顺着门缝滑入屋内。他觉得屋内比外面还冷，浑浊的空气之中隐隐飘散着闻不惯的气味。

市朗慢慢地向前迈出一步。

雨水从兜头帽上滴落下来，无声地落在地毯上。过于紧张致使膝盖抖动不止。他想深吸一口气以调整呼吸，谁知一口痰卡在喉咙里，令他不禁想要大声咳嗽。市朗拼命忍着，几乎半半倚在门边的墙壁上。就在此时——

附近突然传来咔嗒声，市朗顿时心虚起来。

只见右前方的黑门就快打开，市朗赶紧冲到前方的另一扇黑门处躲了进去。幸运的是里面空无一人，好像是储藏室之类的小房间。

有人自相邻的那扇门里出来了，几乎与市朗擦肩而过。他听到粗暴的关门声，接着一个人的声音传入耳中。

“嗯？怎么回事儿呀？”

那是个男人的声音。市朗至今为止从未听过这般仿佛有些失常的说话方式。

“刚才这儿没人吗？我觉得有人呀。难道是我迷茫的内心导致我认为有人的吗？让我想想看……怎么会嘛，我才没有迷茫呢。迷茫的是我周围的这个世界。这个着实满是可疑、虚伪、妄念与癫狂的……啊，没错。一定是这样没错啊。”

那人独自说着莫名其妙的话。他说的分明是日语，但听上去却像是某个未知国度的语言。听上去他似乎很是焦躁，亦很愤怒。

市朗贴在门背后，侧耳倾听。很快，传来有人跌倒的声音。与此同时，还传来那男人的呻吟声。

怎么回事？

市朗屏息凝神，留意着门外的情况。

到底怎么回事呢？

过了好一段时间，他都没有听到任何动静。不久，便传来衣服摩擦的声响，接着是那个男人的呻吟声。又过了一会儿，那个男人开始嘀嘀咕咕地发起牢骚来，听起来好似念咒语一般。

虽然市朗听不清，但他肯定是刚才那个男人的声音。他感觉那人说话有点失常，至少不像正常人的说话方式。

市朗无法完全听清对方所说的话，但是只言片语还会时不时传入耳中。似有责骂他人的话，像什么“浑蛋”、“你给我适可而止吧”。还会冒出一些可怕的词语，像什么“杀人”、“凶手”。另外还有“恶魔”、“怪物”、“鲜血”、“诅咒”等。虽然不知道他在说什么，但听到这些可怕的词语，本来就心惊肉跳的市朗更加害怕不已。

不知过了多长时间，总算没有那个男人的声息了，连活动身体、窃窃低语的声音都消失了。

终于走了吗？市朗想着，将身体从门上挪开。他颤抖着双手，打开一条门缝，向外张望。

——那男人离开了。

市朗稍稍放心下来，抚着胸口、蹑手蹑脚地走出房间。但是——

在延伸到建筑深处的走廊上，在小厅前方的两三米处，那个男人瘫坐在地毯上。

市朗好不容易才忍住没有惊声尖叫起来，但是对方似乎还是看到他了。

“欸？”

那人摇摇晃晃地站起来，声音同方才一样。那人一手扶墙，十分费解地看向市朗，另一只手上似乎拿着酒瓶之类的东西。

“你是——谁？”

男人歪着脑袋，向市朗走了过去。他摇摇晃晃、步履蹒跚，但在恐惧不已的市朗看来，那是和正常人截然不同的、异常邪恶之人的步伐。那市朗尚未习惯、飘散在空气之中的气味似乎亦是非常邪恶的异臭。

“我怎么从没见过你啊。”

那男人说着，戴着眼镜的面部整个地抽搐起来，绽放出恐怖的笑容。

“哎呀呀，我该说什么呢……不对，等一下。难道你的出现是试图令我迷茫吗？啊，怎么会。迷茫的人可是你吧？你从哪里来，怎么陷入迷茫之中的呢？你这个迷途的小羔羊。嘿嘿嘿，真是的啦，你可不能对这个世界掉以轻心呀。”

当然，市朗就算听到这番长篇大论也无法作答。他感到害怕，只得退后。

“喂！你小子！”男人大声喊起来，“听好了，你在那里乱转的话，要是被人发现可就不得了了。这个宅子里的恶魔真的会把你逮住吃掉的哟。”

男人再次发出恐怖的笑声，然后他突然扬起双手，做出跳跃状，“哇”的一声大叫。

偏偏就在那时，传来惊天动地的雷声。馆内的照明用灯似乎被轰鸣的雷声镇住般顿时闪烁起来。市朗尖叫一声，立刻从后门冲出屋外。

关上门后，市朗用双手按住把手好一阵。他浑身僵直，心脏怦怦直跳，似乎要破裂开。几道汗水自脖颈与背部蜿蜒爬过。随即，市朗倍觉寒冷。一瞬间，他觉得几欲令自己昏厥般地天旋地转。

男人似乎没有追过来——但是，市朗再也没有勇气再打开这扇门，潜进馆内了。

只能掉头回去。但是……

天色已晚。周围一片夜色。来时的路已经淹没在浓重的黑暗之中，什么都看不到。雨势比来时大得多，与呼啸的强风一起震颤着夜色。

连续两次闪电，划破了夜空。随即，再度传来地动山摇的轰隆雷声。

市朗难以忍受地紧闭双目，双手抱头。

他不想在茫茫夜色之中顶风冒雨折返而回。该怎么办呢？市朗苦思冥想，最后决定查看一下这幢建筑的周围——肯定还有其他入口，只要能找到其他的入口，就能再次……

市朗离开后门，自那里沿着外墙向左首方向绕了过去。周围漆黑一片，几乎看不见脚下，但托了屋檐的福，多少还能遮风挡雨。

市朗走过好几扇窗户，但每扇百叶窗都紧紧闭合着，没有一丝光线透出。市朗用手抵着凹凸不平的石墙，像螃蟹般缓缓横向移动。不久，他来到一处地方，这里的窗子与之前的那些迥然不同。

没有百叶窗，整个窗户透出微弱的光亮。那是暗红的光亮。大抵镶嵌于这窗子上的玻璃本身就带有这种色彩。

这窗户很大，呈长方形。其下端直达市朗的心口附近，上端看上去似乎很高，接近一楼天花板的位置。窗子上的玻璃很厚，带有花纹。横竖交叉的黑色窗框犹如大型动物的肋骨。

窗子里面究竟是什么房间呢——心中埋下不安与恐惧的瞬间，市朗倏地产生了单纯的好奇心。

市朗用手抚摸着被雨水打湿的冰冷玻璃表面，再次移动起来。他曾将脸贴过去，想试试能否透过玻璃，看见对面的情形，但很快便发现那是白费力气。

还有好几扇类似的固定框格窗，彼此间隔很小。第一扇、第二扇、第三扇……一直走到最后一扇这样的窗户处，市朗才发现了**那个**。

——这是？

这是第五扇窗。镶嵌其上的玻璃有一处很大的裂纹。那处裂纹距市朗近在咫尺。

市朗不知道为什么会有如此大的裂纹。难道……对了，那也许就是前天的地震造成的吧。即便如此……

那裂纹自市朗的脸部位置斜着延伸到窗子下方。市朗定睛一看，发现除此之外，玻璃上还有许多细小裂纹。其中一角已经破开，露出一个可以让猫猫狗狗随意进出的小洞。

啊，这是……

既然发现了这样的窗子，就很难抵御诱惑。市朗慢慢地走向带有裂纹的玻璃，伸出了右手。于是——

出乎意料的事情发生了。

市朗的指尖碰到了玻璃表面，稍稍用力之时，伴随着“吱”的一声，裂纹扩展开来。接下来的一瞬间，一整块玻璃自窗框上不费吹灰之力地掉落出来，犹如松动的牙齿自牙床上脱落下来一般。

裂成几块的玻璃碎片掉落在地，在市朗脚下摔成细小的碎片。但是那本应很大的声响被风雨之声遮盖住了。否则，市朗或许早就惊慌逃窜了。

市朗咽了一口唾沫，盯着那个玻璃掉落后的四方形大洞。

五十公分的四方形……不，或许有更大空间。试一下才知道那里足以容一个人通过。

市朗猫着腰、向里面望去。

那是一个光线微弱的房间。

要从这里进去吗？这并非难事。头先钻进这个洞内，而后……

踌躇片刻，市朗下定决心，将残留在窗框与窗棂上的玻璃碎片清除干净——此时是九月二十五日，刚过六点四十五分。

第十六章　黄昏迷航

1

当我打开北馆一楼沙龙室的门时，自西邻的游戏室里隐隐飘来八音盒的声音。那是古峨精钟社特制的自鸣钟开始报时的《红色华尔兹》的曲调——下午六点。

已经是傍晚时分了呀。

我将玄儿留在二楼的书房里，独自下到一楼。

我们的话题自研究蛭山遇害一直说到十八年前的那件凶案。我得知了一些情况——杀害初代馆主浦登玄遥的凶手竟然是同一晚自尽的他的女婿卓藏。成为凶案现场的那间屋子里，似乎发生了让人费解的“活人消失”的一幕。此后，我没有再追问下去。而玄儿也抿着嘴，似乎没找到合适的话说。我们沉默着，那让人难受的沉默持续了很久。

就在刚才，我觉得两人那样相对而坐，反而更加让人受不了，于是便从椅子上站起来。我想暂时独自整理一下萦绕在心中的各种疑问。我觉得玄儿也有类似想法。

“小心哟，中也君。”

当我离开书房时，玄儿无精打采地提醒了一句。我只是回头瞥了他一眼，回答道：

“不必担心。我可没有被人杀死的理由。”

或许我的回答听上去有点愤慨。但我心里明白那不是对玄儿发脾气，而是自我焦躁的表现。

“我让她们在七点半或八点左右做吃晚饭的准备。地点嘛，嗯……就在这里的正餐室。就是一楼音乐室的对面。把野口医生、征顺姨父……还有美鸟和美鱼也一起叫上，你看行吗？”

“好吧。”

只要不是昨晚吃的那种莫名其妙的东西就行——我咽下了这句话，便和玄儿告别了。

我还想回东馆二楼自己的房间上床躺躺。基本上酒已经醒了，心里也没再觉得难受,但与此同时,自感身体非常倦怠。虽然我用“身体”这个词，或许问题多半不在“肉体”上，而在于“精神”。

我之所以决定先去趟沙龙室，是因为想看看放在那里的电视，想了解一些新闻或者天气预报，比如这场暴风雨何时结束等。

沙龙室里，已经有人捷足先登了。

坐在沙发上的那人看到我后，稍稍扬起右手打着招呼道：

“哟，中也君。”

那是野口医生。他扬着的右手中握着的是青白色的毛玻璃杯，那里面的肯定是酒。

“落单了吗？”

“是的。”

“玄儿呢？”

“在二楼，刚才我们还在一起。”

“看来，你们的‘调查’有进展了吧？”

“这个嘛，难说。”

“你的身体怎么样了？我奉上的药，你吃了吗？”

“啊，是的。帮了大忙了……”

野口医生所坐的沙发周围果然飘散着酒味。桌子上放着威士忌酒瓶，里面的酒已经所剩无几。我不禁将手按住胸口。说实话，至少在我住在这个宅子期间，已经不想再看见酒一类的东西了。我边屏住呼吸，竭力不让自己闻到酒味，边走到电视机前。

“那电视坏了。”

我正准备打开电视，野口医生在一旁说道。

“根本没有图像，也几乎听不到声音。”

“唉……”

“从昨天开始，运转就有问题了。再加上暴风雨，接收天线可能也受到影响——你想看什么节目呀？”

“不，也没什么想看的……”

我暧昧地摇摇头，坐在医生对面的沙发上。我也不能一直不呼吸，于是尽量用嘴过过气。

“我想知道此后的天气情况，想看看有没有什么预报。”

“哦。电话也不通……只能听收音机了。”

“是呀。”

“不用担心，天气也不会一直这样，说不定明天差不多就转好了。”

“是呀。”

我又叹口气。

“对了，那个人——就是茅子太太，她安静下来了吗？”

我问道。野口医生毫不隐讳地皱起眉头说道：

“可以说是安静了，也可以说是折腾累了。她本来就发着高烧，不能到处乱转……”

“后来伊佐夫去看过她了吧？”

“是的。但是，怎么说好呢——不可救药，不管谁劝她都不听。后来，她失去气力、精疲力竭了……我给她打了非常见效的退烧针。那一针的副作用或许能让她老老实实地睡上一阵子。”

“真够你受的。”

“其实想想她的心情，也是没办法。”

“现在首藤先生究竟在哪里、在做什么呢？”

“谁知道呢……”

“伊佐夫说了一些事情，似乎能成为线索。”

“是吗？”

“茅子太太不是有个小记录本吗？就是那个黄色封皮的小本，我觉得那上面也许记着她丈夫的行踪。”

“哈，对呀。”

野口医生用左手手掌轻轻地拍着红脑门。

“还可以悄悄调查看看呀。”

他大口地喝起右手握住的杯中物。

“但是，即便我们知道首藤先生的去向，就目前这种状况也是无能为力……”

虽然我竭力用嘴巴呼吸，但依旧可以闻到酒味。那酒味无论如何也会涌进鼻腔。我无法要求野口医生这位酒鬼不要当着我的面喝酒，也不可能煞有介事地捂着鼻子或背过脸去。唯一的对抗就是点上烟。我没有吸烟入肺，而是吸一口烟便吐出来。如此一来，烟味冲淡了一点酒味。

“对了，野口医生。”

不久，我缓缓地开口说道。

“我想问您一件事。”

“说吧，是什么事？”

野口医生挺起厚实的背部，捋了捋下颌上的灰色胡须。

“是关于今早发生的事情吗？”

“不，不是这件事。”

我不想在这里提及蛭山的事件。因为当着包括野口医生在内的其他人在场时，刚才我和玄儿谈论的事情肯定迟早还会被再次提及。

“不是这件事——”

我现在想问野口医生另一件事情。

“是关于昨晚在西馆举办的宴会。”

“哦？！”

野口医生那副玳瑁边眼镜后面的双眼眯了起来，目不转睛地再度看向我，说道：

“想问我什么？”

“就是……唉，怎么说好呢？**那个**究竟是怎么回事？我想也许您知道。”

“哦？”

野口医生的眼睛眯得更厉害。

“为什么又……”

“这个嘛……”

“就因为我和柳士郎是旧交吗？”

“是的。这也是原因之一。”

我重新点上烟。这一次，我深深地吸烟入肺。

“昨晚在沙龙室，当我问您是否参加宴会时，你不是说自己没有受到邀请吗？我想柳士郎过去曾邀请您参加过宴会。当然，这完全是我的想象。”

——原则上，只有继承玄遥及其妻达莉亚血统的浦登家族的人，以及他们的配偶才有资格出席“达莉亚之夜”的宴会。但有时也允许**例外**。

昨晚宴会之上，浦登柳士郎这样说道。

——有时也允许**例外**。

在这次宴会中，我是个例外。由于玄儿的恳求，我才得以获准参加。

——但我曾经考虑过，也曾想创造这样的机会。

柳士郎接下来是这么说的。

如果就像玄儿邀请我一样，柳士郎也曾破例邀请过外人参加的话，也许那个外人就是野口医生。当我回想昨晚在这里与野口医生的聊天内容时，突然想到这一点。

“我……”

野口医生缓缓地摇摇空杯子，眼睛眯得更厉害。

“我嘛，的确也曾受到柳士郎的邀请。那是有十年之久的老话了。”

“果然如此。那么，当时您也参加了吧？”

“不，我拒绝了。‘达莉亚之夜’的那个宴会可以说是这个宅子里的秘密仪式，而且其场所最接近宅子的核心部分。我和柳士郎是老相识了，所以大体知道是怎么回事。当然，我也知道接受邀请会产生什么样的结果。虽然我对如此信任自己的柳士郎怀有歉意，但还是……”

“为什么？”我问道，“为什么要拒绝呢？”

野口医生好似自言自语般的嘟哝一句“为什么要拒绝呢”。片刻之后，他接着说道：

“对于浦登家族成员的生存方式——价值观、生死观等一切他们信仰的东西，我没想横加指责。我本人和他们交往多年，不管怎么说我都是站在**他们这边**，属于和这个世界对峙的人。但是，我迷惑了很久后，还是决定保持自己现有的位置，**不再向前**走。至少在**现有位置**停留一段时间，在他们身边观察**那个**即可。”

野口医生慎重地选择词句，表达着自己的想法。我聚精会神地倾听，但还是无法完全理解。

“我要甘心忍受别人指责我是个半途而废的家伙。我自己也经常觉得，作为医生的自己恐怕很有问题，竟然无法否定他们的信仰……不，何止如此，我多半还是想肯定那个的。伊佐夫君等人则非常鲜明，虽然无法正确了解关键之处，但好歹对此很冷淡。我不能那样，也不想那样。伊佐夫肯定会说我也是被虚幻的东西迷惑住的成员之一吧……看来，我就是个半途而废之徒啊。对了，说起来柳士郎当年也是医生。”

“是吗？”

“他是个非常优秀、被寄予厚望的医生。上医科大学时，我们是学长、学弟的关系。他比我高一级。当时他非常有才能，可以说举国闻名。”

那个宅子主人的浑浊双眼，犹如恐怖片里冷酷主人公的笑容在我脑海里放大。耳边似乎又回响起他那充满威严，犹如自地底冒出来的低沉声音——他曾经是那么优秀的医生，竟然选择放弃了从医之路。难道与征顺和望和结婚时一样存在什么隐情吗？

——我必须入赘浦登家族，改姓浦登。抛弃过去的生活，定居在这个宅子里……

难道柳士郎也是在接受这些条件后，才和他的前妻——已故的浦登康娜结合的吗？

“野口医生，玄儿最初进入医科大学，也和他父亲的这种经历有关系吗？”

野口医生稍作思索了一下。

“至于玄儿，他嘛，有他自己的想法。我不知道你是否听说他小时候曾有过非同寻常的体验。或许他觉得通过学习现代医学，就能自这个生养自己的宅子的咒语束缚中解脱出来。与此同时，那或许也是他对父亲柳士郎的一种微弱抵抗。但从最后的结果看，他似乎没有坚持自己的初衷……”

——我觉得不适合自己。

当我问他为何不做医生时，玄儿浅笑着如此答道。这是今年春天，我们相识不久后的事情。当时我觉得他的笑容里有某种意义上的阴郁，也许事情没有他说得那么简单……

“欸？”

野口医生看见我皱着眉头、沉默不语，惊诧地冒出一句。

“中也君，难道你还不——”

“怎么了？”

“难道你还不了解所有的事情吗？”

“所有的？怎么说？”

“这个宅子——浦登家族非常独特的生存状态。昨天你都参加了那个宴会，怎么会连它的意义都……”

“是的，我不知道。”

说完，我死死咬着香烟上的褐色过滤嘴。

“所以，我刚才不是才问您知不知道昨晚的那个宴会是怎么回事嘛。”

“直到现在你还一无所知……原来如此。”

野口医生拿起威士忌酒瓶，用出乎意料的谨慎向杯子里倒酒。

“玄儿又乱来了。”

野口医生忧郁地自言自语道。

2

此后，野口医生一下子改变了态度，声音洪亮地提出去游戏室玩玩。他说自己虽然不擅长国际象棋和将棋，但围棋水平堪称不俗，值得骄傲。但我没有心情，委婉地拒绝了他的邀请后，从沙发上站起身来。

我走到沙龙室东端的图书室。我还是想找个独处的时间与地点，独自思考一下。

这是我第一次踏入图书室。这间屋子位于玄儿书房的正下方，比预想中要宽敞开放。起初我以为这里犹如高中图书馆那般，在整个屋子里林立着高高的书架，中间的过道昏暗狭小。

但实际上书架只安放在墙壁四周，铺有黑色地毯的宽敞房间的中央，面对面摆放着两张大书桌，各带有安乐椅，感觉坐上去应该很舒服。旁边还有一个足以当床的睡椅。看上去，这房间与其说是为了藏书，倒不如说是为了让人可以舒适地看书和找书。

我大体环顾了一下四周的书架，感觉藏书量并非极其庞大。当然，作为私人藏书，数量也不少了。

在十八年前的那场大火中，原北馆图书室里的藏书肯定都被烧毁了，所以现在这里的藏书应该是北馆重建前后收集而来的。在那些被烧毁的藏书中，究竟有多少珍贵文献呀？想到这里，即便是对古书兴趣索然的我也不能不感到惋惜和心痛。

与游戏室及二楼的玄儿书房一样，在面向中间庭院的南侧墙壁正中，有扇上下开合的黑色细长木框窗。苍白的闪电依然不时地透过百叶窗的缝隙和毛玻璃穿透而入。轰隆隆的雷声接踵而至，根本没有停止的迹象。随着暮色的来临，雷声反倒更加响彻云霄。

我根本没心情看那些藏书的封面，而是在书桌旁的一张安乐椅上十分疲惫地坐下来。我当然对征顺带来的侦探小说集怀有兴趣，但此时并不想悠然自得地看书。

“那么——”

我将双臂撑在桌边，像给自己打气般低语道。

“那么，那么……”

我想我需要，也必须要整理一下四下散乱的诸多疑点，并在整理的基础上加以掌握——对，先这样做。

我拽过桌子一角的便笺纸，再从笔筒里拿出一支钢笔，摘下笔帽，将笔握在右手。

○疑点整理

我在便笺纸的右侧，用稍大的字体写下这行字。钢笔的墨水是暗蓝色，犹如冬季的大海。

通过刚才和玄儿的探讨，我觉得能大体把握关于蛭山被害的问题。所以，在此想要整理的是自从前天以来，一直缠绕心头的各个疑点。其中最主要的问题就是昨晚的“达莉亚之宴”。

我挥笔写起来。

＊那个“宴会”是怎么回事？

在浦登达莉亚的诞辰和忌日，即被称为“达莉亚之日”的夜晚，所进行的那个“宴会”的确是一个对于浦登家族的人具有非常重要意义的“仪式”。刚才，野口医生说：“那可以说是这个宅子里的‘秘密仪式’，而且其场所最接近宅子的核心部分”。而作为外来者的我参加了昨晚的“宴会”，由此，我似乎成为和他们共有某个秘密的“伙伴”。那究竟是什么秘密呢？

每当我想起那个“宴会”的具体场景，就不禁产生许多疑问。

就是——

＊那些是什么菜肴？

那个红葡萄酒、涂于面包上的酱一般的东西、汤头不明的黏稠黑红汤体。无论如何也算不得美味的菜肴……

当时，所有人都提到“肉”这个词。他们要我“把那个肉吃下去”。另外，我也曾听伊佐夫几次亲口提及。他们说的“肉”究竟是什么东西？什么是“肉”？那是什么“肉”？

据伊佐夫说，首藤利吉与茅子夫妻似乎对那个“肉”无比关心和执着，为此两人还想出“奸计”。究竟是什么“奸计”呢？因为首藤利吉没有回来，他们的计划是否夭折了？

＊达莉亚是什么样的人？

对于我而言，这既是个巨大的疑问，也是个巨大的谜团。

这个意大利女人是玄儿的曾外婆。她是个美女，其肖像画挂在宴会厅的墙壁上。对于这个浦登家族的人而言，她似乎是神一样的存在。这是为什么？她生前是怎样的一个人？在这个宅子里，她是怎样生活、又是怎样过世的呢？

——我们接受达莉亚的恳切愿望，信任她的遗言……

……没错，在昨晚“宴会”的席间，柳士郎还说了这样的话。

达莉亚的“恳切愿望”究竟是什么？“遗言”又是什么……

关于昨晚“宴会”的疑点，归纳起来大体有这些吧。接下来令人介意的问题就是——

我重新拿好钢笔，将新的疑点添加在便笺纸上。

＊玄儿为什么曾被幽禁在十角塔上？

据说玄儿出生后不久，就被关在十角塔最上层的“牢房”之中，一连关了好几年。而罪魁祸首竟然就是玄儿的父亲柳士郎。玄儿的理由是“我爸爸非常爱我妈妈，就是他的前妻康娜”。但是因为玄儿“记忆丧失”，所以他似乎已经记不得当时的情况——

柳士郎为什么要如此对待自己的骨肉？为何非这样做不可呢？

另外，据说那个十角塔上的“牢房”在此之前亦作为囚禁人的地方。虽说那只是种传说，但那“牢房”究竟是谁、出于怎样的目的、要将谁囚禁而修建的呢？

前天，一个陌生的不速之客自那个十角塔的露台上坠落下来。

很明显，坠塔本身只是个事故，但那个因此而丧失记忆，除了知道自己叫“江南”外就一无所知的年轻人当然让人心存疑念。

＊那个年轻人是谁？

原本说来，他为何来这个宅子？又为何登上十角塔？

玄儿与其家人均不认识那个年轻人。唯一引人注意的是玄儿将此事告知柳士郎后的反应。如果有机会让他和江南见面的话，或许事态能有所进展？

另外，这完全是我个人感觉。今天在东馆舞厅之中，当我看到江南坐在屏风后面时，我脑中瞬间闪过（瞬间的想法，这是……）……

虽然我觉得那仅仅是我的心理作用，但还是放心不下。

＊“迷失之笼”是什么？

据说建于中庭的那个祠堂般的建筑下面就是浦登家的墓场。那墓场为何被称为“迷失之笼”？所谓“迷失之笼”是什么意思呢？

昨天我进入那个建筑时，曾在挂锁的铁门前听到微弱的声响。那是什么声音？当时，我只觉得那是自楼梯下面传来的“某种声音”、“某人之声”，但那也不过是我的幻听而已吗？

刚才我问过美鸟与美鱼关于那个墓场的事情。在她们的回答中，亦出现许多令我介意的词汇。什么“成功”、“失败”、“例外”等……那到底是什么意思呢？

＊诸居静是怎样的一个女人呢？

当玄儿被幽禁在十角塔上的“牢房”之中，担任了玄儿奶妈的那个女人。后来当旧北馆发生火灾后，她带着一个孩子，离开了宅子。她后来的人生之路是怎样的？现在她人在哪里？在做些什么？

关于她的事情，绝不是什么疑问或谜团，只是令我有些在意而已。毕竟今晨的凶案就发生在她曾经住过的房间里。或许正因为如此，我才会过多地在意吧。

接下来嘛，就是——

* 十八年前，卓藏为何要杀害玄遥？
* 于案发现场发生的“活人消失”又是怎么一回事儿？

就在刚才与玄儿的交谈之中得知此事。这是个新的问题。

虽然我知道浦登卓藏被认为是十八年前的凶手，但无论是他的动机，还是凶案发生时的具体状况，对于我而言依旧是个谜团。而且，当时在案发现场还发生了“活人消失”的事情，连玄儿自己都说“留下了一个费解的谜团”。具体说来那是怎么发生的呢？一个大活人真的就烟消云散了吗？

……除此之外，还有许多谜团及疑问散落在我的脑海之中。

我再次握好钢笔，在便笺纸的空白处，继续写起来。

* 为什么说染红见影湖的“人鱼之血”是吉兆？
* 为什么早衰症对于出生在浦登家的人来说是一种宿命？
* 玄儿曾说望和“即便想死也死不了”，这是怎么回事？

我觉得还有许多问题。

例如，昨天在舞厅里我曾多次听到某人微弱的说话声。美鸟与美鱼的“精神问题”。在濑户内海的时岛上，建筑师中村氏在那里建造的西洋宅邸、未完工的“乐园”。今天在客厅遇到了阿清，当我们分别时他对玄儿说的话令人费解。那个安装在东馆洗手间里的镜子过新，令人感觉不协调。

说起来，还有这么多问题。

但是，仔细一想——不，其实想都不用想吧——这个暗黑馆、这幢包含了诸多谜团和疑问的建筑本身不就是一个巨大的谜团吗？一个虚幻的巨大影子。完全拒绝，彻底否定。作为颠覆世界支点的混沌黑色。黑暗胜过光明……尽自暗黑、自我封闭的异形西式建筑——这宅子到底是怎么回事？到底为什么要在此处建造这个宅子呢？

我多次听到“咒语的束缚”这个词。

还有就是“被锁链羁绊”这个词。今天，征顺是这样告诉我的。无论是他、柳士郎，还是玄儿……浦登家族的所有成员都“被锁链羁绊”、“不能飞”。难道他们的生命本身就被羁绊、囚禁在这个宅子里了吗……

——没必要担心。

我扔下钢笔，将向前弯曲的身体靠在安乐椅的椅背上，耳边又响起了玄儿刚才的话语。那话语如此清晰，仿佛玄儿在身边，正在我耳畔窃窃私语。

——没关系，我不会害你的。

“玄儿。”

我叼起香烟，自言自语道。

“你究竟……”

桌子上有个烟灰缸。我把它拉到便笺纸旁边，点上香烟。烟味与飘散在屋子里的书香混合在一起，沁人心脾。就在那时——

透过缭绕的紫烟，我偶然看见对面桌子上被人随便扔着一本书。

——《冥想诗人的家》。

我定睛一看，发现那深棕色的封面上印着这样的书名。我不禁“啊”了一声。那个——那本书就是征顺在昨晚“宴会”上提及的……

——你看宫垣叶太郎的作品吗？

我从椅子上站起来，绕到对面桌子边，凑上去确认着书名。

没错。就是那本《冥想诗人的家》。这是宫垣叶太郎的长篇处女作，发表于一八四八年战后侦探小说的复兴期，曾引起人们的关注。据说他当时很年轻，才二十一岁。

当时出版的许多侦探小说的封面都是廉价的再生纸。虽然我是第一次亲眼得见这本小说，但看看装订也就明白了

——我有《冥想诗人的家》的签名本呢。如果你有兴趣的话，我拿给你看看。

我拿起书。

作为喜欢侦探小说的无名小辈，我当然想看看宫垣叶太郎的签名。我曾经拜读过他的几部作品，感觉他的作品乍看上去是侦探小说的体裁，但怎么说呢？里面反映出作者的一种想法——试图超越所有的时代或潮流，给人留下独特而难以忘怀的印象。他的文风未必被世间广泛接受，正因为如此，在他的作品中总有一些东西不会随着时间的流逝和时代的变化而褪色风化。这令我为他的作品所倾倒。

我带着一丝紧张，翻开封面——

首先映入眼帘的是作者龙飞凤舞的签名，在同一页的右上角，写着赠言“惠存”二字……

“……嗯？！”

我不禁用力眨眨眼睛，再次看看“惠存”前面的人名。就在那时——

“中也君。”

图书室与沙龙室之间的房门被猛地推开。与此同时，传来一声呼唤我的声音。

“中也……”

“玄儿？”

“哎呀，原来你在这里啊。”

玄儿闯入屋内，赶到我身边。我合上书，将其放回原处。些许混乱的脑子之中，思考着**刚才看到**的那个名字。（啊，那究竟是怎么回事……）

“玄儿，你怎么了？”

玄儿气喘吁吁，看起来似要告知什么紧急情况一般。

“怎么了？发生什么……”

“过会儿再解释，你能先跟我来一趟吗？”

“可以，但是——”

“我一个人无能为力，需要你和野口医生的帮助。”

“到底怎么了？”

“在工作室。望和姨妈她……”

玄儿转身向外走去。

“情况有点不对，弄不好又出麻烦事了。”

3

下午七点十分。

在沙龙室与野口医生会合后，我们二人跟在玄儿后面。玄儿跑出沙龙室，赶往主走廊的左方、即西面方向。望和的工作室的确在那尽头的右侧、即与西端边廊交汇之处。我清楚地记得白天美鸟与美鱼两姐妹曾对我说过这件事。

到底怎么“情况不对了”呢？到底是什么“麻烦事”啊？

我在昏暗的走廊上奔跑着，感觉躁动不已的同时还有些头晕目眩。

等我们赶到工作室前，还没等玄儿提示，我就注意到了那里的异常。

在主走廊与边廊交汇的墙边，本来放着一个青铜像——就是那个半裸女性身上缠着几条蛇的一人高青铜像。现在那尊青铜像就横倒在铺有黑色地毯的地板之上，其上半身正好堵住了工作室的门。

“刚才我从二楼下来的时候，就注意到了这个。”

玄儿向我们说明道。

“正如你们看到的，这扇门只能向外打开。在这种情况下，门是无法打开的。于是，我向里面喊过几声，但是——”

玄儿的目光自脚下的青铜像移至黑门。

“不管我怎么喊，里面都没有回应。”

“望和太太在里面吗？”

玄儿暧昧地摇摇头，以回应我的疑问。

“我无法肯定。但可以肯定的是除了四处寻找阿清以外，她多半躲在这个工作室里。”

“这个青铜像很重吗？”

“凭我一人之力无法撼动它半分。所以我才到处找人帮忙，正好找到你和野口医生。”

“原来如此。”

“是谁把青铜像弄倒的呢？”

站在我身边的野口医生瞄着倒地的青铜像说道。

“这玩意儿又不会自己倒下来。前天的地震都没能让它倒下来。”

“可不是吗。只能认为**有人故意推倒它**的。这青铜像偶然堵在了门口，还是有人故意这么干的呢？”

“说不定——”

野口医生环视周围后开口说道。一阵酒气掠过鼻子，令我不禁皱皱眉头。

“或许凶手是伊佐夫啊。”

“伊佐夫？”

玄儿觉得纳闷。

“他为什么要推倒它？”

“刚才——中也君待在图书室里的时候，伊佐夫到沙龙室露了一个脸。”

野口医生回答道。

“伊佐夫又喝了个酩酊大醉。他似乎溜进了地下酒窖，独自灌了不少黄汤……那时他有些话痨，实际上已经醉成一摊泥了。他一只手拎着红酒瓶，独自说着莫名其妙的话。而后又立刻出去了——中也君，你在图书室里没听见动静吗？”

我摇摇头。当时我正聚精会神地记录疑点，怎么可能注意得到呢。

玄儿耸耸肩，催促着问着“然后呢”。于是，野口医生继续说道：

“当时，伊佐失说了什么教育了迷途的羔羊啦，还有教训了讨厌的蛇女之类的话。”

“唉，蛇女……”

玄儿摸摸尖下巴，再次将目光集中到脚下的青铜像上。

“这样啊——算了，管它是不是伊佐夫干的呢。我们还是先想办法把这个抬起来吧。”

说着，玄儿自己蹲在青铜像旁边。

“野口医生，还有中也君，能帮个忙吗？”

玄儿和我抱住铜像的头颈处，野口医生则抱着铜像的腰部，三人同时施力。虽说同心协力，却也非轻而易举。中途，我们曾一度喊起号子重新施力，总算将它放回原位。铜像的侧面有一大块明显的伤痕。那铜像相当重，倒地时的冲击力也非同小可。如果仔细检查，可能还会找到其他伤痕。

“哎呀，发生什么事了？”

就在那时，走廊斜对面的门打开，浦登征顺自门内走出来。对面的房间是他的书房——这也是白天美鸟与美鱼告诉我的。

“又出了什么事？”

见到我们三人聚在这种地方，谁都会觉得非同寻常。征顺合好茶色的外套，纳罕地眯起双眼。

“这个青铜像倒在门口了。”

玄儿说道。

“我们三个人才刚把它抬起来。”

“是吗？可是，它怎么倒了啊？”

“姨父您一直待在书房里吗？”

“待了好一会儿，但也没一直……”

说着，征顺瞥了一下手表。

“都这个时间了吗？！哎呀，我大概一个半小时前进了书房，迷迷糊糊地小睡了一会儿。”

“一个半小时……五点五十分左右吗？当时，这个青铜像有没有倒在地上？”

“当然没有啊。如果它倒了，我不可能没注意到嘛。而且那时，望和也和我在一起呢。”

“望和姨妈也在？”

玄儿的声音高了一些。

“怎么回事？”

“我们在东馆碰巧遇上。她还是老样子，似乎在找阿清。我安慰了她几句，带她过来后，她就进去了。”

说着，征顺扬扬下巴，指示着方才堵着青铜像的黑门说道。

“去工作室作画了。”

“这么说姨妈应该还在里面？”

“应该还在吧……”

说着，征顺更加纳罕地眯着双眼。

“玄儿，到底怎么了？”

“从刚才起，我就一直叫门，但里面没有任何回应。不知道她是在铜像倒下前就离开了，还是人在里面却无法回应。如果她不在里面倒是没有问题，但如果是……”

“怎么可能？”

征顺的表情僵硬起来。他走到工作室前，用力地敲门，边敲边呼唤着妻子的名字。

“望和，是我。你在里面吗？望和！”

“姨妈！”

玄儿也跟着喊了起来。

“您要是在里面，请回答呀。望和姨妈！”

但是，门内没有任何回应。征顺再次唤着“望和”，双手握住门把手说道：

“我要进来了，望和。”

门没有上锁，似乎门上原本就没装锁。

征顺打开了门。而后，又打开室内的照明开关。我站在他身后，目睹室内情景的瞬间，心中的悸动几乎到达了顶点。

“望和……啊……”

征顺率先走进房间，担心地呼唤着妻子的名字。一瞬间，他的呼唤之声变作呻吟，似乎被人勒住了脖子一般。

4

进入房间之后，首先令人印象深刻的便是这间用来当作工作室的奇特室内光景。

工作室大约有二十叠大小，室内飘散着颜料的味道。几个竖着油画画板的画架。既有几近完成的画作，亦有尚处构图阶段的草图。

黑色地板上没有铺设地毯。室内中央的桌上散乱地放着杂乱的画具。在房间正面最深处的中央处，有一个以毫无光泽的黑色大理石搭建的厚重壁炉。其上方的墙壁处镶嵌有与壁炉同宽的长方形红色花玻璃。原本应该安装在那里的烟道被那玻璃取代，可见壁炉只是摆设而已——仅仅如此，还不能称其为“奇特的光景”。在这工作室里，除了画架上的画板之外，还有一个巨幅画板。

进门后左侧墙面便是**那个画板**。

原本，这面墙肯定与其他三面墙体一样涂成黑色。现如今，整个墙面被当成画板。其上有画——不，确切来说应为“上面正画着画”。

不管是谁，都能一眼看出那幅巨作远远没有完成。

作者真的是在脑子里构图后，才开始创作的吗——一眼望去，我便产生了这样的疑问。

虽然不能说那幅画像是孩童的涂鸦，但整体看来无序随意，缺乏计划性……从另一方面来说，感觉那是某种破坏性冲动的表现。正是因为这幅尚未完成的大作率先映入我的眼帘——其上杂乱画有各式人、物、建筑一类的东西，才会令人觉得屋内的光景奇特。但是——

当时，容不得我进一步观察，因为眼前发生了比这要严重的问题。

“啊……望和。”

透过持续雨声的间隙，传来征顺痛苦的喊声。

“望和……”

左边的房间深处有浦登望和的身影。房间一角放着登高作画用的梯子，她就倒在那梯子前，一动不动。

“望和姨妈。”

玄儿喊道。

征顺向妻子跑去，玄儿紧随其后。

“姨妈……天哪，这是怎么回事？”

“野口医生。”

征顺扭头喊着野口医生。

“拜托了，您能帮忙看看她吗？”

野口医生慢腾腾地穿过房间，在倒地不起的望和身边蹲下，拿起她的手臂测测脉搏，又看看她的脸，检查了一下呼吸和瞳孔……很快，他怅然地摇摇头，宣告着结果：

“很遗憾。”

征顺再度呻吟起来，跪在已经丧命的妻子身边，右手紧紧按住额头，不断地用力摇头：

“为什么会这样？”

“正如你们看到的，很显然这是他杀。”

野口医生沉痛地说道。

“才刚咽气不久。缠在脖子上的这个围巾是——”

“那是望和的。”

“这肯定就是凶器。她是被勒死的。从尸体的情况看也是如此。与蛭山先生的死因一样。”

我虽然身在远处，但也能清晰地看到那副惨状。望和倒在地上，脖子上缠绕着的淡红色围巾深陷进去。白天，在舞厅与她相遇时，望和系的就是那条围巾。

现在，望和身上穿着被颜料弄脏的灰色工作服，她就是穿着那件工作服在作画时遇袭的吗？只见她倒在地上，甩出的右手前方掉落一支画笔，附近还扔着一个调色盘。

凶手利用望和佩戴的围巾袭击了她吗？抑或是她在换工作服的时候，将围巾解下。被凶手见到放在椅背上的围巾，就用那个勒死了望和呢？

总之，这与今晨蛭山被害案相同，肯定也是某人蓄意作案。

但是为什么呢？我不得不扪心自问。

这一次，为什么轮到浦登望和非死不可了呢？凶手有必要杀她吗？

“中也君，你来一下。”

玄儿打断了我的思考。

“你看，这里有个东西。”

他在壁炉前弯着腰，看向地板。我胆战心惊地走了过去。

“这东西原本放在壁炉上的。”

说着，他用食指指指滚落在地的东西。

那是方形木箱形状的座钟。木质之处均涂作黑色，表身前面嵌有乳酪色的圆形表盘。在玄儿的催促下，我凑近仔细一看，才发现表盘上的玻璃全是裂纹，指针停止不动。

“六点三十五分……吗？”

玄儿喃喃念着指针停住的时刻。

“简单来看，这是凶手在犯罪前后经过这里时，将其从壁炉上碰落在地的。也可能是望和姨妈在与凶手打斗的时候，其中一人将座钟从壁炉上碰落下来的。所以，座钟摔坏了，指针停止在这个时间上。在侦探小说中，这可是必然要出现的线索。”

“的确如此。”

根据征顺所说，望和进入这间工作室的时间是五点五十分。由此推断此后四十分钟，即六点半左右，凶手潜入工作室，杀害了望和。

在此期间，我依旧极力不去看倒在旁边的望和。尤其不敢近距离看她的脸。如果不小心看到了，恐怕我又要恶心不已。

野口医生继续查看着尸体。

死者身旁的她的丈夫虽然没有痛哭流涕，但一直茫然若失地嘟哝着：“望和，望和……”十七年前，他与望和相遇后陷入热恋。之后的第三年步入了婚姻殿堂。他说过，当时觉得那种幸福会永远持续下去。而当这个因为哀叹亲生骨肉的不幸而精神失常的妻子突然以这种形式离去，征顺要怎样才能接受这个现实呢？

——难办的是死不了。不管她怎么想死，都死不了。

玄儿曾说过这样难解的话。但事实正好相反，浦登望和死了。

她比患了不治之症的儿子阿清先走了一步，而且偏偏这样离开了人世。

我自壁炉前走开，双手撑在散乱的工作台上，难以抑制地几度叹气。

即便如此——

我思索起来。我有意识地挺挺腰身，仿佛要赶走自己的叹息声。现在，要尽可能保持最大限度的冷静。

在这里，究竟发生了什么事情呢？

毫无疑问，发生了件凶杀案。某人来到工作室，勒死了望和——但我考虑的不是这个层面的问题。

我介怀的是倒在门外的那个青铜像。

首先能想到的便是杀死望和的凶手从这里逃走之时，推倒了青铜像。独自把青铜像抬起来是不可能的，但反之则很容易。凶手试图尽量延缓尸体被发现的时间。但是——

事实并非如此。如果正如方才野口医生所说的那样，推倒青铜像的凶手是伊佐夫话，又将如何？

伊佐夫喝得酩酊大醉，把走廊上的青铜像当成他自己所说的“讨厌的蛇女”，然后寻衅找茬……最后，也许他勃然大怒，推倒了青铜像之后，跑到野口医生那里向他汇报说“教训了讨厌的蛇女”吧。

而且，如果伊佐夫是在下午六点三十五分——在这个屋子里发生凶案之时，自导自演了那个滑稽的独角戏的话——

想到这里，我不禁感到毛骨悚然。

凶手杀死望和，正准备自这里逃脱之时，不料房门被那尊青铜像给堵住了。难道不是这样吗？

凶手本想尽可能早点儿脱身，但怎么也打不开门。只要他透过门缝向外看，就能发现那是因为门口堵住了青铜像的缘故吧。当时，凶手会……

我觉得透不过气来，于是慢慢地环顾屋内，然后——

“那怎么可能……”

无意之中，我这样自言自语道。

“你说什么呢？什么‘那怎么可能’？”

身后随即传来玄儿的声音。我被他吓了一跳。

“拜托你，事到如今还有什么可吃惊的呀？”

“玄儿。”

我转过身，凑到玄儿近前咬耳朵。

“说不定，凶手还在这里。”

我还没说完，就在那时——

“哎呀，这不是刚才的蛇女小姐嘛。”

屋外传来嘶哑的声音。那声音含混不清，音量不小。毫无疑问，来人就是伊佐夫了。

“刚才我干了件坏事……欸？你这不是又站起来了吗？唉，不过还真是对不住你啦。不该使用暴力。是我错了。但是，你还是让人讨厌……”

即便不出门看，也知道伊佐夫正对走廊上的青铜像说话——看来，还真是他推倒了青铜像。如果是这样的话……

我再次环顾屋内。

我留意到在那幅尚未完成的大作所在的左侧墙壁上有一扇门。

“那扇门是——”

我问向身边的玄儿。

“那边是储藏室吗？”

“与其说是储藏室，不如说是休息室更贴切吧。虽然里面堆放着画具之类的东西。”

“玄儿，我是这么想的——”

我的声音压得很低，低得连屋内的野口医生与征顺也听不到。

“说不定凶手还在这里——潜藏在那扇门里面。”

“你说什么？”

“难道不是吗？如果伊佐夫推倒了走廊上的青铜像，那么……”

点到为止足矣。玄儿抿着薄唇，喃喃地说着“对啊”，然后以与我同样低的声音说道：

“中也君，你真敏锐。不，也许应该说是我迟钝，没有立刻想到这层。但是，假若果真如你所想，在那间屋子里……”

“我们去查看一下。”

我们瞒着野口医生与征顺，蹑手蹑脚地走向隔壁那扇门。

玄儿握住门把手，我则做好准备。一旦那扇门被打开，凶手很有可能会冲出来袭击我们。但是——

出乎意料的是光线暗淡的休息室之中空无一人。

凶手很可能躲在某个阴暗角落里，抑或是……

“中也君，你看。”

先行进入的玄儿慢慢地抬起右臂，指着房间深处。

“你看那里。”

同隔壁一样，休息室也有黑色大理石壁炉。其上方的墙壁处，亦镶嵌着与隔壁相同的长方形红色花玻璃窗……不对。

那里已经没有窗子了。

黑色的墙面上，仅仅残存着一个四方形的硕大窗洞……也就是说，本应嵌于那里的玻璃已经化成碎片掉落了，只有窗框还留在原处。

“天哪，玄儿。”

我慢慢地走到玄儿身边。

“凶手就是从那里脱身了吧？”

“看上去是的。”

玄儿目不转睛地盯着房间深处，点点头说道。

“大概用椅子之类的东西砸碎了玻璃，从那里逃出去的吧。”

“窗子那边……是？”

至少可以肯定那里并非室外。那里灯光微弱，比这里还要昏暗。

“那边是红色大厅。”

那个昏暗的四方形窗洞处，突然闪过一阵红光，似乎就等着玄儿的这个回答。紧接着雷声大作，遮盖住连绵的雨声与呼啸的风声。

5

玄儿向房间深处小跑过去，我则紧随其后。

壁炉的高度到我胸部左右，其前横卧一把黑色木椅。这椅子似乎原本就是这屋里的物件。四条椅腿看起来很是结实，其间的连接横楣已然折断了一个。

或许正如玄儿所说，凶手就是用这把椅子砸碎了玻璃。此后，凶手踩着这椅子爬上壁炉，而后逃到对面房间里。

红色玻璃的碎片多少散落在壁炉与周围地板之上。在这个休息室之中，并没有很显眼的大块碎片，大部分碎片都落在窗子另一侧。这就证明**玻璃是自这间屋内被打破的**。

我走到壁炉旁边。壁炉上方的墙壁本该安装烟道，现在则露出一个四方形空洞。我屏息看着对面。没错，那边就是几小时之前美鸟与美鱼带我去过的那间空旷的、冷冷清清的红色大厅。

其二楼有内含コ字形回廊的通透大厅。我发现自己所在的位置与大厅西侧深处相邻。

几根支撑回廊的黑色立柱。北侧墙面上排列的长方形大窗。窗上嵌有红色花玻璃。刚才的闪电之所以那样红，自然是因为闪电透过那些红色玻璃穿透入内的缘故。

天花板上的吊灯没有打开。墙壁上的灯只亮着几盏，发出极其微弱的光芒。

“真奇怪啊。”

我听到玄儿的自语，于是收回目光、看向他。

“这里的确是……”

“怎么了？”

玄儿站在壁炉前，苦着脸、摸着下颌。他没理会我，也不知道是否听见了我的询问。

“玄儿。”

我心生疑惑。

“还是到对面的红色大厅调查一下比较好。你觉得呢？”

“啊……好。”

玄儿心不在焉地回答道。他抬起头，发现壁炉上放着一个手电，随即拿在手上。然后，他蹲下身体，打开手电，一手撑在壁炉的基座上，开始查看起壁炉里面。

玄儿干什么呢？与其在这里磨磨蹭蹭，还不如早点儿去红色大厅查找线索，不是吗？

我有点着急，视线于窗子另一侧的红色大厅与玄儿莫名其妙的举止间反复交替。

“玄儿，我说你……”

我刚开口，那四方形窗洞处再度瞬间闪过红光。紧接着传来一阵轰隆隆的雷声，延续的时间比刚才长。我的注意力自然而然地被吸引到对面红色大厅的方向。就在那时——

有东西在视野范围之内突然动了一下。

我不禁“啊”了一声，自壁炉上方探出脑袋，贴近窗子看了过去。

我觉得刚才的确有东西在动。就在对面的红色大厅内，在我的视野里有个黑影……

借助微弱的光亮，我环视着对面，但没看到那个黑影——在哪儿？在哪里？难道是瞬间的电闪雷鸣令我产生了错觉吗？

“怎么了，中也君？”

玄儿站起身，惊讶地问道。

“刚才那里——那个红色大厅里，好像有人。”

说着，我用手臂将散落在壁炉上方的玻璃碎片扫落到地上。而后双手撑在壁炉上，一用力，跳了上去。

“喂，中也君。”

“玄儿，走，我们去对面。”

玻璃脱落后的窗子足以容两人并排通过。我留心着窗框上的玻璃碎片，钻了过去，跳入红色大厅。

“啊，中也君，等等我。”

玄儿急急忙忙地跟过来。

玻璃碎片散落在黑黢黢的石质地板上，每走一步脚下都会咔嚓咔嚓地响，那声音听上去就像用针尖梳理绷紧的神经一样。

“有人在吗？”

我从回廊下方走到房间中央，向看不见的身影喊道。喊声回荡

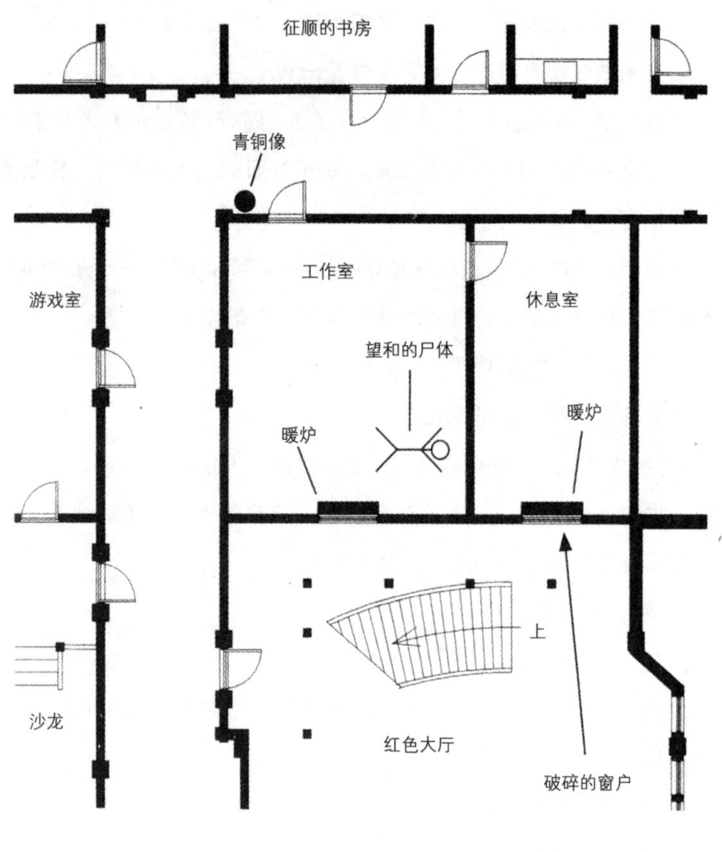

图三 北馆一层案发现场示意图

在高高的天花板处，然后犹如吸入屋外的雨声中一般消失了。

“这里有人吗？”

微弱的灯光无法将整个房间照亮，各处都是黑暗的角落。如果那些黑暗角落里有人的话，那人就是杀害望和的凶手吗？打碎玻璃逃离现场的凶手还留在这里，尚且藏身这个房间的某处吗……如果真是那样，即便我这样呼喊，对方也不会现身。但我却无法停止呼喊。

“有人在吗？”

昏暗的房间深处，铺有红色天鹅绒的细长桌子露出身影。是那具“无形的风琴”。突然，那沉醉在无声演奏中的美惟的身姿与无名乐曲的无声的旋律一起，掠过我的脑海。那前面就是铺有胭脂色地毯、具有厚重感的两道楼梯。那楼梯形成柔和的曲线，一直延伸到位于二楼部位的“无路可走的回廊”……

我小心翼翼地打量着四周，继续喊着：

“有人在吧？如果在的话……”

那时，我突然感到一阵空气的流动。

在密闭的房间里，通常不会有这种流动。我感觉温度、湿度不同的空气自某处流动起来——犹如自屋外吹入大风进来一般。

啊，对了——我想起来了。

白天来这里的时候，不是也有同样的感觉吗？

强风夹杂着硕大雨滴敲打外墙，发出笛子般的呼啸声……对了，就是那时，在这静悄悄的房间里，我非常清晰地感受到了空气的流动……对了，也是那时，我感觉似乎有风吹入室内。

在这间红色大厅里有窗子开着吗，抑或是自北侧墙壁上的那些破裂的红色花玻璃之中穿风入室吗？或许那犹如笛子般刺耳的声音正是大风穿过裂隙发出的响动？

但现在我并没有听见那种声音，只是觉得空气在流动而已，比起那时感觉还要真切。这是……

“中也君，这边。”

玄儿向我招招手喊道。他在通向回廊的两道楼梯的其中一道——自我这个角度看过去的右侧楼梯口旁。

“你看，这里有这个。”

玄儿指指脚下。我凑近一看，那周围的地上有一些多半像是人类留下的脚印。

“看起来像是满是泥巴的脚留下的足印。”

说着，玄儿打开自刚才那个房间里带来的手电，照向地板。

“脚印还是湿的，看来刚留下这些痕迹没多久。”

“是啊。”

我有意识地环顾四周，但仅仅发现留有脚印的地方不止这一处而已。虽然光线微弱看不真切，但能发现其他地方也有零星的脚印。如果把灯光弄得再亮些，就能弄清楚那脚印的走向了。

我思考着。不管怎样——

留下脚印的人穿着满是泥污的鞋子。那人从大雨倾盆的室外进来，随后便在这个大厅里兜了一圈。但那人是谁？为什么要这样做？

“中也君，你看，这个脚印一直往楼梯方向去了。”

玄儿的目光追随着手电的光线移动着，那脚印看起来的确是从黑色石质地面处延伸到楼梯方向。

“你刚才发现人在什么地方？”

玄儿压低声音问道。

“这个……”

我轻轻摇摇头。

“我只是一瞬间觉得有个黑影在动。至于在哪个方位就……”

“这样啊。或许在回廊上？那个扶手的背阴处？”

“或许是吧，也可能在别的地方……对不起，我心里没谱。”

“你没必要道歉啦。”

“我们上去看看？”

我正要登上楼梯之时——

“等一下。”

玄儿低声叫住我。

“还是先把所有的灯都打开。”

说着，他走向通往主走廊的大门。也许照明开关就在那里。

很快，自天花板垂落而下的吊灯亮了。但就在那之后——

连续发生了两件事情。

这个红色大厅内，面向主走廊各有东西两处出入口。玄儿开灯的位置位于西侧大门——从我这个角度来看是右首方向。当房间里的灯被全部打开后，有人打开那扇门进来了。这是第一件事情。

“玄儿哥哥，你在干吗？”

“哎呀，中也先生也在呀。”

犹如玻璃铃铛般的声音异口同声地响起。美鸟与美鱼两姐妹穿着黄八丈和服出现了。

“你们两个人……在这里干什么？”

“说什么悄悄话呢……”

而第二件事情就是突然而至的炸雷。那雷声仿佛要弹开姐妹二人的声音。

白天在这里听见雷声时，我便觉得那雷声犹如被胡乱敲击的巨大定音鼓一般。而现在的雷声犹如那定音鼓已被敲破似的震天动地。

几乎与此同时，一道闪电掠过，将整个空间染成鲜红一片。我只觉得那恐怕是迄今为止最为猛烈的炸雷。接下来的一瞬间——

房间里的灯忽然全部灭掉。

透过渐渐远去的雷声，传来美鸟与美鱼的惊叫声。那时，整个房间只剩下黑红色的轮廓，视野一片模糊。

6

大概过了两三秒，我们才知道停电了。毫无疑问，刚才的炸雷令电气设备的某处出现了故障。

雷声过去后，美鸟与美鱼仍旧没有立刻停止惊叫。

“不要紧的，只是停电而已。”

玄儿安慰着妹妹们。

“不用担心。如果有什么万一，还可以自供电。”

“但是，玄儿哥哥……”

“好黑呀，玄儿哥哥，我害怕嘛。”

他们三人在黑暗中说着。就在那时，在另外一个方向——

咔嗒、咔嗒……传来某种奇怪的声响。

我一下子摆开架势，在伸手不见五指的黑暗之中，走向发出声响的那个方向。

再次传来咔嗒的奇怪声响，接着又传来某人的脚步声——这个脚步声从哪里传来的？至少不是从回廊上传来的。那声音就是从一楼传来的，而且离我的位置不远……

瞬间，同时电闪雷鸣起来。借助炫目的闪电，在我染红的视野一角，出现了移动着的人影。

“啊！”

我惊叫起来。

“啊啊——”

影子自回廊下方墙边的那个桌子——“无形的风琴”处，冲到房间中央。我一下子反应过来——**那家伙**刚才就躲在铺着天鹅绒的桌子底下。

周围再次陷于黑暗。隐隐雷鸣之声渐弱，那脚步声再次传入耳中。我循着声响看了过去，但一片漆黑之中，什么都看不见。

“玄儿，这边。”

我循着跑动的脚步声摸黑追了过去，犹如在黑暗中游泳一般。与此同时，我还喊着玄儿：

“有人在那边。”

连续掠过几次闪电。与刚才相比，现在可以比较清楚地看出**那人**的身姿与行动了。

那是一个似乎披着黑色雨披的背影。与其说个头不是很高，倒不如说感觉那人很矮。在这种状况下，我也没有十足的把握，不知道事实是否如感觉那样。

那人踉踉跄跄地跑向北边的花玻璃窗。在一楼那面墙上并排列有五扇窗子，那人似乎跑向了右边的一扇窗。

“玄儿，他在那儿。那扇窗户……”

玄儿应声拿着手电向那边照去，椭圆形的光圈捕捉到了一个跪在窗前的**某个人的身影**。

“你是哪位？”

“你小子是谁？”

我和玄儿同时喊起来。我们边问边穿过黑暗，向他跑了过去。

中途我被绊了一下，差点儿摔倒，玄儿随即超了过去。

“喂，站住！”

玄儿的声音听上去很愤怒。

“喂，你小子……”

“玄儿哥哥……”

“中也先生……”

身后传来那对双胞胎姐妹无助的哭喊声。但此时，我们已经没有时间顾及她们。

当我追上玄儿，跑到窗前时，那人已经不在了。

“中也君。”

玄儿拿着手电照向窗前，郁闷地冒出一句。

“窗子破了。”

“——原来如此。”

玄儿说得没错。

镶嵌在窗子上那硕大的长方形花玻璃的一部分——左下一隅破裂了。不，或许更应该说是整个脱落了。那里露出一个五十公分左右的正方形缺口，足以供一个人通过。

“这是——”

我自言自语道。与此同时，也有种“果然不出所料”的想法。

果然不出所料，这里的玻璃上有道裂缝。屋外的风就是通过这个裂缝吹进来的。

“刚才那家伙就是从这里进来的，所以才会有那些脚印……”

玄儿压低嗓门。

“于是，那家伙又从这儿逃了出去。”

“那家伙是谁呀？”

我问道。玄儿怅然地摇摇头。

“不知道。我也没看见那家伙长什么样子。但是,我刚喊了声‘站住’，他就忙不迭地逃了，由此可以推断……”

“他就是凶手？！”

“肯定不是什么好人。说不定那家伙就是凶手……欸？”

双腿跪地，凑到玻璃破裂处的玄儿忽然身子一颤。我也效仿他的样子，在他身旁跪下来，弯着腰，循着他的视线望了过去。玄儿将手电贴到缝隙处，一束光线顿时将屋外的黑暗撕出一道口子。那束光的前方……

“在那儿。”

玄儿轻声低语道。

“人还在！还在那儿！”

就在那时，闪电划破夜空。

借着闪电的光芒，我们清楚地看到了那个人——那个坏人的身影。那人在窗前几米处双手撑地，无力地跪在地上。他摆脱我们的追赶，逃到外面后，是放松警惕了，还是受伤了呢？

“中也君，我们走。”

玄儿说道。

“先抓住他再说。”

“好的。”

此时不容我们迟疑。玄儿在前,我则紧随其后,先将脚伸出裂隙,然后整个身子滑出窗外。

那坏人发现我们穷追不舍的追过来时，登时跳起来，开始逃跑。

“站住！”

玄儿喊了一声，举着手电追赶起来。我追随玄儿，在倾盆大雨中跑了起来。几乎没有考虑的时间，半条件反射地移动着身体。

在黑暗与风暴之中，上演了一场几近迷航般的追踪剧目。暴雨、狂风、断断续续掠过的闪电、响彻云霄的雷声……闪电与雷声的时间间隔比较长，似乎在小岛的远方纠缠一般……

坏人与我们之间的距离仿佛缩短了，但又仿佛没怎么缩短。不管跑得多快，稍不留神就会被地上随处可见的泥塘与水洼滑一下。而且，周围一团漆黑。玄儿手中的手电光线虽然可以照到对方，但只要稍微偏移，马上就会失去目标。如此一来就又要借助自空中落下的雷电，才能发现对方的位置……这样的情景不断反复。

对于穷追不舍的我们而言自然很辛苦，但四窜而逃的那个人更加辛苦吧。毕竟在这星月无光的风雨之夜，那人手中也没有任何可供照明的光源，只能借助时不时闪过的雷电在黑暗中奔跑。肯定连自己都不清楚前进的方向吧。

——中也先生嘛，嗯，我想想看……像个猫头鹰呢。

突然，我脑海中浮现出不合时宜的记忆。

——玄儿哥哥呀，他是鼯鼠。

——你是猫头鹰，我是鼯鼠，还不赖嘛。

——都是夜行动物，也都能在空中飞。我们是**同类**。

要真是猫头鹰和鼹鼠就好了——这种不实际的念头掠过脑海。如果真是那种动物，夜晚目光敏锐，就不会这样在泥泞中磕磕绊绊了……

我们全身湿漉漉的，继续着噩梦般的追赶。

究竟何时才能追赶上，抑或何时会完全失去目标？难道我们非得在这黑暗中，一直追赶到天亮不可吗？最初的兴奋已然消失，疲劳、难受、不安、焦躁之中，这些想法越来越强烈。就在那时，终于——

结束的时刻来临了。

我自然不知道到底已经跑到何处了。

中途，有时在小路上追赶，有时要穿越树丛。一个黑黢黢的塔影似乎出现在视野之内，难道我们已经跑到十角塔的后面或那附近了吗？

高高的石墙堵在了坏人前进的方向。那是小岛四周的围墙吗？地面上有个很大的水洼——不，应该称其为**泥塘**。坏人茫然地抬头看看围墙，环顾四周。手电的光芒渐渐靠近，在刺眼的光芒下那坏人转过脸，低下头，然后颓然地蹲在那里——蹲在泥塘中。

“不跑了？”

玄儿问道。连他都跑得上气不接下气了。

“你小子是谁呀？”

不知道那人身上穿着的是雨披，还是登山用的夹克，其上的兜头帽将低垂的头部遮住，让人无法看清长相。但这样看过去，还是觉得那人个头不高。那人就像是个……

“……救命。”

从兜头帽底下，传来非常微弱的声音。那声音微弱得几乎要被雨声盖住。走入泥塘的玄儿一下子站住了。

“请救救我。求你们了……我、我什么都没有……”

那人胆战心惊地说着，犹如祈求般断断续续。那是还没有过变声期的少年的声音。

玄儿似乎也吃了一惊。他站在原地不动，沉默了好一会儿。很快，他走到对方的身边——

“站起来吧。”

他命令道。

“我们听你慢慢说。好了，起来吧。”

坏人慢慢地抬起头。兜头帽下，他戴着棒球帽。在手电照射下，我们看到一张少年的脸，一张被雨水、泥浆、泪水弄得一塌糊涂的脸。至少我不认识他，不知道这少年究竟姓甚名谁。（这个少年是……）到这个宅子之后，好像从未见过这个人。（……市朗吗？）

在玄儿的催促下，蹲在泥塘中的少年准备站起身来。或许是因为疲劳或恐惧，他的双肩轻轻颤抖着。

“快点儿。”

玄儿再度催促道。少年依言站起身来。他踉跄着向玄儿迈出一步。

“哇！”

随着一声悲鸣，少年猛地向左侧倾斜过去。看起来他脚下打滑了。少年举起双臂，想保持平衡，但没有见效。他又“哇”了一声，横倒下去，一下子倒在那个犹如沼泽般黑乎乎的大泥塘之中。接着，少年的肩膀率先着地滑倒了。

看来那里似乎比他刚才所在的位置要深。他全身没入泥水之中，然后头、手、上半身相继露出来，犹如泥塑人偶一般。他似乎相当吃惊，两手胡乱挥舞着，看上去就像是一个在黑暗大海中挣扎的遇难者。

“不要紧吧？”

玄儿弯下腰，大声问道。

“不要慌张，慢慢挪过来。”

尽管玄儿这样劝慰，但少年依旧没有停止乱动，而且越来越恐慌，疯了一般哇哇乱叫。他在泥塘中犹如脱缰的野马般，歪着脖子，扭着身体，拼命挥舞着手臂。

“喂，不要紧吧……”

手电的光线循着少年的动作照了过去。就在那时，闪过一道雷电。

我发现在泥泞中挣扎的少年的手臂及肩膀上，有**某些异样的东西**。

“玄儿，那是……”

我喊了起来。

“啊?！”

玄儿也喊出了声。雷声似乎要吞噬掉我们二人的叫声般，响彻云霄。

那少年身上的东西看上去很奇怪、很可怕。虽然那些东西上满是泥污，但一旦辨认出来，就知道肯定是**那样东西**没错。有些还被雨水冲掉了泥污，露出了**那东西**的本色。

“老天，这是怎么回事？”

玄儿惊惧地冒出这样一句话来。

“在这个地方竟然……”

少年拼命地想赶走**那些东西**。我没有看错……**那些**是人骨。而且，并非只有一两根骨头而已，而是足以构成一个骨架的各个部位的骨头。那些骨头漂浮在泥水中。

那少年肩膀上的似乎是肋骨。手腕旁似乎也有一根肋骨。从周围的泥塘中又冒出一些骨头——各个部位的骨头。仅仅目测便能得知，那绝非仅仅一两个人的白骨。

少年闯入了这样一个“人骨之沼”。究竟为什么那里竟会有那些东西——这虽然是个谜团，但可能是连日的大雨将那些东西——无数的人类白骨冲刷出来，从而在那里形成了那样的“沼泽”。

“……哇！天啊！救命啊……”

少年疯狂的喊声没有停歇。玄儿单腿跪在地上，伸出手，想把他救上来。我觉得也该帮他一把，便向泥塘走去。就在那时——

少年的手臂弹飞了某样东西。那东西夹带着泥浆，飞落到我身边。

我吃惊不已，捡起一看——

那是一个基本完好的人类头盖骨。

带有下颌与牙齿。两个眼窝空洞，显得很哀怨，里面满是黑泥。一些让人反胃的爬虫自黑泥中蠕动而出——

我再度失态地发出哀鸣，扔出了手中的头盖骨。

无论从哪个角度来看，我都已经到了极限——饥饿、疲惫、倾盆大雨的寒气，而且精神紧张，心理受到冲击与打击……这一切积累在一起，向我脆弱的肉体袭来。我开始浑身打战。刚才近在咫尺的那个东西太可怕了，让我觉得非常恶心，而恶心又让我头晕目眩……无法承受的我当场崩溃，一屁股坐在泥泞之中，虚弱地仰面朝天，呈大字形倒在地上……

随即……

我甩在地上的左手突然感到始料未及的剧烈刺痛。

怎么回事？怎么会这么疼？究竟是……

我慌忙抬起左手，那疼痛根本没有缓解。我感觉一个利器深深地刺入了皮肤。与此同时，我还觉得有东西正在自己的手掌与手腕上蠕动……

我也放声大喊起来，那声音丝毫不逊色于在“人骨之沼”中挣扎的少年。

“中也君！”

玄儿吃惊地扭头看着我。

“怎么了，中也君？”

“哇……天啊……救命啊！”

手电照过来，我终于明白自己左手为什么会有刺痛感了。

老天啊，果真如此。好几只黑亮的爬虫恶心地蠕动爬行着……

那是蜈蚣！而且，我从未见过如此巨大的蜈蚣。

“……啊啊啊啊啊啊啊！”

我面部抽搐，惊声尖叫，胡乱挥舞起左手来。我不断用手掌与手背敲击着地面，心脏犹如发疯一般开始乱跳，全身冒出大量冷汗。口干舌燥，仿佛唾液全部蒸发干净似的。胃液则猛地倒流入口中。

因为剧烈的恐惧与疼痛，我满地打起滚来，弄得满身是泥。我尖叫着、喘息着……很快，自空中涌出的、比这个夜晚还要浓密的黑暗压垮了我的意识，令我晕了过去。

阅读之前 没有真相

午夜文库

绫辻行人 Ayatsuji Yukito (1960－)

日本推理文学标志性人物，新本格派掌门和旗手。

绫辻行人一九六〇年十二月二十三日出生于日本京都，毕业于名校京都大学教育系。在校期间加入了推理小说研究社团，社团的其他成员还包括法月纶太郎、我孙子武丸、小野不由美等，而创作了《十二国记》的小野不由美后来成了绫辻行人的妻子。

二十世纪八十年代是日本推理文学的大变革年代。极力主张"复兴本格"的大师岛田庄司曾多次来到京都大学进行演讲和指导，传播自己的创作理念。绫辻行人作为当时推理社团的骨干，深受岛田庄司的影响和启发，不遗余力地投入到新派本格小说的创作当中。

一九八七年，经过岛田庄司的引荐，绫辻行人发表了处女作《十角馆事件》。他的笔名"绫辻行人"是与岛田庄司商讨过后确定下来的，而作品中侦探的名字"岛田洁"来源于岛田庄司和他笔下的名侦探"御手洗洁"。以这部作品的发表为标志，日本推理文学进入了全新的"新本格时代"，而一九八七年也被称为"新本格元年"。

其后，绫辻行人陆续发表"馆系列"作品，截止到二〇一二年已经出版了九部。其中，《钟表馆事件》获得了第四十五届日本推理作家协会奖，《暗黑馆事件》则被誉为"新五大奇书"之一。"馆系列"奠定了绫辻行人宗师级地位，使其成为可以比肩江户川乱步、横沟正史、松本清张和岛田庄司的划时代推理作家。

绫辻行人“馆系列”作品年表

1987 《十角馆事件》

1988 《水车馆事件》

1988 《迷宫馆事件》

1989 《人偶馆事件》

1991 《钟表馆事件》

1992 《黑猫馆事件》

2004 《暗黑馆事件》

2006 《惊吓馆事件》

2012 《奇面馆事件》

绫辻行人作品集⑦

暗黑馆事件（下）

[日]绫辻行人　著
樱庭　译

新　星　出　版　社　NEW STAR PRESS

目录

出版前言

一九八七年，在日本推理文学史上是一个举足轻重的年份。在这一年，绫辻行人的“馆系列”登上舞台，改变了推理文学在这个东瀛岛国的发展方向，而这一改变的影响一直持续到了今天。

在“馆系列”之前，日本推理文学被一种叫作“社会派”的小说统治。这种类型的推理小说属于现实主义作品，淡化了谜团和侦探在故事里的作用，注重揭露人性的丑陋和社会的阴暗，和之前人们熟悉的“福尔摩斯式”推理小说大相径庭。

社会派推理小说的创始者是日本文学宗师松本清张，他在一九五七年出版的小说《点与线》是这类作品的发轫之作。小说诞生于日本经济飞速崛起之后，刻画了繁华背后日本社会隐藏的种种弊端和危机，因此引发了广大读者的强烈共鸣，一举取代了传统的“本格派”推理小说，统治日本文坛长达三十年。

在这段时间里，日本的每一部推理小说均或多或少地带有社会派痕迹；每一位创作者也都不同程度地受到了松本清张的影响。当时评论界有“清张魔咒”这样的说法，其统治力和影响力由此可见一斑。

随着时间的推进，新一代读者迅速成长。这些读者对于日本战后的情况缺乏起码的“感同身受”，导致社会派推理小说的读者群日渐萎缩；加之由于内容过于“写实”，导致作品出现“风俗化”趋势，进一步失去了读者的爱戴。

在八十年代初期，先后有几位创作者进行了尝试，主张推理小说回归本色，重拾“福尔摩斯式”的浪漫主义。其中，最具影响力的莫过于有“推理之神”之称的岛田庄司和他的代表作《占星术杀人魔法》。

八十年代末，在岛田庄司的指引和支持下，京都大学的推理社团高举“复兴本格”的大旗，涌现出一大批推理小说创作者，成为新式推理小说的发源地。这些创作者创作的小说被评论家称为“新本格派”，而其中成就最高、影响力最大的，莫过于绫辻行人和他的“馆系列”。

“馆系列”的灵感来源于绫辻行人的老师岛田庄司的作品《斜屋犯罪》，是当时非常典型的新本格式的“建筑推理”。所谓“建筑推理”，是指故事围绕一座建筑物展开，而这座建筑通常是宏大的、奢华的、病态的、附有某种机关或功能的、现实中绝对不可能存在的。这种超现实主义舞台赋予了谜团全新的生命力，使其更加具有冲击力。这种诞生于二十世纪八十年代的“二十一世纪”的推理，正是新本格派的存在价值和最高追求。值得一提的是，“馆系列”的主人公侦探名叫“岛田洁”。这个名字来自于“岛田庄司”和岛田庄司笔下的名侦探“御手洗洁”，也是绫辻行人以另一种方式在向老师致敬。

发表于一九八七年的《十角馆事件》是“馆系列”的第一部，截止到二〇一二年出版的《奇面馆事件》，这个系列总共出版了九部，并且还在继续创作当中。在这个系列里，绫辻行人运用了本格推理中几乎可以想到的所有手法，将“机关”渗透于故事的设置、陈述、误导、逆转、破解等各个层面。十角馆、水车馆、迷宫馆、人偶馆、钟表馆、黑猫馆、暗黑馆、惊吓馆、奇面馆……绫辻行人的“馆系列”犹如一部部悬疑大片，总能在故事被讲述到“山穷水尽”时，从不可能而又极其合理之处带给阅读者一次又一次震撼。

“馆系列”影响了当时所有从事推理创作的日本作家，直接鼓励了麻耶雄嵩、我孙子武丸、法月纶太郎、歌野晶午等一大批人走上了推理之路，其中也包括绫辻行人的夫人小野不由美。而其后京极夏彦、西泽保彦、森博嗣的出道，也和“馆系列”的启发密不可分，以至于这三位作家被评论界称为“新本格二期”。出道于二〇〇〇年以后的伊坂幸太郎、道尾秀介、东川笃哉、凑佳苗等新人，也都不同程度受到了“馆系列”的熏陶。二〇一二年获得直木大奖的女作家辻村深月更是为了向绫辻行人表达敬意，特意起了“辻村深月”这个笔名。如果说岛田庄司是当时第一个向“清张魔咒”发起挑战的作家，那么绫辻行人就是第一个击碎“清张魔咒”的推理作家。

之前中国内地曾有出版社引进、出版过“馆系列”，但一直没能出全；已出版的几册也因当时出版理念的影响，未能很好地展现这个系列的原貌，甚至出现了删改原版结局的情况。近几年，绫辻行人对“馆系列”做了修订，在日本讲谈社出版了新版，而中国读者还没有机会阅读这个版本，不能不说又是一大遗憾。

作为中国最大、最专业的推理小说出版平台，“午夜文库”经过不懈努力，在日本讲谈社总部及讲谈社北京公司的帮助下，终于有机会出版新版“馆系列”全套作品。“午夜文库”将采用全新译本和装帧，将最新、最完整、最精彩的“馆系列”呈现在读者面前。我们相信，作为已经经过时间验证、升华为经典的“馆系列”，一定会在“午夜文库”中占据重要而独特的位置，散发出永恒的光芒。

新星出版社

“午夜文库”编辑部

作者序言

亲爱的中国读者朋友们：

我以“绫辻行人”这个笔名出版《十角馆事件》一书是在一九八七年的秋天，距今已经超过四分之一个世纪了。自那时起，以“XX馆事件”为题、不断创作“馆系列”长篇小说便成了我的主要工作。到二〇一二年出版的《奇面馆事件》，这个系列已经出版了九部作品。我曾经说过要写出十部“馆系列”作品，距离这一目标也只剩下最后一部了。

在这一时间点，“馆系列”的中文新译版行将推出。旧译版只出到了第七部《暗黑馆事件》，这一次则将出版包括最新的《奇面馆事件》在内的全部作品。

跨越了国与国的界线、语言上的障碍以及文化上的差异，能在中国拥有这么多喜欢自己作品的读者，作为创作者来说，我在备感欣喜的同时，也感到了些许自豪。

“馆系列”作品着眼于“不可解的谜团与理论性的解谜”，属于通常意义上的“本格推理”小说。完成一部作品的方法有很多，除了重视这些着眼点以外，我一以贯之的目的，就是能写出具有“意外结局”的作品。当大家阅读到各个作品的结局时，如果能在“啊”的一声之后感到惊讶，对我来说就十分幸福了。

我听说，中国正不断地涌现志在从事本格推理创作的才俊。以“馆系列”为肇始的绫辻作品，如能对中国的推理创作事业的发展产生激励效果，那将是我无上的荣幸。

从《十角馆事件》到《奇面馆事件》，就请大家好好享受这段阅读“馆系列”九部作品的美好时光吧！

绫辻行人

二〇一三年三月

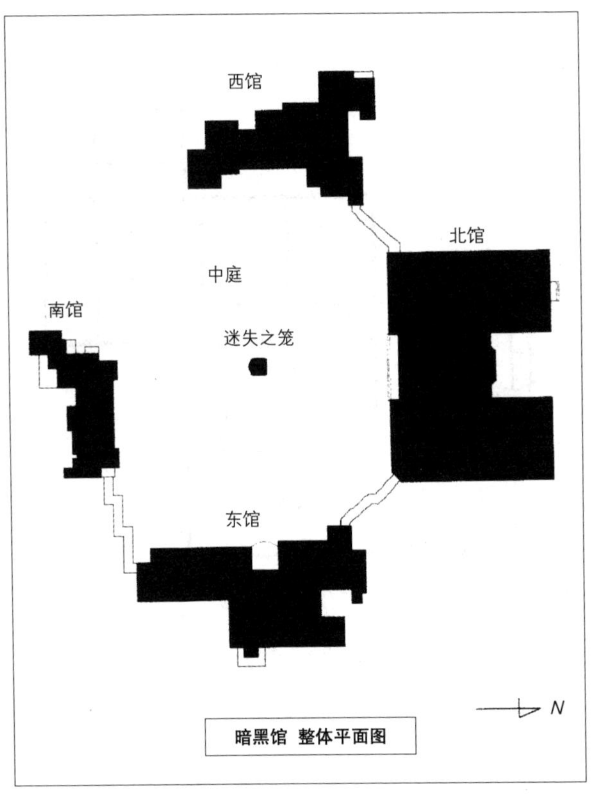

暗黑馆 整体平面图

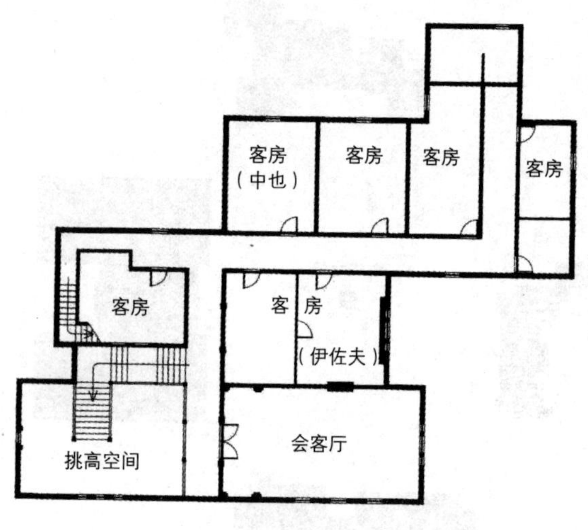

暗黑馆　东馆平面图 / 二层

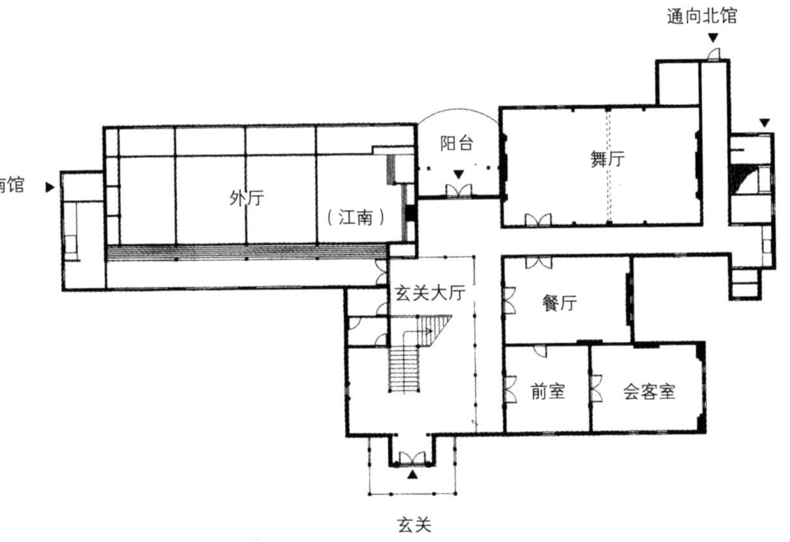

暗黑馆 东馆平面图 / 一层

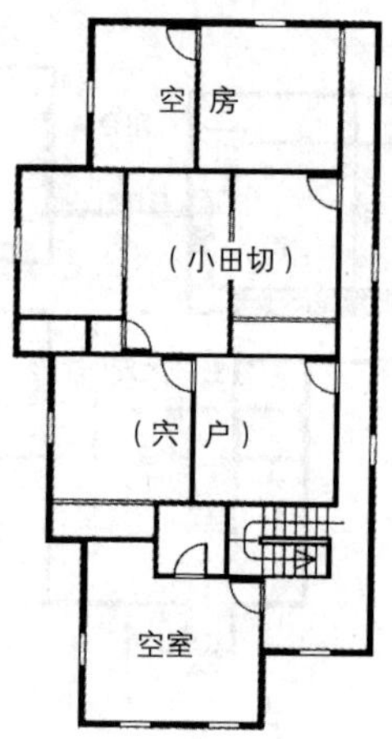

暗黑馆 南馆平面图／二层

N

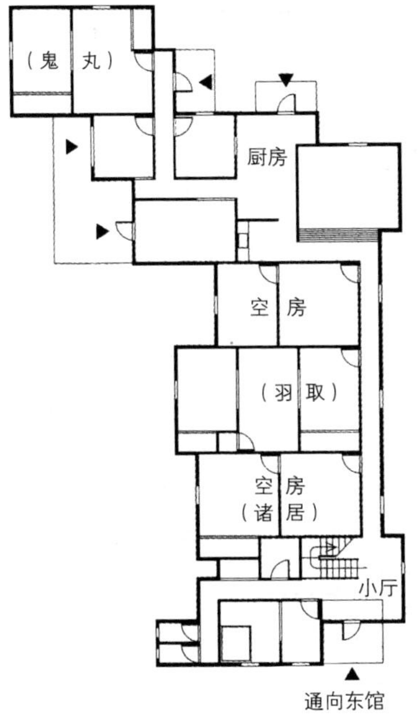

暗黑馆 南馆平面图 / 一层

N

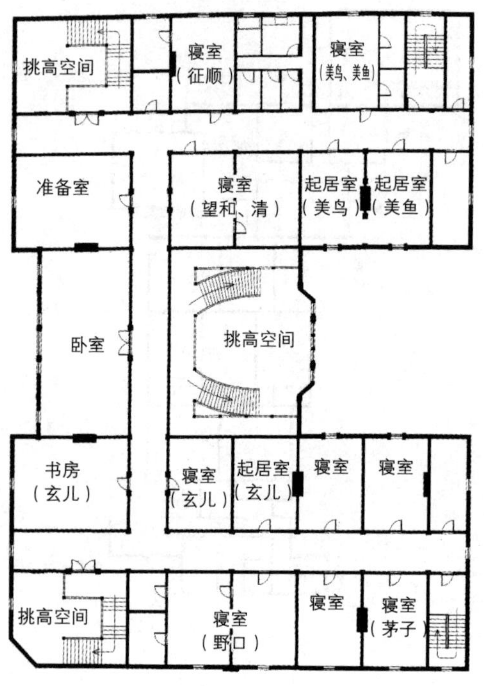

挑高空间
寝室
（征顺）
寝室
（鹣、鹣）
准备室
寝室
（望和、清）
起居室
（美鸟）
起居室
（美鱼）
卧室
挑高空间
书房
（玄儿）
寝室
（玄儿）
起居室
（玄儿）
寝室
寝室
挑高空间
寝室
（野口）
寝室
寝室
（茅子）
N

暗黑馆　北馆平面图／二层

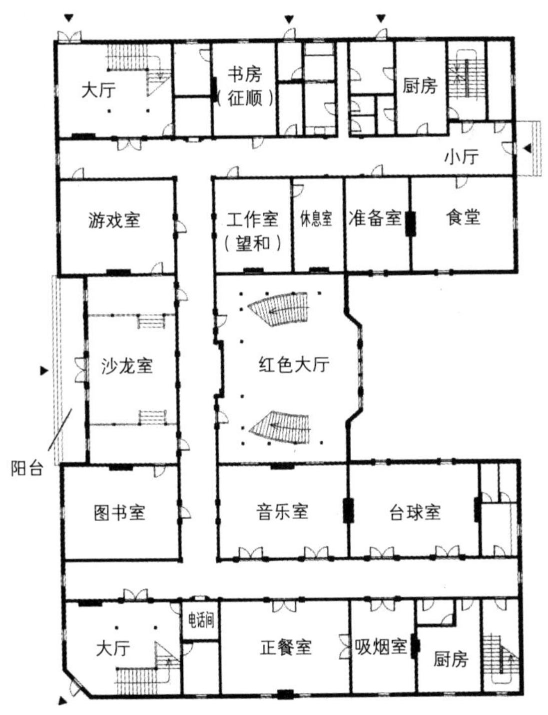

暗黑馆 北馆平面图／一层

N

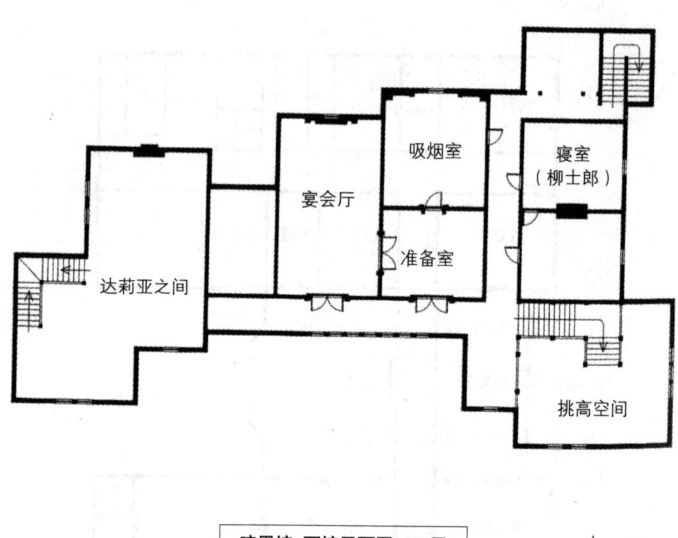

暗黑馆 西馆平面图／二层

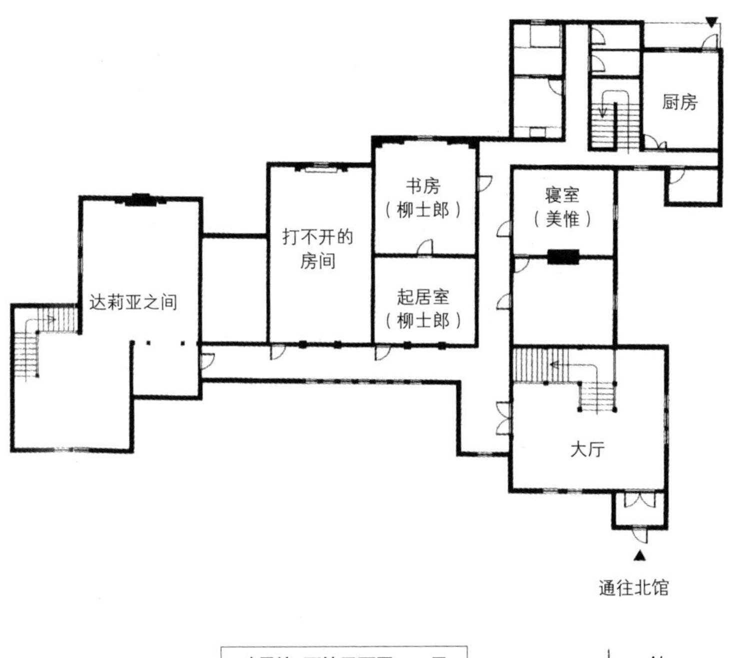

暗黑馆 西馆平面图／一层

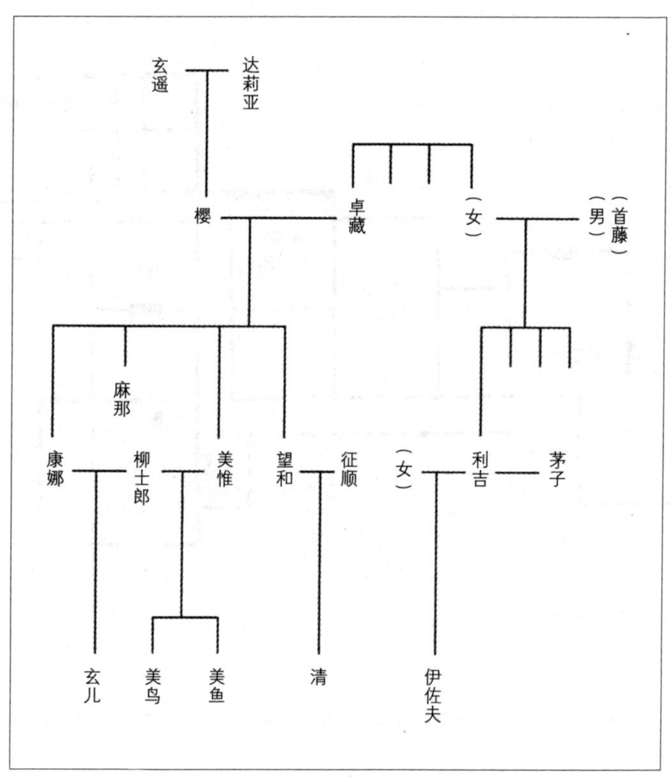

浦登家家系图

主要出场人物

江南孝明	出版社编辑。只身赶赴暗黑馆。
鹿谷门实	推理作家。执着于中村青司所设计的馆。

浦登玄遥	暗黑馆第一代馆主。
达莉亚	玄遥之妻。
樱	玄遥与达莉亚之女。
卓藏	樱之夫。
康娜	卓藏、樱夫妇之女。柳士郎前妻。
美惟	康娜之妹。柳士郎续弦。
望和	康娜之妹。征顺之妻。
柳士郎	暗黑馆现馆主，康娜之夫。康娜死后，与美惟再婚。
玄儿	柳士郎与康娜之子。
美鸟	柳士郎与美惟之女。
美鱼	柳士郎与美惟之女。与美鸟为双胞胎姐妹。
征顺	望和之夫。
清	征顺与望和之子。

小田切鹤子	暗黑馆的用人。
蛭山丈男	同上。
宍户要作	同上。
鬼丸	同上。
羽取忍	同上。
慎太	羽取忍之子。
诸居静	暗黑馆的用人。
忠教	诸居静之子。
首藤利吉	卓藏的外甥。
茅子	首藤利吉续弦。
伊佐夫	利吉与前妻之子。
村野英世	浦登家的主治医生。人称“野口医生”。
市朗	独自出门冒险的中学生。
“我”	大学生。人称“中也”。受邀到访暗黑馆。

第四部

第十七章　追忆之炎

1

我徘徊于那弥漫着的青白色烟霭之中。时间长得让我有恍若隔世的感觉……我徘徊着、徘徊着，连自己是谁、为何身处此处、做些什么等事都不甚清楚。

不过，在意识的一角，我隐约感到迷雾消散的时刻即将来临。我还隐隐预感到某样物体会在我慢慢开阔的视野中露面。

就是那座西洋馆。

红瓦高墙。紧闭的青铜格子门。门内那幢陈旧的二层西洋馆——附在暗淡象牙色墙壁上的咖啡色木质骨架。坡度很陡的藏青色房顶与带有些许神秘的天窗。那仿佛是隐匿着无限秘密的异国城堡……

我不可能再见到那本已消失的建筑了……啊！对了，我又在做梦。这是在梦中出现的情景，与昨夜的梦境相同。不、不只是昨夜，迄今为止，我一定做过几十次甚至几百次同样的梦，只是已经忘记了而已。那是年仅八岁的我，即距今十一年前的夏末的梦。

迷雾散去，黑红色晚霞在天空中扩散开来。不知从哪儿传来夜蝉的鸣叫之声。我回头一看，那个比我小三岁的弟弟……**不在我身后**。

弟弟没在。

我独自一人。

——这是上哪儿野去了？怎么弄了一身的泥啊。

现在再也无法见到的那个人——母亲的声音，突然响彻耳畔。

——疯玩儿什么去了？

——那怎么成！

——XX，那怎么成呢。

……妈妈。

——你可是哥哥，怎么这么皮……

……对不起，妈妈！

——怎么能随便进入别人家呢。

……但是，现在那里没有人住呀。

——不许回嘴！

……我知道了，妈妈。

温柔美丽。冷漠可怕。近在咫尺似又远在天边……关于母亲的记忆无可奈何地被凝固于此。

——万一有个闪失，怎么办？

……对不起，妈妈！

——要是下次还这么皮，就让你爸爸狠狠地揍你一顿。

……知道了，妈妈。

父亲的名字是保治。母亲唤作晓子，是个非常适合穿和服的美人。

……对不起，妈妈。

我喃喃说着“对不起”，手却伸向格子门。缠在门上的锁已被切断，不费吹灰之力就能推开。它发着轻微的嘎吱声缓缓地打开，吸引我向院内走去。

我穿过荒废前院的红砖小路。满地枯叶在突然而至的干燥风中发出耳语般的声响……突然，我发现——

那不是夏季。不是十一年前的那个夏末。那时秋意已深，变色的树叶开始自树上掉落……

……啊，妈妈。

在挥之不去的罪恶感的折磨下，我战战兢兢地向前走去。

小径深处出现了建筑物的大门。而且，在那扇褐色双开门前，我看到身着翠色和服的那个人的背影。

……妈妈。

夜蝉仿佛受到惊吓，鸣叫声戛然而止。天空中的晚霞也随之立时鲜红起来，我心中一阵战栗。

……不要，妈妈。

我想大声呼喊，但怎么也发不出声音。我想追过去，但怎么也挪不动腿。

……不要啊，妈妈。

……妈妈，快回来。

她没有察觉到我内心的呐喊。妈妈打开了门，消失在西洋馆中。

……妈妈。

我浑身无力，呆若木鸡。晚霞愈发鲜艳，云层膨胀四散，几乎覆盖住整个天空。片刻后，鲜红刺眼的雨开始自云层落向地面。雨……不，不是雨！那不是雨，是火焰！无数滚滚燃烧的火焰，宛如火山熔岩，向着她进入的西洋馆倾泻而下。

眨眼间，火舌舔着西洋馆，令整个建筑熊熊燃烧起来。晚霞下的天空不知何时失去了光亮，取而代之的是夜空的黑暗。凶猛无情的黑红色火焰猛烈炙烤着周围的黑暗。

——不行，不能靠近！

不知是谁的声音在身边响起。

——危险！快，退后！

这是聚集在火灾现场的大人们拦阻着打算靠近房子的我而发出的命令。

……妈妈。

我哭喊着。

……啊，妈妈。

妈妈、妈妈！妈妈……

……是的，没错。十一年前的那个秋夜，我的母亲就这样成了不归人，享年三十一岁。对于周围人来说，她死得实在太早、太突然。

那一日，真相到底是什么？

那个秋日，在我家附近的那栋西洋馆中发生了一场大火灾，自傍晚一直烧到深夜。翌日清晨，自灰烬之中发现了一具被认为是我母亲的女性焦尸——我觉得大家所知道的恐怕仅此而已。

那幢废弃空屋之中的火灾起因无法判断。不知道那是人为纵火、自燃，抑或是事故。火灾原因的调查最终不了了之，事情就这样过去。

据说那个人——我的母亲是独自走进已经着火的房子之中的。一副走投无路的样子，嘴里不停叨念着什么……这是几个在现场目击者的证词。我得知灾情是在火灾发生几十分钟之后。我已经记不清楚在那之前自己身在何处、做些什么。唯一能确定的是自己并不在家。我想可能独自外出了，但没留下更具体的记忆。

当我赶到现场，火势已经猛烈到连赶来的消防队员都感到害怕的地步了。闻知母亲好像在里面，我震惊了。慌乱的我想要靠近建筑，却被大人们拦住，只能站在那里哭喊。当时的状况，连训练有素的消防员都无法冲入火场救人。

说不定母亲是为了寻找我才跑进那栋房子的。

我暗自如此断定。

那一年的夏天，由于弟弟告状，我被母亲怒斥一顿。但是，自此之后我依旧独自潜入那栋西洋馆。或许母亲注意到了这点，才在火灾发生的那个傍晚，笃定不在家中的我还在那栋房子里玩耍，所以……

或许，这种想法只是我那愚蠢愿望的表现而已。

如果她不顾生命安危，真心挂念自己的孩子——**不是弟弟**，而是我才采取了那样的行动的话……

如果真是那样的话……在我暗自如此期望的贫瘠的内心深处，当然也强烈地存在着截然相反的希望。因为若真如此，那就是说她是**因为我**才被卷入火灾而丧命的。**就是因为我**，因为违背她的命令继续潜入那栋西洋馆的我……

就这样……

关于她的记忆被固定于**此**。温柔美丽。冷漠可怕。近在咫尺似又远在天边……以这种矛盾的形式，将关于她的记忆包裹于无法修正的坚硬厚壳中。

今年五月的那个晚上，玄儿在白山的家附近发生了火灾。当时的情况令因事故而暂时失忆的我记起了十一年前的这件事。

2

在无尽的梦境之中，无情的大火依然熊熊燃烧。

——那怎么成!

火焰深处响起母亲的声音。母亲被烧得面目全非，浮现在炙烤黑暗的摇曳红莲之火中。

——XX，那怎么成!

那声音、那容貌慢慢变成了另一个女人。

——XX，多保重呀。

啊，这是……

——你一定要多保重啊!

这声音，这容貌是……

是了,这是她的声音、她的容貌。那位身处家乡、小我两岁的……

去年春天，在我十八岁生日那天，我们订了婚。两家按照老风俗交换婚约，现在的确少有小小年纪就订婚的了。

她是我表妹，现在就读于当地的女子高中。在我去东京后，不到两星期就会写一封长信给我。当我因暂时性失忆住在玄儿家时，她为总收不到我的回信而担心不已。

——XX，你好吗?

这是她的声音、她的容貌。

——在大学可要好好学习呀!

这是她的……不、等等，她……她叫什么来着?她的姓氏、她的名字……唉，为什么?为什么我想不起来呢?因为在梦中的缘故，还是我又丧失了记忆呢?

不知为何，被我遗忘了姓名的那个女孩的脸，复又变成母亲十一年前的模样。但是，正当我想喊“妈妈”的瞬间，再度变回那个女孩……

……无须迷惑。

现在无须再深入思考。是的，我早就意识到自己希望能从表妹的相貌、表妹的声音……说不定是从她的整个人身上，找到亡母的影子——我早就知道、早就意识到了这点。

——对了，XX 呀。

这是呼唤着我的声音。是约定终身者的声音，亦是现在再也无法见到的母亲的声音……

——对了，XX 先生。

这声音清脆宛若透明的玻璃铃铛般，又好似小鸟的婉转啼鸣之声……

——对了，中也先生。

……不对。这、这声音……是?

——吓了一跳吗，中也先生?

——中也先生，你生气了吗?

摇曳的火焰中重叠浮现出的那张容颜不断扩大，然后慢慢裂成两半。

——对了，中也先生。

——我们有件事要拜托中也先生。

是美鸟与美鱼。这对美丽的畸形姐妹的面容完全相同，声音也如出一辙。

——不行吗，中也先生?

——你讨厌我们?

……我是一个人，你们可是两个人，这怎么能行呢。我慌忙回答道。

……如果一个男人和两个女人结了婚，就犯了重婚罪呀。

——那就没关系啦。

——因为我们俩就是一个人呀。

——可不是嘛，我们俩是一个人呢。

……两个人是一个人！姐妹二人自腹部到腰部一带结合在一起，是世上罕见的“完全的 H 型双重体”。

——然后，我们永远在一起……好吗，中也先生？

——永远在一起……好吗，中也先生？

这对双胞胎露出天真而妖艳的微笑，突然把目光投向了另一侧。目光所至之处，出现一个黑色长发的女人。苍白纤细的脸型，心不在焉的表情……那是这对双胞胎的母亲——美惟。

——生我们的时候，妈妈受了很大的惊吓。

——从那以后一直……时至今日她依旧活在惊吓中。

美鸟与美鱼到底怎么看待她们的生母的呢？她们是以怎样的矛盾心态去看待生母的呢？

我想着想着，双胞胎的脸消失了，她们那沉默的母亲也消失了，取而代之的是一张双眼圆睁、噙满泪水的女性的脸。那是望和。

颤动的长长睫毛，哭得红肿的眼睑。她那涂着口红的樱桃小口发出纤弱而悲伤的声音。

——阿清，你在哪里？

——那孩子有病。

——我总要看着他才行……但都是我的错呀。

——那孩子之所以得病，是因为我……要是我能代替他就好了。

——真的。我真的已经……

她的话戛然而止。原因显而易见。望和戴着的淡红色围巾深深地勒入她那柔软雪白的脖子。

看着看着，望和的样子变了。自满面悲伤忧郁变成了丑陋地瞪着白眼的痛苦表情。缺少血色的苍白肌肤因骤然瘀血而变成红紫色。

在没有火焰的黑暗夜空之中，有一个人一动不动地注视着这悲惨的变化。那是光秃秃的头顶上戴着灰色贝雷帽的阿清吧？这个长相苍老的九岁少年。他那干枯的嘴唇微微蠕动着。

——妈妈……

嘶哑地低吟。

——不要……再这样……

这个少年究竟怎么看待自责的母亲呢？他是以何种矛盾的心态来看待生母的呢？当他知道生母惨遭杀害时，又会以怎样的心情来面对现实呢？

持续燃烧的火势不知何时明显减弱了。片刻之后，望和的脸与阿清的身姿也融入了黑暗。这时，火焰也几乎快消失了。在梦中的意识深处，我依稀预感到这梦即将结束。但是……

预感竟然不准。

一个异国美女取代消失的火焰出现在眼前，她身后则是无尽的黑暗。

她那一直垂落到胸口的长发，犹如身后的黑暗流动出来一般乌黑。她那深褐色的双眸锐利地看向我。她肌肤白皙，略显病态。鼻梁高而挺直……这明显不是日本人的相貌。鲜红色的唇畔泛出堪称妖艳的美丽而又性感的微笑。

我立刻回忆起来。

这是昨夜在西馆二楼的宴会厅中看到的那幅肖像画。是第一代馆主玄遥从意大利带回来做妻子的女性。是玄儿，还有美鸟与美鱼、阿清的曾外祖母——达莉亚。

——吃！

肖像画中原本不该动的美女的嘴唇，出人意料地动了起来。但发出的却不是达莉亚的声音，而是昨夜宴会上听到的，由浦登家的人们发出的异样的唱和。

——喝下去！

——给我吃下去！

——把那肉吞下去！

正在这时，之前一直处于旁观者的我的角度发生了戏剧性变化。我本应该独自站在燃烧着的西洋馆大门附近，但瞬间场所转换，我坐在了宴会厅的餐桌旁、与昨夜相同的位子上。

房间里除了我之外，没有任何人。同昨夜一样，四处点着红烛，屋里飘荡着奇异的香气。那气味仿佛是甜的，又好像是酸的，似乎还有点苦。

在桌子中央摆着盖白布的盘子。那是个非常大的椭圆形盘子。鼓起的白布让人感觉出盘中的料理的体积。那里面到底是什么菜呢……我好奇而又害怕地盯着那鼓起的白布。

过了片刻，穿着黑色肥大衣服的"活影子"——鬼丸老人悄无声息地走进房间。他把兜头帽压得低低的，依然让人看不到他的脸。

鬼丸老人走到桌旁，双手抓住盖在大盘子上的白布两端，对我说了一句：

"请您用餐。"

他用嘶哑的声音颤巍巍地说完，一下子掀掉了盘子上的白布。

然后，我看到了**某样物体**。

——给我吃下去！

肖像画中的达莉亚的嘴唇动了起来，从她嘴里又传出了浦登家人们的声音。

——把那肉吞下去！

漆黑的大盘子里盛放着我从未见过的料理。

那东西仿佛有烤全猪那么大，但那绝不是猪。覆盖着墨绿色的硕大鳞片、仿佛巨大鱼尾的料理就在我眼前，但那绝不是鱼。被鳞片盖着的只是它的下半身，上半身不仅没有鱼鳞，而且肌肤宛若刚剥掉壳的鸡蛋一般光滑。它还长有两条手臂。手上也有五根手指——啊，这是什么？这个异形的生物到底是……

“人鱼”这个词，终于慢慢地浮现在我脑海之中。

人鱼？

这是人鱼吗？这就是人鱼吗？

传说中栖身于影见湖的人鱼。难道这人鱼的“肉”就是一年一度的“达莉亚之夜”宴会上被享用的食物吗？

用人来比较的话，它身长如三岁婴儿，确实具有人鱼的形态。这是已经烹饪好的，还是没做任何加工呢？一眼看去，无法判断。至少没有烧煮过的样子。感觉它还活着。

脖子以上的部分用另一块如头巾般的黑色物体遮盖。那下面到底是一张什么样的脸？光想想就毛骨悚然。

它是男，还是女？露在外面的上半身是如婴儿一般的中性体形，无从判断。说起人鱼，一般想到的是女性，那么头巾下面的会是天真无邪的少女的脸呢，还是半人半鱼的恐怖面相呢？

鬼丸老人再次自房间角落的暗处走到桌旁。他的手里拿着二十公分长的切肉刀。

我只能坐在那里，一动不动，屏息看着他的动作。

切肉刀的刀锋靠近盘子里人鱼的腹部——那里正好是鱼鳞与皮肤的交界处。一刀切下去的瞬间，啪的一声，鱼尾仿佛跳动了一下。但它的上半身纹丝不动，所以这恐怕是神经反射。

它肯定死了——我对自己说道——不会还活着。如果还活着，不会这样任人宰割……

刀锋所到之处，血一点点地从切口处渗出来。那血同样是鲜红的颜色。鱼尾只在最初的时候跳动了几下。人鱼的腹部被小心切开，其下是黏滑而闪光的内脏。我不由想起以前在生理课上被迫解剖鲫鱼及青蛙的实验。

结束“工作”后，鬼丸老人用黑衣下摆擦净满是血污与油脂的切肉刀，又退回房间角落里。

——给我吃下去！

从肖像画中的达莉亚口中又传出人们的声音。

——把那肉吞下去！

但我依然一动不动地坐在椅子上。盘子里的人鱼被剖腹的场面过于恐怖血腥，无论如何我也毫无心情品尝。

我把头扭向一边，闭上眼睛，祈祷这个噩梦早些过去，然后慢慢地摇摇头，战战兢兢地睁开双眼。

房间里竟然情形大变。

刚才，房间内还只有我一人。而现在，浦登家族的人按照昨晚宴会时的顺序围桌而坐。有当家人柳士郎，美惟与她的女儿——那对双胞胎姐妹，阿清坐在征顺与望和的中间，玄儿也在。

——给我吃下去！

八张嘴同时张开，异口同声地说道。

——把那肉吞下去！

八人一起站起来，将手伸向桌上的大盘子。他们直接用手抓住盘子里被小心切开的人鱼腹部，有的从上面撕下肉块，有的拉出了内脏，然后一言不发地向着唯一没有伸手、纹丝不动的我的身边汇集过来。

——给我吃下去！

柳士郎边说边将手中的肉片塞入我的嘴里。

——给我吃下去！

玄儿说着，将手中的内脏碎片塞入我的嘴里。

我无法抵抗。征顺的手、美惟的手、望和的手、美鸟与美鱼的手，还有阿清的手……当肉片和内脏一个接一个自那些人的手里塞入我的嘴里时，我只能强忍呕吐，咀嚼几下便咽下去。中途，呼吸变得困难起来，眼泪也夺眶而出。但是，即便如此我还得一个劲地吃。

腥臭。铁锈味。有些涩。但好像还有一丝甜味……这就是人鱼肉的味道吗？吃完这些肉，我就成为他们的“伙伴”了吗？

——那么，`现在……

回到座位上的当家人用他那浑浊的双眸环视一周，充满威严地低声说道。

——让我们看看今晚的“脸”吧。

他起身将手伸向盘子，拿下盖住人鱼脖子以上部分的黑头巾。

头巾下出现的是人脸，而且我很熟悉那张脸……不、岂止是熟悉！自我出生时，它就一直跟随着我，恐怕这世界上没有人比我更能知道它的特征……天啊，怎么回事？那个——那不正是我、我自己的脸吗？

惊愕与恐惧令我大声喊叫起来。但是，那叫声并不是从**我自己**

的嘴，而是从大盘子上那和我长得一模一样、血淋淋的人鱼的嘴中发出的。

——吓了一跳吗，中也先生？

双胞胎咯咯地笑起来。

——你不喜欢被吓到的游戏吗？

我还在喊叫着。人鱼还在不停地喊叫。

我半癫狂地从椅子上跳起来，向房门跑去，希望能尽早逃离这里。就在这时，不知道什么东西突然在脚边蠕动起来。

我低头一看，裹着泥的头盖骨滚到了脚边。不仅如此，直到现在我才发现，在这间屋子里散落着无数白骨。这些——这些都是人类的白骨吗，还是过去在这间宴会厅中被吃掉的人鱼的……

因为过度惊吓，我再也挪不动步。胆战心惊的我再度大声喊叫起来。盘上浑身鲜血的人鱼随即又发出了叫声。与我一模一样的脸因过度的恐惧而扭曲，嘴张大到了极限……突然，有东西从他的嘴角蠕动而出。那黑色闪光的细长生物……

……那是蜈蚣！

我刚反应过来，人鱼的嘴继续裂开，一直撕裂到耳边。无数的蜈蚣从那里钻出来，仿佛黑亮的石油喷发。

几乎在一瞬间，桌子上满是蜈蚣。

眨眼之间，它们如雪崩般落到地板上，扩散到整个房间，爬到我僵直的身体上……

……我感到剧痛。

在右臂上、在臂肘的内侧附近——难道我又被那令人厌恶的节肢动物的毒爪……

“……啊！”

随着短促的喊声，我坐起身来。于是，我总算自这漫长的噩梦中醒了过来。

“已经没事儿了，中也君。”

身边响起玄儿的声音。

“没事儿了，别乱动。”

“玄儿。”

“来，躺好。”

我在床上。身上盖着厚毛毯。至少我的上半身裸露着，什么也没穿。

“来，中也君。”

在玄儿的催促下，我枕着枕头重新躺好。

玄儿就坐在床边、在我的身边。不知为何，他的左手紧紧抓住了我的右臂。

“玄儿？”

剧烈的疼痛。

这疼痛与方才梦醒时分的剧烈疼痛不同——在被玄儿握住的右臂上，在右臂内侧附近。

“啊！玄儿，你做什么……”

“没什么，不要动！”

说着，玄儿握住我右臂的手再度用了些力气。我想确认一下疼痛的原因，便再次欠身看看玄儿的手。于是，我看到——

在玄儿握住的右臂内侧、在煞白皮肤下的蓝色静脉之中，有一根就要被拔出来的银针。

3

我马上明白了，那是玄儿右手上的注射器。他是在为失去知觉的我注射药剂吗？这样一想，尽管我感觉到莫名的不舒服，但还能够理解。

玄儿放开我的手臂，从床边站起来。这时，我看到注射器中还残留少量液体。是因为我突然跳起来而没能把准备的药物全部注入吗？——不过，欸？那液体的颜色是怎么回事？那厚重的红色，就好像是……对，好像是人的鲜血一般。

虽然一下子我感到了些许疑惑，但并没有再怀疑下去。不，老实说应该是没法继续怀疑下去。因为我刚刚苏醒，而且意识还处于半朦胧状态。噩梦的余韵仍紧紧盘绕在脑海，我怎么也无法将思考集中到眼前的现实中来。

我将视线移向右臂。

自打针的静脉处渗出红色的血珠慢慢膨胀，眼看就要崩裂出来。空气中微微飘散着酒精气味。臂肘内侧凉丝丝的，还有些许疼痛。

玄儿伸手将脱脂棉按在注射处，贴上胶带将其固定住，然后让我弯曲手臂。

“就这样待一会儿。”

他命令道。

“好了，躺下来吧。”

我听话地再次躺下。

“中也君，做了个很可怕的噩梦吧？”

玄儿又坐在床边的椅子上，看着我的表情。

“你做了什么噩梦啊？”

我想回答，但发不出声。渐渐模糊远去的噩梦再度慢慢在脑海中扩散开来。我觉得一旦自己用语言表达，就可能瞬间被再次拽入同样的噩梦中。于是，我避开玄儿的视线，躺着轻轻地摇摇头。

“难不成……”

突然，玄儿眉头紧锁、轻声低语。

“难不成，中也君你……你还记得发生过什么吗？”

说着，他凑了过来，让我无法避开他的视线。

“自己是谁？这是哪儿？现在是什么时候？在你晕过去前发生了什么？这些你不会全部忘记了吧……”

啊，原来如此。看来玄儿又想起今年四月时，我们相遇的情景了。大概是他看到我茫然的样子，突然担心记忆恢复的我会像那次一般丧失所有的记忆吧。

所谓记忆，似已全无。

中原中也《昏睡》中的片断慢慢浮现在脑海之中，而后仿佛渗入水中，烟消云散了。

漫步道中，不禁目眩。

“这是哪儿？”

我反问道。其实我并不想让玄儿更加担心。

“现在到底……”

这的确是个问题。

我很清楚自己是谁（……自己是谁？这突然成了一个不折不扣

的疑问，跃然纸上)，也知道这里是被称为暗黑馆的浦登家族的宅子。我还能详细地想起导致我失去知觉的前因后果（马上又被吞没在混沌之中……)。但是，关于那以后——当我深陷在那毛骨悚然的“人骨之沼”的泥泞中，意识远离现实——的事情，自然完全都不记得了。所以……

“这是哪儿？这个房间是？”

我补充问道。

“现在到底……我昏迷有多久了？”

“这是北馆二楼的我的卧室。”

玄儿的表情缓和下来，好像放心了一点儿。他与我拉开了距离。

“已经过了一天。现在是二十六日、星期五的凌晨一点多。你差不多睡了五个小时左右。”

“五个小时……”

这是一段难以判断长短的空白（已经过了一天。二十六日……现在是九月二十六日……)。这期间，玄儿一直守候在我身旁吗？不，不可能。综合考虑，这不可能。

“感觉怎么样？有发烧或恶心的感觉吗？”

被他这么一问，我才有意识地想了想。我既没发烧，也不想吐，既没觉得冷，也没感到头疼。我暂且回答说“没有”，不过绝不是感觉完全良好的意思。

弯曲的右肘内侧，注射处的钝痛慢慢淡去。但与此同时，另一侧——以左手背为中心，突然感觉到另一种疼痛。虽然不是难以忍受，但一跳一跳地疼得厉害。为什么那里会这样疼？原因不言自明。

“那只手疼吧？”

玄儿之所以反应这么快，或许是因为我在毛毯下悄悄地动了一下左手，抑或是因为我非常不舒服而愁眉苦脸的缘故。

“被蜈蚣咬伤的是手背和手腕两处。能这样可谓万幸，光我看到的大蜈蚣就有五六只。你的手偏偏伸到蜈蚣多的地方，还真是倒霉啊！”

我不禁呻吟一声。只要稍稍回想起当时的情形，我就会全身起鸡皮疙瘩。

幼时曾被蜜蜂蜇过脚，但被蜈蚣咬还是第一次。虽然我觉得两者引起的瞬间剧痛相差不大，但对于视觉的冲击却截然不同。现在我必须做好心理准备——今后在梦中，那蠕动着的丑陋蜈蚣群将会不断出现，令我烦恼不已。

“野口医生为你做了相应的治疗，所以基本上不用担心。弄不好可能会生坏疽什么的，但还没有因为蜈蚣毒而丧命的先例。而且你也没发烧，应该没事的。疼痛还会持续一段时间，但很快就会痊愈。在此之前，你要稍微忍耐一下了。”

“好。”

我点着头，动了动毛毯下的左手。我能感觉到自手掌、手背直至手腕一带缠着厚厚的绷带。不仅感觉到肿胀，而且经玄儿提醒，我也感觉到疼痛的根源来自那两处。

“在这个岛上……有很多蜈蚣吗？”

尽管我觉得这个问题很愚蠢，却依然问道。

“谁让这里是深山老林嘛。就算岛上有一两百只蜈蚣也不足为奇。有时它们也会钻进宅子里，所以家人们已经见怪不怪了。当然，不管何时，这种生物都不会让人觉得舒服的。”玄儿苦笑着说道。

“可不是吗。”

“咬你的是褐头蜈蚣。因其头部是深褐色，所以得了这个名字。

还有一种青头蜈蚣，和它很像。不过，褐头蜈蚣要大一些。有的全长十五公分，是日本之最呢。”

全长十五公分吗？好像确实有那么大。不，好像还要大一些。

全身又起满了鸡皮疙瘩。我躺着摇摇头，希望他不要说了。但玄儿毫不在乎，用一种奇怪的得意语气继续讲解着有关蜈蚣的知识。

“别看蜈蚣这玩意儿长得那样，可也很重感情。据说雌蜈蚣在初夏产数十个卵，但即便幼虫孵出，雌蜈蚣仍然不吃不喝地守护两个月，直到其能独立行动。这种母爱难道不让人感动吗？

“当然，这种行为肯定出于本能，用‘母爱’这种人类价值观来形容有点可笑。但是，中也君，如果和这些自然界生物进行比较，你就会发现我们人类是多么畸形的存在了。虽然领悟得晚了一点……”

“嗯。”

“好了，先不说这个。”

玄儿伸直面向床前的身体，用右手托着尖下巴看着我。黑裤，黑色长袖衬衣，黑色对襟毛衣。他依然是清一色的全黑打扮，但每一件都与五小时前完全不同。他在外面淋得湿漉漉的，回到馆内当然要换掉所有的衣服。

“把昏迷倒地的你带回来可费事了。四月那场事故的时候，我叫了救护车，还轻松一点儿。”

“对不起。”

我轻轻叹口气。

“连我都没想到……

“没办法。可真让我担心死了，但情况好像没有想象的严重——真是太好了。”

重复说着“太好了”的玄儿将撑着下巴的手慢慢向我伸过来，然后将我睡得蓬乱的头发缠绕在中指上，顺势缓缓地向下抚摸着我的脸庞。

玄儿的手如死人般冰冷异常。

4

“中也君，我再问一次，除了左手疼痛以外，没有什么特别不舒服的地方吧？”

“嗯，我想应该没事。”

“那就好。”

玄儿点点头。

“我已经让忍太太洗净你的衣服了。手表在那儿——那边的床头柜上。衬衫口袋里的香烟因为受潮没法再抽了，所以我扔了。想抽烟的话，就抽我的吧。”

“嗯，好的。”

“你可以先穿我的睡衣，或者我帮你从包里拿来？对了，还有香烟，一起拿来吗？”

“啊，不用了，过会儿我自己去。”

我根本不想抽烟，对于换衣服也无所谓。与此相比，我现在最想喝水。嘴太干了，甚至难以咽唾沫，令我差点儿失声。

听到我的要求，玄儿从椅子上站起来，走到墙边的餐具柜前，自柜子上的水壶中将水倒入茶碗拿给我。我忍着左手的疼痛，坐起身来。右肘已经可以伸直。我接过茶碗，一口气喝完，总算缓过神来。

我突然察觉到——

静夜无声。只听得玄儿与我两人的呼吸声，以及房间里的时钟齿轮声。

我边侧耳倾听，边缓缓地环视房间。

玄儿的卧室好像在一楼音乐室的正上方。这里没有一扇窗户。在我对面的右首方向有一扇门，那里应该是二楼的主走廊，所以那边是南边？那么，与这床头板相连的墙壁后面，就是红色大厅的走廊了。

“暴风雨停了吗？”

我问道。黑夜里，一片静谧。无论我怎么侧耳倾听，不要说雷声了，就连风雨声也一点都听不到。

“嗯，总算停了。”

玄儿说着，揉了揉起了淡淡黑眼圈的眼睛。恐怕他也很累了吧。

“大概两小时前雨停了。据天气预报说，天气暂时还不稳定。”

“那么，电呢？”

整个房间的基本色调依然是毫无光泽的黑色。同美鸟与美鱼那里一样，盘踞在房间内的大床可容两三个人睡得舒舒服服。两边的床头柜上，开着带有茶红色灯罩的台灯。我看着那柔和的光线问道：

“已经来电了吗？”

“比想象的早。还没用备用发电机，就来电了……”

“电话呢，还是那样？”

“是啊，还没通。”

在脱离了苏醒后的半蒙眬状态，自噩梦的余韵中解放出来之后，我的心情也渐渐平静下来。于是，我自然而然地开始关心起在这空白的五小时内到底发生了什么。我希望知道的，或者说是必须知道的事情一个接一个浮现在脑海里，怎么也控制不住。

“那少年呢？”

我问道。

“那少年是谁？从哪里来的？为什么而来？当时为什么会在那个大厅？我们追上他以后……后来他怎样了？目前在哪儿？在做什么？”

“中也君，我不是说苦了我了吗？”

玄儿的嘴角露出一丝苦笑，但他眉头紧缩，眼光中全无笑意。

“我又不能将那少年弃置不管，单单救你一人。反过来，也不能把你放在那边，先带那少年回来。更不能丢下你们两个回去喊人帮忙。但干等也别指望会有人来。”

“说得没错。”

“实际上，我先跑过去看看你的情况，赶跑蜈蚣后，抱起筋疲力尽的你，放到附近树下多少可以避雨的地方……然后，马不停蹄地跑向那个在犹如泥沼的水塘中挣扎的少年。幸好，那少年虽然惊慌失措，但还想方设法爬了上来。不过他很怕我，所以，安慰他成了我最累的差事。我费尽口舌让他平静下来，告诉他不要怕，也不用逃，还让他和我们一起回来……”

救命——

我想起那少年软瘫瘫蹲在那泥潭之中，带着兜头帽，气若游丝地呼喊着。虽然时间最多过去五个小时，但我不知为何感觉已过数天。

——救救我。求求你……我、我什么都没……

“我背着昏迷的你，牵着少年的手，靠着一只手电，在大雨中浇成落汤鸡，总算回到了北馆后门……啊，还真是苦了我。”

“对不起。”

“你用不着反复道歉啦。”

玄儿苍白的脸上露出微微的苦笑，他眯起双眼、仿佛想看穿我的内心。

“最终，你平安地醒过来，好像也没留下后遗症。总算我的辛苦没有白费。”

“是啊。”

“回到馆内总算有人帮忙了。那时也来电了，帮了大忙。”

玄儿叼着香烟，用火柴点上火。不知他心爱的煤油打火机被雨淋湿了，还是没有油了。

“我把你放到这个屋子后，让野口医生诊断了一下。美鸟与美鱼也很担心，一直守在旁边，久久不肯离去。”

“啊……”

“我让那个少年在后门附近的那个餐厅里休息，直到我回来为止都由鹤子太太代为照看。不久，等你的病情明了，我觉得并无大碍，就去餐厅和那少年聊了聊。”

“然后呢？他是什么人？”

我急于知道答案。玄儿并不怎么享受地吐着烟圈说道：

“好像叫市朗。”

“市朗……”

“市场的市，明朗的朗。我让他写在纸上确认的。姓氏是波贺。据说才上初中一年级，是I村杂货铺的独生子。”

“为什么他……”

“嗯，好像有很多他个人的原因。可惜他完全吓坏了，脑子似乎也已经混乱了，说话没有条理。我试着按顺序问他，大概的情况已经明了，但还有很多不清楚的地方。”

玄儿稍作停顿，仿佛说服自己一般地“嗯”了一声后继续说道：

“不过，在我看来，至少那少年——市朗并不是杀害望和姨妈的凶手。他看上去并不像是能做出那么穷凶极恶事情的人，也想不出他有任何杀人动机。据他本人说，他偶然发现那个窗子上的破洞，偷偷溜进红色大厅，被我们发现后逃了出来。在I村，关于这座浦登家族的宅子和里面的人，似乎流传着相当恐怖的谣言。不知道他到底听过些什么，但看样子他似乎相信只要被这里的人发现，就会被抓来吃掉。”

被宅子里的人追赶，在黑暗与电闪雷鸣中拼命奔跑，最终掉进那个“人骨之沼”。我们可以充分想象出少年内心的恐惧，那恐怕不是一般的恐惧。可能正是因为过于恐惧才差点儿发疯，但是……

“但是，他为什么要来这里？”

我背靠着床头，看着玄儿的唇畔，接着问道。

“他什么时候来的？怎么进来的？目的何在……”

“据说他前天从村子出发——不，应该是大前天了吧——二十三号的早晨。与你同一天来到这里的。因为秋分那天中学放假。”

“独自来的？”

“好像是。他说自己不是迷路碰巧来到这里，而是一开始就以这个宅子为目标，从村子里出发的。想看看传说中可怕的谜一般的宅子——这个年龄的孩子大概常有这样的冒险念头吧。”

“冒险吗？原来如此。”

“翻过百目木岭一直走过来的话，那路程可就远了。我不知他出发时是否想到了这一点，但这实在是胡闹。”

“嗯，的确是胡闹。”

“那天晚上，他到达影见湖边。那时还没下雨，而且虽然天气越来越差，但谁也没料到后来会有那么大的暴风雨。不过……啊，对了。他说路上遭遇塌方，路被埋了。所以，即便他想回也回不去了。”

“塌方？”

“是的。先是发生了地震，然后出现塌方……他是这么喃喃自语的。如果真是这样，那我们也许也完蛋了。即便天气恢复正常，我们设法渡过了湖，可前面的道路却是那样。”

“是多大规模的塌方呢？”

“谁知道呢。我倒没问那么详细。”

玄儿将即将掉落的烟灰弹在床头柜上的烟灰缸中。我又问道：

“到达湖边还不算太难，但他怎么上岛的呢？”

“啊，这个嘛……”

“要是二十三日晚上的话，那艘手摇船被那个叫江南的年轻人乘坐之后，不就漂到湖中去了吗？而第二天，蛭山先生乘坐了摩托艇，随后当场发生了那样的事故。”

“我也觉得不可思议，就问了问看。他说他是二十三日在湖边停车场上的吉普车里过的夜。到了第二天下午，他绕到湖背面发现了那座浮桥，然后用那座桥渡湖的……”

“这样啊。”

我感到一条线索因此清晰起来。

“所以那座浮桥才会那样……”

“就是因为他不顾牌子上的警告，强行踏上那座腐朽不堪的浮桥，桥才会断开。”

“那是二十四号的下午。”

“真是合情合理啊——上岸后，他好像一直躲在某处。我刚要详细询问，但是他已经到达了极限。”

“极限？”

“体力上的极限，当然也是精神上的极限。和你一样，完全失去了知觉。”

“啊……”

“我慌忙叫野口医生诊断，总之他烧得很厉害。我不知道他在岛上哪儿过的夜、怎么过夜的，不过他恐怕没怎么好好吃过东西，又经历了狂风暴雨。过度疲劳导致感冒……嗯，大致就是这样。市朗已经竭尽全力回答了我的问题，他已经身心疲惫了……”

“情况危险吗？”

“我不知道，但听野口医生说，今晚还是让他睡一觉比较好。他说虽然无须保持绝对安静，但如果强行叫醒那少年，多加盘问的话，作为医生的他就不得不反对了。”

玄儿夸张地耸耸肩，将烟头掐灭在烟灰缸中。

“茅子太太、江南君，还有你……真是遍体鳞伤啊。况且现在这宅子里还有两具尸体。”

“可不是吗。”

“已经把市朗从餐厅移到旁边的预备室里，因为那里有床，暂且让他睡在那儿。野口医生照例给他服了退烧药和镇静剂，所以估计会熟睡到早晨。”

“还问了别的什么吗？”

我催促他继续往下说，于是玄儿又夸张地耸耸肩。

“关于那个少年暂时就这么多了。如果早晨他的情况没有进一步恶化，那就必须再问问他了。”

“他——市朗没看到什么吗？”

我犹如自言自语般说道。

“你是指在红色大厅吗？”

玄儿立即回应起来。

“是的。他承认碰巧潜进那里。而不巧的是，当时望和姨妈在工作室里遭遇了那样的事情，凶手无法从房门出来，就从旁边的休息室打破玻璃逃入红色大厅。当时市朗已经在那里，要说目击了凶手的长相……”

“很有可能吧。”

“你问了吗？”

“我只是提了一下。”

玄儿故弄玄虚地笑笑。

“他的回答也是让人不得要领。”

“市朗他看到凶手了吗？”

“他说只在一瞬间看到可能是凶手的人影。”

“那么……”

“因为当时很暗，再加上他惊慌失措，所以好像没看清楚那人的相貌与体形。只看到玻璃突然破了，一个东西飞了出来。他吓了一跳，赶紧躲起来，根本没时间看清对方的相貌。尽管如此他仍留在红色大厅而没有逃走，可能是不想回到风雨肆虐的屋外。他好像还到二楼的走廊去过，或者是想在那里寻求什么生路，比如新的藏身之处什么的——好了，一切等他醒过来，能说话的时候，再问问他就是了。”

“是啊。”

玄儿喘了口气，又叼起一根香烟。嘴角露出一丝讥笑，但眼光仍然严厉，眉头依旧紧缩。

关于市朗少年的事情，通过刚才的谈话，我感到能够大体把握了。

但是，即便如此我想知道的、想问的、不能不知道的、不能不问的事情依然很多。

比如追上市朗时，那泥沼中的大量人骨是怎么回事？我觉得那些人骨原本就被埋在那里，后被大雨冲了出来，变成了那个样子的——

但是，那到底是怎么回事？那些是谁的骨头？为什么那么多的骨头会被埋在那里？

“对了，玄儿。”

我看着玄儿，决定马上就问他。就在这时，我突然发现刚才的注射器被随意地放在放有台灯与烟灰缸的床头柜上。

苏醒后，自右腕的静脉中拔出那银针的光景，以及当时掠过心头、难以言表的不适感又冒了出来。玄儿用注射器给我注射了什么？这是野口医生的吩咐，还是玄儿的个人行为？

注射器的针筒内还残留少许刚才看到的液体。那浓厚黏稠的红色是……

“玄儿。”

现在我变得非常在意，稍稍加重了语气问道。

“刚才你用那个注射器给我注射了什么……”

“嗯？啊，这个吗？”

玄儿瞥了一眼床头柜，抿着嘴，看上去似乎有点踌躇，不知如何作答。

“我总不放心你的身体状况。为了以防万一，按照我的判断……”

“这里面残留的红色液体是……”

我指着注射器问道。

“是这种颜色的药呢？还是……血呢？如果是血的话，那刚才就不是在注射什么药，而是为我采血，对吗？”

若非如此，难道仅仅是静脉血液倒流进针筒内，与残留药剂混合在一起吗？

“为你采血？”

玄儿使劲忍住没有扑哧一下笑出来。

“不是啦，恰恰相反。”

“相反？”

“是的。”

玄儿点点头，从床头柜上拿起注射器，然后眺望着被台灯照着的残留液体说道。

“也没有必要对你刻意隐瞒什么，我就实话实说好了。”

我身体僵硬，注视着玄儿的手。玄儿的眼神中透出微妙的热情，仿佛要向我诉说什么。

“这确实是血。”他说道，“不过，并不是为你采血。恰恰相反，是要**将这里面的血注入你的身体**。”

“给我输血？”

我甚至忘记了绷带下的伤口与肿痛，不由自主地用左手按住右臂上的针眼。

“那到底是谁的血呢？”

“是我、浦登玄儿的血。”

玄儿用拇指按着注射器的活塞，将红色液体自银色针尖挤出一滴，抿嘴一笑。

“是我这个第一代馆主玄遥与达莉亚的直系子孙的血。”

5

我哑口无言。

他的——玄儿的血？输给了我？用那个注射器注入我的体内？

这是怎么回事？玄儿为什么要这样做？为什么他必须这么做？

他说是“因为担心”。因为担心，以防万一……我该怎样理解这里面的含义和意图呢——对了，为什么玄儿会那样笑？那样的笑到底表达出他怎样的情感呢？

在强烈的迷惑中，作为解释这种情况下的常识性理由，我只能想到“输血”这个词。但是，我并没有受重伤以致需要紧急输血的地步——应该没那么严重。因为现在除了被蜈蚣咬伤的左手外，身上其他部位并没感到疼痛。

“我们血型一致。”

玄儿收起笑容，进一步说明。

“你是 A 型吧。我也是 A 型，所以不用担心产生溶血性副作用。”

“为什么？”

我用手按着右臂上的针眼，气喘吁吁地问道。

“为什么要输血呢？有必要输血吗？我全身没有那么严重的伤……”

“中也君，鼯鼠的鲜血可是对付蜈蚣毒的特效药啊。”

“啊……”

“这只是个玩笑。”

玄儿又在嘴边挤出微笑，飞快地把目光从我身上移开。然后他把注射器放回原来的床头柜上，叼起一支新的香烟，就不再多说什么了。

当然，我无法用笑来回应他的“玩笑”，而是也斜着眼睛盯着放回床头柜上的注射器。

针筒中仍残余少量红色的……那是血，浦登玄儿的血。恐怕玄儿是用同一个注射器，用同一个针头插入自己的血管中再拔出来……那里面的血刚才注入了我的静脉，和静脉中流淌着的我的血混合在一起，流到我身体的各个角落……

这是一种奇怪的不快感。

这是对于异物侵入时几乎本能的抵触感与厌恶感——无论是蜈蚣毒还是他人的血，在“异物”这一点上是一致的。那种感觉仿佛自己已经被置于其他东西的支配下，仿佛自己已经被逼入无法挽回的境地。这种感觉让人觉得十分痛苦。非常屈辱的、受虐的，但另一方面又好像感到某种甜美的、奇妙的……不、不行！不能这么想！不是这样的！

不对，这种感觉是不对的。我觉得目前不能有这样的感觉，不能陷入这样的感觉中。

我紧咬嘴唇，用力地摇摇头。

不能陷进去，必须就此打住，必须把自己的感情恢复到应有的状态。否则我……

按着针孔的左手下意识地用力。绷带下的疼痛倍增。我好不容易忍住，没有发出呻吟，通过感受肉体上的痛苦来控制稍一放松就会缓缓分裂的情感。我——

我已经无法忍受。

明确地说，我是这么想的。这么一想，至今为止一直盘踞在我内心的各种想法揉在一起，形成一股激流，仿佛潮水一般涌出，激情澎湃。

无法忍受，我已经再也无法忍受了。

我默默地不断这么对自己说。

这样似乎只是在被蹂躏，不是吗？蹂躏……对，正是如此。难道不是单方面被践踏、被愚弄、被侵犯吗？几乎一无所知，就被带到这个神秘的地方。几乎是被强迫参加那奇怪的“仪式”。尽管关键之处毫不知情，却被卷入两起凶杀案中。无法联络、也不允许与外部取得联络，最终变成……

“玄儿。”

我怒目瞪着这个年长的友人。与内心的激情相反，发出的声音却是冰冷而坚硬，没有抑扬顿挫。

“玄儿，我已经……”

玄儿扬起眉毛，仿佛很惊讶，嘴边叼着还没有点着的香烟，一只手撑在床沿看着我。

“怎么了，中也君？”

玄儿的口吻听上去像是在安慰年幼不懂事的弟弟。

“声音这么可怕，这可不像你啊。”

“请不要把我当小孩子。”

我怒气冲冲地说道。

“以前我也和你说过的。我不喜欢你把我当小孩看。”

“嗬，好可怕啊。”

玄儿抬起撑在床上的手，好像故意似的苦笑道。

“你生气了，中也君？”

“生气？”

“啊，果然是生气了。”

“一般人都会生气的，不是吗？”

我眯起眼睛说道。

“我感谢你把失去知觉的我搬到这里。但，到底这是……”

“你就那么不喜欢注射入你体内的我的血吗？”

“但为什么要这么做？”

“因为我觉得有必要啊。”

“必要？但是我……”

“你不是从昨天起来以后就一直不舒服吗？所以我就更加……”

“那是因为前一天晚上喝了太多的葡萄酒。”

“嗯，想必是这样的，不过，我想为了以防万一……当然我并没有恶意。”

玄儿轻轻地摇了摇头。不知道是不是我的心理作用，他的这个动作看上去令人觉得有少许寂寥，或者说是哀伤之感。但我的内心却不能因此而平静。

“我说，玄儿……”

我反而提高了声音，转身与坐在椅子上的玄儿相对而坐。我们之间只有几十公分的距离。

“不光是刚才的事情。这是……你们到底在这儿对我做了些什么？你们想对我做什么？”

“我们并不想逮住你吃掉……哈哈，你这个样子和那个市朗少年一模一样啊。”

“请别岔开话题。”

我厉声说道。

“差不多该告诉我了吧？再这么下去的话，我可就……”

“你想知道什么？有什么会让你对我如此怒目而视呢？”

“这还用我说吗？当然是这个家的秘密、所有的这一切啊！我想我是有知情权的！我应该有这个权利。”

“喔。”

玄儿拿下嘴边叼着的烟，将其放入衬衫口袋里，然后略微伸伸腰。

“知情权嘛，倒不是没有。”

玄儿眯眼注视着我，用充满理解且中听的语调说道。

“所以啊中也君，我并没打算隐瞒什么令你困惑的事啊！我只是在考虑告诉你的时机和方式而已。迟早你会消除对这个宅子的疑问。傍晚在我的书房里，我不是这么对你说过吗？我还说过绝不会做什么坏事，对吗？你不相信我吗？”

我无法作答。

这并不是相信不相信的问题。我并没有主动怀疑玄儿的言行与人格，也不想去怀疑。我也不认为他撒谎企图欺骗、陷害于我，并为此生气。

只不过——是的，我很不安。不知晓亦无从知晓这些疑点的答案，这令我感到极其不安。最根本的就是，果真还是那一点——那就是愤怒。这愤怒源于已经膨胀到我所能承受的极限的不安。所以……

玄儿静静地从椅子上站起来。

不知道他如何理解我的沉默。玄儿边仰望着黑色天花板，边用我也能清楚地听见的声音说了一句“是这样啊”，便大摇大摆地走到床头柜前，将水壶中的水倒入另一个茶碗，三口两口将它全部喝完。而后——

“你说你‘想知道这宅子里的所有秘密’对吧？那也就是说……”

玄儿回过头看着我，边说边自裤兜里掏出一张白纸。

“就像是这个——记在这上面问题，对吗？”

他打开折成四折的纸片，在我面前哗哗地晃着。一瞬间我有点莫名其妙，但马上就明白了。那个是，那张纸是……

“这是在楼下图书室里发现的，因为它就放在桌子上。”

玄儿双手拿着纸片，放到我面前。

“这是你写的吧，中也君？在我发现工作室中情况异常、叫走你之前写下的这个吧。”

无须拿在手里确认，那是我昨晚在图书室的书桌上做的记录。当时，我在那张纸上写下了能想到的诸多疑点。

“‘疑点整理’——你的字依然是方方正正，仿佛铅字似的呢。”

说着，玄儿又抿嘴笑起来。但我无法揣测出他那看起来有些无畏的笑容背后所隐藏的真实想法。我还没那本事。

“由我来读一遍吧。”

玄儿说道。

“不。”

我慢了半拍，摇头拒绝道。

“那倒用不着。我……”

“好了，别那么说嘛。”

玄儿打断我的话，坐回原来的位置，在床边的椅子上与我近距离对面而坐。他将稿纸摊在膝上看着。

“我虽然粗略看过一遍，但还想再确认一下。”

“确认？”

“对你而言，这宅子什么地方是谜，有什么质疑之处，好让我知道今后应该说什么、应该怎么说。也算是个指南吧。”

于是，玄儿小声地将我列于纸上的疑点逐条念了出来。

6

〇疑点整理

＊那个“宴会”是怎么回事？

＊那些是什么菜肴？

＊达莉亚是什么样的人？

＊玄儿为什么曾被幽禁在十角塔上？

＊那个年轻人是谁？

＊“迷失之笼”是什么？

＊诸居静是怎么样的一个女人呢？

＊十八年前，卓藏为何要杀玄遥？

＊于案发现场发生的“活人消失”又是怎么一回事儿呢？

＊为什么说染红影见湖的“人鱼之血”是吉兆？

＊为什么早衰症对于出生在浦登家的人来说是一种宿命？

＊玄儿曾说望和“即便想死也死不了”。这是怎么回事？

读完之后，玄儿从衬衫口袋中拿出刚才放进去的香烟，重新叼在嘴里，点上了火。然后他默默地等那支烟燃成灰烬。

“你打算回答我的全部疑问吗？”

“我无法全部回答。”

玄儿从膝上拿起那张纸，放到我面前。是要我先行保管吗？

“这里面有些问题连我都无法回答。具体说来，尤其是关于‘那个年轻人是谁’的问题，毫无疑问这指的应该是江南君吧？”

“是的。”

“他的情况对我来说也是个谜。所以如果有人知道，无论是谁，我都希望那人能够告诉我。”

“嗯，那倒是。”

我附和着，收下那张纸。的确如玄儿所说的那样，自己用蓝墨水写的字宛如铅字。我逐条看着，追问下去。

“那么，其他问题呢？”

“这个嘛……”

玄儿自言自语般说道。

“如果加上‘在我所知道的范围内’这个条件的话，我想基本上都能回答。比如十八年前的那起凶杀案，我也是听别人说的，毕竟我也失去了那时的记忆嘛。关于‘诸居静是个什么样的女人’这个问题，情况也差不多。”

“十角塔这一项呢？”

我紧接着问道。

“听说你小时候曾被关在最上面的那间屋子里。”

“是的……这个也一样。”

玄儿低下头，声音有些含混。

“事情的经过是听别人说了才知道的，我自己并不记得那段经历——不过关于这件事，如果还留有活生生的记忆的话，或许就不能像现在这样和父亲相处了。我觉得这样不也挺好吗？因为不记得，所以在某种程度上可以把它当作是别人身上发生的事情，自己也可以保持一份冷静。”

“请你告诉我吧，玄儿。”

我不肯就此罢休。

“为什么令尊会这样对待亲生儿子呢？”

我这么一问，玄儿立刻抬起低垂的头。

“我不是说过吗？我爸非常爱她的前妻康娜。所以……”

“这个我听说过。但为什么？”

“我爸非常爱康娜。正因为如此，他非常恨我。”

“恨？”

“是的。”

玄儿叹口气。

“现在我就告诉你吧。”

听上去他下了很大的决心。说完，他转过身、侧对着我盘起腿，将目光投向房间空空如也的角落，看也不看我。

“那是距今二十七年前，八月五日发生的事情。”

我对于“八月五日”这个日期有印象。是的，那天是玄儿的生日。

“二十七年前的八月五日——据说那一天正好也像昨天一样狂风暴雨。当时，在两年前和我爸结婚的康娜，腹中的孩子——他们的第一个孩子即将临盆。本来离预产期应该还有很长一段日子，但她偏偏在那个晚上要生了。据说原计划就在那几天送她住院，在医院接生的。可是……

“总之，由于情况紧急，没有时间顶风冒雨开车去医院，也没时间把产婆接到家里。无奈之下，我爸决定亲自接生。他和野口医生毕业于同一所医科学校，在和康娜结婚并入赘浦登家之前也曾是医生，所以他才敢做出这个无奈的决定。于是他们在旧北馆康娜的房间里进行了接生。”

玄儿停下来，长叹口气。

“但是……”

玄儿用苦涩而沉重的声音继续说着，身体纹丝不动，目光也没转向我这里。

“具体什么状况，我不知道，也不想知道。是因为什么才导致那样的结果？责任在谁？是怎样的责任？我不知道，现在也无法查证。

“但结果却非常明了。深夜，当暴风雨更加猛烈的时候，馆内响起了初生婴儿的哭声。可是尽管父亲竭尽全力，但母亲还是在那晚停止了呼吸。”

……

“唉，发生的就是这样的悲剧。”

说着，玄儿瞥了我一眼。我一下子无言以对，只能默默地低垂眼帘。玄儿继续说道：

“为此，我爸心生怨恨。他痛恨那个自己心爱的妻子用生命换来的孩子，或者可以说他痛恨那个**杀死自己的爱妻却得以幸存的孩子**。

“或许他也有自责的念头，自责没能救下妻子。或许正是为了打消这种念头，他才更加恨那个孩子。于是他……”

“他就想把那个孩子幽禁在那座塔上？”

“没错——我是这么听说的。”

“不过玄儿，不管怎样……”

喉咙仿佛被什么堵住了，我慢慢地咽了一口唾沫。

“这事——这件事情，你听谁说的？”

“大致的情况是听鬼丸老人说的。”

玄儿回答道。

“如果提问得当，他会把自己知道的事实中有必要让我知道的地方告诉我。”

——您是问我吗？

那仿佛“活影子”一般，甚至难辨男女的黑衣老用人的那颤巍巍的嘶哑声音又在我耳畔响起。

——我必须回答吗?

我不禁闭上眼睛。

“后来我也直接问过父亲。他承认了，并且毫不隐瞒地把全部事情告诉了我。他对我道歉，我也基本上原谅他了。”

虽然这么说，但玄儿的声音听上去依然沉重苦涩，表情也很僵硬，仿佛内心忍受着极度的紧张。

“真的吗？”尽管我心想这也是理所当然的，但还是不解地问道，“玄儿你真的就这么原谅他了吗？康娜夫人的死对于柳士郎的确是一个沉重打击……虽说如此，但他竟然把亲生孩子关在那种地方那么多年……”

无论如何也不可能做出那样的事啊！这就是当时我心中直率的疑问。

“的确。”

玄儿沉默一会儿后，微微点头说道。他本想接着说些什么，但突然又转念般地摇摇头。

“关于这件事，以后再说吧。”

他用指尖按着右边的太阳穴附近，声音听上去依然沉重而苦涩。

“我还是下不了决心。并非想要你着急，但是中也君，你能否再给我一点时间呢？”

7

对于玄儿的请求，我不可思议地点头表示同意。在听着他述说的过程中，当初以愤怒的形式出现的激动慢慢平复下来。我觉得正是因为事关重大，玄儿才不愿说下去，这也是没办法的。但是——

现在可不能疏忽大意啊——我对自己说道。因为还有很多其他事情要问。

“可是中也君……”

玄儿的语调变了。与此同时，他放下腿，重新转过身对着我，看向我手中的那张纸。

“你把这些疑点都写下来了……恐怕你多少有些发现或者想法吧？”

发现？想法？——啊，那是……

“当然，你肯定会有许多事情不明白，感到不安和焦虑也是理所当然。你不也说‘一般人都会生气的’吗？的确如此——对不起了。”

玄儿叹口气，低下头、自上而下看着我。

“我也觉得对不住你。特别是事态发展到现在这样，很多事情都应该早点儿解释，从而获得你的理解。我也这样反省了不少次。”

玄儿低下头又说了一次“对不起”。

我并不希望他像这样道歉，所以有点手足无措。但是，如果玄儿了解我的想法，可能又要含糊其辞。我无法消除心中的这个疑问，所以就必须沉默，尽量让他看不透我的心思。

几秒，不，几十秒之久，我们沉默着。夜晚一片静谧，没有风雨声。

情绪稳定后，左手的伤与肿胀之处比刚才更加疼痛了。赤裸的上半身也感到有点冷。我忍着痛将毛毯拉过来盖好。

“我是想到一些事情。”

我先开了口。

“我也不敢确定，只能说那只是猜想而已吧。”

“哦，是关于哪一项的？”

被他这么一问，我静静地看着手中的纸片说道。

“是‘那些是什么菜肴？’这一项。”

话一出口，方才噩梦之中那令人震惊的场景在脑海里重现了。宴会厅里的黑色餐桌，餐桌上那硕大的椭圆形黑色盘子，盘子上用大块白布遮盖住的那奇异的……

“然后呢？”

玄儿哼了一下，催促我往下说。

“你把宴会中的菜想象成什么了？”

“那是……”

我犹豫着要不要马上回答。

“你想要我说吗？”

“我很想听听看啊。”

玄儿一本正经地说道。

“我对你的个人想法很感兴趣。”

提问者与被问者的位置完全颠倒了。我慢吞吞地眨了一下眼睛，鼓起勇气，迎着玄儿的目光说道：

“我说了之后，你会把你所知道的一切都告诉我吗，包括我说得对不对？”

“我是这么打算的。”

玄儿毫不犹豫地回答道。

“在这儿不可能告诉你所有的事情。不过嘛，至少在今晚之内，我会依次全部告诉你，包括刚才我们说起的那件事。”

“今晚之内吗？”

“为了解释清楚，还有几样东西要让你看。”

原来如此，原来是这样啊——我感到两人的想法合拍了。这样说开了之后，就算有什么万一，恐怕他也不会再含糊其辞了吧。于是我决定按玄儿的要求去做。

"'肉'这个字，我来到这里之后听到很多次。"

我尽量保持冷静的声调，开始说起了自己的"想象"。

"在前天晚上的'宴会'之上，应该也出现过这个字眼。而且在此前后，我都到听伊佐夫提起过这个字眼。他说他的父亲首藤利吉常说'非常想吃那肉'、'今年又吃不到那肉，真遗憾啊'什么的……"

"伊佐夫君吗？嗯，这种挖苦人的话的确像他说的。"

"关于这个'肉'，我也曾问过美鸟与美鱼。"

"哦，是吗？"

"于是，她们告诉我伊佐夫说的'肉'是指'达莉亚之宴'上的那道菜肴，还说那是'非常特别的东西'。"

"她们没说那个'特别的东西'实际上是什么吗？"

"我试着问过，但她们说还是让你告诉我比较好。所以……"

"所以你就做了各种各样的想象。想象那道菜是什么，里面使用的'肉'是什么，对吗？"

"是的。"

"那么，据你的想象，那是……"

玄儿从椅子上探出身体，凑过身来，表情严肃地盯着我的双眼，嘴与脸颊上看不到一丝笑容。他全身紧张，但这种紧张和刚才叙述自己身世时的紧张稍有不同。

"据我想象——"

脑子里重现出当时的场景——盖在餐桌大盘上的白布被一下子取走。带着深绿色硕大鱼鳞的"尾巴"与长有两只手臂、肌肤雪白的上半身露了出来。是的，这一定是……

"那是人鱼吧？"

我下决心说道。

“传说中栖息在影见湖中的人鱼。它的‘肉’被做成了‘达莉亚之宴’上的那道菜肴，对吗？”

“啊？！”

玄儿似乎很惊诧，瞪着眼睛低声喊道。我继续说道：

“汤里那口感粗糙的奇怪物体就是‘肉’吧？涂在面包上的糊状物也是，还有一开始拿出来的葡萄酒中说不定也有人鱼的鲜血。”

“哈哈。”

“这么一想，我想‘人鱼之血染红湖水是吉兆’这句话也就能解释通了。总之，玄儿你们——这个浦登家族的人自古就相信影见湖中有人鱼存在，这可以说是‘人鱼信仰’之类的……所以，湖水被染红这种让人想起‘人鱼之血’的现象，对于浦登家来说，希望把它作为值得欢迎的事情——即‘吉兆’来理解。”

“解释得真是巧妙。”

“还有一点。关于望和，你曾说过她‘即便想死也死不了’，会不会是这个意思呢——在每年的‘达莉亚之宴’上，浦登家族的人都要吃人鱼的肉。说起人鱼肉，自然与**长生不老的功效**联系在一起。吃了人鱼肉，望和她应该也已经可以长生不老，所以即便想死也死不了。”

说到这里，我停了下来，两眼凝视着玄儿的唇畔。他会有何反应呢？是肯定还是否定，或者是……

“嗯，我听懂了。你觉得那是人鱼的肉啊？的确，站在你的立场上，这样想也是理所当然的。”

玄儿现在的声音与表情让人觉得他似乎没有刚才紧张。总觉得他似乎松了一口气，甚至显得有点愉快。

“猜错了吗？”

我怀着惋惜与徒劳的复杂心情问道。玄儿摇摇头，说道：

“不，也没完全猜错。倒是触及了要害的地方。”

“那么……”

“不过，很遗憾呀，中也君。所谓影见湖的人鱼什么的，那完全是传说，现实中是不存在的。至少在现在，浦登家族中应该没有人相信了。前天我不也说过吗，世界各地都有关于人鱼的传说，但全都是人们想象的产物。即便是留存在各地的人鱼木乃伊，也都是人们伪造的假货。”

“那是……是啊，的确如此。”

“这个湖里可没有什么人鱼哦。”

玄儿斩钉截铁地说道。

“所以，这里当然也没有所谓人鱼肉之类的东西。或许伊佐夫君啦首藤表舅他们也和你一样，误以为那是人鱼肉。这种可能性很大啊。但事实并非如此。那道菜——‘达莉亚之宴’上享用的那道菜，绝对不是用人鱼肉做的。”

“但是，那么……”

这是什么意思？

我并不想积极地相信在这个世界上确实存在所谓人鱼的生物。我自认为这点科学常识我还是有的。但是，关于目前发生在暗黑馆中的问题，除此之外，我觉得没有其他解释方法。

“如果不是人鱼，那它到底是什么‘肉’？”

“你想知道吗？”

玄儿反问道。他的唇畔又浮现出刚才那种会心的微笑。

“我们约好了要在今晚告诉你。在此之前——”

玄儿轻轻敲击着床边，从椅子上站起来。

“有一件事必须先解决。怎么样，中也君？能起床走动吗？”

“大概可以吧。”

“好！那么，穿件衣服，跟我走一遭。”

“去哪儿？”

“望和姨妈的工作室。”

玄儿一脸认真，将黑色的对襟毛衣合好。

“虽然发生了第二起凶杀案，但警察依然不会来。虽然这次惨遭杀害的是家族中人，但我爸还是——不，是愈加拒绝与外部联系了。现在我们再去一趟现场，在我们能力所及的范围内做一下取证工作。”

第十八章　暴虐残像

1

将近凌晨两点的时候，我们走出玄儿的卧室，向望和的工作室走去。

衣服嘛，先暂借玄儿的睡衣穿着。那是件黑色缎织的西式睡衣，虽然对于中等身材的我来说有点肥大，但感觉不错。睡衣外罩着黑色对襟毛衣——他到底有多少件同样的衣服啊——这也是玄儿借给我的。没有包扎的右腕上戴着手表，鞋子仍然湿淋淋的、不能穿，所以我穿着拖鞋就来到了走廊。

我们自电话室所在大厅内的楼梯下来，穿过东西走向的主走廊，来到工作室前。在这段时间内，我们两个人基本没怎么交谈。

玄儿走在前面，默默地走在昏暗的楼梯或走廊上。我在他身后几步远紧紧跟随——我的身体在某种程度上可以说是大病初愈，虽然不至于很辛苦，但走动起来也不能像什么都没有发生时那样轻松。

左手绷带下的伤痛仍然让人不舒服。想想也对呀，整整一天中除了水以外，我没往嘴里送过任何东西。仅凭这一点来看，也不可能有什么力气。

可能是注意到我的状态，玄儿几次停下来回头等我赶上。但是，经过之前一系列的交谈后，在他看来或许彼此多少有些隔阂。故而即便我追上了，他也没有和我并肩走，而是又快步走到我的前面。

途中，我们没有遇到任何人。经过图书室及沙龙室前，也没感觉到里面有人。考虑到时间，倒也理所当然。但是，周围突然而至的寂静倒令我感到一种难以名状的恐惧。

那是在长时间的暴风雨平息后，听不到一丝雷鸣与风雨声的寂静。是除了我与走在前面的玄儿外，没有任何活物的死一般的寂静。

这座形状奇特的建筑本身正不断溶入这夜晚的黑暗，深深地沉入到另一个世界——那寂静令人不知不觉之中产生了这样的想法，甚至令人胡思乱想地疑惑着如果就此站住的话，“我”的整个身体会马上裂开，化作无数粒子，被吸入、同化在这房子漆黑的天花板、墙壁、地板之中……

我觉得如果我不小心呼吸的话，这寂静就会和空气一起流入我的体内。这令我感到非常恐惧，不由自主地以双手掩住口鼻。但恰巧此时玄儿回头看我，他充满疑惑的眼神把我拉回到现实中来。我摇摇头表示“没什么”，但还是继续屏住呼吸一段时间。

六小时前，被我们扶起的那座一度倒地的青铜像如今已原样立在原先的位置上。玄儿用左手手指轻轻地抚摸着缠绕在铜像身体上的一条蛇。

“弄倒它的可能是伊佐夫吧。”

他说道。

“在你失去知觉期间，我去了东馆，叫起了已经回房间睡下的伊佐夫问了一下。正如野口医生所说，他喝得烂醉如泥。但我还是想办法把必须知道的事情问出来了。”

“这样啊。”

“伊佐夫依然把这座雕像叫作‘蛇女’。他说因为看到她一个人呆立在这儿，就想和她说说话……可她一点儿反应都没有，所以伊佐夫非常生气。然后，可能就是这样双手用力、推了她的肩膀吧。他说只是轻轻推了一下，但这当然是不可能的，想必是一下子用了很大力气吧。”

“可能是吧。”

“这样，雕像就倒了下来，自外面堵住了工作室的门。此后，伊佐夫君顺便去了一趟野口医生所在的沙龙室，这和野口医生说的也一样，看起来没什么不对劲的。野口医生记得那时已经过了下午六点半了……”

“是我去图书室后不久的事情。”

“是的，当时的时间关系是非常重要的。我尽可能地整理了一下，过会儿你看看。”

说着，玄儿轻轻地拍拍右边的裤袋。方才在卧室之中，玄儿将写有疑点的备忘纸条放在了另一侧口袋。他在“尽可能整理”之后，已经把它们写下来了吗？

“他还说了一件有意思的事情。”

“是伊佐夫吗？”

“嗯。”

玄儿抬手指向离铜像一步之遥、通往建筑西翼的小走廊深处。

“在这个尽头——后门前的小厅里，不是有一个楼梯室的门吗？

那里面有通向二楼的楼梯与直达地下葡萄酒库的楼梯。伊佐夫君说，他在下面找了一会儿酒，上来的时候好像碰到了一只‘迷途羔羊’。”

“迷途羔羊？”

我不解地反问，但马上就想起来。对，这个字眼已经从野口医生嘴里听到过了。据说那是酩酊大醉的伊佐夫出现在沙龙室时，与“不讨人喜欢的蛇女”一起自他口中蹦出的……

“是伊佐夫‘教育了’的那只‘迷途羔羊’吗？”

“就是那个。从时间上看，那好像发生在推倒这座雕像之前。他说是‘迷途羔羊’，但我觉得可能是指他从未见过的孩子。就是说虽然他也奇怪会有一个孩子在这里，但没有细想就‘教育起来’。结果那孩子吓得从后门跑出去了。”

“如果是陌生孩子……”

如今想来，也只有一种可能性。

“是那个叫市朗的少年吧。”

“嗯，我也这么认为。可能市朗昨天先从那个后门偷偷进入馆内，但运气不好遇到了烂醉如泥的伊佐夫。我不知道伊佐夫教育了他些什么、怎么教育的，但可以想象他因为恐惧而跑出去了……后来那少年又偷偷潜入红色大厅。”

“是啊。”

“好了，等市朗能够开口说话，事情自然会真相大白。”

说罢，玄儿走向工作室的门前，将手伸向黑色的房门把手。

“我想你已经注意到了，这个屋子的门是没有锁的。原来好像有锁，但现在无论是从外面还是从里面都锁不起来。”

“好像是啊。”

“自从知道阿清得了那种病，望和姨妈就变成那样子……之后，这里的门锁就拆掉了。万一望和姨妈把自己关在里面，岂不是很麻烦嘛。”

“原来如此。”

“所以，无论是谁都能轻而易举地进入这个房间——进入这个犯罪现场。”

说着，玄儿转动握住的门把手。毫无光泽的黑色门扉缓缓地打开了。

2

全身的肌肉下意识地紧张起来，心跳也渐渐加速。

害怕再次踏入这间陈过尸，而且是被残酷勒死的尸体的房间，我觉得这也没什么好羞耻的，作为一个正常人来说，这是最普通的反应。我也想过要是有可能，真的不想再踏入这个房间一步。就算进去，也绝不愿再看尸体一眼。

“怎么了，中也君？”

毫不犹豫走进房间的玄儿回头看着伫立在门前的我。

“好了，快进来。”

他若无其事地向我招招手。我无力地“嗯”了一声，终于下定决心跟了进去。

看上去工作室还与我们最初进来时一样，没有任何变化。但是——

不、不一样。

当我战战兢兢地将目光投向房间左首深处——在穿着灰色宽罩衣的望和倒下的地方，我发现她的尸体消失了。

这是怎么回事？我非常惊慌。玄儿马上就解释起来。

“望和姨妈的遗体已经移放至二楼卧室。这是征顺姨父的意思，他说实在不忍心让她以那种姿态放在此处。目前来看，还没有报警的可能性，所以也不能因为‘保护现场’而无视姨父的感受啊。”

“阿清呢？”

我想起我一直在意的事情。

“当他得知他母亲的死讯后，怎么样了？”

“我们没有让他进入这个房间。把姨妈转移到卧室以后，我亲自告诉阿清发生了什么。”

玄儿眉头紧蹙在一起。

“让他看了姨妈的遗体后，他一直紧紧地揪住遗体放声大哭。我还是第一次看到阿清那样痛哭。”

我无言以对。患有那种名为早衰症的不治之症的少年皱巴巴的脸上满是泪痕的样子清晰地浮现在眼前，令我心如刀割。

“阿清是个聪明孩子。所以，他不单单为他母亲的死亡而感到哀伤。事到如今，自己现在这样还有什么意义呢？对，他可能这么想了，所以才特别痛苦。”

“是啊。”

我应声道。说完，我突然发现一个微妙的关联，不禁开始回味玄儿这句话的意思。

“事到如今”明显是指望和的死。但是，接下来的“自己现在这样还有什么意义”这句话是什么意思呢？“自己”可能是指阿清，“现在这样”可能是说他的病，但为什么会和“有什么意义”这句联系在一起呢？为什么会和“特别痛苦”联系在一起呢？

“无论如何——”

玄儿独自向房间深处走去。

“我不会原谅这个凶手。绝对不会……无论从哪方面讲。”

他的声音听上去非常愤怒。在蛭山丈男被杀时，他没有如此愤怒。于是，我又发现一个微妙的关联。

所谓的“无论从哪方面讲”，具体说来到底是“哪些方面”呢？是因为这次的被害人不是普通用人，而是这个浦登家族的一员，所以才说“绝对”不会原谅吗？所以才会那么激愤吗？或者……

“玄儿。”

我开口说道，但提出的问题却稍稍有点偏题。

“令尊——柳士郎为什么坚持不报警呢？刚才你不是说他‘更加顽固地拒绝与外部联系’吗？”

“啊，是的。”

玄儿停下脚步，用双手向上理着鬓发。

“这个嘛……”

“望和太太被杀后，他应该不能再说是用人之间的纠纷什么的吧。事到如今，难道柳士郎先生还想内部处理这件事吗？”

“这个嘛……是啊，不知道他作何打算。”

玄儿没有回头。

“自己的小姨子被杀，心理上不应该是平静的。这一点我也一样。说实话，这和蛭山先生遇害是不一样的。”

“不一样吗？”

“是的——不过，这不仅仅是感情上的问题。”

“什么意思？”

“我明白蛭山先生遇害自然也是重大事件，所以对于昨天父亲采取的应对措施，我也抱有不小的疑问，因此才让你陪着我做了很多侦探性的事情。但是，怎么说呢？望和姨妈作为我们浦登家内部的一员而遇害的话，虽然同是‘遇害’，意义却大不相同。”

“这不仅仅是感情上的问题吗？”

我走到玄儿的身后。

“我不明白。为什么这么说呢？”

“我爸他基本上应该和我一样，是不会原谅凶手的。他也觉得必须尽早追查杀害望和姨妈的凶手，并必须采取相应的措施。但是——”

玄儿停下来，慢慢地回头看着我。也许是我的心理作用，他苍白的脸上露出一种难以名状的精疲力竭的神情，似乎在忍受着撕心裂肺般的痛苦一般。

“即便如此，父亲仍然严禁大家和外界联系，恐怕是因为**那些人骨的出现**吧。”

“啊——”

我拍了下额头，短促地呻吟一下。

听到“人骨”这个词，浮现出脑海的只有一个地方。那就是在追上市朗的石墙前遇到的那个**泥沼**——那个毛骨悚然的“人骨之沼”。

“那里位于十角塔的背后——”

玄儿压低声音。

“那些骨头依旧暴露在外面。如果警察真来搜查的话，那些人骨自然会引起他们的兴趣。我爸不希望将宅子里有那些东西的事情张扬出去，而且，这也和我们浦登家族的隐私密切相关，必须尽量避免让外人知晓。所以，若是作为馆主的父亲断定目前不宜与外界进行联系，那我也不能否定他的做法。”

“那是什么？”

我提高了嗓门逼问道。

“那可是人骨呀！反正在我看来，那就是人骨呀！而且不是一两具人骨，是更多的……”

“是的，中也君。”

玄儿叹了口气。

“的确是很多人的白骨。那些本来是埋在那个地方的，没曾想会露出来。”

“那是怎么回事？到底是什么人的白骨？”

“那些人叫什么名字、是哪里人，这些我也不知道，不过——”

“不过什么？”

“不过我以前就知道**岛上的某个地方埋着那种东西**，是听别人说的。”

听别人说的……对了，来到这里以后，我至少还听玄儿说过一次类似的话。对，那是在我到访第一晚、和玄儿两个人登上十角塔的时候……

——这里是**囚禁人的地方**，也就是塔顶牢房。

当时，我们站在塔顶中央。黑色格子窗的对面摇曳着蜡烛的火焰。

——关于这个塔，我并不清楚建塔伊始时的状况。我也只是听说，宅子里的人出于**某种不可告人的目的**才建了这个塔。

“与其说是听来的流言，倒不如说是这个宅子里差不多的人都略有耳闻的‘传说’。”

玄儿的声音依然压得很低。他的眼睛虽然看着我，但眼神看上去很缥缈，似乎焦点并没有汇聚在现实中。

“事实上既然发现了那么多的人骨，看来那个传说可能是真的。那么，那些白骨应该相当古老了。如若传闻可信，那么早在你我出生之前，那些人就死了。一共有十三具白骨。”

“十三具？”

怎么会有如此之多？

这突如其来的事情令我惊呆了。

“这是怎么回事？”

我仿佛梦呓一般重复着这句刚才已经说过多次的话。

“十三具？为什么这么多的尸体会……”

“据说……”

玄儿的声音也仿佛梦呓一般。

“他们以前在此遭到杀害。”

“你说什么？”

“据说，以前——早在你我出生之前，在这个暗黑馆中被杀的十三具尸体就被埋在那儿。至于数量嘛，如果不全部挖出来很难核实。”

“你是说……他们是被杀死的？”

我感到呼吸有点困难。

“这是真的吗，玄儿？有这么多人曾在这座宅子里……”

“没错。”

“可是，那这是——到底是谁犯下这种杀戮行为的呢？”

这时，玄儿的瞳孔中突然发出令人毛骨悚然的妖异光芒。

“那是……”

他进一步压低声音。

“达莉亚啊。”

“你说什么？”

“是达莉亚啊。”

玄儿的视线依然没有聚焦在现实中，仿佛他正目不转睛地凝视着拓展到不可能存在的他界——或许只是我感知不到，其实已经身处于其张开大口的近前——那无尽的黑暗与那黑暗深处蠢蠢欲动着的某物。

“就是达莉亚呀！”

玄儿不顾战栗的我，仿佛诵咒般反复念着那个名字。

“就是那个初代馆主浦登玄遥作为妻子从异国带回来的女人，我的曾外婆。距今三十年前，把自己疯狂的愿望托付给大家而投入虚无的魔女——达莉亚！”

3

达莉亚……

玄儿念诵的咒语，好似具有催眠效果的邪恶钟摆，在我的整个头脑之中不停摆动。那摆动以与我心跳一致的节奏恢复了“声音”的形态。那“声音”断断续续地不断重复，犹如唱片的跳音般断断续续地重现。

……达莉亚……是达莉亚啊！

头盖骨的内部仿佛真的成为空旷之地一般，那声音在脑内异常清晰地回荡着。

……达莉亚啊……是达莉亚啊！

宴会厅内那幅肖像画中的异国美女的容貌，浮现在空空如也的脑海中。

……达莉亚……是达莉亚啊！

她的样子随着不断重复的声音发生了巨大变化。

……达莉亚啊……是达莉亚啊！

妖艳的微笑演变成疯狂的大笑。

……就是达莉亚啊！

鲜红的嘴唇张得欲裂，口内可以窥视到刺眼的深红色舌头。目光锐利无比，深褐色虹膜亦渐变为同样刺眼的深红色……

……就是达莉亚啊！

天哪，玄儿刚才说的是真的吗？那传说真的发生过吗？据说那女人——浦登达莉亚曾经在这宅邸内杀过十三个人，并把尸体埋在那种地方。可这是为什么？为什么达莉亚要做这样的事情？

那个达莉亚托付给大家的“疯狂的愿望”是什么？“投入虚无”又是什么意思？为什么达莉亚是“魔女”？真的吗……为什么呢……为什么啊……为什么要这么做……

很多疑问仿佛剧烈的旋涡在我内心回旋，但表面上我却一语不发，只是惊讶地睁着眼睛，身体仿佛被冻僵般动弹不得。

“玄儿。”

过了好一会儿，我总算勉强自喉咙深处挤出一丝声音。玄儿缓缓地摇摇头，仿佛在说“这件事到此为止吧”。

“中也君，我们回到刚才的话题吧。”

玄儿转变了语调，转身面向房间里面。

“在这里——”

他将视线投向望和倒下的地方。

“望和姨妈在这里遇害。”

说着，玄儿向前走了一步。

……是达莉亚啊！

我努力让这个不断在空空如也的脑壳中回响的名字先撇到一边。当然，关于这件事以后还必须让玄儿作进一步解释。不能就这样不明不白地糊弄过去，绝对不能！我在心中大声对自己说道。

……达莉亚。

“我们再来回顾一下吧。”

玄儿双手叉腰。

“昨晚，望和姨妈在这儿被害，和蛭山先生一样，也是被勒死的。凶器是望和姨妈——被害者本人的围巾。围巾绕在死者脖子上，被遗留在现场。姨妈可能是正要或者正在画画的时候遭到袭击的。如你所见——”

玄儿用叉着腰的右手指向地板。

“尸体旁边扔着画笔和调色板。”

那两样东西还留在原地，未被移动。画笔的笔尖上还有红色的颜料，地板上也稍稍沾染了一些掉落的颜料。调色板可能正好扔得巧，故而并未翻滚，所以它的附近没有被颜料弄脏。

“从尸体上看，死者并没有激烈的反抗迹象。不过，那个座钟可能是被凶手或者被害者的身体碰到，才从壁炉上掉下来的……”

说着，玄儿看向已经放回壁炉架上的那座黑色的箱形座钟。

“似乎是座钟坠地的冲击使之损坏，因此钟的指针停在六点三十五分。这些你也知道的。”

“是的。”

“我也考虑过是不是有可能由于其他的原因，它本来就已经停了，不过征顺姨父却否定了这一想法。昨晚，望和姨妈进入工作室时，征顺姨父也曾来过。他说当时这个钟还在正常使用。为了保险起见，我检查了一下，确认这个钟并不是因为发条的缘故才停下的。”

“你调查得确实很细致呀。”

我感叹道。我总算渐渐从刚才的冲击中恢复过来，也不再觉得自己的脑袋空荡荡的了。

“因此——”玄儿继续说道，“我觉得将这个座钟指针所指示的六点三十五分看作案发时间，应该没有什么问题。如果说是凶手用作伪证的可能性，这也可能是凶手故意弄坏的。但考虑到前后状况，我认为凶手没有这么做的必要性和必然性。所以……”

和发现尸体时不同，现在这个工作室中好像开着换气扇，那转动声依稀可闻。即便如此，充斥在房间内的颜料味仍然很重。我不由得想从这浓重的气味中辨识出不可能存在的尸臭味。当然，要是真能闻到那股味道的话，我肯定恶心得当场失态。

“你刚才说望和太太——被害人没有激烈反抗过的迹象。”

我一边用自虐似的想象折磨着自己的内心，一边直接说出了自己的想法。

“如果是这样的话，凶手和被害者会不会比较亲密呢？”

“哦？”

“不是给人一种凶手在靠近她之后，才出其不意下手的感觉吗？如果是陌生人突然闯入房间，虽说她处于精神错乱的状态，但也应该会有相应的防备。而且对方怀有杀意地向她袭去，她肯定会激烈反抗，不是吗？”

“你说的‘比较亲密的人’是谁？”

玄儿回头疑惑地看着我。

“具体来说，中也君，你想到了谁？”

“这个嘛……”

我略微有些犹豫。

“实际情况我也不知道。不过，如果是伊佐夫、茅子太太她们，或是用人中的宍户先生、鬼丸老人他们的话……如果是他们突然进入这个工作室，就算谈不上警戒，但至少会让她觉得奇怪。再进一步说，如果是我的话我想她也会这样的，还有那个江南当然也是如此。”

“的确，这么想很正常。”

玄儿点点头。

“不过正如你所说，望和姨妈这几年来一直处于‘精神错乱’的状态。起床后，大概有近一半的时间是在寻找阿清。她在宅子里和岛上四处游荡，只要碰到人，不管对方是谁，上去就盘问、向那人倾诉。除此之外，她就把自己关在这里，独自画画——”

玄儿停顿一下，将视线投向望和死前面对着的——或者是正要面对的房间北侧的墙壁。那有一幅将整个墙壁当作巨型画布的奇异的画。

“她就是那种一握笔进行创作，就会埋头干完的人。即使是征顺姨父进来和她说话，她也会充耳不闻、一味画画儿的……”

循着玄儿的视线，我也再次看向墙壁上的那幅画作。

这个尚未完成的大作有多么怪异啊！近乎孩童涂鸦般无秩序、不经心且欠缺计划性。相反，这些也可以看作是一种破坏性冲动的表现——话虽如此，但这种在这儿画一下，又在那儿画一下，看似随意实则细致的笔触，绝不像孩童画的那般稚嫩拙劣。

“实际上我也亲眼见过。”

玄儿收回视线。

“有一次，我有事来叫埋头于工作室的姨妈。但我敲门进来以后，她似乎完全没有察觉。不管我怎么叫，她根本就听不见，面朝画架，头也不回。我走到她身边，拍着她的肩膀打招呼，她才……”

“啊？”

“所以……”玄儿总结道，“你刚才的想法完全不适用。不论是谁——说得极端一点，即便是外来的人，比如她根本不认识的市朗，悄悄地走到她背后，只要不给她足够的抵抗时间，就能轻易将其勒死。中也君，你明白了吧。”

“好吧，如果是这样的话，我只好放弃刚才的想法了。”

“好，那么——”

玄儿又瞥了一眼墙上的画，从容地转身回到我面前。然后，他伸手进裤子的右口袋中。

“看看这个。”

他拿出一页纸。

“就像刚才说的那样，我在自己知道的范围内整理了一下我认为重要的时间关系。虽然并不怎么复杂，但总比没有强。”

我伸出双手，接过那页纸。那像是从大学笔记本上撕下来的，先向着同一个方向折了两次，然后换个方向，又折了一次。

打开一看，里面用黑墨水写着类似“时间表”般的条目。一看笔迹就知道那肯定是玄儿写的。一排排谈不上漂亮的小字向右上方倾斜着。我住在玄儿在白山的寓所时，曾经见过这种笔迹。

4

一、五点五十分	望和进入工作室。
	征顺进入书房。
二、六点整	中也在沙龙室碰到野口。
	在那之后，中也去了图书室。
三、六点X分	伊佐夫自葡萄酒库上来时遇到市朗。

	市朗自后门逃出馆外。
四、六点三十分	伊佐夫推倒青铜像。
	伊佐夫来到沙龙室，与野口聊天。
五、六点三十五分	案发。
六、X点X分	市朗侵入红色大厅。
七、X点X分	凶手逃出红色大厅。
	市朗目击了凶手的身影。
八、七点整	玄儿自二楼下来发现青铜像的异状。
	工作室内无人应答。
九、七点十分	玄儿、中也、野口去了工作室。
	三人扶起青铜像。
	征顺自书房中出来。
十、七点二十分	发现尸体。

“你觉得怎么样？”玄儿问道，“有什么不对的地方，或者要添加的地方吗？”

“关于第二条的‘在那之后中也去了图书室’，我想是在六点半之前一点。以这个时间表来说的话，是在第四条之前。可能与第三条时间重合，也可能在那之后。”

我看着那张纸。

“其他就没什么了。”

玄儿“嗯”了一声，轻轻地点了点头。

“首先必须确认的就是——”他也看着我手上的那张纸，说道，“凶手是何时进入这个工作室的。”

“这个嘛，那就是在第一条与第四条之间的时间段了。望和太太进入工作室的时间是五点五十分，后来，伊佐夫在六点半之前推倒了青铜像，堵住了这里的门。”

“一般情况下应该是这样。不过，也有可能是在五点五十分之前。”

“五点五十分之前……是吗？”

“在望和姨妈进入工作室之前就潜入这里，比如说躲在旁边的休息室中。有这种可能吧？”

“有可能。”

“不过，我觉得实际上这种可能性非常低。”

“为什么？”

“因为凶手应该无法估计望和姨妈何时会来工作室才对。她的行动非常随意，即便是非常亲近的人也无法把握。就算能大致预测，但完全猜中的概率并不高。怎么想都觉得事先潜入工作室一味等待的做法太没效率了。”

的确，玄儿说得很有道理。不过我心里却想着一个问题——在这儿提出“效率”这个概念合适吗？并不是所有的凶手在行动时都注重“效率”的。有的时候可能是突发性的，有时候甚至会按照其他人难以理解的独特的方针与理论，采取让人难以置信的低效率的行动。

如果没有更为具体的凶手形象，是无法判断这起案子的凶手在这方面是怎么样的。

“还有凶器的问题。”

玄儿进一步阐述道。

“如果在这儿等待犯罪机会，他会预先准备更合适的凶器，不是吗？用不着用被害人的围巾这种当场偶然发现的东西啊。”

“啊，那倒是。”

“所以啊，凶手应该还是在下午五点五十分以后才来到这个房间，确认望和姨妈在里面，便决定‘立刻采取行动’的。所以才会连凶器都决定用当时发现的围巾——我觉得这样才是最有可能的。”

我老老实实地点了点头。虽然我对于“重视效率”这个想法多少抱有疑问，但整体来说，玄儿的说法还是具有相当高的合理性的。

“在第一条与第四条之间——也就是五点五十分到六点半之间的**某个时刻**，凶手来到了这间屋子，悄悄地走到埋头作画的望和姨妈身后，用围巾勒住她的脖子将其杀害。这是在钟落下来摔坏的六点半前后……”

假如凶手是在接近六点半的时候来到这里，那么他一进入房间就袭击了望和。反过来说，如果他是在五点五十分之后不久来的话，那么直到六点半前后的这段时间，他都与望和两人在一起。这样的话，凶手在这期间到底做了什么？默默盯着不断作画、对来者看都不看一眼的望和，还是和她聊过什么呢？不管怎么样……

“此后，凶手遇到意外情况，然后动手杀死望和姨妈，这些情况已经明了，无须在此重新探讨了吧。”

“嗯。”

“六点半，烂醉如泥的伊佐夫君推倒了走廊里的青铜像。因此门被堵住，将凶手关在工作室内。当然他不能束手就擒。无奈之下，凶手打破了休息室里的那块玻璃，逃入红色大厅……”

简单地想一想，如果用玄儿做的时间表来讲的话，这逃脱的一幕是在第五条与第十条——自案发到发现尸体期间发生的。这个时间段应该还可以再压缩一下。玻璃打破时所发出的巨大声响就是关键。

假如凶手对于是否要逃入红色大厅犹豫不决，等到决定实施时，已经过了表中第八条所显示的下午七点的话，那会怎么样？

自二楼下来的玄儿发现工作室有异常之时是七点，叫上我与野口医生一起来到工作室是在十分钟后。如果凶手在这前后自休息室逃入红色大厅，那么应该有人能听到玻璃破碎的巨大声响。

虽说不试试看就无法肯定，但那样硕大的一块玻璃被打得粉碎，就算那声音传到主走廊与边廊上也不足为怪。不，怎么可能传不到那些地方呢。可无论是玄儿、野口医生还是我，偏偏都没有听到那样的声响。

是那声响为屋外雷声所掩盖故而没有听到吗？或许有这种可能，但即便如此那应该仍然发生在玄儿来叫我之前。因为我记得在那段时间内——玄儿下楼到发现尸体之间——并没有给我留下特别印象的巨大雷动之声。那么——

我们就可以认为凶手出逃是在第八条所列的时间之前，也就是下午六点多钟的时候。表中标有“X点X分”的第六条与第七条的时间也因此必然应为“六点X分”。这样一来，凶手出逃时间就被限定在第五条的六点三十五分之后直至第八条的七点之间的这二十五分钟之内。

“等市朗能够正常开口说话，或许可以问出他在红色大厅看到人影的时间。”玄儿说道。

他一定早就想过我刚才考虑的那些问题。

“那个少年戴着手表，而且还是夜光表，所以或许会记得这个重要的时间。如果那样，第三条、第六条与第七条的时间或许也能确定了。”

“或许吧。不过玄儿呀，即便仅从目前已知的事实来看，似乎也比较清楚地掌握凶手的行动了。”

“是吗？”

玄儿自黑色衬衣的口袋中摸出香烟。叼起一支烟后点上火，悠然地吐着烟圈说道。

“事实上，关于凶手的逃脱过程，我还有一点没弄明白。”

“是什么？”

“这个待会儿再说吧。在此之前——”

说着，玄儿走过我的身边，来到位于房间中央的工作台，拉过放在那里的黑色陶质烟灰缸，将燃尽的火柴扔在里面，然后转身面对一直默默地看着他的我。

“你也来一根吗？”

“不用了。”

我摇摇头，将手里的纸照原样折好，还给玄儿。他随手放在工作台上。

“当你躺在床上被噩梦长久折磨的时候，我又当起‘侦探’，不知疲倦地做了不少事哦。”

“是吗？”

“在像刚才那样整理、把握时间关系的基础上，我大致归纳了一下在那段时间内，所有相关人员的不在场证明。”

玄儿说着，这次又从裤子后口袋内拿出另外一页纸。

5

与刚才的时间表一样，这页纸也像是自大学笔记本上撕下来的。正如玄儿所说那样，上面以他特有的笔迹写满了“所有相关人员不在场证明”的摘要。

柳士郎：在西馆一楼的书房。六点到七点多之间无人造访。

据说在五点半左右以传声筒与鹤子通过话，叫她来帮自己做了点事。

美惟：在西馆一楼的卧室。美鸟与美鱼五点多钟的时候前去探望，但她好像睡着了，没有发觉。

美鸟：和中也分开后，在五点多钟去西馆一楼美惟的卧室探望她。然后与美鱼两人回到北馆二楼自己的房间，待在那里。七点多钟发现楼下的情况有点奇怪，下楼到红色大厅之时，遇到玄儿、中也。然后停电。

美鱼：同美鸟。

征顺：确定望和在五点五十分进入工作室后，就待在对面的书房。无人造访。期间打过盹。并未听到青铜像倒下的声音。七点二十分左右出来与玄儿、野口、中也会合。

清：在东馆二楼的客厅及其附近。这期间没有遇到任何人。

伊佐夫：自北馆地窖的葡萄酒库中上来后，在后门附近遇到市朗。六点半左右推倒青铜像，然后在沙龙室碰到野口。之后，似乎回过东馆，还去北馆二楼探望过茅子。

茅子：睡在北馆二楼的客房中。似乎没发现伊佐夫探望过她。

鹤子：五点半左右曾被柳士郎叫到西馆去。此后回到南馆，在二楼自己的房间及其附近活动。这期间没有遇到任何人。

宍户：自六点多钟开始在北馆一楼东侧的厨房准备晚饭。六点四十五分左右与过来看情况的忍聊了聊。

忍：在南馆一楼自己的房间里一直待到六点多钟。那时慎太也在。此后，为了准备晚饭去了北馆一楼的正餐室。六点四十五分左右去厨房看了看，与宍户聊了聊。

慎太：在南馆一楼自己的房间里与忍一起待到六点多钟。

此后也曾出去过，但详情不明。

鬼丸：在南馆一楼自己的房间。没有遇到任何人。据说期间去了位于中庭的墓地。

野口：在北馆一楼的沙龙室。六点时与进入沙龙室的中也聊了聊。中也去了图书室后，在六点半左右遇到伊佐夫。七点多钟与玄儿、中也一起去工作室。

中也：六点在北馆一楼的沙龙室遇到野口。此后独自去了图书室。七点多钟与玄儿、野口一起去了工作室。

江南：似乎在东馆一楼的房间里。详情不明。

市朗：在北馆一楼后门附近遇到伊佐夫，暂时逃出馆外。此后又潜入红色大厅。

“根据刚才讨论的结果，自望和姨妈进入工作室的下午五点五十分直到七点刚过我们赶到工作室前的这段时间内的不在场证明很重要——”

玄儿等我看完之后才开口。

“不过在很大程度上，能确认不在案发现场的只有中也君你与野口医生两个人而已。”

“是啊。”

我暧昧地回应着，看着自己手中的那页纸。我再度看着这张“不在场证明清单”，其中一部分内容都写到背面去了。

“玄儿，你的部分没有写吗？”

“啊？”

“那个，我并不是怀疑你。”

“不，心存遗念是无可厚非的。这才是侦探的基本素质嘛。”

玄儿笑着将燃尽的烟掐灭在工作台上的烟灰缸中。

“在二楼的书房和你聊完之后，我先去了南馆，让宍户先生与忍太太准备晚饭。我告诉他们八点左右要在北馆的正餐室用餐。那会儿刚过六点。”

是的。在我出书房之前，玄儿确实是这么说过，因此……

“此后，两个人按照我的要求去了北馆。宍户先生去了东侧的厨房，忍太太去了正餐室。”

“玄儿你走的时候，慎太还在忍太太的屋子里吧。”

“还在。忍太太似乎命令过他那天不准再出门，但慎太本人却像是憋不住、很想出去走走的样子。”

“‘此后也曾出去过’是什么意思？”

“等忍太太之后回房间的时候，慎太似乎并不在那里了。”

“‘详细情况不明’呢？”

“我虽然问过慎太，但他的回答让人摸不着头脑。唉，谁让他是慎太嘛，所以这也是没办法的事情。”

“这倒是。”

“然后——”玄儿继续说道，语速变得快了一些，“后来我又回到原来的书房，一个人待了一会儿就到楼下去了。于是发现了那座青铜像的异常情况。那会儿是七点左右。所以，我拿不出充分的不在场证明。”

玄儿略略撇撇嘴，看着我的反应。我什么也没说，再次将视线落在手上的笔记上。

“宍户先生与忍太太也算是有不在场证明吧。六点四十五分左右，两个人在厨房碰了面还说了话。”

两个以上的人为相互的行动作证。从这个意义上来说，美鸟与美鱼这对双胞胎亦是如此。她们二人是“合二为一”的身体，当然必须作为特殊的例外来考虑。

“关于这两个人，不能说有充分的不在场证明吧。”

玄儿淡淡地叙述着自己的意见。

“如果我们设想他们中的一个在六点三十五分作案，之后立刻逃入红色大厅，再若无其事地回到厨房，或者去厨房看看的话……”

“如果这样说的话，或许我也不能举出充分的不在场证明啊。”

“哦？”

“我和野口医生分开后进了图书室，假设那时是六点二十五分，然后我立刻偷偷地直接进入走廊以免让沙龙室中的野口医生发觉。接着在伊佐夫推倒青铜像之前侵入工作室，作案后逃入红色大厅，若无其事地回到图书室。”

“哈哈——那么，你这么做了吗？”

“怎么会？”

我缓缓地摇摇头。

“但是，我无法证明我没有做过。”

“真冷静啊！的确是个值得信赖的伙伴！”

被他这么一夸，我不由得对“伙伴”这个词感到很不舒服。如果在此次到访之前，大概不会有这种感觉吧。

“也就是说有确凿不在场证明的就只有野口医生一人而已。”

玄儿轻轻地点头。

“当然，如果硬要说是野口医生干的，那也不是绝对不可能。”

“怎么说？”

“虽然刚才我们否定了这种情况，但是如果那座钟的损坏真是凶手做的伪装，而实际的作案时间假如是在五点五十分到六点之间的话……”

“难道野口医生他在此期间……”

“在望和姨妈进入工作室之后立刻进去将其杀害，然后马上回沙龙室遇到你。”

“但是如果是这个时间的话，他应该想不到伊佐夫在六点半推倒青铜像后会到沙龙室去一趟啊，也不会想到我会出现在沙龙室里啊。所以，就像玄儿你刚才说的那样，‘考虑到前后的情况，难以认为凶手有故意这么做的必要性和必然性’。”

“是啊。而且，就算野口医生是这样行凶的，那他应该完全没有必要打破休息室中的玻璃逃入红色大厅。那么，那块玻璃碎得就很奇怪了，而且和市朗说的看到有人打破玻璃逃出来这一点也是矛盾的。”

“可不是吗。”

“所以说，野口医生的不在场证明还是成立的啊。”

总之，除了野口医生以外，包括玄儿与我在内的所有相关人员都有作案的机会。至少仅从不在场证明这一点来看是这样的。无论是柳士郎、美惟，还是美鸟与美鱼、征顺，甚至是阿清……

“如果要怀疑的话，还有一种可能性。那就是伊佐夫是真正的凶手，包括推倒青铜像在内的一切都是在撒谎。”

“嗯，这种可能性嘛……”

“不过，我很难想象他那烂醉如泥的样子是完全装出来的。我也很难想象一个喝得烂醉的人能做出这种事来，而且关于和市朗相遇这一点似乎也是事实……如果怀疑到如此地步，那就无法确定任何事情。”

“是啊。”

我点了点头，又把目光落在手中的摘要上。

“关于江南也是‘详情不明’。这是什么意思？”

“大约四小时之前吧，我去客厅看了一下江南君的情况。”

玄儿看着手表，计算着时间说。

“当时，他已经睡熟了。衣服脱在枕边，只穿着贴身的内衣。无论我怎么喊，都喊不醒他……好像梦魇了。”

“那你生生叫醒了他问话的？”

“嗯。”

玄儿皱着眉头，好似避开我的视线一般看向旁边。

“是的，不过他依然还不怎么能说话。虽然我简单地向他说明了情况，但是他刚睡醒好像还有点迷糊，所以他到底明白多少，我心里没底。我也问那段时间他在哪儿、干过些什么。但他只是含混地摇摇头，和慎太一样让人摸不着头脑……”

我觉得这不难想象。

这个目前还来历不明的青年，对于前天以来在这座房子里发生的事情，他到底知道多少？因为他目睹了运送蛭山的过程，所以应该知道蛭山丈男身负重伤，但恐怕还不知道昨天蛭山遇害之事。恐怕望和遇害一事情也是如此。如果是这样的话，突然被玄儿劈头盖脸地问了许多问题，那肯定只能更加混乱。

“不过……”

我听到玄儿低声自语。

“他的那个……”

“怎么了？”

我观察着玄儿的表情。

“那个青年怎么了……”

“啊，没什么。”

尽管他含糊其辞，但还是坦然看着我说道。

“在我喊他起来的时候，我不由得留意到一些东西。”

“一些东西？”

“怎么说呢，是身体上的小标记之类的……算了。”

玄儿闭上眼睛轻轻摇摇头。

“算了，先不说这个——”

玄儿将我的疑问搁置一旁，岔开了话题。

“关于第二起凶案中大家的不在场证明基本就是这样。虽然对于找出凶嫌来说没有多大帮助，但如果不先弄清楚每个人的行踪，那么就不可能深入探讨。”

“是的。”

说着，我将玄儿做的不在场证明清单递给他，这次我没有按原样折好。与刚才的时间表一样，玄儿随意地放在工作台上。

“不过，中也君。”

他离开工作台，重新走向房间深处。

“我想听一下你的坦率想法。”

“什么想法？”

“那边的——”

玄儿用右手指着斜前方。

“那幅画你怎么看？”

6

玄儿指的是房间北侧墙壁上画着的那幅奇异的画。

将那原本肯定是一味涂黑的墙面当作巨大的画布，其上画上了各种人、物与建筑之类的东西。近乎孩童涂鸦般无规则、不经心、缺乏条理的……这是……

——平时，姨妈总是闷在画室里，不停地画呀画。

前天傍晚在沙龙室听过的那些不知是美鸟还是美鱼说的话，又在我的耳边响起。

——她画出来的画净是些可怕的怪画。

几个线条横七竖八地交叉着，似乎连底子都没有打，就用刮刀把厚厚的颜料抹上去了。几近天花板的地方，细致地描绘着一朵金黄色旋涡状的星云般的物体。靠近地面的位置则画有波涛涌动的深蓝色“海洋”。浮于其上的球体看上去就像几欲沉入大海的夕阳，太阳上无数网状的黑色裂痕给人不祥的感觉。以及——

在一块门扉大小的涂白区域内，绘有若干塔尖突出的黑色建筑的扭曲影像。那笔触使得那部分看上去仿佛烧焦了一般。散布在四周星星点点的或圆形、或椭圆形的圈，像是漂浮在黑暗中的肥皂泡，其内以淡色描绘出人物的图案……

对于画中的这些细节，直到现在我才第一次仔细观察到。可能是因为“这里是凶案现场”的观念先入为主地左右着自己，所以迄今为止，虽然我意识到那里画了这样一幅画，但却无法真正掌握其内涵。或许也可以说自己并未主动认真地观察。

仔细一看，那描绘在宛如肥皂泡的圆形及椭圆形圈内的大部分是无法行走的孩童，即婴幼儿。还有蜷曲身体浮在羊水中的胎儿的画。

婴幼儿的相貌看起来并不像是现实中的某个人，但其中有一个两具肉体在腰部附近相结合的畸形双胞胎的形象。显然，创作这个形象时她一定想起了美鸟和美鱼。这么说其中有些画的形象与阿清有些相像。

每个婴幼儿都显得很忧郁，与普通婴幼儿的表情相差很远，甚至让人觉得他们很快就要发出痛苦的呻吟与悲伤的哭泣了……

……这是什么意思？

我思索着。

这是什么意思？

她——望和，到底想在这儿画什么？到底想要画什么呢？

我努力思索着，却没有得到答案，而且原本有没有所谓的“答案”也未可知。

“听说望和姨妈今年年初开始画这幅画。”

玄儿向站在那里沉默不语的我说道。

“之前她一直在普通的画布上创作。听征顺姨父说，没有特别的契机，姨妈突然有一天就……”

“在此之前，她画的是什么样的画？”

“开始动笔的作品这里还留着一两件……”

玄儿看了一眼房间里放着的几个画架。

“那些画嘛，主题基本都差不多。”

“差不多？”

“以这座宅邸——暗黑馆的各处为素材的建筑形象以及看似以身边人物为模特的人物画等。人物画也是以婴幼儿居多，但她绝不直接描绘现实中自己的孩子。即便是以阿清为原型，也是那种怪病没有显现出来时的健康婴儿形象，或者是正常成长情况下的肉乎乎的男孩形象。”

“原来如此。”

“我记得似乎也见过她把自己作为吸取孩童生命的怪物来描绘的画。还有很多根本无法解释、动机不详的怪作。

“对了，中也君。”

玄儿再次抬起右手指向壁画。

“我想听听你对那幅画的高见，就是在那边角落里的一幅画。”

玄儿指的是在我右侧角落的一幅画。在它前面的地板上，放着用于垫脚的脚凳。望和死前可能正拿着画笔和调色板走到那儿，或是向那儿走了过去。

我目不转睛地盯着**那幅画**，走了过去。

首先进入视线的是几朵与我等高的花。暗淡的黄色花瓣每三四枚合在一起，构成了大朵的鲜艳花朵——这花并不陌生。我应该知道名字，但是……啊，这是什么花来着？

几枚黄色花瓣被花蕊中渗出的血一般的深红色染成条纹状。有的则被整个染红。

“这是？”

我轻声自语着，又缓缓向前迈出一步。

“这个是……”

绽放于黑暗之中的花朵下方，是玄儿所说的“那幅画”的主要部分。我稍稍弯腰，再度向前迈了一步。

这是一幅长宽约一米左右的白底画作。那幅画与同一墙面上的其他画**风格迥异**。

一个年轻女人倒在地上，身上的深灰色和服异常凌乱，白蜡般的皮肤裸露在外。而且——

一个全裸的**怪物**在那女人上面，将其强行按倒。

那怪物大致上是人的形态，但同时又具有奇异的特征，让人觉得那绝非普通的人类。

首先是自它那土黄色的背上生出的两支黑红色树杈般的物体，

在我看来像是**那怪物**的“翅膀”。虽然目前无法飞行，但那是它在黑暗中飞舞时必不可少的奇异而邪恶的翅膀——

第二个特征在**那怪物**的脚上。

他那两只脚向着画面前方伸出，握着女人的两只手腕将其压在身下。为了按住女人，他的脚尖张开踏在地上。脚的形状与乌黑的脚掌都描绘得细致入微，但是——

问题在于那脚趾的数量。

那并非普通人生长的五根脚趾，而是**只有三根脚趾**。在他左右脚内侧各有一根相当于拇指的脚趾。左右两脚的另外两根脚趾远比普通人的脚趾粗壮、形长，仿佛魔物的脚趾一般……

“玄儿，这是什么？”

看着看着，我觉得很不舒服，喘着气问道。

“这幅画到底……”

“你看着像什么？”

听到玄儿的反问，我将手掌放在微微渗出汗的额头上。

“女人遭到一个妖怪的袭击……我只觉得像是这样。”

“妖怪吗？”

玄儿深深地叹口气。

“不过，如此细致入微的画，我还是第一次看到。特别是那只有三根脚趾的双足，还有那头发……”

袭击女人的“怪物”长相凶残，野兽般锐利的牙齿自口中暴出，闪闪发光的眼睛里充满着疯狂的情欲，杂乱的白发根根倒竖……

另一方面，或许是心理作用，我觉得受到袭击的女人的神色似乎很矛盾。双眼圆睁、嘴巴大张，但那并非完全是因为恐惧与厌恶而发出惨叫时的表情……

“你觉得为什么望和姨妈会画这样的画呢？”

玄儿的声音在身后不远处响起。

“你觉得这完全是空想或妄想出来的吗？”

“啊？”

我不由自主地转过身。玄儿就在我身后，近得能感觉到他的呼吸。

“难道不是吗？”

“姨妈也曾画过几幅与这个构图相似的画。虽然画得没这么露骨。”

“那这个……”

难道玄儿想说这可能有现实中的原型，是这样吗？

那怎么可能——尽管我心里这么想，但还是再次看看画，然后在脑海中战战兢兢地张开了想象的翅膀。

难道说这是望和亲眼见过的一个恐怖场景？是烙在她心底无法抹去的残像？这幅怪画就是根据残像创作出来的？若果真如此——

那么被袭击的这个女人是谁？攻击她的这个怪物、这个有着异形“翅膀”与三根脚趾的恶魔般的怪物又是谁？

一阵让人感到不祥的沉默，深夜里无边的寂静。只能听到换气扇微弱的旋转声与站在我身后的玄儿有气无力的喘息声。

我再次黯然地看看眼前的壁画——整个画以及画中的那个部分。

夕阳破裂散落的声响。仿佛烧焦般的建筑物崩塌的声响。困于肥皂泡内的孩童的声音。女人的悲鸣。妖怪的嘶吼……这些仿佛就要在这沉寂之中破堤而出——我困于如此幻觉，为之束缚、吞没，眼看就要被带入他界。

“玄儿。”

我慌忙将视线从画中移开，再次转身面向玄儿。

“玄儿，这是什么意思？”

最终，我只能再次提出这个疑问。

“这幅画是……”

“中也君，你不知道吗？”

“什么？”

“就是画在那儿的那些花呀。”

说着，他的手越过我的肩膀，指着墙上的画。眼神黯淡，似乎充满绝望。

“你知道那是什么花吗？”

“不知道，那是……”

“那个啊……”

玄儿叹了口气。

“那花呀，是康娜[①]啊。”

---

①康娜（Canna）与美人蕉的发音相同。

第十九章　暗道问题

1

“中也君，过来。”

我再次为墙上的画所吸引，呆立在原地。玄儿撇下我，来到旁边休息室的门前。他打开门，转身向我招招手说道：

“到这边来。关于刚才没有说完的问题，我们就在这儿把它搞清楚吧。”

“好。”

我含糊地应了一声，慢吞吞地顺从了玄儿的召唤。尽管他说是“刚才没有说完的问题”，但在我来说，没有解决的“问题”依旧堆积如山。所以玄儿指的是什么，我一下子也反应不过来，而且现在我最关心的还是眼前的这幅画。

绽放于黑暗中的几朵黄色的花……嗯，经他指点，觉得那的确是康娜之花。自花蕊中渗出的血色染红了花瓣，其下便是那幅噩梦般的暴虐之图——这到底是什么意思？这奇怪的画到底想说明什么？不过，从刚才玄儿的口气来看，他好像已经大体知道了。

提起“康娜”来，那也是玄儿去世的母亲的名字。据玄儿所说，他的生母康娜是馆主浦登柳士郎的发妻，于二十七年前的八月五日深夜在这座宅子里生下玄儿后死了。康娜的父亲是浦登卓藏，母亲是浦登樱，外公是浦登玄遥，外婆是浦登达莉亚……

如果那幅画之中所绘的果真就是康娜之花，并且正如花名那样象征玄儿亡母的话——

那么，画中被三根脚趾的怪物压在身下的女性就是浦登康娜吗？惨遭杀害的望和的亲姐姐、浦登康娜，她到底是个什么样的女人呢？

卓藏与樱夫妇的长女是康娜，望和应该是幺女。还有得了与阿清同样怪病而早逝的次女麻那与三女儿美惟，长女与幺女之间的年龄差距很大。如果望和真的亲眼见过画上的情景，那是何时的事情呢？何时、何地，她是怎样……

“中也君，这边。快来看！”

在他的大喊声中，我回过神，晃晃悠悠地走向独自进入休息室的玄儿。

“对了，玄儿……”

房间里安装着一个没有烟道的壁炉状摆饰，玄儿就站在那壁炉前面。我走到他身边，看着他的表情问道：

“‘刚才没有说完的问题’是指……”

玄儿点头“嗯”了一声，扭头看向我。

“我刚才不是说关于凶手的逃脱过程，有个问题百思不得其解吗？”

“啊……对了，你是说过。”

我抬头看着壁炉上方墙壁的那扇窗子。原本镶在那里的红色花玻璃已经破碎，而今只剩下黑色窗框，犹如长方形的“洞穴”一般。其宽度与壁炉相仿，有一米多高，两个大人可以轻松地并肩通过。

与发现望和尸体、勘查房间时相比，那里并没有特别的变化，唯一不同的是已经听不到屋外的暴风雨声了，窗子对面的红色大厅里的灯全部点着了——仅此而已。

“伊佐夫推倒青铜像，导致通向走廊的门无法打开。走投无路之下，凶手只能从这个窗子逃向红色大厅。于是他用屋里的那把椅子砸碎了玻璃……”

这是再清楚不过的事实了。当时潜入红色大厅的少年市朗正好目睹这一情景，因此可以确信无疑。但是——

玄儿到底觉得这个“逃脱过程”中，哪里还有疑问呢？到底有什么是必须“先弄清楚”的“问题”呢？

我苦思冥想着。而身旁的玄儿则单腿跪下，打开右手拿着的手电，朝壁炉深处照去。

“为什么……你在干什么？”

尽管我感到不解，但还是学着玄儿、单腿跪在地板上。

“我说，玄儿呀……”

“好了，看一眼而已。”

说着，玄儿把另一条腿也跪下。他弯着身体，几乎趴在地上，将上半身探入手电照着的壁炉之中。

看到玄儿如此架势，我几小时前的记忆突然苏醒。当时——就是我发现壁炉上的窗子破碎，觉得最好看一下对面的红色大厅而准备离开的时候……

奇怪啊——

玄儿自言自语着，一脸困惑地摸着下巴。

——这里好像……

对了，他是这么自言自语的，而且也与现在一样，不管不顾地打开手电，查看壁炉深处。

“是这个啊。”

玄儿的声音传了出来。

“中也君，你也过来看看。”

我只能听从他的指示。

我学着他的样子，也将双腿跪在地上，一边保护好裹着绷带的左手，一边钻到玄儿身旁。这样一来，我们两人在满是灰尘的狭小壁炉内肩挨肩、脸贴脸，甚至可以感受到对方呼吸的温度。

“怎么样，中也君？”

玄儿换成左手拿手电，将右手伸向壁炉深处。

“这里有一个小小的棒状突起。如果把这个推上去……”

嘎吱嘎吱……附近响起微弱的金属声。

“好了，这样就解开锁了。”

玄儿低声说着，向着前方放下了手电。借助光线，他将双手伸到壁炉最深处，那儿有块铁板。玄儿将双掌放在铁板中央附近，稍加用力——

随着低沉的吱嘎声，铁板的一部分动了起来。长宽约六七十公分的正方形滑向一旁，犹如打开拉门。

在打开的铁“门”后面出现了另一块黑色的板子，像是一块木板。从位置上看，应该是隔壁那堵墙的背面……

玄儿毫不犹豫地将手伸向那块木板。

随着一声与刚才的金属声不同的微弱声响，那扇黑色木门立刻向对面推开了（啊，这里也有这样的……），与此同时，柔和的光线从对面投射过来，那是红色大厅里的灯光。

“天哪。”

我不由自主地（这里果然也有机关！这个念头突然自昏暗混沌中浮现出来，但……）喘息道。

“玄儿，这是……”

“如你所见。”

玄儿捡起手电，关上开关。然后，慢慢爬向紧贴着壁炉地面的正方形的“门”。

“来，中也君，你也过来吧。这边还散落着不少碎玻璃，小心点儿。”

玄儿很快就爬到门外，顺利“逃向”红色大厅。他瞄着还在壁炉内的我说道：

“这下你就知道了吧。关键在这儿。这个北馆在十八年前被烧毁，负责重建的**那位建筑师**设计了好几处孩子气的装置。其中之一就是**这里**——这个暗道。”

2

我遵从玄儿的命令，爬过暗道。

暗道下端在壁炉侧接近地面，但在红色大厅一侧则高出地面三十多公分。我留心着散落的碎玻璃，还要尽量不使用受伤的左手，故而就算我总算爬了过去也相当辛苦。如果门再开大一点儿，可能就没那么辛苦了吧。要不是玄儿中途帮我一把，我就不得不转过身子，让脚先过去。”

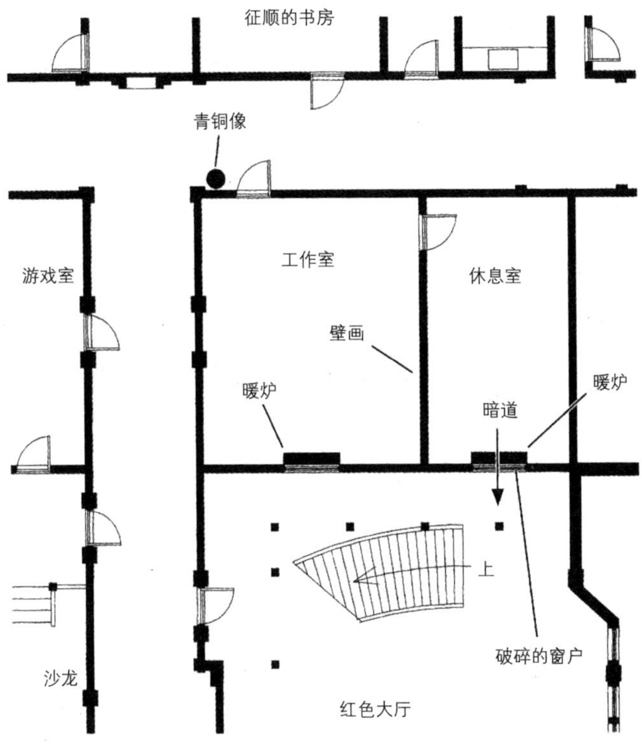

图一 北馆一层暗道示意图

“你的手没事吧？我没打算勉强你。”

“稍微有点疼……不过，还行。”

靠着玄儿的胸口，我总算站起身来，伸手拍拍身上的灰尘，再度审视一下刚才爬过来的那扇门。那正方形的门边长还真是只有六七十公分左右。不过，这么大的暗门，即便是身材高大的男性也能从容通过。

“正如你所见，壁炉侧的铁板可以横向移开，而大厅侧墙壁则是这样向外打开……”

玄儿解释着，将大厅侧的门轻轻关上。

从壁炉内看过来，那扇门是一块木板，但从这一侧的门外贴上了结实的黑色石料，与周围墙面协调。那门自然相当厚，关上门的时候则与墙面融为一体，乍看上去根本无从知晓。

“在大厅另一侧也有同样的构造。”

说着，玄儿将视线投向“另一侧”。自高大宽敞的红色大厅的方位上看，这一侧是西，另一侧就是东了。

“音乐室的壁炉与这个大厅也是由同样的机关连接。那边的壁炉比这边大很多，所以通道也宽敞不少，容易通过。两边的门都只能从壁炉一侧打开。”

“是单行暗道？”

“嗯。顺便告诉你，在这二楼的走廊里也有一处小小的机关。在与二楼的主走廊之间，有一面和你在东馆看过的一样的翻转墙。”

“简直就像是忍者屋啊！”

我故意开了个玩笑。

“这里没有利用机关让天花板掉下来，或者带刀刃的巨型钟摆与安装了陷阱之类的房间吧？”

“呵呵。”

玄儿挑挑眉毛，淡淡一笑。

“或许只是我不知道，说不定真有那种房间呢。”

“把江户川乱步、横沟正史这些当代侦探小说家全部请来如何？”

我仍然半开玩笑般地建议道。玄儿哼了一声，微微摊开手，故作滑稽状说道：

“横竖要和父亲商量呢。”

说完，他马上放下手，又一本正经起来，目光严肃地看着与周围黑墙融为一体的那扇门。

“这条暗道还是以前望和姨妈告诉我的呢。她还爬进去打开给我看……还笑着说什么‘干吗要造这种孩子气的玩意儿啊’。那时阿清还没出生，姨妈也不像现在这样，在工作室中创作的画作好像也以正经的作品居多。她非常疼爱我，心情好的话还会教我绘画技巧什么的……”

“音乐室那边的暗道呢？也是望和太太告诉你的吗？”

“不是。”

玄儿轻轻摇摇头。

“我记得那是后来自己发现的。美鸟与美鱼好像说过她们是听鹤子说的。”

“也就是说，她们以前也知道除了音乐室，这边也有同样的机关。”

“大概是吧。”

“征顺先生或是阿清呢？”

“当然也知道。”

“哦——原来如此。”

至此，我终于明白，对于凶手杀死望和后的逃脱过程，玄儿到底“在意”什么地方了。也就是说——

“也就是说，这里可能存在与昨天蛭山先生被害的案件**恰巧相反的逻辑**。对吧，玄儿？”

3

“现场通向走廊的门无法打开，但凶手为什么非要打碎休息室的窗户逃走呢？”

玄儿表情严肃，双手叉腰，语气沉着，但有些过于冷静。

“房间的壁炉里就有一条暗道，他不用打碎玻璃也能逃到红色大厅中。当时，手电就放在壁炉显而易见的地方，因此就算暗了点不太好找，但像我刚才那样解开锁、打开暗门应该不难。而且从暗道逃入大厅也应该容易些。怎么想也比用椅子打破玻璃、爬上壁炉、一边当心着玻璃碴子、一边爬出窗子跳下去这种野蛮的脱身法要省事得多。花的时间也差不多，可能用暗道逃走的时间更少些。而且最重要的是这样就完全没有被人听到打破玻璃时的巨响的危险了。可是——”

玄儿转向靠墙站着的我。

“可是凶手没有使用暗道而选择了打破玻璃，这是为什么？”

“因为——”

我用舌头舔了舔干燥的嘴唇。

“可能这和蛭山先生遇害时的情况正好相反吧。”

玄儿默默地点点头，将双手抱在胸前。我继续说道：

“昨天凌晨蛭山遇害的南馆一层的那间卧室，有一扇可与走廊的储藏室相连的暗门。为了不让忍太太发现自己，凶手就利用那扇暗门出入现场。因此自然就导出了‘**凶手是预先得知储藏室里有暗门的人**’的结论——是这样吧？”

“嗯，是的。”

“而这次的情况正好相反……”

我又舔了舔嘴唇。不知道是否沾了灰尘的缘故，感觉有点苦。

“这次，凶案现场也有暗门与密道。可凶手并没有从方便且各种危险较少的暗道走，而是打破玻璃逃离现场。到底为什么要这么做？为什么非要这么做不可呢——答案就是**凶手不知道这条暗道的存在**。”

“嗯，非常简单而且通顺的逻辑啊。”

玄儿满意地摸摸下颚。

“如果原本就不知道这里有这样一条暗道，那就只有打破窗户逃出去。凶手就是这么做的。”

“所以，结论就是在第二起凶案中出现了与蛭山事件——即第一起凶案相反的条件，也就是说‘**凶手是不知道壁炉里存在暗道的人**’。”

“是啊。”

“看来有必要探讨一下谁符合这个条件，就像第一起案子那样。”

“那我们现在就来试着探讨看看吧。”

玄儿的口气依然沉着冷静。他双手抱于胸前，从我身旁走开，默默走到楼梯口，不慌不忙地转过身，背靠着楼梯扶手对我说道：

“有谁不知道暗道存在——自这个方向开始可能更顺利些。怎么样，我们开始吧？”

虽然他的语调依然如故，但在暴风雨后深夜的寂静中，加之大厅高高的天花板的作用，使他的声音伴有令人不快的回声。

“首先——”玄儿说道，“和南馆的那扇暗门一样，长期居住于此的内部人员应该都是‘知道的’。”

“应该是吧。”

“我们列举一下他们的名字。我爸柳士郎和征顺姨父不可能不知道。继母美惟现在虽然那样，但我想她原应知道。正如刚才我所说，我以前就知道，美鸟与美鱼也知道。阿清也一样。”

“就是说所有住在这儿的浦登家族的人都‘知道了’？”

“我想是这样的。就算是这里的用人，即鹤子太太、忍太太、宍户与鬼丸老人，他们应该也都知道——这和南馆那扇暗门的知晓情况相同。”

“那可能不知道的，就只有慎太了吧？”

“是的。南馆的那扇暗门，好像是他独自玩耍时偶然发现的，但说到这北馆，这里并不在他四处探险的范围之内。既没人告诉他，也不可能自己发现，不知道的可能性很大。不过，我们能把慎太放入‘嫌疑人’之列吗？”

“这倒是。不过玄儿，目前还是先把问题只限定在‘知道不知道’上比较……”

“你说得对，我赞成。总之——”

玄儿环顾了一下大厅。

“接下来我们来看看除此以外的人吧。”

“我是初次到访，当然不会知道这儿有这种暗道。”

我抢了个先手，声明自己符合这次的“凶手条件”。玄儿一脸严肃地接着说道：

“意外访客江南君当然也和你一样不可能知道。”

“是啊——伊佐夫先生和茅子太太呢？关于南馆的暗门，他们十有八九不知道，不过……”

“那两个人嘛，会是什么状况呢？”

“至少首藤夫妇每次来都是住在北馆呀。他们也可能机缘巧合，知道了这条暗道的存在……”

“不能说完全没有，对吗？”

“伊佐夫总是和他们夫妻俩分开，独自住在东馆。”

“的确如此。但是，饮食基本上都是来北馆解决的。实际上昨天他不就自己到地窖去找葡萄酒吗？”

“嗯，的确。”

“如果茅子太太有可能碰巧知道，那伊佐夫应该同样具有这种可能性，对吧？”

“是啊。”

“所以，关于这两人‘是否知道’，客观的判断应该是‘都有可能’。但是，据我个人观察，觉得他们‘不知道’的可能性比较大……”

无论如何，在我和江南之外，作为满足“凶手条件”的人必须把首藤茅子和伊佐夫两人算上。

“最后就剩野口医生了。”

玄儿继续说着。

“关于野口医生，也有点不好判断。”

“那位医生也有可能‘不知道’吗？”

“有可能吧。”

“但他不是你们家的老朋友吗？他每次来这儿也是住在北馆啊。”

“的确如此。他说曾听人说起过南馆的暗门。所以，我想认为他可能‘知道’北馆的这条暗道比较妥当吧。不过实际情况如何，必须问问他本人才行。毕竟这只是重重机关中的一个，很有可能知道其他的暗道，只是不知道这个吧……”

如果真的是这样的话，野口医生暂时也算在了可能符合“条件”的人之列。

“好了，中也君。那么——”

玄儿离开楼梯扶手，再次走到我身旁，地板上散落的玻璃碎片被他踩得沙沙作响。他略微压低声音说：

“就是说，凶手必须同时符合第一起案件中的‘凶手条件’，以及我们刚才讨论过的第二起案件中的‘凶手条件’。怎么样？有谁符合这两个条件吗？”

“这个嘛……让我想想看……”

在第一起案件中，符合“凶手事先知道储藏室中有暗门存在”条件的人，有居住此处的浦登家族的八个人，即柳士郎、美惟、征顺、望和、玄儿、美鸟与美鱼、阿清，以及四个用人，即鹤子、忍、宍户、鬼丸老人。再加上慎太与野口医生，一共十四人。去除被杀的望和就是十三人。

另一方面，在第二起案件中，满足或者可能满足“凶手不知道壁炉里有暗道存在”条件的人，有我、江南、慎太、茅子、伊佐失以及野口医生六人。因此——

“是慎太与野口医生，他们两个人吗？”

“是的。”

玄儿点点头，眉头紧锁。

“同时满足这两个条件的只有他们两人。”

“不过，野口医生的不在场证明是成立的。”

“是的。正如刚才我们所讨论过的那样，野口医生在第二起凶案中确实有不在场证明，应该不是凶手。”

“这么一来，就只剩下慎太了。”

“是啊。你怎么看，中也君？你相信是那孩子干的吗？”

“一个年方八岁，而且智力发育迟缓的孩子连续杀了两个人……还是难以置信啊。”

“我也这么想。即便只考虑智力，他也难以做到。不可能做得到。”

玄儿如此断言道。他的眉头皱得更紧。

“慎太不可能是凶手。”

“那么，到底……”

我也和玄儿一样，愁得直皱眉头。

就是说**没有任何符合条件的人**了？难道我们长时间的推理，推导出的结论却是没有凶手的人选、没有人是凶手吗？

——怎么可能！

不可能是这样，可是……我困惑得直眨眼睛，很快，我便想到一种解释。

“你不认为或许这不是同一个凶手干的吗？”

我有点迟疑地问道。

“一条简单的逃避途径啊。”

玄儿回答道。听他的口气，好像在说“我早就想过这一点了”。

“可作为‘相关人员’之一，我不太愿意支持这种看法。一般人恐怕都不愿相信自己生活的地方会出现两个杀人凶手吧？”

“但是……”

“而且，除了这种感情上的理由，我只能认为这是同一个人犯下的连环杀人案。实际上，我并不觉得这两起案件毫无关联，也不认为有共犯存在。”

“怎么说好呢？”

玄儿用右手食指按着太阳穴。

“逻辑性的解释是比较困难的，或许可以说是事件本身的‘形态’或者‘气息’相似吧。可能是案件整体，也可能是局部，或者两者兼有。总之在这两起案件中，我感到有种共通的‘形态’或者‘气息’。所以——这么说，你可能难以理解，但我还是认为、也愿意认为这两起案件是同一人所为。”

“不，我觉得我有点明白了。”

我点点头，应和道。这是我的真心话。

“的确，在这两起案件中存在某种共通之处。正如你所说的，‘形态’、‘气息’或者说是‘手感’……我也有这种感觉。”

“是吗？不过，如果这样……”

“玄儿，我们在此换一个讨论对象吧。”

听到我大胆的提议，这回换玄儿直眨眼睛。他问道：

“怎么说？”

“这是我们无法回避的问题。为什么——为什么第二起案子的被害人是望和太太？到底出于怎样的理由，非杀她不可呢？”

“动机问题吗？这也是个谜团啊。”

玄儿深吸一口气，咬着嘴唇、一脸遗憾。

“虽然望和姨妈因为阿清的病过于悲伤而精神失常，但我觉得她并不招人怨恨。就算有人对她的言行感到不快，也不会因此起杀心。”

“如果是连环杀人案，那么应该有什么人对蛭山先生与望和太太都抱有强烈的杀意。”

“的确是这样没错。但是，在我所知道的范围内……”

玄儿用力摇摇头，说了声“不”，仿佛要抑制自己的感伤。

“这是理所当然的。因为，最终犯罪动机是凶手内心深处的问题。正是在他人无法窥知的内心深处，才隐藏着真正重大且切实的邪念。”

“真正重大且切实的邪念……”

“现在有两人遇害。还有一名犯下两桩罪行的凶手。至少对于凶手本人而言，是有正当或者不得已的理由的。应该有那样的理由才对。”

“说得也是啊。”

我想起倒在工作室内的望和的身影，想起昨晨躺在床上纹丝不动的蛭山那近在咫尺的死相，还想起昨晚在玄儿书房围绕这个驼背看门人的死，进行的那番“无意之意”的讨论。

我不禁感到一只邪恶的手自邪恶的浓雾之中穿越时空向我挥动。

“玄儿，难不成这件事——望和太太遇害的事也和十八年前的凶案有关吗？”

我缓缓地说道。玄儿出乎意料似的“啊”了一声，但立刻无力地点了点头。

“你还在想那件事？”

“嗯，算是吧。”

我也无力地点点头。

“玄儿你依然认为这始终和十八年前的事无关吗？这么说可能缺乏说服力、偏离主题，不过……”

“你的意思是说蛭山先生掌握着十八年前凶案的某个重大秘密，而被杀人灭口？而且觉得望和姨妈同样也是因为十八年前的凶案而遭灭口？”

“不，这个……”

话虽出口，但思维却无法连贯。过去与现在的事件之间，真的没有超越时空的有机联系吗？

我闭口不语，努力整理散落在大脑里的各种疑问。左手绷带下隐隐作痛，令我忍不住频频皱眉。玄儿或许也多少有些在意我的话，同样沉默不语。

归根到底——我有点不负责任地想。

难道说即便参照侦探小说进行推理，外行人也难以有实质进展吗？由警察亲赴现场勘查、验尸，对凶器、指纹与脚印之类进行专业分析等这些本应进行的搜查步骤完全欠缺了，所以才会无可奈何吗？还是说——

难道是我们把事情看得过于复杂了吗？或许我们应该换个角度，即更加整体地去面对这个事件。

比如说，凶手作案后仅仅因为慌乱，才将休息室的壁炉中存在暗道这一点忘得一干二净？或者，在第一起案件中，忍会不会撒谎？或者说，美惟所处的慢性茫然自失状态有没有可能只是装病呢？不，也许不该这样想。虽然对任何事情抱有怀疑是侦探的基本素质，但如果胡乱猜疑，恐怕不是件好事。这样反倒难以把握问题的本质……

我低声叹口气，回头看看墙壁，于心中将刚才有关“暗道问题”的讨论再次回味一番。

依照刚才的逻辑，能够同时满足两个“凶手条件”的人选仅有慎太与野口医生两人而已。但是，慎太从能力上看不合格，野口医生有确凿的不在场证明……如此一来，再无人选。没有凶嫌的人选了……不，这怎么可能……

厚重的黑色石壁，不仔细看难以辨认的暗道之门。玻璃破碎脱落后，石壁上方的窗开出长方形的口子。我因推理走入死胡同而心烦意乱，但还是在两者间交错移动着视线。突然——

我不由自主地“啊”了一声。

凶手未打开暗道门而打破窗子，不走暗道而钻窗子逃出房间，

好啊。”

“先不管报不报警，你说我们被困在这儿的孤立状态还会持续下去吗？”

“很有可能。不过，正如父亲所说，这里食物充足，至少不用担心会饿死。如果长期音讯不通，野口医生的医院或是‘凤凰会’什么的大概都不会坐视不理。就算陆路没有办法，也会用直升机什么的前来救援。关于这个问题，我相当乐观。父亲大概也是如此吧。”

玄儿抬头看了看高高的天花板，然后迅速将视线落在手边。他看看表，自语道“已经三点啦”，便对我说道：

“好了，我们走吧，中也君。”

他突然改口，我略感诧异，问道：

“接下来去哪儿？”

玄儿将右手伸入裤兜，在里面摸索着。难道除了刚才的纸片，还装着其他东西？

“因为我非要满足你的要求不可嘛。”玄儿回答道，“离天亮还有很长时间。按照约定，我会和盘托出你想知道的事。”

“啊……”

很快，玄儿自口袋里摸出两把钥匙。看起来形状似乎十分古老，但钥匙本身是新的。没有明显的污垢与锈迹，发出暗淡的银光。

“这是……”

我问道。玄儿声音怪异地回答道：

“在这幢宅子里，有两扇门可谓是‘禁地之门’。这就是开启那两扇门的钥匙。”

玄儿摊开手掌给我看了看，然后又握住了它们。钥匙发出清脆的响声。

“母钥平时保管在父亲的书房里。这两把是我以前偷偷配的。”

“配的钥匙……”

“我要用它带你去一个地方——‘禁地之门’后面的禁忌之地——怎么样，中也君？”

他故弄玄虚的台词令我愈发紧张。我想回答“好的”，但唾液卡住喉咙、发不出声来。

“走吧。”玄儿说道，“我先带你去你一直在意的十八年前的现场。”

5

这个馆可以说是一个与我所熟识的日常世界有着天壤之别的“异界”。但现在还要从这个“异界”去更为离奇的“异界”——

我们再次穿过那条凸显“间隔”、**前窄后宽**的走廊。走廊尽头便是暗黑馆的西馆，又名“达莉亚之馆”——那里与东馆同为馆内最早的建筑，地处宅子“深处”。

与前晚、即二十四日晚上，鹤子带我经过时不同，如今此处一片寂静。我并不认为当时的雷鸣与风雨之声让人听着舒服，但在某种意义上来说，今晚的寂静比肆虐的暴风雨更加令人恐惧。

刚才自玄儿卧室去望和工作室的途中，我就对这身边的寂静隐约产生了厌恶与恐惧。现在依然如此。而且——

侧耳倾听，好像突然听到什么东西隐藏在寂静背后喘息着。几秒之后，似乎又响起它要将这寂静粉碎的怒吼。这种感觉在心中萌芽并不断扩大，无法控制。

玄儿走在前面，为了多少打消一些这种无形的恐惧，我回想起前天在阳光下所目睹的西馆外观。

与东馆一样，这也是一座日西结合的建筑。带有方形陡峭屋顶的塔屋突出在靠南一侧。黑色海鼠壁外墙。黑色房顶。黑色百叶窗禁闭的小小窗子。因老化造成的颜料脱落与自地面蔓延而上的爬山虎，令它呈现出奇异色彩。那色彩谈不上是黑色、灰色还是绿色。即便如此，整体印象仍是黑黢黢的……

就是在这个可称为馆内“某种意义上的中心”或“核心”的建筑之中，隐藏着众多我尚不知晓的浦登家族的秘密吗？

与前晚不同，西馆的大厅之中点着昏暗的吊灯，而非蜡烛。看来，我的想法是正确的——那蜡烛是为“达莉亚之夜”准备的特别“仪式”中的一环。

——吃下去！

当代馆主柳士郎那仿佛自地底涌现而出的声音，又在脑海深处幻听般不断重复。

——吃下去！

——不准犹豫，吃呀！

——吃下去！

聚集于宴会厅的人们奇异地附和着。

——把那个吞下去！

——把那肉吞下去！

——吃呀……

“中也君，过来。”

玄儿小声唤着我。他已经走到位于大厅左首一侧的双开黑色门扉前面。我用力摇摇头，赶走幻听般的声音，同时慌忙追了过去。

打开门后，那里等候我们的是铺有黑色地毯的昏暗走廊。

玄儿说了声“来”，然后迈步向前走去。我默默跟在他的身后。走廊很快分成两股岔道。玄儿选择的那道向南延伸的边廊有两扇黑门，一扇在右侧靠前的位置，另一扇在边廊深处，与右侧靠前的那扇门有些距离。

“这是父亲现在用作起居室的房间。这里与里面的书房相连，以前好像是玄遥的第一书房。那些传声筒就在这儿。”

玄儿指着前面的门说道。

“还有隔壁那里的那扇门以前是第二书房……”

对了，前晚我于宴会中途去方便时，因为喝醉了回来时走错了路，忘了要上二楼，本来想回宴会厅的，但误入了一楼的这间……是的，当时，我就走到这里，想打开那扇黑门，但怎么都打不开。

——请您住手。

鬼丸老人那令人难辨男女的沙哑的颤抖声音仿佛又在耳边响起。

——这里不可以。

当时握着“禁地之门”把手的感觉与被鬼丸老人抓住手腕制止的感觉重叠在一起……

——这里不可以。

——不能靠近这个房间。

“玄儿。”玄儿先一步走到门前，我在他背后问道，“你不是说有两扇‘禁地之门’吗？还有一扇在哪儿？”

玄儿回头看看我，然后默默地向走廊深处扬了扬下巴。走廊尽头的正面还有一扇仿佛融入昏暗之中的黑色门扉。

“那是？”我问道。

于是玄儿沉吟些许时间后，像是卖关子似的停了一会儿。

“那就是达莉亚房间的入口。”

他回答道。

“那扇门后面才是这个暗黑馆真正的控制者曾经生活过的房间。”

6

时针指向凌晨三点。

玄儿自口袋中取出刚才的钥匙，选出一把，插入钥匙孔。钥匙转动时发出的嘎吱声显得异常沉重，令站在玄儿斜后方看着的我都觉得吃惊。锁打开了……而后，黑色的“禁地之门”向前缓缓打开。

室内一片漆黑。

玄儿打开刚才在壁炉暗道内使用过的手电，走入房间。我留在门前看着他，犹豫着要不要立即跟进去。

不久，室内的黑暗渐渐退去。玄儿并没有开灯，而是用火柴点燃了几处墙壁烛台上的蜡烛。房间已有十多年未曾用过，即便有灯，恐怕灯丝也早就坏了。

屋内有了些微光亮后，玄儿回到门旁，看着伫立在屋外——走廊中的我，突然说出令人莫名其妙的话。

“对了，中也君，就是这儿。”

“啥？”

我吃了一惊，一脸迷惑。玄儿用手电照着我说道：

“就在你现在站着的地方。在十八年前的‘达莉亚之夜’，当时年仅九岁的我、浦登玄儿看到了难以解释的现象——好像就是从那儿看到的！”

“从这儿？”

我慌忙环视一下周围。

“从这儿看到了什么……在哪儿？”

“在这个房间里啊。”

玄儿回头看了一眼身后。

“据说事情发生在宴会结束后，夜深人静的时候。在这个第二书房里发生了那件凶案。就在那案件发生后不久，好像碰巧我独自来到这里，看到临死的玄遥倒在地板上。同时，**我还看到有人在这个房间之内。**”

“从这儿吗？”

我直视着站在门里的玄儿。

“那——你看到的是凶手吗？”

“可能是吧——不，想不出其他可能性啊。”

我心想这真是很微妙的表达啊。玄儿立刻接着说：

“但是，难以解释的是在我看到那人后的瞬间，**他**就消失了。我和碰巧此时来到这里的父亲柳士郎一起进入房间，进行了调查，但房间里空无一人，只有满头鲜血、动弹不了的玄遥……”

“啊？”

这就是昨晚玄儿提过的、出现在十八年前凶杀案中的“活人消失”的具体情况吗？的确像是侦探小说中所谓的“不可能状况”啊。

“不可能是从窗户逃脱什么的吧。”

我确认道。玄儿默默地点点头，又回头看了一眼身后。

“似乎窗子从里面上了锁，外面的百叶窗也关得紧紧的。”

“躲在家具或者某个暗处呢？”

“据说也没有那种可能。”

这些事情超出玄儿自身的记忆范围，他肯定非常着急。玄儿轻叹一口气，关上手电，卡在裤带上。

“总之有个人名副其实地像烟一样从这个房间消失了。当然这话毕竟是九岁的孩子说的，所以好像很多人根本就没当回事。唉，这也可以理解。据说其中最当真的竟然是父亲。”

“那么，你看到的那个人就是当晚自杀的卓藏吗？”

“会是这样吗？”

玄儿不自信地摇摇头。

“据说他们问我那个人是谁，我始终回答‘不知道’。不管怎么问，我一直坚持说虽然不知道是谁，但确实有个人在房里……”

所谓记忆
似已全无

玄儿痛苦地叙述着自己完全想不起来的往昔经历。

漫步道中
不禁目眩

和着玄儿的声音，那首诗的片段又从我脑海中一闪而过。我不知该如何开口，一动不动地站在昏暗走廊里的同一个地方。

“进来啊，中也君。”

玄儿后退一步向我招手。

“你想知道更详细的情况吧？”

“是的。”

“我会告诉你的啦。关于十八年前的九月二十四日——‘达莉亚之日’的晚上，发生在这间宅邸里的可怕案件的始末，我会在这儿把我所知道的如实相告。”

7

这是差不多有三十叠大小的西式房间。

其正上方——二楼的这个位置应该就是那间宴会厅。所以简单一想，这第二书房与前晚浦登家汇聚一堂的那间屋子大小相同。

不知他何时配的钥匙，不过自那以后，玄儿恐怕曾多次犯禁、独自潜入这个房间。也许他是希望多少能够接近一些自己记忆之外的过去吧。

虽说存在着犹如玄儿这般的侵入者，但这房间的确一直封闭着，有十几年之久禁止出入。所以它的内部如此荒凉，正如我们从“打不开的房间”一词所想象的那样……不，与其说是“荒凉”还不如说是“废弃”更符合现在的氛围。或许也可以说是“遭丢弃”、“被遗忘”更为适合。或是——

由于常年封闭、无人进入，这间屋子已经渐渐停止呼吸、心跳减慢、体温下降，完全停止活动，沉睡至今。这可能是个不恰当的比喻，但我的感觉的确如此。

虽说室内有了一些光亮，但因为没将所有的烛台全部点亮，故而四处仍或多或少有些黑暗角落存在。

摇曳的烛光透着邪气。即便在这昏暗的烛光中，我依然能看到地板上厚厚的灰尘，每走一步都会留下自己的脚印。

书架、装饰架、书桌——除了与书桌配套的椅子外，还放有安乐椅——矮柜、睡椅……看起来像是保持原貌的家具上没有盖防尘布。这可能意味着今后不会再使用这个屋子或家具吧。

自地板到墙壁、天花板以及日用家具基本都是清一色的黑。电灯也好烛台也罢，均没有丝毫金属光泽。只有在正面中央、即面向庭院的朝西的墙面上有一扇装着磨砂玻璃、上下开关的窗子。其同侧有一个高大的挂钟。指针停在一个让人费解的时刻上——十二点二十三分。

在房间内稍作走动，地板就会微微颤动。灰尘与霉味充斥着鼻腔。潮湿混浊的空气冰冷，但这与刚才在北馆的冰冷感觉不同，仿佛是切肤之冷。

我走到上锁的窗子边，近距离观察后，回到玄儿抱胸站着的房间中央。此时，我突然发现到一个奇怪的东西。

“那个……”

我用手指着那个奇怪物体。

“是画框吗？”

自走廊进入房间的角度看，左手一侧、即南侧的墙上，在黑色木板墙上靠门的位置，挂着一个大画框。

宽约有两米左右，有一人多高，看起来足以收纳一百二十号的画作。但在这巨大画框内，却不知为何空无一物。只有与墙壁同为黑色的画框在那里而已。

“为什么那里空空如也呢？”我问道，“原本挂过什么画吗？”

“不，据说原本就是这样。”

玄儿放下抱着的手臂，走到画框前面。

“你知道吗，中也君，这真的是只有边框的画框。”

“怎么说？”

“不仅没有安上玻璃，而且状似背板的这部分也不是背板，完全是后面的墙板。”

说着，玄儿用右手指尖轻轻敲了敲那里。

“换句话说，只是把画框直接安在墙壁上而已。不是挂上去的，而是用钉子固定的。”

“为什么要这样做？”

我不禁困惑起来。黑色边框在空无一物的黑色墙壁上围成四方形，上面精细地雕刻着互相缠绕的蔓草形象。

“也就是说将这里用作书房的玄遥，特意造了这样的东西。为什么……”

“这个嘛——其实，也不难想象。”

“是吗？”

“总之，从前这里就有这个奇怪的画框。这是确定无疑的，我也向鬼丸老人确认过。”

说完，玄儿离开“只有边框的画框”，自我身旁穿过房间，在另一面墙边的睡椅上坐下来，将矮柜上的烟灰缸拉到身旁，叼着烟，慢慢跷起二郎腿。

“刚才你说‘向鬼丸老人确认过’？”

我跟了过去，站在睡椅旁。

“这么说，鬼丸老人知道你偷偷进过这个房间？”

“啊，恐怕是的。”

玄儿显得若无其事。

“没有被责备吗？没有责备你擅自打开‘禁地之门’进来吗？”

——请您住手。

“也许被抓个现行的话会被责备吧。但还好不是那样。”

——这里不可以。

“鬼丸老人他——”

说到这里，玄儿神态自若地吐了口烟。醇和的烟味包裹着混浊空气中的尘埃与霉味在房间里飘荡着。

“他只是有问必答。既不会反过来多问，也不会把被问及的事告诉他人。”

“口风很紧？”

“嗯，也可以这么说吧。至少对于如今在这里生活的人是这样。”

“什么意思？”

“对于现在已不在人世的某人，他恐怕会一五一十汇报的。”

“玄儿，那是……”

我刚想问他指的是谁，但还没问出口就已经想到了一个名字。

“——达莉亚吗？你指的是三十年前去世的达莉亚太太？”

玄儿一本正经地点头称是。

“鬼丸老人侍奉的真正主人只有已经故去的浦登达莉亚。就连玄遥，他也绝不顺从。当然对于当代馆主的我爸也是如此。他只对达莉亚一人忠心耿耿。以前如此，现在亦如此。坐吧，中也君。”

玄儿指着睡椅前的安乐椅，扬了扬下巴。

“不用在意会弄脏衣服。”

我听话地坐在椅子上。玄儿将跷着的二郎腿左右换了一下。

“还记得吗？”玄儿问道，“第一个晚上，在去调查岛上的栈桥时我所说的话。”

“说过什么来着？”

“以前这里曾有人在影见湖溺死。”

“啊，记得。怎么啦？”

“那时，我还没有出生……当时住在这儿的用人母子淹死了。”

“孩子玩水时溺水，母亲想去救他，结果一起淹死了。是这样吗？”

“嗯。不过，听说其实淹死的那对母子就是鬼丸老人的家人。”

我不由自主地“啊”了一声，眨了眨眯起的双眼。

“真的吗？”

若果真如此，那鬼丸老人就是于湖中溺水身亡的孩童的父亲、孩童母亲的丈夫吗？这么一来，自然可以断定这个“活影子”是男的。

“不知道是否属实。我问过他本人，但他一直含糊其辞，说‘那么久的事情已经记不清了’。什么记不清了，肯定是说谎嘛。”

玄儿站起来继续抽着烟，一口气抽完后，把它慢慢掐灭在烟灰缸里。

“任何事，哪怕是件很小的事情他都能记得清清楚楚。我觉得他就像是这个宅子附带的精巧的记忆装置一般。

“不管怎样，在我这样的人看来，此人的存在是非常值得庆幸的。算上父亲在内，他人不知道的或者虽然知道却不想告诉别人的旧事，他都知道也都记得。而且，他会按照你的提问方式，不加多余的感伤或臆想如实相告……”

——您这是向我提问吗？

啊，对了。那个老用人确实对任何人似乎都一视同仁，即便对方是我这样初次见面的来访者。

——我非回答不可吗？

如果让他“必须回答”，他肯定会如实相告。反过来如果当时回答“随便你”之类的话，那你永远别想听到答案。

玄儿说他是“这个宅子附带的精巧的记忆装置”，但我的脑子里突然想到了另一个比喻。鬼丸老人——这个守护着“迷失之笼”的“活影子”早已将暗黑馆整体的“影子”浓缩于己身……

“……听说在玄遥与达莉亚的长女樱出生几年之后，鬼丸老人住进了这个宅邸。大概距今六十年了吧。当时玄遥几近知天命的岁数。达莉亚三十出头，依然美得让人迷恋。她肯定还未显现衰老。而鬼丸老人临近而立。先不管他妻儿的湖中溺死事故何时发生、是否属实，反正就算他完全痴迷于当时的女主人达莉亚那美丽的魔性与强烈的领袖气质，也并不让人觉得不可思议。”

“魔性……”

我不由自主地重复了一遍这蛊惑性的词汇。

“刚才你说的‘这里真正的控制者’就是达莉亚太太吧？”

“当然。”

玄儿点点头，又叼起一支烟。他靠在睡椅上，斜望着天花板。

“总之，就是这么一个情况。”玄儿继续说道，“表面的或者说泛泛的事实，我可以从父亲以及当时还正常的姨妈那儿听到。我也因此恢复了在旧北馆的大火之中失去的记忆，再次成为浦登玄儿。但至于这座宅邸以及浦登家族过去的事情，基本上都是鬼丸老人告诉我的。而且对三十年前去世的达莉亚忠心耿耿的他绝不会随便撒谎。我是这么认为的，并且相信这个判断不会有错——你明白我想说什么吗，中也君？”

“嗯……也许吧。”

“好，那么——”

玄儿静静地坐下来，说起他记忆之外的十八年前的事情——发生在西馆这个第二书房之中、那件可怕凶案的详细情况，当时这个家的状况，凶案发展到看似解决的经过以及其后的展开与结果。

说着说着，自房间各个角落之中悄然流出的黑暗粒子将玄儿的面容与表情慢慢覆盖。

当然，这肯定是我的心理作用。但无论我怎么告诫自己，眼中的变化都没有停止。黑暗粒子的数量加速增加，不久便完全包裹住玄儿。只有玄儿叙述过去的声音不断轻轻震动着夜晚的寂静——这种略带疯狂的预感，或者说是妄想，让我深陷其中无法自拔。

我既没有插嘴提问，也没有随声附和，只是静静做一名听众。听着听着，我自己肯定也被房间各个角落悄然流出的黑暗粒子所包裹。或许我的灵魂将因此脱离肉体，开始穿越到跨越十八年之久的时间旅程——这种妄想亦令我难以自拔。

玄儿娓娓道来，我洗耳恭听。

难道就不能立马将潜藏黑夜中的所有噩梦都召集于此，并加以驯服吗？这恐怕也是当时我略带疯狂的妄想之一吧。

第五部

第二十章　消失之夜

九月二十六日。凌晨三点半。

“视点”离开正在暗黑馆西馆一楼的房间中倾听朋友说话的现在的“我”，滑入包围着夜晚的深沉且柔和的黑暗之中。它一分为二，分别滑入乡村少年与坠塔青年的体内，在各自身上经过几次不安定的沉浮后，又离开了他们，滑入同样的黑暗中，合二为一，成为原来的“视点”。

合二为一的“视点”盘旋着升上空中，时大时小，时急时缓，持续扭曲且不规则地回旋。不久——

“视点”也许无法感知统治“世界”的秘密且冷酷的恶意。它轻易地超越法则、倒流时光，飞落至十八年前的九月二十四日——“达莉亚之日”的当时当地。

……深山老林团团围住的小小湖泊（……这是十八年前的那个湖、影见湖）。浮于湖中的小岛（……这是十八年前的那座岛）。黑黢黢盘踞于小岛之上的形状怪异的建筑（这是十八年前的那座建筑、暗黑馆……）。

“视点”的主体依然处于昏暗的混沌之中，隔着半透明的墙壁看着正在展开的现实。而且只有依靠偶尔苏醒的感觉、认识与思考的片断（……超越了十八年的时间，现在在这里）才能将其把握……

……东南西北的四栋建筑包围着宽广的庭院（啊……对了！北馆与十八年后的那幢新建筑形状不同。它被毁于这一年冬天发生的那场大火之中）。“视点”滑入四幢建筑之一的南馆。

他发现一个少年悄然站在一楼的走廊中，便靠近他，与其重叠，合而为一。

1

……九月二十四日。星期二。晚上十一点十分。

少年来到南馆一楼的**那个房间**。

黑色门旁挂着一块木牌，上面用毛笔写有“诸居”二字。居于此处的诸居静是浦登家族的用人之一，在这里已经工作了十年以上。其夫也被浦登家族所雇用，比她大一岁，名叫甚助。七年前，即在他四十五岁时离开人世。据说是肾病。自那以后，只有诸居静和儿子忠教住在这里。

关于她家庭的这些情况，少年已听诸居静本人说过，但还谈不上完全理解。关于诸居静这个“用人之一”在馆内的地位、自己与她的关系以及自己的地位与境遇，他也没能正确理解。如果来南馆的这间屋子，就能见到“诸居妈妈”，她比其他人对我好——少年内心是这么想的。

少年名叫玄儿（……玄儿。这是十八年前的浦登玄儿）。浦登柳士郎的亡妻康娜于九年前的暴风雨之夜所诞下的遗孤。

上月初，玄儿年满九岁。最早告诉玄儿八月五日是他生日的既不是父亲，也不是外祖父、曾外祖父，而是担任玄儿乳母的阿静。那时，玄儿还住在远离宅邸的十角塔，在塔上最高层的牢房内，过着不同寻常的幽禁生活。

当然，玄儿自己从未想过这种状况是否“异常”，因为他还无法知道“普通人”的“正常”状况是什么样。就连“牢房”、“幽禁”之类的词汇，他当时也还不知道。

玄儿在九月中旬后自十角塔出来，住进北馆二楼的新房间。至今才过了一周左右的时间。

自记事起，他就独自待在塔上那间昏暗的房间里。此后的好几年，原则上都不许他外出，起居、用餐、排便、玩耍、学习、运动……一切都在塔顶牢房内进行。所以，对于玄儿来说，那间屋子与自阿静偶尔打开的窗子中看到的景色就是自己的整个“世界”。

突然有一天，他被莫名其妙地带出房间，某种意义上稳定的“幽禁生活”就此画上终止符。于是，玄儿不仅没有获得空间上自由的解放感，反而感到巨大的困惑、不安与恐惧。

完全不同以往的“外面的世界”——

那里有宽敞的房间、宽敞的庭院、许许多多的人。有各式各样的家具、工具与玩具。有书画与雕像。有天空、大地与花草树木。还有自很多人口内传出的声音与语言。玄儿未知的事、物及概念正如洪水般泛滥开来。

突然扩大几十倍、几百倍，甚至几千倍的“世界”。过于悬殊的落差，不能不让玄儿感到困惑、不安，甚至恐惧。否则就只能尽量把心封闭起来，避免与“世界”接触。

对于过于广阔的“世界”，玄儿不知道到底该看什么、该听什么、该感受什么、该思考什么、该如何思考。如果勉强面对一切，就会立刻感到强烈的头晕目眩。

此时他想起阿静曾经拿到十角塔的某样玩具。那是所谓拼图的非常初级的玩具，将剪开的厚纸片在画框中拼成画。对于玄儿来说“外面的世界”一如未完的拼图，到处缺失着构成“世界”的碎片。

无论是所见、所闻、所触及的，还是人们脸上的表情、口中的话语、表现出的感情……一切仿佛都少了什么，缺失了什么，欠缺了什么——但并非这个“世界”本身缺少，而是置身于“世界”中的自己身上少了些东西。幼小的玄儿开始模糊地感觉到这样。

自己自十角塔的牢房内获得自由，至今已过了一星期左右。但一旦有什么事，他还是会不自觉地去找诸居静，待在她的身旁。和她在一起，看着她，与她聊天……这样的话，多少可以解除自己的困惑和恐惧。正因为如此，所以今天晚上又这样……

但是……

“您吃了吗？”

听到敲门声，阿静（阿静。这个四十岁上下的女人就是诸居静）把门打开一道细缝，站在屋子里问道。她的声音与表情比平时都要生硬。

“您吃了吗，今晚宴会上准备的那些菜肴？”

玄儿闭着嘴，点了点头。他在昏沉的脑子里回想了一下大约一小时前开始的宴会上出现的一连串事情。

“您吃了，对吗，玄儿少爷？”

“嗯。”

“请您说‘是’。”

“啊……是。”

从未喝过的红色的水——那好像叫作“葡萄酒”。黑红色黏稠的汤、面包上涂着好似黄油般的东西。除了面包，其他都非常咸，味道怪异，只得小口小口地往下送。聚在一起的其他人——有“父亲”、“外公”、“曾外公”，还有两个“姨妈”——他们都默默地吃完了。玄儿觉得奇怪——他们怎么能若无其事地吃完味道如此奇怪的东西呢？他听说今晚的宴会上有某种特别的食物，但如果只是这些的话，他觉得还是在十角塔时，阿静每天拿来的饭菜更可口。

那种叫作葡萄酒的红色的水，味道特别奇怪。不知道为什么，稍微喝一点脸上就发烫，心脏扑通扑通地跳得厉害。桌上与墙上点着红色蜡烛，充斥整个房间的甜甜的气味令人头晕目眩。

这个被称为宴会厅的墙上挂着一幅巨大的画。画上的绝色佳人以前从未见过。

——这是达莉亚。

声音沙哑地告诉自己的是“曾外公”——玄遥。

——她是玄儿的曾外祖母。

尽管如此，他还是一点儿都不明白。玄遥眯起凹陷的眼睛直视茫然的玄儿。

——血缘是不争的事实啊。

玄遥低声自语道。

——虽然还是孩子，但他的面相越来越像达莉亚了。还有康娜……对吧，柳士郎？所以你也……

柳士郎是“父亲”的名字。听到玄遥别有含义的话，柳士郎表情严肃地抬起头，用冷峻的目光看看玄遥和玄儿，随即点头低声说了声“是的”。

——我不否认，这孩子确实……

对于他们的对话，玄儿还是完全听不懂。“血缘是不争的事实”是怎么回事？“面相”又是什么意思呢？

“玄儿少爷。”

玄儿被阿静唤回现实中。

“您怎么啦？”

玄儿默默地摇摇头。他抬眼看到“诸居妈妈”担心地皱着眉。但是，她只是站在房间里，并不打算将那道开了一条细缝的门再打开些。

怎么回事？玄儿心中产生了一丝纯真的疑问。

“妈妈。”

玄儿轻轻唤着阿静。

已有人告知她并非自己“真正的妈妈”。自己也这样提醒自己。“真正的妈妈”名字是康娜，九年前生下玄儿后不久就“去世”了。阿静是这个浦登家老宅里的“用人”，因为“用人”不是“家人”，所以不能成为“真正的妈妈”。

这些也都是阿静曾经亲口告诉玄儿的。

即便如此，玄儿还是唤她作“诸居妈妈”或者单纯称她为“妈妈”。在十角塔的时候一直如此。从塔里出来后，她也同意没有他人在场时可以像以前一样。但是——

“不能这样叫。”

诸居静缓缓地摇摇头。

“以后不能这样叫了。我不是玄儿少爷的妈妈。虽然从小我把你当自己的孩子一样照顾，但玄儿少爷已经从塔里出来了，而且还参加过今晚的‘达莉亚之宴’，从此就不能……”

“为什么？”

玄儿忍不住问道。他无法理解她的话。为什么突然她会这样……

“总而言之不行。”

她又摇摇头。

“柳士郎老爷终于消气了……”

刚说到这儿，阿静慌忙改口说道。

“啊，不！玄儿少爷已经九岁了……是从孩子变成大人的年龄了。而且，你已经离开十角塔成为自由之身，还参加了‘达莉亚之夜’的‘达莉亚之宴’。作为浦登家的继承人，你已经得到正式承认。”

玄儿依然听不懂她的意思，可以说基本上不知所从。他越想脑子越乱，也不知道该怎么回答。

“所以，你不能像以前那样来我这儿了。我还会继续照顾你的……但是，请您叫我‘诸居’或者‘阿静’。”

生硬的表情，生硬的声音。但是总觉得那脸色与声音中有种寂寞。

为什么？为什么？玄儿在心中不断问着。

昨天还不是这样。一到这儿就悄悄让我进去，像在十角塔时那样陪我玩耍，和我说话，教我东西，还给我看了这房间内部壁橱中的暗门呀。可是为什么……

“您听好了，玄儿少爷。”

说着，她弯下身子，视线突然落在玄儿的脚上。

“啊呀！”

她小声叫起来。

“又把鞋子——”

玄儿也看向自己的脚畔。

“又把鞋子脱掉了啊。”

“啊，嗯……是的。”

他的脚上只穿着黑袜子。那是诸居静根据玄儿脚的尺寸做的“特别的袜子”。在来之前，鞋子已经脱掉了。

“不能这样啊，玄儿少爷。”

“可是……”

如果穿着鞋子，走起来不舒服。

“已经不是在塔顶房间里生活了。不穿上鞋子的话，脚和袜子会弄脏的。知道了吗？”

“是。”

“那么，好了，玄儿少爷，您请回吧。回到北馆内，您自己的房间里。”

玄儿不情愿地点点头。这时，站在房间里的诸居静身后出现了一个人影——那是忠教，诸居静的儿子。

这个与玄儿差不多大的男孩一言不发地看着这边。他比玄儿略矮，皮肤白皙，显得忠厚。虽然玄儿也曾见过他，和他说过几次话，但并不像对诸居静那样无拘无束。

第一次见到他是什么时候呢？

好像是……对，最初是阿静带他来十角塔的。塔的最上层被格子门分割成“内”与“外”。在门那边，他躲在阿静身后，探出头来窥视玄儿，感觉像在看可怕的东西……

那是多久之前的事儿了呢？

——这是小儿忠教。

不知为何，玄儿依然清晰地记得阿静当时的声音和表情。比平时生硬……啊，对了，就像现在这样……

——来，忠教，向玄儿少爷问好。

诸居静告诉玄儿之所以他从记事开始——实际上是在这以

前——一直被关在十角塔，是因为他“还是孩子”。“从孩子直到变成大人为止”必须这样，这是浦登家的“规矩”。

为什么比自己晚一年出生的忠教可以在“外面”呢?

对于玄儿自然而然提出的疑问，阿静回答说“因为他是用人的孩子”。“浦登家的孩子”与“用人的孩子”之间“身份”不同，“规矩”也不同。所以……好像是这么解释的。

——你好，玄儿少爷。

忠教学着母亲在玄儿后加上“少爷”，然后战战兢兢地从阿静身后出来，走到格子门前。

——真可怜……玄儿少爷。

——忠教！别胡说！

他记得诸居静慌忙训斥了儿子。

——怎么能说这么失礼的话呢。

——但是……

——对不起，玄儿少爷。这孩子很想来见你，所以……

说着，阿静抓住了自己孩子的手臂。

——这孩子还不懂事儿呢。

——好了，忠教。要走了。

——我马上就来，玄儿少爷。

自那以后，玄儿开始有点羡慕忠教。并不是因为他能到房间外面去，而是由于“诸居妈妈”是忠教真正的妈妈。

“好了，玄儿少爷。”

阿静催促道。其身后的忠教已经不见踪影。玄儿垂着肩膀，从门前走开。

“愿达莉亚祝福你。”

身后传来了诸居静的声音，声音中似乎包含着某种寂寞。刚才在宴会上，众人也说了同样的话——

玄儿当时就在想，“祝福”到底是什么意思呢？

2

玄儿有气无力地从铺瓦的走廊往回返。在宅邸门口的小厅，他回头看了一眼，阿静房间的门已经紧紧地关上了。

玄儿叹口气，离开了南馆。

他来到通向东馆的走廊，夜晚越来越浓厚的黑暗包围着他。不知何时外面下起了雨。虽然还是小雨，但风大得宛如暴风雨的前奏。大风从侧面刮入只有顶棚的走廊，吹乱了玄儿的头发。

玄儿在昏暗的游廊里走着，并没有用手按住几乎竖起的头发。他边走边在昏昏沉沉的头脑中，再度回想起今晚的宴会以及那里发生的一系列事情。他想起当时在场的每一张脸。

……玄儿被迫穿上崭新的黑色西服，坐在长桌的一端。

对面坐着一个死死盯着他的男人——满脸皱纹，头发雪白，深深凹陷的眼睛内放出其他人没有的邪恶光芒——那是“曾外祖父”浦登玄遥（玄遥。今年已经九十二岁。第一代馆主，浦登玄遥）。

玄遥是“老人”。

据说“孩子”年纪大了就成为“大人”，年纪再大就成为“老人”。这也是阿静在十角塔中教诲自己的。

——变成“老人”后，年纪再大的话会变成什么？

玄儿还记得自己问过这个问题。

——然后嘛，嗯，一般是死去。死了，就不在这个世界上了。

阿静似乎是这么回答的。尽管玄儿并未完全理解“死”的含义，但还是接着问道。

——那么，我“真正的妈妈”是老了，还是死了？

——不，康娜太太并不是……

阿静说是“事故”。她说即便没有变成“老人”，也可能因为“事故”、“疾病”而死亡。她丈夫以前也是在变成“老人”之前因“疾病”死的。

玄儿的“曾外祖父”、已成为“老人”的玄遥在参加宴会的人中看起来也是特别奇怪，让人不舒服，甚至害怕。但玄儿不讨厌年老的曾外祖父。

在十角塔时，仅次于乳母静经常来看他的，并非别人，正是玄遥。

他基本上是独自登塔，也不怎么说话，只是来到格子门前看着。偶尔也会进来一次，用沙哑的声音和玄儿说话。

——玄儿。这是我起的名字啊。

他何时这样说的？

——玄儿……真是可怜的孩子啊。虽然我觉得无可奈何，但是……

“可怜”是怎么回事？当时的玄儿并不懂。后来他曾问过阿静，但她好像有点为难。

——真是个不好解释的词语啊。

说着，她将目光从玄儿的脸上移开。

——我解释不好。反正，你终究会明白。我觉得你现在还不用太在意。

……在玄儿眼里，宴会厅桌子的右侧坐着“父亲”浦登柳士郎与“外公”浦登卓藏。

卓藏（浦登卓藏。今年五十八岁。是玄儿的外公。这名男子今晚会……）虽然没到玄遥的程度，但也不是“大人”，而是“老人”了——玄儿是这么认为的。他脸上也有很多皱纹，头上没有一根头发，时不时地用舌尖舔一下歪着的厚嘴唇。脸色感觉像是青黑色，突出的眼睛不停地窥探着周围——特别是玄遥的样子。

和玄遥不同，卓藏从未来过十角塔。玄儿是搬至北馆后才第一次见到只闻其名的“外公”。当时，卓藏好像也只是一直留意身边玄遥的样子，没对玄儿说一句话……

柳士郎（柳士郎。今年只有不惑之岁的柳士郎。九年前失去妻子后，至今没有再婚）坐在卓藏身边，目不转睛地盯着桌上摇曳的烛火，表情始终如一。

他不同于玄遥与卓藏。长发乌黑，亦无显著皱纹，背挺得笔直，脸上也没有异样而令人恐惧之处。一看就知道他还不是“老人”而是“大人”。但是……

说实话，在所有人中，玄儿最怕“父亲”柳士郎。

他看自己时的目光让玄儿害怕。

虽然只是直勾勾地看着，但目光非常冷漠，仿佛根本没把人放在眼里。那冰冷的目光让人无法窥知他的想法与感受。如果被他一直这么冷漠地看着，就忍不住想逃走……

他低沉的声音也令玄儿感到害怕。

这是玄儿见过的人中声音最为低沉的，简直令人一听就瑟瑟发抖——不过，在玄儿的记忆中，他还从未直接对自己说过话。

虽然是自己“真正的父亲”，但到十角塔的次数屈指可数。独自来的时候，他也一语不发，也不进来，只在格子门外目不转睛地盯着自己看。有几次他同阿静一起来的，但也只与阿静简单聊几句，从未对自己说过话。玄儿从塔里出来之后也一样。他不但绝不和玄儿说话，而且要是有其他人在场，即便在说关于玄儿的话题，他也只和那个人说话。

为什么会这样？一想到这个，玄儿就觉得难过……

为什么“父亲”不和自己说话？好像根本就“无视”自己的存在。

他觉得忠教的“真正的爸爸”虽然已经病死，但“真正的妈妈”是阿静，她并没有死——还活着，所以他真幸福。他也希望自己“真正的妈妈”还活着，而不是“爸爸”。

——柳士郎老爷的怒气终于消了……

刚才阿静欲言又止的话语让玄儿很在意。

“柳士郎老爷的怒气”是怎么回事？“爸爸”至今一直在“生气”吗——那么，生谁的气呢？

玄儿觉得肯定是对自己生气。虽然不知缘由，但“爸爸”是对他非常“生气”的。虽然阿静说他的“怒气终于消了”，但说不定他现在还在生气呢，而且会一直那样……

……玄儿看到桌子左侧还坐着两个人。一个是浦登美惟，另一个是浦登望和——那是自己的两个“姨妈”。在座男性都和自己一样穿着黑色西装，但她们两位女性穿的则是鲜红的衣服。

听说美惟是“姐姐”（美惟。浦登美惟。今年二十三岁。比死去的康娜小六岁），望和是“妹妹”（望和。这一年还年仅二十岁的浦登望和）。她们都比阿静年轻，个个雍容华贵，长发及肩。她们关系似乎不错，好几次看到两人说着什么。那时，即便玄遥或卓藏和她们说话，也好像没听见，只顾自己说。

玄儿记得无论是美惟还是望和，在他出十角塔之前从未见过。他开始在北馆生活后也几乎没有与她们面对面聊过什么。她们不像阿静那样会主动和他玩、教他东西。所以玄儿至今还分不清哪个是美惟，哪个是望和。

据说“真正的妈妈”康娜是她们的“姐姐”，那她也像美惟或望和那样雍容华贵、长发飘飘的吗？还是……

玄儿连一张过世的母亲的照片都没见过。

……或许他们讨厌我吧。

他有时候这么想。

可能“外公”、“爸爸”还有“姨妈”都不喜欢我吧。可能他们都讨厌我吧。但是，为什么会这样……

经过东馆、回北馆的路上，玄儿遇到了几个人。他们和阿静一样，都是受雇于此的用人，不过玄儿还记不住他们的长相与名字。

“晚安，玄儿少爷。”

一看到玄儿，用人们都站住，退到走廊边，深深地垂下头，而且——

“晚安，玄儿少爷。”

他们用同样的口吻，说着完全相同的话。

说起来，玄儿想道——

除了诸居静，他记得长相与名字的用人仅有一人。就是那位名唤鬼丸（鬼丸。鬼丸老人。这一年应该年过七旬了）的老人。

他裹着斗篷一样肥大的黑衣，头上戴着兜头帽。自十角塔出来后虽仅遇到过两三次，但每次都是相同的打扮。他奇怪的姓名与有特点的着装令人难以忘怀。

在今晚的宴会上，也有那位鬼丸的身影。

他依旧是那身肥大黑衣与兜头帽的打扮，不停给大家倒葡萄酒、给盘子里加汤。他既不列席，也不吃不喝，自始至终都一言不发地站着，仿佛融入角落的昏暗之中……

……他算是什么呢？

玄儿觉得或许在这里的众多用人中，鬼丸也算是承担特别工作的人吧。

晚十一点半左右，玄儿回到北馆。

他摇摇晃晃地走在东西走向的主走廊时，听到自某个房间中传来乐器的声音。那儿是被称为“音乐室”的大房间，里面放着好几种乐器。阿静也带玄儿进去过一次，还让他摸了摸“钢琴”的键盘。

玄儿以前就知道“乐器”这个词。但至今为止，他只见过阿静带来吹给他听的笛子。阿静告诉过他，除此之外还有“风琴”、“吉他”、“小提琴”、“小号”等各种名称、各种形状的乐器。

现在，自音乐室传来的是钢琴的声音。演奏的是（甜美轻柔、故而略显忧郁寂寥的三拍……）是玄儿从未听过的旋律（啊，这是《红色华尔兹》。那座西洋挂钟的八音盒里也有……）

玄儿发现门开了一道缝，便走上前去。他屏住呼吸，悄悄自缝隙中向里面看去，恰在此时曲子终了，乐器声停了下来。

——室内是两个“姨妈”。

坐在钢琴前的一定美惟。因为阿静说过“美惟小姐非常善于演奏乐器”。望和坐在房间中央的摇椅上，看着美惟合上钢琴的键盘盖。

“……父亲好像已经休息了。”

望和坐在椅子上说道。她们说的“父亲”就是玄儿的外公浦登卓藏。

“他似乎喝了不少。不然，应该会来听姐姐演奏的。”

“柳士郎姐夫呢？”

美惟站起来问道。

“不知道呀。”

望和困惑地说道。

“说起来也不知道这是吹得哪阵风，姐夫为什么现在突然把那孩子……”

……**那孩子**？

“最终应该是姐夫的决定吧！让那孩子从塔里出来，还让他参加今晚的‘达莉亚之宴’。他不是痛恨那孩子吗？”

那不是在说我吗——玄儿察觉到这点后，整个身体都僵硬了。

“今晚外公不是说了吗？他越来越像达莉亚外婆，还有去世的康娜姐姐……”

“因为那孩子长得像姐姐？是真的吗？”

“我可是知道的呢！虽然我不清楚姐夫的想法，但那个孩子实际上……”

“别说这个！”

美惟用力摇摇头。

“不要再说这个。”

“这个孩子还是让我觉得不舒服。”

“是啊……”

“不管说什么他都不笑也就算了，眼神还总是呆呆的，不知道他看哪儿呢……我根本不知道他在想些什么。”

“谁让这九年来他一直都被关在那种地方嘛。”

“这我知道。那孩子本身没有罪过。要说可怜也真可怜……”

“不过考虑到姐夫的心情的话……”

“说得是呢。”

“这九年来，就连我们也一直当玄儿这孩子**不存在**。”

“静太太不是一直为我们照顾他吗？”

“硬让她去承担这个责任，我觉得有点儿那个。也不知道姐夫是怎么想的。”

“哎呀姐姐，你不是在嫉妒吧？”

“怎么会……你可别乱说。”

……

……什么意思呀？

……这是什么意思呢？

玄儿屏息离开门前，脑子里满是疑问。他感到强烈的困惑。

——他不是痛恨那孩子吗？

他想“恨”大概是比“生气”更强烈的词汇吧。“父亲”那么恨自己吗？但是……那是为什么呢？

——谁让这九年来他一直都被关在那种地方嘛。

——要说可怜也真是可怜，不过……

在玄儿第一次见到忠教时，也被他这样说过。难道美惟与望和也觉得“被关在那种地方”是“可怜”的吗？

但是——“从孩子直至成为大人”要一直独自待在塔内，不是这个家的“规矩”吗？浦登家的所有子嗣，美惟也好望和也好，不都要在那个房间生活到某个时期吗？难道不是吗？那就是说阿静以前所说的不是“真的”了……

玄儿又摇摇晃晃地走在昏暗的长长走廊上，内心十分困惑。

……为什么？

为什么要讨厌我？

为什么要痛恨我？

为什么我要“被关在那种地方”？

为什么我……

他真想马上跑回南馆，当面问问阿静，希望能得知“真相”。但是——

他觉得她肯定不会告诉自己，肯定一副十分为难的样子。而且，一定会摇着头说她什么都不能说……是的，一定这样。

玄儿突然冒出一个念头。

要是“曾外公”的话，或许……

如果我勇敢地问他，或许他会告诉我不知道的所有“真相”。

3

“视点”暂时离开玄儿，飞到同一夜的另一个地方。

……晚上十一点三十七分。暗黑馆西馆一楼（**这里是**……）的第二书房（……**就是那个房间**）。

“视点”作为现实中不存在的第三者浮在空中，注视着当时的情景。

几个烛台上点着蜡烛。昏暗烛光中，室内有两个人。

一个是暗黑馆第一代馆主玄遥（……浦登玄遥）。他坐房间中央附近的安乐椅上，悠然自得叼着烟斗。

另一个人（啊，**这个人**是……）好像刚进入房间，他盯着玄遥，从门附近沿着南墙慢慢地、一步一步向前挪着步子。那人的右手按在胸口，左手放到身后。

“什么事？”

玄遥用沙哑的声音问道。

“你说有事相求？”

“您能站起来吗？”

另外那人说道。

“能请您站起来、到这儿来吗？”

那人身后的墙上有一个巨大的画框（就是那个画框）。那是个其中无画、仅以黑色边框于黑墙上围成四方形的怪异画框。

玄遥诧异地皱皱眉，但还是叼着烟斗从椅子上站起来。对于这位九十二岁的高龄者来说，他显得颇为矍铄。虽然这位老者满脸皱纹，眉发雪白，肉体的各个部分已明显老化，但他腰杆笔直，步伐矫健。

那人自画框前退到一边，吹灭了正面左侧附近的烛台上的蜡烛。

“这玩意儿为什么会在这儿？”那人说道，“这个空无一物的画框？”

“嗯？”

玄遥又皱了皱眉。

“怎么又突然……”

他想厉声反问，但却无法掩饰脸上的些许狼狈。

“我自然是知道的。”

那人点点头，脸上露出满足的微笑。而后——

那人将右手自胸口拿开，伸向墙上刚才被他吹灭的烛台。

“视点”看到为了不令玄遥发觉，那人将其左手中握着的某样东西隐藏于身后。

那是长一米左右的坚硬的黑色铁棒。（……是烧火棍吗？）握住铁棒的左手因紧张或兴奋满是汗水。

4

……晚上十一点四十五分。

玄儿没有回北馆二楼的房间，而是去了西馆。他想去见见曾外祖父玄遥，并请他告知“真相”。

经过昏暗的游廊、进入西馆大厅时，玄儿猛地站住。宴会时，自己是从这里上二楼的，但是——

玄遥现在在哪儿？玄遥的房间在哪儿？

他知道玄遥住在西馆，就像他知道阿静住在南馆一样。但他不知道这栋建筑的什么地方有什么样的房间，也不知道现在玄遥在哪个房间。

接下来怎么办？要逐个查找所有房间吗？正当他心烦意乱时，自大厅的楼梯上无声无息地下来一个人影。

“您怎么啦？”

肥大的黑衣包裹全身——那是老用人鬼丸。他的头上仍然带着兜头帽，挡住了脸令人难以看清。

“您怎么啦，玄儿少爷？”

鬼丸又问了一遍。那声音颤巍巍、沙哑哑，令人有点不舒服。

“啊、那个……”玄儿语无伦次地说道，“曾外公的，那个……”

“玄遥老爷的？什么东西？”

“曾外公……在哪儿？”

“你是问玄遥老爷在哪儿吗？”

“嗯……啊，是的。”

“您这是向我提问吗？”

“啊……是的。”

“我非回答不可吗？”

虽然被接连不断的问题压得有点喘不过气，但玄儿还是再次点头说“是”。

“玄遥老爷的卧室和书房在一楼。”

鬼丸的语调一成不变，仿佛连他的心都被同样的黑衣包住，隐匿了情感。

“若是尚未就寝，应该在书房。这个时间，应该还没睡下。”

“卧室”是睡觉的房间，这个他已经知道了，不过“书房”这个词还是第一次听到。那是什么样的房间呢？玄遥在那儿做什么呢？

“让我为您带路吧。”

鬼丸提议道。玄儿略微迟疑一下。于是他又重复说道：

“让我为您带路吧。”

玄儿默默地点点头。

“我知道了。请您跟我来。”

鬼丸静静地转过身，向左侧深处的双开门走去。玄儿胆战心惊地跟在他身后。

打开门后，有一条向右首一侧、即西向延伸的昏暗走廊。蜡烛在墙壁的烛台上这边一支那边一支地燃烧着。

鬼丸一语不发，径直走在走廊上，脚下无声无息，只有轻微的衣襟摩擦声。

在走廊尽头前的左侧，有一扇黑门。鬼丸在门口停下，等玄儿追上来。

“这里就是玄遥老爷的第一书房。由我来敲门吧。”

“——好的。”

鬼丸说了声“稍后”，便敲了敲门。

咚咚。他敲了两声。隔了片刻，又连敲三下。

但里面没有反应。

“好像不在这里。”

“啊……”

“可能在相连的起居室里。怎么办？”

“啊……”

“您去看看吗？”

“啊……好的。”

“让我为您带路吧。”

“好的。”

“那么，请走这边。”

鬼丸静静地转过身，自来时的走廊折返而回。玄儿慌忙跟上去。

在刚才走出的大厅门前，有一个向右、即向南的岔路。鬼丸自走廊拐向那里，在不远处右侧的一扇黑门前停下来。

“这里就是起居室。”

说着，又像刚才那样敲了次门。但里面依旧没有反应。

“玄遥老爷。”鬼丸隔着门喊道，“您在吗，玄遥老爷。”

可是依旧无人应答。

“好像也不在这里。”

在玄儿听来，鬼丸那颤巍巍的嘶哑声音不像人类的声音，令他感到不舒服。自刚才开始，每每鬼丸说话，都会令玄儿的手腕、脖子与背部寒战连连，起了一身鸡皮疙瘩。

“那么，如果这样——”鬼丸回头看着玄儿，低语道，“此处毗邻玄遥老爷的另一间书房。或许会在那边。”

玄儿向昏暗的走廊深处看去。同在右边墙壁的不远处还有一扇黑门——是那里吗？

“让我为您带路吧。”

这次玄儿非常踌躇，不知道该如何作答。

“让我为您带路吧。”

最终，玄儿轻轻地摇摇头。

“不了。”他畏缩着答道，“我自己去……”

因为他觉得此人还是令人不舒服。最好他不要一起来，最好他不在身边，自己可以松口气了。还是这样比较好。

“曾外公”肯定在旁边的房间里。所以，我一个人去也可以……

“是吗？”

鬼丸的回答出乎意料地简单。他说了声“那么失陪”之后，便转身走了。离开时，他还说了一声——

“愿达莉亚太太祝福您吧。”

目送鬼丸的背影消失在大厅后，玄儿迈步向“另一个书房”走去。仔细一看，门下缝隙中透出微弱的光亮。他觉得灯亮着，里面应该有人。

不久，玄儿独自站在第二书房的门前。

玄儿模仿刚才鬼丸的样子咚咚敲了两声。稍微隔了一会儿，又敲了三下——但事与愿违，这次还是没有人应答。

“曾外公。”

他鼓起勇气，喊了起来。

“曾外公……”

没有反应。但是门后隐约传来微弱的声息。

刚刚那是什么声音呢？

听起来像是人声，又像是嘶哑的口哨声，还像是痛苦的喘息声。或者，那是外面的风声……吗？

“曾外公。”

喊完这一声后，玄儿握住门的把手，决定转一下看看。他推了一下，但没有推动。他又试着往自己方向一拉，门静静地开了。此时——

意想不到的情景闯入视野。玄儿大吃一惊，不禁急忙向后退去——一直退到走廊上。

有个人倒在房间地板上。

他倒在玄儿前方，略靠右边——离南侧的墙大约一米多的地方，姿势极不自然，右手对着墙向前伸出，脸却扭向玄儿这边。他满是皱纹的丑陋的脸扭曲着，头发雪白。玄儿立刻知道那人就是曾外祖父玄遥。

而且——

除了倒地不动的玄遥，在只有蜡烛火焰摇曳的昏暗的房间深处，好像有个黑影（好像是个人……），好像有个人（那到底是……）站在那儿看着自己。

……那儿有个人。

玄儿看到他穿着与身后的黑墙几乎难以区分的黑衣，也看到他的蓬乱头发，但却是一张**陌生的脸**。房间里比较暗，看不清五官，但那人双眼瞪着这边，样子恐怖。

他是谁？而且——

“曾外公”到底怎么了？这里究竟发生了什么？这里发生过什么呢？

“呃……”

玄儿想喊，但是嗓子痉挛怎么也说不出话来。

“呃，呃……”

这时，突然——

倒地的玄遥猛地抽动一下右臂。正当玄儿吃惊之时，又从另一个方向传来声音——开门的声音，接着一个熟悉的声音响起来。

“是玄儿吗？”

那是浦登柳士郎的低沉声音。

玄儿吃惊地循声看去。走廊尽头还有一扇黑门，现在被打开了。柳士郎自那里出来，慢慢地走过来。

“呃、呃……”

他想叫“爸爸”，可嗓子还在痉挛，说不出话来。

“怎么了，玄儿？你怎么在这儿？”

听到这个问题，玄儿又转向刚才自己打开的门。恰在此时。低沉的钟声响起来。是房间里座钟报时的声音。此时已是零点。玄儿伸出手指向室内。

“呃……呃……”

“曾外公”倒在那儿，房间深处有个人——玄儿想告诉“爸爸”这句话，可是……

“啊……啊！”

玄儿的声音不由自主地变成惊愕的叫声。

玄遥还躺在原处。除了刚才抽动的右臂的位置，看上去没有任何变化。扭曲而丑陋的样子也没有任何变化——翻着白眼的双眼，半张的嘴角泛着白沫。但是——

几秒钟前的确还站在房间深处的那个人现在不见了，消失得无影无踪。

“怎么了，玄儿？”

柳士郎走到玄儿身边，好像也发现了室内的情景，“啊”地惊呼起来。

“外公，您怎么啦？”

他快步跑到倒地不起的玄遥身边。玄儿战战兢兢地跟在后面，但一进房间他就停下了，站在那儿看着。

“外公……”

柳士郎看了看玄遥的脸，抓住他的手腕，将他仰面朝上地翻过来，然后将耳朵贴到他胸口。这期间，玄遥纹丝不动。玄儿发觉外公的一部分白发被染成红黑色。

……血？

玄儿现在才感到非常恐惧。

……从头里，流出了血。

“爸、爸爸。”

玄儿终于能够发出声音了。

“曾外公他……”

“死了。”柳士郎直起身来说道，“好像被谁杀死了。”

“死……了……”

玄儿低声说着，吓呆了。

如今，倒在地上的玄遥头上出血，纹丝不动，这就是“死”吗？就是“不在这个世界了”吗？但是，“被谁杀死了”是什么意思？

玄遥是因为他是“老人”而“死”的，还是因为妈妈那样的“事故”？或者像阿静的丈夫那样因为“疾病”而死的呢？

难道还有“被杀死”这种既非“事故”也非“疾病”的死因吗？

以玄儿贫乏的知识与经验，他很难理解这一事态。到底是怎么回事？他百思不得其解，也不可能明白。但用不着看柳士郎的反应，他也感觉到事态非同寻常。

“有个人……”玄儿对柳士郎说，“有个人，在那里。”

他指着房间深处。

“什么？你说有个人是怎么回事？”

柳士郎将玄遥的尸体恢复原状，马上站起来问玄儿。

“那里，有个人。”

玄儿心里害怕，拼命想说出刚才的情形。

“有个人，在那里……就在那里，在那边，看着我。”

“你说有个人，是曾外公之外的人吗？”

“是的。”

“是谁？”

“不知道……我不知道。”

玄儿缓缓地摇摇头。

“不过，是真的。”

“你认识吗？”

……

“你见过那人吗？”

……

“是什么样的，玄儿？”

“没见过……样子很恐怖。很恐怖地看着这边……”

柳士郎一脸疑惑，飞快地扫视了一遍房间。玄儿也站在那儿，把房间各个角落都看了一遍。他也知道这房间里现在别无他人。

“真有……真有的。”

玄儿重复着。

“爸爸来之前，真的，人在那里。可是……”

“你是想说他不见了，一瞬间消失了？”

“是消失了。”

“胡扯！”

“可是……”

虽然他说“胡扯”，但还是让玄儿原地别动，自己开始一个角落不落地搜索房间。他确认了窗户上锁的情况，把桌子下面、椅子背后全部看了一遍……不久，他明确了一个事实——在这个第二书房内，现在只有柳士郎与玄儿，以及“被杀”的玄遥三个人，再无旁人。

5

看起来浦登玄遥是被钝器击打头后部与侧部致死的。玄儿在开门前听到的声音恐怕就是徘徊在生死线上的玄遥口中发出的最后喘息。刚才右臂突然的抽动恐怕是他对于玄儿的声音——开门看到玄遥的样子与房间深处的那个人之后发出的声音——所做的最后反应。

柳士郎确认已“死”的玄遥身旁落着两样东西。

一个是由于长期使用而变成米黄色的海泡石烟斗。头部有一个盘曲的蛇形雕刻，是玄遥的爱用之物。玄遥不会再动的左手手肘缩在肋骨旁，它就掉落在那附近。烟斗里还留有火星，所以在受到袭击倒地前，他手里应该还拿着这个烟斗。

还有一样是非常坚硬的铁棒，长度不足一米，落在玄遥脚边。

“烧火棍吗？”

看着被随意丢在黑色地板上的铁棒，柳士郎自言自语道。

“这就是凶器吗？啊，上面还沾上了血迹。”

他好像看透了玄儿不明白“凶器”的意思似的说道。

“有人用这个烧火棍打了曾外公的脑袋，所以……”

柳士郎斜眼看了玄儿一眼。

“这个房间里没有壁炉，就是说这东西是从别的房间带进来的。”

然后柳士郎又转向玄儿。

“刚才你说的是真的吗？”他压低声音问道，“在我到来之前，真有人在房间里吗？”

记忆中还未曾直接同自己说过话的“父亲”现在正面对面问自己。虽然这件事情本身也让他觉得十分困惑，但还是小声同答道：

“是的，而且当时曾外公的手还动了一下……”

“你说什么？”

“然后，从那边传来爸爸的声音，我再看这边时已经……”

“已经没人了，是吗？”

我乖乖地点点头。

“也就是说他不是在我来之前从门走出去的。”

“是的。”

“总之是在一瞬间消失的，对吗？”

“是的。”

“嗯……”

柳士郎皱着眉头，目光锐利地盯着玄儿，然后再度环顾室内一遍。

“说得简单一点的话，消失的人是凶手。可是，那人到底是怎么从这房间……”

“凶手？”

玄儿不禁迷惑起来。

“就是用这根烧火棍让这个人——你曾外公变成这样的人。这就叫‘凶手’。”

柳士郎回过头详细解释。

“就是说你刚才目击了那个凶手——可能是凶手的人。”

“目击……”

“你真的没见过那人？真是你没见过的陌生人吗？”

柳士郎的语气显得很严厉。

尽管有点退缩，但玄儿还是努力在心中再现刚才自门外“目击”到的情景。片刻后，他略微转过脸，避开柳士郎紧盯不放的视线说道：

“是的……我觉得是。”

“是男的还是女的？”

“男的。”

“穿什么样的衣服？”

“黑的。”

“你能确信吗？”

“确信？”

“你有把握说那是绝对没错的事实吗？”

被他这么一问，对于事实究竟如何，玄儿觉得有点心里没底。

玄儿觉得自己确实看到了人。但或许只是因为太暗看不清楚，其实那是自己认识的人。或许实际上并不是男的，而是女的，只不过自己不知道。也许是自己看错了或者是心理作用……不、不可能。绝对不可能……

玄儿默不作声，缓缓地摇了摇越来越混乱的头。不知道柳士郎是如何理解的，他夸张地叹口气，又看了一眼倒在地上的玄遥，回到玄儿伫立的房间入口处。

“总之，必须通知大家。”

柳士郎将双手放在退到走廊里的玄儿的双肩上，好像要镇定自己内心似的，慢条斯理、一句一句地说道：

“我们使用第一书房的传声筒召集大家来吧。不要到这个现场来，对了，暂且到北馆大厅那边比较合适。”

……

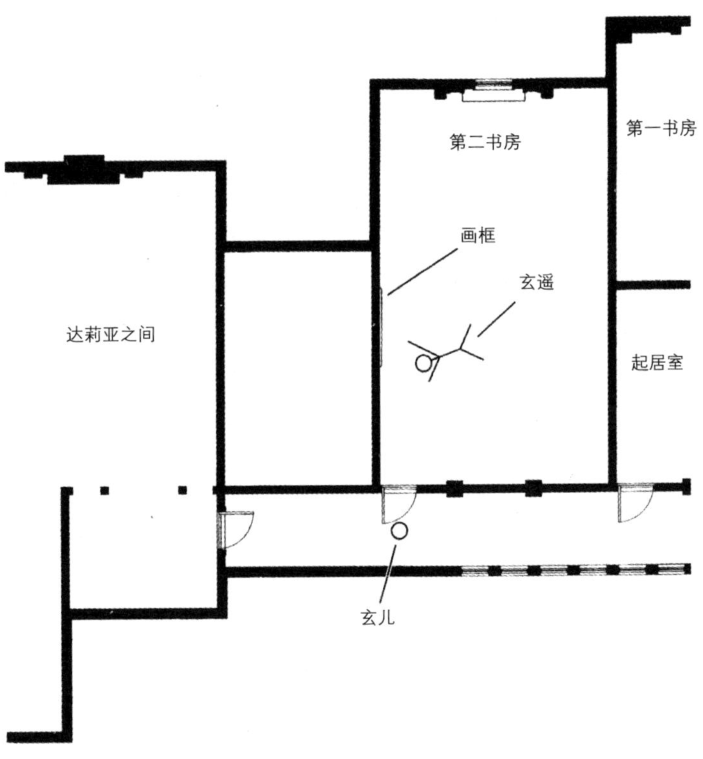

图二 西馆一层命案现场示意图

“在那儿，我必须让你把在这儿目击到的——所见所闻，再给大家说一遍，好吗？”

玄儿连说“好的”的力气或自信都没有，只是默默地点点头。

6

九月二十五号。星期三。凌晨零点三十分。

九个人全部聚集在暗黑馆旧北馆一楼的中央大厅。

浦登柳士郎、玄儿、美惟与望和姐妹。用人中除了诸居静与鬼丸之外，还有三个玄儿记不清长相与名字的男女。馆内还住着很多其他用人，但柳士郎根据自己的判断，只叫了这些人过来。

到底发生了什么？所有人的脸上隐藏不住疑惑与不安。场面的主导权始终掌握在柳士郎手里。他让刚才就开始茫然若失的玄儿坐在椅子上，自己站在一旁、面对大家，用低沉的声音讲述了事情经过。

“大约三十分钟前，这里的馆主浦登玄遥于西馆的第二书房内——去世了。”

“死……了？”

最先发出惊呼的是美惟。

“外公，死……去世了？真的……真的吗？”

“是的。”

柳士郎用力点了点头。

“是真的。”

“怎么会……怎么会死了呢？怎么会……”

同样的台词亦自望和的口中冒了出来。姐妹俩与其说是被这突如其来的噩耗打击，还不如说是对姐夫口中的“死”本身感到强烈的惊慌。

“怎么会？难道……”

“这怎么可能……”

美惟用乞求般的目光看着柳士郎。

“可是姐夫，外公他……”

“是被人谋杀的。”

全场顿时鸦雀无声。

“当然不是病死，也不是事故与自杀，而是明显的他杀。他是被人用烧火棍击打头部而死的。”

“怎么会？”

美惟再度短促地惊呼一声。

“怎么会被杀？”

“最早是玄儿发现的。”

柳士郎语调冷静地说明经过。

“不知为何玄儿独自去了西馆，打开了第二书房的门，这才发现了凶案。我在‘达莉亚之间’办完事情出来，看到他呆立在走廊里，觉得情况异常……我马上检查了一下，但那时玄遥已经停止呼吸，没有脉搏了——确实是死了。”

“天哪……”

美惟用力摇了几次头，仿佛要说“我不想听这个”。几缕凌乱的长发贴在毫无血色的脸颊与嘴唇上。

“外公怎么会死了？”

“所以我说是‘被杀’死的。”

柳士郎直视着美惟，加重了语气。

“就算是受到达莉亚祝福的人，**如果遭到意外事故或者遇害也会**

死的。我们并未与‘死’完全脱离关系。美惟，还有望和，关于这一点，你们应该知道吧？”

和妹妹并排坐在沙发上的美惟嘴里发出尖叫，仿佛想打断姐夫的话。她的身体弯成两折，两手紧紧抱头。

“……可怕！”

“姐姐！”

望和将手放在她肩上，安慰起来。

“振作点儿，姐姐。”

“可怕。我不想死……真可怕。”

“是谁？”

望和将手放在因受刺激而情绪狂乱的姐姐肩上，问向柳士郎。

“是谁杀死了外公？”

“这个嘛……”

柳士郎斜眼看了一眼坐在一旁椅子上的玄儿。

“这孩子说在房间里看到可疑人士，但他从未见过，不知道是谁。”

“有多少可信？”

望和冷冷说道，投向玄儿的目光中透出明显的不信任与轻微的敌意。

“那孩子——他这样的孩子说的话能信吗？”

“虽然我们不能盲目相信，但我觉得他不会说谎。”

柳士郎陈述自己的意见。

“玄儿没必要说谎。我甚至怀疑在这孩子的脑子里是否有‘说谎’这个概念。”

“那么，姐夫……”

望和将视线从咬着嘴唇低头不语的玄儿身上移开。

“假设真如这孩子所说，那就是说有外人偷偷进入这里……吗？”

“可能是，也可能不是。”

“可是，不是说‘从未见过’……吗？”

“玄儿从十角塔出来才过了一个星期左右。之前的九年里，他见到的人极其有限。在‘外面’生活不过一个星期，他能全部记住这里的所有人吗？”

“那么……”

“怎么样，玄儿？”

柳士郎慢慢地转向玄儿。

“现在这里有没有刚才你在房间里看到的可疑人物？”

这也可以说是在暗示。玄儿熟悉的阿静与鬼丸外的三个用人中有没有那个“嫌疑人”。但玄儿的反应却莫名其妙。

玄儿抬起头看了一下柳士郎、美惟与望和，然后扫视了一圈用人们，歪着脑袋沉思片刻后，一声不吭、面无表情地摇摇头。

“你是说不在这里？”

柳士郎问道。玄儿继续缓缓地摇着头，用细若蚊蝇的声音说着“不知道”。

“不知道……我不知道。”

“……是吗。”

“请问，要不要叫医生来？”

阿静战战兢兢地问向双手抱胸、低声沉吟着的柳士郎。虽然她不像美惟那样狂乱，但那极其苍白的脸色与微微颤抖的声音充分显现出内心的不安。

“而且，发生如此大事，可能是我多管闲事，还是……”

“你想说的我明白。虽然明白，但是——”

柳士郎口吻严厉，眉头皱得更紧。

“我原本也是名医生。如果要急救生死未卜的患者，那另当别论，但现在就算另叫一个医生来，恐怕也无济于事。嗯，关于是否报警，还要和父亲商量，慎重地……”

“对呀，父亲为什么没来？”

望和环视屋内，听起来像是刚刚才注意到这件事。

“是啊。”

柳士郎点点头。

“我也觉得奇怪。好像宴会之后，他早早就回了自己的房间。我本想用传声筒首先通知他，可是，不管铃怎么响，也没有一点反应。”

“可能睡得熟，没听到吧。”

“或许吧。或者……”

“要去看看吗？”

此前一语不发的鬼丸用颤巍巍、嘶哑的声音问道。

“要我去看看吗？”

“啊，好的，拜托你了。”

得到柳士郎允诺的鬼丸点头说了声“交给我吧”，便转过身，静悄悄地向大厅门口走去。

“不，等等。”

这时，柳士郎仿佛突然改变了主意。

“我也和你一起去吧。”

他神情严峻，跟在老用人身后。

“我总有种不祥的预感。”

7

几分钟后，在旧北馆二楼浦登卓藏的卧室里，他们发现了房间主人的惨状——“视点”已不再局限于玄儿的身上，而是自由地时空跳跃，将十八年前的“事实”——各种场景、事件、信息一一收集、联系起来。

在柳士郎与鬼丸去卓藏卧室时，首先引起注意的是贴在房门上的藏青色带子。以把手为起点、沿着无光泽的门板向上延伸，消失在门后。看起来像是“贴在”上面一样。

那好像是和服上的腰带，一端牢牢地系在门把手上。门没有锁，只是微微向内侧开着，但一推门却有种不寻常的沉重感。明显感到有什么**本不该有**的重量作用在门上……

打开的门后，柳士郎他们发现确实**察觉到了某样物体**——卓藏挂在门后，脑袋套在打了圈的腰带中，而腰带另一端则固定在走廊一侧的门把手上。

两个人赶忙解开腰带，将卓藏放下来。但为时已晚，他已经断气。死因是腰带勒住脖子引起的窒息。柳士郎是如此诊断的。

卧室中有壁炉。

柳士郎小心翼翼地确认岳父已“死”后，又检查了壁炉及其附近，结果查明本该有的烧火棍不翼而飞。

而且——

两人还发现床头柜上放着一本书。

那是堀口大学翻译的保罗·魏尔伦的诗集。书中夹着的一张可能是从日记本上撕下的纸片，上面用犹如表达其激情的红墨水潦草地写着这样的话——

吾亦往之

樱之旁

“樱”即为卓藏妻子的名字，她是玄遥与达莉亚的独生女，是柳士郎亡妻康娜、美惟与望和的生母。

九年前——玄儿出生，康娜去世的那年秋天，这位浦登樱在她三十九岁时，也是在旧北馆自己的房间里，同样用和服的腰带套住脖子，了却一生。这宅子里的每个人都知道这个事实。

于是，那潦草文字被看作卓藏的“亲笔遗书”，成为他“自杀”的证据之一。自卧室壁炉处消失的烧火棍当然也成了重要的证据。

于是，当晚凶案的真相似乎一目了然，除了关于玄儿在现场目击到的来历不明的可疑人物和与其“消失”之事。

8

最终，他们没有报警。

幸运的是当晚的风雨并未进一步加剧，转天早晨秋高气爽。当晚，被柳士郎叫来的外科医生村野英世做出浦登玄遥与卓藏的死亡诊断。

当初被认为是“他杀”的玄遥，肉体在这个阶段发生了令人惊讶的变化，但还是将玄遥看作是“病死”，而“自杀”的卓藏是作为“事故死”进行了内部处理。“杀死”玄遥的凶手是卓藏，卓藏在作案后“自杀”——浦登家族必须保守这样的秘密，以免受人非议。作为柳士郎的旧知，村野医生在听了详细的解释与强硬的说服后，最终答应参与这项隐蔽真相的工作。

遵循浦登家的惯例，没有进行守夜与葬礼。而是先将浦登卓藏的“自杀尸体”放入庭院里的墓地——“迷失之笼”中。

这是四天后的事情。

又过了四天。一个晚上，浦登玄遥也同样被放入“迷失之笼”。这是由即将继承家业、成为浦登家族下一代馆主，进而成为“凤凰会”最高权力者的柳士郎做出的冷酷决定，并得到美惟与望和同意后着手处理的。

此后，常年守护“迷失之笼”的鬼丸又被赋予了新的任务。自那以来，他并未表现出特别的不满，继续默默工作。这也是已故达莉亚的意思——可能老用人认同这样的解释吧。

总之——

看上去，十八年前“达莉亚之夜”发生的凶案算是基本解决了。

9

事情发生两个月后，同年十一月的最后一日。

在秋季即将结束、冬天即将来临的这天早晨，发生了新的惨剧。

旧北馆的厨房着火，引起了大型火灾。着火的原因与责任人不明。大火名副其实是在瞬间燃起的，结果烧毁了北馆所有的木屋和与西馆相连的大半个游廊。

此时，“视点”首先位于影见湖的上空，俯瞰着湖中小岛上那燃烧着的宅邸（……角岛，十角馆燃烧着）。但是，接下来的一瞬间，它以令人目眩的速度落到地上，潜入了馆内（……全体死亡）。它避开熊熊燃烧的红色火焰，移动时（包裹着十角馆的红色火焰自然而然与那记忆重叠在一起……），看到了各种各样的情景。

馆内各处的人们于烈火与浓烟中慌乱逃窜。大多数是为了早晨的工作而来北馆的用人。

既有早早觉察情形不对而逃脱的人，也有最后方才醒悟而陷入绝境的人；既有积极地想要止住火势的人，也有已经成为火球满地打滚的人；既有因被压在倒塌建筑下而呻吟的人，也有拼命想救出同伴的人；既有无处可逃、只得大声哭喊的人，也有已经脱离险境，但再次冲入大火中的人。

玄儿的身影也在其中。

几分钟前，在二楼卧室中醒来时，他立刻发觉情况不对，房间里飘散着异样的焦臭味。

但是，他做梦都没想到会发生如此大火。他换好衣服、穿上鞋子……在他像平时一样穿衣服的时候，异味越来越浓。很快，白烟从门下方漫进来……

屋外传来女人的尖叫，听起来像是美惟或望和的声音。开始不知道她在喊什么，片刻后终于听出来——

“着火啦！”

“着火啦！”

最终也没弄清楚那声音是美惟、望和，还是某个女佣发出的。

“着火了……快跑！”

玄儿从房间慌忙逃出时，二楼的走廊几乎完全被浓烟掩盖。

玄儿用手按住口鼻，向楼梯方向跑去。

一睁眼、泪水便止不住夺眶而出。稍作呼吸，喉咙便疼得止不住咳嗽。尽管如此，他总算跑到楼梯处，连滚带爬地跑下一楼，但是在那里等候他的（包裹着全馆的红色火焰……）是不断嚣张地舔舐着墙壁与天花板、恐怖而扭曲的旋涡状的红色火焰。(这个形象、这个记忆……是的，这是……）由于受惊过度，玄儿目瞪口呆，一步都挪不动了。可是，这时——

自肆虐的红色火焰对面出现了一个身影，其背后是外面白色的光。

那是……那就是出口吗?

如果跑到那儿，就能出去了吗?

玄儿用力摇了摇被恶臭与热气熏得晕乎乎的脑子，使出所有的勇气与气力，一下子冲向大火……

“……玄儿少爷。”

耳边传来某个人的喊声。

“玄儿少爷，您要挺住。”

……啊，这个声音好像是那个……（那个少年的……)

“玄儿……”

那人的声音突然中断。

随着一声巨响，某样东西掉落下来，砸在玄儿身上。动弹不了，难以动弹……难以忍受的恶臭、浓烟与热气。喉咙里火烧火燎！呼吸困难！浑身燥热疼痛！又热又痛！难受！热！痛！啊，这样下去……

那个声音又不知从何处传来……

和刚才的声音不同，如今仿佛在号啕大哭，又像是大声呼喊……这是……（这一定是那个人的）这个声音、这样的悲鸣……

巨响的同时，又有什么东西掉落下来。

那是被火烧塌的一根粗木。虽然侥幸没有被直接击中，但斜落下的木头一端掠过玄儿的头部，给倒地不起的玄儿的脑部以重击。

那个号啕大哭般的声音又不知从哪儿……啊！（这个声音

是……）这个声音。（这样的悲鸣……）这个……

玄儿的意识至此中断。他一下子向着吞噬、消除他之前所有过去的巨大空白坠落下去。

同时“视点”也从浦登玄儿身上弹开。弹开的“视点”没有再停留在这个时代的“现实”，而是螺旋升空。时大时小，时急时缓，不规则地扭曲旋转着。而后——

“视点”再次超越法则、超越时间，飞回十八年后的暗黑馆——人们在此度过同样黑夜的当下。

第二十一章　族谱之执

1

“……在那场火灾中，死伤了几个用人。浦登家族的人，除了我以外都平安无事——”

玄儿仍不停地叙述着。他眯着双眼，目光似乎始终盯着对面的我，但又好像眺望远方。当说到十八年前冬天的那场大火时，他的双眼眯得更细，与此同时表情不可思议地平静。对，这样子正好和四个月前的那天晚上——白山寓所附近发生火灾的那天晚上，他看着撕裂黑暗的熊熊烈火时相同。

当时，我在玄儿身旁看着同样的火光，希望找回令母亲丧生的、那场西洋宅邸火灾的记忆。当时，玄儿恐怕也想起了存在于自己的某个记忆角落中的十八年前的火焰吧。

“不知道怎么回事，诸居静与忠教母子好像也被卷入这次火灾。特别是忠教，据说遭遇了相当危险的情况，不过幸好保住了性命……”

这时，玄儿（……是玄儿吗）可能是被吸入的烟呛着了，坐在睡椅上，弯着身子剧烈咳嗽着（这是十八年后的……）。我（……中也）仿佛从漫长的梦境中醒来，突然仰起了上半身（人称中也的这个“我”是……）。我一直倾听着，既没有随声附和，也没有插嘴提问。听着听着，于不知不觉中，我像是被紧紧捆绑住似的一动也不能动。我感觉方才自己的意识完全被玄儿所说的过去所吸引，现在才转移到自己身上。

“就这样……”

咳嗽停止后，玄儿端正一下姿势。

“就这样，在十八年前的冬天，北馆被烧毁了。但过年后不久，春天到来之前，给大部分幸存的用人放了假。”

“放假……也就是解雇吗？”

“是的。只有鬼丸老人被留下来。以前，岛上有农田，还养过家畜，那以后就基本废弃了。这件事好像以前和你说过吧。”

“啊，是的。”

“诸居静也不例外。也是那个时候，她带着忠教离开了这里。”

那对母子离开这里的身影突然如剪影画般浮现于玄儿的脑海。不知道为何，背景是暗红的夕阳天空，两个人的背影像夏天的热浪，很快就摇曳着熔化在背景之中。

“可是玄儿，在当时解雇那么多人可真是……”

我觉得即便从当时的社会状况考虑，那也是非常无情的决定。

“嗯，在突然被解雇的人看来，那的确很残酷。”

玄儿跷着二郎腿，手臂撑在膝盖上，手掌托着腮，看着空中。

“这可能是新馆主——我父亲柳士郎的个人决定。不过，据说当时美惟姨妈——我的继母已经深深爱上了父亲，望和姨妈似乎也是

‘父亲的支持者’。在玄遥、卓藏在世时，她们就已经是这样了。所以她们并没强烈反对父亲的决定。凶案发生一年后的秋天，父亲与美惟姨妈再婚，但此前他们两人肯定就有感情基础了。”

“那么，你呢？”我静静地插嘴道，“玄儿也被卷入十八年前的大火……结果完全丧失了此前的记忆，对吗？”

“啊，是的。”

玄儿瞥了一眼对襟毛衣袖子下的左腕。

“家庭成员中，似乎仅有我一人没来得及逃脱，才遭遇了不幸。”

“你是说差一点丧命吗？”

“不。”

玄儿摇摇头。

“何止如此！”

“啊？”

“我没说过吗，中也君？”

玄儿掐灭烟头，一脸严肃地向前探着身子。

“在十八年前的火灾中，我没来得及逃脱，死过一回。**但我死而复生了**。中也君，我不是说过的吗？”

“啊，是的。这个嘛……你是说过。”

——玄儿昨晚确实这么对我说过。

“实际上我是在何种状况下身陷大火、遭遇过什么，又在何种状态下被救出，这些记忆都已荡然无存。虽然熊熊燃烧的红莲之火在心中时隐时现，但在火灾之后的半年到一年时间内，才真正明白那是自己的记忆。当时，鬼丸老人以外的老用人早已离开。鹤子与宍户替代而入，重建毁于大火的北馆也提上议事日程。在那前后总算……”

“可是，玄儿。”我忍不住问道，“你说的‘死而复生’是指虽然身受重伤，受到冲击而记忆全失，但总算保住了性命吗？”

“嗯。是啊，一般会这样理解吧。”玄儿的目光略微缓和一些，但马上更加认真地说，“但是，**他们并不是这么告诉我的。**”

“什么意思？”

“他们明确地告诉我的‘**事实’就是那字面上的意思**，说我死而复生了。好像我在火焰和浓烟中乱跑时，被烧塌的建材压在下面，身上因砸伤和烧伤而体无完肤……据说救出我的时候，已完全停止呼吸。也就是说我**已经真的死了**。”

“可是，令人惊讶的是后来我突然恢复了呼吸——苏醒过来，也就是复活了。”

“复活？”

我终于明白他并非开玩笑或是打比方。当然，同时我也不由得非常迷惑。

“难以置信吧？”

说着，玄儿眯起眼睛，仿佛在享受我的反应般嘴角露出笑意。然后，他略微提高声调，继续说道：

“那简直是‘奇迹’——父亲这样说的时候略带兴奋，甚至使用了‘成就’之类的字眼。但无奈我对自己因火灾造成的‘死’也好，‘复活’也好，半点记忆都没有了，所以无论父亲和姨妈们怎么说，我都没有什么真实感。虽说如此，但我也不可能对父亲他们言之凿凿的话表示强烈的怀疑吧？所以，关于这件事，我决定相信。也只有相信……”

“成就”这个词引起了我的注意。我好像在这幢老宅的什么地方也听什么人提起过类似的话。那是……

——现在还没有人成功嘛。

我想起来了，我曾听人提起的不是“成就”一词，而是“成功”。这是昨晚，在美鸟与美鱼的房间内和她们聊过的内容。

——玄遥曾外公是例外嘛。

——虽然例外，可还不是失败了吗？

……对，她们就是这么说的。好像是在我问她们关于庭院内的墓地——“迷失之笼”的事情时这样对我说过。

——爸爸可能也要失败吧？

——天晓得呀。

——只有玄儿哥哥是例外呢。

——我们又会如何呢？

——如何呢？

我根本不懂她们在说什么、想说什么。“例外”啦、“成功”啦、“失败”啦等等这些词的意思，当时我根本弄不明白，白白令脑子更加混乱……

玄儿十八年前“死而复生”了。据说这既非玩笑，也不是打比方，而是真正发生的事实。这一“奇迹”是某种“成就”，所以才说玄儿是“例外”的吗？但也有一种说法，就是目前为止还没有“成功”的人。这里说的“成功”和玄儿的“成就”是不同概念吗？十八年前被杀的玄遥也是“例外”的，但尽管“例外”，好像还是“失败”了。这到底是怎么回事？这是什么意思？美鸟与美鱼她们到底……啊，越想脑子越混乱。

——我们又会如何呢？

——如何呢？

双胞胎姐妹的声音在脑海深处奇异地不断回响。我紧紧闭上双眼，试图赶走这个声音。

——我们又会如何呢？

——如何呢？

——能和玄儿哥哥一样就好了。

——然后就是中也先生……对吧？

——是呀。中也先生也……

——中也先生也……

——中也先生也……

——中也先生也……

——中也先生也……

“怎么了，中也君？”

玄儿的发问声总算赶走了双胞胎的声音。我摇头说了声“没什么”，缓缓地深呼吸，让喧嚣的内心平静下来。

“我觉得呢，不管你怎么解释，我还是无法理解。”

考虑到玄儿的特殊情况，他“只能相信”父亲他们告诉他的“事实”，这是可以理解的。但我难以置信，也没有理由相信。

“嗯……玄儿，你左腕上的那个旧伤……”

我有意识地不断深呼吸，同时抬头看着玄儿说道。

“那是十八年前的火灾造成的吧？”

“据说是。”

玄儿的回答始终是以“传闻”形式出现。

“得救的时候，左手手腕好像已被切断了一半。当然没少出血，但它能够恢复成现在这样，手指也能活动如初，这简直也是‘奇迹般的恢复’。”

……

“最终，在这儿留下了这样的伤疤——”

玄儿伸出左手，稍稍卷起对襟毛衣的衣袖让我看。在表带下面，我看到了此前曾看过几次的那痉挛般的旧伤。

“父亲说这个伤疤是‘圣痕’。”

玄儿的嘴角又露出笑意。薄唇分开成新月形的同时，那笑容剧烈地扭曲起来。一瞬间我觉得这个世界上绝对不会、不可能有如此扭曲的笑容。

“圣痕……”

我缓缓地摇摇头。

“为什么这么说？”

“当然，这和基督教说的圣痕不是一回事。也就是说这个……啊，这些事情还是要从头说起啊。要先追溯到我们浦登家与暗黑馆的最初由来，再循序渐进说给你听。否则，你根本无法理解。”

玄儿再次将手肘撑在膝盖上，手托腮、疲倦地短吁一声。他那嘴角上的扭曲笑容已然消失了。

“那么，该从哪儿开始说起呢？”

2

在这个长年“打不开的房间”的黑墙各处，烛台上的烛光不停摇曳。盘踞于昏暗空间里的黑暗依然如故，我似又为幻觉所囚，只觉眼看黑暗粒子再度悄然流出，将我们团团围住。

玄儿暂时没有开口，好像还在犹豫“应该从哪里讲起”。我看看手表，确认了下时间——此时已近凌晨四点。

“顺便问一句，关于十八年前的事，中也君，你怎么看？”

又是一阵沉默。而后，玄儿静静地问道。

难道关于“复活”、“圣痕”等问题，照例又要“以后再说”吗？

“你觉得这与此次的凶案之间有什么有机联系吗？”

我摇摇头，叹口气说道：“好像没有。”

根据玄儿的叙述来看，十八年前的事情本身好像已经“基本解决与结束”了。玄遥在第二书房遭击杀，卓藏在旧北馆自己的房间内上吊。杀死玄遥的凶手是卓藏，他做好了杀人后自杀的心理准备。用作凶器的烧火棍原本在卓藏房间。潦草的文字可以看作是卓藏的遗书。这些都清楚地显示出整个事件的轮廓。

往事是否真的与十八年后的这两起凶案有关呢？乍看上去似乎**没有关联**。假设有的话，那又是什么关系呢？说实话，我可看不出来……

“我有几个问题想问你。”

我迎着玄儿的视线说道。

“只是关于案子的简单问题，以及做一些确认。”

“随便问。”

玄儿立刻点点头。

“只要我知道，绝不隐瞒。”

“首先是——”我撩了撩刘海，将手掌抵住额头再度问道，“卓藏为什么要杀害玄遥呢？他有什么动机？这些都是疑问。”

“据说，卓藏似乎一直暗暗憎恨玄遥。多年来，一点点积攒起的仇恨在十八年前的那个晚上终于无法遏制地爆发了。”

“他为何如此憎恨玄遥，憎恨到非杀了他不可的地步呢？”

“这个……”

玄儿略显迟疑。

“和刚才的问题一样，为了解释清楚，我想必须从头依次来说。”

“这也要以后再说吗？”

我略带讽刺地说道。而玄儿的表情依然很严肃。

“不用担心。我并非故意要你着急，也没想要岔开话题。因为情况错综复杂，所以我觉得最好不要分开解释，否则只会令你更加混乱。所以……”

“我懂了。”

我乖乖地点点头。

“不过，玄儿，你说过今晚会都告诉我的。”

“我会遵守约定。”

“知道了。”

我再次点点头，接着转到下一个问题。

“卓藏的太太——名字是樱，对吧？她是玄儿的外祖母。十八年前再向前推九年、即距今二十七年前，樱太太也曾自杀身亡。她的死法似乎与卓藏一样，也是在自己房间里上吊的，对吧？”

“啊，好像是的。而且自杀方式似乎也是将腰带挂在门上。”

“樱太太为什么要自杀？”

“听说她因精神错乱突然做出了那样的事儿。”

这是谈论有关自己外祖父、外祖母不寻常的死状。虽然玄儿的回答显得漫不经心，但毫无疑问的是，他的心绪复杂得难以言表。

“有遗书吗？”

“听说没有。”

“二十七年前的话，正好是玄儿出生的那一年啊。达莉亚太太是在三十年前去世的吧？”

“没错。”

“虽说精神错乱，但应该有什么导致自杀的动机吧，比如说不堪重病折磨。”

“不，没有。”

玄儿斩钉截铁地摇了摇头。

“那么，比如说——”

我接着说下去。

“对于樱太太来说，自己的第一个外孙玄儿惹怒了父亲，被囚于塔顶牢房里，如此残酷的行为令她悲痛欲绝呢？”

“不，那也不可能。”

玄儿依旧斩钉截铁地摇头否定。

“那么，到底为什么呢？”

“这件事和卓藏杀害玄遥的动机一样，如果不把一系列错综复杂的事情说清楚，就无法解释……”

“这也要以后再说吗？”

“好了好了，别这么咄咄逼人嘛。一两个小时之后，你的大部分疑问大概都会消除的。”

“哦……”

“不过，对了，在这儿先告诉你一件事情。”

“什么事情？”

“在我们浦登家，自杀这种行为被认为是严重的‘罪行’。比一般世人认为的还要严重得多。”

玄儿的口气沉重，令人觉得压抑。但我却觉得那是小题大做。

“可以说是最高级别的禁忌。在浦登家族，最早犯禁的就是二十七年前的樱。十八年前的卓藏是第二个……”

基督教里也存在“自杀是重罪”的说法。但是，称其为“最高级别的禁忌”的玄儿的——不，应该说是浦登家的规矩到底依据怎样的思想呢？

不久以后——若是相信玄儿的话，再过一两个小时——它也会在我眼前清晰起来吧。应该会的……我这样不断劝说自己，并又回到与事件有直接联系的疑问上。

“卓藏的遗书中写着‘吾亦往之，樱之旁’，对吧？如果单纯理解，可以认为这个‘樱’应该是以前自杀的浦登樱，表明自己也要随她而去的决心。”

“是的。”

“那遗书的笔迹，的确是卓藏的吗？”

“据说是的。”

“但是，应该没让专家进行笔迹鉴定吧。会不会只是周围的人觉得像，就判断是他的笔迹呢？”

“这个……嗯，可能是吧。毕竟没有报警嘛。”

“对吧。”

我缓缓地点点头，略微加强了语气。

“假如要找出问题所在，还得从这里入手啊。”

“怎么说？”

“从若干情况来看，似乎的确很清楚‘发生了什么’。但是，毕竟警察没有介入调查。也就是说无论是现场勘查、验尸，以及鉴定等，这些本该由专家做的工作都没有做。

“如果检查烧火棍，或许会发现上面只有卓藏的指纹。或许能够搞清楚卓藏尸体的什么地方溅到了少量血迹，而那些血迹恰恰可以判断是玄遥的血。遗书的笔迹自然也能鉴定。但事实上这些都没做。也就是说，实际上根本没有可以证明事件真相的客观的决定性证据。”

“嗯，的确如此。”

“也就是说，即便是乍一看一目了然的事情，也存在许多疑点，不是吗？比如卓藏的自杀实际上并非如此。真相可能是某人勒死他后，将其吊在房门上伪装成自杀。这种情况下，那句遗言也可能是那个人伪造出来的。或者，凶手可能耍了个诡计，让卓藏本人先写下那可以作为遗言解读的文字，然后把尸体像浦登樱一样吊在门上，目的就是让人以为那是‘追随她而去的自杀’。”

“的确。你这架势活生生就是一个侦探小说读者。”

这次，我的语气似乎多少镇住了玄儿。他脸上露出一丝苦笑，仿佛要掩饰内心的迷惑。

“你的意思是应该进一步考虑凶手不是卓藏，而是另有他人的可能性？”

“你不觉得吗？”

我进一步追问道。

“十八年前也和这次一样，问题在于不报警……”

“嗯，的确如此。”

玄儿依然带着一丝苦笑，点了点头。

“当时的用人们肯定也被勒令不要外传——这么看来，始终不让报警、主张内部处理的父亲柳士郎最为可疑吧？”

“也可以这么认为。”

“可是，中也君呀，假设十八年前被杀的是父亲，实权仍然掌握在玄遥手里的话，我想玄遥也会做出和父亲同样的判断。或许他还会强行毁灭所有的证据。”

“那是因为家族荣誉非常重要吗？在当时的社会状况下，如果让外界知道杀人、自杀这种丑闻，会带来麻烦……对吗？”

“是这样吧。”

玄儿又叼起一根烟，用火柴点上了。

“不过，即便事情公开，也有办法让当局的上层不深究此事。但在我来看，比起名誉、面子等，更重要的是无法容忍大量陌生人进入宅邸、到处搜查。你也知道，我们家本来就有很多不愿为外人知的‘秘密’，就连十角塔后出现的那些白骨也是如此，虽然我不知道父亲对于那个传说相信多少，但是这应该是让他一直担心的……”

“嗯，这我明白。”

不知何时起，玄儿吐出的烟令我觉得难受。我不露痕迹地转过脸，反驳起来。

“虽然明白，但还是不能理解。偏偏是馆主被杀……”

玄儿若无其事地吸着烟，哼笑一声道：

“那么，就让我再说一点让你更加混乱的事情。”

“这次是什么？”

“十八年前的事件，就算迅速报警，**最终结果也不会作为凶案立案**。”

“啊？”

正如玄儿所说，我的头脑确实更加混乱了。

“我不明白这是什么意思。不会作为凶案立案？到底为什么？”

“以后再说——这个也是。”

玄儿煞有介事地说道。

又来了！我失望地噘起嘴，但很快恢复了常态。

“再让我问一个关于十八年前的问题。就是凶杀案发生后，玄儿在房间里看到的可疑人物。”

“啊，嗯。”

“按照一般逻辑，那个人就是杀害玄遥的凶手。所以他就是卓藏。”

“是的。不过，当时我好像坚持说‘不知道是谁，没见过’。”

“如果他是卓藏，你不会说‘没见过’不是吗？”

“的确。”

“关于这一点，当时你是怎么自圆其说的？”

“大部分人好像都认为‘这是玄儿这种小孩子说的话，所以靠不住’。他们说这房间里有人原本就是我的幻觉或是妄想。”

幻觉或是妄想（……不对）……这么想确实就说得通了（……不对。那天晚上玄儿确实看到了**那个**……这个想法意外地、前所未有地清晰）。

“在你刚才的叙述中，那个人似乎是穿着黑衣、头发蓬乱，对吗？”

“没错，我似乎是给了这样的‘证词’。”

“可是玄儿，刚才你的话中也提到，卓藏五十八岁时，已经完全秃顶。也就是说他头上没有头发啊。”

“是的。”

“可是，玄儿看到的那个人是‘头发蓬乱’。这有很大的矛盾啊。”

“是的，的确如此。”

玄儿用力地点点头。

“如果完全相信九岁时的我的‘证词’，一个人。这样一来，就像你刚才指出的那样，袭击玄遥的凶手不是卓藏。是其他人袭击了玄遥，还杀了卓藏，伪装自杀现场。如果这样，可能卓藏被杀还在玄遥遇袭之前——说实话，我也一直在思考这种可能性。”

“是吗？不过无论是谁，都存在着一个‘谜团’。那就是你目击的可疑人物几乎瞬间从这个房间消失……”

“是啊。人在密室状况下消失，是极其侦探小说式的谜团吧？”

"嗯，是啊。"

"被勾起兴趣了？"

玄儿的语气一转，变得轻松起来。我没有理会他的问题，从椅子上站起来，转身将视线投向房间南侧的墙上。

"玄遥是倒在离那边一米多的地方吧，是向着墙的方向伏地的吗？脸扭向门的方向，将右臂伸向前方……"

说着，我慢慢向那边走去。

"这样的话，右臂正好是朝着这个画框伸向前方的，对吗？"

站在十八年前玄遥倒下的地方，我重新注视着墙上那个只有边框的画框。背后传来玄儿从睡椅上站起来的声音。

"——那么，你是在那边。"

我将视线转向房门方向。从门外的走廊中央——在进来前玄儿说的"**就是那儿**"的位置，十八年前玄儿目击了不可思议的一幕——活人消失。

"你说的那个人站在那边的最里面……"

我向右侧——相当于房间西南角——望去（……是的，就在那儿）。那是镶着黑色木板的墙壁，和其他地方没有区别。墙附近没放任何家具之类的东西。

"那人就站在那儿，样子狰狞地瞪着你吧？在你的注意力因柳士郎的出现而分散的一瞬间不见了——消失了。"

我双手抱在胸前，不由自主地低声"啊"了一声。

为什么会发生如此不可思议的现象呢？这只是幼年经历异常幽禁生活的玄儿的心理作用，或者幻觉、妄想之类的吗（不。那既不是幻觉也不是妄想，而是……）？但是，如果不是，如果现实中真的发生了，那么——

那里应该会有使不可能变为可能的某种装置或机关。这种情况下那是……

我双手抱胸，再次将视线投向那个什么都没有的“只有边框的画框”。两米左右的宽幅，上边框相当于身材高大的成人身高，下边框离地板有十来公分或二十公分的距离。

在画框左边不远处有一个烛台。现在，这个烛台上正点着蜡烛。

“觉得这个奇怪吗？”

玄儿走到我身旁，向那个画框的方向扬扬下巴。

“嗯——你愿意告诉我这个奇怪装饰的意义吗？”

“那是……啊，这个也以后再说吧。”

对于这种千篇一律的回答，我几乎已经死了心。于是我耸耸肩，岔开话题：

“对了，那里的烛台……”

“嗯？”

“十八年前你发现凶杀案的时候，那个烛台上点着蜡烛吗？”

“啊，为什么突然又问这个？”

“没什么，突然想起来的。”

我含糊其辞地回答道。而玄儿则直截了当地说：

“不知道。关于那里是否点着蜡烛的问题，无论父亲还是鬼丸老人，都只是回答‘不记得’。”

“这样啊……”

“但是，我觉得十有八九是**没有点亮蜡烛**。”

“哦？”

我略微愣一下，瞄了一眼玄儿的侧脸。

“为什么会这么想呢？”

玄儿伸出右手食指、按住自己的太阳穴，故意以玩笑般的口吻回答道：

“推理，是推理啦。”

（……是的，当时这盏蜡烛确实被熄灭了。）不过，他立刻恢复了原来的语气：

“现在说这些可能让你不高兴。但是，中也君，关于十八年前在这间屋子内发生的活人消失的谜团，实际上我已经解开了。”

“啊？”

“我配了钥匙后偷偷地进来过几次，在此期间我明白了。一旦明白就真的不算什么了……啊，虽说如此，但问题并没有完全解决。”

“玄儿，这到底是……”

“好了好了，别着急。”

轻而易举避开问题的玄儿向前面的墙壁迈出一步，然后一口气将烛台上的蜡烛吹灭。

“关于这件事，我以后会一起告诉你。”

玄儿轻轻地拍了拍无心回应、有点茫然自失的我。

“好了，中也君，我们换个地方吧。”

3

将“打不开的房间”——曾经是第二书房的门关上后，玄儿没有原样锁好就离开了。他走向走廊尽头的那扇黑门——现存于这个暗黑馆中的另一扇“禁地之门”。据说这个馆内“真正控制者”的房间就在那扇门后。

“对了，玄儿。”我向从裤兜里拿出钥匙的玄儿问道，“十八年前发生案子的那晚，令尊柳士郎从这个房间里出来，遇到了呆立在刚才那扇门前的你吗？”

“是的。”

“柳士郎之前在这房间里干什么呢？好像是说……做完了什么事情。”

“当晚的宴会结束后，玄遥让他收拾一下。”

“收拾？”

我不由得迷惑起来。

“宴会不是在二楼的房间里举行的吗？”

“主要是收拾餐具之类的吧。”

玄儿回答道。

“‘达莉亚之宴’中一直使用同样的餐具。这里就是存放餐具的地方。基本上由馆主负责餐具的保存和管理，有时也会让别人代劳。这两三年因为父亲身体欠佳，一直由鬼丸老人负责。还有——”

玄儿扭头看了一眼刚才那扇房门。

“好像当时那间第二书房和这个房间，都没像现在这样上锁。凶案之后，才开始上锁的……”

玄儿再次对着眼前的门，将钥匙插入孔中。和“打不开的房间”不同，这扇门锁并未发出太大的声响。玄儿毫不费力地转动钥匙，门就开了。

我咽了口唾沫，站在玄儿斜后方看着——啊，终于……

首藤伊佐夫曾说过这里的“核心”肯定就是指这座西馆、即“达莉亚之馆”。而且，这个“达莉亚之间”恐怕可以说是“核心中的核心”。现在，我终于要进去了。

——不过呢，我可是特例。

我突然想起这句话。这是第一次见面时，伊佐夫对我说的……

——我成为艺术家，正是为了证明神灵是不存在的！

……神灵的……不存在？

——小心不要被蛊惑了。

……啊，可是我已经被蛊惑了，不是吗？就像玄儿、征顺以及其他浦登家的人一样——是的，一定是的。我也被蛊惑了，无法摆脱。不过，是被什么蛊惑呢？

被什么蛊惑呢？

——也许是……恶魔吧。

是的，玄儿这样说过。

——至少绝非神灵。

“这个房间位于西馆的南端。”

玄儿一边开门一边解释。

“有人称这儿是‘达莉亚之间’。里面是不完整的三层塔屋，所以也有人称之为‘达莉亚之塔’。”

玄儿在墙上摸索着，打开照明开关。漆黑的房间里，电灯一个接一个地亮起来，发出微弱光线。虽然同为“禁地之门”，可这儿却和方才的第二书房不同，并未作为“打不开的房间”而遭封锁。我觉得即便是偶尔，这儿还会有人出入。灯泡也更换过了。

“一楼是达莉亚的起居室。二楼是卧室——那边是塔的部分。”说着，玄儿指给我看。

那里位于房间东南角，包括上楼的楼梯在内，方形的塔屋大大地向外突出。

眼前的光景让我想起了从东馆二层的窗子向外眺望时所目睹的该建筑的外观。整个建筑被从地面蔓延而上的爬山虎紧紧缠绕，被一种非黑、非灰、非绿的奇异颜色所覆盖。靠南的一端，那座塔突出其外。方形的塔顶坡度很大……

我跟着玄儿，进入达莉亚的起居室后环顾四周。首先看到的是——在塔屋对面、即西侧的墙上有厚实的壁炉与油画。我不由得吸口气，被吸引过去。

那是表面被粗加工的黑色大理石壁炉。它有烟道通过，不像北馆工作室里的壁炉徒有形态。其上方的墙壁向前突出，呈四方形。那幅油画就挂在那里。

画中有一个见过——不，应该说只要看过一眼就会难忘的人物肖像。

漆黑的头发，雪白的肌肤，圆睁的双眸，笔直高挑的鼻梁，尖细的下巴，洋溢着美丽而性感笑容的唇……没错，这是达莉亚。和装饰在宴会厅中的那幅肖像画一样……这不就是浦登达莉亚年轻时的样子嘛。

宴会厅内的肖像画中，达莉亚穿的是黑裙。在这幅画中，她则穿着鲜艳的红裙，同宴会上美鸟与美鱼穿的一样。画中的姿势也不同。宴会厅中的那幅画着她坐在安乐椅上双手叠放在膝盖的样子，而这里则是坐在桌前，用左手托着腮，两眼看着前方的姿势。

“这和宴会厅里的画是同一时期的吗？”

我问着走到我身旁来的玄儿。

“是的。都是达莉亚快三十岁时的画。好像是玄遥邀请熟识的画家，花了很长时间完成的。”

画家藤沼一成的名字顿时掠过脑海。不可能——我立刻否定。要是达莉亚快三十岁，那应该是六十年，将近七十年前的事，和藤沼一成完全不是一个时代。

“看，中也君。看这个。”

玄儿走到壁炉边，指给我看。

“这幅画中的左手。”

“嗯？”

“托着腮的这只左手的手腕。”

玄儿所说的那个部位上，带着一个材质不明的手镯。那上面刻着几条黑蛇缠绕的图案。

“那手镯怎么啦？”

“问题不在于手镯，而是藏在它下面的部分。”

被他这么一说，我终于想到了。

“如果我没猜错，莫非在那手镯下面——她的左手腕上有和你相同的伤疤？”

玄儿点点头，“嗯”了一声，用右手握住自己的左手腕。

“据说达莉亚的左手腕上有一处伤疤，在玄遥和她相识时就已经有了。不过她为什么会受这样的伤，好像并不清楚。”

“所以……”

我注视着画上的手镯。

“所以那个叫作‘圣痕’的东西，就是十八年前玄儿在火灾中留下的伤疤——正好和达莉亚太太一样，同在左手，而且形状相同？”

“嗯，你说得没错。”

玄儿神情严肃。

“这当然也可以认为是偶然。然而从偶然中发现、赋予更多的意义——把‘复活’的我左腕上的伤当作‘圣痕’——这种行为本身具有宗教现象所有的、或者说是不可缺少的特质……”

“宗教……吗？”

好像这是我到这里之后，第一次从玄儿口中听到这个词。

如果在和达莉亚相同的部位上出现的伤痕被当作“圣痕”，那么玄儿说的“宗教现象”的“教祖”当然就是达莉亚。这样一来，就可以理解“她是这个宅子真正控制者”的说法了。

那么，难道说“达莉亚信仰”之类的邪教存在于浦登家，长期以来一直成为人们精神和行动的依据，并以此“控制”着这里的人们吗？但是，那到底是什么样的信仰……

“当然，人们在这个世界——或者说社会中所从事的活动，大部分在各个水平或层面上都可以作为广义的宗教现象来看待。我想不需要特意引用相关的社会学之类的论文吧？不必说战前我国的极权主义，就算是纳粹主义也好马克思列宁主义也罢……还有，要是进一步说的话，战败后联合国拥戴的那些了不起的民主主义也好，构成这世界或宇宙的始终打着‘科学性’招牌的自然科学主义也好……这些都能够轻易捕捉到宗教现象的基本构造。

“不过，对于我们浦登家独特的‘宗教’，我一直打算也觉得应该以这样的距离感来对待，但是——”

玄儿皱起眉头，轻轻地咬着下嘴唇，显得很忧郁。

“可是啊，中也君。无论我如何想，还是无济于事。这该怎么说呢？真是无可奈何……”

“什么意思？”

“可以说是无法逃脱，无法自由。”

无法逃脱。

无法自由。

对了，昨晚，在东馆的沙龙室，征顺也说过类似的话。

——所谓的“能飞”，应该是“自由”的象征吧。这样看来，或许那两个姐妹认为曾经“能飞”的我现在“不能飞”，失去了自由。

——那不是因为翅膀折断而“不能飞”，而是因为被锁链所困而“不能飞”的。

——即便是玄儿，事实上和我一样……

我好像问了那是什么。他到底被什么东西锁住了？

——不仅是我和玄儿。望和以及她的姐姐……包括当代馆主、姐夫柳士郎也不例外。

没错。当时，征顺是这样回答的。

——不仅是我们的身心……包括生命本身都被羁绊在这个暗黑馆的宅子里，犹如被困在这里一般。

——换一种说法就是咒语的束缚吧。

“冷静地相对比较来看，这只不过是充斥在世界中的宗教现象的一例而已。正因为如此，如果‘科学地’思考，这绝对不可能存在、不可能发生——是的，正是这样。虽然如此，但是……”

他说无论如何也逃不出去吗？

他说无论如何也无法自由吗？

正因为如此，征顺才用“被咒语束缚”这句话吗？

“对了，玄儿。”我突然问道，“刚才你称达莉亚太太为‘魔女’了吧，那是为什么？”

玄儿轻轻“啊”了一声，再次抬头看壁炉上的肖像画。

“达莉亚她正是个魔女呀。据说她本人也承认这点。不过，如果要严密解释她为何被称为‘魔女’，可能又会出现很多问题。”

4

我再次环顾室内，发现这里与方才的第二书房相同，家具上也没有盖防尘布。但是两者明显不同。因为这里的家具与地板上一尘不染，没有明显的伤痕与污迹，一直保持着无论何时都能住人的状态。

估计有人定期打扫房间。恐怕这个工作也是由鬼丸老人负责。

我心想，尽管如此——

尽管收拾得如此整齐，看起来也一直在打扫，但为什么这房间中的气氛会让人有种强烈的荒废感呢？我无法解释这种感觉。勉强来说，好像整个“达莉亚之间”、“达莉亚之塔”从很久以前就一直渗透出这种荒废的色彩与气息……

房间北侧的墙壁附近有几个书架与装饰架，都是黑色。

书架上排着古老的外文书，似乎主要是意大利语的原文书，其中还混杂着英语和德语的原文书。也能零星地看到日语书。粗略一看，书脊上有很多具有某种倾向性的单词，例如“魔术”、“神秘”、“炼金术”、“异端”等。

“右边的那个。”

玄儿指着其中一个装饰架。

“就是刚才我提过的存放宴会中所用餐具的地方。”

那装饰架的样式很普通，但双开门上装的是毛玻璃，所以几乎起不到“装饰物品”的作用。不打开看一下的话，无法知晓里面的东西。

我从装饰架旁后退一步，两手叉腰、盯着门上的毛玻璃，心中努力再现“达莉亚之夜”的宴会席间所用餐具的形状与颜色。

鬼丸老人倒葡萄酒的红酒瓶——用厚厚的毛玻璃，做成心状的瓶子。我们用的玻璃杯也都是带红色的毛玻璃做的。

散发出奇异香味的蜡烛也全是红色。铺在餐桌上的桌布是黑色的吗？盛着薄片面包的黑色硕大盘子。放在各自席上的黑色小碟与装有黑红色汤的带盖子的黑色容器。木制汤勺及木刀，还有装着揭色糊状物的小壶……

现在，所有这些东西都被摆放在里面？直到一年后的“达莉亚之日”，再度举行“宴会”的晚上，这些东西才会被拿出来？

我回想着那晚被迫吃下的那些无论如何也称不上美味的食物，突然被非常让人厌恶的预感折磨起来。我放开撑在腰间的手，将它放到脑后，有意识地反复深呼吸，试图驱散这种预感，同时转身离开装饰架。此时——

我终于发现了早该看到却不知为何一直没注意的**某样东西**。

“那是——”我问向玄儿，“那边的那个黑色盖子……是铁盖子吧。那是什么？”

在房间深处——西南角的位置上。

在壁炉前的黑色地板上铺有黑色地毯，对面有一个同为黑色的类似“铁盖子”的四方形物体，大小一米左右。注意到那“铁盖子”后，明显感到那相当厚重，与周围质感不同。在其前方一端，还有两个把手。

“正如你所见……”

玄儿走到我身旁。

“是个铁制的上拉盖——其实说是‘门’更确切些。”

“下面有地窖什么的吗？”

“不，应该说是地下室更合适吧。有楼梯可以下去。我虽然没下去过，但里面好像很大。”

走近一看，铁门上有两把相当结实的锁。

“这上面的钥匙好像和这扇门的钥匙保存在不同地方，所以没能配到。这里一直都像现在这样，锁得严严实实。”

“难道下面有什么特别重要的东西……”

“是的。”

我两手放在膝盖上，弯着身体，半惊恐地向地板上的门看去。黑色铁板表面的浮雕似曾相识，几根好似人类肋骨的曲线与上面缠绕的两条蛇……对了，这个图案好像是……

“这个浮雕好像和庭院墓地——‘迷失之笼’门上的图案一样。”

玄儿嗯了一声，眯起眼睛说道：

“观察得很仔细啊。”

“人骨加蛇……”

“是的。”

玄儿的眼睛眯得更细。

“人骨是‘复活’的象征，蛇是‘永远’的象征。古巴比伦、印度、希腊、中国以及欧洲诸国，自古以来世界各地都这么认为。”

“复活，永远……”

“顺便告诉你，在庭院里的‘迷失之笼’周围不是种了一圈紫杉吗？据说那种树象征着‘死’。”

原来如此——我恍然大悟，将手从膝盖上拿开，直起身体。看着玄儿，问道：

“那么，这下面到底是什么？”

“想知道吗？”

“是的。下面有什么东西？”

我毫不犹豫地点点头，说道。

“三十年前，达莉亚去世之后建了这个地下室。她在世时，这里没有这种东西。”

玄儿低头看着脚下的铁门。

“虽说是地下室，但并非普通房间。对了，你可以想象成葡萄酒窖之类的东西。好像挖得相当深，设法让里面保持较低的温度，不易受室外温度影响。而且，里面还放了很多罐子。”

“罐子？”

“很多带盖子的黑罐。原则上，只有馆主才能下去，所以我没亲眼看过。”

“那里面呢？”

我追问道。

“罐子里有什么？”

“是分成小块储藏的。”

“那么，到底是什么？”

我又问了一次，但此时我好像已隐约猜到答案。我窥探着玄儿的表情，而他直接面对我的视线，嘴角慢慢浮现出笑容。

“是‘肉’呀。”

玄儿回答道，薄薄的嘴唇咧成新月形。

“中也君，那当然不是人鱼的肉哦。可不是那种空想的东西，而是**更加真实**的肉。”

“那是……”

我喘息着。

“是什么肉？”

我问道，同时不由得用右手按住胸口。一个凄惨的声音在脑中翻滚——

“难道，难道是……”

玄儿的笑容从嘴角扩展到脸颊，剧烈地扭曲着。刚才在“打不开的房间”里，述说左手腕上的“圣痕”时，他也曾露出同样扭曲的表情……

“我告诉你吧，中也君。”玄儿说，**“罐子里的就是达莉亚的肉呀。”**

5

虽说隐约猜到了,但我首先感到的并非“果然如此”的恍然大悟，而是“怎么会”的巨大冲击。这是理所当然的，不是吗?

也就是说至今为止令我苦思焦虑的“肉”竟然是达莉亚的肉。玄儿的曾外祖母浦登达莉亚……三十年前死者的肉。而我在那晚的“宴会”上，被迫吃了下去。

太突然了，我不知道该如何反应。虽然按住胸口的手上加了力，但出人意料地没有想吐的感觉，相反有一种奇怪的麻痹感在体内扩散。那并非是生病的那种麻痹。怎么说好呢？对了，今年春天遇到玄儿、进而造访暗黑馆之后，那种现实感减弱、世界轮廓变模糊的奇怪感觉就一直纠缠着我。现在这种感觉进一步给身体带来了这种麻痹感。

“为什么？”我终于开口问道，“为什么要这样？”

“因为这是达莉亚的遗愿。”

玄儿回答。他那从嘴角扩散到脸颊的笑容依然剧烈扭曲着。

——接受达莉亚的恳切愿望……

——信任她的遗言……

“在自己死后，将自己的肉体以某种形式保存、储藏起来，在每年忌日的晚上，大家共同分享。这是达莉亚本人对玄遥的命令。将忌日定在与生日相同的九月二十四号的也是她自己。”

我不由自主地惊叫一声，问道：

“那么，达莉亚太太也是自杀？”

“不，不是的。”

玄儿摇摇头。

“自杀可是我们浦登家最大的禁忌啊。”

“那么是病死？能准确预测日子吗？”

“也不是。”

玄儿又摇摇头。

“她不会病死的。”

“那么到底……”

我狼狈地将视线投向空中。玄儿淡淡地说起来：

“是被杀死的。被大家杀死的。”

“啊？”

“当时家里所有人，在这个二楼卧室的床上……”

“怎么会这样……”

“说起当时的家人，有玄遥、卓藏、樱、康娜、美惟、望和……估计当时望和姨妈还只有八岁。”

“怎么会有这种事情……”

“这也是达莉亚本人的指示。无人敢违抗。”

“啊……”

“杀死她之后，最大的问题是怎样保存她的肉。”

玄儿不顾战栗的我，继续说下去。

“当然，我们无法把三十年前死者的肉原样保存。当时，在技术上还很难通过冷冻来长期保存。在隐瞒真相的情况下，关于保存、储藏的问题，好像还和畜产加工专家什么的探讨过。最终的方案是用盐来储藏。”

“用盐来储藏？”

“就是盐渍。”

玄儿板着脸。

“当盐分浓度超过百分之十，几乎所有的细菌都不能繁殖。腐烂是由微生物引起的。所以若能控制细菌繁殖，理论上可以长期保存几年甚至几十年。”

我似乎听说过江户时代制作的梅干留存至今仍然能吃。梅干也是一种盐渍品，原理相同。

“尸体被肢解后，各部位的肉被切成适当大小后腌起来。内脏和脑浆什么的也尽量全部用盐腌好，血液被收集，在充分干燥的基础上做成粉末。骨头也同样磨成粉末……我也不知道具体方法和详细顺序，不过基本如此。这些东西被分装进罐子内，储藏在为此建造的这个地下室中。关于宴会中的饭菜，除了将食物误认为是人鱼肉，你的推断基本正确。”

按住胸口的手不禁再度用力了。尽管听到如此恐怖的事实，但我仍然不想呕吐，体内依然只有奇怪的麻痹感。

“那汤里的材料也是达莉亚之肉。因为被腌了三十年，所以应该不怎么好吃。”

——麻痹的感觉在扩散，我想起来了。

——喝下去！

黑红色浓稠的汤里完全松碎的材料。咸咸的，有点腥臭，尝起来非常粗糙，仿佛带着咸味的卫生纸碎片。

——把那肉吞下去！

“涂在面包上的糊状物，里面掺了磨碎的腌制内脏……”

我想起来了。

——吃下去！

非常咸，略有点腥味。那个也是这种味道。

——把那肉吞下去！

“还有葡萄酒，里面融入了血液和骨头的干燥粉末……”

我想起来了。

——愿达莉亚祝福我们！

喝干之后，舌头上留下沙粒般的触感。甜甜的口感不错，但另一方面又有点铁锈味……

——愿达莉亚祝福我们吧！

“对了。顺便说一声，宴会上点的红蜡烛加入了少许类似鸦片的成分。这好像是达莉亚生前爱用的……中也君，那好像对你特别有效。”

我想起来了。

——愿达莉亚祝福我们！

漂浮在宴会厅内有点甜、有点酸，还有点苦的奇异香味。感觉整个房间好像都存在着稀薄的白雾。是吗？那不单单是香味吗？所以，那天晚上我才会那样……

——达莉亚的……

“大家在宴会上所吃的饭菜，原则上由馆主亲自做。玄遥一直做到十八年前，其后是我爸负责。不得已的时候，由鬼丸老人代行，其他用人完全不得插手。”

玄儿停下来，慢慢用舌尖舔了舔嘴唇。

“明白了吗，中也君？”

玄儿看着呆若木鸡的我。

“你也吃过了。在‘达莉亚之夜’的‘达莉亚之馆’，在达莉亚的守护下，得到她的允许，在大家诚挚祝福下……现在你是我们的同伴。你觉得‘同伴’这个词刺耳吗？如果刺耳，那我换种说法吧。由于在宴会中吃了达莉亚之肉，你自然成为我们浦登家的相关者之一——而且是在最核心处被联系在一起的相关者之一——你知道了吗？听懂了吧？”

我失了声，无法作答。既没说“知道”也没说“不知道”，既没说“听懂”也没说“没听懂”。

奇怪的麻痹感不仅侵袭了肉体，而且扩展到了精神上。现实感弱化、世界轮廓变模糊的感觉进一步发展……不，不仅是弱化和模糊，而是一种完全被剥夺的感觉向我袭来。心中涌现、弥漫的迷雾伴随着这种感觉改变了颜色，从冰冷的苍白变为宛若血色的淡红。

玄儿勾着我的肩，说了声“去那边吧”，便带我向塔屋走去。我们爬上沿着塔壁、通向上方的楼梯。

“达莉亚之塔”的窗子上挂着深红色的厚窗帘。眼中窗帘的颜色融入弥漫心中的淡红色迷雾。迷雾越发红起来，妖艳地蠕动着，好像要把我引向某个禁止接近的神秘园。

来到二楼的“达莉亚的卧室”后，玄儿把我带到壁炉前。同一楼相同，它被建在西侧墙壁处。房间的正中央放着同美鱼与美鸟卧室中相同的带华盖的床，下面铺着黑天鹅绒床罩。

“中也君，到这儿来。”

玄儿让我坐在壁炉前的黑色皮椅上，自己则跷起二郎腿，在小圆桌对面的椅子上坐下。桌上铺有与窗帘同色的深红桌布。

“你还好吧？”玄儿问我，“被蜈蚣咬的伤呢？还疼吗？”

我将目光从他脸上移开，摇了摇头。既没说“疼”也没说“不疼”。左手的伤依然一阵阵地疼，但心里没这么感觉。我又郑重其事地摇摇头，想设法驱散这种奇怪的麻痹感，必须多少恢复一些正常的思考力。

“我明白这可能让你深受打击，但是……”

玄儿欲言又止。

“目前，我不会辩解。总之，你愿意听我说吗——可以吗，中也君？”

随后，玄儿开始说起在有一定常识性世界观的人——至少我自认为是——眼里看来宛如噩梦般疯狂的族谱。

6

“初代馆主玄遥确实拥有某种天分与运气。在那个时代，他年纪不大就几乎全凭实力建功立业，积累巨额财富。此后，他不断扩大事业。三十岁时已经建立起‘凤凰会’的雏形。本该有许多关于他的传记，而事实上却毫无记录。据说玄遥本人断然拒绝著书立传。这一点也显示出他的偏激和怪异，不是吗？

“通常，功成名就的人物多少希望自己的经历被完整保存下来，并希望追溯家谱，往往将其过分修饰叙述。而玄遥正相反，不愿主动讲述自己某个时期以前的经历，关于自己的双亲与身世也绝口不提，所以在玄遥之前的浦登家族是什么样的，可以说是个谜，或是说基本上都是些无法辨别真伪的零散信息。

“一说浦登家族原在肥前长崎，出过不少了不起的兰学学者。受此影响，玄遥也学兰学，很早就放眼世界。一说浦登家族原本隶属熊本藩，是拥有武士身份的大庄头。还有的说是渔霸出身。也有的说玄遥的祖父是西医，因此浦登家和大阪的药材批发店什么的有着暗中来往……也有的说玄遥实际上是浪迹天涯的孤客，浦登这个姓本身似乎也是他自己造的。还有其他无数说法。有的像模像样，有的不着边际，但无论是谁，不管怎样追问那些传言的真伪，他总是不置可否。不过——

“我研究了‘玄遥之前’的零散信息后，发现只有两件事可能是真的。”

玄儿打住话头，看向我。我察觉他的视线，抬起头，但无法做出更多反应。

“一个是——”玄儿继续说下去，“**浦登家好像是短命家族。**”

“短命……”我不由自主地低声说道，“是吗？”

“是的。就说近的，玄遥本有很多兄弟姐妹，但他们早早离开人世，好像无人活到四十岁。既有幼年夭折的，也有在二三十岁时死的。大部分是病死。玄遥的父母也短命，都没来得及看到儿子的成功，好像也都是病死的——据说自古以来浦登家族就有这种倾向。我想或许是真的。”

“但是，玄儿，当时的玄遥——十八年前的他好像九十二岁了。”

“是的。”

玄儿用力点点头。

“在代代短命的家族中，玄遥是**第一个特例**。可以说他克服了短命的血统。在这方面发挥巨大作用的，不是别人，正是达莉亚。这个我们待会儿再说吧。

“在关于‘玄遥以前’的浦登家的信息中，我觉得还有一个可能是事实。那就是直到江户时代的某个时期为止，浦登家一直信仰着由耶稣会的沙勿略传入我国的异教——也就是天主教。”

“天主教……”我又不由自主地低声说道，“真的吗？”

“我想是的。关于这个，我爸和征顺姨夫也大体同意。”

“可是，说起天主教，那个时代不是受到残酷镇压和迫害吗？”

“是的。最早是丰臣秀吉发出驱逐天主教的禁令。德川幕府时期，禁教政策被沿袭。一六一二年幕府在直辖地颁布禁教令，翌年推广全国，开始正式镇压天主教徒。三代将军家光时，发生了著名的天草、岛原之乱，以此为契机，对天主教徒的镇压进一步加大。特别是在九州地区，原本信徒就多，所以镇压得十分彻底。”

“就像踏画之类的。”

“是的。自长崎始、在九州各地有计划地实施了踏画措施——让人们践踏画着玛利亚或基督的圣像，从而证明他不是天主教徒；征集离教宣言；实施全国性的宗教改革；开始寺请制度……各地发生了好几起检举残存信徒的事件。

“据说在此期间，当时浦登家的先祖——这不知道是几代之前的事了——本来是热心的天主教徒，被揭发而改信佛教，否则就会惨遭拷打，最后被处死。不过，还是有很多信徒选择了死亡……”

玄儿长叹一声，将二郎腿左右对换一下。

“……接下来的大致是我的想象和假设。”

玄儿先行申明。

“通过踏画而改变信仰的基督徒中，有很多人假装弃教但暗中继续信教。”

“隐蔽的天主教徒？”

“是的。也称作潜伏的天主教徒。严格来说应该把‘隐蔽’和‘潜伏’明确区分开来，但这里就算了吧。

“转变后，真的放弃信仰的人大概也不少。但无论如何，对于受镇压的天主教徒来说，本来最忠实于信仰的做法应该是殉教。毫无疑问，那些没殉教、反而改变信仰，最终成为‘隐蔽’信徒的心中多少会有一些羞耻感、罪恶感和低人一等的感受。

“那么，浦登家族的祖先是怎么做的呢？他们没有或者说没能选择殉教之路……而是改变了信仰。改变之后，也没有或者说没能‘隐蔽’起来继续信教。虽说如此，他们并没完全舍弃以前的信仰，没能从中解脱出来……”

“这是什么意思？”

“**反作用**啊。”

玄儿略微加重语气。

“因为本来是非常热心的信徒，所以产生了反作用。”

我一时反应不过来，只得眨眨眼睛。

“我再说一遍，这是我根据‘玄遥以后’的浦登家族的情况进行的想象和推测，只是一个假说而已。不过我觉得差不离。”

玄儿再次申明后，继续说下去。

“就是说因叛教产生了强烈的背叛信仰背叛神的‘罪过’意识。这种意识又变成强烈的绝望，而绝望促成了反作用——我们背叛了神，神不会也不可能原谅我们的‘罪过’。神可能会放弃我们。不，肯定放弃了。或者神可能早已看透了这些，从过去就已经放弃我们，我们难道不是从一开始就被神放弃了吗？所以我们家族才会有这么多短命的人，不是吗？如果是这样的话——

“如果是这样的话，那我们就进一步背叛吧。如果神不会原谅，如果神放弃我们，那我们就承认自己是被弃之人，接受这个事实，走上反叛之路吧。在‘黑暗’而不是‘光明’中寻找自己的乐园。

“——就这样，另一种宗教便萌芽、发展、继承下来。”

“不是在光明，而是在黑暗中。”

我默默地念着。

不是在光明而是在黑暗中。

啊，这不正是这个奇异的暗黑馆的写照吗？

“玄儿。如果这样，比如——”

我一边说一边寻找合适的词，好容易才找到一个类似的词汇。

“比如，像是‘恶魔崇拜’之类的？”

“是啊。”

玄儿皱着眉头。

“可以想象，被神抛弃的人迷恋黑暗，在传统宗教、风俗信仰、迷信等的影响下，不断变化，最终形成了一种离奇的恶魔崇拜。”

“你是说玄遥也相信这些？”

“不，不是的。”

玄儿立刻否定。

“刚才说的都是一种假说……我的意思是说作为一种可能性。实际上并无迹象表明，玄遥将其作为一种具体的宗教形式而信仰。”

“是吗？”

“也就是说，在精神方面，浦登家的人——玄遥的心中肯定原本就有**这种倾向**。我想说的是这个。”

“精神方面的倾向……原来如此，我懂了。”

虽然有些疑惑，但我还是缓缓地点点头。玄儿直起腰继续说道：

“下面这些并非想象和推测，它符合‘玄遥以后’的现实——二十六岁时，玄遥第一次结婚。对方比自己小七岁，名字叫阿铃。”

这还是我第一次听说。那么达莉亚太太是玄遥的第二任妻子吗?

“不久，玄遥和阿铃生了两个孩子。第一胎是儿子，起名叫玄太。第二胎是女儿,名叫百合。玄遥作为丈夫和父亲,深爱着妻子和儿女。”

“尽管如此，他们后来还是离婚了?”

我插嘴问道。玄儿黯然摇头说道:

“不是。是死别。”

“死……”

“婚后不到十年，三人都死了。阿铃、玄太和百合，得了同样的流行病，几乎同时去世。”

“怎么会……”

我低声说道，不知该怎么回应。玄儿没有停下来，继续说下去:

“玄遥于此切身体会到‘浦登家是短命家族’这一宿命性的现实。先不说阿铃,两个孩子都继承了浦登的血统。他们小小年纪就夭折了,阿铃也未幸免。

“当时，玄遥应该悲痛无比。在事业方面，他依然一帆风顺，不断积累着巨额财富，奠定着社会地位。尽管如此，他还是一下子失去了爱妻和孩子。用刚才的说法，我想——正是在那个时候，他发自内心地怨恨抛弃自己的无情的神。”

虽然玄儿的口气和刚才相差无几，但声音突然令人觉得非常凄凉。我依然觉得身上麻痹，无法清楚知道自己的心情，只得低着头抬起眼，看向玄儿的嘴角。

“失去妻儿的第三年，可能也是为了治疗心伤，玄遥离开日本，环游欧洲。玄遥那年三十七岁，距今七十三年前的事了——”

玄儿将视线投向斜上方。

“然后，他遇上了达莉亚。”

7

“达莉亚原本姓索艾维，据说出生在意大利佛罗伦萨近郊的小镇。她的家庭与身世不明。既不知道其双亲的出身，也不知道有无兄弟姐妹。连她本人的详细情况都不知道。和玄遥相遇时，她二十三岁。离开故乡，独自生活在威尼斯。”

“威尼斯……”

听到这个意大利北部城市的名字，我心里想到的只有泛泛的常识。

水城威尼斯。一百多个小岛汇聚成马赛克状，由无数桥梁连接而成的商业城市。伫立水中的拜占庭建筑。圣马可广场。莎士比亚的喜剧。玻璃工艺……曾在照片上见到的穿梭在运河上的贡朵拉小船与影见湖上的渡船慢慢重叠起来，尽管两者形状差异很大。

“据说著有《东方见闻录》的马可·波罗原本是威尼斯商人，而信长、秀吉时期，被派往欧洲的天正遣欧使节的少年们曾拜访过威尼斯总督。所以说那里和日本颇有缘分……总之，环游欧洲时玄遥来到意大利，在威尼斯停留期间，与达莉亚相识、相知。来自东洋岛国的伤心实业家与异国美丽的‘魔女’之间到底发生了怎样的宿命式的恋爱故事，现在无人能说得清楚——只不过……”

玄儿慢慢地抬起眼。

“关于两人的相遇还流传着一段小小的逸闻。”

说着，他的视线没有投向隔着圆桌相对而坐的我，而是我身后的某样东西。我回头一看，在北侧的墙壁上，有一个不高不矮、犹如药柜的架子。在架子左边的黑墙上摆放着两张充满怪笑的面具。

“那是什么？”

那面具并不像日本的能面，一看就知道来自西洋。

其中，右侧的面具从额头到鼻子涂成白色，从嘴到下巴为灰色。左侧的面具为深黄铜色。两张面具的双眼都挖成柠檬形，鼻子上穿了透气孔，大概制作时就准备实际佩戴的。即便外行人，也会觉得那是非常讲究的美丽造型。尽管面容基本端正，与此同时，也会让人产生极其非人、恶魔般的感觉。绽开的微笑也有点冰冷，让人不舒服……

“那是什么面具？”

我又问了一遍。玄儿看向我说道：

“那都是威尼斯的面具。”

回答完，玄儿紧接着问道：

“你知道威尼斯的狂欢节吗？”

“狂欢节……是谢肉祭吗？”

“是的。基督教称复活节前的四十日为四旬斋，在这之前的几天里进行的活动就是谢肉祭，也叫狂欢节。在四旬斋的戒荤生活之前，整个城市饮酒、歌唱、狂欢。”

“喔。”

“据说面具原本是传统祭祀活动中使用的咒语式道具，这在每个国家都是如此。戴上面具，神和恶魔就会降临。但是在中世纪的威尼斯共和国它被人们用作隐姓埋名、进行娱乐的‘遮羞布”，扎根在兴盛的城市文化之中。

“随着文化进一步兴盛和颓废，面具的‘遮羞’功能自然与各种不道德、不轨行为以及犯罪联系起来，当然它也被充分用在狂欢节中。人们将议会和教会的谴责完全抛在脑后，不断狂欢，到十八世纪迎来最盛期。据说最疯狂时狂欢节要持续数月。其间，街上挤满了穿戴各种面具和服装的人。”

“威尼斯的面具节——说起来，我记得在书上看到过。”

十八世纪末，因为拿破仑的进攻，繁荣千年的威尼斯共和国解体，同时狂欢节也一下子衰弱了。不过，威尼斯的面具文化延续下来，到十九世纪中叶意大利统一后，又逐步兴盛起来。

“据说玄遥来到威尼斯时，作为公众活动的狂欢节已不存在。但到了狂欢节的时期，各处仍有小规模的活动和舞会。参加者依然用各自喜爱的面具，隐藏本来面目……”

“那么……”

我再次回头看去。

“那两个面具是那时的吗？”

“听说玄遥混进一个舞会，在那儿和达莉亚相遇。那就是两人当时所用的面具，被带回来留作纪念……多浪漫的故事啊。”

玄儿露出奇怪的微笑，仿佛在模仿墙上面具的表情。

“以前——达莉亚健在时，这里好像经常举办假面舞会。我想当时‘凤凰会’的有关人员和各界的朋友经常来这山里聚会……”

——现在，这个房间已经不用了。不过，据说这里以前是舞厅。

当我发现那个暗道，来到东馆一楼的大厅，初次遇到美鸟与美鱼时，她们当中一人是这样说的。

——据说这里曾举行过舞会，也邀请过不少人参加……我们的父母也在这里跳过舞。

——那时我们还没有出生呢。

据说三十年前达莉亚死后，那个舞厅还照常开了一段时间舞会。那——那依然是假面舞会吗？这一对双胞胎的父母在这里戴着那样奇怪的面具……

——不错吧。

配合着虚幻的乐团演奏，她们跳着奇异舞步，那本身化为奇异的幻象浮现在我眼前。

——还不错吧！

“……总之，据说他们俩就是这样相遇，并陷入热恋的。”

玄儿继续说下去。

“在威尼斯待了几个月后，玄遥和达莉亚决定一起生活。据说达莉亚一开始就希望去日本。不知为何，她好像一直都不喜欢威尼斯的环境，觉得自己不应该出生在那里，应该去别处。或许这也和她是‘魔女’有点关系。”

“魔女……”

我低声念着，缓缓地摇摇头。

“在其后的旅途中，玄遥便和达莉亚在一起。途中发生了一件产生决定性作用的事件。玄遥突然发高烧，病因不明，卧床不起。”

“是生病吗？”

“嗯。请医生看过，但无计可施。玄遥在鬼门关边徘徊了好几天。在高烧的折磨中，他想难道自己也要这样吗？难道自己也要遵循浦登家的宿命，年纪轻轻就客死他乡吗？但是……”

微笑在玄儿脸上完全消失。

“达莉亚救了他。”

“救了……怎么救的？”

“让玄遥喝她的血。”

玄儿表情严肃地说道。

“由此，玄遥超越了医学常识，活了下来。”

“怎么会这样……”

我又缓缓地摇摇头。

"这肯定是某种……"

我想说是偶然，但马上被玄儿打断。

"达莉亚的血是不死之血。"

玄儿的话仿佛狂热的异教徒口中的咒语，却具有某种难以名状的力量，在我受到奇异麻痹感侵袭的脑子里回响。

"接受'达莉亚之血'的人可以得到永生。玄遥得到了，所以他不会因病而亡。"

"不会病死……"

"据说达莉亚·索艾维的能力是通过与'黑暗之王'订立契约而得到的。达莉亚十四岁时，她向'黑暗之王'发誓，结果获得了'不死性'。"

"所谓的'黑暗之王'是……"

"她规定自己是'魔女'，所以还是所谓'恶魔'的范畴吧，但似乎和基督教的'恶魔'概念不完全一致。"

"所谓的契约是什么样的？"

"与光明相比，更加热爱黑暗。"

"啊……"

"并没有约定要出卖灵魂或者堕落之类的。基本上她只是通过'与光明相比,更加热爱黑暗'这一誓言,从'黑暗之王'那里获得了'不死性'。目前在这一点上，我们或许可以说她是'魔女'吧。

"并非发誓要背叛基督教的'神'。但是毫无疑问，她生命本身存在的这种**魔女性**和刚才说的玄遥那种'我们是遭神弃的一族，故而……'的精神基础与思想倾向产生强烈共鸣，并相互影响。"

"玄儿。"我喘息着问道，"你真的相信这个——这个故事吗？"

"我不想相信，但不能不信。我不是这么说过吗？"

“是的——不过……”

“你当然会心存疑虑。好了，你先让我先说完好吗？”

玄儿如此叮嘱后，继续说了下去。

“获得达莉亚之血的人就获得了与达莉亚一样的‘不死性’。玄遥获得‘不死性’了。接受不死之血从而获得‘不死’的人必须起同样的誓言。玄遥也起了‘与光明相比，更加热爱黑暗’的誓言。两个人还发誓今后共度‘不死’的人生。于是，玄遥决定带达莉亚回日本，做自己的妻子。

“回国后，玄遥住在建于熊本市内的宅邸里，不久，便正式迎娶达莉亚为妻。那年玄遥四十岁，达莉亚二十五岁。周围的人当然对玄遥突然带回异国女性并提出再婚的行为感到惊讶和疑惑。因为是在那个年代，所以不少人强烈反对。但是，据说玄遥无视所有反对，毫不犹豫地与反对者断绝关系。此后不久，玄遥着手建造这座宅邸——暗黑馆。他以湖为中心，将附近的土地整个买下，不惜动用大量人力物力，开始在岛上建造这座宅邸。”

“为什么选了这里呢？”我插嘴问道，“为什么特意建在这么偏僻的地方？”

“对于感兴趣的事物，玄遥会表现出异乎寻常的执着。大概正因为性格如此，他才做出这样的决定吧。”

玄儿停顿了一下。

“理由嘛，当然有。那就是影见湖的人鱼传说。”

“人鱼……啊！”

“玄遥以前就听说过这湖里独特的人鱼传说，一直很关注。玄遥十分清楚浦登家族短命的事实，而且在失去第一任妻子和孩子们之前就担心不已。在日本，提到人鱼，人们首先联想到的是长生不老。

所以‘凤凰会’很早就涉足制药业，可以想象那是玄遥的誓愿，希望能制成可以摆脱那一宿命的灵丹妙药。

“玄遥也对达莉亚说了人鱼传说，她也表现出浓厚兴趣，并把这个人鱼栖息的影见湖上的小岛看作‘长生不老的圣地’，希望在此建造居所。玄遥实现了她的愿望。”

“——可是，玄儿。”

我又悄悄插嘴。

“假设刚才说的是真的，那么达莉亚太太不是已经获得了‘不死性’吗？接受她的血的玄遥也一样，无须再依靠人鱼之类的，不是吗？”

“的确如此。他们并非真心期待人鱼的存在。而且，所谓的‘长生不老的圣地’也有迷信意识作祟吧。将人鱼作为长生不老的象征，通过置身旁边，进一步保证自己的特异性。关于影见湖水被人鱼血染红的传说也一样。他们认为这对于浦登家族来说是吉兆，说得难听点儿，这算是一种自私的迷信吧。”

“但是，即便如此……”

玄儿对仍想表示怀疑的我说道：

“达莉亚的‘不死性’还没有真正完成。所以……”

他眼光中的严肃一如既往。

“未完成的不死？”

不知道为什么我突然感到呼吸困难，抬头向着天花板深呼吸起来。

扩展到肉体与精神上的麻痹至此开始具有奇怪的黏性。红色迷雾进一步加深，变成黏稠的液体，在肉体与精神的各处缓缓地描绘出扭曲的波纹。

——这就是我此时此刻的心情。

8

“传说‘不死性’大致分为三个阶段。

“第一阶段是获得单纯的、简单的不死。‘黑暗之王’赋予达莉亚的就是这种‘不死’。它通过摄入达莉亚之血和肉也可以传给其他人。获得如此‘不死’的人，不会因任何疾病而死。虽然也会老，但不会因为衰老而死。除非因事故而受致命伤或被杀，否则就不会死。

“第二阶段不仅是简单的‘不死’，即便因为事故什么的死了也能再生、复活。据说这种‘再生性’和‘复活性’也有各种阶段，从一时死后恢复呼吸，直至完全从灰烬中重生各种境界都是可能的。”

这算什么？我一边听着一边问自己。

这算什么啊？！这奇怪的定义算什么？

如果冷静思考，这些完全是胡思乱想、胡言乱语，是几十年前产生于异国魔女达莉亚的疯狂内心的、现实中绝对不成立的‘不死性’定义，是由扭曲的妄念组成的荒唐理论……是的，当然只能这么想。

但是，玄儿毫不犹豫、毫不胆怯地说着。

我觉得玄儿没有一点自省和遮掩。我觉得刚才他所说的“并不是我想相信，但是我不能不相信”这句话仿佛不是出自真心……现在我眼前分明是一张“完全深信不疑”的狂热信徒的失控嘴脸。

“接下来是第三阶段——”

玄儿说道。语调仿佛是在背诵死去的达莉亚留下的“教义”。

“据说这不一定非要以完成第二阶段为前提。可以不经过第二阶段直接跳到这个阶段。到了这个阶段的人除了‘不死性’还可以获得‘不老性’——不老不死，实现名副其实的长生不老……”

“等一下。”

我打断他的话。

“获得‘不死’的人,除了事故或他杀就不会死……那么自杀呢?即便没有遭遇事故也没有被杀，如果自杀不也会死吗？”

“所以啊，中也君，自杀在这儿是禁忌。”

玄儿的眉头皱得更紧了。

“可是，现在樱太太和卓藏不是自杀了吗？”

“嗯，是的，不过……”

“浦登家族曾是狂热的天主教徒，他们把忌讳自杀的戒律一直延续下来，是吗？”

“也不能说完全没有这个因素。不过，不仅如此，达莉亚本来就把自杀看作最大的禁忌。”

“怎么说？”

“简单地说，获得‘不死性’本来就源于对‘生’的执着。由自己的手结束这‘生’的行为，在和‘黑暗之王’的契约中被认为是不容宽恕的重罪。”

“唉，可是……”

“犯了莫大之罪的人必须受到莫大的‘惩罚’。这是理所当然的，对吧？”

“所谓的‘惩罚’是……”

玄儿没有回答我的问题，而是接着说了下去。

“达莉亚想要的就是‘永远’，是在更高层次上与‘永远’融为一体的‘生’。为此就必须忠实于对‘黑暗之王’的誓言，使自己的‘不死性’提高到第二、第三阶段。与光明相比，更加热爱黑暗，持续不断地热爱。

“所以十八年前旧北馆被烧毁时，父亲将我死后重生的‘奇迹’

评价为‘成就’就是这个意思。接受‘达莉亚之血’、在宴会中吃了肉的我，虽然形式上极为普通，但已经达到所期望的第二阶段。而且手腕上还留有‘圣痕’。”

“原来如此……”

我抬眼看着朋友的脸。

“所以说玄儿你是‘例外’，对吗？”

“嗯？”

“是昨晚美鸟与美鱼说的。她们说虽然还没‘成功’，但玄儿你是个例外。”

玄儿“嗯”了一声，点点头。

“她们说的‘成功’也就是第三阶段——不老不死。我实现了第二阶段——从一时的死中重生，所以是‘例外’……”

“嗯，原来如此。”

恍然大悟的同时，我脑子里又响起她们当时的对话。

——玄遥曾外公嘛……

——玄遥曾外公是例外嘛。

啊，对了。她们不也说了这些吗？

——虽然例外，可还不是失败了嘛。

——现在还没有人成功嘛。

“玄儿。”

霎时，我感到不寒而栗。

“美鸟和美鱼还说过，玄遥也是‘例外’的。虽然‘例外’但还是‘失败’了。”

“是吗。”

“这是怎么回事？这里的‘成功’和‘失败’是什么意思。”

玄儿没有马上回答。我又问道：

“她们还说令尊柳士郎可能也要失败，这是什么意思？”

“那是——”

玄儿缓缓地抚摸着尖下巴。

“那是因为最近父亲显著衰老——不断老化。你大概也看到了。他那浑浊的眼球……老年性白内障的恶化可以说是其明显的表现。”

——但是对于我们而言，急剧的身体老化还是一个不祥的征兆。

对了！在重伤的蛭山丈男被抬去的南馆的那间屋子里，我第一次见到柳士郎。之后，玄儿谈及父亲健康状态时，说了这番话。

——我觉得他变得胆小了。

“由于最近显著衰老，恐怕他已经无法获得我们最希望得到的‘不老性’。虽然不死，但不能不老。他无论如何也达不到值得期待的第三阶段了。不仅如此，急剧的老化还会让人担心本来的‘不死性’能否得到良好的维持。所谓的‘失败’就是这个意思。”

——不难察觉到现在父亲的心境混乱、沮丧，以及畏惧……

——他才五十八岁。这个年纪就这种精神状态的话……

“我爸的这个‘失败’与刚才你问的玄遥的‘失败’是两回事。她们俩似乎弄混了，用相同的语言表达了不同的概念。”

我默默地点点头，咽了一口粘在舌头上的唾液。

是吗——那么，玄遥的“失败”是什么意思？还有“特别”又是什么意思？

玄儿不顾我心中如波纹般不断扩散的疑问，问道：

“你知道大致情况了吧？”

说着，玄儿的嘴角又浮现出那种异常扭曲的笑容。

“正如刚才所说，达莉亚想得到更高的层次，是‘永恒’的‘生’。

爱她的玄遥也抱有同样的希望。他们不知道何时能成功。但是，具有‘不死之血’的他们拥有足够时间，总有一天会实现这个愿望。他们确信如此，故而选择这里作为达成目的的地方，建造了这座宅邸——暗黑馆。”

第二十二章　暗黑一族

1

“达莉亚与‘黑暗之王’订立契约时，为了维护好‘不死性’，心里有个大致框架。这座宅邸实际上就是在此基础上建造的——”

玄儿坐在椅子上慢慢地环顾一下宽敞的房间。我一边跟随他的视线，一边组织着自然浮现在头脑中的词汇。

“与光明相比，更加热爱黑暗，持续不断地热爱……为此而建造的宅邸。与光明相比，更倾向黑暗……将这种倾向贯彻到底的宅邸。”

“没错，正是如此。”

玄儿满意地点点头。

“‘暗黑馆’这个说法，不知是谁最早提出来的。不过这个名字起得很好啊。宅邸的外装饰都是吞噬光明、否定光明的暗黑色。原则上内饰与家具也都是无光泽的黑色。”

“还有红色。”

“对。血红的颜色。”

玄儿会心一笑。

“相对于建筑的规模，窗户既少又小，白天基本上也都关着百叶窗与防雨木板套窗，这都是厌恶光明的缘故。即便是室内的灯火，也故意尽量弄得昏暗。

“从明治后半期最早建造的东西二馆开始，这一基本框架从未变化。在十角塔与南北二馆等新建、增改的建筑中也得到沿袭。这和那个叫朱利安·尼克罗蒂的建筑家的影响不在一个层面上。三十年前达莉亚去世后，这里依旧没有改变。十八年前烧毁、重建的北馆也不例外。”

“远离阳光，隐身黑暗……”

“这是在宴会最初干杯时父亲说的。你记得很清楚嘛。”

“啊……是的。”

——我们接受达莉亚的恳切愿望，信任她的遗言，直至永远。

“……我记得。”

——我们远离阳光，悄然隐身于这个世界中普遍存在着的黑暗里……我们将生命永存。

“光明——特别是阳光，根本不是什么好东西。它是个极其不懂风趣且居心不良的家伙。它进入任何地方，俨然一切都是自己的地盘，侵犯黑暗的安静与平和。中也君，你不这么认为吗？”

“呃……不，不过……”

我不知道该如何作答，不禁想起今年春天认识玄儿时，他在白山寓所中所说的话。

——阳光可不是什么好东西。

对，当时玄儿也是这么说的。

——只要走到阳光下，人们就会不由自主地“运动起来”。这实际上不好，过多地“运动”只会加速生命的燃烧。因此……

所以他说“不太喜欢亮光”。所以在白山寓所中，不论天气好坏，也不管是否外出，几乎整天都关着窗户。

归根结底，那也是从达莉亚那里继承的思维方式。还是说，那加入了玄儿个人的理解呢？

——这也许和我从小生长的环境有关系。我父母家就是那样，如今很难再改了。

真是这样吗？

所谓玄儿“从小生长的环境”也就是厌恶光明，隐身于黑暗，以“不死之血”期待永远。即便离开浦登家的这座宅邸，独自在东京生活，他依旧无法自由，无法逃脱。套用征顺的话，生命本身被羁绊了。

但是……对了，这仿佛是……

“……玄儿，这难道不像德古拉吗？《吸血惊情四百年》的那个德古拉。”

我脱口而出今夏看过的这部怪诞的英国电影的名字——说起来，我和浦登柳士郎初次见面时，似乎也不禁想起了这部电影。

身材高大、全身裹在黑色外套中的暗黑馆馆主。那难以名状的威严感，那轮廓鲜明的脸庞，那浮现在苍白脸上的笑容，那睁得大大的、浑浊的双眼，那鼻梁上的深深皱纹，那左右咧开的嘴……当我就近看着由此发出的毫无声息的异样笑容时，立刻联想到了，甚至觉得即便把它当作那部怪诞电影的一幕也不让人奇怪。这位知天命的绅士，难道不正像那部电影的主人公德古拉伯爵吗？（……克里斯托弗·李的？这个唐突的问题不时地……）

“德古拉啊。”

玄儿苦笑着。

“我也看了那部电影，非常愉快的结局啊。对于我来说，我还是喜欢托德·勃朗宁导演的作品中贝拉·路高西的怪诞表演。可是中也君，至今为止我还没咬过你的脖子呢。美鸟与美鱼也没做过类似的事情吧？”

玄儿直勾勾地看着不知如何作答的我。

“我们可不是吸血鬼呀。我们没有这种身份。”

玄儿断然说道。

“据说吸血鬼这个魔性概念发源于斯拉夫世界的土著信仰与民间传承。那是吸取活人血而复活的、流浪的亡灵，大体上是作为给人类带来灾难与死亡的存在而让人惧怕。在俄罗斯、罗马尼亚以及希腊等地均有不同的叫法，最终产生了英语的Vampire这个词，吸血鬼的概念才得以扩展到西欧……这样讲解下去就没有止境了，所以这里暂且不说。

“关于世界各地的吸血鬼传说，我也曾做过调查。要说文献方面的知识，我知道的要超过你一百倍。在图书室，我曾粗略看过电影原著布拉姆·斯托克的小说。虽然我觉得写得很好，但那只不过是作家发挥旺盛的想象力而写成的娱乐小说而已，尽管它取材于历史人物。德古拉伯爵之类的怪物在这个世上是不存在的，也不可能有吸血鬼栖息在世界的某处。

“说起来，‘吸血鬼’只不过是个世俗化的符号而已，通过铅字、影像之类的媒介进行加工、培育，进而被广泛共有的文化形态之一。或者是关于血与生、血与死、死与再生、光明与黑暗、神圣与恶魔等这些具有某种倾向的代名词。比如像‘吸血鬼性’之类的。”

我无法回答，避开对方的视线。

“我们不是吸血鬼。”

玄儿重申道。

“只不过必须承认，流淌在根底的思想和倾向在某种程度上有类似性与亲近性——我是这么认为的。无论如何，‘与光明相比，更加热爱黑暗’这个核心部分于两者而言是共通的。这一点确定无疑……

“不过，我还要重申一次。我们不是吸血鬼。作为大的倾向性，或许可以纳入同一范畴。但至少和你看过的电影中登场的以及由此扩展想到的形象完全不同。希望你不要误解。”

“好吧——不过……”

“实际上呀，中也君……”

玄儿从椅子上站起来，从壁炉前走到铺着黑天鹅绒床垫的带华盖的床前，扭过头。

“实际上达莉亚并不是非要喝活人的血才能生存下去，接受了达莉亚血肉的我们也是如此。虽说厌恶光明，但这是限度的问题，并不会因为遭到阳光直射就灰飞烟灭。你看我就知道了。无论在东京还是在这儿，白天并非完全不出门吧？”

我狼狈地点点头。玄儿半开玩笑地加了一句：

“理想状态或许是不晒太阳。”

理想状态？啊，我记得来这里的第一天，晚餐时好像听到过类似的话。玄儿继续说道：

“尽管有‘不死之血’，但还是会被杀死的，并非一定要用木钉子打入心脏，也不会睡在棺材里并在棺材里撒上腐土。既没有吸血的獠牙，也不会变成蝙蝠、狼人什么的。我不怕吃大蒜，也不怕抱着十字架睡觉。你懂了吧？”

“我明白了。”

我慢慢地点点头，想从头脑中赶走“吸血鬼”这个词。

“不过中也君，在我们浦登家始于达莉亚的‘不死信仰’中，有一个特性和世上的吸血鬼传说中常见的某一要素相通。”

“共通特性？”

“是的。”

玄儿在床的一端浅浅地坐下。

“也和这宅邸的特征密切相关，你知道是什么吗？”

方才他那狂热信徒般的样子消失了，听口气像是在享受着猜谜的乐趣。

2

和吸血鬼传说中的某个要素奇妙共通的特性，也和这宅邸的特征密切相关——到底是什么呢？

我将双手交叉于脑后，在椅子上稍微向后靠了靠，仰望着黑色的天花板。从天花板上垂下来的吊灯发出微弱的光芒。吊灯上同样没有使用任何透明玻璃或金银作装饰……

“怎么样，中也君？”

玄儿催促道。

“你来这儿大约四天了，就算发现了也不足为怪。”

“但是……”

我将视线移向床边。

“好了，玄儿，别卖关子。求你了。”

玄儿哼笑一声，表情再度认真起来，沉默片刻后说道：

“比方说，你来这儿以后就没觉得奇怪？虽然这宅邸建在湖中小岛上，但周围环绕着高大石墙，无论从院子里还是从窗户中都看不到湖面。从十角塔顶看不见，爬上这‘达莉亚之塔’的三楼也是如此。因为设计窗户和阳台时，精心计算过角度了。为何要这样呢？”

“为什么……”

“让我们看看宅邸的内饰吧：黑色墙壁，黑色地板，黑色天花板，以及黑色门窗。这些都是无光泽的黑色。石质部位也经过粗加工，使之失去光泽。家具也是如此。窗户上的玻璃基本上都是磨砂玻璃或带花纹的玻璃，对吧？餐具也一样，但凡玻璃制品大体都混浊、模糊，有陶器但没有瓷器。汤匙用的是木质的而不是金属的。照明装置、小金属装置和装饰上也没有使用任何有光泽的东西。”

“啊……”

我轻声叫了起来，再次抬头看看房间的天花板和电灯，接着又把墙壁、窗户、地板、家具看了一遍。其实现在不确认也知道——玄儿说得没错。

“最重要的是，这里有一处更明显的**关键性缺失**。你猜得到吗，中也君？在普通家庭里肯定不止一个，这座宅邸中却**没有**。如果说完全没有那是说谎，但是……总之，有一样东西是最近才破例装上的。”

“最近才……”

听到这儿让我想到的只有一样。如果是“最近才”装上，那么和周围其他家具相比看起来应该明显新一些。

“玄儿，那破例的东西不会是东馆的那个……”

“终于想起来了啊。”

“东馆一楼洗手间里的那个——”

来这里的第二天早晨，我第一次看到就发现**只有它是崭新**的。

为什么这样……由于略微有点不协调的感觉，所以当时这个疑问就留在了我的心中。

“是那块镜子吗？”

“是的，是那块镜子。”

玄儿淡淡地笑道。

“我觉得在客房的洗手间中没有镜子不太好。在你确定要来之后，匆忙让人安装上去的。就像你看到的，如果关上那扇双开门，镜面就完全隐藏起来了。”

“的确……是啊。”

我叹了口气。

“这个宅邸里没有镜子。除了那个洗手间，连一面都找不到……”

“应该是连一面都没有才对。因为这就是这个宅邸的关键性缺失。”

说着，玄儿抬起撑在床边的双手，向两边大大地摊开。看着他黑色对襟毛衣的袖子与衣身因为这个戏剧般的动作摇动起来，不知为什么我突然感到心跳加速。

“吸血鬼厌恶镜子。因为自己的身影不会出现在镜子中。他们害怕由于照不出自己的样子而在第三者面前露馅。但是在这儿却是与之相反的心理强烈地支配着我们。”

“相反的心理？”

“嗯。这个问题和刚才说的‘不死性’三个阶段有关。”

玄儿放下摊开的手，用右手手指理了理刘海。

“据说到了第三个阶段，也就是不老不死的人，就不会在镜子里映出自己的身影。你不要对我说这很荒唐，好吗，中也君？”

玄儿的眼睛里又闪现出刚才那样的狂热信徒般的色彩。我什么都没说，但也没有低下头或者背过脸去，而是直接迎着他的视线。

“如果自身的‘不死性’达到期望境界，身影就不会映在镜子中。反过来说，只要身影出现在镜子里，就说明还没有达到那个境界。所以，每当我们看到镜子中自己的身影时，就不得不面对这个事实。

“今天还是照出来了，现在还是照出来了。会不会明天、后天、下个月、明年、几年后、几十年后……不管过了多久自己都没有‘成功’，一直出现在镜子里呢？每次站在镜子前就会想到而且不得不想到这些。这大概会唤起沮丧、痛苦，甚至是恐惧与绝望的心情吧。所以镜子自然就成了禁忌的对象，从达莉亚和玄遥身边排除出去。

“所以在这个宅邸里没有镜子。在建造时就有意识加入了这个缺陷。和镜子一样能够映出身影的东西——比如说普通的透明玻璃，比如说有光泽的金属与石头，比如说加工得闪闪发光的家具……这些也都被极力从建筑中排除出去。暗黑馆就是这样被建造起来的。增改、重建时，这个规则当然也得到严格遵守……”

不仅如此——我现在才想起来。

玄儿在东京的白山寓所，是的，那儿不也是连一面洗脸台的镜子都没有吗？不知不觉，我又轻轻叫了一声。

不知为什么，我感觉全身的力气似乎都被抽走了。

“从院子和房间的窗户中看不到湖面，也是同样的理由吗？”

我缓缓摇着头问道。玄儿的眼神略为缓和了一些。

“你好像理解了啊。”

玄儿回答着。

“影见湖的‘影见’被认为是‘镜子’的语源，因为有这样的名字，所以之前这个湖肯定比现在的透明度要高，湖面名副其实地像镜子一样能映出周围的风景。因此才筑起连绵不断的高墙，使得人无论身在何处都看不到这面巨大的镜子。房间与塔上窗子的位置也做了适当的安排。现在你也看到了，那个湖被‘人鱼的血’染红了。”

我轻声说了句“的确如此”。同时，我突然想起了一件事。那是我到访此处的第一晚、与玄儿去调查正门外的栈桥时……

“玄儿，”我马上问道，“或许不仅是像镜子的湖面，湖水本身在这儿也成为禁忌的对象了吧？”

“嗯？为什么会这么想？”

“第一天晚上，我们不是发现了从栈桥漂走的小船吗？可能是江南来时乘坐的那条小船。”

“啊，是的。”

“当时那条船离岸还不太远，所以我觉得游过去抓住它并不难。但是，站在我身旁的你似乎没有这么想过。”

“呵呵。中也君，所以你联想到吸血鬼害怕凉水，对吗？”

“不，那倒不是。”

“我不是说过吗？在那个湖里游泳是危险的。之前，我不是告诉过你用人母子溺水而亡的事吗？”

“是的。不过，考虑到当时的状况……”

话一出口，我又觉得这或许没什么意义，于是含糊其辞，不再追问。此时，玄儿静静地说道：

“我是怕水。”

“啊？”

“不过，这是我个人的情况，并不是整个浦登家族的问题。”

“哦……”

“我不会游泳，出生后从未游过。确切地说，应该是我记得没有。直到我九岁的秋天为止，从未踏出过塔一步。”

玄儿的脸颊自嘲般地抽动着。

“之后也没游过。不光是在这个湖中，在其他地方也一样。现在也不会游。所以我怕水。”

原来如此。我恍然大悟，但同时刚才被赶到角落中的那个词瞬间又不可遏止地在脑子里闪现出来。

吸血鬼！

虽然在各个方面形式各异，虽然他自己也否认，但我觉得玄儿他们恐怕仍然是吸血鬼一族。

3

玄儿从床上站起来，滑着步子回到壁炉前，坐在椅子扶手上，右手撑在靠背处。

他侧对着我，只让我看到左半身，根本没打算看向我。他将视线投向房间的另一侧——东侧突出的塔屋方向，静止不动了好一会儿。好像在给我思考的时间，又好像在平静内心的波动。

“最早建的是东西二馆，北馆是几年后建的。”

玄儿终于开口了，声音听起来比刚才要平静得多，也冰冷得多。

“按照当初的定位，熊本的宅邸是本宅，这里是别墅。但不久，达莉亚开始在这里度过一年的大部分时间。当时，玄遥已就任‘凤凰会’会长。因此，据说有一段时间，他非常频繁地来往于两地。

“在此期间，玄遥和达莉亚生下第一个孩子。那一年玄遥四十四岁，达莉亚二十九岁。那是一个酷似达莉亚的美丽女孩，名叫浦登樱。

“可能是在此后的第三年，两人又生了一个孩子，这个名叫玄德的男孩好像出生没几年就夭折了。他得了和麻那与阿清相同的病。”

“早衰症吗？”

“是的。”

玄儿侧着向我点点头。

“这是给接受达莉亚之血的人带来死亡的唯一病症。”

“你是说早衰症是出生在浦登家的人背负的危险之一？”

“是这样的。像玄遥这样直接从达莉亚那里获得血，或者以达莉亚子孙的形式继承‘血’的人，原则上至少都获得了第一阶段的‘不死性’。但另一方面，有时也会生出像阿清这样患有早衰症的孩子。而且不管如何设法，得这种病的孩子也不能获得普通人的寿命。年纪轻轻，身体机能就急速老化，直至死亡。阿清也会这样。可以说这是出生在浦登家的风险吧。”

“为什么会这样？”

我问道。心里想起了仿佛“皱巴巴的猴子”般少年的脸与草纸般粗糙的双手。

“出于什么原因会得那样的病呢？”

“不知道。”

玄儿缓缓地摇摇头。

“因为不知道，所以只能接受这无奈的命运。望和姨妈就是难以忍受才会那样。”

“可是，玄儿……”

“不知道，真的。医学上完全搞不清原因，也找不出解救的办法。阿清算是活得比较长的了。”

玄儿不断摇头。

“但我是这么想的，可能有点牵强——”

他边说边迅速瞥了我一眼。

“比如说先设定一个前提：在这个世界、宇宙中，生命——‘生’的总量、绝对量是一定的。就是说从人类到小虫，将世界上所有的‘生’汇总起来，存在着一定的量。而且，在这数量庞大的‘生’中，实际上有某种眼睛看不见的东西，**在规定的框架内经常让增减平衡**，纠正多余的偏差，保持量的均衡。”

“哦？”

“现在出现了获得‘不死性’的人们。这种现象破坏了‘生’在量上的均衡。因为接受‘达莉亚之血’，人不会病死，也不会自然死亡，本来应该以某种方式死去而分配给其他人的‘生’就会一直停留在一处。虽然现在还没有实现，但潜在于我们身上的‘不死性’恐怕也理所当然地成为一个大问题。

“于是，纠偏的力量在这里发挥了作用。在期望长生不老的家族中，在一定概率上会生出具有相反体质，也就是患早衰症的人。换句话说，在能够达成长生不老的‘达莉亚之血’中，存在着相应的危险。你明白了吗？”

“嗯，我好像有点明白。”

“我不知道到底是谁在调配，也不想把‘神’的概念引入进来。”

我心情阴郁地看着玄儿的侧面，低声问道：

“总而言之是牺牲了，是这个意思吗？为了使一族的‘不死性’保持下去，就要有人牺牲来达到平衡。”

“可以说是值得尊敬的牺牲啊。”

“阿清知道全部情况吗？”

“嗯。他是个聪明孩子。”

玄儿故作镇静地回答。

“我不知道他是否理解我刚才说的理论。不过，他应该认识得到，自己得这种病是父母能够永生的代价。所以望和姨妈那样死去，阿清才会格外痛苦，他会觉得自己的牺牲没有价值。我们回到刚才的话题吧。”

玄儿又瞥了我一眼。

“作为继承达莉亚‘不死之血’的女儿，樱是在这儿长大的。尽管遭遇因早衰症而失去玄德的不幸，但这个时期的浦登家基本上过着平静的生活。无论是对玄遥、达莉亚，还是当时宅邸的用人们而言。

“据说庭院里的地下墓地是在玄德死后建的。当时玄遥的第一任妻子和两个孩子的遗骨也被移到那里，不过当时还不叫‘迷失之笼’。”

“是吗？那么……”

“出现那个怪名要晚得多——是二十七年前樱自杀之后的事了。”

“二十七年前……”

这是怎么回事？我觉得纳闷，但玄儿并不理会，继续说下去。

“这个暂且不提。樱十八岁时和卓藏结了婚。据说卓藏当时二十八岁，是个前途无量的青年官吏。我不清楚经过是怎样的，不过他是先和玄遥认识并得到赏识后，被邀请到这儿，引见给达莉亚和樱的。他是被挑中的女婿。卓藏应承后，抛弃家庭与过去的经历，和樱结婚，成为浦登家的一员。作为回报，玄遥答应让他接受达莉亚的‘不死之血’和‘凤凰会’的相应地位。然而……”

玄儿的声音变得严峻起来。

“然而，当两人结合后，问题出现了。”

“问题？是什么问题？”

“樱已经怀孕了。”

“啊？”

我疑惑地喊出了声。

“那是怎么回事？”

“并不是樱和卓藏在婚前发生关系而怀孕，不是……”

“你是说那个孩子不是卓藏的？”

“是的。”

“那么，到底是谁的？”

我问完，就想到一个可怕的答案。

“难不成……”

我很犹豫是否把答案说出来。玄儿可能注意到了我的为难——

“正如你所想的，中也君。”

玄儿慢慢转向我，一字一句说道。

“樱怀的孩子就是我的已故生母康娜。不过父亲不是卓藏，而是玄遥——谁都不会明讲，但却是定论。”

“这是鬼丸老人说的吗？”

“鬼丸老人——”

玄儿静静地垂下眼帘。

“他没有肯定，也没有否定。最早是喝醉的野口医生透露出来的。他可能是听我父亲说的，或许是听玄遥本人说的。”

“玄遥为什么要让自己的女儿怀孕呢？这已经无法向本人确认了，所以只能凭空想象。比如说因为樱长得和年轻时的达莉亚一模一样。当时玄遥已过甲子，而达莉亚年近半百，容貌肯定已经衰老。玄遥在长大的女儿身上看到了在异国相遇并戏剧般地陷入恋爱时的妻子的美貌和气息，因而无法遏制喷薄而出的冲动……”

“所以才侵犯了樱，是吗？”

“当然这不能说是正常行为。至少当时玄遥肯定精神不正常，无法克制兽性的冲动，已经陷入某种疯狂的状态。另一方面，我还有这样的想法。

“和亲生女儿发生关系并使之怀孕，这显然是‘神’不允许的恶行。或许，隐藏在浦登家子孙的玄遥身上那种‘我们是被神抛弃的一族’的意识，在他自己都没意识到的情况下支配了他，使他做出这种‘背叛神’的事情来。”

玄儿看了我一眼，仿佛在征求我的意见。他见我无法立刻做出反应，又垂下眼帘继续说道：

“总之，从那时开始，浦登家——以玄遥和达莉亚为中心的家族关系开始慢慢扭曲了……”

“对了，玄儿。”我问道，“卓藏事先知道自己太太肚子里的孩子不是自己的吗？”

“知道呀。甚至连那个孩子的父亲是玄遥他都知道。据说他在成为玄遥的女婿之前，便知道了一切。”

“知道一切……”

“以‘不死之血’与‘凤凰会’中的地位、职位为条件，卓藏接受了一切，发誓服从岳父玄遥。他曾野心勃勃，试图将浦登家族的财权牢牢控制在自己手中，但结果他只是玄遥的傀儡。他能忠实地完成玄遥交付的工作和任务，在这一点上他确实是个优秀人才。对于玄遥来说，他是个容易应付、容易驾驭的对象。所以玄遥才选中他作为自己的女婿……”

“关于十八年前凶案的动机，你说卓藏一直暗中恨玄遥，就是指这个吗？”

刚才被放到“以后再说”的一个问题，看来已经基本解决了。

玄儿点点头，说道：

“是的。虽说是自己选的路，但几十年间，他一直只是玄遥的傀儡，由此产生的不满日积月累，变成了憎恨和愤怒，终于爆发。关于二十七年前樱的自杀，不管真相如何，我想他可能也有自己的看法。”

“玄儿，樱的孩子们——美惟、望和，她们真正的父亲不会也不是卓藏吧？”

“不，那倒不是。”

玄儿马上否定了。

“据说玄遥让樱生的只是第一个孩子康娜。其他的几个女儿，美惟、望和还有得早衰症去世的麻那，毫无疑问都是卓藏的孩子。玄遥还不至于做出那么荒唐的事，还不至于疯狂到那种程度——”

玄儿站起来，手抚着额头看着我。

“在那段时间内，疯狂的不是玄遥，而是达莉亚啊。”

4

“据说达莉亚对玄遥的感情和执着从来没有如此深厚、强烈过。”

玄儿滑着步子穿过我身边，向房间北面走去，在挂着两个威尼斯面具的墙壁前站住。我转头看着他。他背对我，继续说下去：

“樱在和卓藏结婚后生下了肚子里的孩子，起名叫康娜。这个女孩实际上是玄遥与樱的‘罪恶之子’。达莉亚不可能不知道这件事情。她深深地哀叹、愤怒，矛头当然先指向玄遥与女儿樱，进一步指向‘罪恶之子’康娜。但是，几经转折她最终开始怨恨自己，内心备受煎熬。

“简单地说，即便那只是一时的鬼迷心窍，但玄遥确实是被具备自己年轻时美貌的樱迷住了，才控制不住疯狂的冲动。而原因在自己身上，是因为自己不再年轻，是因为往日的美貌已经逝去。于是，在心中达莉亚产生一种念头——”

玄儿停顿一下，回头看向我的嘴角，仿佛在说：你明白吗，中也君？

“也就是说，她对于获得‘不老性’的热切期望比过去更加强烈。‘不死性’的第三阶段应该可以实现长生不老。她想尽早获得‘不老性’。她近乎疯狂地希望以此来延缓衰老，甚至返老还童，美貌如初。”

“近乎……疯狂？”

“是的。名副其实的近乎疯狂。”

玄儿又转身面向墙壁。

“中也君，到这儿来。”

我提心吊胆地从椅子上站起来，走到玄儿身后。

“实际上这里也有机关。”

说着，玄儿将手伸向右侧的面具——脸部涂成白色和灰色的那个，将食指和中指伸入柠檬形的双眼中，不容我思考，他就沿着墙壁，将整个面具按下了几公分。

墙壁中似乎传来轻微的金属声，接着响起沉重的声音，旁边的架子动起来。架子和后面的墙壁连成一体，像大门一样向前突出。

“这是个暗门。”玄儿说道，“这个面具的后面是解锁装置和联动杠杆。”

玄儿将双手放在突出的架子一端，向前拉开。那是一扇宽不足一米，和我差不多高的“门”。随着低沉的嘎吱声，门打开了，那边是散发着霉味的空间。

玄儿进去开了灯后唤着我：

“进来，中也君。”

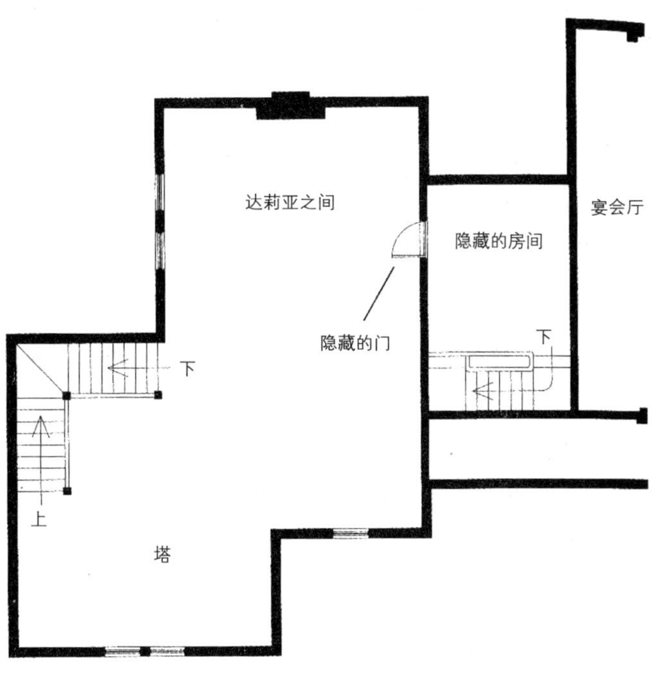

图三 西馆二层暗门示意图

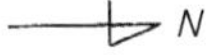

我仍然提心吊胆，但还是依言走进去了。

这是一个铺着榻榻米的房间，有六叠大小——或许还要再大一些。没有一扇窗户。两旁并排着几个像衣橱的高大柜子，表面涂成毫无光泽的黑色或黯淡的红色。在正面深处的墙壁前放着两边带抽屉的矮桌和暖炉。这是更衣室兼化妆室吗？桌子上本应该有镜子，但这儿没有。

玄儿将暗门按原样关好，将手轻轻地放在我肩上。

“中也君，看这儿。”

他指着是门旁的墙壁。在卧室一侧的两张面具的反面，也挂着两张面具。但风格极其怪异，和卧室那边的面具迥然不同。

一眼看去，“铁面具”这个词浮现在我的脑海里。我不知那面具的材料是否真是铁，但它们都是用黑色、无光泽的金属制成的。

一个可以将整个头罩住，面部形态狰狞，不知道是鬼、龙，还是狮子。另一个则可以遮住人脸，有一根带子可绕到脑后，起到固定作用。那带子也是金属做的，而不是皮革或者布。穿成圆孔的双眼，尖尖的耳朵，大鹰钩鼻，歪咧开的嘴……虽然是人，而且可能是女人的脸，但那样子同样让人毛骨悚然。

“我想这可能就是所谓‘不光彩的面具’中的一种吧。”

玄儿解释道。

“‘不光彩的面具’？”

“在中世纪的欧洲各国，这些是将凶手绑缚街头示众时使用的刑具。强迫凶手戴上丑陋的、侮辱性的面具，站在大马路上示众。比如‘长舌妇的嚼子’、‘驴耳朵和猪鼻子的面具’什么的，听说过吗？”

“没有。”

“大致来说，我想这可能是属于这一类型的吧。两个面具上都有锁，让人无法随意摘下。”

“锁……”

“不知是什么时候做的。看起来年代久远，不过也很可能是复制品。”

“有什么特别的由来吗？”

“可能有，也可能只是因为达莉亚感兴趣才弄来的。这我们就不得而知了。”

玄儿微微地耸耸肩。

“不过，无论如何这难道不是有象征意义吗？如果和玄遥相遇，来到这个国家，在这里住下的达莉亚是‘表面的魔女’。那么在樱生下康娜后,达莉亚就成了‘内心的魔女’了。犹如这个墙壁的正反面，不是吗？卧室一侧的面具是‘表面的面具’，这个密室一侧的面具则是‘内心的面具’……”

并排在黑色墙体上的铁面具。那两张奇怪的脸看上去越发恐怖，令我不禁扭过脸。玄儿站在我身边，双手抱在胸前。

“名副其实的近乎疯狂……达莉亚太太到底做了什么？”

“距今四十五年前——”

玄儿眯起眼睛，显得忧郁。

“据说那是达莉亚年近半百时发生的事情。因为太可怕了，所以谁都不愿明言是否真有其事。即便是知情的鬼丸老人也只字不提。所以，这始终都是传说。”

玄儿压低声音，生怕被别人听到后会受到指责。尽管这里不可能有第三者。

“与光明相比，更加热爱黑暗……仅仅如此恐怕来不及了。心急如焚的达莉亚开始进行恐怖而恶心的实验,期望早日获得‘不老性’。”

“恐怖而恶心……”

“可以说是研究，或者实验，也可以在前面加上‘恶魔般的’来形容。”

玄儿的声音压得更低。我屏住呼吸，侧耳倾听。

“据说，当时除了鬼丸老人，还有一个完全听命于达莉亚的男用人。她命令那名用人从山岭对面的村子里诱拐村民，主要是年轻女子和孩子。被拐来的村民好像被关在十角塔上，就是我度过幼年的塔顶牢房。”

“啊……”

我不禁喊出了声。玄儿的声音依然很低。

“达莉亚用被囚禁的村民进行了各种各样的实验。虽说是实验，但并不是科学上或者医学上的正经实验，而是近乎虐待、拷问般的行为。

“当时，达莉亚只想到自古就作为生命源泉的‘血’的神秘功效。她喝年轻女子和孩子的血，希望将他们的生命力摄入自己体内——她偏离了原本与‘黑暗之王’订立的契约，疯狂的她只想找出一条能早日实现第三阶段的捷径。”

“果然还是血……吗？”

“你是想说‘你看，我说什么来着’之类的话吧。”

“啊，不。”

“的确，是你喜欢的吸血鬼。”

玄儿半带讽刺地说着，一侧脸颊抽动着笑了笑。

“我一直想说本质是不同的，但无论怎样为这个时期的达莉亚辩解，似乎都毫无说服力……是的，她无意识中成了一个‘吸血鬼’。”

“啊……”

“不过，她并非单纯地把被掳掠者的血抽出来喝，而是依次喝了各种条件下的血液，比如说他们悲伤和恐惧时的血、他们快乐时的血，抑或是他们绝望或痛苦时的血……就算是恐惧和痛苦，也有各种各样的恐惧和痛苦。即便仅限于肉体上的痛苦，根据部位和程度，实际上也会呈现出各种各样的‘痛苦形态’。据说后来光是血已不能满足需要，她将试验进一步扩展到被掠者的肉。”

“简直就像是——”

残酷景象浮现脑海，令我不禁打了一个冷战。

“简直就像那个匈牙利的女吸血鬼……”

“匈牙利的……啊，你是说伊丽莎白·巴托里吗？你知道得不少啊。”

“曾经在什么地方看到过。”

“那是三百多年前的传说了。再早一点的话，那个法国的吉尔斯·德·莱斯也夜夜举办可怕的鲜血盛宴。”

玄儿哼了一声，眉头紧缩。

“他们都着迷于‘血’的神秘，陷入毁灭性的疯狂中。然而达莉亚虽然形式上与他们确实很像，但应该还不至于像他们那样进行大规模杀戮，也不像他们那样具有过多的变态性欲……作为继承了她血统的人，这是我所希望并愿意相信的。因为最终被达莉亚杀害的村民据说是十三人，而在巴托里伯爵夫人的恰赫季斯堡之中，则发现了六百多具被虐杀的尸体，也有人说是数千人。这不仅仅是数量上的差异。”

虽说如此，我想在达莉亚的研究及实验中，其残虐程度肯定也随着次数的增加而不断上升。据说在十角塔的地下为此建造了房间，那里放置有各种曾令村民们恐怖或痛苦的刑具。现在，那入口已被水泥封死，无法确认里面的情况。最终，被拐来的村民们在那间地下室或者最顶层的囚禁室里相继死去。

“据说达莉亚的这种狂暴行径持续了十年以上。结果，被拐来的村民们无人幸免，全部丧命在十角塔的地下室或囚禁室，尸体被埋在岛上的某处……”

“就是那个‘人骨之沼’吗？”

“是的。但没想到现在会露出来，而且是在那种状态下出现。那个叫市朗的少年之所以那么害怕我们浦登家的人，可能就是因为以前的那个传说至今仍在村里流传吧——曾经有段时间，几个年轻女子和孩子下落不明，好像是被秘密带到山岭对面的浦登家的宅子里，那里肯定住着吃人的恐怖怪物……”

“难道家里人都没有制止达莉亚太太的这种行为吗？”

“谁都没有阻止她。实际上，就算想要阻止也无法阻止她。”

“可是这种……”

“表面上玄遥是浦登家族的最高权力者，但他也没能阻止。据说因为他虽然一直用自己的方式爱着达莉亚，但同时也非常怕她。当然，也因为他和亲生女儿发生关系，还生了孩子，这种过失和背叛让他愧疚，只能睁一只眼闭一只眼。”

“经过十多年，牺牲者达到十三人，但达莉亚热切期望的‘不老性’并没实现。无论喝什么样的人的什么样的血，吃什么样的人的肉，她都没能延缓衰老，也不可能恢复年轻时的美貌。于是……”

玄儿低沉的声音突然变了调子，变得高亢起来。

“疯狂的魔女达莉亚的内心发生了巨变。”

5

“累了吧，中也君。”

我站在玄儿身边，他将手放在我肩膀上。

“你可以坐在那把椅子上，我还要说一会儿。”

“好。”

正面最里面的桌子前有把铺有黑布的椅子，我听话地坐在那里、面对玄儿。他依然站着，两手叉腰。

“经过十年的恶魔式研究及实验，遭到失败后，达莉亚领悟了。”

玄儿继续说着，声音没有故意压低，也没有特别激昂。

“她觉得那样不行，就算继续下去也无济于事，希望以此提前达到第三阶段终究是不可能的。不仅如此，她觉得可能还犯了严重错误，即违背原本和‘黑暗之王’订立的契约。继续这种错误有可能会失去自己和‘永远’融为一体的资格。

“于是，她内心发生变化。根据不同的解释，你可以把这种变化看作是恢复正常，也可以看作是陷入更大的疯狂。达莉亚既对玄遥的过错感到失望及愤怒，但又舍弃不下他。同时，对‘虽然长生但会衰老’又充满了恐怖或焦躁的情感。她的内心曾被这些复杂情感所折磨。对于樱、卓藏、康娜，她肯定也曾抱有同样的消极而矛盾的想法，可是到了这个时候，这些都转化成对分享了自己血的同类、同族的‘宽容’。也可以说，在多年疯狂之后，魔女心中产生了母爱。”

“母爱？”

我感到极为意外，不禁重复一遍。

“你是说母爱吗？”

玄儿诚恳地点点头，略微缓和一下语气继续说道：

“结果，达莉亚下了非常大的决心。那是三十年前，六十五岁的达莉亚去世那年的事。顺便说一下，当时玄遥已是耄耋老人，卓藏四十六岁，樱三十六岁，康娜十七岁，美惟与望和还是十岁左右的孩子。

“你已经知道了吧，中也君。她的决定就是终止自己的‘不死之生’。只是，自杀是不被允许的，所以她让当时的家族成员杀了自己。”

“啊……”

“据说达莉亚仰躺在卧室的床上，六个人各自用短刀在她胸口刺一刀。这是达莉亚本人的命令。为了防止乱动，她的手脚被绑在床上。短刀好像也是达莉亚亲自准备的，刀刃部分涂成黑色，刀柄涂成红色。”

“就是在刚才你坐的那张床上吗？”

“是的。现在天鹅绒床罩下面还有当时的血迹。黑色的血迹。”

玄儿将右手从腰部移开，在衬衫口袋里摸索着，似乎想拿香烟，但发现房间里没有烟灰缸，怏怏地咂了一下嘴巴，将手插入对襟毛衣的口袋中。

“这样便诞生了‘达莉亚之肉’。”

玄儿开始总结。

“她是这么考虑的——原本和‘黑暗之王’做交易的自己的‘血’与‘肉’应该具有胜过其他任何事物的‘力量’。将它们全部分给以玄遥为首的家人们，这样自己没能实现的愿望总有一天会在他们身上实现。作为个体的自己，舍弃当时当地的不完全的‘不死之生’，将自己的血、肉溶入深爱的同类、同族之中，实现所期望的‘永远’。”

——我们接受达莉亚的恳切愿望，信任她的遗言，直至我们的永远。

暗黑馆馆主在“宴会”中所说的话又在我的脑海之中回响起来。

——我们远离阳光，悄然隐身于这个世界中普遍存在着的黑暗里……我们将生命永存。

“这样，‘达莉亚之肉’便产生了。”

玄儿重申一遍结论。

“此后，依照成为母体的达莉亚的遗愿，在每年‘达莉亚之日’的宴会中，浦登家族的成员都要吃她的肉。我们相信如此一来，已经获得‘达莉亚之血’的人可以强化其‘不死性’，还未获得血的人则可以得到‘不死性’。三十年来，这个家族中最大的秘密仪式延续至今……”

……这样啊！原来是这样啊！

那么我——我也在“宴会”中吃了它吗？吃了疯狂的魔女留下的能带来“不死”的肉和血。啊，可是……

我双手撑着膝盖，屈起上身，缓缓地摇摇头。扩散到肉体与精神、具有奇异性的麻痹感不知何时已消失。不，不是消失，或许是完全融入身心，连自己都感觉不到不协调。

“达莉亚死后第二年，我爸柳士郎和康娜结婚，成为浦登家的一员。”

玄儿继续说下去——

“据说在达莉亚死之前，柳士郎就开始和浦登家族交往。最初他好像和‘凤凰会’的下属医院有来往，是个被寄予厚望的年轻医生，从而受到玄遥注意，并被邀请到这里。和康娜的认识也由此开始。初次见面时，他就被年仅十五六岁却楚楚动人的康娜所吸引。见了几次后，康娜也开始喜欢他……自然他就得到了玄遥等人的信任，甚至知道了这里的秘密。

“据说达莉亚死时，负责出具死亡诊断书的就是柳士郎。当然不能如实写下诊断书。我不清楚他当时到底知道多少，总之是写了假诊断书，结论是‘病死’。

“第二年、即二十九年前的初秋。柳士郎和卓藏一样，放弃了自己的未来，入赘做了浦登家的女婿。当然，卓藏那么做是有他自己的小算盘，而柳士郎则是因为发自内心地爱着康娜，并且康娜也爱他。后来的征顺姨父也是如此。康娜那时十八岁，和樱一样酷似年轻时的达莉亚。”

说着，玄儿将视线投向我背后的墙壁与天花板的交界处，静静地眯起双眼。似乎想要把从未见过的母亲从那里召唤出来。

“和康娜结婚后不久，柳士郎在‘达莉亚之日’的宴会中，吃下‘达莉亚之肉’。他是通过吃‘肉’而获得‘不死性’的第一人。而后——”

玄儿保持刚才的姿势，闭上眼睛。

“在第二年夏天八月五日的深夜，我降生了。而康娜——我的生母死了。同年秋天，樱不顾禁忌自杀身亡，那年她三十九岁。”

6

玄儿闭着眼睛，突然不作声了。难道这漫长的故事终于要迎来了结尾？我边想边注视着玄儿。

不久——

玄儿轻轻地咬了咬薄嘴唇，郁闷地长叹一声。他睁开眼睛，然后慢慢走到我面前，喊了一声“中也君”，同时跪在地板上。

“给昏迷的你注射我的血，是因为我认为有必要。我这么说过，对吧？我并没有说谎。”

说着，玄儿将双手静静地重叠在我放在膝盖上的右手背上。他的手冰冷，似乎血液不流通，我不禁身体僵硬。

“前晚的宴会上，你在大家的深深祝福中，吃了‘达莉亚之肉’。由此，你也应该接受了达莉亚的‘不死之血’。可能你不信，但你已经不会病死，也不会自然死亡——尽管如此，第二天从早晨开始，你不是一直说身体不舒服吗？”

“那是因为葡萄酒喝多了……”

我把右手握成拳头，轻轻地摇摇头。

“我本来就不怎么能喝酒。”

“啊，我当然知道。”

玄儿抬起手掌，但他的双手随即握住我的右腕。玄儿紧盯着我手臂上留着针眼的一带。

“我明白，但后来你被蜈蚣咬了。看见你数小时昏迷不醒，我担心不已。我想会不会通过‘达莉亚之肉’应该已经被你继承的‘不死之血’没能在你体内发挥正常功效呢？”

玄儿抬头看着我，突然露出凄凉的笑容。

“因此，虽然连我也觉得这是学医的人不应该有的行为，但仍然决定把自己的血——达莉亚直系子孙的血直接输给你。我觉得必须那样做，以防万一。”

“玄儿……”

……为什么？我瞪着玄儿，脑子一片混乱，暗自问起来。

玄儿究竟为什么要约我来这儿，要让我参加“宴会”，要让我吃“肉”？到底为什么？玄儿……啊，而且我……

“我是 A 型血。”

玄儿突然说道，握着我手腕的双手更加用力。

“中也君，我和你一样是 A 型血。”

他想说什么？在我的惊讶中，玄儿悄悄放开手，然后跪在那儿，无力地低下头。

“为什么在十角塔的牢房内被关了九年？即便得知原委，我仍然非常苦恼。这个孩子的出生导致爱妻的离去，这孩子的出生是以母亲的生命为代价的……据说父亲非常憎恨这样的我。但真的只因为这个吗？你在听我讲述的时候不也表达了同样的疑问吗？”

“啊……是的。”

“我很苦恼，也曾问过美惟与望和姨妈，还有野口医生，但他们什么都没回答。我也想过进一步问问鬼丸老人，但怎么也下不了决心。苦恼中，我最终自己调查了一下。”

“调查？调查什么？”

“血型。”

“啊……”

“我找了医院的记录。这并不是难事。”

“结果呢？”

“我的血型是 A 型，柳士郎是 B 型，而且死去的康娜也是 B 型。这意味着什么，你知道吧？”

玄儿抬头，窥视着我的反应。

“B 型血的父亲和 B 型血的母亲生不出 A 型血的孩子。这应该在初中或者高中学过吧？这是遗传学的基础知识。”

“啊，啊……”

我不知如何作答。

“那么，玄儿你是……”

“十八年前自杀的卓藏是 A 型血。”

玄儿叹了口气。

“——难道……”

“是的。”

玄儿再次低下头，声音完全失去了抑扬顿挫。

“这或许是卓藏在十八年前的凶案之前对玄遥的‘报复’。玄遥侵犯亲生女儿，生下康娜，而他则侵犯了康娜，生下我。和母亲一样，我也是不为世人所容的‘罪恶之子’。得知真相的柳士郎非常恨我，无法容忍我的存在，而且他可能还告诉了当时大权在握的玄遥，让他知道卓藏的罪恶，并让他默许将我关在十角塔里。”

“怎么会这样？”

“当然他也恨卓藏。卓藏会有怎样的反应，不问柳士郎本人是无法得知的。不过，我想当年秋天，樱之所以自杀可能与这种扭曲的家族关系有关联。”

“怎么会这样？”

我轻声重复了一遍，不知道接着该说什么。

玄儿并非柳士郎的亲生儿子！他是本应是外公的卓藏与卓藏的女儿康娜——她其实也不是卓藏亲生的女儿——之间产下的“罪恶之子”。确实是非常扭曲、罪恶深重的关系啊。

我怀着难以接受的心情，想找些话对垂头丧气的朋友说。但我还没开口，玄儿先说起来。

“自己的身世中竟然隐藏着如此的秘密。这几年，我一直这么认为，但是……”

“但是？”

我不知道他最后这个“但是”是什么意思，眨了眨眼睛。

“或许不是那样。”

他的话仿佛从喉咙深处挤出来一般。说着，玄儿伸直了跪在地板上的膝盖。

“不是？”我吃了一惊，费解地问道，“玄儿，这是什么意思？”

“或许事情并非如此。”

玄儿站起来，猛地转身背对着我，双肩痉挛似的颤动着，嘴里发出低笑声。那是刺激听者神经的狂乱的笑声。

“玄儿！”

我从椅子上站起来。

“什么意思？什么并非如此？”

玄儿的双肩不再颤动，笑声也停止了。

“就是望和姨妈的那幅画呀。”

玄儿背对着我说道。

“工作室墙上那幅没有完成的壁画。”

“那幅画？到底是……”

“我不是征求过你的意见吗，关于墙角那幅异样的暴虐之画？”

“啊。是的。”

——这个我当然记得。

于黑暗中绽放的硕大黄色花朵。从花蕊中渗出血一般的深红。在它下面，穿着和服的年轻女子被恶魔般的怪物压在身下，那怪物具有异形的翅膀和三指的足……

“之前，望和姨妈曾画过好几幅相似的画，虽然都是些抽象性更高的小品，没有这么露骨，也没有这么细致。我以前就认为那些画恐怕都是以她十岁左右亲眼见过的场景为原型的。”

“你说那黄色的花是康娜之花……”

“是的。”

“所以你认为遭到那怪物袭击的是康娜？”

“是的。”

“那么……”

“也就是说袭击她的那个怪物就是侵犯康娜并使她怀上我的男人。”

玄儿甩出一句。

“望和姨妈以前去姐姐卧室或者做其他什么的时候，偶然看到那个场景。在孩子眼里，压在姐姐身上的男人肯定像恐怖的恶魔。当她因阿清而悲伤过度、精神失常后，往日的可怕记忆让她开始画那些画。所以，以前我一直深信画中怪物是卓藏，但是昨天第一次看到那幅壁画的时候，我才明白并非如此。”

“那人不是卓藏？”

我刚站起来，又坐回去。不知不觉中，我将右手放在心跳突然加速的胸口上，手上还隐约留着刚才被玄儿握住的触觉。

“你是说你的生父不是卓藏？”

“嗯，就是这个意思。”

玄儿依然背对我，点点头。

“假设侵犯康娜并使她怀孕的是卓藏，那么算起来二十八年前他已经四十八岁了。就像在下面的第二书房对你说的那样，十八年前卓藏在五十八岁自杀时已经完全秃顶了，但好像他年轻时就脱发。据说年近半百之时，他就把稀疏的头发全部剃掉了。”

“把头发全部……”

“然而，工作室墙上描绘的那个怪物的头是什么样的？头发又是什么样的？”

“那是……”

我四处张望，思索着玄儿的问题。我发现从我这个角度看的左边——相当于房间东侧的一端，有一段延伸到楼下的狭窄楼梯。它隐藏在衣橱阴影中，刚才一直都没有注意到。

“那个怪物的头发是——”

……啊，那里还有楼梯啊。

“倒立般蓬乱的、雪白的……”

……其下还有房间吗？

“没错。”

玄儿用力点点头，慢慢转过身来。我稍稍舒展一下腰。

“袭击康娜的是**白发蓬乱**的异形怪物，所以——”

玄儿的脸冰冷而僵硬，苍白得犹如幽灵。

“**那是玄遥**。当时八十二岁，康娜的外公，也是她生父——第一代馆主玄遥才是我的生父。”

间奏曲　五

终于要发生变化了。

不知道决定性的诱因是什么。不存在明确的契机——

或许陷入**这种状态**后，时间是重要原因。或许是因为这期间“视点”不断获得信息，终于达到饱和……又或许和这些毫不相关，只是单纯产生了这种变化。

总之，变化终于要发生了。

这不是剧烈的变化，亦非戏剧性的变化。从视点离开十八年前的“过去”，回到十八年后人们度过同一个晚上的“现在”开始，变化就慢慢地、确确实实地发生了。

本应为此“视点”主体的**某物**——在半透明的墙后，一直沉浮在昏暗混沌中的**某物**，随着事情的不断累积，一点点从混沌中脱离出来，至此，开始恢复某种自律的“形态”。

(这学生到底是……)

(这个男孩子到底是……)

(啊，这到底是……)

“视点”依附在无数的“自我”上，共有许多体验。其后，时不时涌现出感觉、认识与思考的碎片。

(这个招牌……)

(这个为什么会这样……)

(那辆车……)

(那个男人……)

(那栋建筑……)

(……妈妈？)

(啊……妈妈！)

处于混沌中的“主体”连这些碎片自何处涌出都不清楚,但是……

(昏暗的走廊……)

(疑惑的表情……)

(老人……)

(高亢的……)

(在窗外……)

(都是陌生的脸……)

(中性的声音……)

(呼喊着……)

(前面的长椅上)

(孤独地坐着……)

(这是什么？这奇怪的……)

现在，“意识”终于渐渐产生了。这些感觉、认识、思考的“主体”就是现在此处的自己。

(一瞬间产生出疑问：这是什么？)

（啊，这到底是什么……）

（这个少年……）

（……是市朗吗？）

这些意识的主人就是在这儿注视着一切的“自己”……

（……自己是谁？这突然成为一个明确的疑问，跃然纸上。）

（但立刻又被吞没在混沌之中……）

……是的。瞬间，“自己”这一主体产生了意识。

（时间到了二十六日……九月二十六日的现在是……）

（……啊，这里也有这样的……）

（“这里也一样”的认识又从昏暗的混沌中浮现出来，可是……）

分裂的“视点”合为一体，跳跃到十八年前的“过去”之后，基本上也没发生太大变化，但现在……

（……这是十八年前的那个湖，影见湖。）

（这是十八年前的那个岛……）

（这是十八年前的那个暗黑馆的……）

（……跨越十八年的时间，现在此处……）

（啊……是的。北馆和十八年后的形状不同。在这年冬天发生的大火中这里被烧毁了）

那个意识慢慢理解了。这些碎片的主体就是“自己”。所谓的“主体”就是自己。

（玄儿。这孩子是十八年前的浦登玄儿……）

（阿静。这个四十多岁的女性就是诸居静……）

（忠教。那孩子就是诸居静的儿子……）

（玄遥。他就是这一年已九十二岁的第一代馆主浦登玄遥……）

（卓藏。他就是玄儿的外公、这一年五十八岁的浦登卓藏。这个男人今晚会……)

……是的。

(……柳士郎。他就是这一年仅有四十岁的浦登柳士郎。九年前失去妻子后一直没有再婚。)

(……美惟。浦登美惟。这一年她二十三岁。是比已故的康娜小六岁的妹妹。)

(……望和。这一年还是二十岁的浦登望和。)

(……鬼丸。鬼丸老人。这一年应该年过七旬了。)

……没错。

(甜美轻盈，但略显忧郁寂寞的三拍的……)

(啊，这是《红色华尔兹》。在那西洋钟的八音盒里也有……)

就是那样——**他**进一步确认。

“自己”一直在这儿，通过“视点”注视着所有的事实。无论是十八年前的“过去”，还是十八年后的“现在”。

(**这儿**是……)

(……是**那个房间**。)

(……浦登玄遥。)

(啊，**这个人**……)

(**是那个画框**。)

(……是烧火棍吗？)

(……**在这儿**。)

(**那**到底是……)

那么在这儿的“自己”到底是谁，是谁呢？

(……角岛，十角馆失火。)

(……全体死亡。)

（包围着馆的红色火焰的形象自然而然地和那记忆产生共鸣……）

……这是什么？

（包围着馆的红色火焰的……）

（这印象是……这记忆是……是的，这是……）

……到底是谁？

（……是那个少年的？）

（……这一定是那个人的……）

（……这声音……）

（这惨叫声……）

他还是无法感受到充斥于这“世界”的冷漠恶意与它所包含的邪恶随意，但是——

（……是玄儿吗？）

（十八年后的……）

（中也……）

（这个大家都以中也称呼的“我”是……）

这到底是什么？能动的、自律的意识终于从昏暗的混沌中浮现上来，缓慢地恢复功能。

（……不对。）

（……不对。那天晚上玄儿确实看到了……这个想法突然前所未有地清晰起来。）

这是什么？

（……是的。在那附近。）

（不对。这既不是幻觉也不是妄想，而是……）

此处到底发生了什么？

（……没错，当时这里的蜡烛确实被熄灭了……）

（……克里斯托弗·李的？这个唐突的疑问不时地……）

不久，他就会意识到一切、了解这一切吧。

现在只能等待时机，只能像刚才一样留在这里，注视着“视点”捕捉到的“世界”。

1

……九月二十六日。凌晨四点过后。

在东馆一楼昏暗的客厅中，江南一个晚上做了好几次梦，而后终于醒了过来。

从塔上坠落时受的伤已经基本好了，左手绷带下的疼痛也轻了几分。黏在脑子里的麻痹感虽依然如故，但已不像第二天晚上那样想睡也睡不着了。

可是，为什么会有疲劳感？

他知道自己身心疲惫。但不管怎么睡都恢复不了。反而觉得越睡越疲惫。

是做梦的缘故吗？

和第二天晚上不同，他躺在床上一闭眼，立刻就能入睡，但睡眠总是短而浅，一直做梦。多次做到自己不太想做的梦。

刚才，在睡梦中梦见了火焰。

熊熊燃烧、狂暴的火焰之梦（……角岛，十角馆失火）。梦里自己独自慌乱逃窜。在热气与浓烟之中（……无人幸免）仍然拼命求救……

……这是？

或许这是我记忆的一部分吧。

醒来后，火焰的形象历历在目。其后是广阔的空白。如果不小心触碰，那空白似乎会吞没现在的自己，这是我记忆的空白吗？

之前似乎梦到了死去的**那个人**。（……是妈妈吗？）

在梦里，少年时的我被她牵着手，在满是灰尘的路上走个没完。盛夏的蓝天，炫目的阳光……可是，不知不觉中我们走散了。等我意识到的时候，发现独自待在仿佛肥皂泡的透明球体中，在宇宙中无目的地飘荡。突然，远方一道闪光，刺眼而恐怖的巨大闪光，仿佛怪物般的闪光……

这是……（这个情景是什么？）

这也是我记忆的一部分吗？

随着时间流逝，记忆从昏暗混沌的海底徐徐浮上。可这些犹如谜团般散乱的碎片，像杂乱的数学公式的罗列，怎么也看不到其本来的整体形态。

不久，数个碎片聚集起来，开始具有部分完整性……同时，自己周围的这个世界的大致轮廓好像也清晰起来。现在还不清楚自己是谁，但至少渐渐明白自己为什么在这儿了。

在这个过程中，江南做了梦。

短而浅的睡眠不断重复中，他做了各种各样的梦。

每做一个梦，就会出现崭新的谜团碎片。必须设法把这些碎片嵌入原来的位置——是的，这样就一定能……

“……江南君，醒醒。快醒醒。”

他被摇醒了，这——这也是做梦吗？不，这不是梦，是现实。

“望和姨妈死了，被杀了。”

这是浦登玄儿的声音。此时的江南把衬衫、裤子和鞋子都脱了，只穿着内衣，躺在湿漉漉的被子里。

似乎夜已深沉。屋外仍然传来暴风雨声。

“望和姨妈……你明白吗？就是你昨天傍晚在舞蹈房碰到的那个女人。她……”

望和姨妈……望和……浦登望和。就是那个叫阿清的可怜少年的母亲吗？

“你做过什么？”

玄儿问道。如此一来，江南有些狼狈。

“你一直在这儿吗？凶杀案大概发生在六点到七点，这段时间你在干什么？”

江南想回答，但依然出不了声，在枕头上摇摇头，算是回答“不知道”。

“傍晚以后，你就一直在这儿休息，对吗？”

玄儿进一步追问。这次他含糊地点点头。

“我叫醒你之前，你一直睡在这里？”

对于这个问题，他依然暧昧地点点头。

“——是吗？”

玄儿发出呻吟般的低语声，然后默默地坐在被子旁，低头看看躺着的江南，一脸十分愁闷的模样。

那是……

那是现实。虽然脑子还不清醒，但这不是做梦，是实际发生的事情。

少年阿清的母亲浦登望和死了。和那个叫蛭山的男的一样被杀了……是的，她因为死而获得了安宁。

江南支撑起无力的身体，在客厅的昏暗灯光中，长叹一声。闭上眼睛，突然间病房的情景又浮现出来。

羸弱的她躺在充满药味的床上，无精打采地看着自己——这个记忆的确苏醒了。那个烙印在自己记忆之中的记忆，那个夏天的记忆……

患病多年，也没有有效的治疗方法，她的肉体一天天被病魔吞噬。医生的结论让人绝望，她不愿相信，绝不愿相信，但是……不，因此……

江南用力摇摇头，睁开眼睛。

病房的情景融入昏暗中，另一个情景又出现在脑海中。这是数十个小时前的记忆……

向浦登家的宅邸——暗黑馆走了很长的路，开着黑色的车，越过浓雾中的山岭……

……对了！江南想起来了。

他记得进入山路前，自己去过街上的某个地方，好像是咖啡店之类的。喝咖啡、吃烤面包，还拿了店里的火柴，准备吸烟……

对了，当时我有个钱包。在夹克的内口袋中有一个深褐色的钱包，里面有些现金，好像还有以前和她两个人拍的照片（……摄于一九七五年十一月七日 孝明十一岁生日时）……

那个钱包现在哪里？

江南环顾周围。

矮桌上散落着彩色印花纸与折好的纸鹤。有用于笔谈的纸与圆珠笔。烟灰缸的旁边有香烟，但没有那个店的火柴。取而代之的是另一盒火柴，应该是这里的某个人给自己放在这儿的。

找不到钱包。

掉在什么地方了，还是……

他自然还记得那块自枕边消失的怀表。怀表不可能随便消失，只能认为是被人偷偷拿走了，但到底是谁？为什么要这样？

江南来到矮桌旁，伸手去拿破损的烟盒。他从剩下不多的香烟中抽出一支，将茶色过滤嘴咬在嘴里（……这个香烟？他突然觉得有些矛盾），点上火。香烟的味道很苦，吸了两口就产生了晕眩感。

紫烟在昏暗中升起，这次记忆中的另一部分再度苏醒了。

……那辆冲进森林、严重受损的黑色轿车。

2

……弃车独自走在森林里没有分岔的路上。虽然记不太清楚，但似乎从那时起，我感到自己陷入不正常状态，好像不是按照自己的意志去做的，而是被别的什么控制着（……不知从哪儿传来耳语般的声音：快，快去）。

道路通向湖边。

栈桥上系着一只小船。

阴沉的天空下，湖面看上去像是深灰色。（……深灰色？）

当夜晚悄悄降临，自己在湖中划着小船，历经辛苦，总算登上岛。而且——

而且，我向那座塔走去（……向塔上走去）。向黑黢黢伫立在黄昏中的那座塔——十角塔走去。

只能想起这么多。

不知道为什么要到塔那边去，也不知为何要爬到塔顶。只是，这也并非自己的意愿（……快，去那塔上），好像是身体自然而然的行动……

关于此后的事情——从塔上坠落前后的事情，依然一点都想不起来。据说是在自己到达露台时发生了地震，所以坠下了塔。但自己一点也记不得了。这部分的记忆完全被抽走了。

——你啊，不是我生的孩子。

突然，病房之中的她的声音再度响起来。（……这是四月一日愚人节的玩笑吗？）

——你不是我的孩子，你从前是……

……啊，这确实也是自己某个时候的记忆。

——你啊……

——实际上你……

再次长叹了一声（这是怎么回事……），江南又闭上眼睛。于是，这次——

“呵呵。”

“呵呵。”

随着清脆明快的笑声，两名穿着带有花纹的红色浴衣的少女出现在视线里。

“呵呵。”

“呵呵。”

听到这笑声的一瞬间，他怀疑是自己的幻觉，然后又以为是在这宅邸内多次听到的那些奇怪声音。但是，事实并非如此——

“江南先生。”

“晚上好，江南先生！”

在矮桌后面，这个客厅最里面，两个仿佛完全并排靠在一起的人影面向自己。她们就是这声音的主人。

“你怎么样了？”

“你从十角塔上掉下来的吧？”

“那个塔里面是什么样子的？”

“我们没进去过。”

两个人的声音令人吃惊地相似。很快，江南就明白相似的不仅仅是声音。

这是……

这并不是做梦。是的，这也是现实。当时，玄儿走了，自己还没有睡着。

这两人是玄儿的妹妹，名字是“美鸟”与“美鱼”，写作“美丽鸟儿”的美鸟，以及“美丽鱼儿”的美鱼。她们是对双胞胎姐妹，不仅声音，连相貌都如出一辙。据说她们出生时，身体的一部分连在一起，即所谓的连体双胞胎。的确，两人紧紧挨着，浴衣从肋骨到腰部缝合在一起。

“我们是合二为一的哟。”

“没错。我们是合二为一的呢。”

“吃惊吗，江南先生？”

“吃惊吗？”

江南当然非常吃惊，但奇异的双胞胎姐妹似乎并不在意，咯咯地笑着。

“听说你出不了声，不能说话。”

“可怜的江南先生。”

“真够受的呀。”

“中也先生也很严重，被蜈蚣咬得不省人事。”

“不过，野口医生说已经没事了，所以……”

“……好像都是些大事故啊！”

“蛭山先生被杀了。”

“望和姨妈也被杀了……”

这时，双胞胎姐妹的眼光突然同时锐利起来。

“喂，是你杀的吗？”

“你是凶手吗？”

对于这么突然的问题，江南狼狈不堪。但是，他依然不能出声回答。双胞胎毫不在意地继续说下去。

“因为你来历不明、身份不明嘛。”

“你自己也想不起自己是谁了吧？”

“所以，被人怀疑也属无奈呀。”

“或许江南先生你的脑子不正常。”

“脑子不正常，本来必须进医院的，可是……”

“可是不小心被你溜出来了。”

“或许……就是这样。因为脑子不正常，所以不管是谁，都会成为你的杀人对象。”

“是的，就是所谓的杀人狂。”

“是啊。是杀人狂。”

“所以，不知不觉、糊里糊涂……”

“不知不觉、糊里糊涂地就杀了人。”

“好可怕啊。”

“真可怕啊。”

两个人说了“可怕”之后，马上恶作剧般咯咯笑起来。

这话里有多少是真话，还是完全都是玩笑话——江南无法判断，只能慌张地四处张望。

这两个女孩到底来做什么？只是对不速之客感兴趣而来看看，

还是心血来潮，跑来嘲笑我呢？还是有其他更深的含义……

江南感到手指有种灼烧的炙热与疼痛，猛地睁开眼睛。香烟已经烧到根部，茶色的过滤嘴开始焦了。

睁开双眼，昏暗的客厅中依然隐约可以看到双胞胎的身影。

他将烟头掐灭在烟灰缸中，那身影才终于退去。

我……

我是谁？（……是谁？）

江南双臂撑在桌上，手掌贴着冒汗的额头，重新面对这个问题。

我到底是谁？

我在这儿要做什么（做什么……）？

这儿到底发生了什么（发生了什么……）？要发生什么……

谜团的碎片还没有聚齐（……模糊的记忆）。他觉得关键的部分依然缺失（……自己模糊的记忆），离完成还早。如果睡下又做梦（啊，为什么会这样……自己也一直很迷惑），可能会出现新的碎片。要是不断重复这个过程（……这个世界的轮廓为什么会如此模糊），碎片最终可能会完整。这样我……

江南将手掌自额头拿开，缓缓地摇了摇头（……为什么会这么模糊），他还想钻进被子。

暴风雨已经过去，深夜的寂静包围着暗黑馆。无意之中——

寂静中，突然响起咔嗒、咔嗒的声音，是从走廊中传来的。

回头一看，黑色门扉的其中一扇被慢慢打开，一个身材高大的男人穿着黑色长袍，站在门后的台阶前。

“起来了？”

低沉的声音。男人借着右手中的黑色手杖，摸索着一步一步地踏入房间。江南坐在榻榻米上，以双手撑住席子，不由自主地向后退缩。

“不要怕。”

男人说道。他的语气中透着一种不容分说的威严。

“我是浦登柳士郎，这里的馆主。”

浦登柳士郎……这个人就是暗黑馆的馆主？

“你姓江南，对吧？”

那个男人——柳士郎又向前走了几步。江南默默地点点头。

“名字是什么？”

对于这一个问题，江南摇了摇头算作回答，他自己都还没想起来。

“为什么来这儿？”

柳士郎又问了一句。

“你来这里的目的是什么？”

对于这个问题，江南也只能摇头作答。

“独自来的，还是……”

柳士郎停顿一下，不高兴地哼了一声。

“听说你因为事故而失去记忆，还失声了。是真的吗？”

对于这个问题，江南毫不犹豫地点点头。

柳士郎再次不高兴地哼了一声，借助手杖摸索着向前走来。江南坐在榻榻米上，一点点向后退缩。最后，后背碰到拉门，令他无路可退。

“现在我眼睛不太好。”

柳士郎的语气听上去显得不开心。

“在这样的灯光、这样的距离下，几乎看不清你的脸。”

那把灯调得亮一些不就好了嘛。江南心中暗忖。但对方似乎不想那样。房间的灯光依然昏暗。柳士郎又向前走了几步，单腿跪在榻榻米上。

“怀表在哪里？”柳士郎问道，“玄儿说你的物品中有块怀表——在哪儿呢？”

刚开始，江南只是含糊地摇摇头。这样回答显然不够，略略茫然之后，江南伸手拿起矮桌上的本子，用圆珠笔写下答案，战战兢兢地递给对方。

柳士郎拿过本子，将脸贴近去看。的确，他眼睛不好——视力有问题——是真的。

“‘没有了’？”

柳士郎皱着眉，读着江南的回答。

“你是说‘不见了’吗？”

江南点点头。

“你是说不见了吗？”

柳士郎的语气略显慌乱。

“怎么会这样？”

柳士郎追问道。江南只能低着头，来回轻轻晃着头。

“怎么会这样……”

柳士郎将本子放回矮桌，失望地闭上了嘴。沉默了几秒钟后——

柳士郎站起身来，不慌不忙地将右手的手杖伸向江南的咽喉处。江南大吃一惊，身体僵硬。手杖的前端缓缓向上，抚弄着江南的喉咙，再移到下巴，似乎示意他“抬起头”。

“江南……吗？”

柳士郎弯下腰，看着江南斜仰着的脸。这时，江南也第一次可以端详对方。突出的额头，高耸的颧骨，大鹰钩鼻……江南的内心条件反射般剧烈骚动起来，他感到恐惧与胆怯。

在对方圆睁的双眼里，江南发现黑眼球部位出现了混浊。是得了什么严重的眼病吗？这么混浊的眼睛，他到底能看到什么？

“江南……吗？”

柳士郎用低沉的声音重复一遍，将手杖从江南身边移开。

“利吉那家伙显得很诚恳，说要告诉我一件事情——原来如此。”

江南听到柳士郎的自言自语。

利吉？（……利吉）利吉……首藤、首藤利吉……啊，我记得在哪里听过这个名字。（……为什么？）

“江南君……”

片刻后，柳士郎开口继续说道。他的口吻依然显得不悦——应该说是非常忧郁。

“你先好好想想自己是谁。我们以后再慢慢说。不必着急。”

说完，暗黑馆的馆主离开房间。江南筋疲力尽地躺下，心中的骚动依然无法平静。

现在是现实，并非做梦……

他盯着黑色天花板，在心里默默地对自己说道。头上的天花板漆黑一片，如同厚厚地涂上了一层今晚的夜色一般。

3

同时，在北馆西侧的预备室内——

市朗在柔软的床上醒来。这是一个悠长的梦，意识仿佛被黏液粘住。在梦的间隙，短暂的觉醒悄悄来临。

一睁开眼，他就差点儿大声喊起来。因为内心深处仍然极为恐惧而战栗。他不由自主地用双手撑起身体，从枕头上抬起脑袋，胡乱地用力摇着。他仍然被紧迫的恐惧感所困，似乎又要遭受什么袭击。

——没事了。不用害怕。

耳朵深处响起这样的声音。

——谁都不会伤害你。不用害怕。不用跑。

……啊，这、这个声音！

——不必担心。

慌乱的呼吸与骚动的内心慢慢平静下来，但要想弄清自己现在所处的状况，还需要几秒钟。

——没事了。我们救了你。好了，到这边来……

声音的主人是一个叫“玄儿”的男人。浦登玄儿。自称是馆主的儿子。

市朗松了口气，惴惴不安地缓缓环顾四周。

这是一间陌生的西洋式房间，只有床边的灯亮着。室内非常昏暗，没有任何人在。市朗躺着，身上盖着厚毛毯，脏衣服已被全部脱掉，换成了浴衣。

……得救了。

市朗又吐了口气。

得救了……吗？真的被他们救了？

他想动一下身体，但整个脑袋一下子疼了起来，感觉很沉重。与其说是全身无力，倒不如说是强烈的麻痹感吞噬全身。他已经不觉得冷了，但高烧还未完全退去。深吸一口气，差点儿咳出声。总之，身体差不多处在最差状态。

我……

脑子不甚清醒的市朗回想起来。

当时我……

在猛烈的暴风雨中，从玻璃破碎后形成的方形洞中溜进屋内。对了，好像是六点四十五分左右……

那个大厅的顶部很高，两个宽敞的楼梯延伸至二楼的回廊。进入屋内后，右首一侧的墙上有两扇长方形大窗户，对面亮着灯，通过透进来的灯光可以看出窗户上镶着红色花纹玻璃。但是不久——

闪电掠过，雷声轰鸣……突然，两扇花纹玻璃中的一扇——从自己的角度看是右侧的那扇——窗子破了。而且……

此后，市朗也想过马上逃出去，但他实在不想再回到暴风雨中，便鼓起勇气留下来。他还悄悄爬上楼梯去过二楼。在这期间有人来了，是玄儿与称作“中也君”的那个男人……他们进入大厅时，他躲到铺着红色天鹅绒的细长桌下。很快，市朗趁着碰巧停电，便从桌子下跑出来，按照原路逃到屋外，但是……

在暴风雨中，在那两人的追赶下，他拼命跑，最终被逼到那个泥沼般的地方，他万念俱灰，怀着必死的念头向他们求救……他刚按照玄儿的要求行动，却又陷入泥潭深处。那里有大量的骇人的骨头……

因为极度恐惧，他差点儿疯了。

从泥潭中不断涌出的人骨、人骨、人骨人骨人骨人骨……仿佛活人一般缠绕着他，挥之不去。他觉得自己就要被拖入泥潭深处……

他觉得慎太肯定是自**此处**捡到那个头盖骨的，又想到这是以前被浦登家的“魔鬼”拐来吃掉的人的骨头。奶奶讲的故事没错，这个暗黑馆中真有**不祥之物**——栖息着这世上恐怖的“魔鬼”。

——没事了。不用害怕。

尽管玄儿重复多次，但他无法相信。不过，他觉得无路可逃、无法抵抗，便按照玄儿的指示回到这里……

而后，他被带入紧挨后门的一个房间，并非现在这间。那是宽敞的西洋式房间，有一张黑色大桌，周围放着几把椅子，像是餐厅。市朗坐在其中一把椅子上。一个满头白发、名为“鹤子”的女人拿来干毛巾和毛毯。她一语不发，站在门口看着市朗，脸上始终冷冰冰的、毫无表情。市朗用毛巾擦擦头发和脸，然后像落汤鸡似的裹上毛毯，独自瑟瑟发抖……

片刻之后，玄儿来了。当鹤子出去时，不知为何市朗松了一口气。玄儿把手放在市朗的额头上，说了声“发烧了”，便问了好长时间的问题。

玄儿刨根问底地问了很多问题。

你是谁？从哪儿来？为什么来？什么时候、怎么来的？怎么上的岛？上岛后做了什么？为什么会在那个大厅里？为什么要逃？为什么……

玄儿不间断地问了太多的问题，他尽量据实回答，但似乎还有很多没说到或说漏的。他不知道有什么没说到、不知道忘了说哪些话。当时，市朗的体力与精神都已经透支，尤其说到后半部分时，他已经筋疲力尽。晕过去之前的那些对话，他几乎完全不记得了。只勉强记得那个躯体如熊般硕大、人称“野口”的医生给自己打过针。

不过在最后的提问中，他还清楚地记得其中一个。

——是否有人打破了与隔壁屋子之间的玻璃，从那边跑出来？

“有、有的。”

他也记得自己的回答。

——那人的长相是什么样的？这个问题很重要。你亲眼看到他了？看清长相了吗？

“这个嘛……”

市朗想回答，但不知如何回答。

“这个嘛……不过……”

闪电掠过，雷声轰鸣……突然，两扇花纹玻璃中的一扇——从自己的角度看是右侧的那扇——窗子破了。这确实是亲眼所见。但是，当那人从打破的窗户中跑出来时，市朗因为过度惊吓，已经快速躲到大厅角落的阴暗中。所以——

掸落玻璃的声音，那人跳进大厅后的呼吸声与脚步声……抱头蹲在阴暗角落里的市朗能感觉到。当他鼓足勇气抬起头时，那人正要离开大厅……这时，只有一瞬间似乎看到了那人的身影。虽说是“亲眼看到”，但也仅此而已。所以——

所以……不！

至此，市朗脑中突然想起了什么。

真是这样吗？真的仅此而已吗？

似乎……

似乎在那之前，我……

电光掠过，雷声轰鸣……在那红色花纹玻璃被打碎的时候——

好像又有一道闪电掠过，而且猛烈的雷声随即响起，遮盖了玻璃破碎散落的声响。

当时，在瞬间的红色闪光之中，我不是看到了那个人的身影和长相吗？

因为此后过于慌乱，记忆陷入奇异的空白之中，但现在重新想想的话……是的！当时被闪电映衬出的红色身影和长相……

我看到了……

我的确看到了。

市朗试着回想，大脑依然混混沌沌。

当时我看到的到底是什么样子？是什么长相呢？

比如说是玄儿吗？不，不是他。我觉得不是他。那么，是那个叫鹤子的女人吗？不，我觉得也不是她。当然，要问市朗能否百分之百确定，他不敢毫不犹豫地点头。

最初我从后门溜进来时，在走廊里遇到一个不停说着可怕的话的男人，是他吗……不，好像也不是他。是和玄儿一起来追我，被蜈蚣咬了、晕过去的那个叫“中也君”的男人吗？不对，好像也不是他——不过……

那人似曾相识……

市朗有这种感觉，但不十分确信，也难以回想起来。不过那张脸似曾相识……

玄儿说“这是非常重要的问题”，到底和什么有关？难道当时在那儿——那个大厅隔壁的房间里发生了什么重大事件吗？

只要一动身体就会感到头疼。市朗忍耐着环顾四周。

外面非常安静。不仅是雷声，就连风雨声都听不到。暴风雨好像过去了。

黑色百叶窗紧闭着，没有一丝光亮从缝隙处透进来——虽然暴风雨已经过去，但这个夜晚还没有结束吗？黎明依然没有到来吗？

说起来，不知慎太现在怎样了。他知道我在这儿吗？我今后会怎样？能安全回家吗？还是会……

伴随着无数不安，各种疑问浮浮沉沉。不知不觉，浓重的睡意再度向市朗袭来。

第二十三章　昏暗拂晓

1

玄儿的生父竟是这个暗黑馆的第一代馆主浦登玄遥！

对于这种过于脱离常规、令人觉得疯狂的乱伦关系，我不禁感到战栗。

玄遥和亲生女儿樱生了“罪恶之子”康娜。他又侵犯康娜生下“双重罪恶之子”玄儿。是这样吗？他到底为何这样……

“康娜也和当年的樱一样，慢慢长成与达莉亚年轻时一模一样的美丽姑娘。此时，玄遥既爱又怕的达莉亚已终止了自己的‘不死之生’。失去制约的玄遥，尽管知道这是禁忌、羞耻的行为，但还是无法遏制自己恶魔般的欲望与冲动……”

“……怎么可能？无论如何这样的事情……”

“你想说是不可能发生的吗？”

玄儿马上摇摇头。

“并非不可能发生啊！年过八旬的老人和不满二十的少女，想想都觉得是非常奇异的组合。”

“可是，玄儿。”

“玄遥的血型肯定是A型或者AB型，查一下就知道了。”

玄儿苍白僵硬的脸上露出不合时宜的笑容。那笑容非常扭曲，仿佛精神上已经失去平衡。霎时间，我感到毛骨悚然、如坐针毡，将目光从他的脸上移开。

“玄遥和康娜最早发生关系是什么时候？”

玄儿的语气越发冷淡，仿佛要揭开自己的伤疤一般。

“在康娜和柳士郎结婚前，还是结婚后？假如是结婚后，那是偶然一次，还是瞒着柳士郎重复多次呢……”

望和在墙上创作的那幅暴虐画面异常清晰地浮现在我脑中。

年轻女子被白发怪物压在身下，深灰色的和服凌乱，露出娇艳的白皙肌肤……对了，还有那女子微妙的矛盾表情，看起来未必只是受到恐惧与厌恶的冲击而发出悲鸣。不仅是恐惧，不仅是厌恶，好像还略微有点陶醉……难道是我的心理作用？还是……

不行！我用力摇摇头。

不能对玄儿的亡母做出更加亵渎的想象。我不想这样，而且想了也没意义。

“玄儿。”

我把目光再度看向玄儿，却不知道该说什么。玄儿的笑容依旧扭曲。

“我爸……不，柳士郎是何时知道这个丑闻的呢？”

他似乎在问自己，又径自摇起头。

“如果不向本人确认是无法得知的。或许从一开始就发现了，或许是我出生几年之后才知道的。我觉得后者的可能性很大。”

“嗯……”

“也就是说，柳士郎当初怀疑的对象可能也是卓藏，这很有可能是玄遥促成的。比如柳士郎对于孩子的父亲一直抱有疑虑，于是玄遥就谎称康娜和卓藏通奸，又强迫卓藏承认。这样一来，就把自己羞耻的罪恶推到卓藏身上。一直是玄遥傀儡的卓藏不会违逆他的命令的。

“樱之所以自杀，或许就是因为知道了真相——自己和亲生父亲玄遥发生罪恶深重的关系，生下了女儿。而玄遥竟然和那女儿又发生了同样的关系，生下了‘更加罪恶的孩子’。当她看到这个难以接受的现实……

“总之，柳士郎终于也得知了真相。他可能是追问玄遥本人或者卓藏而查明的，也可能是望和姨妈讲述了亲眼见过的场景，或者是别的什么契机。”

玄儿停顿一下，闭上眼睛、深吸一口气，又慢慢睁开眼，继续说下去，那声音让人觉得很冷——不，应该说是刺骨冰凉。

“柳士郎得知真相后，恐怕会更加诅咒被囚禁在十角塔中的孩子。那是近乎疯狂的乱伦所带来的肮脏无比的怪物……在他眼中，那孩子正是这种形象——肮脏、可恶、令人诅咒……”

玄儿的笑容越发扭曲，甚至让人觉得他就要发出疯狂的哄笑。

但是，玄儿突然闭上嘴，笑容也从脸上消失。他看着脚下，眼神突然严峻起来，紧咬着下嘴唇，仿佛在忍受巨大痛苦。

“怪物！”

他唾弃似的低声说道。

这是在咒骂罪魁祸首的玄遥吗？这个既是玄儿的曾外公，又是外公，还是父亲的人。还是在诅咒、嘲笑这个过多继承了玄遥血脉的自己呢？

玄儿昨晚第一次看到那幅壁画才明白了事情的真相。想象着他从那一瞬间到现在的心情，我的精神状态也差点儿和他一样变得异常。我什么都没说，也说不出什么。我不知该有什么表情，只能默默地看着朋友。在暴风雨过后的寂静中，我们保持着压抑的沉默。

不久，玄儿摇摇头，仿佛下了什么决心。

“好了，中也君。”

他的眼神多少缓和一些，语气也变了。

“这么让人诅咒的孩子，我爸……不，柳士郎为什么要在十八年前把他从塔上放出来呢？”

“那是……”

（他想，那是因为……）

“我觉得掌握主导权的应该是柳士郎。卓藏自不用说，就连玄遥在孩子的处理上应该也无法强硬。至少在这件事上肯定如此。如果这样，柳士郎可以把孩子关一辈子。为什么要放他出来？”

我无法回答。

（血缘是不争的事实啊——他是这么说的。）

“我听说那是因为长大后的孩子越来越像死去的妻子——康娜。所以他的愤怒淡化了。”

（虽然还是孩子，但他的面相越来越像达莉亚了。还有康娜……对吧，柳士郎？所以你也……）

（……是的！**他**想起来了。十八年前的宴会上，玄遥是这么说的。）

“可是，即便如此……”

说到这儿，玄儿略微停了一下，然后又摇摇头。

“好了，我们在这儿再怎么想也没用。总之必须直接问他——柳士郎，已经不能不这么做了。而且……”

玄儿凝视着我。

“而且，如果我的生父不是卓藏而是玄遥，那么关于十八年前的凶案，刚才在楼下所作的解释就必须有较大更改，不是吗？”

“啊？”

我不解地眨着眼睛。

“不是吗？”

玄儿重申道。

“就是**谁具有最强烈杀人动机**这个最根本的问题啊。当时谁最恨玄遥、恨得要杀他？”

“啊……”

是吗？是的！终于，我思考的线索也联系上了。

最痛恨浦登玄遥的人是谁？

那不是卓藏，也不是其他人，而是柳士郎。而且作为掩盖真相的“共犯”，他肯定也恨卓藏，所以也杀了他，并伪装自杀现场，以此让他成为谋害玄遥的凶手。除掉两人后，浦登家的实权就完全落入他手，如此一来，就可以不报案、内部解决了……

……是的。如果考虑动机，在十八年前的凶案中，浦登柳士郎才最可疑。啊，不过……

“已经六点啦。天快亮了。”

说着，玄儿迈起步来。

“走吧，中也君！”

“去哪儿？”

对于这前言不搭后语的提议，我迷惑不解。

“去下面。”

玄儿边说边向那个延伸到下面的楼梯扬扬下巴。

“这个密室的正下方还有一间密室，那是楼梯。你大概也发现了吧？”

“啊……是的。”

“因为‘以后再说’的问题还有几个。好了，中也君，走吧。”

2

楼梯在中途转了一个直角，延伸到一楼。下面的房间与二楼的大小相同，是个既无窗亦无门的小房间。和上面不同的是这里没有任何家具，黑色木地板上没有铺任何东西。只不过……

我跟着玄儿走下楼梯，到达楼下的一瞬间，不禁倒吸一口冷气站住了。我被房间深处——北面墙上的样子所吸引。

“画！”

我不禁喊出了声。

“这幅画，到底是……”

那儿有一大幅油画，收在黑色画框中。“第二书房”的墙壁上也有同样的画框。

“你觉得呢？”

玄儿问道。

我完全被画上的奇异风景所吸引，目不转睛地看着。

“这……是表吗？”

我反问道。玄儿点点头，说道：

“没错，就是表。”

"怀表？"

"是的，看上去是啊。"

这是一幅奇异的画。

画布大小超过一百号，至少有一百二十号吧。在画面中央靠下方的位置上，画有一个圆形表盘，那是由十二个罗马数字组成的陈旧表盘。表是反着放的，数字十二在最下面，数字六却在最上方。而且，整个表有点向上倾斜。银色的表框略微泛黑，几根同色的表链呈放射状、网眼状扩散到画面的各个角落，在好似黎明前天空的颜色、般暗暗的紫红色背景衬托下，那表链犹如蜘蛛网一样……不，那形状怎么看都是蜘蛛网。

银色表链编织成的巨大蜘蛛网。那怀表犹如网中猎物，反之，亦如织网的蜘蛛。

"六点半啊。"

我突然注意到。

"时针指示的时刻……"

"是的。太巧了，对吗？"

说起怀表，自然想到了江南所持的那一块。玄儿发现它掉在十角塔的露台上。因为坠落的冲击，指针停止工作，同样指示于六点半上……这个巧合到底怎么回事？（怎么回事？这到底……）

玄儿走到画前，回头用眼神示意我过去。我听话地走到他身旁。

"中也君，你看。这里有画家的签名。"

玄儿指着画的右下角。我仔细一看，那儿有一个见过的签名，不禁惊叫一声：

"这是——"

这签名与在东馆客厅中见过的《绯红庆典》以及在北馆沙龙室

中见过的《征兆》中的是相同的罗马字署名——Issei。

“是那个叫作藤沼一成的画家？”

“是的，就是那个赞誉颇高的天才幻想画家藤沼一成。我发现这个密室、看到这幅画时，也非常吃惊。因为我没想到在这样的地方居然会有藤沼的作品。”

“柳士郎特意在这儿挂了这幅画？”

“不，不是的。”

玄儿摇着头断然否定。

“不是把画好的画运到这儿，而是**让他在这儿作画**。”

“啊？”

“你仔细看看就知道了。”

玄儿再次指着画。

“这个画框与画相接的部分，你看！”

“啊！”

“这幅画不是收在画框内挂在这儿的，而是**直接画在墙上**的。”

“直接画在墙上？”

“原本这个画框和第二书房中的那个‘只有边框的画框’是一样的，连象征蔓草的修饰都一样。本来这墙上只有同样的空白画框，画家似乎是在‘空白’部分直接作画的。”

“这么说……”

我瞄着玄儿的侧脸。

“这也是‘以后再说’的问题之一？我想问这个奇怪画框代表什么，你说想象一下并不难，但我的确不明白……”

要给藤沼一成的这幅幻想画加上题名的话，可以是《时之网》什么的——镶在这幅画外面的画框宽约两米，上边框差不多有高个子的成年人那么高，下边框离地板十几二十公分，大小与“第二书房”中的画框一模一样。

“刚才我不是说了吗？”

玄儿回答起来。

“关于这里的关键性缺失。”

“缺失……是指**在这幢宅子里没有镜子**的那件事吗？”

“当然。”

玄儿点点头，向后退了几步，双手在空中画着画框的轮廓。

“墙上有这么大的方形‘画框’，中间是空的——黑色墙板直接裸露出来。人站在前面，能看见什么？”

“看见什么……只能看到奇怪的空画框吧。”

“不是的。你看，如果墙上有这样的边框，**一般应该装有一面硕大的穿衣镜**，不是吗？”

“穿衣镜？”

“是的，穿衣镜。但实际上并没有。**即便认为那里有镜子**，站在镜前也照不出什么，只能看见边框里的黑色墙板。如果再考虑这个房间的内饰和家具，因为站在它前面的人的背后也是同样的黑色墙板，所以**好像这个假想的穿衣镜里只照出了背后的墙壁，而没有照出站在它前面的人**。你觉得呢？”

“对啊。”

“也就是说这个空画框是作为‘**照不出人影的穿衣镜**’、‘**不照出人影的穿衣镜**’而建造的。”

“照不出人影的……”

“这与从这个宅邸里把镜子之类的物品彻底排除出去道理相同。实际会照出样子的东西都被排除出去。但另一方面，又在房间里设置了这种特殊装置，可能是希望通过偶尔站在它前面，多少能够体验到期待的‘不死性’的第三阶段——镜子照不出自己的样子吧。”

“原来如此。”

我慢慢地点点头。

“我似乎有点明白了。”

“同样的装置也建在了这个密室中。”

玄儿再次看看墙上的画框。

“本来这个画框也是‘照不出人影的镜子’，但后来藤沼一成在这上面作了画。听说他是十五年前受邀来到这里的。当时，在他逗留期间，柳士郎带他来这里画了这幅画……”

我心想——柳士郎为何要这么做？这是理所当然的疑问。

他特意将一个陌生人邀请到这座充满秘密的宅邸最深处的这间密室里，并让他在这个具有特殊意义的画框中作画……难道柳士郎真的如此醉心、着迷于藤沼一成这个幻想画家与他的画作吗？是这样吗？

“对了，中也君。”玄儿说，“你知道这个房间的位置吗？现在这是在西馆的什么位置？”

“这……”

看到我无法立即作答，玄儿再次走向墙上的画框。

“上面的密室与宴会厅的南边相邻，所以一楼的这个房间与第二书房的南面相邻。也就是说，这个北侧的墙位于第二书房南侧墙的背后。”

“是吗？”

“还有，你看那儿。”

说着，玄儿从画框前方向右横跨一大步，右手伸向墙壁。我终于注意到在画框不远处的黑色木板墙壁上，有一个旧烛台。

“这个烛台……”

“和第二书房里的一样。除了左右相反，连它与画框的距离都完全一样。”

烛台上并无蜡烛。玄儿伸手抓住烛台的支架部分。

“如果这里有支点着的蜡烛——”

说着，玄儿手腕向左一拧。

“恐怕谁都不会如此转动烛台吧。虽然简单，但确实是很巧妙的伪装。”

随着玄儿的动作，烛台本身以墙壁中突出的连接部分为中轴旋转了半圈。玄儿重新握住支架，将烛台又转了半圈。当烛台转了一圈回到原来位置时，低沉的金属声轻微响起，与此同时，墙壁上的画框活动起来。

画框整体的右半部分和墙壁一起向外突出，左半部分缩进去。这与东馆二楼走廊尽头墙壁上的机关相同，以画框中央为中轴转动。也就是说……

“这是翻转门。”

玄儿做了个多余的说明。

“非常初级的机关。”

“是的。”

“第二书房一侧的烛台正好在正背后，也可以转动。像刚才那样转一圈就会解锁，这个‘秘密的翻转门’就会打开。”

玄儿将双手伸到画框左边，推开翻转门。这间屋内的灯光照过去，微微照亮对面。的确，好像刚才就是在那儿，玄儿讲述了十八年前的凶杀案。

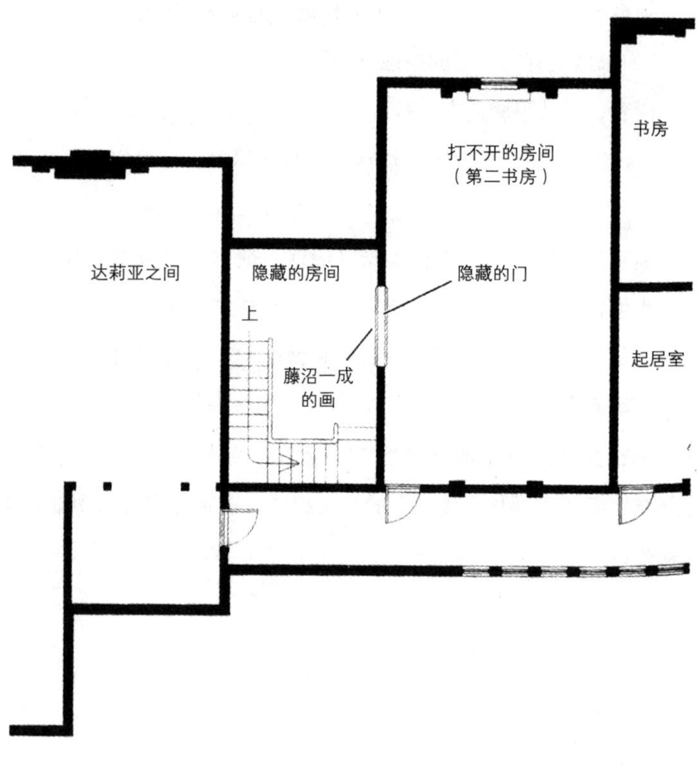

图四 西馆一层暗门示意图

“关键是这个。”

玄儿从打开的门朝昏暗的隔壁走去。

“也就是说十八年前的活人消失那一幕——可疑人物就是通过这扇门从现场消失的。知道这个机关后，问题就迎刃而解了……”

3

“我配了钥匙后，多次溜进这个‘打不开的房间’。期间发现了这个机关，最早也是从这儿进入‘达莉亚的房间’，和带你走的顺序正好相反。从对面那个密室上二楼，去刚才的卧室……”

玄儿进入第二书房后，点亮了几个烛台，确保房间中的照明。然后，他又回到我身边。我站在秘密翻转门的出口，设法冷静地整理头脑中的信息。

“刚才在这儿，你看到这个烛台——”

玄儿将视线投向画框左侧的那个烛台。

“问我十八年前发现凶案时，这支蜡烛有没有点着。当时你想到了什么？”

“我是不由自主的。”

我小心翼翼地说道。

“有这么奇怪的画框，在它旁边有这样的烛台……所以，我想这里会不会也有秘密机关。二楼的走廊里不是有同样的翻转墙吗？我想到那儿的墙壁上也有烛台，烛台后面是打开那扇暗门的杠杆……所以，我不由自主就……”

“原来是这样。”

玄儿满意地点点头，再次将视线投向墙上的烛台。

“如果这个烛台点着蜡烛，就不容易像刚才那样转动整个烛台。所以可能在我开门之前，火就被熄灭，或者因为转动时的气流而熄灭的。当然还有一种可能性，那就是一开始就没点蜡烛。对于你的问题，我回答‘当时，蜡烛十有八九是灭的’，就是基于这个推测。”

“我懂了。”

“所以，当我知道这个暗门后，十八年前发生在这房间的活人消失之谜，基本就被解开了。”

玄儿将目光移到暗门上。那门现在旋转了一百八十度，藤沼一成的画正朝着这一侧。

“就像你看到的，这个翻转墙内设置了弹簧之类的装置，打开的门能自动关上。即便在完全打开的状态，也就是门和墙壁成直角的状态，只要左右产生角度上的偏斜，门就会向着角度小的那一方关上，惯性会让门锁上。”

“也就是说——原本无论哪一面朝着这边，都是一样。”

“是的。所以藤沼很有可能不是在隔壁的小屋里，而是在第二书房这一侧作画的。”

藤沼一成被邀请来这座宅邸时，这间屋子应该作为凶杀案的犯罪现场而被封闭了。但是，比起特意把画家带到刚才的密室中，这个解释更容易让人接受。

“在十八年前的‘达莉亚之日’的晚上，这个房间里到底发生了什么？幼小的浦登玄儿——我到底看到了什么？在此，我们先大致确认一下。”

说完，玄儿离开暗门，和刚才叙述凶杀案经过时一样坐在墙边的睡椅上。我也跟着坐在刚才的安乐椅上。

“那天晚上宴会结束后，凶手来第二书房找玄遥，用偷偷带来的烧火棍袭击了他。”

玄儿点着香烟，深吸一口，慢慢吐出来。

“玄遥头部受到重击，身负重伤、倒在地上。凶手把凶器留在现场。当他正要离开时，我来了。凶手何时察觉的呢？或许在我被鬼丸老人带到北侧起居室的时候，他隔墙听见我们的声音。或许是我独自敲门的时候，他才发现。总之，凶手陷入事先没预料到的窘境，无奈之下只能打开刚才的那扇翻转门逃入隔壁密室中。可是在他进去之前，我已经打开了房门。

“被我看到，凶手可能觉得万事休矣，可能也想过杀人灭口。可正在此时，我爸……柳士郎从‘达莉亚之间’中出来，我的注意力被吸引过去，乘着这个间隙，凶手逃入密室。当时，我不知道有机关，只是感觉一个人瞬间从眼前消失了。”

玄儿当时没注意到暗门开合的声音和动作吗？虽然我略感疑惑，但那完全有可能。因为当时事出突然，他惊恐不安，可能没注意。

“凶手其后的行动也不难想象。凶手到二楼的‘达莉亚卧室’，由密室外的楼梯下到一楼的起居室，在柳士郎和我进入房间调查情况的时候，偷偷从走廊溜走。”

是的，这样基本上合情合理。

根据十八年前玄儿的目击证词，现场的可疑人物是“头发蓬乱”的人。如果我们相信，那么这个疑犯至少不是卓藏……

“柳士郎呢？”

我问道。

“他大概知道这个房间有暗门吧。可是当时却没有说，这是……”

“十八年前，他或许还不知道。这很有可能，不是吗？他也许后来才知道暗门的存在。那时即便说出来，也只是将已经定论的事情重新提及，所以他决定保持沉默。”

“的确——不过……”

“你怀疑他——柳士郎？”

玄儿单刀直入，我不知如何回答。

“你刚才知道了我的生父后，对柳士郎的怀疑陡然增加，是吗？”

“是的，没错。”

“最恨玄遥的人是谁？有最强烈动机的人是谁？如果考虑这些，**浦登柳士郎的确最为可疑**。即便他真是杀害玄遥、伪装卓藏自杀的元凶，我也毫不奇怪，甚至觉得理所当然。”

玄儿断然说道。

“可是，其他人暂且不论，至少可以确定**只有他——只有柳士郎绝不可能是杀害玄遥的凶手**。从理论上讲，那种状况绝不可能发生。”

“是啊，的确如此啊。”

确是如此。

十八年前凶案发生的晚上，九岁的玄儿在这个房间里看到可疑人物时，玄遥一息尚存，也就是说案发不久。此后凶嫌随即从现场消失，柳士郎几乎同时从“达莉亚之间”走到走廊上。因此，“凶嫌＝柳士郎”这个等式当然不能成立。

正如玄儿所说，在动机上最可疑的是柳士郎；但从状况上分析，他绝不可能是杀玄遥的凶手。

那么……

那么，到底谁是凶手呢？

当时的相关人员中，至今仍住在这儿的，除了柳士郎就只剩下美惟、望和、玄儿，还有鬼丸老人四人了。其中，玄儿可以除外。另外三人中，谁是真凶呢？

在凶案发现之前，鬼丸老人一直和玄儿在一起，不在场证明基本成立。如果他也被排除，剩下的只有美惟与望和了。当然，凶手也有可能在后来离开这里的众多用人中……

回过头来，十八年后发生的这两起凶杀案的凶手又是谁呢？

往昔与现在的凶案之间，是否真如我最初设想的，存在某种有机联系呢？比如，往昔与现在的凶手是同一人。有这种可能性吗？还是应该认为各有其凶呢？

4

表上的指针指向清晨六点。终于过了日出时间。暴风雨过去，漫漫长夜也迎来了天明……可是，也许天空依然被浓密的乌云所覆盖，几乎没有阳光透过百叶窗的缝隙射进来。

我们之间又出现了让人窒息的沉默。

玄儿默默地抽了几支烟。烟雾中，他的脸色依然苍白，眉头紧缩，眼神略显呆滞。

因为不断吐出的烟，房间中弥漫着淡白色的烟雾。如果柳士郎进来，即便事先处理掉烟灰缸里的烟头，残留在室内的烟味也会让他发觉有人破戒进入这个“打不开的房间”。玄儿或许早就不在乎了。

相反，我不由自主地开始寻找在“达莉亚卧室”中得知“肉”的真相后，慢慢扩散到肉体和精神的那种奇怪麻痹感的去向。弥漫心中的苍白色迷雾变成浅红、进而深红，与此同时麻痹开始具有奇异的黏性……不知何时会消失的这种感觉已经融入我的肉体与精神之中，连自己都感觉不出不协调了。果真如此吗？

如果这样，借用伊佐夫的话，难道我已经完全被蛊惑了？受到蛊惑、遭到控制……难道我已经走进死胡同？难道我已无法再回到我本应属于的现实世界，停留于这个暗黑馆之中……

不！我气呼呼地否定。

不会的。不可能。我没有受到蛊惑、遭到控制。我还……

“玄儿。”

我瞪着眼睛，打破沉默。

“玄儿，你……”

“嗯？”

玄儿停下正要再次点烟的手，抬头看着我。

“你的表情好恐怖啊！还在生气？”

“这不是生不生气的问题——”

我一本正经地看着他。

“你真的相信吗，关于你刚才说的那个支配浦登家的‘不死’幻想？”

“幻想吗？哦？”

玄儿哼笑一声，略带玩笑似的耸耸肩，脸上却没有一丝笑意。他痛苦地看着手指间还未点火的香烟前端。

“的确，你可能还是认为那只是把自己看作‘不死一族’的人的愚蠢幻想。”

“你不也说过不想相信吗？你说过你不想相信，但不得不信。这句话是……”

“真心话啊。”

玄儿的回答毫不犹豫。

“那可是我的真心话。”

“那么……”

“中也君，我明白你的心情。什么‘黑暗之王’、‘不死之血’的，我再怎么跟你说，再怎么要你相信，你也不可能马上相信。我明白。但是……”

玄儿不愿再说下去，再度叼起香烟，慢慢地擦着火柴，移动火焰。在他若有所思的脸上，至少看不到刚才在“达莉亚卧室”中呈现出的狂热信徒的表情。

“你知道我当初为何要学医？”

玄儿提出这样的问题。我想起昨晚与野口医生的对话。

“那是因为令尊——柳士郎也从医学院毕业，原本是个优秀的医生……”

“是的，也有这个原因。但最重要的是我希望通过学医来否定……”

“否定……否定什么？”

“就是刚才你说的关于‘不死’的妄想。”

“什么？”

“我觉得这个世界不可能有‘不死之血’、‘不死之肉’之类的东西。这只不过是住在这个扭曲的宅邸之中的扭曲的人们心中的妄想而已。我希望借助现代医学否定那一切。”

我感到非常意外，闭口不语。不过说起来，昨晚野口医生不也说了同样的推测吗？或许，玄儿是想摆脱这个家的束缚才选择学医的。同时，那可能也是对父亲柳士郎的一种小反抗。

“我并不是毫不思索地就接受一切的没脑子的人。”

玄儿瘦削的脸上浮现出极其僵硬的微笑。

“随着我慢慢长大，掌握了与年龄相应的知识和教养，多少开始用自己的大脑思考时，我自然会因巨大的疑问而困惑。至今为止自己接受的、宅子里的人都坚信不疑的特殊的生死观、世界观、价值观……概括起来可称为‘达莉亚信仰’的教义，这些是真的吗？

“我觉得所谓的神、恶魔以及魔女，这些应该不存在于现实之中。达莉亚所说与‘黑暗之王’订立契约也好，她的‘血’与‘肉’会让我们不死也好……我开始怀疑这一切。在某种意义上，我曾和伊佐夫一样。为了寻找证明，我决定学医。被大学录取后，独自在东京的白山寓所里开始生活。那时，我以为可以挣脱浦登家的束缚，获得自由。

“然而，否定与‘不死’相关的一切自然也就否定了我现在存在的依据。也就是说——”

玄儿的视线落在自己的左腕上。

“据说在旧北馆的大火中，我曾死过一次。与手腕上的‘圣痕’一起再生并复活……我首先要否定这件事，证明现实中不会发生这样的事情。”

“结果呢？”

我静静地问道。

“能否定吗？”

玄儿缓缓地摇摇头，视线依然落在左腕上。

“不能。所以，如今我依旧在这里。”

“但那是……”

“现代医学和科学当然可以为我们否定这一切。厌恶光明、热爱黑暗。通过这个世界的黑暗而不是光明孕育了‘不死之生’。这个理念本身就很荒谬。不死也好再生也好复活也好，这些现象从医学上考虑是不可能的。如果达到长生不老的境界，镜子里就照不出人影来什么的，也是毫无根据的戏言。不断进步的医学或许能在未来使人类的不死成为可能，即便如此，也不会通过那种非科学的理念和方法。绝对不会——嗯，我是这么想的。”

是的——我在心里默默赞同。当然是这样。这是理所当然的想法。这才是非常自然的……

可是，玄儿再次将视线落到手上，用力摇了摇头。

“即便如此——不管怎么学医学知识，无论读多少最新的研究论文，我发现自己丝毫没有产生现实感。在解剖实习中我接触了很多在某种意义上最现实的人类的‘死’。我也潜入医疗现场，目睹过病人的生死。但是，眼中的世界还是没有改变。

“什么都没有真实感，感觉不到真实。最终我觉得即便继续从医，也没有意义。所以毕业后，我又进入同一个大学的文学系。”

医学系毕业后为什么不当医生？我认识玄儿后不久就问过这个问题。

——我觉得不适合我。

玄儿是这么回答的。虽然我觉得并非他说的那么简单，但未曾料想是这样。

“为什么选文学系？”

我问道。

“我觉得那儿适合思考这个问题。当然你也知道，我几乎都不去听课。”

玄儿淡淡一笑，但脸颊上浮现出来的依然是没有笑意的笑容。

“关于这个问题，我和野口医生也谈过几次。因为我想听听他作为医生的想法。”

“他知道所有的情况吗？”

“是的，大体上知道。”

玄儿将香烟掐灭在桌上的烟灰缸里，轻啧一声。他想从烟盒中再拿一支烟，但好像烟盒已经空了。

“他说我爸……柳士郎也一样，起初也无法接受这个家的‘现实’，想相信但怎么也相信不了。这好像是他的真实想法，但后来他也开始相信。我不知道他的内心为何会产生变化。或许是因为对康娜的爱吧，或许是随着和这个家庭的接触密切，内心慢慢被俘虏了。但无论如何——

“野口医生强调事情的本质并不在于‘什么是正确的’，而是‘相信什么是正确的’。虽说如此，野口医生却拒绝了柳士郎的邀请。”

“是的，这个我也听说了。”

我想起前晚医生的话。

——我没想横加指责。我本人和他们交往多年，不管怎么说我都是站在**他们这边**，属于和这个世界对峙的人。

我乖乖地点点头。

——但是，我迷惑了很久后，还是决定保持自己现有的位置，**不再向前**走。至少在**现有位置**停留一段时间，在他们身边观察**那个**即可。

“医生的立场似乎也很微妙啊。”

玄儿的话语略带讽刺。

“嗯，让他矛盾的与其说是这个家的状态，还不如说是美鸟与美鱼的存在。”

美鸟与美鱼的存在？这是什么意思？

虽然我感到疑惑，还是决定暂且不提。我继续问道：

“最终，玄儿你决定相信，是吗？”

“啊，是的。虽然如此，但并不等于我全面否定现代医学。我认为它们是正确的，对于一般问题是有用的——在承认这一点的基础上，我认为浦登家的‘不死’作为**绝对凌驾于一切**的特例也是真实存在的。”

“你是要我也相信吗？”

“我并不要你马上相信，我也不想勉强你——”

玄儿低声叹口气，眯起细长的眼睛注视着我。

“不过，我相信你会理解。”

“即便你这么说……”

我避开他的视线。

“单单要我相信的话，我还是……”

“难以相信？”

“至少不出示那个——证明‘不死’实际存在的有力证据，我无法相信、也不想相信。”

“有力证据……嗯……”

“就算是玄儿你十八年前‘复活’的这件事，可能本身也完全是假的。因为柳士郎他们愿意相信那个奇迹——已经实现‘不死性’的第二阶段，所以才捏造的……”

“无能的侦探会这样说。如果这样去怀疑，那不是怀疑一切了？这世界的一切，无限地……”

玄儿反驳起来，声音略微高了一些。

“比如，关于中也君你的存在。”

“我？”

“让我来说吧。你觉得今年春天，自己因为事故而失去记忆，在其后的一个月里完全恢复，**事实上并非如此**。可能一切都是**假的**。”

“假的？”

“也就是说，在你心中苏醒的记忆都不是真的。在那天你恢复记忆的医院里，通过划时代的最新催眠医疗手法，将煞有介事的虚假记忆**从外部移入你脑中**。同时，我动用‘凤凰会’的力量，四处暗中布置，雇用许多人扮演你家人、朋友，巧妙地篡改、伪造文件，创造出你的和实际完全不同的、虚假的个人历史……”

“怎么会？”

“想不起来吧。”

玄儿咧开嘴笑了。这不是刚才那种僵硬的微笑，而是从没见过的、恐怖冷酷的笑容。

“恐怕你已不可能想起自己是谁了。”

“这怎么会……”

——那怎么成呢。

我不禁闭上眼睛，脑海深处响起自遥远过去而来的那个声音。幼时的那一日，消失在那西洋馆火焰中的那个人的声音——我的亡母的声音。

——XX，那怎么成呢。

这是我的记忆。的确是我的记忆。

——你可是哥哥，怎么这么皮……

……对不起，妈妈。

——万一有个闪失，怎么办？

……对不起，妈妈。

——XX，多保重呀。

是的，这个声音也是**我的记忆**。那是在故乡小镇与我结下婚约的女子的声音。

——你一定要多保重啊！

没错。这不是欺骗也不是伪造。这确实是我的……

“当然是开玩笑的嘛。”

听到玄儿的声音，我睁开眼睛。

虽然只是一两秒钟，但我感到很不舒服。我掩饰着尽量不让他看出我的内心想法。

“我知道。”

我回击道。

“你说需要证据？”

玄儿捏瘪烟盒，再次看着我。

“证明‘不死’的确凿证据，是吗？”

“是的。”

“如果是这样的话，我有证据哦。”

“啊？”

“我有证据。如果你愿意的话，还可以亲眼看到、亲手触摸。”

“你说的证据在哪儿？是什么证据？”

“在中庭的地下。”

玄儿对颤抖着声音提出问题的我说道。

“就在那个‘迷失之笼’里！”

5

“迷失之笼？”

我迷惑不解，不知道他话中的含意。

“你说在那里面是什么意思？”

“关于‘迷失之笼’，我还没有解释。”

“是的。”

“刚才我也说过，在玄遥与达莉亚生下的第二个孩子玄德死于早衰症后，才建了那个地方。当时，玄遥的第一任妻子与两个孩子的遗骨也被移进去。但那时只称其为墓地。像现在这样以‘迷失之笼’这个奇怪的名字称呼它……”

“是在二十七年前，樱太太自杀之后。对吧？”

“是的。”

玄儿点点头，叹口气继续说道。

“自杀是浦登家最大的禁忌，犯了这个莫大的‘罪行’就要受到莫大的‘惩罚’。我说过吧？”

“说过。”

“所谓莫大的‘惩罚’是什么？”

刚才我在二楼的“达莉亚卧室”中提过这个问题，却没得到答案。难道玄儿要在这里揭开谜底吗？

“那就是**即便自杀也不能正常死去**。”

玄儿说道。

“不能正常死去？”

“接受‘达莉亚之血’与‘肉’而获得‘不死性’的人，即便自杀也绝不会称为‘完全的死’。根据达莉亚流传下来的话，自杀者求生不得求死不能，只能永远徘徊在生死夹缝中。”

“我还是不明白。”

我依然不明白他的意思，更加迷惑不解。

所谓的“求生不得求死不能”到底怎么理解呢？那是灵魂能否获得救赎、能否成佛之类的意思，还是……

“据说二十七年前，第一个发现樱上吊的是她女儿美惟，当时她只有十三四岁。听到她的惨叫后，大人们跑过去，急忙放下樱，但她已经断气。具有医师资格的柳士郎尝试了心肺急救术，据说她恢复了呼吸，停止跳动的心脏也开始搏动起来。”

也就是说——虽然她企图自杀，但因为发现及时而死里逃生了。但是，如果是那样的话为什么……

“但是，此后再怎么继续治疗，她也无法恢复意识。因为呼吸与心跳曾经一度停止，大脑缺氧而严重受损——从医学角度解释，可能是这样吧。总而言之，作为常识性的处置，应该是将她送往医院，尽可能接受治疗。但是，在三年前达莉亚死后，控制这个家最高权力的玄遥做出了偏离常规的判断。”

“偏离常规的……那是怎样的判断？”

“他认为这是‘迷失’。”

玄儿的表情认真地回答道。

“樱犯了最大禁忌的自杀之‘罪’，结果便受到了去世的达莉亚所说的莫大‘惩罚’，即‘自杀者求生不得求死不能，只能永远徘徊在生死夹缝中’。他认为**如今樱就处于那种状态**。

“虽然还有呼吸，但并没有活过来。虽然没有恢复意识，但也没有死。也就是**陷入求生不得求死不能之中——迷失了**。”

“啊？”

“依照玄遥这一严肃的裁定，最后**不生不死**的樱被放入墓地、安放于棺材之中，安置在地下的一间墓室内……”

“活着……就？”

我忍不住插嘴，玄儿依然一脸认真。

“不是解释过了嘛，樱已经不是活人了啊。”

“但她并没有死。”

“是的，她也没有死。”

玄儿的回答毫不犹豫。

“既没有活着也没有死去。不生不死，只是迷失了。之后，那个地下墓地不仅用来埋葬‘真正的死者’也用于封闭这种陷入‘迷失’状态的人。而且不知何时开始，它有了那个奇怪的名字——‘迷失之笼’。”

“请等一下……”我忍不住又插嘴问道，“装入棺材，放在墓室，然后就不管不问了吗？”

“嗯。听说是的。”

“那么，樱很快就会在棺材中断气……”

“中也君，我不是解释过了嘛。”

玄儿皱着眉头，显得有些着急。

“**即便如此，她也没有死啊**。虽然没人打开棺材确认，但就算肉体完全腐烂，她也没有死，而是**依然迷失着**。”

“这是什么混账话！”

“可能不好理解吧。”

玄儿的眉头皱得更紧。

“那么，你看这么说怎么样？正如这世界上所有的事情，归根到底是‘定义’问题。就是说如何定义‘死’。

“这问题看似简单，实际上非常麻烦。即便仅限于人类的个体死亡，也有医学上的死亡、法学上的死亡、宗教上的死亡、生物学上的死亡以及社会学上的死亡等各种各样的情况。这些并非同一个定义，有时可能产生不一致与对立。你明白吗？

“即使是医学上关于死亡的判定标准，也并非一成不变。怎样才能确定死了呢？长期以来，这是困扰医生们的一大课题。死亡就是死亡，正如黑夜是黑夜，白天是白天那样。但事实上并没有那么简单。从上个世纪末到这个世纪初，在欧美频频发生‘过早埋葬’事件，引起人们的不安与恐惧。

“于是，围绕如何界定死亡的讨论便前所未有地盛行起来。有的说通过手指的透视检查可以准确无误地确认，有的说身体僵硬才是确实的证明，还有的专家认为只有腐烂才是唯一可信赖的症状。如此严肃的论争一直持续到几十年前。

“现在则是通过心跳停止、呼吸停止、瞳孔放大三大特征来判定临床上的死亡。这一判定标准基于‘个体死亡等于心肺脑三大器官均已不可逆转地丧失机能’这一定义，不过即便是这个标准，在不久的将来也很可能面临更改。通过人工努力，比如说虽然大脑不可逆转地丧失了功能，但心肺依然正常。如果发生这种情况，是把它作为生，还是作为死呢？”

“就是说怎样界定生死，对吗？嗯，这个我懂。但是，所谓‘迷失’……”

“也是如此啊。”

玄儿断然打断我。

“所谓的生死线，实际上非常模糊。应该把它看成是一个**区域**而不是一条线。浦登家的自杀者陷入这个模糊的**区域**，只能永远迷失下去。可能世间无法接受这种想法，但在这个家里大家都接受这样的定义。无论这与各种医学或科学常识有多大偏离，但我们认为这是**凌驾于一切**医学与科学常识的例外。

“我再重申一遍好了。二十七年前，樱企图自杀的结果，就是在‘迷失’的状态下，被封入庭院里的‘迷失之笼’。二十七年后的今天，她依然迷失其中。十八年前自杀的卓藏也是如此。虽然他没能像樱那样恢复呼吸与心跳，但既然是自杀，即便看上去呈现出死状，但也可以认为那并非‘真正的死’。他同樱一样，至今依然彷徨在‘迷失之笼’中。

“当然，如果卓藏实际上并非自杀——而是遇害身亡，那情况自然不同。就是说**他之所以看上去死了，是因为真的死了**。反过来说，被认为是自杀的卓藏没有呈现出樱的那种‘迷失’状态，这不就说明他实际上不是自杀吗？”

玄儿停顿下来，看向我。那眼神仿佛在征求我的意见。我紧紧闭着嘴，微微摇头作为回答，其中也包括了“不知道该说什么好”的意思。

“关于望和姨妈，我也曾说过她即便想死也死不了。你在那页笔记上也将它作为一个问题列举出来，不过现在你该明白了吧。

“她为阿清的病哀叹，认为自己负有责任，宁可自己替他去死。但是，接受了‘不死之血’的她无论如何强烈寻死，也不可能病死或自然死亡。就算想自我了断，也只能导致‘迷失’而不会死去。自杀是死不了的，就算是绝食饿死，那也属于自杀范畴，不是吗？所以她……”

关键是“定义”问题。如果只是这样，那我也能理解。我想也可以把“迷失”这个概念作为宗教性的修辞来接受，是为了严格劝诫自杀这一行为而设定的。但是，我无论如何也接受不了认为其实际存在，并凌驾于医学与科学常识之上的观点。

二十七年前自杀的樱，虽然从假死状态中复活，但没有清醒过来，这是事实。但他们把活着的樱放入墓地的行为怎么想都觉得不正常。即便没有获救的希望，难道不应该送到医院，尽可能地继续接受治疗吗——当然应该这样啊。

但是，我很清楚的是即便在此提出上述异议，玄儿也不可能改变想法。被迫选择是否相信的人是我。

“我明白‘迷失’的含义了。”

我对他点了点头。

“但是玄儿，为什么这是证明‘不死’实际存在的有力证据呢？现在，安置于墓室棺木中的樱与卓藏肯定是两具腐尸。不管你指着他们如何强调‘他们没有死’，也不会有人轻易理解。我当然也……”

“那倒是。”

“那么，到底……”

“所谓的证据不是卓藏与樱。”

玄儿小声说道。他眯起眼睛，仿佛连微弱的烛光都厌恶起来。

“**而是玄遥。**”

6

“玄遥？”

我禁不住再度感到困惑不解。玄儿说道：

“‘迷失之笼’里还有玄遥啊。”

“啊。十八年前遇害的玄遥的遗体也收入其中……”

“不是的，中也君。”

玄儿睁大眯起的双眸。

“美鸟与美鱼不是说过吗？玄遥是‘例外’，但还是‘失败’了。”

“啊，是的。”

“你还记得我在这个房间里说的话吗？十八年前，就算迅速报警，最终结果也不会作为凶手立案。”

“我记得。”

“你知道这是什么意思吗？”

被他这么一问，我重新思索了一下，但找不到合适的答案。玄儿见我默默地摇头，随即说道：

“所谓最终结果也不会作为凶杀立案，是因为**严谨来说那并非凶案，而是杀人未遂**。”

“什么？”

“**玄遥他并没有死**。当时，他确实死了，但后来实现了‘复活’。所以……”

“这是怎么回事？”

我感到难以言表的呼吸困难，肺中仿佛泛起黑色液体。

“这到底是怎么回事？”

“十八年前的凶案中，玄遥被烧火棍击打头部。当年幼的我发现濒死的玄遥，柳士郎赶到现场调查时，玄遥已经断气了。这是毫无疑问的事实。但是——”

玄儿像刚才那样，再度眯起眼睛。

“但是，第二天晚上野口医生赶来时，玄遥身上发生了令人惊讶的变化。最初确认他已死的是原本也是医生的柳士郎，但经过将近一天的时间，玄遥又恢复了呼吸——活过来了。呼吸与心跳全部恢复正常，只是没有意识……”

“真的吗？”

“嗯。玄遥的死明显是他杀，但经过将近一天的时间又复活了。感到震惊的同时，大家都认为那可能就是史无前例的‘不死性’第二阶段的成就——‘复活’。

随后，野口医生为他治疗伤口、打点滴什么的。三天后，玄遥睁开眼睛，但是似乎什么都看不到。无论谁和他说话，或是发生肢体接触，他都毫无反应。他什么也不说，没有任何表情，成为睁着眼睛的废人。他一动不动地在床上躺了四天，没有丝毫变化。于是——”

“于是……”

“据说柳士郎断定**玄遥的‘复活’失败了**。”

“失败？”

“他说如果真的复活成功的话，应该不仅是肉体，也会伴随精神方面的复活。但在玄遥身上完全没有那种迹象，**反而和樱自杀后的状态一模一样**。也就是说，肯定因为某种问题导致玄遥‘复活’失败，陷入‘迷失’状态之中——即便不是迷失，也是无限接近。”

玄遥虽然“例外”，但还是“失败”了——双胞胎说的就是这么一回事儿吧？

在浦登家，从旧北馆的大火中奇迹般实现“复活”的玄儿被认为是“例外”。他虽然失去记忆，但“个人原本的精神方面”并没有严重受损，所以不能看作是“失败”。同样，玄遥在十八年前的凶案后，基本算是“复活”了。从这个意义上讲，玄遥也可以说是“例外”，但他没有完全成功——基于他只是肉体复活这点来看，他是“失败”的。

“那怎么处理陷入那种状态的玄遥呢？”

玄儿接着说道。

“这次，柳士郎做出了冷酷的决定。”

“难不成……”

“就是你说的‘难不成’。”

玄儿声音冰冷，令人忍不住要用“冷酷”二字来形容。

“他说玄遥‘复活’失败的这种状态也是‘迷失’，所以应该放入‘迷失之笼’。”

“实施了吗？”

“是的。”

“谁都没反对吗？”

“美惟与望和好像当时已经是柳士郎的‘支持者’，野口医生也是一样。用人们当然没有说话的权力。”

“但是，那太荒唐……”

“荒唐？哼，的确如此。这确实是强词夺理的冷酷行为。我得知此事时也这么想。我也想过既然他没有犯下自杀的禁忌，为什么要这么对他呢？但现在看来，我完全可以理解柳士郎为何要做如此荒唐的事了。只要想到他极其憎恨玄遥的话……”

的确如此——我也如此重新考虑道。

玄遥才是让康娜怀上玄儿的真凶。想必柳士郎知道这个令人发指的事实后，非常憎恨玄遥，即便杀了他也不解恨。当玄遥变成毫无能力权威全无的废人后，即便柳士郎本人不是杀害玄遥——准确地说应该是**杀人未遂**——的凶手，他肯定也无法遏制要把这个可恨的怪物从这个世界抹去的想法。

“那么，玄儿，”我忍耐着窒息的感觉说道，“作为陷入‘迷失’中的‘失败者’，玄遥被放入‘迷失之笼”后也置之不理了吗？可是，如此一来不就和樱一样……”

他最终会在棺木中断气。现在，不就只留下腐朽的尸骨吗？所以仍然不能成为任何证据。

“你先听我说呀，中也君。”

玄儿打断我的话。

“正如你所说，玄遥也和樱一样被放入棺木中、置于墓室内。但是，那儿又发生了令人惊讶的事态。”

“什么意思？”

“被放入‘迷失之笼’不久，玄遥在里面恢复了运动能力。”

“你说什么？”

“最先发现的是负责管理墓地的鬼丸老人。他发现玄遥自己从棺木中出来，在墓室中摇摇晃晃地徘徊，名副其实地就像僵尸一样……”

我感到双手上起了鸡皮疙瘩，喃喃重复着“怎么会这样”。玄儿的声音更加冰冷，更加无情。他继续说道：

“据说柳士郎从鬼丸老人那里得知这一事实后，下令**放任不管**。他说不管玄遥如何起身活动，那都是‘迷失’而已。实际上，玄遥恢复的只是单纯的活动能力，而精神方面已遭到严重损伤。无论跟他说什么都没有反应……或者说他根本无法理解语言本身，脸上没有喜怒哀乐的表情，也无法用手势与肢体随心表达意思。只是像野兽一样吼叫来表达饥饿与口渴。

“柳士郎下令置之不理。玄遥早已不是原来的玄遥，只不过是玄遥的肉体**在活动而已**。据说他还令人强行将其放进棺木、钉死棺盖，不让玄遥出来。但是——”

玄儿摸着尖下巴，停顿了片刻。

“鬼丸老人并不愿遵从命令。他说不行。”

——那可不行。

我似乎听到那位身着黑衣的老用人那颤巍巍、嘶哑哑的声音穿越时空响彻耳畔。

——那可不行，柳士郎老爷。

“从达莉亚健在时开始，鬼丸老人就一直负责管理墓地。从那时到现在，除了他，即便是浦登家的成员，也不能随便靠近。据说这是达莉亚规定的。

“只要没有出现新的死者或者陷入‘迷失’的人，只有鬼丸老人准许去地下墓室，楼梯前有铁门，从外面上了锁。只有鬼丸老人才有那道锁的钥匙，就算是馆主也不能随便出入。”

听着听着，我慢慢想起来了。那好像是来这里的第二天中午，蒙蒙细雨中我独自来到庭院，走进那个祠堂般的建筑中。

里面空间狭小，犹如洞穴一般。深处有一扇紧闭的黑色铁门。铁门上有一扇小窗，窗上有粗粗的铁格子。与十角塔入口处一样，门上有坚固的荷包锁。小窗对面昏昏暗暗，依稀可见地上的方形洞口以及隐入其中的石梯，以及……

“那个墓地虽然在宅子里，但却是馆主无法控制的地方。那里似乎拥有治外法权。在达莉亚的名义下，由鬼丸老人掌控着那里。

“所以，虽然柳士郎命令置之不理，鬼丸老人并没有遵从，他觉得自己的做法是遵照已故达莉亚的意思。”

“鬼丸老人是怎么做的？”

不知不觉，我的声音微微颤抖起来。

“没有服从柳士郎的命令，那他做了什么？”

“他决定每天给‘迷失之笼’里的玄遥送水和食物，他亲自负责这项工作。”

玄儿回答道。我幽幽喘了一口气。

“中也君，你懂了吧？”

玄儿冷酷而可怕的微笑在他苍白的脸上若隐若现。

“自那以来的十八年间，鬼丸老人每天去‘迷失之笼’送饭。玄遥与樱、卓藏不同，至今还活着。无论从浦登家族所接受的特殊定义，还是从世间普遍的认同上看，他的肉体还活着——依然活着。”

当时——我独自在庭院散步，看到了那个从“迷失之笼”出来的怪人——鬼丸老人。他手提带把手的黑色盒子。盒子里面装的是给玄遥的水与食物吗？还有……

“玄遥依然活在‘迷失之笼’中，今年已有一百一十岁了。鬼丸老人照顾他最基本的饮食，除此以外，恐怕是任其自生自灭。一般来说，在没有一缕阳光、空气也污浊的肮脏地下牢房之中，宛如活死人的老人能生存十八年吗？”

被他这么一问，我再度轻喘一口气。

当时——我独自进入那栋建筑时，从铁门里面飘来轻微的气流，那是从地下的楼梯中飘出的臭气，令人作呕。那臭气潮湿、发霉或者说腐臭。啊，还有就是……

“玄遥现在还活着。”

玄儿重复道。

“今后，他也许会一直活在那地下的黑暗中——怎么样，中也君？你不觉得这正是达莉亚的‘不死之血’发挥实际功效的有力证据吗？”

……当时的那个声音……

虽然很微弱，但我似乎听到过什么……有个人的声音从地下传来。那声音轻微而纤弱，犹如呻吟，令人不快。

难道那不是幻觉？难道那是依然活在地下黑暗中的玄遥发出的声音吗？那……

突然——

我感觉周围有点异常，胆战心惊地扭头朝背后看去。但是……

当然，这完全是心理作用。除了我和玄儿，屋内再无他人。在摇曳的微弱烛光中，只有那个画框内藤沼一成的幻想画浮现出来，让人觉得它的存在怪怪的。

“玄遥还活着。”

玄儿再三重复。我感到他的话语中充满了厌恶。

“我曾好几次溜进去，透过铁门上的小窗。亲眼见到当时碰巧从地下上来的玄遥。”

“那是什么时候的事？”

“第一次看到的时候是十四岁。最后一次，是什么时候的事儿来着……”

说着，玄儿慢慢从睡椅上站起来。他单手叉腰，仰望着天花板，仿佛要平复一下心绪。

“蓬乱丛生的白发与胡子满是污垢，呈现出腐醉的颜色。早已称不上衣服的破布贴在瘦骨嶙峋的躯干上。脸部消瘦得犹如木乃伊一般，满是丑陋的脓疮与疮痂，散发着恶臭。他应该发现我了，但却毫无反应地站着。他的眼神虚幻，从中看不出半分理智。他的口中发出的只是野兽般的呻吟，根本听不出那是人类的声音。那是个精神彻底崩溃、仅存行动能力的怪物啊！”

“怪物……”

“但是，中也君，那肯定是玄遥无疑。就是我的生父、第一代馆主玄遥。”

玄儿看着战栗不安的我，像是要将胸中郁结一吐为快般说道。

“如果你愿意的话，你可以亲眼去看看、亲手去感受一下，甚至可以采集他的血液进行验证。”

7

上午七点。

长夜已经过去。抛开真伪不谈，关于浦登家的众多谜团已经基本弄清楚了。玄儿曾对我许下“今夜知无不言”的诺言至此似乎也已兑现……不，**还没有**完全兑现。

还没有——我摇头否定。

还没有说出一切。还有一个在我看来是最重要的谜题、也是最迫切的疑问，玄儿没给出明确答案。

“为什么？”

我再次向玄儿提出这个疑问。

“为什么你要带我……”

玄儿迅速转过脸，好像不想让我说完。他没有坐回睡椅，而是默默走开。我站起来，注视着他。

“喂！玄儿！”

他既没理会我，也没有回头看我。而是慢慢地在房间里转了一圈，将烛台上的蜡烛依次吹灭。每吹灭一支蜡烛，那部分光明就被黑暗所替代。暗黑的墙壁。暗黑的天花板。暗黑的地板。暗黑的家具……黑暗粒子仿佛是从它们之中直接渗入空气之中。

但是，即便最后一支蜡烛被吹灭，房间也没有完全被黑暗覆盖。屋外的光线已经透过百叶窗的缝隙潜入室内。是的，天已经亮了。

“要出去了，中也君。”

与密室相通的翻转门上，藤沼一成的画依然对着这一侧。不知是忘了还是故意，玄儿没有将其恢复原状便走向通往走廊的门。

“累了吧。你最好先稍稍休息一下。”

“你不肯回答吗？”

我走到玄儿身边。

“为什么你要让我经历这种事？”

“经历这种事？”

玄儿扭过头。昏暗中他全身漆黑，仿佛是个平面黑影，我几乎看不清他的表情。

“你是说经历这种倒霉事吗？”

“我不想说‘倒霉’这两个字。你并没有恶意，也不想害我，对吗？”

“恶意、害你……嗯，我不想伤害你，所以谈不上后者。关于前者，那比较微妙。”

“或许有恶意？”

“这个……”

玄儿略微耸耸肩。

“什么叫作恶意？这个问题也很难回答。”

他说话的语气略带讽刺，但表情真诚，恐怕还有点悲哀。我不禁这么想。

“为什么？”我追问道，“为什么是我？为什么会是我？”

“你就这么不情愿吗？”玄儿反问道，“我没有征得你的同意，就邀你参加‘达莉亚之宴’。你在宴会上吃了极其邪恶、却能带来不死的‘达莉亚之肉’。对于这些，你就这么不情愿吗？”

“这……”

“如果我事先说了，你也不会答应，对吗？即便现在我已经解释一切，你一定仍然半信半疑，对吧？”

“那是幻想。”

我看不清玄儿，尽量表现得毅然决然。

“我依然这么认为。达莉亚太太与玄遥对不死的妄想与偏执产生了这噩梦般的幻想，仅此而已。这种幻想在这个奇异的宅子里一直被添油加醋、延续至今。”

“哦？”

“玄遥之所以仍活在‘迷失之笼’里，那也绝不是‘不死之血’创造的奇迹。可能他本来就能活到这么大岁数。虽说是一百一十岁高龄，但在这个世界上，不也有好几个如此年纪的人吗？并非绝对活不到这个岁数呀……”

“的确，你当然有这样解释的自由。”

玄儿既没有提高声音，也没有加重语气。

“不过，即便你现在否定，但总有一天你不会再这么肯定。因为你已经在宴会上吃了‘达莉亚之肉’。总有一天你会亲身……”

……这不可能。

这种事绝不可能——我摇头否定，但还是不禁用手抵住胸口。

左手绷带下被蜈蚣咬伤的疼痛依然没有缓和的迹象。右臂的肘内侧仍有轻微的不适。那是玄儿给我注射血液时留下的疼痛。

“我来回答你的问题吧，毕竟这是我们约好的。”

玄儿说道。

“父亲……不，柳士郎也曾说过，原本只有玄遥与继承了‘达莉亚之血’的浦登家的人以及与他们有婚姻关系的人才有资格参加‘达莉亚之夜’的宴会。公开声称应该偶尔允许例外的，就是这位柳士郎。实际上，他曾向野口医生发出过‘邀请’。

“为什么要允许例外？我没听到过明确的理由，但大致能猜出他的想法。我们不能忽略一个事实——他与达莉亚的联系原本不是通过血缘，而是通过入赘后吃了‘达莉亚之肉’形成的。而且，我觉得柳士郎或许感受到在浦登家的‘血’中有某种极限。所以他认为要导入‘外部的血’，而且不必拘泥于婚姻。说实话确实也是如此。你看这个家的现状——美鸟与美鱼天生畸形，阿清得了早衰症……

啊，不！或许，柳士郎想干脆断绝浦登家的血脉。”

“断绝血脉？”

“他对玄遥的憎恨挥之不去！他觉得达莉亚的‘不死性’可以通过‘达莉亚之肉’让选定人继承，希望索性断绝了浦登家族——即玄遥的血脉。或许这才是他的本意。”

在无法看清对方的昏暗中，玄儿从斜后方窥视着我。

“你明白了吧，中也君？我呢，也有类似的想法。随着我逐渐了解浦登家扭曲的历史与家史……我觉得这个家族的血液肮脏无比。而且我对通过男女交合生儿育女来继承血脉这种行为本身，也不禁产生厌恶。我体内也流动着污秽的血、邪恶的血。我不想让它传下去，想让它到此为止。这种想法不断膨胀、无法抑制。所以我对以妻子、孩子这种形式来增加同类的方式已经不感兴趣。在我误认为生身父亲是卓藏时，就有这种想法。等明白玄遥才是我的亲生父亲时，这种想法就更加……”

“那用人呢？”我突然想起来，插嘴问道，“柳士郎说的‘例外’之中，是否有这里的用人。对了，比如说鬼丸老人？”

“鬼丸老人吗？”

玄儿稍作考虑。

“有可能吧。据我所知，鬼丸老人没有在宴会上吃过‘达莉亚之肉’。不过可能在达莉亚生前，就已经直接从她那儿接受了‘达莉亚之血’。他本人倒是没说过什么。”

“其他人呢？他们究竟知晓多少关于‘不死’的秘密……”

“大致情况大家都知道。但是能较为深入了解的，除了鬼丸老人，大概就只有鹤子太太了。”

“小田切太太……啊！”

“据说十八年前的那场大火之后，她是被柳士郎直接选中、召入宅邸的人才。恐怕她起初就知晓不少，受到吸引才来的。”

“受到吸引？”

“是的。就是说她想得到‘达莉亚之肉’。她希望通过勤勉的工作，有一天能获得被授予‘达莉亚祝福’的机会。虽然目前还没实现。”

啊，难怪了……我现在才明白在“达莉亚之日”的那天晚上，带我去宴会厅的鹤子临走时那目光的含义。

端正白皙的脸上毫无表情。目不转睛地盯着我的手的那双眼睛、那神色、那目光……锐利得让人感到刺痛，似乎非常恨我一般。

难道那正是她对我的嫉妒、憎恶，还有愤怒的表现吗？为什么要撇开常年在这个宅邸中忠实服务的自己，而邀请几个月前才认识玄儿的同学来参加“达莉亚之宴”呢？当时，她的目光中包含着这种无处发泄的愤慨。

“……为什么？”我又忍不住问道，“为什么选中的是我？为什么偏偏是我？”

“因为我们相遇了呀。”

玄儿静静地将双手抱在胸前。

“今年春天遇到你之后，我……”

我目不转睛地注视着支支吾吾的玄儿。

光线很暗。依然看不清他的表情。玄儿可能也看不清我——我现在到底是什么表情？这突然而至的疑问唤起我莫名的不安与混乱。昏暗之中，我甚至不清楚自己的表情，我甚至失去了内心的感受。

“我不是说过，在你身上看到了自己的影子吗？”

在短暂的沉默后，玄儿继续说道。

“当然，你一度失忆的状态也是原因之一。但那只不过是个契机。在你完全恢复记忆之后，我对你的感觉依然没变。用语言来解释非常困难。不过，怎么说呢？中也君，我觉得你和我的‘存在形式’相似。”

“存在的形式？”

真是种令人吃惊的表达。我无法接受，慢慢地摇了摇低着的头。

“就算你这么说，我还是不明白……”

“美鸟与美鱼不是也说过吗？你是猫头鹰，我是鼯鼠。我们都是夜行动物，都能在空中飞……我们是**同类**。她们的直觉与洞察力真是敏锐。‘存在的形式’类似——这是我出生后，第一次对别人有这种感觉。虽说我离开这里去东京生活，但不知为何，对我而言世界的轮廓一直**暧昧模糊**，甚至可以说一切都不真实。我常常想或许经历了十八年前的‘死’与‘复活’，我内心的一部分已经死了。

“在那种状态下，我与你相遇了。从事故发生当晚照顾昏厥的你开始，我就觉得在你身上看到了自己。在依然模糊的世界里，我清楚地看到了你的轮廓。你是真实的。无论那时，还是那之后，你都是那样真实……”

“……”

“所以，我才带你来了这里，成为我以及我们中的一员。将‘达莉亚的祝福’也授予你，作为共同拥有永远的伙伴，和我、我们一起……”

我目瞪口呆，无法回应。

所灭亡者

可是我心

不知为何，中原中也的那首诗与玄儿的声音重叠起来，再次渗入我的大脑中，并随着阴沉的余韵渐渐消失。

所灭亡者
可是我梦

“你讨厌我吗，中也君？听完了这一切，你讨厌我吗？”

对于这个突如其来的问题，我依然无法回应。片刻后，玄儿叹口气，放开抱在胸前的双手。

“我不想让你产生不必要的误解。我提议你可以和美鸟与美鱼中的一个或者和她们两个结婚，那并非完全是开玩笑。”

“干吗突然又……”

“要是你真这么做，我就太开心了。这是我的真实想法。中也君，怎么样？”

“这个……不行啊！”

我加重语气抗议着，同时向后退了一步。

“我并不讨厌玄儿。既不想讨厌你、也不想被你讨厌。那姐妹二人也是如此……不过，我已经有未婚妻了。”

“这个，你不用多说我也明白。你用不着太认真。”

玄儿向我的方向迈了一步。

“不管这次的事件结局如何，我想你都会离开这里。我也不打算挽留你。不过——”

玄儿和刚才一样从侧面窥探着我的表情。而后，他以低得似乎只能令漂浮在我们周身的黑暗粒子振动的声音悄悄说道：

“即便你暂时离去，我知道你终究还是会回来的。不管你现在怎么否定、怎么拒绝，总有一天你会接受一切，回到这里。我们有的是时间。即便是十年、百年，我都会等你……”

“请别说了！”

我小声喊道，又向后退了几步。心跳快得离谱，左手被蜈蚣咬伤的地方也骤然疼痛起来。

“我才不会……”

“明白，我明白的。”

玄儿像蝙蝠一般张开双臂。

“今天就到此为止吧。你累了，也需要一个人静一静。”

玄儿慢慢放下手臂，转身向门口走去。我看着他移动的黑影——

突然，我又陷入噩梦般的幻想之中。

昏暗中，玄儿的双眸仿佛被注入鲜血，变成刺眼的鲜红色。好似……对了，好似那个怪诞电影中的吸血鬼一般！

第二十四章　明暗分裂

1

正如玄儿所说，我累了。我也知道自己的身心都已接近极限。

从十八年前的案发现场出来后，我们离开西馆、回到北馆。时间早已过了七点半，几近八点。屋外的光线从各处的缝隙透射进暗黑馆。但是，天空依然阴沉沉的，远不像是台风刚过去的样子，光线仍很微弱，宛如黄昏时分。

进入北馆后，我们分开了。玄儿往西侧的边廊走，说再去望和姨妈的工作室看看，确认一件事。

事到如今还要确认什么呢？虽然我很在意，但是没有问他。我已经非常疲惫，心想哪怕暂且先回东馆二楼的客房小睡片刻也好。

与玄儿分开后，我拖着沉重的脚步走在东西横贯北馆的主走廊上。途中，我隐约听到八音盒的声音，可能是游戏室里的自鸣钟在报时吧。因为是上午，那可能是《黑色华尔兹》的曲调……

与游戏室相邻，位于主走廊南侧中央的沙龙室半开着一扇门，但里面似乎没人。难道宅子里的人还没起床？我边想边继续向前走。周围一片寂静，突然，传来音乐声。这不是八音盒，而是钢琴声。有人在前面的音乐室弹奏钢琴。

美鸟与美鱼那对双胞胎的面容顿时浮现在我的脑海里。那不是前天傍晚听过的萨蒂的《吉诺希安》，而是一首我不知晓的曲子。节奏舒缓、略显灰暗（……**他**知道这是舒伯特的曲子），但没有那样阴郁、倦怠，带有悲剧性的哀切感（……弗朗茨·舒伯特的《第二十号A大调钢琴奏鸣曲》的第二乐章）……

向左拐到东侧边廊上，便是音乐室的入口。和前天傍晚一样，那左右对开的黑门稍稍留有空隙。

当时，我在这儿被从对面房间里出来的望和叫住，但现在她已经离开这个世界。这么一想，我突然感到十分凄然。

死是无法理喻、不可理解、异常残酷的现象吗？

望和死了，留下本该先她而去的儿子阿清。只要不发生“复活”的奇迹——玄儿所说的“不死性”的第二阶段，她就不会再出现在我的面前。她不会再游荡于宅子里寻找阿清，也不会再感叹他的不幸而强烈自责。死是残酷的，但换个角度看，她的内心是否能因此而平静？

我蹑手蹑脚地靠近音乐室房门，悄悄望向透出微弱光亮的房间。

在自己左手一侧的房间深处放着黑色的三角钢琴，其表面也被小心翼翼地加工成毫无光泽的样子，以免映出人影。键盘在屋子里侧，那对双胞胎并排坐在椅子上。

两个人丝毫没发现我在偷窥，非常认真地弹奏着。她们的弹奏谈不上出类拔萃，时时走调或停顿，并且时常重复弹奏一处。由此可以判断——她们可能在尝试新的曲子。

瞬间，我想和她们打个招呼。因为有件事很想问她们，也必须问她们。但是，我随即决定暂且不问。我太累了，而且还没有理清头绪，也下不了决心。

——我们可是合二为一的呀。

——所以，中也先生，你就和我们结婚吧。

我想起了昨天在她们卧室里，突然遭遇她们求婚的事。内心因此奇怪地骚动起来。

——然后，我们永远在一起……好吗，中也先生？

——永远在一起……好吗，中也先生？

我离开音乐室，向东馆走去，身后传来时断时续的悲伤旋律。当我自设有电话室的那个小厅出来时，已然听不到钢琴的声音，但内心的骚动却难以消退。

独自回到东馆后，我先去洗手间上厕所，然后洗洗脸。我站在那个装上不久的镜子前，发现脸色比想象中还要憔悴。

面容苍白，犹如被吸了血一般。眼睛下面略微有点眼袋。也许是心理作用，脸颊显得有些消瘦。头发蓬乱，胡子拉碴，更让自己像是个重病患者。

我不禁重重地叹了口气。

我连梳头、刮胡子的力气都没有，用冷水润润干渴的嗓子，拖着沉重的脚步，又回到走廊上。这时——

“啊，中也先生。”

传来意外的喊声。我停下脚步。

“果然是中也先生……”

走廊的门开着。美鸟与美鱼站在那里。两个人迈着小步，步调一致地走到我身边。

“中也先生，刚才你去音乐室了吧？”

右侧的美鸟说道。

“中也先生，你去了吧？”

左侧的美鱼重复一遍。

我差点儿语无伦次，好容易才镇静下来，问道：

“你们发现了？”

“无意中发现了。”

“可不是嘛。”

“以为你会听到最后，所以才继续弹的，可是……”

“听一半就走开了。中也先生，好过分哦。”

“啊，我没有那个意思。”

“反正我们弹得还不好。没关系啦。”

既然美鸟提及，我便顺势问道：

“那是萨蒂的联奏曲？”

“不是。是另一首曲子。”

“那是舒伯特的钢琴奏鸣曲。你不知道吗，中也先生？”

美鱼问道。我摇摇头，表示“不知道”。

“后半部分很难。鹤子太太弹得很好，我们就有些勉强。”

“或许妈妈弹得更好。”

“谁知道呢……”

今天早晨，她们穿的不是和服，而是洋装。黑色的长袖衬衣配上黑色及膝的裙子。衣服依然在肋腹部缝合在一起。这是我第一次看到她们穿黑色衣服。这是为被害的望和服丧吗？

“中也先生，你去哪里了？”

美鸟问道。美鱼接着问道：

“是啊，是啊！你没在玄儿哥哥的卧室里……”

“是和玄儿哥哥一起去了什么地方吗？”

“是啊。是的，去了好几个地方。”

我低着头，含糊其辞。

“我听玄儿说，在我不省人事的时候，你们一直在我身边——谢谢！”

“我们很担心你啊，中也先生！”

美鸟说道。

“蜈蚣咬过的地方还疼吗？”

“虽然还有点儿疼……不过已经没事了。这辈子我都不想再看到蜈蚣了！”

“玄儿哥哥告诉你这个宅子的详细情况了吗？”

美鱼发问了。

“是的，说了一些。”我又含糊其辞，随即反问起来，“你们没有睡吗？”

“想睡的，但一会儿就醒了……”

“有很多问题放心不下，睡不着……”

“是吗？”

我没有再说下去，默默地在走廊上走着。她们略显慌乱地追了过来。

“中也先生，你是不是累了？”

“中也先生，你要休息了吗？”

“是的。”

“先和我们说会儿话吧？”

“是啊，是啊。和我们说会儿话吧，好吗，中也先生？”

我们正好走到舞蹈房门口。她们两人推开门，抓住我那毫不反抗的双手，把我拉了进去。对于她们的这种行为，我觉得与其说是任性，倒不如用天真形容更为恰当。

宽敞的舞蹈房内十分昏暗，只有透过百叶窗的缝隙照射进来的微弱光线。她们只开了一半的灯，将我拉到屋中央，然后慢慢地从我身边走开，在黑红相间的地板上，踏起奇怪的舞步。那奇怪舞步与我第一次和她们相遇时所看到的舞步相同……

“中也先生，你喜欢跳舞吗？”

她们停下来，其中的一个问道。看见我傻乎乎的样子，两个人开心地笑起来。

“下次来玩儿的时候，我们一起跳舞吧！”

其中一个说道。

“到时候把玄儿哥哥也叫上，我们四个人一起跳。让鹤子太太弹钢琴。

“好吗？”

“好吗，中也先生？”

“一定很开心！对吧，中也先生？”

“啊……是、是啊！”

我不能断然拒绝，只能含糊其辞。她们满足地微笑着，又静静地向西侧、即面向庭院的墙壁走去。走了几步后，同时转过身。

“在这里……”

美鱼说着，将右手放在耳后。

“在这里经常能听到幽灵的声音哦。”

“幽灵的声音？”

我猛然想到了什么，但还是觉得不解。

“真的吗？”

“是真的哦。这里能听到栖息于宅子里的幽灵的声音。对吧，美鱼？”

“是的。有男人的声音，也有女人的声音，各种各样的声音都有。”

“这里是老宅子，所以有各种各样的幽灵。”

“这么说的话，或许我也听到过。”

我坦白地说起来。

“第一次在这里碰到你们的时候。虽然这里没有旁人，但不知从何处隐约传来嘶哑的声音。”

“是男人的声音吗？”

美鱼问道。

“嗯，可能吧。”

“那就是男人的幽灵。有的哦，我也曾听到几次。”

“幽灵……你说的是真的吗？”

她们的脸让我想起美丽的洋娃娃。我看着她们，非常认真地问道。

“真有那种东西？”

她们似乎觉得可笑般咯咯地笑起来，笑声清脆剔透。

“开玩笑的，中也先生。”

过了片刻，美鸟说道。

“这个世界怎么可能有幽灵嘛。”

“就是嘛，怎么可能有嘛。”

美鱼附和道。

“中也先生，你相信有幽灵？”

“不是的，那个……”

我缓缓地摇摇头。

“那么，那到底是什么声音？”我反复问道，“事实上，那也是我亲耳听到的。和你们第一次相遇之后，我还在这里听到过一次。”

“中也先生，你听到的那个男人的声音一定是我父亲的声音。”

美鸟回答道。我依旧不解地问道：

“那是柳士郎的声音？”

“是的。你碰巧听到父亲与南馆的某个人说话呀。”

“为什么我能听到这样的声音？”

我稍稍加重语气。

“为什么？”

“是传声筒啦。”

美鱼回答道。

“穿过天花板的传声筒年代久远，有所损伤。有了损伤就会有裂缝。所以，父亲的声音——在西馆起居室的父亲与南馆的某人通话时的声音就从那里漏出来。有时，我在这儿也能听到。”

“这座宅邸建造之初就有了传声筒。那样的老设备肯定到处都有损伤。”

“如果是女人的声音，那就是鹤子太太或者忍太太。”

“这样啊。”

我用力点点头。对了，前天，危在旦夕的蛭山丈男被抬到南馆那个诸居母子曾住过的房间时，那个房间就有像“牵牛花”一样的喇叭形器具。

“除此以外，还有几个地方能听到幽灵的声音。”

“没错没错。如果突然听到，真的会以为是幽灵。”

“原来如此……”

……是吗？我终于想起来了。

昨天，在检查完蛭山的尸体与犯罪现场后，我与玄儿、野口医生三个人去北馆的途中，在客厅遇到阿清。当时，阿清与玄儿之间的奇怪言行或许也是……

在我独自思考之时，双胞胎的身影自我的视野中消失。两人躲到墙角的那座屏风后面。难道她们想重现首次相遇时的情景吗？

“这边啦，中也先生。”

美鸟自屏风右侧探出头来。

“是这边哟，中也先生。”

说着，美鱼自屏风左侧探出了头。

我向屏风走去，脸上的微笑僵硬。虽然只过去了两天，却不知为何怀念起那一日、当她们边说“我们是螃蟹”边自屏风后面走出来时，我心中的那份震惊与冲击。

“喂，中也先生。”

“喂，中也先生。”

我刚走到屏风前，她们便自左右两边探出头，突然同时尖声问起来。

“是谁杀死了望和姨妈？”

“是谁杀死了望和姨妈？”

2

是谁杀死了望和姨妈？

她们突然提出问题，令我不禁感到更加矛盾。理性与情感、逻辑与情绪、客观与主观、否定与肯定……众多的对立项交织在一起，搅乱我的内心。

尽管我一时无法回答，但尽量显得镇静，以免被她们察觉出我内心的骚动与狼狈。我不知道效果到底如何，至少她们对我的哑口无言并未表现出过分的疑惑。

“喂，中也先生。”美鸟说道，“谁杀了望和姨妈？你和玄儿哥哥不是捉拿凶手的侦探吗？”

“喂，中也先生。”美鱼也说道，“还不知道凶手是谁吗？有大致的嫌疑人选了吗？”

“你们呢？”

她们美丽的脸庞仿佛从一个模子里刻出来。我轮流看着她们，反问起来。

“你们怎么想？”

“我们……”

“我们……”

“关于杀害蛭山的凶手，你们曾经怀疑忍太太和阿清。望和这件案子，你们也那么怀疑？”

“怎么会？”

“怎么会？”

两个人异口同声，眼睛圆睁。

“两起案子的情况完全不同。”

“阿清应该不会杀死姨妈的。”

“我觉得阿清真心喜欢姨妈的。”

“也不是忍太太呀。”

“我觉得忍太太也没有很讨厌姨妈。”

“那你们觉得两件案子的凶手不是同一个人吗？”

“那也不是。姨妈与蛭山先生都是被勒死的……作案手法相同，不是吗？”

“因为是同一个凶手，作案手法才会相同嘛。”

“也对——即便如此，你们觉得望和与蛭山的‘情况完全不同’，对吗？”

我试着套她们的话。她们二人全部用力地点点头。

“因为望和姨妈是家族成员；而蛭山先生是用人，也是外人。”

美鱼回答道。

“而且姨妈和我们一样，是受到特别祝福的人；蛭山先生只是普通人。”美鸟接着说。

我问道：

“所谓‘特别祝福’是指像你们或是玄儿那样，继承了达莉亚太太的‘不死之血’吧。总而言之，首先在这一点上，望和太太与蛭山先生是不同的，对吗？”

“是的。”

“就是这样。不过，中也先生，你已经和我们一样了……”

“那是因为我在‘宴会’上吃了‘达莉亚之肉’吗？”

两人露出天真无邪的笑容，一起用力点点头。

望和与蛭山的情况不一样——玄儿也说过类似的话。望和被害与蛭山被害，两者意义不同。他好像是这么说的。当时，我就对那种说法感到别扭……是的，关键就在于此。

并不仅仅是家族成员与用人、亲人与外人这个层次的问题——

在他们看来，蛭山与望和的**生命重量**原本就截然不同。一个是受到“达莉亚的祝福”的人，一个是没有受到祝福的人；一个是不死的生命，另一个则并非如此——正如玄儿所说，虽然同是遇害，“意义”却大不相同。

我重新回想、比较浦登望和与蛭山丈男的死状。

杀人手法确实相同。蛭山被裤带勒死，望和被围巾勒死，两者均死于绞杀。案发现场都在宅子的房间之中。凶手都是在没有第三者目击的地方行凶。但是……

一个是即使不动手，也迟早会死的蛭山。

一个是如果不动手，就绝对不会死的望和——宅子里的人坚信这一点。

也可以用这样的说法来比较两个遇害者。

蛭山只有短暂的未来，望和却本应有无尽的未来。在某种意义上来说，那是两条性质截然不同的生命……凶手却用同样的方法，夺走了他们的生命。

凶手究竟为何杀他们？凶手为何一定要杀他们？

借用玄儿的话来说，这是“凶手内心深处的问题”。“正是在他人无法窥知的内心深处，才隐藏着真正重大且切实的邪念。”的确，我也是这么认为的。不过，所谓的重大且切实的……那到底是什么样的“邪念”呢？

“还是那个人可疑呀。”

美鸟开口说道。

“对，还是那个人。”

美鱼附和着。

“那个人？”我问道，“你们说的可疑的人是谁？”

随即，两人异口同声地回答：

“江南先生呀。”

“江南先生呀。”

“啊？”

我不禁眨了几下眼睛。

“为什么他可疑呢？”

“因为……”

“因为呀……”

“昨天我们去客厅和他聊了一会儿。不过……”

“他什么都没说。”

“擅自闯入本身就可疑。”

“很可疑呢。”

“他是陌生人嘛。”

“也许他并没有丧失记忆。”

“也许他能说话。”

“那全是演戏。或许他原本就是来做坏事的。”

“或许他精神失常。”

“是杀人狂。”

“对，杀人狂。”

“唉——是杀人狂啊？”

为了不让她们听到，我悄悄地叹了口气。

“嗯，或许他的确是个可疑人物，但是……”

但是——我在心里默默反驳：在研究蛭山遇害的情况时，首先排除了江南作案的可能性。

在犯罪现场的那个南馆房间与储藏室之间有扇暗门。凶手事先知道，并从那里出入。作为不速之客的江南不可能事先知道暗门的存在。他应该不知道。所以……

当我默不作声的时候，她们都把头缩回到屏风后面。随即，她们又慢慢地，从屏风左侧走了出来。

“中也先生，你怎么想？”

“中也先生，你怀疑谁？”

美鸟向左、美鱼向右，各自歪着小脑袋。

“这个嘛……”

我将目光从异形的二人身上移开，缓缓地摇了摇头。

“我还没有疑犯的人选……”

撒谎！我在心里默默说道。

“我还没有疑犯的人选……”——这是在撒谎。

我怀疑——

和玄儿再次研究了望和被杀的现场后，从那个壁炉暗道进入红色大厅研究凶手时，我就一直在怀疑，怀疑**眼前的这对双胞胎姐妹才是真正的凶手**。美鸟与美鱼，她们才是杀害蛭山与望和的凶手。所以我才会感觉别扭。

“是你们杀的吗？”这就是我“必须问她们的问题”。我想无论她们怎么回答，如果仔细观察她们的反应，就能多少获得一些切实的感受。但是——

最终，我没能问出口。除了不敢去问之外，还有一个原因就是现在我身心疲惫，不知道自己能否很好地观察她们的反应。

“对了——”

我岔开话题，我还想问她们一个与凶案没有直接联系的问题。

“我一直想问你们一个问题。美鸟小姐、美鱼小姐，你们——”

“我们？什么？”

“我们什么，中也先生？”

两个人依然歪着小脑袋，不解地反问着。我索性单刀直入地问道：

“今后，你们依然保持现在的状态……就是说你们会像现在这样，身体相连地生活下去吗？”

“什么意思？”

“什么意思呀，中也先生？”

“什么‘什么意思’……你们不打算接受外科手术，把身体分开吗？”

“分开？”

美鸟打断我的话，声调高得像是在喊叫。与此同时，美鱼也是相同反应。

“分开我们？”

尽管被她们吓了一大跳，我还是继续说下去：

“野口医生也说过呀，你们共有的器官并不是很多，分离手术绝非难事。如果这样……”

“我们要被分开吗？”

“我们要被分开吗？”

两人的反应强烈得超乎我的想象。不仅发出了犹如喊叫般的声音，脸色也跟着变得苍白，睁得大大的眼眸之中噙着泪花，嘴唇微微颤抖、似乎因恐惧而战栗……这些充分说明我的话语给她们带来巨大冲击。

“我觉得你们不能一辈子都连在一起。”

我直视着她们，尽量保持平静的语调。

“今后，你们或许要到外面的世界去。这样才会与别人相爱、结婚。这样看来，像现在这样还是……”

“不要！”

“不要！”

开始，两个人小声地回应。我一说“可是”，她们的声调也高起来。

“我不要！”

“我不要！”

我刚要再说“可是”，她们突然放声高喊起来。

“我才不要！”

“我才不要！”

那声音听上去犹如吼叫一般。

美鸟的左手环住美鱼的右肩。美鱼的右手环住美鸟的左肩。二人相对紧拥，不停地摇头。乌黑光亮的头发被摇得乱舞。

“绝对不要！”

“绝对不要！”

“你说的是多么可怕的事啊！”

“你们说的是多么可怕的事啊……中也先生，还有野口医生！”

“我们可是合二为一的呀。”

“我们永远合二为一的呀……”

这对双胞胎姊妹激烈地反对着。她们带着哭腔，大声喊道：

“我们不想被分开！”

“我们不想被分开！”

“要是被分成两半的话，我们宁愿去死。”

“是的。要是分开了，索性死掉的好——”

我十分狼狈，做梦都没想到她们竟会如此反应，甚至有点后悔提出这个问题。同时，我突然想起野口医生在说到她们的分离手术时说过的一句话。

——据我所知问题不在身体，而在于她们的精神上。

不在身体，而在于精神……

原来如此。原来是这么一回事儿呀。

我只得傻站在那里，看着她们二人紧紧相拥，俨然不愿被分开的架势。

3

我总算将那对惊慌失措的双胞胎稳住，随即独自逃离了舞蹈室，回到二楼的客房。当时已经是八点半。

看到她们的反应，我终于明白野口医生说的“问题不在身体，而在于精神上”的意思。也就是说相比先天性肉体的粘连，更为困难的是如何解决两人心理上的粘连。

之前，忧虑她们未来的柳士郎与野口医生肯定提出过分离手术的外科方案，但毫无疑问的是她们都像刚才那样强烈地抗拒。

——我们可是合二为一的呀。

——我们永远合二为一的呀……

是的。在她们看来，这不是什么比喻，而是应有的形态。

她们作为让野口医生惊叹的“完全的H型双重体”来到人世，在这个封闭的宅邸中，她们极其自然地接受了自己的奇异形态。在成长过程中，没有产生自卑感与受歧视的意识，正因为如此，她们才会如此激烈抗拒。不仅是肉体，她们在精神上也早已合二为一，难以分开。

合二为一的身体。

合二为一的精神。

因此，对于她们来说，“分开相连的身体”可能比“死”还要恐怖。而且，恐怕没有人、也应该没有人有权以将来为理由，强行对她们实施分离手术。所以……

她们要保持现在的样子度此一生吗？即便十年后、二十年后……不，即便一百年后、二百年后，继承达莉亚“不死之血”的她们永远会这样……啊，不，不对！**不能这样，我不能陷进去**。

我慌张地摇摇头，用手拍了拍双颊。

不能这样。

我不能陷进去。

玄儿围绕“不死”讲了许多。或许我应该把那些话看作是浦登家族的共同幻想而抛诸脑后。现在，我必须在此基础上进行思索，让那一不小心就可能被混沌吞噬的内心平静下来，尽量客观地再度审视凶案——

我坐在床边，从旅行包里拿出一盒香烟，拆开封口，思索起来。

我——

我怀疑美鸟与美鱼二人。

我怀疑她们可能就是杀害蛭山与望和的凶手。

这是在研究了各个事件的状况后，得出的一个逻辑性结论。

让我再整理、确认一下。关键在于两起凶杀案中都存在着“暗道问题”。

在第一起凶案——蛭山丈男遇害的案件中，凶手利用储藏室的暗门出入犯罪现场。因此，**凶手是事先知道那扇暗门存在的人**。这是第一起凶案中的“凶手条件”。

在第二起凶案——浦登望和被害的事件中，尽管休息室的壁炉内有暗道，凶手还是打破窗户玻璃，逃入隔壁的红色大厅。因此，**凶手是不知道壁炉中有暗道的人**。这是第二起凶案中的“凶手条件”。

除去被害的望和，满足第一个条件的有十三个人，分别是住在这里的浦登家族成员——柳士郎、美惟、征顺、玄儿、美鸟与美鱼、阿清，以及这个宅邸里的用人——鹤子、宍户、鬼丸老人、忍与慎太母子，还有身为来访者的野口医生。

另一方面，满足第二个条件的或者有可能满足的有六个人：我与江南、慎太、茅子与伊佐夫，还有野口医生。

因此，同时满足两个条件的只有慎太和野口医生。但是，在第二起凶杀案中，野口医生有不在场证明。而慎太从年龄与能力上考虑，也无法行凶。于是，疑凶就一个都没有了。

至此，我们的推理遇上暗礁。

可是，当时我想到了**另一种可能性**。即——

在第二起凶案中，尽管壁炉中存在暗道，但凶手还是打破玻璃窗、逃出房间。要是使用暗道，应该更容易逃出去，可凶手却特意打破玻璃，甚至还冒着别人听到窗户破碎声响的危险，毅然从窗户逃出。

我们将这解释为“凶手不知道暗道的存在”。**果真如此吗**？

或许事实并非如此。或许凶手其实知道那条暗道的存在。**尽管知道，但还是放弃了从那里脱逃**。

凶手为何要采取那样的行动呢，凶手为何非要那么做不可呢——我想到了某种**可能性**。

凶手知道那条暗道，可是并没有从那儿走。为什么呢？会不会是因为凶手**即便想从那儿走、也走不了**呢？

这不是知道不知道的问题，而是凶手在**客观条件上**能否做到的问题。

壁炉中的方形暗道长宽六七十公分，仅供一个成人勉强爬行通过。相反，如果打破壁炉上方的窗户，两个成人可以轻易地并排通过。

凶手可以从窗户处逃脱，但无法从暗道逃脱。这是因为**暗道狭窄**、无法通行，也就是说凶手的体形不一般。比如说像美鸟与美鱼那样、合二为一的特殊体形。

在第一起凶案中，即便是她们那样的体形，如果像螃蟹一样横着走，应该能比较容易地通过那个储藏室里的暗门。但是，在第二起凶杀案中，她们却无法利用那条暗道，即便知道它的存在，作为连体的客观条件来说，她们也无法通过。

这样一来，根据逻辑推理，自“暗道问题”推导出的答案表明这对双胞胎姊妹就是凶手——是的，就是这样。

玄儿到底有没有发现这个事实？虽然我觉得以他的智慧不可能完全没有注意到，不过……

我将香烟叼在干涸的嘴唇上（这褐色的过滤嘴是……**他**现在才注意到这一点），点上火（那与客厅里的那位年轻人是同样的……）。可能是好久没抽烟了，渗入体内的尼古丁在给我带来轻微眩晕的同时，也让我有点恶心想吐。

我以半自虐的心态沉醉在这不知是舒服还是不舒服的感觉中，继续思索着——

我——

我怀疑她们。我怀疑她们杀害了蛭山与望和。虽然我不想怀疑，但还是禁不住要怀疑。

如果通过“暗道问题”进行逻辑推理，凶手只能是她们。但与此相对，我难以打消这对美少女不会杀人的想法。理性与情感、逻辑与情绪……若干对立项依然在我心中交错着。

但是，就目前的状况而言，应该注重理性而不是感情，注重逻辑性思考而非情绪性判断——我明白这一点，十二分明白……

所以我只能认为凶手是美鸟与美鱼。我必须承认这种可能性很大。但是，即便如此——

可她们为什么非要杀死蛭山与望和呢？其动机到底是什么？

——据我所知问题不在身体，而在于她们的精神上。

我再度想起前天野口医生说过的话来。

不在身体，而在于精神上……

或许这句话里还有另一层含义。除了极度恐惧身体被分开、坚持“合二为一”之外，在其他方面，她们的精神会不会也有重大的“问题”呢？难道不能这样认为吗？

刚才她们用“杀人狂”形容那名叫作江南的年轻人。如果将此说法直接套用在她们身上……

我无法遏止自己不断膨胀的可怕想象。

隐藏在她们内心深处的“重大且切实的邪念”——恐怕是一种疯狂。因某种原因而显现出来的疯狂促使她们杀害了蛭山与望和。

关于杀害即便置之不理、早晚也会丧命的蛭山的理由，我觉得昨晚玄儿的说法可能是对的。行凶时，美鸟与美鱼并不知晓蛭山的病情已经严重到“朝不保夕”的程度。暂且不论动机，她们可能觉得“趁蛭山身体虚弱，借机下手杀了他”。

关于杀害望和的理由，那或许是疯子才会有的短路般的思维。比如为了将可怜的表弟从他母亲过分的挂念与干涉中解放出来……

我将烧焦了过滤嘴的香烟掐灭在烟灰缸中，脱去身上的对襟毛衣，摘下手表，同睡衣口袋中的那张“疑点整理”的便笺一起放在床头柜上后躺到床上。我觉得自己无法再坐着或是继续思考。刚躺下，我就感觉到全身的力量都被抽走，似乎就要沉入床里面。

左手被蜈蚣咬伤的地方以及右肘内侧的针眼交替疼痛。左手的伤处更为疼痛，但让我放心不下的却是右肘内侧的针眼。

那个注射器注入我体内的是他的——玄儿的血。这是异国魔女达莉亚的直系子孙玄儿的血，是浓厚地继承了玄遥那令人诅咒的基因的血。而他至今依旧在“迷失之笼”的黑暗中游荡。现在，那血液也在我的体内流淌……

——我觉得你和我的“存在形式”相似。

……啊，玄儿，你为什么要这么说？

——你是猫头鹰，我是鼯鼠。都是夜行性动物，也都能在空中飞……我们是**同类**。

……为什么玄儿选择了我？选择了这样的我？

——XX，那怎么成呢。

……妈妈？

——你可是哥哥，怎么这么皮……

啊、妈妈！我——我到底……

——喂，中也君！

——不许回嘴！

——你懂了吧，中也君？

——中也先生已经和我们一样了。

——要是万一有个闪失，怎么办？

——你能理解吧，中也君？

——是啊！中也先生已经和我们一样了……

……眼皮沉重。

怎么也睁不开眼。

如果现在闭上眼睛，恐怕用不了几秒钟，我的意识就会滑入睡眠中。滑入那可能没有一点梦境、完全被黑暗笼罩的睡眠深处。

这样好吗？可以这样吗？突然，强烈的不安与恐惧涌上心头。

可以这样睡过去吗?

如果现在在这里睡着，那么在等待我的黑暗中，自己的存在将发生某种决定性的转变吧。那种变化是因为在“宴会”中吃下的“肉”造成的。那种变化是因为被玄儿注入我体内的“血”造成的。那种变化无法逆转。那种变化即将令“我”不再是“我”。而且——而且我……

……眼皮非常沉重。

怎么也睁不开眼。

我无法抗拒，终于闭上眼睛。不出所料，短短几秒钟我的意识就滑入睡眠中。但在滑落的一瞬间——

我好像看到了——

在昏暗的紫红色空间之中，犹如蛛网一般张开的银色表链（……为什么会这样）。浮现在中心的圆形表盘(那块怀表在这儿……)——拥有罕见“幻视力”的画家藤沼一成画的那幅奇异风景（藤沼一成这个画家，好像……）为什么会在那里出现呢？它似乎突然散发出朦胧的白色光芒……

在睡眠深处，果然只有深沉的黑暗……

4

(……怎么回事?)

在“我”陷入沉睡后，依然保持清醒的“视点”的内心深处，**他**突然陷入巨大的疑问之中。

能动自律的意识渐渐自昏暗的混沌深渊中浮现出来，正在慢慢恢复功能。然而对于被“视点”捕获的“现实”，他还只能进行零碎的认识与思考，无法把握整体。在那种状态下——

（……怎么回事？）

这是怎么回事？**他**不断自问。

这种矛盾感是怎么回事？

通过“视点”，**他**一直注视着这“世界”中展开的一切。虽然还不能把握整体，但在某种程度上已经可以自觉地将这些作为认识或思考的对象进行回顾与选取。这样一来，疑问更加膨胀起来……

……这是怎么回事？**他**不得不重复自问。

这种矛盾感是怎么回事？这些四处散落的众多的矛盾感是怎么回事？

有的十分隐秘，有的则非常明显。如果意识如常，应该能立即明白其中的含义。但现在**他**还无法理解这众多的……

……比如说——**他**试着提取具体的问题。

比如说天气。

比如说颜色或形状，比如说名字及相貌，以及电影或电视新闻，比如说火山爆发或地震，还有风格怪异的建筑家与著名的侦探小说家……

除此以外，还有很多。

一旦开始思索，便从各种场景中相继发现各种问题，充斥在**他**那尚未完全恢复本来机能、依然处于忽明忽暗的不稳定意识之中。

5

“……中也先生，中也先生！”

这个尖细又有点沙哑的声音，将我从睡梦中唤醒。

“中也先生，请快起床！”

这是个熟悉的声音，尖细又有点沙哑……啊，是那个孩子——阿清的声音啊。

“快起来呀，中也先生！”

阿清站在床边，双手摇着尚未清醒的我。隔着睡衣，我感觉他的手掌小而硬，力气小得可怜。

“……啊！”

阿清察觉出我醒过来后，慌忙把手拿开。

“那个，那个……”

他扭扭捏捏地将双手放到身后，结结巴巴地说道。

我慢慢坐起来，揉揉眼睛，轻轻地晃了晃头。刚才似乎一直在熟睡，没做一个梦。

“怎么啦，阿清？”

得了早衰症的少年穿着黑色的长袖衬衣与长裤，头上依旧戴着灰色贝雷帽。昏暗的房间里没有灯光，我看不清他的表情。

“那个，中也先生。”

阿清战战兢兢地回答起来。

“玄儿让我……”

“玄儿……找我什么事儿？”

“他让我来叫你。他说你可能睡在这里，让我把你叫醒，马上去……”

“马上？”

“马上去北馆的沙龙室。”

“沙龙室……发生什么事儿了？”

我自言自语着，突然产生了一种莫名的不祥预感。

“难道又发生凶案了……”

我尖声说道。阿清摇摇头，说道：

“嗯，从外面来的那个叫作市朗的人在沙龙室里，玄儿好像在和他说着什么……”

“那个少年？”

据说那个名唤市朗的少年发高烧，睡在西侧的预备室。难道说睡了一晚后，他的身体恢复得能够回答玄儿的问题了吗？

“他希望你马上过去，还说他明白了很多事情。”

“谢谢！”

我正要起床，听到屋外传来微弱声响。我从床头柜上拿起手表，已经过了正午，算起来睡了将近三个小时。

“又下雨了？”

我看向紧闭的百叶窗。

“啊，是的。半个小时以前又开始下雨了。”

“暴风雨好像已经过去了啊！”

“雨并不是很大。不过整个天空都是乌云。”

莫名的不祥预感又抬头了。

“是吗？”

我低声应了一句。

“我要换件衣服，请稍等一下好吗？”

“好。”

我从包里拿出带来的换洗衣物，快速穿好后，将手表戴在右腕上。稍微迟疑一下，拿起扔在床上角落里的那顶礼帽。阿清在门边候着，我走到他面前，把帽子戴上后压得很低。

“玄儿喜欢这顶帽子。”

我微微一笑。

“那贝雷帽也很配你。”

“啊……是的。不过我……”

少年好像有点窘迫，低下“皱巴巴的猴子”的脸。

“没事吧，阿清？”

我静静地问道。

“令堂出了那种事。一想到你的心情，怎么说好呢，我就……”

“我没事。”

阿清低着头。

“不管我如何悲痛，妈妈也不会回来了。”

“征顺先生——令尊怎么样了？”

“他非常难过。”

“是吗……”

“爸爸一定很喜欢……很爱妈妈。”

这个回答坚强而老成，让人无法想象是九岁孩子说的。但越这样，我就越难过。据说，昨晚他还紧紧地抓着母亲的遗体哭个不停。一个晚上是绝对不可能摆脱那种悲痛的。

“对了，中也先生。”

阿清表情痛苦地问道。

“妈妈是替我死的吗？”

“替你死？为什么这么说？”

“因为妈妈总是说希望自己替我去死。”

“阿清，你的病并不会因妈妈的死而痊愈。你应该知道吧？”

“是的。”

“所以，替你去死的说法并不合适。令堂是被杀害的，你知道吧？

阿清没有任何责任，责任都在凶手身上。”

说着，我的脑海里越发浮现出美鸟与美鱼的样子。即便我现在不想考虑那对双胞胎姐妹是凶手的可能性，但怎么都打消不了这个念头。啊，她们究竟是不是……

“中也先生，我——”

阿清显得更加痛苦。

“我还是没被生下来的好吧。”

“说什么傻话呢。”

我不禁提高声调。

“人生下来肯定有他的意义。在这个世界，根本就没有什么‘还是没被生下来的好’的生命……”

……**不存在吗**？

这样的生命真的就不存在吗？可以做出这样的断言吗？

我一不小心脱口而出，但随即陷入极其自嘲的心境，无法接着把话说完——生下来的意义？这是一个既可以说有，也可以说没有的问题。究竟什么是有“意义”？是谁根据什么规定的“意义”——“还是没被生下来的好”的生命？我们无法谈论什么算“好”，**在这个世上肯定有很多那种例子，不是吗**？

当然，我不能在这里公开内心的这种想法。

我们走出房间，并排走在走廊上。

“阿清，你能告诉我一件事吗？”我问道。

“什么事？”

“昨天白天，你不是在下面的客厅遇到我们了吗？”

“是的。”

“当时，我们想先离开的时候，你不是突然吃了一惊，说起望和——令堂了吗？你说妈妈正在找你什么的，于是玄儿又回去安慰你……”

“啊，是的。”

“那是怎么回事？为什么当时你突然会……”

“这个嘛……嗯，因为当时那里传来了妈妈的声音——寻找我的声音非常悲伤。”

“可我什么都没……”

“啊，我想那一定是从传声筒里泄露出来的声音。这座宅邸很老了，到处都会传来其他房间里的声音。”

果然如此！我明白了。

当时，那里也传来了那对双胞胎所说的“幽灵之声”。西馆与南馆之间的传声筒也经过客厅的天花板上方，老化的传声筒上出现了一些小裂缝……

玄儿知道这一点，所以他估计望和在同样有传声筒裂缝的地方，便径直去了舞蹈房。

“原来如此。当时，我已经走到走廊上，所以听不到——还有一件事情，阿清。这差不多是同时发生的事情，还记得吗？”

“什么事儿？”

“当时，在听到令堂的声音之前，你不是说了些什么吗？”

“我？”

阿清一脸迷惑。

“我说了什么？”

“是关于那个叫作江南的事儿。好像你刚说起他，就传来了令堂的声音。”

“我想起来了，是的！嗯，那是……”

“哎呀，哎呀。这不是中也君与阿清吗？”

正在此时，一个沙哑的声音传过来。阿清闭上嘴。我们转过走廊，来到玄关大厅内的回转楼梯前。

声音的主人从前方左首一侧的客房中露出脸——是首藤伊佐夫。

6

“二位，你们好啊！我还以为台风已经过去了呢，谁想到天气还是不见好呀。”

不出所料，走到走廊的伊佐夫打扮邋遢：皱巴巴的衣服，蓬乱的头发，稀稀拉拉的胡子……脏脏的镜片也很惹眼。昨晚，恐怕他又睡在起居室的睡椅上了吧，就像前天第一次见面时那样。难道今天起床后，他又独自喝酒了？果不其然，他右手握着葡萄酒瓶。

“还别说呀中也君，你这样戴着那帽子，还真就有点已故诗人的味道。肮脏的悲哀……之类的。你不写诗吗？”

喝酒太多、烧坏了嗓子致使他的声音嘶哑吗？可是他向我们走过来的脚步竟然很稳，口齿也很清楚。

弄脏了的悲伤
没有希求、没有奢望
被弄脏了的悲伤
在倦怠中梦见死亡

“啊！这一段真是绝妙好辞。‘在倦怠中梦见死亡’啊！你也有这种想法吧？”

他不停说着，边说边走到我们身旁。

“我说，怎么样？”

伊佐夫略微压低声音问我道。

“吃了那‘肉’之后，身体发生了什么变化呀？”

“没有。”

我毫不客气地摇摇头。

“没有什么变化。”

“哦。需要时间发生变化吗，或者那变化无法令人察觉呢？”

伊佐夫耸耸肩，显得扫兴。他自右手的瓶子里直接灌下其中的液体后，又看了看阿清。

“你老妈真是可怜。即便吃了有魔力的‘达莉亚之肉’，被勒住脖子还是会死啊。不过会不会几天之后就会像吸血鬼一样复活呢？”

阿清没有回答，只是从我身旁躲到我的身后。我有点生气，狠狠地瞪着伊佐夫。即便醉了，也不能对刚失去妈妈的九岁孩子开这种玩笑呀！

“啊呀啊呀，抱歉抱歉。”

可能意识到我的愤怒，伊佐夫略显慌乱地挠着头。

“我完全没有亵渎令堂的意思。虽说是远亲，但被害的姨妈毕竟和我们有血缘关系。你别看我这样，其实也受到了沉重的打击。所以我从昨晚开始连酒都戒了。”

说着，他摇了摇葡萄酒瓶。

“这个里面，是水。”

原来如此。难怪脚步与口齿会如此正常——不过，即便降低血中的酒精浓度，这位自诩的艺术家的说话架势基本没有改变。换句话说，他不会因为喝酒而发生显著变化。

“对了，中也君，玄儿也叫你过去吗？”

伊佐夫又喝了一口瓶中的水。“你**也**”？难道玄儿也让他过去吗，还是已经去过回来了呢？

“我已经和那个小羔羊见过面了。”

伊佐夫说道。

“小羔羊……市朗？你已经见过他了吗？”

“是啊，见过了。”

伊佐夫脸上浮现出不自然的微笑。

“就是所谓的现场辨认。”

“现场辨认？”

我吃了一惊，反问一句。伊佐夫收起微笑，用力地点点头。

“那个叫市朗的小羔羊好像见过凶手的长相。”

“凶手……杀害望和的凶手吗？”

“是的。当时小羔羊碰巧潜入红色大厅，看到有人从犯罪现场逃出来。他只在一瞬间看到那人的脸，但感觉‘似曾相识’。”

“似曾相识？”

“就是说见过一次。”

“那就是说……”

那个少年似乎是二十三号晚上来到影见湖边的。他在吉普车内过了一夜后，翌日二十四号借那座浮桥来到岛上。当然，他确是第一次来到这里，以前应该也没与宅邸的相关人员接触过。那么，如果是他说似曾相识的话，那就是说**这个人是在他上岛后才见过**。

“幸好他说‘不是’我，我才能被无罪释放。那个少年显得非常害怕，我总觉得他的证词似乎靠不住。”

市朗到底看到了谁？

尽管我心里非常在意，但嘴上只说了一声“是吗”，便问起了其他的问题：

“茅子太太的情况怎么样？”

“啊哈，怎么样呢？”

伊佐夫皱着眉头，显得不太愉快。

“她可能已经厌倦独自卧床不起的日子了吧——对了，我们什么时候才能从这鬼地方出去啊？不是还得报警嘛！也该认真想想怎么出去了。你觉得呢，中也君？”

“嗯，的确如此。”

按照原定计划，我应该今天告辞的。好不容易来到九州，我本打算回东京之前，顺便回一趟大分的老家。

“对了，伊佐夫先生。”

我突然想起一个问题，一本正经地问起来。那个自诩为艺术家的伊佐夫也难得一本正经地将双手抱在胸前。

“今天早晨开始，我就一直在想一个问题，不知能否赐教？”

“哦，什么事情？”

“到底怎样才能证明恶魔不存在呢？”

伊佐夫好像有点吃惊，眨了几下脏镜片后的双眼。但他立刻哈哈大笑起来，打算转身回去。这时——

“啊，是中也先生。”

“中也先生，你起床了呀？”

那声音自楼梯下面传来。不需要低头确认，我就知道那是美鸟与美鱼那对双胞胎姊妹。

我心里不禁紧张起来。

她们也已经见过市朗了吗？她们已经结束了伊佐夫所说的“现

场辨认”吗?

“中也先生。”

“中也先生。”

她们开心地喊着，走上了宽阔的楼梯。

“中也先生。”

“啊，阿清也在啊。”

“畸形的小姐们驾到。”

我没有理会伊佐夫的玩笑，向楼梯的方向走过去。突然——

轰——低沉的冲击自脚下升起。与此同时，整个建筑摇晃起来，好似因那冲击而战栗一般。这是——

地震吗?又地震了?

念头一闪，我马上抓住楼梯扶手，蹲了下来。阿清也蹲了下来。伊佐夫走到墙边，手中的葡萄酒瓶掉落下来，咕噜咕噜地滚到黑色地毯上。楼梯下面传来双胞胎的尖叫声。

几秒钟后晃动停止了。同三天前的两次地震相比，这次的晃动并不是很剧烈。但在一段时间内，建筑物里四处都发出嘎吱嘎吱的声音。

“没事吧?”

我抓住扶手，站起身，向楼下看去。

“你们两个还好吗?”

美鸟与美鱼好像只差一步就到了楼梯转弯的平台处。美鸟伸出左手抓着左侧的扶手，美鱼伸出右手抓住右侧的扶手，两人蹲在一起。

听到我的问话后，她们抬起头看向我说道:

“没事，中也先生!”

“没事的啦。”

“好突然……吓死了啦。”

“地震好讨厌。”

她们各自放开手，站起身来，向上跨了一步，来到平台上喘着气。

然而——

这时，我注意到一件事。

在晃动停止后，各处的吱嘎声响待续了一会儿。其中一个声响至今还没有停下来。在这里的某个地方，有什么东西依然在发出不安的声音。

嘎吱……

嘎吱嘎吱……

这声响非常微弱，不仔细听根本感觉不到。这是什么声音呢？好似生锈的金属摩擦的声音。如果用更加形象的比喻来表达，这仿佛是这个建于明治时期的古老建筑本身忍受不了痛苦，发出的微弱的呻吟……

——这是什么声音？从哪儿发出来的呢？

我心里感到隐约的忐忑，上下左右地四处张望。不久——

我找到了声音来源，几乎同时也明白可能要发生危险情况。

“危险！”

我突然对平台上的双胞胎喊道。

声音的源头在于天花板上的大型吊灯。那盏没有开着的吊灯正好位于平台的正上方。地震平息后，仍然不稳定地摇晃着，悬吊如车轮大小的厚重灯具的链子发出令人不安的吱嘎声。

“危险！”

我再次喊道。

“离开那儿……”

吱嘎声变成了轻微的断裂声。而后，仅仅在两三秒内——

"啊！"

我喊道。

"快跑！"

链子断了，紧靠剩下的细电线无法承受灯具的重量。转瞬间，吊灯砸向平台。如果直接命中她们，后果不堪设想。可怕的巨响长时间震荡着昏暗大厅里的空气。

可能是我的警告奏效了吧。千钧一发之际，她们闪开身体，幸免于难。然而，因为躲避的惯性，两人又从楼梯上向外踩空一大步。

"啊！"

"啊——"

伴随着喊声，她们从我的视野中消失。

滚落下楼的巨大声响与断断续续的惨叫声交互传来……不久，则是一声更为巨大而沉重的声音。其中，好像还传来衣服撕裂的声音。

"美鸟！美鱼！"

我大声喊着两人的名字，边喊边跑下楼梯。吊灯那黝黑的残骸填满了平台的空间，灯泡碎片散落周围。我跳过吊灯，连滚带爬地下了楼。结果——

我看到难以置信的情景。

虽然我才活了十九年，但在迄今为止的人生中，没有比现在更惊讶的了。当时的场景始料未及，我精神恍惚地傻站在那里一语不发，不知道该如何是好。

自楼梯上滚落的美鸟与美鱼倒在玄关大厅铺有黑瓦的地板上。

美鸟的头对着我，俯卧在我右侧离楼梯最下层一米多的地方。美鱼的脚对着我，仰卧在我左侧离美鸟两三米的地方。

这是不可能出现的情景。

这对连体双胞胎一直说她们合二为一，现在却**一分为**二地倒在我面前。两人穿着与今早相遇时相同的黑色长袖衬衣与黑色过膝裙子，但从肋腹部到腰部被缝合在一起的那件衣服被无情地撕裂，本来应该合二为一的身体被一分为二——天啊，这是……

怎么回事？

这是怎么回事？

在她们身上发生了什么？到底发生过什么？

“荒谬！”

我喘着气。

“怎么会有如此荒谬……”

无论是俯卧在近前的美鸟，还是仰卧在不远处的美鱼，都倒在那里纹丝不动。滚落时头部震荡致使她们晕过去了吗，还是……

“啊！！！”

背后传来沙哑的声音。那是随我一起跑下楼梯的阿清的声音。

“天、天啊！！姐、姐姐们、她们……”

“啊！”

头上响起了嘶哑的声音。抬头一看，伊佐夫自二楼走廊的扶手上探出半个身体，俯视着我们。

“啊，这、这是怎么回事啊？小姐们一分为二了吗？这、这是怎么回事……真的已经……”

“哇——”

这次左后方又传来宛如野兽般的呻吟声。我回头一看，江南披着土黄色夹克站在那里。他可能是因为听到吵闹声感到吃惊，从客厅跑到这里来的吧。他看到美鸟与美鱼的这副样子受惊不小，但似乎还不能用正常的声音与语言来表达，只能发出这种野兽般的呻吟……

“姐姐，姐姐！”

阿清从我身边跑过，来到美鸟身边。

“美鸟姐姐，你还好吗？”

他将手放在俯卧的美鸟背上，叫了好几声“姐姐”。美鸟的肩膀微微动了一下。

“……啊，啊！”

美鸟双手撑地，痛苦呻吟着。她看上去像是出了毛病的牵线木偶一般。我看着她，总算能够行动起来了。

我走到阿清身边，扶起美鸟的手臂。那是她的右臂。扶她起来的一瞬间，那被无情撕裂的衣服与衣服里面的肌肤自然而然地映入我的眼帘……

我看到了——

在衣服裂缝下的雪白肌肤之上，有一处非常明显的大伤疤。那并非这次滚落事故造成的，显然是大型外科手术后留下的旧日伤疤……

“美鱼姐姐，你还好吗……”

她听到阿清的呼唤后，缓缓地动了动头，像是打算回答什么。但是，她突然睁开眼睛，挣脱我的手，去摸自己身体的右肋部。

“啊？”

她迷惑了。

她慌乱地转动着眼球，显得莫名其妙。

很快，她便慢慢地将头转向右边。当她看见那里什么都没有时，表情顿时从迷惑、狼狈转向混乱，进而变成恐惧……

“怎么……怎么回事？为什么……这……”

她仿佛梦呓般自言自语着，摇摇晃晃地站起来。

“这……怎么会，怎么会这样……美鱼呢？美鱼在哪儿？”

美鸟自言自语地问着，整个身体向后转去。

“啊——”

当她发现倒在不远处的自己的另一半身体时，双手猛地抓住自己的头发，喉咙深处迸发出疯狂的喊声。

“美鱼！美鱼！”

美鸟踉踉跄跄地跑到美鱼身边。美鱼依然摊开手脚仰卧在那里。她纹丝不动，依然双眼紧闭。只见飘散在地上的头发周围渗出了黑色的液体。好像头部出血了。

“不、不要啊！”

美鸟紧抓着美鱼大喊起来。美鱼依然没睁开眼睛，不过，从她痉挛般蠕动的嘴唇中传来微弱的声音。

“不要……不要啊！怎么会这样？怎么会这样？怎么会这样……”

从美鱼的衣服的裂口处，也可以看到和美鸟相同的白皙肌肤与大伤疤。美鸟抱起美鱼的上身，在她身旁以同样的姿势并排坐下，将身体靠过去，使衣服的裂口合在一起。从美鱼头上流下的血染红了美鸟的手和脸。但是，美鱼依旧没有睁开眼。两人的身体依旧一分为二，无法复原。美鸟哭喊着“不要，不要”。她披头散发，疯狂地哭喊着，让人觉得照此下去，她可能真的会疯掉。

我无计可施，呆立在那儿。

美鸟不停地哭喊。

阿清在我身旁惊慌失措。

美鸟不停地大声哭喊。

江南站在原地，惊得目瞪口呆。

美鸟不停地疯狂哭喊。

身后传来伊佐夫下楼的声音。

美鸟不停地疯狂大声哭喊……

美鸟的哭喊声不知何时是个尽头。突然，我觉得此时此刻所在的这个大厅本身，开始向潜藏于这个宅子所孕育出的黑暗之后的扭曲的异次元旋转变形。

第二十五章　正午的乌云

1

“这是六年前的事了。那一年，‘达莉亚之日’已过，正值深秋。她们二人即将迎来十周岁生日——”

说着，野口医生不安地摸着下颚的灰色胡须。

“她们——美鸟与美鱼二人在熊本的凤凰医院接受了分离手术。”

我、野口医生还有玄儿三人在东馆一楼的餐厅聊了起来。医生坐在长长的红木餐桌靠门一侧的位子上，我与玄儿并排坐在对面，相互隔着两张椅子的距离。

“将她们的身体分离，这已是讨论过多次的问题。我一直都认为那种外科手术并非是天方夜谭。综合考虑她们的结合程度以及其他各种条件，我认为即便手术难度很高，也应该不会有很大风险。

与此同时，我也非常犹豫。像她们这样健康而聪明的‘H 型两重体’，在世界上也是极其罕见的，夸张地说近乎奇迹。我心中有个强烈的想法：如果她们愿意，保持原状不也很好吗？”

也就是说，将她们分开很可惜吗？

我边在心中这样说道，边回想起前天野口医生就美鸟与美鱼的异常畸形侃侃而谈的样子。

“但是，根据她们的父亲柳士郎的要求，最终决定实施手术。就我而言，考虑到她们的将来，也认为还是各自分开比较好。柳士郎恐怕还有这样的想法——如果看到她们分开，持续昏迷的美惟或许内心也会发生一些变化。”

“当时，我也赞成。”

玄儿插嘴说道。

“当时，我是医学系三年级的学生，和现在一样，生活在东京。我在‘达莉亚之日’时回来了，父亲征求了我的意见。”

当他说出“父亲”这个词时，嘴角显得有些僵硬，这并不是我的心理作用。玄儿接着说道：

“虽然美鸟与美鱼都坚持不做手术，但考虑到今后的生活，我觉得还是……”

于是就不顾她们的意向，强行实施了分离手术吗？

地震。吊灯坠落。双胞胎的滚落以及分裂……噩梦般的喧闹已过去一小时左右。在我摆脱了暂时的茫然自失的状态，设法安慰狂乱的美鸟时，伊佐夫与阿清跑向北馆。不久，玄儿与野口医生赶过来，事态终于平息下来。

幸好美鱼只是晕过去，在玄儿他们赶来后不久，她就略微恢复了一些意识。野口医生诊断头部出血的伤口不会有性命之忧。但美鱼似乎还无法自行走路，所以我们暂且将她抬到门厅附近的会客室，即挂有藤沼一成那幅《绯红庆典》的房间，用沙发当床进行治疗。

期间，美鸟依然固执地不愿离开美鱼。医生注射了镇静剂后，她终于安静下来，但对外界的刺激变得麻木。很快，她因药力发作而沉睡过去，表情呆滞得犹如真的被抽去了灵魂一般。看到她的表情，我在怜悯的同时，不禁感到一丝毛骨悚然。

依照玄儿指示，我独自先来到这个餐厅。我抽了几支烟，只是觉得恶心。随后，玄儿带着野口医生来了。据说鹤子陪在那对双胞胎身边。首先由野口医生向不知真相、惊慌失措的我进行说明。这好像是玄儿的安排。

“执刀的人是我。”

野口医生依然抚摸着下颚的胡须说道。

“我尽量召集了最好的人员，以保证万无一失。当然，这是我第一次做连体双胞胎的分离手术，但有信心成功。作为外科医生，我技术还不错，而且事先也进行了充分的研讨。你刚才也看到了，手术很成功。两人被分开，各自拥有了独立的身体。

“但是，意想不到的事情发生在外科手术之外。她们的身体被成功分离，但彼此的心却比手术前结合得更为紧密。在手术结束、伤口痊愈后，她们也不愿承认自己被分开的现实。”

说着说着，红脸医生那光秃的前额更加红了。玳瑁镜框的眼镜后面，一个劲眨巴的小眼睛看上去有些湿润。

“无论是谁都一目了然，她们俩已经被分开。但她们依然穿着往昔那特制的衣服，不肯穿为她们分别准备的新衣服，好似两人依旧连在一起。当初那么做，或许是对违背她们意志、强行将她们分开的行为的一种对抗。但是，随着时间的流逝，那种行为不仅没有收敛，反而愈发严重……结果，她们真的开始相信**她们二人的身体还依然**

连在一起。

“不是这样的，你们经过手术已经分开，已经不连在一起了……不管我们怎么解释、劝导都收效甚微。她们根本不听，甚至连自己被迫接受分离手术这一事实都不相信。

“这样一来，这已完全是精神科的领域了。作为外科医生，我束手无策。虽然多次请专家来为她们做这方面的治疗，但是……”

但是，依旧没有满意的结果。没错。正因为如此，她们才会像现在这样……

医生说过问题“不在身体，而在于精神上”。这句话的真正含义就是指这个吗？六年前的分离手术之后，对自己肉体状态的认识，她们的内心已经损坏——疯了。

我终于理解了。我想起今早玄儿在西馆的“打不开的房间”中，有关野口医生的话语。

——嗯，让他矛盾的与其说是这个家的状态，还不如说是美鸟与美鱼的存在。

一方面，他毫不掩饰对她们的过分怜爱与执着，甚至将少见的那对畸形双胞胎姐妹的存在本身称为“近乎奇迹”；另一方面，尽管他亲自执刀，进行分离手术，去除了那种畸形，但却没能将两人从精神上分开。他对此感到非常遗憾。刚才他说话的样子能清晰地表明这一点。

正如玄儿所说，对美鸟与美鱼这一对双胞胎，这个医生的内心非常矛盾。

“那么，我……”

野口医生将手指伸入镜片下，轻轻地揉着眼角。他自椅子上站起来，说道：

“目前，不能完全交给鹤子太太负责，我先过去了。美鱼的伤势好像暂时稳定了，但还不能肯定。如果可以，我希望能尽快送她去医院。”

“暴风雨虽然过去了，但这里的‘孤岛’状况并无变化。”

玄儿回应道。虽然语气很冷静，却难以掩饰焦急的神情。

“我先报告父亲，不过最好您也去强烈要求。对于昨天的两起凶杀案，也不能再置之不理，必须设法尽快同外界取得联系。”

“同感。”

野口医生点点头，表情忧郁，说了声“告辞”后，便掉转庞大的身躯，快步走出房门，由此也能看出他心里非常担心美鸟与美鱼。

“对了——”当门关上、听不到野口医生的脚步声后，我向玄儿问道，“阿清在哪儿？”

“阿清被征顺姨父带回北馆了。他好像也受到了很大的刺激。”

“阿清知道吗？美鸟与美鱼实际上已经……”

“我觉得他可能不知道。因为六年前进行手术时，阿清年仅三岁。出院后，她们依然和以前一样，连在一起行动。我想也不会有人特意将事情真相告诉他。”

“伊佐夫肯定也不知情吧？”

“当然不知情啊。”

玄儿的嘴角闪过一丝笑意。

“恐怕他同你一样也吓坏了。啊，对了，后来他去哪了呀？”

“江南呢？”

“他啊，也吓坏了吧。呆若木鸡地站在那儿，纹丝不动。我让忍太太把他带回房间了。”

“是吗？”

我低声回应了一句，低头拼命整理起思绪来。玄儿略微让我想了片刻后说道：

“怎么样，中也君？你原本不是怀疑美鸟与美鱼是两起凶案的元凶吗？现在你知道她们实际并非连体。那么，关于凶手，你是怎么考虑的呢？”

2

果然如此！我暗忖着抬起头，略带抗议地瞪着玄儿。

他果然早就发现了吗？发现了我从“暗道问题”推导出凶手是美鸟与美鱼的可能性，还发现我心有所想，未曾直言。

“凶手为何没有使用壁炉暗道，而是自工作室的休息室逃入红色大厅呢？那可能不是因为凶手不知道暗道的存在，而是因为身体上的制约而无法通过。你是这么想的吧？所以你曾认为凶手是她们。”

“是啊。”

“但是，怎么样？”

玄儿将一只胳膊撑在桌子上、托腮看着我。

“H 型双重体的美鸟与美鱼早在六年前的手术中就已经分开。如果脱下衣服，她们的身体并不相连。她们可以分开，依次通过暗道。”

“是啊，是这样。”

我当然也认为完全可以按照这个推理来否定对她们的怀疑，但是……

“但是，玄儿……”

我还是抱有怀疑。

“根据野口医生刚才的说法，她们不是一直认为自己的身体仍然连在一起吗？她们把六年前的手术都看成子虚乌有。如果是这样的话，很难想象她们为了自暗道中通过而脱去衣服、分开行动，不是吗？”

“不，不是这样的。”

玄儿的回答毫不犹豫。

“她们认为自己没有接受过分离手术，这是事实。她们也一直穿着特制衣服，做起动作来似乎也同以前那样腰部的一部分连在一起。正如你所见，两人步调一致，配合得天衣无缝、匪夷所思，甚至可以说像是依照严格的规则进行表演。但是，**这仅限于有第三者在场的情况。**”

“什么意思？”

“就是说，如果只有她们而没有第三者在场，两人未必会遵守这个‘严格的规则’。”

“哦……”

“只有她们二人的时候，她们会根据需要打破规则。比如睡觉、入浴、更衣时，她们会分开，依照方便的原则活动。这是事实。”

“根据需要……依照方便的原则？”

“嗯。好几个家人曾亲眼见过。我也见过。我无意中去她们卧室时，发现两人分开了，一个在床上，一个在沙发上，各自看书。看见我后，她们慌忙靠在一起，用毯子盖住身体，然后若无其事地开始‘两个是一个人’的举动，好像在说‘哥哥你怎么了’……总之，就是这么一种情况啦。”

我含糊地“啊”了一声，迷惑不解。

“我觉得可以这样来解释——”

玄儿放开托着腮的手，直视着我。

“所谓‘自己眼里的自己’，无论实际如何，在她们心里一切都可以根据想象随意进行变换。即便看到实际分开的身体，也可以强行歪曲事实，认为‘不，身体是连在一起的’。在她们狂乱的内心形成了这样的认识方式。可以说在她们的主观世界里，这样就保持了某种平衡。

“但是，如果牵涉到第三者，这种说法就行不通了。因为在她们心中自然而然地唤起了‘第三者眼里的自己’这个形象。世界就不能仅在她们二人的主观中成立。在此，客观视点多少有点无奈地被导入进来。结果，对于她们来说，‘在别人眼中，自己是什么样子’成了一个非常重大的问题。所以，在有第三者的场合下，她们就必须彻底扮演‘身体相连的自己’。她们本人并没意识到那是在扮演。”

“这样啊。”

我觉得自己姑且可以理解他的说法。

在无人看到的地方，无论身体如何分开，她们在自己失常的主观中，可以坚信“并没有分开”。但是，有人在场的时候，她们下意识地判断那样不行。于是她们觉得为了维持“我们没有分开”这一自我认识，就必须在别人面前也明显地做出“姿态”。

“所以，中也君。”

玄儿继续说道。

“她们如果杀了人，被逼入绝境——如果不从那个狭小的暗道通过就无法脱逃，她们肯定会毫不犹豫地脱下衣服，分开行动。脱掉再穿上那件特制的衣服，对她们来说已经习以为常，也不会费多少时间吧？如果打破玻璃，那声响可能会被人听见，与这种费力的行为相比，她们应该更容易选择前者。”

“而实际上，凶手没有走暗道，而是打破玻璃逃脱的。所以，她们不是凶手……”

“是的。你明白了吧。”

看到我默默地点点头，玄儿又托起下巴。

“放心了吗？”

“这个嘛……”

“在红色大厅探讨完暗道问题后，我隐约感到你可能怀疑美鸟与美鱼。之后，我没找到机会说这件事。”

“哦？”

“总之，她们不是凶手。”

玄儿的话语斩钉截铁。听了这一系列解释，我对于她们的疑虑也逐渐打消。

美鸟与美鱼不是凶手。

她们的内心确实有“问题”，确实有些病态。在某种意义上，甚至可以说已经完全踏入狂乱的境地。但这种“心灵扭曲”还没达到用“杀人狂”之类的词语来形容的地步。

但是，如果这样，那凶手到底是谁呢？

是谁杀了蛭山丈男与浦登望和呢？

这个疑问依然挡在我的面前。

现在，美鸟与美鱼的可能性被否定了，那么从“暗道问题”导出的只能是“无人是凶手”这一令人尴尬的结论。但这是不可能的，肯定存在“可能是凶手的人”。也就是说至今为止在以“暗道问题”为中心的推理中，会不会有什么决定性的错误？会不会忽略了什么？是这样吗？如果这样，那到底是……

我沉默不语，焦急地思考着。

答案肯定离我不远了。

我强烈地感到它已经非常接近，但我抓不住它，无法抓住它。

虽然我觉得只要再把手伸长一点就能碰到它了……啊，是什么呢？哪里弄错了？忽略了什么？我……

就在我差点儿抱头趴在桌上的时候，传来了开门声。通向西侧走廊的双开门被打开了。

“啊，太好了。”

说着，玄儿站起来。忍走进来，手上的托盘中放有几个冒着热气的杯子。可能是玄儿吩咐的吧，好像是为我们泡了咖啡或红茶。

“野口医生在客厅，你拿一杯去那边吧。”

“我知道了。”

“江南在房间里老实吗？”

“是的。”

“还是什么都不说吗？”

“是的，什么都不说。”

忍依旧以战战兢兢的声音慢一拍地回答着。

“慎太怎么样了？”

“我想他应该在房间里。我狠狠教训了他一顿，命令他不许出去。”

“是吗？那么，你把他带到北馆的沙龙室，好吗？”

“那孩子做了什么……”

“他没做什么坏事。正好相反，他还想帮助有困难的人。在市朗看来，慎太是恩人。”

“是嘛。”

忍迷惑不解地眨着眼睛。她将供两人用的杯子与砂糖壶放在桌上，心不在焉地行了个礼后走出餐厅。

期间，我一直在脑子里思考那个就在不远处、将手再伸长一点就能触碰到的答案。思考有关“双胞胎凶手说”之外，还能从“暗道问题”导出何种解答。

3

忍给我们泡的是红茶，黑色砂糖壶中装的不是砂糖，而是红色果酱。玄儿用黑色木勺满满地舀起一勺果酱，放进红茶搅拌起来。

“你也可以多放一点。从昨天开始就一直没吃东西吧。”

“嗯。不过，我一点也不觉得饿。”

我目不转睛地看着玄儿的手。黑色砂糖壶。黑色勺子。宛如鲜血的红色果酱……

“你不用担心。”

玄儿好像读懂了我目光中的含义，挑了一下嘴角。

“这就是单纯的草莓酱，宍戸先生亲手做的，没有混入奇怪的材料。”

“啊……好的。”

我不由自主想起前天“达莉亚之宴”上的情景。好不容易才把这情景自脑子里赶走，学着玄儿、将果酱溶入红茶后尝了尝。味道出人意料地好。红茶的香气与涩味包裹在果酱浓厚的甜味下在口中扩散开来，我感到疲惫的神经多少得到了修复。

“玄儿，那以后你没睡一会儿？”

我问道。玄儿先喝完了红茶，放下杯子说道：

“我只睡了一个小时——有很多事情要忙啊！”

“那个叫市朗的少年醒过来了？”

“啊，是的。所以，有很多要忙的。”

说着，玄儿的脸上浮现出故弄玄虚的笑容。不过，可能是过度疲劳了，原本苍白的脸色更加苍白，嘴唇的颜色也不好，眼睛严重充血。可能是我的心理作用吧，他的瞳孔看起来也有点浑浊。虽然嘴上不说，但玄儿肯定很疲劳了。

“发现新情况了吗？”

我继续问道。

“刚才我听伊佐夫说，市朗在进行现场辨认。”

“现场辨认？嗯，也有这个意思。他是怎么说的？”

“说市朗在红色大厅中看到了凶手的样子，似曾相识。”

玄儿皱着眉，点点头说道：

“是的。到了今晨，他似乎才想起来。市朗说虽然只是在闪电瞬间看到的，但当时打碎窗户的人的脸，自己确实看到了，而且是见过的。他觉得**似曾相识**。”

“就是说，他见过那个人？”

“这有点奇怪。目击当时他并没有马上想到，但**现在想起来，总是觉得似曾相识**——他是这么说的。”

“哦？那就是说……”

“就是说那张脸可能是在红色大厅目击到凶手前就见过的，也可能是之后见过的。我问了，但他自己好像也不十分清楚，反应极其暧昧，看样子并没有十足把握。”

“先不管可信性的问题……”我说道，“总而言之，市朗昨晚在红色大厅目击了可能是凶手的人。而且，在市朗来这儿之后，到今早醒来期间，他曾见过那人。”

“是这样的。嗯，所以我就决定看看他来这里之后曾见过谁。”

玄儿依然皱着眉头，不满似的嘟着嘴。

“第一天、即二十三日傍晚，市朗到达湖边，好像首先是在湖边建筑中看到了蛭山。他无意中从窗户看到的。当时正好发生地震，是那天使江南从十角塔上坠落的第二次地震。据说因为地震，那里的墙壁与天花板坍塌，蛭山被架子压在底下。”

“竟有这种……”

（……有的！**他**追认道。）

（在那天的第二次地震中，湖畔的那栋建筑……但是，为什么？在此突然又有了不协调的感觉……）

“在市朗眼里，蛭山好像是个非常可怕的驼背怪。市朗非常害怕，当场逃走，在吉普车的后车厢内过了一夜。第二天他去看蛭山的情况，发现他尽管受了重伤，但还是从架子下脱身。市朗又非常害怕地逃之夭夭，后来在湖边看到了蛭山的船高速撞在岸上、严重受损的情景。”

果然如此——我心里如是想。

关于蛭山出事的原因，那天做的各种推测和想象基本切中要害。蛭山乘船时已经受了重伤，原因还是前一天的地震。因此他才会操作失误，发生了那样的大事故……

“然后，市朗发现那座浮桥，来到岛上。他藏身于那个废弃的平房里，就是北馆旁的那房子。”

“啊，是嘛。”

“而后，他在里面躲雨时，慎太进去了。”

“慎太？”

“市朗求他不要告诉宅子里的人。慎太好像答应了，还给他送了些食物。”

“原来如此。怪不得你刚才对忍太太说，慎太是市朗的恩人。”

说起来，前天，即二十四日下午，玄儿带着我去看北门外的码头与浮桥时，途中发现慎太在那座废弃的平房里。当时，市朗已经藏身其中了吗？

“接下来是昨天傍晚后的事情。”

玄儿的手指在空杯子的把手上绕着。

“市朗无法忍耐一直躲在平房里，就从北馆后门潜入馆内，在那儿遇到喝醉的伊佐夫。他也确认了时间，好像是在六点半之前，六点二十分左右。他被伊佐夫吓得又跑出去，但后来又潜入红色大厅。时间是六点四十五分左右。据说之后，凶手就打碎玻璃跑了出来。这样一来，我给你看过的那张关于第二起凶案的时间表中，空着的时间也都能填上了。

此后，市朗的行动正如我们所知。他被我们发现、追赶后被抓住。他与因被蜈蚣咬伤而昏厥的你一起被带回北馆，当时，他只见到鹤子太太与野口医生两人。”

“他没见过美鸟与美鱼吧？”

“是的。在红色大厅发现市朗时，她们刚刚赶到，又恰好遇到了停电。即便市朗听到她们的声音，为了全力逃跑，也应该无暇看她们。”

“也对。”

“如果我们相信市朗的目击证词，就可以明白她们不是凶手。”

“那么……”

“蛭山是第一起凶杀案的被害者，就不用考虑了。至于市朗见过的其他人，已经基本上都让他辨认过。我被排除后，又让市朗辨认了野口医生、鹤子太太与伊佐夫，但他都判断说‘好像不是’。”

“嗯……”

“因此，只剩下慎太与你。慎太恐怕不可能。如果是慎太的话，市朗藏匿在平房时曾多次见过他，知道其名字与长相，应该一开始就会说‘那是慎太’，由此看来，最后剩下的……”

“难道……”

我夸张地耸耸肩，觉得十分荒唐。

“难道你怀疑我？”

“这个嘛……”

玄儿也耸耸肩，笑得不怀好意。

“反正，就算是目击证词，但到底能相信多少，还是个问题，所以……”

话虽如此，但玄儿或许多少真的怀疑我了——不，不会有这种事，不可能。

“待会儿，我让你和市朗见见——”

玄儿放下杯子，自衬衫口袋中取出香烟。

“除了昨夜的目击证词之外，我还从他的话里弄清了若干有意思的事实。”

他说道。我喝干了余下的红茶，端正坐姿，认真听他说起来。

“首先，我到市朗藏身的平房亲眼确认了一下。当时对野口医生、鹤子太太与伊佐夫君的辨认已经结束。平房里透风漏雨，荒废不堪。但正如市朗所说，那里还留着帆布背包、灯笼以及吃了一点的法式面包等。而且，他还告诉我，说在那里的桌子抽屉里，有几样非常有趣的东西。”

“有趣……什么意思？”

“其中之一就是那块怀表。”

“怀表？”

“就是江南的那块怀表，上面有‘T.E.’两个缩写字母的那块。”

“为什么会在那里？”

我觉得纳闷。

“是慎太干的好事。”

玄儿随即回答起来。

“啊？”

“慎太这小子绝不是个坏孩子，但品行有点问题……也就是说，他有点偷窃癖。要是有感兴趣的小东西，他就会情不自禁伸手去‘偷’。虽然以前也曾多次被发现，还挨了骂，但是……他肯定在江南不在的时候，进入房间、发现那块表，一个忍不住就……”

“这样啊。”

“表突然消失了，江南肯定也很奇怪吧？”

“应该是吧。”

“好像那废弃的平房原本就像是慎太的游乐场或者说是‘秘密基地’。在同一个抽屉里，除了怀表，还塞满钥匙圈、戒指、领带别针之类五花八门的东西。在另一个抽屉里，放着橡果、石块以及蛇蜕之类的不值钱的东西。那张桌子的抽屉是慎太藏匿捡来的‘宝贝’的地方。在另一个抽屉里，还随意地放着一个有些年头的人的头盖骨。可能是他偶然发现埋在十角塔后面的人骨后捡回来的吧。当市朗毫不知情地打开抽屉，发现那个东西时，肯定非常恐惧和惊愕。”

“真是可怜。”

我发自内心地感慨。

“那个少年还真是值得同情啊。”

“可不是吗。”

玄儿点着香烟，优哉游哉地抽了一口。

“我还发现两件值得注意的东西。一件放在怀表所在的那个抽屉里，是个深褐色的钱包。另一件放在桌子上，是咖啡店里的火柴。”

“钱包与火柴？”

（……钱包与火柴？他**再度**追问道。）

“我觉得那个钱包可能是江南的。他身上不是没有任何钱包之类的东西吗？火柴也是一样。他虽然带着香烟，却没有火柴或者打火机。你不觉得奇怪吗？”

“你这么一说，确实……”

（钱包与火柴……）

“抽屉中虽然也有打火机，但已经没气了，那好像是宍户先生或者蛭山先生用过的东西。所以，我想那咖啡店的火柴可能是江南为了抽烟而带来的。”

“那也是慎太悄悄拿去的？”

“至少钱包是。”

玄儿回答道。

“只不过慎太可能在我们把江南搬到客厅前，就偷偷拿走了钱包。当我们让江南躺在客厅时，他的随身物品中已经没有那个钱包了。”

“啊。”

我不禁喊出了声。说到这里，我终于想起来了。

那时，我们看到那个青年从露台坠落后，向十角塔跑去。在现场附近碰到过慎太。不知道他也看到了坠落过程还是完全偶然，反正他比我们先到塔下，也比我们先找到江南倒地的地方，并告知我们。当时——

当时，慎太不是始终将右手插在短裤口袋中吗？我记得玄儿刚想靠近慎太，他就猛然身子一抖，退后一步。那完全像是做错事、挨骂时的反应。

一定是这么回事!

比我们早到一步的慎太看到了江南坠落时从衣服中掉落的钱包，忍不住捡起来，放进口袋。所以当时他一直把手放在口袋里。他知道如果被我们发觉的话，或许又要挨骂，所以才那么害怕。

“问题在于火柴，好像是一家叫作‘岛田茶室’的店里的东西。火柴盒上印着的地址位于熊本市内，电话号码也印了上去。”

“那也是慎太和钱包一起捡到的吗？”

“不，这个不是。”

玄儿出乎意料地摇摇头。

“据说火柴是市朗在来的路上捡到的。”

“来的路上……在哪儿？”

“据说是从上面的山路拐过来的森林小道上。”

“那就是说，江南应该走了同一条路，他掉落的火柴碰巧被市朗捡到，对吗？”

“我觉得这种可能性很大。”

不知为何，玄儿绷着脸，向着天花板吐出口里的烟。

“钱包里有什么？”

我问道。

“有没有驾驶证之类能弄清身份的东西？”

(……啊，是的。在那个深褐色的钱包中……)

“我大致看了一下，只有几张小额的纸币，没什么能够证明身份的东西……不，我还没有仔细检查，所以也许忽略了可能成为线索的东西——钱包、火柴，还有怀表，我都从平房里拿出来了，放在那边的沙龙室。待会儿你也看看。”

“好。”

我乖乖地点点头，玄儿将香烟掐灭在烟灰缸里。

“好了，平房那儿的收获就是这些。不过，通过与市朗的交谈，我还弄清了一件事情。”

4

“从平房回北馆时，正好碰到从二楼下来的阿清。他看到我就问‘中也先生呢’，所以我决定让他叫你过来。我想已经快到正午，可以叫醒你了。你筋疲力尽，正在熟睡……真不好意思。”

玄儿突然一脸认真地向我道歉。这令我非常惊慌，刚说了一声“啊”，便马上改口说着“不，没关系”，将目光从玄儿身上移开。他接着说下去：

“总之，我决定回沙龙室，再从头问问市朗。虽然和昨晚上比起来，他已经平静了许多，但好像还有些事情欲言又止。”

“从他口中得知的新的事实是……”

“唉。”

玄儿面带愁容地点点头。

“市朗二十三日早晨从村里出发，傍晚到达影见湖畔，途中看到一辆车。”

“车……”

我直截了当地问道。

“是我们来时乘的那辆车吗？”

“不是。”

玄儿微微地摇了摇头。

“从车身的颜色来看不是我们的车。市朗看到的是黑色的车。他说那车是黑色的，可以搭载五人，但不清楚牌子。”

“黑色的车？”

（黑色的车……）

玄儿带我来的车也是可以搭载五人的轿车，但却是浅灰色的。

（那辆车……**他**又感到了强烈的矛盾感）

“据说市朗越过百目木岭，又走了一会儿后，被那辆车追上。虽然没看清里面的人，但他判断车是开向宅子的，便沿着车轮印走。于是他走进了森林小路。不久，因为塌方，他没了后路。只得沿着轮胎印继续前进，再次遇到那辆黑色的车。”

“遇到？”

“据说那辆车从路上冲出去，撞进森林里。”

“事故吗？”

“从时间考虑，可能是遇到那天的第一次地震而失去控制了吧。车子冲进森林，撞到树上停了下来，但里面空无一人……”

“这到底是谁的车？”

我探出身子问道。

（那辆车是……）

“想来……”

玄儿依然面带愁容地思索着。

“想来那可能是首藤表舅的车。如果那车是黑色，可以搭载五人，那么颜色与形状都符合。那就是表舅前天开出去的车啊。他在回来的路上遇到了事故。”

（那辆车……啊，到底是什么？**他**不断问自己。）

“那会不会是江南开来的车呢？”

我直截了当地说出意见。

“如果只是黑色五座的车，那这样的车可以说是比比皆是。本来也没弄清那个年轻人是通过什么方式来到这深山老林的。他不可能像市朗一样走来的吧。如果这样……”

（是的。**是这样的**……啊，可是……）

“是啊。这种可能性也很大。”

玄儿回答道。

“刚才提到的那盒火柴，市朗好像就是在那辆出事车子的旁边捡到的。所以……”

“哦。”

“总之，只要渡过湖，去一趟事故现场，就能立刻确认。从这个意义上考虑，只是时间问题。”

“嗯，的确如此。”

“说完这辆车的事情，市朗好像还想说什么。但是他怯生生的，不知道要不要说的样子……不久，就在他看起来下定决心，刚要开口的时候，伊佐夫就气喘吁吁地跑来，说美鸟与美鱼出事了。”

“那位伊佐夫先生竟然气喘吁吁地跑过去吗？”

“没错。他也相当吃惊啊——总之，我先把市朗扔在一旁，急忙赶了过来。”

（市郎肯定是……**他**想道，依然很混乱。市朗肯定是……）

“因此……”

说着，玄儿两手撑在桌子上，站起身来。

“我让市朗留在沙龙室。我必须听他说完，而且出于慎重，还必须对你进行辨认——好吗，中也君？我们一起去那边吧。”

“不，稍微等一会儿。”

我打断玄儿的话。

“在此之前，我还想确认一件事。”

“哦？”

玄儿似乎有点出乎意料。他眯起眼睛，问道。

“又是什么？”

“我一直在考虑。如果可以，我现在就想确认……”

我目光严厉地看着朋友。

“玄儿你也肯陪我一起来的吧。”

刚才我一直在思考的——和玄儿说话的时候，也一直在思考的问题。就在我身边，手再伸长一点就能触碰到的**那个答案**，至此意外凸显出来。

5

“你刚才到底在想什么？”

玄儿双手抱在胸前费解地问道。

“你要到带我去哪里……你想确认什么？”

“我刚才在想‘暗道问题’。”

我也从椅子上站起来，平视着玄儿。

“我再确认一下。在第一起凶案中，凶手使用储藏室的暗门出入现场。在第二起凶案中，尽管壁炉中有暗道，凶手却没有使用，而是打破玻璃逃走。由此导出的嫌疑人……”

“哦，你还在想这个问题呀。”

“正如你刚才所说，我曾怀疑美鸟与美鱼。我以为如果将焦点集中在‘客观上能否通过’而不是‘是否知道暗道存在’这一点，问题就迎刃而解。但她们也能从暗道通过，知道这个事实后，我的思考又被拉回原点。

“如果我们始终将‘是否知道暗道存在’作为焦点进行撒网，满足‘凶手条件’的人物只有野口医生与慎太两人。但因为其他理由，这种假设不成立。这样一来，就没有人是凶手了。但事实并非如此。”

“是这个理——然后呢？”

“我们的思考是不是在哪儿出错了？有没有可能忽略了什么？我刚才一直在思考这个问题。”

“嗯。那你想到了？”

玄儿的眉头紧缩。

“如果我们暂时不管市朗的目击证词，我想到一种可能性。”

说完，我深吸一口气，使自己尽量保持冷静的语气。

“有一个人知道储藏室中的暗门，但不知壁炉内的暗道。**我们的确忽略了这个人**。当然，在红色大厅中和你探讨这个问题时，我还不可能发现这一点。”

“什么啊……”

玄儿的眉头更加紧缩。

“到底你要说……”

他刚要问，但突然停下来。同时，他的表情一下子严峻起来。在刚才有些不满、有些忧郁的漠然表情上，猛然划过一阵冷峻的紧张。他突然脸色大变，露出惊恐交加的神色。

他似乎也想到了我说的“可能性”。

“啊……难不成？”

玄儿低声念着，视线在空中四处游离。

“难道会有这种事？”

“你知道了？”

我盯着玄儿颤抖的嘴唇。

“满足条件的那个人是谁？”

“那是——”

玄儿刚一开口，便闭上嘴巴。他闭着眼睛、摇摇头，然后下定决心似的低声问道：

“是浦登玄遥吗？”

“是的。”

我慢慢地点点头。

“我们完全忽略了这种可能性。问题的焦点依然是‘是否知道暗道的存在’。”

建在南馆的那扇暗门，作为第一代馆主的玄遥当然知晓。但十八年前遇害的他，虽然奇迹般地“复活”，但实质上从这个世界消失了。对于后来毁于大火，又由建筑师中村重新设计、建造的新北馆，他毫不知情。当然也不可能知道那个壁炉内有暗道。

“复活”后的玄遥，据说虽然具备自发性的运动能力，却完全丧失人类的感情与理性，宛如行尸走肉，但是……

假如他现在已经不是这样了呢？尽管几乎丧失所有机能，但假如经过很长时间，他不仅完成肉体上的“复活”，还成功完成了精神上的“复活”呢？假如此后，他秘密逃脱出来，悄悄地在馆内四处徘徊……

我想这并非完全不可能。尽管我也感到强烈的疑惑，但还是忍不住这样想。

十八年来一直被关在地下黑暗中的一百一十岁的老人，现在逃脱出来，四处杀人。

从常识考虑，这种想象非常不现实，但那是一般世界里的情况。

而我现在所处的地方则不同。这座暗黑馆肯定存在于我所知道的“一般世界”之外——或者说是背后吧。

“所以啊，玄儿，我想现在去确认一下。”

我很胆怯，强忍着逃避的念头。

“玄儿你也肯陪我一起来的吧——陪我去‘迷失之笼’走一趟。”

6

下午两点，在玄关大厅中放置的直立式长木箱挂钟的报时声中，我们走向面对庭院的露台。

在玄儿的催促下，我将拖鞋换成了外出用的凉鞋。据说因昨晚的暴风雨而完全湿透的鞋子目前还没有干透，放在北馆那边。

我推开镶有红色玻璃的扇形窗下的双开门，向铺有黑瓦的露台迈出一步，不禁感到双腿发软。

虽说是白天，但这黑暗到底是怎么回事？

与光明相比，更加热爱黑暗……

魔女达莉亚与“黑暗之王”订立的契约仿佛扩散到全世界，外面的景色被整个包裹在巨大的黑影中。建筑、树木以及土壤……所有的一切都暗淡无光。我记得在第二天——前天中午独自出去的时候也有类似的印象，但今天这种黑暗与那天不可同日而语。

我仰望天空，漆黑的乌云几乎完全遮盖天空。雨势虽然很弱，但看样子即便马上变成倾盆大雨也不足为怪。

“暴风雨应该已经过去了吧。”

玄儿低语道。

“或许有未了之事，它又回来了。”

我略开玩笑般地回答道。或许是想舒缓一下令人窒息的紧张，想要显得稍稍勇敢些。然而玄儿依然表情严峻，一言不发。

我们谁也没有提议带伞，便自露台向着中庭的小路飞奔而去。几乎与此同时，一阵大风呼啸刮过，黑黢黢的树木哗哗作响，听上去像是汹涌的波涛。

我们在因下雨而泥泞不堪的小路上跑着。

玄儿在前，我紧随其后。来这里的第一天，当我看到有人从十角塔坠落后，也是和玄儿在日落后不久的黑暗中奔跑的。那时的记忆突然清晰，与此时的我们重叠起来。

幸好雨还不大，身上并未被淋湿多少。玄儿一来到被紫杉包围着的祠堂般的建筑——“迷失之笼”，便飞奔到入口处。那里有扇双开铁门，上面刻着“蛇与人骨”的图案。

当铁门随着嘎吱声被打开时，从远处传来轰隆隆可怕的声音。

——那是雷声。

啊，难道本应远去的暴风雨真的回来了？为了继续将这湖中小岛、这座暗黑馆陷入“孤立状态”，或者是为了尚未完成的事情？

犹如洞穴的建筑内部比外部暗得多，与前天的“探险”不同，可能因为已知这里是何处，从踏入的瞬间开始，我就感觉出潮湿、混浊的空气中混杂着一丝腐臭。

“没有灯吗？”

玄儿没有马上回答我的问题，而是走到左侧的角落里。黑暗中，我凝神看去，发现墙上有几层小架子，上次来时没注意到。

“这里没灯。”

玄儿站在架子前回答。

“但是这里好像有手电。”

不久，他果然找到手电，照向建筑物深处。那扇黑色铁门出现在光线中，在一人高之处，有个带铁格子的小窗。

玄儿低声喘口气，走向那扇门。我慌忙跟在后面。

门紧闭着。和上次一样，上面挂着坚固的弹簧锁。

玄儿将手电换到左手拿着，右手伸向锁，但马上哼了一声：

“好像没有异状。”

他看着我，微微耸耸肩。

接着，我又亲自检查了那把锁。我拉扯、摇晃着那把锁，还凑近过去，看门上锁件的连接情况，的确没有异状，也没有曾被撬开的痕迹。

“我原以为这弹子锁或者锁件可能已经坏了。”

我压低了声音说道。

“这锁与十角塔入口处的锁一样。我本以为既然那把锁会老化受损，这把锁也可能会出现同样的问题。”

“你讲得没错，但现实情况是这样的。”

玄儿再次用手电照照锁及其周围。

“从门内侧基本上不可能打开锁出来。如果拆掉小窗上的铁格子，再踩在什么东西上，或许能够到这里。”

听到这儿，我战战兢兢地将双手伸向镶在长方形小窗内的铁格子。一一确认了一下，但没有一根能拆下来。

“如果靠本人的力量，不太可能出去，是否有人从外面打开锁？”

“你是说鬼丸老人？”

玄儿紧接着问道，我深吸一口气。

“如果有人带他出来，恐怕那只能是鬼丸老人。今早我也说了，这个‘迷失之笼’可以说是他的‘特别管辖区’。因为只有他有打开这把锁的钥匙。”

“会不会有暗道能从地下墓室出来呢？”

“从来没有听说过。”

“还是鬼丸老人……”

难道那个穿黑衣的老用人是玄遥的帮凶吗？

为了给“迷失之笼”中的玄遥送食物，鬼丸老人会定期来这儿，解锁开门。宅子里，只允许他这么做。

十八年以来，一直被关在这里的玄遥现在是什么状态，也只有他知道真相。如果现在玄遥不仅是肉体而且精神上也实现了“复活”，至少两人会进行一些交流吧。比如说鬼丸老人认为把早已不被作为“活人”存在于这个世界的玄遥秘密放出来是“死去的达莉亚的意思”……不！或许鬼丸老人才是在背后操纵一切的黑手。

我像是被什么念头附了体，胡思乱想起来。

或许玄遥完全遵照鬼丸老人的指示，采取行动。虽然动机与目的尚不知晓，但无论是杀死蛭山还是杀死望和，都是那个老用人在操纵……

——万事都按照达莉亚太太的意思。

耳边仿佛又响起那无法分辨男女、颤巍巍的嘶哑声音。

7

这时，令人不快的声音打断了我的胡思乱想。不知是谁的声音，听起来既像呻吟又像吼叫。

声音的来源显而易见。门后的地上开着一个四方形的大口子，石阶一直延伸到墓地的黑暗底部。声音就是从那里传来的……

“现在这……”

玄儿将光线投向了门上的小窗。

“现在这肯定是玄遥的…”

我们并肩自窗户的铁格子间向门内看去。

在浓重的湿气中，霉味、腐臭与污物的臭味混杂在一起，扑鼻而来，令人作呕。玄儿抬着手，将手电光向四处照去。我踮着脚尖，随着他的动作看着里面，同时屏息倾听。

虽然不知道台阶下墓室的构造如何，但就算它建造得非常坚固，因为建筑本身已较为古老，再加上建在湖内的小岛中，如果不进行相应的修补，很难想象至今还能很好地防水。地下水从墙壁、地下和天花板中渗出，想必情况非常糟糕。像这样的暴风雨之后，恐怕更是雪上加霜。

难道玄遥至今仍生活在这样的“迷失之笼”中吗？难道漫长的十八年间，他就一直独自生活在这浦登家的死者们长眠、自杀者“迷失”的黑暗地底吗？

设身处地想一想，我立刻起了一身鸡皮疙瘩。同时，我也觉得这是残酷的行为。难道杀了他也不解恨的柳士郎与知晓令人诅咒身世的玄儿不会涌出同样的情感吗？

“那个是……”

我小声提醒玄儿。有样东西引起了我的注意。

“看，在那儿。”

“嗯？”

“那边呀。台阶前面……再慢慢照过去一次，好吗？”

“啊，好的。”

手电的光移到了我指示的地方。

铺有石头的地面因为带有湿气的灰尘与泥土而变成黑色，其上——

“那个……啊！”

玄儿发出颤抖的声音。

“是**那个脚印**吗？”

“是的。”

有一对像是人类的脚印——都是脚尖向着我们——保持原状，残留在那里。自台阶到这边的门之间，还可以看到很多类似的脚印。只不过，在那些重叠错乱的脚印中，能看出确切形状的只有台阶前的那一组。

“这是没有穿鞋……赤脚的脚印啊。所以，那当然不是鬼丸老人的脚印。”

“是玄遥的脚印吗？”

“玄遥的脚印……”

玄儿用手电照向那里，脸贴近铁格子看了过去。紧接着，他“啊”的一声，又颤抖着说道：

“中也君，你仔细看看。”

这次是他提醒我注意。

“你看出来了吗？那对脚印**并不寻常**。”

“不寻常？”

我学着玄儿的样子，凑近铁格子、凝神向撕开黑暗的光圈内侧看去。故而，我看清了**某处**。

“确实奇怪。脚趾是……”

“你也看出来了吧？”

玄儿将脸自铁格子处挪开。

“那对脚印，左右都只有三根脚趾。”

“三根脚趾的脚印……”

毫无疑问，这令我立刻想起了在望和工作室的墙上看到的那幅画。那幅看起来像是玄儿生母康娜的女性被恶魔般的怪物袭击的暴虐之图。是的，在那个怪物的双足上也只画了三只脚趾。

“那幅画中的三趾造型并非望和的创作，而是她参照曾看到的形象，略加修改画出来的吗？”

“可能是。”

“这既可能是五根脚趾后天性的缺损，也可以认为先天就是三趾。虽然没有亲眼见过无法断言，但从脚印来看，我觉得后者的可能性很大。因为除了第一趾——也就是大拇指之外的两趾不是比一般的脚趾粗一些吗？”

“你的意思是先天性的畸形？”

“是的。是缺趾症或是合趾症。这也无法断言，不过感觉可能是合趾症。第二趾与第三趾、第四趾与第五趾分别连在一起的形状。”

“这很罕见吗？”

“合趾症本身应该不是非常少见。”

说着，这个原医学院的学生又将脸凑近小窗的铁格子。

“虽然笼统说是合趾症，但形式实际上多种多样。趾和趾黏合也各不相同，而且既有只在皮肤粘连的皮肤型合趾，也有连骨头都黏合起来的骨型合趾。既有黏合到趾尖的完全型合趾，也有只黏合到中段的不完全型合趾。仅从这个脚印来看，好像是相当严重的完全合趾，但还无法判断是皮肤型还是骨型。”

“是啊……”

“据说现在一般会通过外科手术治疗整形成五趾，但玄遥好像没进行过这方面的处理。考虑到他出生的时代，这恐怕也不是什么不可思议的事吧。”

“玄儿，你以前知道玄遥肉体上的这一特征吗？”

“不，从没听说过。”

玄儿扭头看着我，缓缓地摇摇头。

“不过看到望和姨妈的那幅画，我对于画中怪物的脚趾也一直感到很奇怪。所以，今早和你告别之后，我又去工作室确认了一下。”

是吗？是这样吗？

“总之……”

玄儿刚开口，马上又闭上了嘴。刚才听到的那好像是呻吟又好像是吼叫的令人不快的声音再次隐约传来。

我们俩默默地相视一下，又向小窗中看去。

踢踏、踢踏……

又响起了这样的声音。

踢踏、踢踏、踢踏……

声音一点一点逼近。

这不是人类发出的声音——不是自人类口中发出的声音，而是脚步声，是赤着脚在因泥泞而打滑的地上行走的声音，是慢慢从台阶爬上来的声音……

我浑身僵硬起来。旁边的玄儿也是同样的反应。

脚步声的主人当然应该是玄遥。他可能察觉了我们的说话声或者气息，正要自地下爬上来。正要爬上台阶，将他可怕的身影呈现在我们面前。

……受不了了！

我已经受不了。想要逃走。

虽然是自己提出来看“迷失之笼”的，但此时我的确想逃走。

我想逃出去。我不愿在这儿看到玄遥——我怕见到他，非常害怕。现在，我才发现玄遥依然活在“迷失之笼”中的事情竟然让自己万分惊恐。如果那样，我肯定会……

受不了了！我想要逃走！

虽然心里这么想，但身体依然僵硬，动都动不了。就在此时——

“你们在做什么？”

身后突然传来声音，这的确令我——恐怕玄儿也一样——吓得跳起来。

“玄儿少爷、中也先生。”

啊——这个颤巍巍的嘶哑声音。

“你们在这里做什么呢？”

回头一看，声音的主人不知何时走了进来，就站在距离我们一米远的地方。那是身上裹着肥大黑衣，兜头帽被压得很低的“活影子”——鬼丸老人。

“玄儿少爷。”黑衣老用人说道，“您知道的吧。即便是您，要是随意进入我就为难了。”

“啊——对。”

玄儿掩饰不住狼狈。

“这我明白——因为想尽早确认一件事情，所以……虽然我也觉得不太好，但是……”

“哦？您想确认什么呢？”

被他这么一问，玄儿老老实实地回答着“是这扇门”。接着，他又向老用人反问起来：

“对了，鬼丸老人，只有你有这扇门的钥匙吧？”

“是的。”

“也就是说能开这扇门的只有你一个人？”

“是的。”

“这个——你只在给门内的玄遥送水与食物时，才打开这扇门吗？”

“是的。”

“其他时候完全不打开门吗？”

“也不是完全不开。如果需要，有时也会开，而且还会到墓室里去。”

“所谓的需要是指……”

“检查下面的情况或者做基本的清扫什么的。”

“原来如此——在那种时候，玄遥没有出去过吧？”

“绝对没有这种事。”

“鬼丸老人，你有没有带他出去过？”

“没有。”

“至今为止一次也没有？”

“一次也没有。”

在两个人的对话期间，踢踏、踢踏……脚步声还在断断续续地传来。

我一只耳朵听着那声音，后背感受着他迫近的可怕气息，身体依然僵硬不已。

或许玄遥很快就要爬上台阶，走过来。或许那个幽灵般的影子已经在身后铁门的对面。或许他正透过小窗，用呆滞的眼神看着我的背影。他那腥臭的气息很快就会喷到铁格子上，他那令人不快的呻吟声就要在身边响起……

尽管紧张与恐惧令我几乎全身颤抖，却怎么也不敢转身确认。

“您知道的吧，玄儿少爷。”鬼丸老人说道，“玄遥老爷早已不是‘活人’。作为‘复活’失败后的‘迷失者’永远在‘迷失之笼’中徘徊，这是规定。绝不会允许他到外面去。

“柳士郎老爷曾经命令我不要去管现在的玄遥，但既然他是达莉亚夫人曾经挚爱的人，所以我不忍心将他看作与自杀者相同的‘迷失者’而置之不理……最终，我稍稍照顾了他一下。但是，仅此而已。破戒带他出去也太荒唐了。我怎么会……”

“真的？”

玄儿问。鬼丸老人略显不解地问道：

“玄儿少爷，您觉得我撒谎？”

“我可以相信你吗？”

玄儿再次确认。鬼丸老人回答得毫不犹豫：

“我绝没有撒谎。我所有的行动都是遵照达莉亚夫人的意思……”

“就是说，玄遥他一直——这十八年来一直没有从这里离开过一步。”

“是的。”

“是吗？”

玄儿低声嘀咕着，扭头看着我。

“对了，中也君。”

“嗯？”

“**只要鬼丸老人明说，那他就不会撒谎**。在我们这里，这可是不言自明……无须怀疑的呢。”

我不知道该如何作答，默不作声，只暧昧地点点头。

这时，因紧张与恐惧而僵硬的身体终于恢复正常。门后的脚步声与呻吟声也已消失。不知何时，玄遥的气息消失得无影无踪。

“走吧，中也君。”

玄儿熄灭手中的手电。

“市朗可能等急了。”

说完，玄儿向沉默的鬼丸老人轻轻点头致意，然后向门口走去。我刚要慌忙跟上去，他又停下来，转身向老用人问道：

“对了，鬼丸老人，我可以再问你一个问题吗？”

“啊？”

鬼丸老人再度稍稍迷惑起来。

“如果您一定要问，那就请问吧。”

“我是看到门后的脚印才知道的，玄遥的脚只有三个脚趾，对吗？以前就这样吗？”

“是的。而且——”

鬼丸老人既没有抬高，也没有压低那颤巍巍的嘶哑声音。

“达莉亚夫人好像还很中意玄遥老爷那三个脚趾的脚。”

“啊？”

难道这自称魔女的达莉亚有某种源于她魔性的错乱的感觉与嗜好吗？难道在普通人看来只会让人不舒服的这种奇异肉体特征，在她眼里反而具有邪恶的魅力。

“在此，我再问一个问题。”

玄儿盯着黑衣老用人隐藏在兜头帽下的脸。

“从昨天开始，在这个宅子里有两人被杀。这你应该知道。被害者是蛭山先生与望和姨妈。到底是谁下的手？为何要做这种事？”

“您这是向我提问吗？”

“嗯，是的。”

“我非回答不可吗？”

“没错。”

“我——”

鬼丸老人罕见地踌躇片刻，然后缓缓地摇摇头。

“我很难弄清楚。”

“你没有想到什么吗？”

“这——”

鬼丸老人再度踌躇了一下，沉默了几秒钟。他低声叹口气，说道：

“万事都按照达莉亚夫人的意思……”

8

（……怎么回事？）

他再三自问。

和先前一样，他通过“视点”从头到尾看着围绕现在的“我”展开的事件。在此过程中——

他不得不再三自问。

这种不协调的感觉是怎么回事呢？这诸多的不协调感？这散落在四处的诸多不协调感。

比如说……他又试着提炼具体的问题。

比如说衣服。再比如说表。汽车、香烟与火柴，以及钱包、告示牌与招牌。还有画家、签名本与流感。还有富士山第一次覆盖山顶的雪、大分海域发生的货船事故与山形市的济生馆主楼……

其他还有，还有很多很多。

啊，到底这些是……

(……怎么回事？)

但是在不断自问的同时，如今——

他隐约有一种预感。随着宣告暴风雨回归的乌云的扩散，这个冗长的“故事”也终于要迎来大结局。

第二十六章　缺失的焦点

1

雨比先前大了，布满天空的乌云越积越厚。风也急了不少，天气真的出现暴风雨再次来临的前兆。

留下鬼丸老人，走出“迷失之笼”后，我们没回东馆，而是在来时路上的岔路口折向左，径直向北馆而去。玄儿在前面走得很快，可能是因为不想淋雨并且希望早点儿到达吧。我用一只手按着帽子以防被风吹走，在泥泞中深一脚浅一脚地追赶着前面的友人。

北馆一楼面向中庭的露台正好在沙龙室的南侧，同建筑一样都铺有黑石。露台向左右细长延展，为了方便进出，在它中央设有一扇法式落地玻璃窗，依旧是黑色窗框与黑色窗棂，嵌有青色的花纹玻璃。从外面看，深青色的玻璃颜色更深，几乎与黑色没有区别。

大雨乘着狂风倾盆而下。玄儿自大雨中逃出，向那法式落地窗飞奔而去。

“鞋不用脱了，快进来！”

他两手握住把手将窗户打开，便回过头用催促的目光对我说。

“好。”

我穿着满是泥污的凉鞋，跟着玄儿奔入屋内。此时，远处仍旧雷声轰鸣。或许是心理作用吧，我感觉雷声比刚才近多了。

玄儿关上窗，气喘吁吁地拢着头发。这时——

“这么变化无常的天气，真让人受不了啊。”

熟悉的声音响起来——是浦登征顺。他坐在房间正中央的一张沙发上，悠然地看着我们。

“要是风雨再急一点，可能暴风雨又逆袭而归了。你觉得是什么让上天如此发怒？”

征顺向玄儿问道。不知道他是开玩笑还是认真的，可玄儿却绷着脸什么都没说，只是微微耸了耸肩。

坐在征顺对面的是昨夜那个少年。他们坐的沙发之间隔着一张桌子。那少年——好像姓波贺——正是市朗。他裹着毛毯缩在沙发的角落里，没有回头看我们。

“让你等久了啊，市朗。”

玄儿和这个少年打过招呼后，转向来到身边的征顺。

“姨父，您和他说过什么吗？”

“没有。”

征顺用手指向上推了一下无框眼镜，摇了摇头。

“我刚刚安顿好阿清才过来，也就是进行了初次见面的寒暄而已。”

“阿清在哪儿呢？”

“在二楼的卧室里，望和身边。”

“姨妈的……遗体旁吗？”

“阿清正坐在床边守着她。本来在你姨妈头上盖着布，可他把它取下来了，并且还不时自言自语说着什么——可能是在祈祷她活过来吧？”

“活过来……”

可能怕沙发上的市朗听到，玄儿压低了声音。

“祈祷姨妈‘复活’吗？”

“因为并非绝对无此可能啊。”

征顺同样压低了声音回答。他的眉头出现了深深的皱纹。

“咱们家有两个实例。一个是十八年前的浦登玄遥，而另一个不是别人，正是玄儿你啊！阿清知道这些，所以他想望和也可能……他这么想也没什么过分啊。”

“也对。”

玄儿回答的同时，若有所思地闭上眼睛。

“是啊，既然接受了‘达莉亚的祝福’，那就应该不是完全没有这种可能性。但我希望她不是玄遥那样的不完全‘复活’。”

征顺痛苦地叹了口气垂下头，一下子陷入沉默中。远处又响起了雷声，仿佛突如其来的风夹杂着雨点猛烈地敲打着窗户。

结束了对话，玄儿来到房间中央。征顺坐在原先的沙发上，我坐在他的旁边。

“对了，市朗。”

玄儿站在桌子旁，单手叉腰俯视着市朗。

“你应该认识中也君吧。他就是昨晚和我一起追你，在那边昏迷的那位——中也君，把帽子摘下来吧。”

“啊，好的。”

我把淋湿的礼帽取下，放在膝盖上。市朗裹着毛毯，从隐身之处向这边偷看过来。虽然已经退了烧，但他的脸色如同重病病人一般苍白。清晰可见的黑眼圈与有裂缝的紫色嘴唇令人看了心痛。

“中也先生？”

市朗用嘶哑的声音小声嘀咕着，轻轻点了点头。这是“为了慎重起见”的现场辨认吧。这么一想，我还是莫名紧张起来，双手不由自主地紧紧握住帽檐。

“那么……”玄儿继续问道，“怎么样？昨晚在你悄悄潜入的那间大房子里，你看到一个可疑人物打破与隔壁房间相连的玻璃逃出来。那个人是这位中也君吗？”

怎么可能？我自己对自己说道——不可能，绝对不可能！

市朗默默地盯着我看了片刻，然后无力地摇摇头。

“不是？不是他，对吗？”

玄儿确认道。

“嗯，我想应该不是他。”

市朗的声音低得几乎听不到。

“是吗？顺便问一句，这位征顺叔叔是刚才第一次见面吧？”

“是的。”

“当然也不是昨晚看到的那个可疑人物了？”

“我想不是的。”

“噢？那就奇怪了，这到底是怎么回事？”

玄儿将原先叉在腰际的手抱在胸前，用手指摸着胡子拉碴的尖下巴。

“那么，自你来这里之后见过的人，差不多全部见过面了，但是没有人符合条件。虽然还有一个慎太——你看到的人不可能是他吧？”

“啊？这个……不是，不是慎太。”

“那就奇怪了。”

……

“市朗，这样一来，我就不得不怀疑你目击证词的可信性了。”

“我——”市朗在毛毯下的身体缩得更紧。他声音纤弱，略带哭腔地说道，“我没有说谎。”

“即便没有说谎，但也可能是你记错了吧！”

市朗遭到严厉的斥责，惶恐不安地垂下目光。顺着他的视线，我注意到沙发前面的桌子上摆着几样东西。

怀表、钱包，还有火柴盒——这些都是玄儿先前提到过、自市朗原先藏身的屋子中拿来的。向市朗的脚下望去，那里有一个脏兮兮的黄褐色背包。这肯定也是玄儿从那座废弃的屋子里拿来的。

我向桌子上慢慢伸过手去，抓住怀表的链子拉了过来。

银色表壳淡淡发光，圆形表盘上排列着十二个罗马字，两枚指针停在六点半的位置，背面刻着缩写字母“T.E.”——没错，这（……那表）确实是江南带来的表。

我拿着表链将表提到与视线齐平的高度（为什么那块表会这样……），让它像钟摆一样摇了几下。于是在这摆动中，我回想起今早坠入沉睡深渊的途中瞬间看到的情景——与藤沼一成画在“打不开的房间”中的翻转墙上的画完全相同。我的脑中顿时一片空白，仿佛照相机的镁光灯闪过，同时我感到视野似乎瞬间扭曲了。我赶紧用力眨了眨眼睛。

我把怀表放回桌上，又拿起钱包（……钱包）。这是一个湿漉漉的深褐色二折钱包，可能是因为自江南的夹克或裤子口袋里滑落时掉进了附近的水坑吧，或者是被那间屋子中漏下的雨打湿的。

正如玄儿所言，在钱包（这个钱包……）里有几张小额纸币，它们也已经全湿了。唉，这里面好像没有其他能够成为获悉身份的线索……（对了，那里面有那张照片……）

“刚才没说完的事情能接着说下去吗？”

玄儿边用眼角的余光看着我的动作边问市朗。

“你不是说到那车子撞入森林中，严重损坏了吗？”

“啊……是的。”

“接着呢？”

玄儿加强了语气。

“你还有什么没说吧？看你欲言又止的样子，那到底是……”

市朗抬起眼睛看着玄儿，又偷着看了看我与征顺说道：

“那个……我、看到了……”

他干裂的嘴唇颤抖着。

“看到了？”

玄儿的眼神与声音变得严峻起来。

“你看到了什么？”

“那、那个……”

市朗又垂下目光不出声了，看上去好像很怕。但或许那也是因为玄儿的问话方式有问题。

在这种场合与气氛下，遭遇如此严厉的逼问，就算市朗感到害怕、答不上来，我想也无可厚非。

西洋钟的八音盒里的曲子从西边隔壁的游戏室传来。《红色华尔兹》告知人们此时已至下午三点。

“玄儿！”

恰在此时——

通向走廊的两扇门中的东侧那扇伴随着巨响打开了。同时，一个粗粗的声音传了过来。可能是被这突如其来的事情吓着了，市朗全身抖作一团，完全闭上了嘴。

玄儿离开桌子，从容地向奔入沙龙室的医生迎上去。

“怎么了，野口医生？”

玄儿问道。医生看起来似乎十分兴奋。

“美鸟与美鱼有什么……”

“那两个孩子刚才已被抬到这栋楼的二楼卧室了。我请鹤子太太与宍户先生帮忙抬美鱼过来的。美鸟也醒了，她很安静。”

“美鱼的病情如何？”

“没什么突发性变化，但还不能妄下判断。”

“是吗？”

“玄儿君，我要说的不是这个。”

野口医生抖动着他那啤酒桶般的巨大身躯。

“我来是报告更紧急的事情的。”

“紧急？难道出什么事了？”

“是电话——”

野口医生用手贴住已经秃顶的额头。

“电话已经通了！”

2

……怎么回事？

他反复问着自己。

这不协调的感觉、这诸多的不协调感、这诸多散落在四处的不协调感是怎么回事？

比如说缩写字母。比如说鞋子与毛毯。还有湖畔的建筑与它的崩塌，以及门钥匙、门环以及肉体特征，还有关于死去母亲的记忆，还有那些在脑海中重叠的火焰形象……

其他还有，还有很多很多。

有的十分隐秘，有的却非常明显。如果意识正常，应该很快就能懂得它们的含义。

怎么回事？**他**反复问着自己，并试着提炼出具体的问题。

每每尝试，这种不协调感就愈发强烈，促使**他**继续自问下去。

3

“我把美鸟与美鱼在卧室安顿好后，就坐立不安……我非常担心美鱼的病情，就去电话室试了试，心想也许电话线路恢复了。结果——”

“你是说线路通了？”

玄儿回应的声音中，当然也透露出相当的兴奋。野口医生摸着下颚的胡子使劲点了点头。

“于是，我立即与我的医院联系了一下。”

“熊本的凤凰医院？”

“是的。本来必须先征得柳士郎先生同意的，但我想这也不是什么非请示不可的事。总之，我让他们立即派一辆救护车来……”

“警察呢？联系了吗？”

“啊，那倒没有……”

“还没有和警察联系吗？”

玄儿又问了一遍满脸茫然、一时语塞的医生。

“没有，这还是需要柳士郎先生同意的。”

看到医生这种反应，我不由得急了。先前在东馆的餐厅，玄儿说事情不能再这样拖下去时，他不也附和说“有同感”吗？可现在他又……

“我——”

玄儿的语气听起来仿佛钻入了牛角尖。

“我的意见是，既然电话通了，还是应该尽快和警察取得联系。如果这少年——市朗的话是真的，那么二十三日地震后发生了塌方，道路已经不通了，无论是搜查队还是急救队都不能顺利到达这里。一旦发生万一，可能必须请求直升机什么的。这才能解决问题啊。”

“可是……”

“两个人——”

玄儿瞥了一眼沙发上的市朗，稍稍压低了声音。

“都有两个人被杀了。不只是蛭山先生，甚至还有家族成员之一的望和姨妈。难道我爸还打算隐瞒吗？”

玄儿接着转向征顺。

“姨父，您怎么想？”

“我……”

征顺欲言又止，垂下了目光。但是在短暂的沉默之后，他深吸了口气站起来，走到面对面站着的玄儿和野口医生身旁。

“玄儿，你的意见可能是正确的，但是——”

“但是？”

“但是浦登家的‘秘密’还是必须保守啊！就算为了弄清事情的真相要叫警察来，可我们还是有很多秘密必须保守，比如昨晚在十角塔后面的地下冒出来的人骨，还有‘迷失之笼’。如果不小心让警察进去搜查的话……”

十八年前，对外宣称“病死”的浦登玄遥现在仍活着关在里面。就算只是这件事传出去，想必也会引起很大骚动的。

“所以，从这个意义上来说，我觉得野口医生的判断没有错。这要先和柳士郎商量。即使要通知警察，最好也要先想好应对之策。”

“确实如此。”

玄儿神情严肃地皱着眉头。

“在这个家里，可能这个意见才是正确的。而且，失去妻子的您也这么说的话……我明白了。那么，我现在就去见我爸，将目前的情况向他说明，然后商量该如何处理——这样就没有异议了吧？”

征顺乖乖地点点头，野口医生也以同样的表情回答了声“是啊”。

“玄儿君。”

野口医生紧接着又开口说道。

“嗯？”

“实际上，我还有件事要说。”

“什么事？”

“就是这个。”

野口医生从皱巴巴的白衣口袋里取出一样东西。

“这是？”

看着玄儿纳闷的神情，我也从沙发上站起来，快步走到三人身旁。越过玄儿的肩膀，我偷眼向野口医生的手中望去。

野口医生拿来给玄儿看的是一本笔记本。黄色封面的笔记本——啊，这个我有印象。

“这是茅子太太的东西吧。”

我插嘴道。野口医生点点头，说道：

“我还记得昨天中也先生从旁提醒的话，所以今天早晨我去看她时，偷偷看了一下。也就是……”

“是我说‘或许能从上面知道首藤先生的去向’那句话吗？”

“是的。”

野口医生又转向玄儿。

“那时玄儿君你不在，茅子太太惊惶失措地想给什么地方打电话，当时她手里拿的就是这本笔记本。中也先生说可能这上面记着电话号码什么的。”

玄儿脸上一副恍然大悟的表情，小声地“哦”了一声。

“是表舅去处的电话号码吗？这也是我一直在想的问题——结果呢？找到了吗？”

“我粗略地看了一下，日历表九月二十二日一栏中的记录可能是。”

野口医生翻开笔记本。

“是这么写的。‘利吉为了那件事去永风会，预计明晚回’。后面有类似电话号码的数字。‘永风会’的永字是永久的永。”

“永风会……”

玄儿自言自语道，忽然他又将目光投向野口医生，好像想起什么似的。

“我记得好像有一家医院……”

——医院？“永风会”是医院的名字吗？

“是的，我记得也是这样——福冈的永风会医院，它在福冈县内外有几家连锁医院，并且那里……”

“打过电话了吗？”

玄儿打断了野口医生的话。

“还没有。”

“还是确认一下比较好。如果表舅真的去了那儿，那他干吗特地跑到那么远的医院去呢？茅子太太的情况怎么样了？”

“好像终于退烧了。我还在给她吃药，不过已经不用担心身体的状况了。”

“可以正常讲话吗？”

“我想只要精神稳定，应该没问题。”

“那么，也必须问问她。”

伊佐夫所说的首藤夫妇的“阴谋”到底是什么呢？虽然还不知道它与凶案有多大关联，但这也是我一直很想知道的事情。

野口医生把茅子的笔记本放回口袋。玄儿依次看了看医生与征顺，说道：

“总之，我先去爸爸那里。医生与姨父也一同去吧。”

“好的。确实这儿已经……”

“我知道啦。玄儿，一起去吧。”

“那么——中也君，请你留在这儿好吗？”

“啊，好的。我无所谓的。”

这时，玄儿又像是忽然想起了什么似的，转过身回到沙发旁，从放在桌上的东西中选出了黄色的火柴盒。这使我又不由得揣测——他拿火柴想干什么？

“市朗。”

玄儿对着依旧蜷缩在毛毯里的少年说道。

“不好意思，请你也在这里再等一会儿。你不用害怕……只是，现在在这里听到的一切绝对不能告诉任何人，还有昨晚你看到人骨的事情。否则，我就不敢保证你的人身安全了。你懂了吗？”

“我、我……”

市朗拼命地摇着头，一副极其害怕、可怜巴巴的样子。

“我什么也没有听见！我什么也——”

4

……怎么回事？

这不协调感、这诸多的不协调感、这诸多散落在四处的不协调感是怎么回事？

反复自问的最后，**他**终于渐渐发现了。

在各种各样的场景中、在各种各样的事件中、在各种各样的话语中……**并非只有某处**不一致。

……而是**所有的一切**都不一致！

难道所有的一切都**不对**、都**不一样**吗？啊，如果是这样，那到底**我**……

5

他们三人一出沙龙室，我便拖着沉重的脚步回到原来的沙发上。市朗完全吓坏了，低着的脸几乎全部埋在毛毯中。我一时找不到话和他搭茬，就点了一支难抽的烟。

外面的风势越来越大、越来越嘈杂，像是要把我混乱的内心吹得更乱似的。我的心情犹如惊涛骇浪中漂泊的遇难船只，无论多么努力想恢复冷静、重新整理思绪，却难以如愿。

时间已经是下午三点十五分左右。

我看着自己的手表确定时间时，突然想起了美鸟与美鱼的母亲——美惟。

听说她虽然陷入那种昏迷状态，但每天一到固定时间，就会来到红色大厅演奏那架“看不见的风琴”。三点过后不正是那个固定时间吗？不过，她今天还会来吗？或者因为那对双胞胎已不能像平时那样去接她而不来了呢？

昨天的这个时候，同她们一起走入红色大厅时看到的那幅奇异景象又在我脑海里复苏了。

——妈妈创作了什么样的曲子呢？

——妈妈正在弹奏什么曲子呢？

美惟那雪白的手指在虚幻乐器的虚幻琴键上跳跃着。无声的曲子……对，那可以称为《虚像赋格曲》。但不知道为什么，这首本不可能有人听得到也不可能存在的乐曲，现在却犹如有形之物开始在我的体内流淌。

这是名副其实自虚空之中涌现出来的旋律，悲伤而庄严。尽管我有些迷惑，但还是缓缓闭上眼，将自己整个沉浸到旋律中。

——喂，中也先生！

——喂，中也先生！

旋律声中，耳边又响起美鸟与美鱼那犹如玻璃工艺品般晶莹剔透的声音。

——谁是凶手？

——谁是凶手？

啊……到底谁才是凶手呢？

是谁杀了蛭山丈男与浦登望和呢？

我就这样闭着眼，又开始思考这些问题。

不是美鸟与美鱼，也不是玄遥。如果始终拘泥于“暗道问题”，那么推理就又撞上“没有任何人可能是凶手”这堵无法绕开的墙。

我该如何理解这一事态呢？是我过分拘泥于“暗道问题”吗？难道必须从别的视角重新审视整个事件吗？或者……

那玄儿呢？

他究竟是怎么想的——我突然才意识到这个问题。

玄儿——他也和我一样,认为“暗道问题”才是查明凶手的线索。但和我不同的是，他一开始就知道美鸟与美鱼实际上并不具有连接在一起的肉体，所以他没有像我那样怀疑她们。

当我说出玄遥是凶手时，好像攻了他一个措手不及。但是，通过刚才去“迷失之笼”验证，最终不得不判断这也是错误的。当然，如果认为是鬼丸老人在背后搞鬼，那么玄遥是凶手的说法也不能完全否定。但是鬼丸老人是绝对不可能撒谎的，据说这在暗黑馆中是不言而明的，是“不容置疑的命题”。看来玄儿对此也深信不疑。

即便是我，也不愿对他断定的这个“前提”再多加怀疑。如果是这样……

如果是这样，那么玄儿现在在怀疑谁呢？以前又怀疑过谁？

重新这么一想，我脑海中终于浮现出一个名字。那就是——

浦登柳士郎！

自从最初蛭山被杀后，我也多次对他有过轻微的怀疑。我想他之所以那么顽固地拒绝与警察联络，或许就是因为他自己是凶手。在得知浦登家不愿为外人所知的众多秘密之后，也不能说这一疑问已被完全从我脑中排除出去。

玄儿他好像并未对柳士郎抱有强烈的怀疑——至少到目前为止

是这样。反而他更多的是在否定我的怀疑。不过，他实际上会不会一直在暗中怀疑柳士郎呢?

我们先不管市朗的目击证词。如果凶案中的那个可疑人物是柳士郎，因为市朗还没见过他，所以他应该不会说那是张“见过的脸”。但是，如果那证词的可信度本来就有问题——

凶手是浦登柳士郎。

如果这么想，那么关于一直让我拘泥其中的“暗道问题”也可以有个合情合理的解释了。

那就是暗黑馆馆主那对浑浊的眼球。五十八岁的他患上老年性白内障，双眼失去了锐利，同他那充满威严的整体气氛极不相称。据玄儿说，这一年他的病情急速恶化，视力下降得很厉害，从两三个月前开始，走路时都要使用手杖了。

因此，这就是解决问题的关键。

在第一起凶案中，我们可以看到凶手是通过储藏室的暗门进出犯罪现场的。这扇门，如果事先知道它的位置，即便不开灯也能轻易找到并打开它。柳士郎当然也做得到。然而，在第二起凶案中情况就不同了。

凶手无法从犯罪现场的工作室正门出去属于突发事件，是因为伊佐夫喝醉后推倒了走廊里的青铜像，所以凶手必须迅速采取其他方法脱身。最终，他打破休息室的窗户逃入红色大厅之中。我们觉得凶手这时如果知道壁炉中的暗道，那他应该会从暗道脱身。所以我们认为凶手不知道有那条暗道。我开始怀疑那对双胞胎是凶手时暂且转换了一下思路。我想或许正确的切入口是“能不能通过”这一物理性问题，而非“知不知道”。

双胞胎是凶手的说法因她二人的“分裂”而被否定。接着，当我怀疑玄遥是凶手时，问题的切入口又转换到“**知不知道**”上，但现在这也被否定了——

可能凶手并非不知道这条暗道，而是他尽管知道却不能使用——我似乎又需要这样来转换思路了。

壁炉中那条暗道的门不像储藏室的暗门那么容易打开。这从玄儿再次检查现场时，为了打开那道门颇费了一番周折这一点上就能看出来。他拿着手电慢慢爬进炉室，找了好一会儿才找到打开门锁的把手。

也就是说，即便事先知道暗道存在，凶手要想打开它也必须费很大工夫。更何况那是突发性的状况，而非事先预谋好的呢？

柳士郎能做到吗？他的视力因白内障而极度衰退，即便在馆内走动也要使用手杖。这样的他能在黑暗的炉室里找到把手并把那扇暗门打开吗？他不能！从**肉体上的能力问题**上来看，这是不可能的。所以……

玄儿会不会也这么想，从而暗中怀疑柳士郎呢？我进一步想道。

那么柳士郎为什么要杀蛭山与望和？他的动机到底是什么？

说起柳士郎，让我不由得想起十八年前的凶案来。杀害玄遥、嫁祸卓藏并迫使其自杀的凶手——虽然这凶手的真面目还没弄清楚，但从作案动机来看，嫌疑最大的就是柳士郎。如果当前凶案的凶手也是柳士郎，那么作案动机是与十八年前的凶案有关呢，还是……

突然响起的雷声——比刚才又近了些——我吓了一跳，睁开了眼睛。市朗依旧蜷缩在对面沙发的角落里。可能也是被刚才的雷声吓着了吧，他从毛毯里伸出头，战战兢兢地环视着四周。他的目光与我的目光在瞬间相遇了。

“啊……”

少年发出了轻微的喊声。

“那、那个……”

他好像要说些什么，但很快又闭上嘴，低下了头。这时，他落在桌上的视线突然停在那个深褐色的钱包上。

“啊……”

他又轻轻喊了一声。

“怎么了？”

我从沙发上坐起来，盯着少年的嘴角。

“那钱包有什么……”

市朗依然双唇紧闭，暧昧地摇着头。但是，他的视线依旧停留在钱包上。

我突然产生了兴趣，向桌上伸出手去。虽然刚才已经检查过了，但我还是决定再拿起来看看里面的东西。

这个湿漉漉的二折钱包在江南从十角塔上坠落时，自他身上掉出来，被慎太捡到后放入那座废弃屋子的桌子抽屉里。钱包里有几张已经潮湿的小额纸币……

我把纸币从钱包中取出来，打算数一下它的确切数目。于是我发现中间夹着一张与纸币不同的东西。由于潮湿，它与纸币紧紧贴在一起，如果仅是匆匆一瞥是难以发现的。

我把它从纸币上揭了下来。

“这是……”(这是……)

我不由得嘟囔了一句。

这是一张旧照片（这张照片是……)。

6

照片显示是在室外，季节可能是冬天吧（……冬天）。照片以稀疏的树木为背景，上面有两个人。一个是穿着和服的中年妇女，另一个是瘦弱的孩子——年龄在十岁左右。孩子紧紧依偎在妇女身边，看上去像是母子。

这样一张黑白的老照片（……为什么）混在了钱包里。

“这是……”

我盯着照片上的孩子，照片上的他略显紧张地紧闭着双唇。

“这是……他的？”

难道这是他——江南（……这是）童年时候的照片吗？（这个孩童就是？）那么旁边的女人（……这是）是他的母亲（这个女人就是？）……

反过来看了一下照片背面，上面有一行简短的记录。是用黑色墨水写的，但因为浸了水（浸水？），有一大半已看不清楚（……墨水？），勉强只能看出是“摄于……月七日……岁生日”（这文字、这笔迹……）。

……啊，为什么会这样？现在他又不由得迷惑了，围绕那些难以忍受的矛盾感，忍不住自问起来。

把照片翻过来，我再次端详那孩童的脸。

有意识去看的话，这的确是那个青年的样子。虽然还不能立刻说出两个人在哪儿相像，但确实能看出他的模样来。

我把钱包放回桌上，又把照片放到钱包上，同时偷看了一眼市朗。他好像也不时偷眼望着这边，每次看到钱包上的照片，他的双肩就会猛然颤抖一下。

"你知道这里面有这张照片吧？"

我问道。市朗看着照片，默不作声地微微点了点头。这时——

房间内突然闪过一道白光。那是透过法式落地窗突然闯入的一道强光。几秒钟后，传来了轰隆隆的雷声。那道突然降临的光是从密布天空的乌云缝隙中钻出的闪电。

"啊！"

市朗口中发出一声惊叫。他的视线依然停留在桌上的照片上，但眼中却好像出现了和刚才略有区别的情感。

怎么了？怎么回事？我疑惑的同时，心里又微微一动。因为刚才的电闪雷鸣，昨天下午的一个记忆不经意间冒了出来。

那天在检查完蛭山被杀的现场后，我与玄儿去了北馆。途中，在东馆的舞蹈室里遇见了望和。然后我们发现了屏风后面的江南。当时——

他坐在墙边地板上，显得非常疲惫，脸色苍白得像纸一样，头发凌乱，目光呆滞，尖下巴，额头与鼻尖微微渗着汗，脸颊上不知为何还有流泪的痕迹。

那时，我看着他的样子，突然有一道灵光和一丝疑惑在脑中闪过。

我有一种感觉，这——**这张脸似曾相识**，但不知是何时何地（怎么会这样……虽然当时**他**的内心也剧烈地震荡着，但很快又陷入昏暗的混沌之中）……

这种奇怪的记忆错觉是怎么回事？为什么我当时会有那种感觉？

为什么会这样？疑惑与围绕那些难以忍受的不协调感的自问。很快就要达到最高潮……

闪电再次白晃晃地在房间内划过，接着是比刚才更大的雷鸣。

"啊……"

这次从市朗口中发出的是一声叹息。他一直看着桌上照片的目光转向空中，侧着头显出一副百思不得其解的表情。

我也长叹一声，仿佛想要求助般环视了一遍除了我与市朗之外空无一人的房间。

靠走廊一侧的墙上挂着黑色画框，那里放有藤沼一成的油画。我的目光停在了那儿。这是一幅名为《征兆》的风景画。画里仿佛预见了影见湖水被“人鱼之血”染红这一传说的实现……

北方的海
没有美人鱼

前天那对双胞胎在这幅画前背诵的中原中也的诗作——好像叫作《北方的海》——从我喧闹的内心流过。

那海上只有浪涛

——这首诗很棒吧？

我觉得说这话的是美鸟。

——北方的海里可没有美人鱼呢。恐怕有美人鱼的地方，只有这里的湖吧。

阴郁的天空下
浪涛发疯了似的撕咬
仿佛有数不清的嘴，日夜
向着那阴郁的天空

咆哮出大海深处的诅咒

不知道何时才能实现的……诅咒。

“诅咒……吗？”

我低声自言自语地说道。然后我长叹一声，继续看着《征兆》中红色的湖。幻想画家藤沼一成……（一成？对，这个画家好像……）据说他是个天才，拥有罕见的“幻视能力”。虽然我不愿轻易相信，但这幅以《征兆》为题的作品会是他“幻视能力”带来的未来预言图吗？如果真是这样……

那挂在东馆客厅的那幅邪恶的抽象画——《绯红庆典》呢？一道蓝色粗线——浮现在黑暗中的一块细长的“木板”——斜着穿过画布。一条苍白中混合着闪烁银光的细线从上到下似乎要穿过那“木板”……那让人想到强烈的闪电。土灰色的左臂支撑着“木板”。飞鸟拍动的白色翅膀上略微带有一点血红。还有一片仿佛从黑暗深处蠕动出来的、不规则的“红色”。部分暗淡，部分鲜艳；部分让人觉得神秘，部分让人觉得可怕。

或许那幅画也在预言某种未来吧。如果真是这样，那么西馆密室内那幅“只有边框的画框”中的画呢？难道我私下称之为《时之网》的那幅不可思议的风景画也……

我冥思苦想，不知不觉从桌子上拿起了那块怀表（……这块表）。和先前一样，我拿着表链提到与视线平行的高度，使它如钟摆般摇晃起来。于是，与先前一样，随着它的摆动，那幅画中的情景又浮现出来，在我眼前闪着白光。

我使劲摇着表（这的确是那个……），眼前的景象继续闪着白光，每次闪光都让我的视野摇晃扭曲……

不久——

绛紫色的空间里如蜘蛛网般布满了银制表链，在它的中心浮现出怀表圆形的文字盘。这样的风景整体噼里啪啦地迸出无数细小的裂纹，立刻伴着一道强烈的白光飞散开去。

正是这个瞬间，我脑海中有一**道电光**闪过。

一声短促的喊声毫不掩饰地从我口中迸出。或许这会让市朗惊慌失措，令他感到害怕，但此时的我已没工夫去考虑这些了。

“是吗——”

我独自嗫嚅着，用力点点头。

“是吗？啊……是这么回事吗？”

此时我的心已飞至遥远的十八年前的“达莉亚之夜”。那年的“达莉亚之宴”后，为了去见玄遥，玄儿站在西馆第二书房的前面。于是我把自己的视点与当时只有九岁的玄儿的视点重合在一起。

玄儿听到屋里传来玄遥奄奄一息的喘息声，便打开了房门。于是，他看到房间深处的昏暗中站着一个人。这是一张从没见过的脸，样子十分可怕……啊，对了，原来是这样！没错，那肯定是玄儿看到的那个人、“活人消失”的真相以及凶手的名字，十八年前凶案中的所有谜题我好像已经全部解开了。

7

“那个……”

市朗慢慢开口说话了。此时，我为了平息过度的兴奋而叼起一支烟。

“那个……中也先生。”

市朗虽然依旧蜷缩在毛毯里，但原本低垂的头已经抬了起来。他直视着我，好像下了什么决心似的。不知是不是我的心理作用，他那至今为止的胆怯似乎正在逐渐消退。

“什么事，市朗？”

我停下正要擦火柴的手，尽量柔和地问道。虽说如此，但我无法完全抑制内心的兴奋。我知道自己的声音变得很尖，也知道自己的脸因血液上涌已经通红。

“你是有什么话要说吧？”

“那个，我……”

市朗还是有些吞吞吐吐。

“玄儿先生这个人，我总觉得很怕他，所以……”

“玄儿可不是个可怕的人哦。而且也不是坏人。”

我回答道。我想这应该是我的真心话。市朗像是松了口气，紧张的表情也缓和了一些。

“中也先生你是从外面来的人？”

“嗯，是玄儿邀请我来的。他是我东京同一所大学里的学长。”

“东京……哦？”

市朗眼中似乎浮现出些许他这个年龄段的男孩应有的光芒——好奇心与憧憬。或许东京这个全国最大城市的名字会自然而然地在乡下长大的少年们心中引起这样的情感吧。

“请问……中也先生。”市朗又说道，“那张……照片中的人……”

“照片？是这张照片吗？”

我指着钱包上放着的那张照片问道。市朗有些疑惑地点点头，问道：

“那个人是谁啊？”

“你问的是这个男孩子，还是这个女的？”

“那个男孩子。”

“他啊，他叫江南。就在你从村子里来这里的那天傍晚，他从塔上掉下来了。命虽然保住了，但是丧失了记忆。”

“现在他还在这里吗？”

“是的。”

尽管我难以揣测市朗这么问到底是因为想到了什么，但我还是尽量用简单易懂的语言回答了。

“这个钱包好像是他坠塔时从身上掉出来的，后来被慎太发现后捡了回来。放在钱包里的这张照片大概是他童年时的东西吧，旁边的可能是他母亲。”

我擦着火柴，点上烟。在紫色烟雾的对面，市朗动了动嘴，像是想说些什么，但最终还是沉默着再次低下了头。

“怎么了？”

我马上问道。因为同是“外面来的人”，所以我想他多少会对我少一点戒心。

“如果有什么想说的，就在这里说出来吧。玄儿那里我会告诉他的。”

“嗯……可是……”

“你对那张照片有什么疑问吗？还是……”

我想起刚才他与玄儿的对话。

“是不是刚才玄儿问你时，你欲言又止的那件事？你发现车子冲入森林，然后呢？是不是在那里看到了什么？”

沉默持续了几秒钟。难道在我这种讯问方式下他还不肯说？正当我想放弃时，少年终于开口了。

"我……看到了。"

市朗说道。他那纤弱的声音像是就快哭出来似的。

"当时我看到了。"

"看到了什么？"

又经过片刻的犹豫，市朗突然闭上眼睛。

"尸体。"

他小声说道。

"啊？"

"是尸体！我看到了尸体！"

这下轮到我张口结舌了（……那尸体）。

看到了尸体？到底是在哪儿看到了尸体？谁的尸体？（……是的。当时，市朗的确看到了尸体。但是，为什么**那尸体**会在那里呢？）

"黑色的车子撞到树上坏了。车子里空无一人，后座上虽然有毛毯，但没有人……"

毛毯……他回味着市朗的话。毛毯……**不对**。没有什么毛毯……

"……我在车旁捡到那个黄色火柴盒之后，发现在树林中的不远处有具尸体，是一具男尸。"

"男尸？"我顺势问道，"是个什么样的男人？"

"有点发福的中年男子。"

市朗睁开眼，一动不动地看着空中，声音中缺乏抑扬顿挫的感觉（……**不对**）。

"手脚都已经折断。头破了，满脸是血。表情痛苦而且非常可怕。"

不对！他现在能够确信了。也不存在那样的尸体……

"乍一看，我还以为是死于汽车事故的。驾驶汽车的人因冲击力而撞破玻璃飞出窗外……"

市朗用力地摇了摇头，像是要赶走这可怕的记忆。

“可是，不是这样的。”

……不对。

“不是？”

我在可怕预感的折磨下疑惑地问道。

“那是什么？”

“那个人不是死于事故的。因为……”

……不对。

“因为什么？”

“那具尸体的颈部套着茶色皮带……深陷入喉咙里。所以，他是被人用皮带勒住脖子而死的。”

……不对啊。

用皮带勒住脖子？啊……怎么会这样？

“有人勒住他的脖子勒死了他啊！”

不对。不是这样的！至此他终于能够完全确信了。

并非某处不一致。而是**所有的一切**全部不一致！正因为所有的都不一致，所以才会如此……

8

不久，玄儿与野口医生一起回到沙龙室来。时间已是四点。征顺并没有出现，或许是担心阿清，去看他的情况了吧。

“我们没能见到柳士郎。”

一进门，玄儿就这么对我说道。他没有称“父亲”而是直呼“柳士郎”，这已经清楚地表露出他目前的内心世界。

“他把自己关在西馆的卧室里，门也锁着。我诚恳地告诉他我们有话要对他说，但他就是不让我们进去。姨父与野口医生也一起帮我劝，但也没用……”

说着，玄儿向野口医生望去，野口医生一脸失望地说道：

“简直是难以靠近。”

“我们告诉他美鸟与美鱼的情况，又隔着门对他说电话已经通了，所以和医院进行了联系，还说接着也应该向警察通报情况，但依然没什么反应。于是我们反复陈述，总算得到了他的回应，却是一句‘随你们便吧’。怎么说呢？他的反应如此草率，简直陷入了思维停滞的状态。在我记忆里这可能还是头一次。”

“是啊。”

野口医生若有所思地皱着眉头附和道。

“虽说这段时间他有强烈的忧郁倾向，但就我所知，柳士郎这样的态度还是……”

“然后你是怎么做的？”

我从沙发上站起来对向我走来的玄儿问。

“和警察联系了吗？”

“联系了。”

简短地回答后，玄儿抚摩着自己苍白的脸颊，像是非常忧郁的样子。

“总之我让警员赶快过来，如果途中的道路无法通行，就请他们想想办法。”

“事情的详细情况也说了吗？”

“没有。只说了有两个人被杀，此外还有一些人受伤。”

玄儿的嘴角微微抽搐着。

“即便警察们来了，也不能让这个家的秘密全部暴露出来。作为浦登家的一员，我也是这么想的。在他们来之前，我们必须确定哪些可以讲明，哪些必须隐瞒。当然，这也需要你的合作。”

“警察会来，对吗？”

我打断了玄儿的话。

“总之他们会来的，对吗？”

“早晚的事儿。”

说着，玄儿又忧郁地抚摩起脸颊。然后，他把双手放在腰间，猛地伸了一下腰。

“对了，中也君，已经可以确认一个重大事实了。”

他对我说道。

“首先是茅子太太笔记本里的‘永风会’。我打电话过去，果真是医院。那是福冈永风会医院的连锁医院，位于大牟田。”

“大牟田？”

“就是福冈县与熊本县交界处附近的一个小城。开车去的话，大约有半天路程。”

“哦。”

“然后，我给那盒火柴所属的店——‘岛田咖啡’也打了电话，后来还和茅子太太聊了聊。没想到不需要我再三盘问，她出乎意料地都说给我听了。首藤表舅和她想干什么，实施了什么‘阴谋’这些，差不多都弄明白了。”

“首藤——利吉先生是什么样的体形？”

我突然插了这么一句。玄儿有点不知所措地问道：

“什么？为什么又问这个？”

“是胖还是瘦？”

“这个么……应该算胖的。虽不是特别胖但还是有一点，尤其是脸与体格相比感觉肉多了些。”

“啊！那么……”

我把目光转向蜷缩在沙发上的市朗。

“三天前——就是大前天的傍晚，市朗可能看到了首藤先生。”

“啊？”

玄儿一脸不解。

“他究竟……”

“市朗说来时的路上，在那辆严重损坏的车子附近，看到了他的尸体。”

“尸体？”

“是的，一个发福的中年男子的尸体。”

“啊？”

市朗惴惴不安地偷眼看着这边。玄儿狠狠地瞪了他一眼，但很快把目光转向我这边。

“你认为那是首藤表舅？”

“那是辆黑色五人座轿车。所以驾驶人很可能是首藤先生，不是吗？”

“没错。”

“不仅如此，那尸体的脖子上好像还缠着皮带。深深陷入喉中，我想那可能是首藤先生自己裤子上的皮带。”

“什么？！”

玄儿小声喊道。几乎同时，在他身后的野口医生也吃惊地叫起来。

“你是说表舅三天前就遇害了吗？”

“是的。”

“原来如此。”

玄儿小声说道。声音一下子被压低下来。

“如果是这样，那就越来越……”

“越来越”什么？我从他的话中找不到答案。还有，他说确认的“重大事实”是什么，我也不明白。不过……

从刚才开始我就一直在寻找时机转入自己想说的话题。野口医生姑且不说，但我想尽早把这件事告诉玄儿，而且也必须告诉他——这种强烈且令人焦躁的情感正在我内心加速膨胀。

“那是什么？”

玄儿看到了桌上的那张照片，用手指着问道。

“它本来是夹在钱包里的。玄儿你们出去后，被我发现了。”

“哦？我倒是没有发现。”

玄儿静悄悄走到桌子前，拿起照片。裹着毛毯的市朗不安地看着他的动作。

玄儿的目光一落在照片上，就“啊”地低吟了一声，然后恍然大悟似的看了市朗一眼，马上转身走到野口医生身旁。

“医生，您能看看这个吗？”

野口医生依言取过玄儿递来的照片仔细看起来。

“这个……啊！”

野口医生那对玳瑁镜框后面的小眼睛不停地眨着，不紧不慢地抚弄着胡子的手忽然停了下来。

玄儿把脸凑到野口医生跟前，小声嘀咕着什么。医生频频晃着肥硕的脑袋回答着，但声音很小，从我站着的地方根本无法全部听到。

“这个……这个女人……”

即便如此，他们对话的片断依然传到我耳中。

“……我觉得应该没错。不过……我也有点……”

虽说我对他们说的也很感兴趣，但我并不打算走到他们身边去加入他们的谈话。我满脑子想的还是如何把自己的想法告诉玄儿。

“应该立即行动吧。”

我听到野口医生这么说，但他红色的脸膛上清楚地浮现出强烈的疑惑与不解。

“我想干脆……可是，嗯，即便如此……”

“还是得想个办法啊。”

我听到玄儿这样说道。

“不能这样放任自流……”

“是啊……”

医生迟疑着点点头。玄儿自医生的手中拿回照片，再次走到桌旁。

“慎太已经来过了吗？”

他默默地看了我一眼，然后向沙发上的市朗问道。

“没有。”

市朗摇摇头，时不时偷眼看玄儿手中的照片。

“嗯，我……”

“过一会儿应该就会来了。”

但玄儿没有让他继续说下去。

“等他来了之后，你可以和慎太一起去忍太太的房间。那边应该比这里更能让你平静一些，而且……”

“玄儿。”

我大声喊道。

我再也等不及了。现在不是长时间等待说话时机的时候。越来越膨胀的焦躁感难以遏制，终于出现了一次小小的爆发。

“玄儿，我有个请求。”

“嗯？”

玄儿吃惊地皱起眉头看着我。

“怎么了，中也君？又突然……”

“现在马上——”我认真地说道，“一起去西馆好吗？”

“西馆？”

玄儿又惊讶地皱起眉头。

“难道你想去说服柳士郎吗？”

“不，不是这个——”

我竭尽全力地盯着玄儿。

“我想去那个‘打不开的房间”，有件事必须再确认一下。”

“确认？哦，你又想出什么新的解释吗？”

“这次应该不会错。”

我毫不畏惧地和盘托出。

“是关于十八年前的凶案。我想我已经解开了所有的谜题，我还可以确认谁是真正的凶手。”

“什么？为什么你……”玄儿瞪大了双眼，非常吃惊地说道，“真的吗，中也君？”

“我想不会花太多时间的。所以，我们现在就去西馆，去那间‘打不开的房间’怎么样……”

9

比如说——**他**又回想起那些四处散落的不协调感。

对了，比如说天气。

比如说颜色与形状。以及名字与长相、电影与电视新闻。还有火山喷发时的熔岩与地震。还有古怪的建筑家与著名的侦探小说家……

比如说衣服。比如说表。以及车子、香烟与火柴。还有钱包、告示牌与招牌。还有画家、签名本与流感。还有富士山覆盖山顶的初雪、大分海域的货船事故以及山形市的济生馆主楼……

比如说那个缩略字母。比如说鞋子与毛毯。还有湖畔的建筑物与它的坍塌。还有门钥匙、门环与肉体特征。还有关于死去“母亲”的记忆与那些脑海中重叠的火焰形象……

……就这样，**他**对事实的确信变成了一种领悟。而这种领悟完全改变了之前他所看到的“世界”的含义。

这不是**我**所在的一九九一年九月的“现在”。**这是**——存在于这里的“现在”，并非**我**的“现在”，而是**他们**的“现在”。

10

当玄儿把钥匙插入西馆第二书房的门时，格外猛烈的雷声令整个暗黑馆都颤抖起来。巨大的声音让人觉得那雷仿佛就落在身边。雨声差不多已听不到了，风却比昨天更强烈，发出低沉的嘶吼声，仿佛要把古老的暗黑馆吹到时空的另一端。

钥匙伴随着干涩而夸张的嘎吱声在钥匙孔中转动。

我站在昏暗的走廊中央看着玄儿开门的动作。

自这里——

没错。十八年前凶案发生的那个晚上，自这里——自这个相同的位置，九岁的玄儿看到了站在房中的那个人影。

一个穿着几乎同背后的墙壁融为一体的黑色衣服的人。一个头发蓬乱的人。一个玄儿未曾谋面的人。一个神情恐怖地瞄着自己的人……

"怎么了，中也君？不进来吗？"

玄儿的声音传了过来。

漆黑的房间在他刚点上的蜡烛照耀下略微亮了一些。我感受着自己加速的心跳，应了声"马上来"，迈步走进房间。

屋里只有我们二人——

市朗应该正按照玄儿的指示留在大厅里等慎太。野口医生同我们一起走出沙龙室,但走的是相反方向。虽然我也想知道他要去哪儿，却没心思问玄儿。总之，我心里有一种连我自己都觉得异常的兴奋，只想着必须把玄儿带到这里解开十八年前的凶案之谜……

"那么，你要为我解开什么谜团？怎么解谜呢？"

玄儿在点完几个烛台后问道。虽然他装出轻松的口吻，但从他盯着我的锐利眼神中，我可以窥悉他内心的沉重。

"我——"

说着，我将手伸入裤子口袋中摸索着。口袋里放着那块从大厅桌子上拿来的怀表，我把它拽出来给玄儿看。

"我从刚才就一直在琢磨这块表。"

"哦，是这个吗？"

玄儿的表情没有丝毫改变。

"江南君带来的这块怀表为什么与十八年前的凶案有关呢？"

我重新戴好头上的礼帽，抓着怀表的链子把它提到眼前。

"罗马数字排列在古典式的圆表盘上，表针定格于六点半。我感兴趣的并不是这表**本身**……"

我把目光从眼前的怀表移到房间南侧的墙上。

“而是与这相同的那块表，那幅画中的表！”

通往隔壁密室的翻转门依旧是今早我们离开房间时的样子。藤沼一成的那幅油画对着我们，画中那块巨大的怀表与我现在手中的这块怀表都指着同一时刻。

“不过，在此我并不想过多地去思考画中这块表本身的含义。我们可以把它看作是极具暗示性的……仿佛是画家预测到某个未来而画的。不过，暂且不去管它——”

我注视着画框中那不可思议的景象。

“我想核心问题在于绘有怀表的**整个画本身**。”

“唉——”

玄儿双手抱在胸前，焦急地嘟着嘴。

“你到底想说什么？我一点儿都不明白。”

“是吗——那么……”

我深吸了一口气，环顾了一下房间，然后把目光停在窗边的书桌上。

那里面很可能会有什么**可用之物**吧。因为事先没时间准备，所以现在只能在这间屋子里找了。

“怎么啦？难道这次你又觉得这张桌子有问题吗？”

我没有理会抬杠的玄儿，走到书桌前打开抽屉，开始在里面找。

果不出所料，我很快就找到了可用的东西——那是一把旧裁纸刀。

栗色的木质刀柄上雕有花纹，刀刃部分虽是金属的，但照例涂了无光泽的黑漆。这把刀已经有相当的年代了，看上去也不太锋利，但我想应该足以达到目的了。

“你说过本来这个画框——”

我再次将视线投向南侧的墙壁。

“和现在位于翻转门另一侧的画框一样，是直接造在墙上的‘只有边框的画框’。而且建造这样的装置是为了能让达莉亚夫人与玄遥类似地体验到他们所热切期盼的‘不死性’的第三阶段。”

“嗯。我确实是这么说的。”

“但是玄儿，果真如此吗？果真**仅此而已**吗？”

“**仅此而已**？”

玄儿板着脸，一脸迷惑。

“你到底想说什么？”

我把怀表放回口袋，用左手拿起抽屉中的裁纸刀向南侧的墙壁走去。站在藤沼一成的画前，我把刀换至右手重新握好。

“这幅画到底是有多大价值的艺术作品，我这个外行是不会明白的——所以我要对它动粗了，你闭上眼睛吧。”

我撇下满脸狐疑的玄儿，将刀向那画插去。我避开画面中央偏下的怀表以及如蜘蛛网状扩展的表链，选定红紫色的背景的一部分，按下刀尖。

“你干什么，中也君？”

“玄儿，你好好地看着吧！”

我命令道，同时用力将刀从上向下移动。干燥的油彩被切碎了。随着刀尖的移动，那里发出尖厉的声音。那是一种熟悉的摩擦声，与其说让人感觉异样，还不如说让人觉得不快。

“这声音是——”

玄儿自问似的说着，声音略微有些颤抖。

“正如你所想那样。”

说着，我改变了操刀的方法。

我将刀尖插入刚才造成的纵向伤痕——油彩被削掉后形成的细槽——的内侧，然后横向用力，将周围的油彩削落。一阵作业后，纵横十几厘米的平面上，大部分油彩都脱落了。

如果真像玄儿所说，那么油彩下面应该是黑色的壁板——准确地说应该完全是翻转门的表面。

但是，那里并非如此。

那里出现的是——

“镜子？”

玄儿瞠目结舌地说道。

“那是镜子吗？”

“是的。”

尽管那上面粘着尚未剥落的油彩，很是脏污，还留下刀子刮伤的痕迹。但出现在我们面前的确是嵌于那里的硕大镜面的一部分。

“我觉得现在位于背面的画框，确实如你所说，肯定是作为‘照不出人影的镜子’才制作出了‘只有边框的画框’，而另一面——即固定于这个正面的边框内的则是真正的镜子。正是为了隐藏这面镜子的存在，才在那上面画下画作的。”

“怎么会……”

“玄儿你曾向我解释过吧，关于这处宅邸的关键性缺失。即最近才在东馆洗手间内安装的那面镜子，是全宅邸唯一一面镜子。”

“是……”

“而实际上，这里是有过镜子的。恐怕自西馆建造伊始，就已经在这个边框内安装上了这面唯一的镜子。”

“唯一的……天啊。”

玄儿喘息般惊叹道。

“但是为什么呢？为什么会在这种地方，有这样一面镜子呢？”

“我觉得——”

我将那裁纸刀静静放置于地板之上。

“我觉得那也是可称之为‘达莉亚之镜’的东西。”

“达莉亚……之镜吗？”

“是的。”

我毫不犹豫地点点头。

“一如玄儿你所推测的那般，如今这背面的画框内肯定是作为‘照不出人影的镜子’的模拟体验装置而设的——但是你想，如果这座宅子里真的连一面镜子都不存在，那不就出现了另一个问题吗？假设达莉亚太太与玄遥真的实现了‘不死性’的第三阶段，那时不就需要镜子来确认这个事实吗？**如果一面镜子都没有，那就无法确认是否在镜子中真的照不出自己的身影来。**”

“的确如此。”

“这就是为此而在暗黑馆中设置的唯一一面镜子。它安置的地点不在别处，而是在达莉亚太太的密室里，这不正是在暗示它存在的理由吗？”

11

“这下你该明白了吧？”

说着，我自画前走到房间中央。玄儿依然目瞪口呆地站在那里，一动不动地看着油彩剥落后显现出来的那部分“达莉亚之镜”。

“十八年前的那个夜晚，当你来到这个房间时，这扇秘密翻转门上的镜子这一面实际正对着走廊一侧的入口，与墙壁呈九十度夹角的打开状态。因弹簧装置或是别的什么可以使门自动向角度小的地方自动关闭，故而原本是无法静止在那种状态的。但是，那时——”

我抬起手臂，指向自入口看过去稍稍偏右，即距南侧墙壁一米多的地面。

“奄奄一息的玄遥倒在那里。他的右臂指向墙壁，脸却扭向入口方向，以这种不自然的姿势倒在地板上。因此也就是说，原本应该自动关闭的秘密旋转门恰巧被玄遥伸出的右臂挡住、停下来了。此时玄儿你来了，毫不知情地打开了门。”

“那么——”

玄儿苍白的脸颊犹如痉挛般颤动着。

“那个时候，我看见的是……”

“就是映入镜子的玄儿你自己的身影啊。”

我心中感慨万千地说道。

“玄遥倒地令你大吃一惊，一打开门就不由得一直退到走廊之中。那时，这个房间只点了几根蜡烛，应该如现在一般昏暗吧。自昏暗的走廊径直看向室内的话，入口与里面墙壁之间、房间正中稍稍向前的地方立着一面硕大的镜子，恰好映出了玄儿你的身影。而在玄儿你看来，与你至镜子之间等同距离的镜子对面、即那个地方——”

我指着屋子西南边的角落。

“好像有个人面向你站着。因为无论是走廊还是屋子里的那一带，后面都是没有窗户和家具的黑墙，所以你一点也没感到不协调。镶着镜子的镜框同样也与周围的黑色混在一起，所以你没有看到。”

“但是，中也君。”

玄儿慢慢地摇着头。

“但是我不可能发现不了。即使我没发现屋里有这样一面镜子，也总不至于无法发现里面映出的是自己的身影吧。”

“你的确是没有发现。”

“怎么可能？无论如何，看到脸我应该会知道的。但我为什么说是张**陌生面孔**呢？就算是光线暗，看不清楚，但……”

“你的确是没有发现。”

我重复着相同的回答。

“对于当时的你来说，与其说是**没有发现，**还不如说是**不可能发现。”**

“不可能发现？”

“对，不可能发现。这也是情有可原的。**因为当时的你恐怕还不十分清楚世上有所谓‘镜子’这种东西。**因为在你当时的脑子里根本就没有会照出人与物体影子的‘镜子’这个概念。”

刹那间，玄儿好像明白了我的意思。在一声既不像喊叫亦不像呻吟的声音之后，他那茫然若失的眼睛在空中徘徊了片刻。不久，他低声说了句“是吗”，长叹了一口气。我继续说道：

“你出生后不久，就被关在十角塔最上层的禁闭室里，九年中始终生活在那里。那座塔里面与各栋正房完全一样，不要说镜子，就连可以映出影子的玻璃窗之类的都没有。从窗户中也看不到影见湖的湖面，使用的餐具之类的想必也是如此。

“可以想象，只要担任乳母的诸居静不特地告诉你的话，一个被禁锢在那种地方的孩子，是不可能知道这世上还有可以映出自己身影的镜子这种东西的。可能你也曾看到茶杯的水里映出了事物，但这不会与镜子的概念联系起来，纳入你的知识范畴。

“十八年前从塔里出来后的那一个星期也是如此。住在没有镜子及其他类似物品的房间里，也没机会听别人说起这方面的事情……你依然不知道镜子，没有镜子的概念，**当然也不会有机会看到自己**

映在镜子里的样子。

“所以凶案发生的那天晚上，当你与映在这间屋子的这面镜子里的自己对峙时，你只能认为那是个‘陌生面孔’的人，那人穿的黑色衣服就是你当时自己穿的黑色衣服。他蓬乱的头发就是你当时自己的乱发，可能是通过走廊时被大风吹乱的吧。他样子恐怖地瞅着这边，是因为你当时惊恐万分地往镜子那边看。”

“有道理。”

玄儿认可了我的解释后，情绪也有所恢复。他不时轻轻点着头，将投向空中的目光转到了我脸上。

“那么，紧接着发生的‘活人消失’是……”

“当你看到屋子里有个人后，玄遥的右臂不是动了一下吗？这时，走廊深处的‘达莉亚之间’打开了，柳士郎先生从里面走了出来。在你因他的呼唤向他那边看时，屋里的人影消失了。

“这里的关键是玄遥右臂动的那一下。临死前的他用最后的力气动了一下胳膊——那只挡住翻转门的胳膊。这个动作使门失去了阻碍，它就自动关上了。映出你身影的镜子消失到墙壁的另一侧，而没有镶嵌镜子的‘只有边框的画框’就出现在这一侧了。数秒后你再回过头来的时候，屋里的那个人当然就消失得无影无踪了。”

“对，这样就完全合情合理了。”

“今天凌晨你告诉我‘**这个暗黑馆有一个关键性的缺失，那就是没有镜子**’。这正巧是解开十八年前的凶案之谜的关键。**可是玄儿，最关键的缺失不是镜子，而是当时的你。**当时你心中毫无有关镜子这一物品的基本知识……”

一道闪电透过紧闭的黑色百叶窗的缝隙闯进来。几乎同时，可怕的巨响震撼了整个暗黑馆。雷声比刚才更加猛烈，这才像是上天

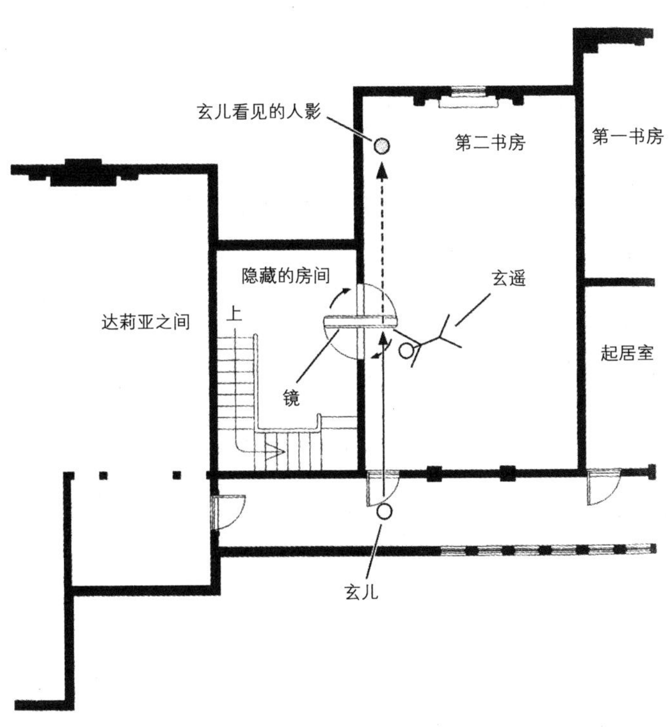

图五 西馆一层机关示意图

的愤怒。

我不由得缩了一下身子。但那一刹那，我仿佛听到从某处传来硬物撞击的“咚”的一声。不是来自这间屋子，可能是从入口处那扇门对面的昏暗走廊中……

是我的心理作用吗？

可能是刚才雷声过于猛烈，造成了错觉吧。我心里自言自语着，又转向玄儿那边。

“这样一来，我们就搞清楚你所见之人的真面目以及‘活人消失’的原委了。那么，十八年前凶案的真相自然也就明白了。大致上和你今早在此所做的推理相吻合，但在很重要的一点上，实际情况和你的推理有出入。”

“很重要的一点——啊！”

玄儿眯起眼睛，眼神中带着些许寒意。

“是说**他的不在场证明**这个问题吧。”

“是的。”

我老实地点点头，继续说下去。

“案发后，凶手本来应该原路返回，从走廊离开现场。但是，当凶手刚要行动时，他发现鬼丸老人带着你已经来到北侧邻室的门前。可能是他隔着墙听到了你们的说话声，也可能是你们的敲门声惊动了他。他想如果你们要找玄遥，接下来自然会来这第二书房。现在不能去走廊，但又必须马上离开。匆忙中，他决定打开翻转门从密室脱身，并马上付诸实施。

“这里再重复一遍，凶手大概也知道翻转门打开后能自动关闭，但没想到本应关上的门被玄遥的手挡住了。凶手没来得及注意这些，便上了密室的楼梯。从那儿一进入‘达莉亚的卧室’就急匆匆地从密室外的楼梯下来，然后——”

我停了下来。

“然后，**他来到走廊**。”

玄儿又眯缝起眼睛，眼神中依然透着寒意。他接过我的话，继续说下去。

“出来一看，他发现有个孩子正站在开着的第二书房门前往屋里窥探。于是，他喊道‘是玄儿吗’、‘怎么了，玄儿？你怎么在这儿’……”

“如果考虑不在场证明，本来只有他是没有嫌疑的。但是现在突然完全变了，只有他是凶手，一切才合情合理。”

“**柳士郎**他——”

玄儿痛苦地说出了那个名字。

“果然浦登柳士郎才是十八年前命案的元凶啊……他杀了玄遥，还杀了卓藏并嫁祸于他。”

（……是的。）

是的——他也回忆道。十八年前的那个夜晚，“视点”暂时飞离玄儿，去捕捉这间房里的景象。当时——

当时，有个男人来拜访第一代馆主玄遥。他将烧火棍偷偷藏在身后，他就是浦登柳士郎。

“柳士郎对这两人抱有极其充分的杀人动机，这一点就无须赘言了。无论是他对凶案的处理还是后来对玄遥的态度……我想如果他是凶手，那些恐怕都是他肯定会采取的行动。

“柳士郎极其痛恨玄遥与卓藏以及它背后的情况，想必当时这个家里的人多多少少都知道一点儿。美惟与望和就不用说了，用人诸居静、鬼丸老人，还有野口医生恐怕也不例外。玄遥被杀，卓藏横死，就算找到卓藏的遗书，柳士郎也不得不面对大家怀疑的目光。即便他知道美惟与望和会站在自己一边，但他仍然不愿让她们知道自己是杀害卓藏与玄遥的凶手。不仅是她们，对于任何人，他都不愿承认自己犯罪。尽管别人肯定多少会对他有所怀疑，但他终究还是想把事情的真相隐瞒到底。所以——

“所以，他决定充分利用一个偶然事件，就是你当时看到屋子里有个可疑人影这件事。他应该立刻明白了你看到的实际上是什么，但他并不打算去纠正这个错误，而是希望将其完整地展示给大家，使自己不在场的证据变成确凿的事实。”

“的确如此。”

玄儿生硬地笑起来。

“你的解释真是切中要害啊，中也君。”

“只不过有一点我不明白——”

说着，我望向亲手毁坏的藤沼一成的幻想画。

“就是这张画。凶案过后，成为浦登家主人的柳士郎竟然让受邀而来的画家画这样的画，这是为什么？”

“不就是想隐瞒事情的真相吗？”

玄儿冷眼看着那画回答道。

“这面镜子是揭示真相的证据，他想通过在上面作画来隐瞒它。”

“即使没有特地做这种事，还是有很多其他方法啊，比如偷偷打碎或者把它拆掉，用不着特意这么做啊。”

“那可是浦登家传下的唯一一面‘达莉亚之镜’呀。对于把它从这个世上毁掉，柳士郎内心可能终究也感到有些顾忌吧。”

“如果是这样，他可以亲手把它涂掉，用不着让陌生人来画那样的画啊。而且为了防止秘密泄露，这样可能安全得多。”

“可能是因为他非常欣赏藤沼一成的才能吧。即便是冒着同他共享镜子秘密的危险，他还是希望藤沼一成能在上面作画。或许他觉得要把‘达莉亚之镜’从人们眼中隐去，也只有这样才最适合。”

“是吗？”

“中也君，不管怎样，你的推理真的很完美。”

玄儿冰冷生硬的嘴角浮现出微笑。

“真像个了不起的大侦探啊。向你致敬！”

虽然我知道这称赞并未带有讽刺或者玩笑的意味，但我还是把目光从玄儿的微笑上移开，不敢正面接受。风更加剧烈，在紧闭的窗户外面咆哮着。

“所以——”

于是这一次，我试探着接着说下去。

“所以，关于这次——十八年后的凶案，我觉得凶手可能也是柳士郎。”

“哦？”

玄儿睁大眼睛，将微笑扩展到整个脸上。

“为什么这么说？”

“因为……玄儿你不也有同样怀疑吗？在思考‘暗道问题’时，最后只剩下一种可能性，那就是柳士郎是凶手。”

“你是说他的视力因为白内障而衰退，所以不能打开壁炉中的暗门？”

“是的。”

“嗯，的确，我曾经也做过这样的假设。”

玄儿收起扩散开来的微笑，慢慢地摇摇头。

“但是，不是这样的呀。”

“为什么？”

“假设这次的凶手也是他，那就完全不合逻辑了。这只要稍微想一想就能明白。拿刚才市朗的话为例，他说首藤表舅在树林中被杀，他看到这些是在大前天，也就是二十三日的傍晚，对吧？虽然这是在我们被暴风雨困在岛上之前，但你觉得柳士郎怎么才能到那么远的树林中去呢？对于在暗黑馆中活动还要依靠手杖的他来说，到底是怎么做的？”

被这么一问，我不由得哑口无言。我勉强想到了一个解释，那就是杀害首藤利吉的凶手另有其人，但还没说出口我自己就否定了。

市朗看到的利吉被人用皮带勒住了脖子。蛭山丈男也被自己的裤带勒住了脖子。浦登望和是被自己的头巾勒住了脖子——都是同样的杀人手法，都是同样的……

——作案手法相同，不是吗？

——因为是同一个凶手，作案手法才会相同嘛。

虽然我并不打算就此赞同美鸟与美鱼的说法，但在某种意义上凶手确实是用同样的手法不断犯下罪行。如果为了坚持柳士郎是凶手的观点就说杀利吉的凶手另有其人，这未免太牵强附会了。

“还有，中也君。”玄儿说道，“这一点我向野口医生问过并得到了确认。他——柳士郎的病情好像十分严重，远远超过我的想象。稍暗一点的地方就几乎看不见，甚至都快妨碍到日常生活了。我很难想象他这个样子还能实施这一系列的凶杀案。**柳士郎并不是杀害这三人的凶手。**”

“那么——”

和刚才的玄儿一样，我的视线也在空中徘徊。

“那么，会是谁呢？”

那是……

“我明白你想把过去与现在联系起来的心情。但是，十八年前的凶案与现在的凶案完全不同。凶手不同，犯罪的动机也不同。”

“是谁……”

那是……

“十八年前的柳士郎虽然受到强烈憎恨的支配，但依然能保持内心的平衡，能通过思考来控制自己的行动。但是这次的凶手不同。”

说完，玄儿凝视着我，他脸上不知为何突然掠过一道忧郁或者说是悲伤的阴影。

“**他**没有这种正常的平衡感。一旦萌生杀意，就不能控制自己。**他**的心已经不正常——疯了！”

——杀人狂！

“可以说是一种杀人狂吧！”

——是啊。是杀人狂。

“玄儿，”这次我和刚才的玄儿一样，喘息般瞠目结舌地问道，“你说的‘他’到底……到底是……”

那是……

“我不是说过确认了一件重大事实吗？我已经明白了，恐怕不会错。征顺姨父与野口医生也都已经知道了。现在，他们正在监视着**他**的行动……”

“是谁？”

那是……

我半带哭腔地问道。

“那个所谓的‘他’到底是谁？”

那是……他自言自语般说道。

“他呀……”

玄儿回答时，脸上突然又有一道悲伤的阴影掠过。

“就是三天前的傍晚，自十角塔上坠落的那个青年——江南。”

……对！就是那名青年！

“我已经知道他的名字了。**他的名字是忠教。**”

“忠教？”

我不由得喊出了声。

是的，我已经知道了——他继续自言自语着。

“就是十八年前，于旧北馆大火灾之后，离开这里的诸居静之子忠教啊！”

那名青年并不是我啊。

“江南忠教。这是他现在的名字。名字首字母缩写是‘T.E.’。”

间奏曲　六

“我”、即“中也”，现在正和朋友面对面站在暗黑馆西馆一楼的屋子里。作为“视点”贴在“我”身上的那个人，在他已从昏暗的混沌深渊中解脱出来并完全恢复了本来功能的意识下——

比如说……

比如说那个——他，即江南孝明，想道。他想重新回顾并提炼出诸多散落四处的不协调感来查证它们的含义。

对，比如说天气。

已进入九月下旬，在历年没有的持续的好天气中，我租了一辆车向着暗黑馆而来。那一天——九月二十三日，也是秋高气爽……对了，那天天气晴朗，怎么也想不到会在百目木岭遭遇那样的大雾。傍晚到达影见湖边时，一时低沉的云也变薄了，天空开始被鲜艳的夕阳染成血色。

然而，同样是九月二十三日的日暮，“我”们看到有人自十角塔坠落后向外跑去。那时的天空却是阴云密布，只能勉强看到星光。

绵绵秋雨一直持续到前一天，地面因此变得非常柔软。

同一日，市朗独自翻过百目木岭向着暗黑馆而来。**途中他仰望同样阴云密布的天空**，预感到**很快又要变天了**。地面也因为**一直持续到前一天的秋雨**而四处残留着水塘与泥坑。

这种不一致、不协调是怎么回事？

比如说……

比如说那个——江南孝明想道。

比如说颜色与形态。所谓的“颜色”是指湖水的颜色，还有衣服的颜色……

到达影见湖边后，我乘上系在栈桥上的小船，操着用不习惯的桨，独自来到岛上。当时，**红色的湖面闪烁着妖艳的光芒**，但那红色是**湖面本身、湖水本身已被染成红色**，而不是因为夕阳的映照。

然而，同样是九月二十三日的下午，当“我”们渡过同一个湖时，**湖面却是一片深绿色**。在坠塔青年的回想中，湖面的颜色也不是红色。他从栈桥独自乘船来岛上时，**湖面在阴云密布的天空下呈现出黯淡的深灰色**。

湖水变红，并不是像浦登家的传说那样是被“人鱼之血”所染，而是地震迸出的大量红土造成的。“我”们和市朗是第二天才发现一部分湖面变成棕红色的。**可为什么我来时看到的湖水就已经是红色了呢？**

上岛之后，仿佛有人在耳边召唤似的，我登上了那座十角形的塔。当我来到最顶层的阳台时，遇到那天的第二次地震。但在那之前，我看到有个人影站在最靠近塔的那栋房子——东馆二楼的窗边。是一个穿着**茶色衣服**的男人，时间正好是下午六点半。

另一方面，“我”在东馆二楼的起居室透过窗户看到一个人影站在十角塔的露台上。在紧接着发生的地震中，“我”也看到了那人影从塔上坠落的情景。因此我从塔上看到的窗边的人影大概就是这个“我”了。但这时的“我”穿的**不是茶色的衣服**，而是**灰色的长袖衬衣与深蓝色的马甲**。

这些不一致、不协调是怎么回事？

比知说……

比如说那个——江南继续想着。

比如说那个告示牌与招牌，还有车子、毛毯，当然还有森林中的尸体……

那块陈旧的告示牌竖在延伸至影见湖边的路旁。在这块正方形的木板上我看到用**暗红色的涂料**写着这样的字句——“自此乃浦登家私有土地，非请莫入”。

然而，当市朗在同一条路上看到那块告示牌时，上面的文字却是**令人惊恐的鲜红色**。市朗不是由此联想到鲜血而吓得浑身发抖吗？

暗红与鲜红——还有，我看到的那块牌子是斜立在那儿的，倾斜的幅度很大，甚至可以说是半倒状态。但市朗看到的未必如此。因此这不仅是“颜色”问题，也是“形态”问题。

所谓的招牌是指我中途在I村去的杂货店——“波贺商店”的招牌。招牌上**到处都有涂料剥落**，四方形的角上出现了弧线，似乎几十年都没更换过，**饱经风雨**的样子。

然而，在波贺商店的独生子市朗的回忆中，店的招牌绝非如此——**今夏，父亲亲自重新上过漆，看起来像是定做了一块新的似的。**

这些不一致、不协调是怎么回事？

终于越过浓雾中的百目木岭后，我看到了波贺商店的主人告诉我的岔路。折入岔路后，我遭遇了那天的第一次地震。车子冲入森林，撞在巨大的山毛榉上停了下来。**挡风玻璃上白花花地布满裂痕，有的部分甚至碎裂脱落。**

然而，市朗看到的事故车辆是什么样的呢？

同样是五人座的黑色轿车，同样是冲入森林撞在大树上停下来，但问题首先在于挡风玻璃的状态。**粉碎散落的玻璃**……是的，那辆车的挡风玻璃，其破损程度好像不是“有的部分甚至破碎脱落”，而**是完全粉碎地散落一地**。

问题还在于后座的样子。

在市朗看到的车后座中，**一条灰色毛毯被随意地团在那里**。但我坐的那辆车的后座中**应该没有这类东西**。要说有什么的话，也不过是装着喝过的矿泉水的塑料袋之类的……

对，最重要的当然是森林中的那具尸体。

那尸体倒在事故车辆不远处的草丛中，手脚弯曲成可怕的角度，头部满是鲜血，还被人用皮带勒住脖子。**市朗发现的那具尸体在我发生事故的附近有吗？没有！**至少在我弃车离开的那个时候绝对没有。

这些不一致、不协调是怎么回事？

有的非常隐秘，有的十分明显。如果意识处于正常水平，应该马上就能了解它们的含义。

确实如此——江南想道。

现在看来，“答案”是如此明显，以至于让我非常惊讶：为什么一开始我没有注意到这一切呢……

比如说……

比如说湖畔的那座建筑与它的崩塌，还有那栋建筑的门锁与门环……

我来到影见湖边，发现建在栈桥旁的四方形石造建筑后，便去敲入口处的门。我叫了几声，但没有任何回答。**门好像上了锁，想开却开不了**。我发现**安在门旁的内线电话**，便按了一下喇叭下面的红色按钮，但里面似乎并没有响起门铃之类的。

这里难道没有窗户吗？我心里这么想着，便转到建筑的另一侧。在那儿我看到**墙壁的一部分已经完全倒塌**，从瓦砾的间隙向里面看了看，里面一片漆黑、什么也看不见。其他窗户上的黑色百叶窗都关得紧紧的，无法看到内部的情形——是的，那座建筑就是这个样子！时间好像是过了下午五点。

然而，同一天下午刚过六点，市朗到达湖畔。当时那栋建筑是什么样的呢？**入口处的门上有个铁制门环，但我敲的门上却没有。相反市朗也没有看到门旁的内线电话**。

转到建筑背面，市朗发现一扇透出灯光的窗户。其中一扇百叶窗的接合处留有间隙，他从那儿向里面一看，看到了站在水池前磨着菜刀的蛭山丈男——

关键是**当时这栋建筑还没有损坏**，后来在下午六点半发生了当天的第二次地震，这次才造成它的崩塌。

当时一部分墙壁与天花板崩落，倒下来的架子把蛭山压在下面。市朗看到这些后便跑到建筑的入口处，**打开门飞奔进去**。也就是说这时入口处的门与我想打开它时不同，**没有上锁**。

还有——

我到达影见湖边时，湖岸的栈桥上只有一艘手划的船。当我乘船来到岛上时，岛上的栈桥上系着一艘带引擎的船。

然而看门人蛭山在下午四点前用带引擎的船送“我”们上岛之后，**最迟在五点左右应该已从岛上返回湖边。可我到达湖边时都已过五**

点半了，栈桥上为什么没有系着两条船？

还有这样的不一致、不协调，还有很多。

比如说坠塔青年上衣的“形态”与衬衣的“颜色”，还有他沾满污泥的灰色帆布鞋，钱包里本来应该有驾驶证、工作证的，但现在没有。苏联应该处于快解体前的状态，但不知道为什么，电视中却在报道“和平共存路线”与“中苏对立加剧”之类的新闻。原应已故的江户川乱步与横沟正史却被作为值得邀请的“当代侦探小说家”来谈论……除此以外还有、还有很多。在意识已经完全恢复本来功能的现在回过头来想一想，可以随处发现、找到无数的“不一致”。

这是当然了——江南心想。

因为不是有些地方不一致，而是所有的都不一致。

同是“五人座的黑色轿车”，但“形态”不一致。同是“深褐色的钱包”，但“形态”也不一致。钱包里装的“小额纸币”的“形态”还是不一致。而且——

直到现在江南才能够意识到：最终不一致的是自十角塔坠落、被“我”们救起的青年——这个叫“江南”的人本身。

不仅是衣服、鞋子与携带的物品不同。

而且他们的长相本身就不同，肉体上的特征也不同。他和我不同。完全不同。他不是的，他——

他不是我！

在江南孝明通过“视点”看到的“世界”里，每个角落都有这种矛盾感。然而，这里面也并非只有这些不一致与不协调。

除了有的非常隐蔽、有的异常明显的“不一致”外，还存在若干奇妙的一致与类似，使得江南功能不全的意识与思考更加混乱。

就像……

就像是为了欺骗我而特意设置的，就像是有种邪恶的恶意在戏弄这个“世界”……

比如说……

比如说两次地震的日期与时间的一致，以及作为地震起因马上联想到的火山爆发。六月激烈的火山活动造成多人死亡，但从地理学上考虑，难以将它简单地和那一天的地震联系起来……

比如说坠塔青年拥有与我差不多的年龄及相同的怀表，与我一样都是左手受伤包着手帕，还有他的姓氏偏偏也是“江南”。当然，一致与类似之处还有关于“母亲”的记忆以及构成这一记忆的场面与语言。

但是……

即便如此，还是不同，根本就不同。

我不是他，他也不是我，我们不是同一个人。我的“现在”和他的——他们的“现在”不同，根本就不同。

因此——正因为如此，才会有数不清的不一致、不协调在此泛滥。

一九九一年的九月二十三日是星期一。

这是来拜访暗黑馆的我的“现在”。但他们的不是。他们的九月二十三日，就是“我”即“中也”应朋友之邀来到暗黑馆的**他们的九月**二十三日并不是一九九一年，而是其他年份的九月二十三。

江南想道，其证据是——

他仿佛突然具备了低智特才综合征患者的特殊能力，开始仔细核查至今为止“视点”捕捉到的几个日期。这对于核查主体江南自己来说也是非常奇特的感觉与体验。

——那是入学典礼过了一个多星期的星期日。日期好像是四月二十日。

“我”、即“中也”是这样回忆与玄儿相识的那一天的。他去旧古河男爵府的那天晚上，在小石川植物园旁遭遇了意外车祸而昏迷。等他在病床上醒来时，那已经是第三天的四月二十二日的早晨，他记得这一天是星期二。但是……

一九九一年的四月二十日并不是星期日。那天是……

星期六！

是星期六！那么，四月二十二日就不是星期二而是星期一。如果“我”的记忆没错，他们的“现在”当然不可能是一九九一年。

——现在已经过了一天，是二十六日、星期五的凌晨一点多。算起来你已睡了五个小时左右。

这是因蜈蚣事件而昏迷的“我”醒来时听玄儿说的。

——过了一天，是二十六日、星期五……

我不用想就知道**一九九一年的二十六日是星期四，不是星期五。**往前算的话，**一九九一年的九月二十三日当然不是星期二，而是星期一。**

对了，还有“视点”追溯到过去看到的凶案。它发生在“十八年前的达莉亚之日也就是九月二十四日的晚上”。但是如果“现在”是一九九一年，那么十八年前就是一九七三年。那年的九月二十四日是……

星期一！

是星期一！但是凶案发生的晚上，附在九岁玄儿身上的“视点”不是**以为那天是“星期二”**吗？

这又是一个证据，表明**他们的“现在”不是一九九一年**……

……关于山形市的旧济生馆主楼呢？

这时，这个问题突然闯入江南的思考中。

——在全国各地残留的明治时期仿西洋建筑中，建在山形市七日町的济生馆因其主建筑形状奇特而闻名遐迩。高三暑假去东北地区旅行时，我前去那里参观……

关于那座西洋馆“我”，即“中也”在第一次见到浦登征顺时说了上面这段话。但是——

一九四九年，山形市七日町的济生馆医院失火，烧毁了病房。此后，在一九六六年被指定为国家重点文化遗产。**获此殊荣后，旧济生馆主楼于一九六九年自七日町移建至霞城公园**，一九七一年以后作为市民俗馆……

难道在他们的“现在”，济生馆的主楼还在七日町，还没有移建至霞城公园吗？

不过——江南感到迷惑。

这是沉睡在我记忆深处的知识吗？

……那关于“去年的流感”呢？

接着，这个问题又冒了出来。

——据说去年似乎全世界都遭到了流感的袭击，在日本，有半数人口传染上了流感。

这也是“我”，即“中也”说的话。不过，自一九九一年的“现在”来看，至少江南不记得“去年”发生过如此大规模的流感。

一九五七年，亚洲型流感在全世界肆虐。据说这种产生于中国的流感席卷了全球，日本也有半数人口受到感染……

啊，难道这也是……

难道这也是沉睡在我记忆深处的知识吗？那我是何时于何处获得这个信息的呢？

——电视上说台风好像又要来了。海面上波涛汹涌。听说昨天有一艘货船在大分湾沉没了。

这好像也是“我”与浦登征顺第一次见面时的话题。当时，征顺把这个悲惨的海难消息告诉了他。

——好多船员都下落不明。

于是我脑中又出现了这个问题的详细信息。

一九五八年九月二十三日，星期二。货船“津久见丸”号在大分海域沉没，十二名船员下落不明……

——电视里男播音员正一丝不苟地播报着今日富士山上降下本年度第一场雪的新闻。和去年相比，这场雪晚了四天。但与历史平均水平相比，早了三天。

这是二十四日晚上，“我”在沙龙室看到的电视新闻。而且……

一九五八年富士山的初雪是九月二十四日。

啊，到底……

这些知识到底沉睡在我记忆的什么地方？

江南忍不住疑惑并惊讶起来——

难道我真的具备了低智特才综合征患者的特殊能力吗？有这种可能吗？或者所有的这些实际上都不是我的记忆……

若这不是我的记忆，那是谁的？

……他疑惑着、惊讶着。

不管怎么样——江南下结论道。

他们的“现在”是一九五八年。

一九五八年——昭和三十三年。**九月在暗黑馆发生的凶案，自我的“现在”看是三十三年前**。因此，“十八年前的凶案”就发生于一九四〇年的九月了。说起一九四〇年、即昭和十五年的话，那是太平洋战争爆发的前一年。这一年的九月二十四日是——

……星期二！

对，是星期二！这样日期上的不一致就全部消除了。同时——

关于“我”以及他们说的那些话的印象——

（**在当时的社会状况下**，如果让外界知道杀人、自杀这种丑闻，会带来麻烦……）

（在当时解雇那么多人可真是……）

（**从当时的社会状况考虑**，那也是非常无情的决定。）

（就在十七年前，与望和相识之时我就在东京工作。当然，**那会儿与现在不同，全国各处都不太平**。）

——其含义不也清楚了吗？

他们的“现在”是在一九五八年——距今三十三年前的九月。

……一九五八年六月二十四日、星期二晚十点十五分……

在江南回味结论时，突然又有一条他本不可能知道的信息闯了进来。

一九五八年六月二十四日、星期二晚十点十五分，阿苏中岳火山大爆发，造成十二人死亡，二十八人受伤，山上的设施全部遭毁……

啊，这个是……

暗黑馆建在熊本县Y郡的山中，距云仙普贤山的直线距离约为五十五公里，距阿苏山中岳约为五十公里……

……这样啊！

在惊讶、疑惑、不解的同时，江南又有一种难以名状的奇怪的解放感，重新缅怀着那份戏弄这个“世界”的冰冷恶意之时——

原来是这么回事啊——江南完全明白了。

三十三年前，于他们的“现在”活动剧烈且造成诸多死伤者出现的严重灾害的火山，**并非是云仙山，而是阿苏山啊！**

第二十七章　失控的计划

1

……忠教?

诸居静的儿子?

这是那名青年真正的身份吗?而且他才是杀害蛭山丈男、浦登望和、首藤利吉的凶手?

仿佛看到了一个形状怪异黏滑的怪物自污泥中突然钻出来般,我呆若木鸡。一瞬间,我完全丧失了语言能力,身子也动不了了。咚!这时,我又感到硬物碰撞的声音不知从何处——也许是敞开的门对面——传来,但我却没能回头。

玄儿慢慢向我走来,他从衬衫胸前的口袋里取出那张从沙龙室拿来的照片给我看。

……不对——江南孝明确认道。

这张照片当然也不同。我放在钱包里的照片原本是张褪了色的彩照，而这却是黑白照。还有照片的背景应该是秋天的红叶，而这却是冬天的枯树林。

“照片上的女人是诸居静，这一点刚才野口医生看后得到了确认。他说应该是她没错的。”

这个女人不是我母亲，并排站着的孩子也……

“这孩子是忠教这一点也得到确认了吗？”

我盯着照片问道。

——这不是幼年时的我。

“他说好像以前见过。”

玄儿回答。

“不过他记得不大清楚了，因为当时他还只是偶尔来这里。他说除了柳士郎之外，他很少和其他家人来往，所以不能确信。在照顾从塔上坠落的青年时，一瞬间他也觉得好像在哪里见过，但那只是一瞬间，马上他就想那可能是自己的心理作用。”

“玄儿你呢？你仍然想不起诸居静与忠教来吗？”

“刚才看到照片时，我心里感到一丝轻微的刺痛……好像这个女人在哪里见过似的。”

“对那个孩子没有这种感觉吗？”

“这个吗……怎么说呢？”

玄儿若有所思地紧皱着眉头，用食指尖按着眉间纵纹。

“说实话好像有，又好像没有，非常微妙……”

说着，他把照片翻过来给我看。照片上写着“摄于……月七日……岁生日”。

这个记录也……

“虽然墨水洇了看不清楚，但这条记录应该是照片拍摄的日期。”

这个记录也不对——江南孝明确认道。

“十七年前二人离开了暗黑馆，这可能是几年后在忠教生日时拍的。看起来，这孩子的年龄可能在十一二岁左右吧。虽然我不知道忠教生日的确切日期，但他比我要小一岁，好像是在冬季出生的，所以可能是十一月七日……”

我放在钱包里的照片背面写着“摄于一九七五年十一月七日　孝明十一岁生日时”。虽然字面上很像，但明显不是这一张。我照片上的记录不是用钢笔而是用铅笔写的。所以，即使弄湿了，字迹也不可能模糊……

“可是玄儿……”

我抬眼看着朋友的脸。

“就算那个青年真是诸居静的儿子，但为什么说他就是凶手呢？”

“让我说一下已经确定的重要事实吧。你听了可能也会完全认同的。”

说着，玄儿将照片放回胸前的口袋中。这时，我看到他的视线飞快地朝门的方向瞟了一眼，但我没心思去细想这动作的含义。因为我的心思完全在到底为什么说那个青年是凶手这个疑问之中。

“其一，这是打电话给大牟田的永风会医院查明的事实。‘我是首藤利吉的亲戚，关于前几天他去你们那里的事……’我这么开口一问，得知表舅果然去的就是那儿。三天前就是二十三日的早晨，他去医院做一位**住院患者的担保人**。”

“住院患者的担保人？”

“顺便说一下，这个野口医生知道，永风会医院好像原本在精神科领域非常有名，按照过去的说法叫脑病医院。虽然最近它摆出一副综合医院的样子开展经营，但大牟田的永风会医院仍是精神科的专科医院。”

“精神病医院的住院患者……”

我黯然自语道。

“你是说那个青年？”

“是的，没错。”

玄儿冷冷地点点头，从刚才放照片的衬衫口袋里拿出香烟。

这种烟……江南确认道。

这种无滤嘴的香烟是“PEACE”牌香烟，如今换做“SHORT—PEACE”的名称了。可能是当时、即三十三年前——也就是一九五八年最流行的国产烟……

“在确认患者的名字后，我也大吃一惊。刚开始我怎么问他也不说，这种时候浦登这个姓就用得上了。我表明自己的身份并表现出强硬的态度，效果立竿见影。好像是院长什么的亲自过来接的电话，直接告诉我患者名叫江南忠教，我还确认了汉字的写法。

“他好像是去年夏天开始住院的，这次首藤表舅去，是做担保帮他办理出院手续的。对方很清楚表舅是浦登家的亲戚，还说上一次的事请务必要保密等。”

“上一次的事？”

“这我问了，但他慌忙敷衍搪塞。完了，说漏嘴了——对方的这一心态表露无余。”

“为什么忠教要住进精神病院呢？原因是什么？”

“这我也问了，但对方用含糊的回答敷衍过去。只是说最近状态相当稳定，所以不必担心。还说你表舅对情况很了解，详细情况请问他吧。因为是在电话里，所以我也无法进一步盘问……

“不管怎样，至少该知道的都已经清楚了。四天前，表舅从暗黑馆出发去大牟田并在那边住了一晚。第二天即二十三日早晨，他前往永风会医院，按照原计划领回住院的江南忠教，并载着他踏上回暗黑馆的路。其二……”

玄儿的嘴畔叼上烟，继续解释。

“这是我打电话给‘岛田咖啡’得到的信息。我试着问对方三天前、即二十三日，有没有一个发福的中年男子和一个二十五岁左右的年轻人去过店里？两个人应该是坐黑色轿车去的。

“幸运的是，接电话的店主马上就想起来了。他说大前天大概午饭前，确实有这么两位客人，甚至还记得年轻的那个男的穿着土黄色夹克，为了吸烟还拿走了店里的火柴。总之，这是首藤表舅载着忠教回暗黑馆的旁证。”

玄儿用手摸着开襟毛衣的口袋，拿出那个黄色的火柴盒。

这个也……

他在我面前轻轻摇摇火柴盒，确认里面有火柴后慢慢地将它打开，点着其中的一根，将火移到叼着的烟上。

这个火柴也——江南确认到。

是的，我当然没有这样的火柴。因为我吸烟总是用打火机的……

玄儿装模作样地停了一会儿没说话，自己则沉浸在那烟雾中。我被勾起了烟瘾也拿出自己的烟，但叼起烟刚要点火时，我打消这一个念头。

这烟是——江南确认到。

由于空腹、疲劳、睡眠不足，加上持续至今的不间断紧张，我感觉又要涌起像昨天那样的恶心了。

这是棕色过滤嘴的“HOPE”香烟、SHORT—HOPE。

……一九五七年，最早带过滤嘴的国产烟“HOPE”开始发售，并博得人们的青睐。

坠塔的年轻人也有同样牌子的烟。但我不抽这种烟，我带着的不是“SHORT-HOPE”，而是“MILD SEVEN”。

“还有第三点。”

烟抽到一半时，玄儿再度开口说道：

“在得知第一点、第二点的基础上，我去茅子太太那里问了一下。为什么表舅要特意充当忠教的担保人，带着他来这儿呢？现在在这里的人当中，恐怕只有她知道详细情况。”

“哦……”

“我请野口医生与征顺姨夫统一口径，谎称刚才表舅来过电话，说是本来想按计划回来的，但途中道路因塌方而堵塞，不能通行——所以，我一边零星地说了些刚才在和医院的通话中得知的事实，一边追问他们到底是想干什么。”

烟灰断了，落在地板上，但玄儿似乎毫不在意。不仅如此，他还将烟头扔在脚下，故意似的用鞋底粗暴地踩灭。

“首藤表舅是个大俗人，遭到他儿子伊佐夫的蔑视，但正因为如此，他也是个相当厉害的角色。在各方面好像都有着广泛的关系网，从当地的政治家到警察方面的人员，甚至是黑社会。据茅子表舅妈说，福冈永风会医院的院长或者是副院长，以前就和表舅关系密切，这件事最初是他来和表舅商量的。不过我总觉得这很可疑。我甚至觉得可能正好相反，是表舅通过某种途径掌握了那个信息，因而怀着差不多是恐吓的意图去和院方接触。”

“所谓的**那个信息**是……”

“去年夏天，在福冈永风会医院里发生了一件非常不幸的事。”

“不幸的事……什么意思？”

“内科病房的住院病人被人杀死在病房中。”

玄儿声音冰冷地回答道。

“凶手是遇害病人的儿子，他在精神错乱的状态下在医院里徘徊时被医院扣留下来。不想惊动警察的医院企图掩盖事实，就把凶手移送到大牟田的精神病房，在那里，凶手被隔离起来。”

2

“被杀的病人是名叫江南静的女人，曾在浦登家做过事，凶手是她儿子忠教……当表舅得知这个消息时，想必产生了很大兴趣，甚至可以说是动起了歪脑筋。”

儿子忠教亲手杀死母亲？啊，怎么会……

……妈妈！

在我受到震撼的内心深处，自己遥远的记忆在隐隐作痛。

……不要啊，妈妈！

十一年前的那个秋日。她——妈妈消失在火海中。她那再也无从相见的背影，伴随着至今仍挥之不去的罪恶感在我脑中浮现出来。

……回来啊，妈妈！

我不由得摸着额头，叉开发软的双腿使劲站住。

“据说表舅还特意雇了侦探，让他详细调查这两个人的来历。结果查明了如下事实。那个女人原本姓诸居，战前确实在暗黑馆工作了很长时间，在此期间前夫死了。她与儿子忠教两个人离开暗黑馆后回到了故乡长崎，不久就与来自岛原的江南相识并再婚，但这次又因战争失去了丈夫。战争结束后，她带着儿子移居福冈，不久患了重病。这几年她在永风会医院接受治疗，但病情一直不见好转，反反复复地住院、出院。最后……”

“那是什么病？”

我插嘴问道。

“好像是白血病。”

玄儿闭上眼睛，缓缓地摇头回答。

“据说，在战争快结束前的八月九日，身在长崎的她成了原子弹爆炸的被害者。虽然离爆炸中心相当远，避免了爆炸气浪与红外线的直接伤害，但可能还是没能逃脱扩散的放射能的影响，在多年后爆发了白血病。治疗没有丝毫效果，病情不断地恶化。去年夏天，病情严重恶化，已经没多少日子可活了。据说忠教一直片刻不离地守在母亲身边。”

即便如此，忠教还是在病房内杀死了自己的母亲吗？究竟为什么要那样？

……XX，那怎么成呢。

……让我死吧！

……妈妈！

眼神空洞。呼吸无力。口齿不清。

他为什么要犯下如此可怕的罪行呢？

我已经受够了，杀了我吧……

……回来啊，妈妈！

“忠教也是原子弹爆炸的受害者吗？”

“这个不清楚。至少他的肉体现在还没出现相关病症的征兆。可能原子弹投下的那段时间，他被疏散到其他地方，和母亲不在一起吧。

“在掌握了以上情况后，首藤表舅到大牟田，和被关在精神病院的忠教见了面。据说那是在今年的春天。当时忠教的精神状态差不多稳定了，从他口中也问出了很多信息。

“其中引起表舅兴趣的是病床上的阿静留给忠教的遗言——将来，遇到困难解决不了时，就去熊本浦登家的暗黑馆，去见馆主柳士郎，而且要带着这块怀表去。所谓‘这块怀表’就是他带来的——现在在你口袋中的那块。”

“啊……是那个啊。”

我再次把刚才放到裤袋里的怀表拿出来。银色边框反射着摇曳的烛火，发出耀眼的光芒。我凝视着刻在表背面的字母——“T.E.”。

这块怀表也……

这确实是江南忠教这个名字的缩写首字母。再婚后的诸居静改姓江南，她让儿子也改了姓。之后她送给他这块表，并在上面刻上他改姓后名字的缩写首字母——是这样吗？

这块表也不对、不一样——江南确认道。

虽为同一块怀表，但是“颜色”与“色调”不同。我那块表的表框发不出如此耀眼的光芒。因为用了很多年，早已脏得黑黢黢的了……

“至此，将事实汇总起来，首藤表舅会怎么想呢？”玄儿继续说道，“他略显武断地推测：忠教这个的青年会不会是浦登柳士郎与用人诸居静的私生子呢？那块表肯定是证明忠教确实是浦登家骨肉的证物，是诸居静从柳士郎那里得到的。”

“啊！”

我好像终于看清楚事情的关联了，握着表的手不知不觉中握得更紧。

“原来如此。那么，首藤夫妇所谓的‘阴谋’……”

“他们企图借今年‘达莉亚之日’的聚会之机，把忠教担保出来，带他到暗黑馆介绍给柳士郎，逼他承认这个私生子，并以此提出交易。考虑到浦登家及柳士郎的名誉，他不打算公开忠教杀死诸居静并被送入精神病院这件事。作为交换，他们要柳士郎允许自己参加今年的‘达莉亚之宴’，吃浦登家秘传的‘不死肉’。不过，中也君，他们似乎和你一样，也认为所谓的‘不死肉’是‘人鱼肉’——好了，怎么样，你清楚事情的梗概了吧？”

说着，玄儿摊开双手，黑色开襟毛衣肥大的身体部分，像蝙蝠的翅膀一样向左右敞开着。

“途中去了‘岛田咖啡’后，表舅便一路驾车朝暗黑馆驶来。他让忠教坐在副驾驶座或者后座上。然而，或许是因为那天的第一次地震吧，就在快到湖边的地方，表舅没有控制好方向盘，引发了致命的事故。冲进森林的车子撞上大树，严重损坏。估计是因为碰撞的冲击，表舅撞破挡风玻璃被抛出车外，身受重伤。

而同乘的忠教却很幸运，只是左手受了伤。他从惊恐中回过神，独自下车。这时，他弄丢了从咖啡店拿来的火柴，然后他看到表舅因受致命重伤而痛苦挣扎的身躯，于是——”

玄儿轻轻地叹了口气。

“于是就勒住表舅的脖子杀了他。可能就像你说的那样，是抽下表舅自己的皮带……”

“为什么？”

我还是忍不住要问。

“为什么他要那样做？”

“对此，我们只有凭空想象了。”

玄儿眯着眼睛，表情十分忧郁。

“去年夏天，忠教为什么要在病房里杀死诸居静呢？为什么要杀死因长期患病而虚弱不堪的母亲呢？”

……让我死吧！

她眼神空洞、呼吸无力、口齿不清地说道。

……我受够了，杀了我吧……让我舒服一点儿。

她的确是这么说的。

“我想他也许是看不下去了吧。诸居静没有康复的希望，只是在痛苦中等死。一直守在她身旁的忠教想必也很痛苦吧。**不如干脆现在就帮她解脱**，这对她来说或许是种幸福——他这样想着想着，钻进了牛角尖，被逼入绝境，终于付诸实施……”

啊，如此……

现在江南不得不惊慌起来。

如此偶然的一致，究竟是……

“**干脆现在就**……啊！”

我心里像是吞了一块冰冷的铅块。

“是为了让她‘安乐死’吗？这就是犯罪动机？”

“这都是我凭空想象。”

玄儿又轻轻叹了口气。

“不过，我觉得这未必完全是胡思乱想。他可能也是用手边的带状物作为凶器把她勒死在病房里的，睡衣的带子或者自己的皮带，或者是电器的电源线之类的。

“我想这可能只是他完全钻入牛角尖后的突发性行为。但是，因为他实际上杀了自己的母亲，所以在精神上受到了某种损伤。虽然也可以认为在他体内原本就潜藏着这种因素，但让这种因素显现出来的诱因肯定就是去年他杀死自己母亲的这件事。

他被医院扣留后，为了掩盖事实，医院把他关在精神病房里。在接受治疗的过程中，很快他的精神状态看上去恢复了稳定。但是，说到底那只是看上去的稳定，受到的损伤并未得到修复。可以说，在他的内心根深蒂固地形成了**某种‘疯狂的电路’**。”

“疯狂的电路？”

“是的。”

玄儿缓缓点点头。

“所以刚才我勉强使用了‘杀人狂’这个词。一旦打开电路的‘开关’他就无法控制自己的行为，完全疯狂了。

“勒死首藤表舅也是因为那个‘开关’被打开了。首藤表舅身负致命重伤而痛苦不堪。他在近距离看到之后，便觉得**不如干脆现在就让他解脱，不如让我来杀了他。应该这么做、必须这么做**……”

“……天哪。”

“实施犯罪后，他离开事故现场，独自走到影见湖边，乘坐栈桥那里的船来到岛上。这期间他的想法我们无从知晓。总之，在他登上小岛后，依靠过去住在这里的记忆，他首先看到了十角塔并爬了上去。碰巧在那里遇到地震，从露台上掉下来……”

“那大脑受到震荡而失去记忆呢？”

我问道。

“是在说谎吗？”

“不，可能不是说谎。发不出声音可能也不是在演戏。我想他在这阔别十七年后又回来的暗黑馆中四处游荡时，肯定会慢慢恢复记忆的。但至少在最初醒来时，可能真的不知道什么是什么，名副其实的茫然。

“这时，发生了蛭山先生的事故。前天下午，受重伤的蛭山先生被担架抬进来时的情况你还记得吗？当时他的反应——忠教是什么反应？”

“当时……”

我拼命回忆。

“我们把蛭山先生抬往南馆的途中，在经过玄关大厅时他不是出来了吗？目光停留在担架上的蛭山先生身上，而且……”

而且，他的脸上突然露出强烈的惊恐之色，同时张大了嘴，但没能发出什么声音……是的，他死死地盯着伤者。蛭山这时喷出血沫，痛苦万分。忠教看到这样子，喉咙里开始发出嘶哑的呻吟声……

“和首藤表舅的情况一样。”玄儿说道，“他看到蛭山先生因致命重伤而痛苦的样子后，‘开关’在他失常的心中又被打开了。只是，当时的情况与之前相比有很大差别，就是说当时周围有很多人看着……所以虽然‘开关’被打开了，他却没有立即采取行动，对吗？”

“是的。去年夏天他杀死母亲后，便被关在医院里。可能是因为这段经历还留在他内心深处吧，于是他得到一个‘教训’。虽然有必要让痛苦的人解脱，但必须尽量瞒着其他人。”

“所以他等到夜深时才去杀蛭山先生，并且为了不让隔壁睡得迷迷糊糊的忍太太发现，他使用了储藏室的暗门出入犯罪现场……”

“和之前的两起案子一样，依然是用当场发现的蛭山的裤带作为凶器，勒住脖子将其杀死的。但这在多大程度上是有意识的行为呢？我觉得这很难说得清楚。可以认为犯罪行为本身是受到突发性冲动的驱使，但在有意无意间，过去的经验和‘教训’却在发挥着抑制的作用。”

我在一定程度上同意玄儿的解释。我点点头，又问出下一个问题：

“那么，望和呢？她没有像首藤先生或蛭山先生那样受重伤，也没有染上不治之症，为什么要杀她？”

“那是因为——”

玄儿微微露出迷惑的神情，但马上做出了下面的回答。

“那可能是因为**望和姨妈自己想死**吧？”

“自己想死……”

……让我死吧！

“她坚信阿清的早衰症责任在她，不断地自责着……你不也看到了吗？姨妈她对任何人都那样说：我想代替他，我想替他去死。求求你，让我替他死吧。”

我受够了，杀了我吧……让我舒服一点儿。

“昨天午饭后，在东馆舞蹈室见到姨妈的情景，你还记得吧？当时忠教就在房间的屏风后面。”

“啊，我当然记得。”

“我们发现他时，他是什么样子？筋疲力尽，脸色苍白地坐在地板上……那看起来像不像受到了很大的打击？”

……是的。

“——的确如此！”

是的——江南想道。

所以，他一定是……

“你也知道，由于破旧传声管的恶作剧，有时候会传出其他房间里的说话声。之前，我和阿清在客厅里听到了姨妈的声音，她正在到处找阿清。然后我们听到她像往常一样在对人诉说着‘就让我替他……’而那个人就是忠教。”

“原来如此。不过，就算是这样……”

“难道我们不能认为他身上的‘开关’因此而打开了吗？眼前这个人虽然没有身受致命的重伤，也没有患上不治之症，却痛苦得‘宁愿去死’。而且，也许忠教根本不知道，望和姨妈是受到‘达莉亚祝福’的人。她不会病死，也不能自杀，生活在‘无论多么想死也死不了’的痛苦中……”

“所以他也决定‘干脆由自己来帮她解脱’是吗？”

“有这种可能。说起来，姨妈希望的或许也是一种‘安乐死’，一种不是以消除肉体上的痛苦为目的，而是以消除心理上的、精神上的痛苦为目的的‘安乐死’。至少忠教疯狂的内心是这么理解的，‘开关’也就打开了。所以，到了傍晚，他悄悄来到姨妈的工作室杀了她。当时姨妈正聚精会神地在墙上作画，他用现场发现的围巾勒住她脖子……工作室可能是前一天晚上他在北馆里徘徊时发现的。而姨妈会把自己关在里面画画，这可能是在屏风后听到我们在舞蹈室的对话才得知的。”

“天啊。”

“难以理解吗？”

“不，我明白。”

我略显迟疑地点点头。

“好像是明白了……”

于是，玄儿轻轻地“嗯”了一声。

“那你怎么看？”

玄儿问我。

“凶手明知蛭山先生即便置之不理不久也会死去，那他为什么要杀他？为什么要实施这种没有意义的杀人？当初你也认为这杀人动机是最大的‘谜题’，现在这个问题算是彻底解决了吧？”

“啊，这个……”

“一般来说，杀死一个明知快要死的人是没有必要的，可凶手却杀了。或许凶手不知道他快死了——我好像是这么解释的，但完全错了。事实正好相反，**正因为凶手看到他身受重伤快要死了，所以才杀了他。换句话说，正因为蛭山他即便置之不理马上也会死，所以才必须杀他。**

“同样，关于望和姨妈的死，也可以这么认为——如果置之不理，她一定不会死，但她本人迫切地想死，所以必须杀她。

“还有，中也君，如果忠教是凶手，你一直拘泥的‘暗道问题’也可以彻底解决了吧。”

“是啊，确实如此。”

直至十七年前，忠教一直住在这里的南馆，他不可能不知道储藏室的暗门。但另一方面，北馆是在忠教十七年前离开后重建的，他第一次来，所以他不可能知道壁炉深处有那样一条暗道。这与怀疑浦登玄遥是凶手的理由很相似。

正如起初所考虑的那样，解决这个问题的关键最终还是“是否知道暗道存在”。

3

“关于市朗的目击证词，也可以合理解释了。”

玄儿继续说道。

“市朗的目击证词？”

我疑惑地眨着眼睛。

“昨晚那个可疑人物逃入红色大厅时，市朗在瞬间看到了他的长相，你是指这个吗？”

“当然是这个。”

玄儿轻轻地点点头。

“我让市朗对他来之后见过的人进行现场辨认，结果发现市朗所见的可疑人物并不在其中。但他却说那人好像在哪里见过。我也曾怀疑证词的可信度本身是否有问题，但这或许是冤枉他了。”

“怎么说？”

“还不明白吗？”

“啊……”

“就是说，昨晚市朗的确在红色大厅中看到一个‘似曾相识’的可疑人物破窗而出。虽说‘似曾相识’但并非实际见过本人，而是事先见过**这个**……”

说着，玄儿用指尖弹了弹衬衣的胸前口袋。

“**市朗事先见过这张照片上忠教过去的样子**，它留在市朗记忆的角落里。这一点连他自己都没有意识到，所以他才会那么说。”

“啊，原来如此。”

对于这一点，我只有老实地表示同意。

“忠教十七年前离开暗黑馆时是什么样子，现在已经很少有人知道。过去的用人大都被解雇了，野口医生的记忆也很模糊。其他的人也许只有柳士郎、美惟、望和还有鬼丸老人四个可能记得。但美惟姨妈现在处于那种状态，望和姨妈又被杀了，所以无法确认。”

“鬼丸老人没发现吗？”

“他们还没见过呢。不过，他那个人即便发现了，只要你不问，他也不会说。柳士郎虽然对江南这个姓氏没有表现出任何反应，但得知那块怀表后似乎十分关心。也许他已经想到了那位意外的闯入者是忠教吧……”

说到这儿，玄儿停了下来，双手放到腰间伸了伸腰。外面依然风声呼啸，时不时传来猛烈的雷声。

我站在房间中央，玄儿从我身旁走开几步，然后再次向入口方向瞥了一眼。这时，我也跟着他的视线回头看了一眼，但只看到门外走廊的昏暗。

“不过，中也君。”玄儿又开口说，“首藤夫妇认为忠教是柳士郎与诸居静的私生子，所以才制订了这次计划。但关于这件事，我有完全不同的看法。”

“啊？”

我有点意外。

“完全不同……那你是什么看法？”

“昨晚，你因蜈蚣事件而昏迷后，我把你送到我的房间。然后我去了一趟东馆的客厅，问了忠教几个问题。那时我才发现他肉体上的一处特征……”

“说起来，这个你好像提到过的吧？”

我一边问，一边慢吞吞地搜寻今天黎明在玄儿床上醒来后的记忆。

“是什么样的特征，在哪儿？”

……不对。

“是脚。”

玄儿向脚下看去，眼神十分可怕。

“他的双脚上有旧伤疤，好像是外科手术留下的。”

“外科手术？”

这也不一致——江南确认道。

我没有这种肉体特征。我的脚上没有手术后的伤疤。

“看起来像是脚趾的整形手术。说得更具体一些，那似乎是**将几**

根粘连的脚趾切成了五根。”

“是吗？”我禁不住惊讶道，“也就是说……”

“就是说忠教生下来双脚脚趾就是畸形，这恐怕和第一代馆主玄遥一样。”

“和玄遥一样……三根脚趾？”

“迷失之笼”的铁门后那双奇特的脚印清晰地浮现在我眼前，不禁令我全身发抖。

“那么，莫非他……”

“忠教他也是玄遥的儿子！”

玄儿脱口而出，声音冰冷。

“这……怎么会？”

“就是说玄遥疯狂的暴行不仅限于继承了‘达莉亚之血’的女儿们，甚至波及用人诸居静，结果就生下了忠教。所以他和我是兄弟，我们共同拥有那令人诅咒的怪物的血。”

那个青年、忠教是浦登玄遥与诸居静的孩子？啊，可是……

可是我感到有些不舒服。

昨天午饭后，当我看到他坐在舞蹈室的屏风后时，为什么我会在低声回响的雷鸣中产生**那种**感觉呢？当时那瞬间的灵光与迷惑……那**奇怪的似曾相识的感觉**到底是怎么回事？

“我能解释的就是这些。”

玄儿长叹了一口气。

“我跟野口医生与征顺姨夫也只说了大概，并请他们注意忠教的情况。只要‘开关’不打开，他还是挺老实的，所以我想暂时不会有什么危险……”

是吗？

我默默地点点头。但不知为何，我心中隐约有种难以抑制的不安。

是吗？真的暂时没有危险吗？

“那么——”

玄儿不顾我的不安，向入口处那扇敞开的门迈出一步。而后——

“您也差不多可以进来了吧？”

他突然向昏暗的走廊抛出这句话。

“一直站着在外面听，一定很辛苦吧。对吗，父亲大人？”

4

“咔嚓”，硬物撞击的声音随着玄儿的招呼响起。然后，一个人影出现入口处的门对面。他高大的身上裹着黑色长袍，右手握着黑色手杖……他用手杖轻轻地敲打着地面，慢慢朝这边走来。

毫无疑问，那是暗黑馆当代馆主浦登柳士郎。

难道他真的像玄儿说的那样，一直站在走廊里听着我们的谈话吗？难道刚才两次听到的声音不是我的幻觉，而是他手杖的声音？

“视力衰退后，耳朵就变灵敏了啊。”

一踏入室内，柳士郎就斜眼看着我们说道。在昏暗摇曳的烛光中，眼前的情景在他病弱的眼里不知道会是什么样子。

“隔着墙就听到你们的说话声了。”

柳士郎向玄儿说道。

“因为是从本来应该没人的房间里传出来的，所以过来看看也是理所应当的吧。”

“是啊！”

玄儿不慌不忙地点点头。

“我知道您在隔壁的起居室里，也很清楚我们的声音会被你听到。”

“哦？原来你是故意说给我听的，对吗？”

“随您怎么想吧。话说回来——”

玄儿从正面盯着柳士郎的眼睛。

“您是从什么地方开始听的？”

“从中也君的解谜开始我全都听到了。”

柳士郎低沉得像从地底传来的声音仍然充满威严，但不知是不是我的心理作用，感觉有点虚张声势。冷峻严肃的脸虽然紧绷着，但看得出他在拼命掩饰着心里的不安。

“啊，我现在知道了，原来你的眼力竟然还如此敏锐。”

柳士郎将视线移向我。

“听说你是建筑系的学生，不过你可以重新考虑一下今后的人生之路了。”

他那苍白而轮廓分明的脸整个绽放出笑容来。混浊的双眼圆睁，鼻梁上堆起数条皱纹，嘴角向左右咧开……笑得无声无息，笑得十分奇怪。

啊，这……

我身子一僵，忍不住又想起前天第一次看到他这种笑容时的情景——以及那时突然浮现出来的联想。

今年夏天，我偶然在有乐町的电影院里看了英国的怪诞影片——《吸血惊情四百年》。是的，这简直就像是其中的一个场面……

克里斯托弗·李演的？这时江南自问道。

由泰伦斯·费舍尔导演，克里斯托弗·李和彼得·库欣主演的《恐怖德古拉》是英国咸马公司于一九五七年制作出品的作品。日本于翌年、即一九五八年八月在电影院公开放映，获得了巨大成功。

是的——江南确认到。这当然是指克里斯托弗·李演的那部德古拉伯爵的电影……

“那你就是承认了？”

我差点儿被他的气势压得说不出话来，好不容易才挺住予以还击。

“十八年前的九月二十四日晚上，是你打算在这里杀死浦登玄遥的。同一天，你还杀了浦登卓藏，并将他伪装成自杀。”

暗黑馆馆主脸上的笑容瞬间消失无踪——

“现在装糊涂也毫无意义了。”

他淡淡地回答。

“即使我承认一切，在国家现行的法律上也早已过了时效，所以不能判我的罪。而且……”

柳士郎慢慢闭上眼睛。

“十八年前，我最害怕的是美惟与望和的眼睛。中也君，正如你所想的，我首先必须隐瞒的是她们俩。就算她们多少会有怀疑，就算我知道她们能充分理解我的心情，但我也不希望有确凿的证据证明她们的怀疑。因为，不管玄遥是多么残忍的禽兽，在她们看来，毕竟玄遥和卓藏是她们的外祖父与父亲。所以，对于当时玄儿的意外目击，我只是觉得很幸运，可以将它用在自己不在场的证据上。可是——”

柳士郎继续闭着眼睛，用手杖轻轻敲着地板。

“可是，自从十六年前生下美鸟与美鱼后，美惟就一直把自己封闭起来。恐怕今后也不会对我敞开心扉了。之后，望和也得了另一种形式的心理疾病，结果在昨天惨遭杀害了。”

“那你是承认了，承认你确实是十八年前凶案的凶手？”

我又问了一遍。

“你怎么不问为什么？”

柳士郎静静地睁开双眼，僵硬的嘴角突然露出一丝自嘲的苦笑。

“不问我为什么要杀掉玄遥与卓藏？”

“那是因为……”

“你们认为基本已经猜到了，对吗？”

说着，柳士郎依次看了我与玄儿。玄儿默默地用力点点头，我什么也答不上来。

“是吗？”

柳士郎低声自语着，左手放到嘴边干咳起来。然后他再次看着玄儿的脸，说道：

“我杀那两个人……”

说到这里，他突然停住。

“——不，还是不说了。在这里啰啰唆唆地说我当时的心情也没用了，随你们想吧。”

“啊，请等一下。”

我不由得开口说道。

“请等一下——我有个问题！”

“哦？”

柳士郎向上高高挑起单眉，浑浊的眼睛看向我这边。

“什么问题，中也君？”

“为什么选择了十八年前呢？距玄儿出生、康娜太太去世都已经九年了……为什么那个时候突然……”

“你是问为什么突然杀他们？”

柳士郎的嘴角又露出苦笑。

“已经是过去的事了，我已经忘了。”

“是吗……”

“我想这么说，但是，我没有忘。本来想忘记的，实际上却没有忘。想让它随着时间的流逝淡去、消失，但实际上既没有淡去也没有消失，它完好地留在我心里，只要一被触及，就异常鲜明地浮现在眼前。至少在我的经验中，记忆就是如此麻烦的东西。”

我的余光瞄到玄儿的嘴唇颤抖着，好像要说什么。关于“记忆是什么”，玄儿在自己的经历中肯定也有所领悟吧。而且，我想那肯定和柳士郎现在的说法不一致。

“十八年前的某一日的那个夜晚……”暗黑馆馆主再次闭上眼睛说道，“之前，我之所以将玄儿从十角塔的禁闭室里放出来，是因为随着那孩子的成长，他脸上明显地显现出已故康娜的样子，也可以说是酷似达莉亚年轻时的样子。”

——年轻时的达莉亚。

我想起大前天的夜晚在宴会厅以及今天黎明在“达莉亚的卧室”看到的那两幅肖像画。两幅油画中描绘的异国美女、达莉亚的面容明显地显现于少年脸上——啊，那是……

“我不忍心再将那孩子继续关在那里。但同时，我已经确信玄儿真正的父亲是玄遥。之前我一直认为那孩子是卓藏长期凌辱康娜而生下的。但当我知道某个事实后，我明白了真相。”

“某个事实？”

柳士郎没有理睬我的问题，继续说了下去。

“我想是将玄儿从塔里放出来之后，才对他们二人起了杀心。我爱康娜，在她死后依然如此……无论当时还是现在，我的爱都没有变！玄遥既是她的外祖父，也是她的父亲，但他却凌辱她，让她怀上罪恶之子，而且她是因为生这个孩子才死的。我想为康娜报仇。当然，这也是为我自己报仇。另外，我知道小姨子美惟爱慕我，我不知不觉也被她吸引。因此，我想把令人憎恨的玄遥、卓藏除掉，这种心情越来越膨胀……”

柳士郎睁开眼，混浊的眼睛看着半空中，重重地叹了口气。

“说这么多可以了吧？”

柳士郎痛苦地说道。尽管如此，但他还是接着说了下去：

“十八年前的那个夜晚，可能是刚过十一点半吧，我去第二书房见玄遥，告诉他有话要对他说，但手里偷偷地拿着从卓藏房里拿来的烧火棍。玄遥丝毫没有觉察出我有杀他的意思，而且还坐在安乐椅上，泰然自若地吸着烟……”

……是的——江南回想起“视点”跨越十八年的时间、飞到那一晚时在这个房间内看到的情景。

——什么事？

玄遥用沙哑的声音问道。

——你说有事相求？

——您能站起来吗？

另外那人——柳士郎说道。

——能请您站起来、到这儿来吗？

“我让玄遥从椅子上站起来，然后——”

柳士郎用手杖头指着刚才被我破坏的藤沼一成的画。

“当时，这个翻转门关着，只有画框的那一面朝向这边。我就让玄遥站在这前面……”

……柳士郎自画框前退到一边，吹灭了正面左侧附近的烛台上的蜡烛。

——这玩意儿为什么会在这儿?

柳士郎问道。

——这个空无一物的画框。

“嗯?”

玄遥又皱了皱眉。

——怎么又突然……

——我自然是知道的。

柳士郎点点头，脸上露出满足的微笑，然后将右手伸向刚刚吹灭的烛台……

“我打开门，把隐藏在后面的镜面翻过来。玄遥惊讶得不知所措。他似乎本打算将其作为一个秘密，一个只有自己知道的秘密。但实际上我早就发现这个装置以及那面镜子——‘达莉亚之镜’了。我还知道玄遥夜夜都在这里站在镜子前，像已故的达莉亚那样，每次看到自己映在镜子里的身影就发出失望的叹息。

“当然，玄遥相信由达莉亚带给自己的‘不死’，也相信达莉亚留下的关于不死的种种言论。他相信如果‘不死性’的阶段得到提高，终有一天镜子里就不会映出自己的身影。所以他也很着急，不知道这样的‘成就’到底何时才会到来。门另一侧是**什么都没有**装的边框，这大概就是为了模拟体验那不知何时才能实现的‘成就’而想出来的‘照不出人影的镜子’吧。

“所以在那天晚上，我想首先给他看‘达莉亚之镜’，让他看到那里依然映出自己年老的身影，以此来震慑他的内心。我对他说你直接从达莉亚那里接受了‘血’，现在几十年过去了，你还是**这样**。这样下去，你期望的什么‘成就’，不都是痴人说梦吗?

“玄遥一开始是惊讶、不知所措。不久，他变得非常生气，但愤怒中明显带有强烈的不安。我不失时机地用藏在手里的烧火棍对着他的头猛击。他没做任何像样的反抗就倒在了地上。这个复仇过程真是太不尽兴、太简单了！第二天，当本应死去的他苏醒过来时，我着实吓了一跳。我断定那可怕的‘复活’是‘迷失’，毫不犹豫地把他葬入‘迷失之笼’里。”

柳士郎从喉咙深处发出咯咯的笑声。他用手杖头指着我，说道：

“袭击玄遥后的行动，基本就像中也君所说的那样。卓藏是来这里之前杀的，已经吊在房门上了。遗书当然也是事先准备好的。因为本来就没打算让当局调查，所以我模仿卓藏的笔迹伪造了遗书。我还觉得将它夹在魏尔伦的诗集中，对那个粗俗的男人来讲真是太高雅了。”

说到这，柳士郎停了下来，我们陷入冰冷的沉默之中。

玄儿从刚才开始就一直将双手抱在胸前一言不发。我也找不到该说的话，只是看着自己的脚下。只有外面呼啸的风声继续震动着房间中浸染了十八年灰尘味道的空气。

“在这里，我只有一件事必须纠正。”

柳士郎很快打破了沉默，他用右手握着的手杖再次指着“达莉亚之镜”中的幻想画。

“就是这幅画，这幅藤沼一成的画。”

我惊讶地抬起眼睛，玄儿也是同样的反应。

“这不是我请藤沼画师画在这里的。”

柳士郎继续说道。

“什么意思？”

玄儿终于开口了。柳士郎将手杖慢慢放下来。

“正如你所想的那样，要我毁掉这个家传下来的‘达莉亚之镜’，确实有强烈的抵触感。因为对于魔女达莉亚的黑暗之梦，我也非常着迷，并且深陷其中。所以，那面镜子既没有被拆掉也没有被打碎，一直原封不动地保留在那里。我想如果这个房间作为‘打不开的房间’被封闭，‘达莉亚之塔’也锁上禁止自由出入，估计谁也发现不了。然而——

“那是十五年前的事儿了吧。一个偶然的机会我邀请藤沼画师来到这里。当时，对暗黑馆一无所知的他突然对我说，这里的西馆是不是有个房间因为某种原因被封闭了？如果可以的话，我想去看看。”

……藤沼一成。

江南搜寻着自己的记忆。

拥有幻视能力的藤沼一成是一位百年难遇的幻想画家，他将“心眼”所见的非现实风景原封不动地画出来。听说他的儿子藤沼纪一曾经把他几乎所有的作品都收集在建于冈山县山中的水车馆中。

“藤沼画师的画具有非常奇特的魅力。他那被称为幻视能力者的特殊才能早就深深吸引了我，所以尽管被他突如其来的话吓了一跳，但我还是决定带他来这里。一踏入房间，他的目光就停在翻转门上说‘背面是面大镜子吧’。当时是只有边框的那一面朝向这边的。接着他用不容分说的口吻对惊得目瞪口呆的我说，他想在镜子上作画。

“所以，那幅画不是我要求他画上去的，而是他自己提出来的。”

藤沼一成……

江南搜寻着自己的记忆。于是。又一条让他惊讶不已的信息出现在大脑里，使他进一步确认了自己的“答案”。

藤沼一成死于一九七一年。

假知这个“现在”与我的“现在”同是一九九一年，那么柳士郎邀请藤沼来暗黑馆的“十五年前”就是一九七六年，然而那一年藤沼应该已经死了。但实际上，他们的“现在”是指一九五八年，那时藤沼还活着。所以，他们谈到藤沼时，自然就把他作为“现在仍然活跃的画家”，而不是“过去的画家”。

“就这样，藤沼画师就把自己关在这里好几天，一气呵成地完成大作。只一眼，我就被它震撼了。我记得当时还激动地问他到底知道什么。但他只是忧郁地摇摇头，说他知道了、看到了，说他只想在这里完成这幅画……”

“唉。”

玄儿不胜感叹。

“藤沼一成，他之所以被称为幻视能力者，难道是因为他确实有这样的‘能力’吗？”

暗黑馆馆主什么都没有回答，目不转睛地盯着藤沼一成的画。这幅极具暗示性的幻想风景被我剥落了颜料，成为一件残品。不久，他又干咳了一声，低声说了一句“那么”，将视线从画上移开。

“我在十八年前行凶的经过就坦白到这里吧。”

柳士郎回头看着我。

“中也君，你拿的那个——那块怀表，能给我看一下吗？”

“这个吗？”

我右手握住怀表，左手抓住表链，战战兢兢地递给柳士郎。他用手杖探路向前走了几步，接过怀表。然后马上把它提到脸的高度，将脸凑上前去。

“果然如此。”

他的声音颤抖着。

“这块怀表是达莉亚的遗物，被称为‘达莉亚之表’。原本是她来日本时从故土带来的。在她死后，由康娜继承并携带。”

说着，柳士郎又向画在“达莉亚之镜”上的奇异风景看去。

“这的确是十七年前诸居静离开这里时我让她带走的。背面的字母是后来刻上去的……”

十五年前，藤沼一成初次受邀来到这里，因此他不可能知道“达莉亚之表”的存在。但藤沼就像见过实物一样，在镜子上画下那幅画。柳士郎感到“震撼”也是可以理解的。

“听说这块表属于那个从十角塔坠落的青年。”

“是的。”玄儿回答，“我发现它掉在塔顶的露台上……他自己也承认这是他的。”

“原来如此。开头字母‘T.E.’，是因为诸居静后来再婚的对象姓江南吗？所以你说那个青年是忠教……而杀害蛭山与望和的犯人也是他，对吗？”

“是的，一切就像你刚才在走廊里听到的那样。”

“原来如此……今天黎明时我去见过他。看起来他的记忆的确还没恢复，嘴也不利索。不过……”

柳士郎没有说下去。他放下拿着怀表的左手，怀表“咣当”一声砸在手杖上。

“总之，中也君曾怀疑我也是杀害蛭山与望和的凶手，但你为我消除了这一怀疑，对此我十分感谢。不过——”

“不过什么？”

“不过你有个极大的误解。”

“误解？”

玄儿的脸瞬间痉挛似的抽搐了一下。

“是什么？到底我误解了什么？”

柳士郎背过脸去，避开玄儿犀利的目光。

“那是……”

刚说到这儿，话便被轻微的咳嗽打断了。

“我们换个地方吧。”

他改口道。

“到我房间里去吧。这里灰尘多，而且站着说话也累了。”

5

我们依言离开了曾经的第二书房，来到北侧隔壁的馆主起居室。

这期间，玄儿表情严肃，一句话也没说。他一定是在考虑柳士郎刚才话里的含义。

——不过你有个极大的误解。

我当然也很想知道这句话的含义。但另一方面，不知道为什么，我觉得自己又好像一直在等柳士郎说这样的话。在听玄儿解释了为什么说当前命案的真凶是忠教之后，我大抵上是同意的，但总觉得某处有种矛盾感挥之不去。所以……

玄儿有一个极大的误解。

我觉得柳士郎恐怕是对的。

至于其误解了什么，是如何误解的，我似乎有种模糊的预感，却怎么也说不清楚。

在这间我初次踏入的房间中央，放着一张正八角形的黑色餐桌，桌子周围有几把包了红布的扶手椅。灯光很弱，和隔壁的烛光相差无几。而且，可能因为长时间的恶劣天气使得电力供应不稳定，灯光忽明忽暗的。

柳士郎让我们坐在椅子上，自己则坐在靠着里面墙壁的黑皮沙发上。他将手杖立在自己身前，双手握着杖柄，用混浊的双眼看着我们说道：

“那么，我就不得不说了。”

就在他缓缓地说着时——

传来了丁零零的声音。

我记得在哪里听过这个铃声。是何时何地听过的呢，好像来这里后还不止听过一次……

丁零……铃声继续响着。不在这间房里，是从里面的一扇黑门——通向隔壁书房的门后传来的。

是传声筒吗？我突然想起来。

前天傍晚，我在重伤的看门人被抬进的那间房里听过这声音。

昨天我同样在那里听到过。门旁的墙上有一个褐色的“牵牛花”，从上面垂下一只铃铛——这不就是传声筒呼叫通话对象的呼叫铃吗？

柳士郎一言不发地从沙发上站起来，消失在里面的书房里。那里一定汇集了传声筒的通话口，而这些传声筒连通着数间南馆的房间。

暗黑馆馆主很快回到起居室，重新在沙发上坐下。可能是心理作用吧，他的表情比刚才更加僵硬冰冷。

“是小田切的报告。”

一两秒钟的沉默后，他低声叹息着说道。

“鹤子太太？”

玄儿立刻问道。

“难道有什么不测发生吗？”

“好像在几十分钟前，南馆因雷击而停电，刚才在慌乱中着火了。”

“着火？”

玄儿喊着从椅子上站起来。

“房子着火了吗？”

但是柳士郎依然坐在沙发上，纹丝不动。

“就算你慌慌张张地去看也没用。”

他冷冰冰地说道。

“如果南馆整个烧毁，那蛭山的尸体也会化成灰烬。考虑到将来，这样反而更好，不是吗？”

“什么……你怎么可以这么说？”

“当然，火灾本身是应该担心，但作为实际情况来看，一旦火焰着起来，再加上现在的大风，如果没有迅速处理，那就不是我们能扑灭的了。”

“那就放任不管吗？”

“我说了交给他们去处理。不过我也告诉他们，不行的话就立刻躲到北馆去。火势大概不会蔓延到那栋石质建筑吧。”

说完，柳士郎自己轻轻地摇摇头。

“不，索性整个暗黑馆都烧起来，让一切化成灰烬不是更好吗？”

他自言自语地说着，嘴角像弓一样向上翘起来。

听到南馆着火的消息后，我和玄儿都不自觉地站了起来。但听到暗黑馆馆主的这番话，看到他疯狂的笑容之后，我突然感到全身的力量好像都被抽空了。

虽然我很难正确推断柳士郎现在的想法，但我觉得某种连他本人都无法驾驭的虚无感在他心中慢慢扩散。好像要是我不小心窥探其中，连自己的心都会跌入那深渊似的……

“你——你的思维已经混乱了。”

玄儿喘息着。

“为什么要这样……”

“这样？是指什么？”

“为什么要采取这么不负责任的态度？好像什么都不在乎似的。”

“这个怎么说呢？”

“刚才你不是说过已经不能判你过去的罪了吗？的确，即便现在把你十八年前的这件事公之于众，你的地位及处境也不会受到威胁。可是，你像这样自暴自弃——是因为对自己的肉体感到不安、没有信心吗？”

“你是想说我的白内障在恶化，身体也在老化，对吗？”

柳士郎心虚似的皱起眉头。

“嗯……我不否认这是我最近郁闷的原因之一，但我并不像你想象的那样自暴自弃。我之所以那样说并不是因为这个，明白吗？

“刚才我也说过，我也是深陷在达莉亚黑暗之梦中的一员。我相信由‘达莉亚的祝福’带来的‘不死’真实存在。接受‘达莉亚之血’或者吃‘达莉亚之肉’的人可以获得‘不死’。至今仍迷失在‘迷失之笼’中的玄遥可以说是最有力的证据吧。

“我对此深信不疑。我能怀疑吗？我不能！明白吗？无论我如何老化，眼睛看不见了、不能走了、疯了……**我们依然不会死**。除非我被人杀了，或者遭遇致命的事故。

“但是，我最近开始这样想——达莉亚与‘黑暗之王’订立契约获得了‘不死’，但这种‘不死’真的是‘黑暗之王’的祝福吗？或许那不是祝福，而是恶意满满的诅咒吧。”

“是诅咒……吗？”

“不会死、不能死、不许死……就是这样的诅咒啊！”

……诅咒。

暗黑馆馆主的话好似他自己正在诅咒什么一般。听到这里，我不禁在心中自言自语起来。

不知何时才能实现的……诅咒！

“嗯，或许真像你说的那样，我的思维已经混乱了。”

柳士郎继续说着“但是”，嘴角又向上翘起来。他将两手握着的手杖交到一只手里，“咔嗒、咔嗒”地敲打着地板。

“我说干脆让一切都变成灰烬，这并非完全是说笑。我觉得至少好过现在这样，好过现在这种即使老了也不许死、拖拖拉拉地活着的状态。以前，达莉亚曾决定结束自己的‘不死之生’，但我的出发点和她不同。”

“什么意思？”

玄儿问。柳士郎停止了手杖敲地的动作。

“身心都成灰烬后再从中实现‘复活’，我想只有这样才是真的‘成功’。只有完成从‘完全的死’到‘完全的复活’，达莉亚托付给我们的长生不老梦才能够实现。”

“那不对吧。第三阶段的‘成功’不应该以第二阶段的达成为前提……”

“关于这一点，我只能认为达莉亚的遗言中有误。所以……”

“你的思维真的混乱了！”

玄儿用手撑着桌子站起来。

“也许玄遥是‘失败’了，但此后我不是成功‘复活’了吗？”

“是的，问题首先就出在这儿。”柳士郎严肃地说道，“十八年前，你在旧北馆的火灾中死而复生。你丧失了火灾前的记忆，而告诉你这一切的不是别人，正是我。但是，如果我现在告诉你这里面有不少夸张的成分，恐怕你也不会马上相信吧？”

“夸张？”

玄儿困惑地向柳士郎看去。

“你到底要说什么？”

“我是说——当时你的复苏，实际上称不上‘复活的奇迹’。”

“事到如今，你又在说什么？”

“你卷入那场火灾，险些丢了性命，这是事实。然而，呼吸、心跳停止的时间很短，只不过几十秒。我实施初步的急救处理后，你马上就脱离了假死状态。这种现象用医学常识就能够充分解释。

“我故意夸张地告诉周围的人，说是达莉亚所说的‘复活’在你肉体上‘成功’了，还设法让你对此也深信不疑。”

玄儿哑口无言，盯着柳士郎的目光慌乱地落在桌上。

“关于你左手的伤疤也是如此。我说当时你的手腕差点儿被切断，那是夸张，实际上并没那么严重。因为碰巧和达莉亚同是左腕上的伤，所以我把它称为‘圣痕’，使‘复活的奇迹’更具可信性。”

玄儿的肩膀微微颤抖，他用右手握紧自己的左手。

“为什么？”

他的视线仍然落在桌上，声音几不可闻。

“为什么要这么做呢？”

柳士郎自问道。

“因为我希望通过这，令你与周围的人相信，从而让我自己也相信。”

隔了片刻，他如此回答道。

“相信？相信什么？”

“相信由‘达莉亚之肉’带来的‘不死’确实可以引起‘复活的奇迹’。因此，那种‘奇迹’当然也能发生在我身上。”

"我不懂。"

玄儿无力地摇摇低垂的头。

"我不懂你的意思。我……我不知道你说的到底是真是假……"

玄儿求助似的向我看过来。

自他的目光之中，我读出了他希望我帮帮他的迫切请求。但我也不知道"答案"，我怎么可能知道"答案"呢？

正如玄儿所说，柳士郎看起来是有些思维混乱。关于浦登家的秘密，先不说相信与否，至少今早从玄儿那里听到的要比暗黑馆馆主现在说得更有道理。

难道他看似若无其事，但因为十八年前的罪行暴露，实际上还是受到很大的打击吗？难道他对于'不死'感到越来越不安，越来越没有信心，而被逼得走投无路吗？总之，我想那种无法抑制的虚无感现在依然在柳士郎的心中扩散，而他那混浊的双眸现在也只注视着那个深渊吧。

但另一方面，我不认为他的话只是因为思想混乱而产生的妄想，也不认为其中有很多做作与谎言，在某种意义上，他是相当真挚地诉说着"事实"，或者说想要诉说"事实"。而且——

而且我觉得暗黑馆中发生的一连串事件构成一道谜题，而这恐怕正是解开它的最后一块拼图。

6

沉默不知道又持续了多长时间。

时间已过了五点半，几近六点。太阳也快要下山。

这期间，南馆的火势是否越来越猛烈？燃烧的范围是否也在逐渐扩大？虽然不是直接相连，但借助强劲的风势，恐怕火势会蔓延到西馆来。

但是，暗黑馆馆主依然端坐在沙发之中，纹丝不动。里面的书房再度响起传声筒的呼叫铃声，但他丝毫没有站起来去应答的意思。

遭遇雷击。建筑起火——

这一突发事态让我不由得想起东馆客厅里的那幅画——藤沼一成的《绯红庆典》。

苍白中闪着银光的夺目线条自天至地穿过浮在黑暗中的“板”，那是贯穿暗黑馆的闪电。自黑暗深处蠕动而出、形状不一的“红色”则是正在吞噬暗黑馆的火焰……啊，是这样吗？那幅风景果然是那个拥有特殊才能的画家预见到今天的事态才画出来的吗？

“你可以告诉我吗，父亲大人？”

玄儿抬起他那张宛如死人般毫无血色的脸，终于开口了。

“父亲大人——我这样称呼你，在你看来也许是种痛苦吧。我到底有什么误解，有什么‘极大的误解’？能告诉我吗？”

“那是——”

柳士郎静静地闭上眼睛。他放开握着手杖的双手，在黑袍前面慢慢合拢，脸上露出前所未有的沉痛表情。

“是关于忠教的出身！”

他回答道。

“忠教的出身？”

“刚才你对中也君说忠教也是玄遥的孩子——是他侵犯诸居静使她生下的孩子。但是，你错了。”

“错了？”

“是错了。”

“可是他……”

玄儿嘴里发出呻吟般的声音。

“他的那个……”

“忠教不是玄遥的孩子，而是我的孩子。我和阿静秘密保持着关系，结果生下了他。这是千真万确的。”

柳士郎斩钉截铁地说。

“爱妻康娜于二十七年前的夏天去世。而且，当我得知她生下的孩子玄儿不是自己的孩子时，我被悲伤与愤怒击倒了。她——阿静很同情我。我半自暴自弃地同她发生了关系。阿静没有强烈地拒绝我，但她起初接近我时可能并没有这种想法。阿静的丈夫诸居甚助当时还活着，但好像在他将近四十岁的时候得了肾病，很久都没有夫妻生活了。

“第二年春天，阿静怀孕了。之前，玄儿已经被关进十角塔的禁闭室里。为了平息我的愤怒，玄遥同意这么做，并向我灌输虚假的‘真相’，鼓吹令康娜怀孕的是她的父亲卓藏。期间，阿静自己提出要做玄儿的奶妈。现在想来，那也许是在劝我生下来的孩子是无罪的吧。

“于是，那一年，即二十六年前的十二月七日，阿静平安产下一个男婴，算起来比玄儿小一岁。给那孩子取名忠教的也是我。”

但是，玄儿似乎不愿相信柳士郎的自白。

“会不会只是你自以为是呢？”玄儿反驳道，“事实上玄遥也染指过诸居静——难道没这种可能吗？”

“难以置信。”柳士郎睁开眼睛断然回答道，“因为那个男人——玄遥完全沉迷于达莉亚的魔性。”

“这是什么意思？”

“就是说无论是最初成为牺牲品的浦登樱还是康娜……她们都酷

似达莉亚。那个男人并不胡乱追求女人，只有能看出达莉亚年轻时的美貌的，才会成为他疯狂欲望的对象。从这点来看，阿静与玄遥之间不可能存在不可告人的关系——根本不可能。你明白了吗？”

“但是……”

玄儿还想反驳，但柳士郎却不顾他继续说了下去。

“二十六年前的十二月七日，忠教出生了。诸居甚助在知道一切之后，仍然愿意答应将忠教视如己出。但是他的病意外恶化，第二年就死了。”

“但是……”

“你还怀疑吗？”

柳士郎突然露出怜爱的神情。

“忠教确实是我的孩子，即使验证血型也没错。忠教的血型是 A 型，我是 B 型，阿静应该是 AB 型，所以我们俩能生出 A 型的孩子。”

“玄遥呢？”玄儿问道，“你知道玄遥的血型吗？”

“我调查过，他是 A 型血。”

“那样的话，就无法证明忠教不是玄遥的儿子。A 型血父亲与 AB 型血母亲不也能生出 A 型血的孩子吗？而且——”

玄儿略微提高了声音。

“而且，最重要的是那个青年——忠教的脚趾与玄遥一样是畸形的！”

“是啊，这确实可以成为一个证据。”

柳士郎不为所动地点点头。

“你说过坠塔的青年脚上有接受过合趾症手术而留下的疤痕。但是——”

柳士郎看着玄儿的脸。

“但是，你的脚呢？”

“我的脚？”

这个问题似乎完全出乎玄儿的意料，令他一下子半张着嘴呆住了。

“你的脚上有那种畸形吗？有那种手术的疤痕吗？”

柳士郎重复问道。

“你说什么？这种问题毫无意义，不是吗？”

“不！”

柳士郎马上否定道。

“意义恰在于此。”

他断然说道。

“所以我才说你有个极大的误解。”

“即便如此，我还是……”

玄儿低下头，仿佛已被逼入了死胡同。

“还不明白？”

“我完全……”

“还不明白吗？”

柳士郎盯着玄儿。

“你真的不明白？”

玄儿被柳士郎的一连串问题搞得手足无措。突然，他的表情变得僵硬了。那变化好似令他的表情，甚至整个身体都冻作冰块一般。那变化令我仅仅注视着他，便浑身起了一身鸡皮疙瘩。

“难不成？”

僵硬的唇怯生生般颤抖着。

“难不成，你想说的是——”

“你总算明白了啊。”

暗黑馆馆主满面沉痛地深深点头。

“坠塔的那个人并非我与阿静的孩子忠教。那是——他才是真正的玄儿。因此，真正的忠教，是你自己啊。”

7

我不由得喊出一声“怎么会这样”，与表情僵硬的玄儿的喊声重叠在一起。但另一方面，心中确也有种“原来如此”的想法，并放心下来。

忠教是玄儿。

玄儿是忠教。

迄今为止，被我们视为江南忠教、即诸居忠教的那名青年，实际上是真真正正的浦登玄儿——是的，如果**这才是**“事实”，那就难怪昨日我在东馆的舞蹈室里看到他时，会有那种奇怪的似曾相识的感觉。

当时，我为什么会感到他的脸“好像在哪见过”呢？

像纸一样苍白的脸色，蓬乱的头发，空洞的眼神，下巴因为胡乱生长的胡须显得格外尖——前天晚上我在宴会厅的肖像画中看到了美女达莉亚。也许当时我就是在他脸上、他的整体或者他身上的某处看到了达莉亚的影子。

根据柳士郎所说，玄儿于十八年前自十角塔内放出来时，脸上就越来越明显地显现出亡母康娜，甚至是曾外祖母达莉亚的样子。那么十八年后的今天，他依然如此也不足为奇。不，应该说是理应如此，所以我才会有那种感觉。

之前在东馆客厅碰到阿清时，他说了一段奇怪的话。这么一想，那话中的含义我大致也能猜到了。

——那个，那个人……那个叫江南的先生，我总觉得……

莫非是阿清在他对面折纸时，突然觉得他长得很像宴会厅中的肖像画上的达莉亚？也许当时他想告诉我的就是这个吧。

“你还记得我刚才说的吗？”

柳士郎盯着仍在用细若蚊蝇的声音自言自语地说着“不可能”的玄儿。

“很长一段时间我一直认为玄儿的父亲是卓藏，但在知道某个事实后，我明白了事情的真相。”

“是的。”

“那个事实，就是他的脚有着与玄遥同样的畸形。”

……

“你刚才也用它来证明忠教是玄遥的儿子。的确，某种先天性的异常可以认为是有遗传性的。关于合趾症的原因，目前还有很多地方不清楚。比如被称为‘蹼足’的病症，有报告称根据对某个家族的研究，它是以显性遗传的形式出现的。”

“显性遗传？”

“你当然听说过伴性遗传，即由性染色体上的异常遗传因子引起的遗传，对吧？

“红绿色盲、血友病是由X染色体上的异常遗传因子引起的，这是隐性遗传病。如果是这样的知识……”

如果是这样的知识，那我也知道。课堂上学过，或者在某本书上看过。

女性的性染色体是XX型，如果是隐性遗传病，只要不是两者都有异常遗传因子，就不会出现异常。男性是XY型，唯一的X如果有问题就会出现异常。据说，红绿色盲、血友病的患者中男性居多就是这个原因。

“所谓显性遗传和这个又不同，是指只在男性或者女性中出现异常的遗传类型。在刚才所说的‘某个家族的蹼足’症例中，可以认为异常遗传因子是在Y染色体上，它只出现在男性身上。换句话说，**如果父亲有异常，那儿子就一定会出现同样的异常。**

“那么玄遥的合趾症——那种奇怪的三趾畸形是否符合同样的法则呢？事实上在合趾症的病例报告中符合的很少，一般都不符合。但是，玄遥的畸形与平时所见的同种畸形相比本身就很有特点，所以我直觉判断符合的可能性很大……”

柳士郎停了下来，似乎在等待对方的反应。但玄儿再次低下头，什么都不想说。

“玄儿的双脚天生在第二趾与第三趾、第四趾与第五趾之间，可以看到非常有特征的粘连。说起来，阿静还特意做了适合这种脚穿的袜子……总之，随着时间的流逝，我对这件事越来越在意，就查了一下我刚才所说的遗传学上的事实。

“我自己身上当然没有这种异常，康娜也没有。后来我又得知让康娜怀孕的‘元凶’卓藏也没有。再后来，我知道**不是卓藏而是玄遥**才有那个——和玄儿一样的畸形。因此——

“再三考虑之后，我决定偷偷去一趟‘迷失之笼’。于是我偷了鬼丸保管的钥匙。”

“偷偷去‘迷失之笼’？”

玄儿突然吃惊地抬起眼睛。

“为什么？”

“目的是想打开地下墓室中的一口棺材。”

柳士郎回答道。

“**就是曾经因早衰症死去、那个叫玄德的孩子的棺材**。我想调查一下里面的遗体。”

“玄德……”

这个名字我好像也有印象。达莉亚与玄遥之间生的第一个孩子叫浦登樱，二十七年前自杀身亡。浦登樱之后生的第二个孩子名字好像叫玄德。据说这个男孩和阿清一样患上早衰症，生下来没几年就死了……

“玄德的遗体当然没有火化。我打开棺材一看，不知道能不能说是幸运，里面的尸体居然没有化成白骨。由于具备湿度、温度等条件，尸体没有腐烂而是变成了尸蜡。我检查了他的脚，确认他的脚趾具有和玄儿、玄遥同样的畸形。

“你明白了吧？这就是说，基本可以证明脚趾的畸形确实是通过显性遗传由父亲传给儿子的。同时，我也可以确信玄儿真正的父亲不是卓藏，而是玄遥！”

柳士郎从沙发上站起来，慢慢走到我们的桌旁，怜爱地看着低头不语的玄儿。

“你明白了吗？”他用手杖敲着地板说道，“**你的身上没有那种畸形**。如果你的父亲是玄遥，那么作为男孩，你一定也会继承同样的畸形。这个事实正是你并非玄遥之子的证据……”

……

“你的血型是 A 型，同为 B 型的我与康娜不可能生出这种血型的孩子，但那只是因为你是我与阿静的孩子。顺便说一下，真正的玄儿是 AB 型血。这自然也是我与康娜不可能生出的血型。我亲眼确认这一事实时的心情，想必你们都能理解吧。

“**你不是玄儿，而是忠教！**你确确实实是我真正的儿子，明白吗？”

“天啊！”

玄儿终于发出微弱的声音，但他依然低着头、不愿抬起。我默默地注视着朋友，非常理解他此刻的心情。柳士郎站在桌旁目不转睛地看着玄儿——不，是他的儿子忠教。片刻后，他长叹了一口气。

“十八年前，我报复了玄遥与卓藏之后，十一月底于旧北馆发生了一场大火。起火原因不明。当时，有两个孩子卷入大火与浓烟之中，没来得及逃出来，结果身受重伤。一个是玄儿，另一个就是忠教。

不知道为什么，两个孩子挨在一起、倒在一楼走廊的同一个地方。阿静找到他们，在其他人的帮助下拼命救他们出来，两个人都可以说是九死一生。但是不久后，我得知他们因为这次打击完全丧失了记忆。于是我心里冒出一个想法，就是乘机将玄儿与忠教对调。”

玄儿的肩猛然一颤。他将张开的两手握成拳头，慢慢地抬起头来。

他那双细长而空洞的眼睛先在我脸上来回扫了几下，然后投向站在桌对面的柳士郎。他发紫的嘴唇颤抖着稍稍张开，但没有说话。

所灭亡者
可是我心
所灭亡者
可是我梦

这个春天——可能是四月二十九日吧，事故后的我一点都想不起自己的过去。那天晚上在白山的玄儿住所的起居室里，我第一次听他背诵这首诗。

所谓记忆
似已全无
漫步道中
不禁目眩

现在，那声音仿佛又在耳边响起，与他在我眼前的身影重叠起来。

“除掉玄遥与卓藏之后，我已经掌握了浦登家的实权，所以要实施这个计划已经没多大困难了。”

暗黑馆馆主继续说道。

“那个孩子继承了太多玄遥的血统。我要将他驱逐，让我的儿子取而代之，成为浦登家的继承人。这样这个家的嫡传就从玄遥那令人诅咒的血统中脱离出来，同时也完成了我的复仇。我完全沉迷于这个想法之中。

“具体实施计划来还存在几个问题。最重要的就是那些已经熟悉玄儿与忠教长相的人怎么办？仔细考虑后，我决定把我的想法毫不隐瞒地告诉美惟与望和。当然，并没有像刚才那样，我说得要更委婉一些。一开始她们也吓了一跳，无法掩饰自己的疑惑与犹豫。但她们姐妹本来就不喜欢玄遥，再加上她们讨厌姐姐被玄遥侵犯后生下的玄儿，认为他是不祥的‘罪恶之子’，所以我估计她们不会坚决反对。结果和预想的一样，她们答应配合我。

“对于当时认识他们二人的用人们，我想可以借着旧北馆烧毁的机会将他们全部解雇。当时偶尔出入这里的村野君，应该几乎都没接触过忠教，更不用说玄儿了。因此就算我大胆实施‘调包’计划，被他发现的可能性也很小。幸运的是，他也几乎没有参与在火灾后对两个孩子的照顾与治疗。所以我判断即使他多少有些怀疑，我也可以蒙混过关。”

那鬼丸老人呢？我在心里不由自主地问道。

“至于鬼丸老人——”

柳士郎好像听到了我的心里话。

“他那种人，我知道就算我说要解雇他，他也不会老实离开。我还知道无论我谋划什么、做什么，他都只会装作视而不见。因为他只对死去的达莉亚一人忠心耿耿，就连第一代馆主玄遥也不过排在第二、第三位。只要达莉亚本人不活过来责备我，他是不会多嘴的。我不需要担心他会对任何人多嘴，也不必担心他会擅自去侦察……”

难道鬼丸老人知道两个孩子“调包”的事吗？“我是不是真正的浦登玄儿？无论如何请你回答我！”——如果玄儿对那个老用人这么说，他会说出“实情”吗？

“请等一下。”

我开口问向暗黑馆馆主。

“假如真如你所说那样，忠教是真的玄儿，玄儿是真的忠教。那么忠教在旧北馆的火灾中身负重伤时，不是还没受到‘达莉亚的祝福’吗？”

“不，实际上并非如此。”

柳士郎摇摇头。

“我早就破戒给忠教吃过‘达莉亚之肉’了，就在我将玄遥与卓藏自这个世界除掉之后。”

“这样啊。”

“说白了，这也是阿静的愿望。她恳求我——让我们的孩子也接受可以带来‘不死’的‘达莉亚的祝福’吧。我决定答应她的要求，带忠教去宴会厅给他吃‘达莉亚之肉’。那可能是十月中旬过后的某个夜晚吧，我瞒着所有的人……虽说如此，但后来我还是告诉了美惟与望和。当然，本来是应该在‘达莉亚之夜’的宴会上吃的。这是没办法的特例……

“所以……

“所以我才特别在乎忠教的‘复活’。你们明白吗？因为我想相信即使不是浦登家的亲族——即使与达莉亚和玄遥毫无血缘关系，通过‘达莉亚之肉’带来的祝福也能获得‘不死’，也能带来‘复活’。我希望把它作为这种信仰的根据，因为我本来也不是浦登家的亲族，只是凭借‘达莉亚之肉’才受到‘祝福’。所以我格外地……”

原来如此！原来这么回事……这次我又默默对自己说。玄儿依然用空洞的眼神看着柳士郎，默默地听着我们的交谈。

“之后的情况就不必再多说了吧？”

柳士郎将视线自我移到玄儿的身上。

“我把忠教当作‘浦登玄儿’来抚养，而把真正的玄儿作为‘诸居忠教’交给阿静。我给了她足够的钱，命令她带着玄儿离开这里。

“最终，阿静答应了我的要求。但她提出了两个条件。一个是在离开暗黑馆前能够吃上‘达莉亚之肉’，毕竟她也沉迷于这个传说。长年在此工作的过程中，她得知了浦登家‘不死’的秘密，最终她自己也深陷其中无法自拔……

“另一个是她想带走一件信物，作为孩子是浦登家人的证据。阿静觉得既然决定把他当作自己的孩子带出去抚养，就不打算将来再和他一起回来添麻烦。只是，万一自己有个三长两短，那孩子活不下去的话，那时至少可以依靠浦登家……不然，这孩子就太可怜了。九年来她一直照顾被关在塔中的玄儿，不知道是不是她的感情在这个过程中完全转移了。总之，下定决心的阿静表现出母亲爱护儿子的执着。这种情感是我难以理解的。

“于是我答应她的请求，让她带走达莉亚留下的这块怀表，因为这块表同时也是康娜的遗物。虽然它对我也很重要，但仔细一想康娜确实是玄儿的母亲啊。”

说着，柳士郎从袍子里拿出“达莉亚之表”，握在手中。“当时，我私下里也不是没担心过。可能有一天，玄儿真的会拿着这块表回到暗黑馆来，那时我该怎么办？我问自己，但找不到答案。我只能想到时候再说吧。但没想到……”

柳士郎慢慢地摇摇头，长叹了一口气。

“我毫不关心他们二人离开后的情况。我从未让人追踪过他们的去向，以后也没让人去调查过他们的情况——你们觉得我有点儿无情吧？”

说着，暗黑馆馆主瞥了我一眼。

“也许的确如此吧。不过，我对阿静只有相应的感谢与感恩，从来没有爱过她。我爱的只有康娜，虽然我也被美惟吸引并与她结婚生子，但那只是因为她是康娜的亲妹妹，在某些地方长得像康娜而已。”

长得……像康娜？

这时，我忍不住在阴暗喧嚣的心中抛出这样的疑问——

那不就是长得像**达莉亚**吗？难道说浦登柳士郎——他与他非常憎恨的玄遥一样，最终也被已故达莉亚的魔性迷住了吗？

“阿静离开暗黑馆后与姓江南的人再婚，我对此毫不知情。还有战争结束前在长崎遭遇核爆、患上白血病以及因去年夏天发生的那件事而丧命的那些事……”

这时，玄儿缓缓地动起来。他张开握拳的右手，自衬衣胸袋中摸出那张照片静静地看着。空洞的双眼中突然闪现出难以形容的悲哀。

“这……这个女人是诸居静……我真正的母亲吗？”

说着，玄儿把照片递给柳士郎——他真正的父亲。柳士郎越过桌子接过照片，将病弱的眼睛凑上去盯着看了片刻——

“是的。”他点点头低声说道，“这就是阿静。旁边的就是她带出去的那个孩子——玄儿。”

“照片的背面有记录。记下‘摄于……月七日……岁生日’一行字。‘七日’是忠教的生日、十二月七日吧？”

“是的。”

“也就是说，虽然那孩子是真正的‘玄儿’，但诸居静始终是把他当作‘忠教’来抚养的，对吗？他受火灾打击丧失了记忆，她就将自己知道的‘诸居忠教’的过去填入那部分空白中，甚至连生日都是真正的‘忠教’的生日。再婚后，她还特意将‘江南忠教’的缩写首字母刻在那块表上。她这样做是想消除他身上的‘玄儿’的影子……”

“她这样做，可能是为了让自己相信这孩子就是自己的孩子吧。不过，你的情况不也完全一样吗？”

“是的，没错啊。”

玄儿整个脸扭曲了，既像是笑又像是哭。

“你是作为‘诸居忠教’出生的，在那场火灾之前也一直作为‘忠教’由阿静抚养。但调包之后，我始终把你当作‘浦登玄儿’。和阿静对玄儿所做的一样，我也把真正的‘玄儿’所经历的过去原封不动地填入你记忆的空白中……”

“甚至是十八年前凶案的目击经历，对吗？”

“是的。美惟与望和也积极地配合这种‘教育’。在你成长的过程中，必须让你始终认为自己才是浦登家正统的继承人。对调包后才来暗黑馆的人，我们一直保守着秘密。小田切、蛭山这些用人就不用说了，就连对望和的丈夫征顺也是如此。当然，对村野君也一样。”

柳士郎把照片扔到桌上，好像在说“我不想再看了”，然后他又把“达莉亚之表”放在照片上。在一段冰冷的沉默之后，玄儿将手伸向那两样东西，就在此时——

“救命啊！”

一个女性的尖厉惨叫声自屋外传来。

8

那是美鸟吗？是美鸟的惨叫声吗？

我瞬间产生了这样的想法。

这不是鹤子或者忍的声音，也不是茅子，更不可能是美惟。一定是那对双胞胎之一、美鸟或者美鱼的声音！很难想象头上受伤的美鱼会独自到西馆来。所以那肯定是美鸟。可是。为什么她要来这里为什么要喊“救命”呢？

“糟了。”

我小声喊起来。

刚才在柳士郎出现之前，我在“打不开的房间”里隐约感到不安。难道这就是我不安的原因？

首先冲出房间的人是我。玄儿——不，现在得知十八年前的调包事实后，或许应该叫他的本名“忠教”——比我慢几拍从座位上站起来，跟着我跑出来。

来到走廊，我马上隐约闻到一股恶臭。我还没来得及确认原因，又一声惨叫传了过来。

“救命啊！不要……不要过来！”

声音自左手一侧——楼梯所在的大厅方向传来的。

啊，果然如此！她——美鸟似乎正被谁追着……刚想到这里，大厅的门开了。一个人影连滚带爬地跑到走廊上，由于势头太猛，她的肩撞在对面的墙上，发出“咚”的一声低沉的声音。

美鸟换了一件泛白的衣服，看上去像睡衣。我站在向南方延伸的边廊里，但她没有发现我，直接向西边的建筑深处跑去。她脚下趺趺撞撞，像喝醉了酒，可能因为野口医生给她注射的镇静剂还在起作用吧。

“美鸟！”

我喊了一声，追了过去。

转过走廊的拐角，昏暗中看到左手一侧的深处有一扇门，一个灰白色的影子正靠在门前。门后面可能是与刚才那间馆主的起居室连在一起的书房。

“爸爸。”

门好像锁着。美鸟双手握着门把手，左右拼命地转着。

“爸爸……救救我！”

“美鸟小姐！”

我大声喊着跑到她身边。她回头看我，认出我的身影后她笨拙地侧过头，好像没油的机器一般。

“中也……先生吗？”

她嗓子里发出纤弱的声音。

“中也先生……”

“怎么了？难道美鱼小姐她……”

被我一问，美鸟的嗓子里立刻发出嘶哑的叫声。她的左手慌忙去摸自己的右边。在她确认双胞胎的另一方不在之后——

“美鱼、美鱼她……”

她的眼睛四处张望，呼吸急促，眼神中充满狼狈、慌乱与强烈的恐惧。

“美鱼、美鱼她……”

她近乎疯狂地大叫着。

“振作一点儿！”

我大声说道。

“听我说，美鸟。没事了，冷静！”

这也是说给我自己听的。

“请冷静一点儿！美鱼小姐她发生什么事了？”

“美鱼、美鱼她……”

美鸟不停地摇头，像打摆子似的。突然，她停下来。

“她死了。”

她一字一顿。

“她被那个人杀了。我当时迷迷糊糊的，等我发现的时候已经……”

啊，果然——我全身无力，仰望着昏暗的天花板。

美鱼被杀了！恐怕是在北馆双胞胎的卧室里，恐怕是被现场的什么东西勒死的……

“美鱼她……”

这时，玄儿——不，应该是忠教——的声音在背后响起。

“真的吗，美鸟？所以你才……”

“我差点儿也被杀了。他把我压在身下，很大力地勒着我。我好不容易逃出来呼救，但北馆里空无一人……啊！”

美鸟大叫一声，抬起左手，将食指笔直地指向前方。她指的不是我，是我的身后，是我身后的玄儿——不，忠教的身后。

我回头一看。

大厅的门开着，一个即将现身的某人的身影从门的阴影下向昏暗的走廊移动着。

玄儿——不、忠教寻找墙上的开关，将走廊的灯全部打开。忽明忽暗的灯光照亮了那人的脸。没错，那是他——三天前自十角塔坠落的那个青年。

“不要！”

美鸟尖声喊道，黑发被她摇得乱舞。

“那个人……”

美鸟两手抱头，畏惧地往后退着。

“是他杀的，是他杀了美鱼。是他、是他……”

美鱼被杀，美鸟也成为谋杀对象——是的，刚才在“打不开的房间”里，我知道了当前凶案的真凶与他的杀人动机。那时我就应该立刻想到会出现这种事态的。可是我……

他——即忠教，本名是玄儿……不，目前还是叫他“江南”吧。至于玄儿，可能还是一如既往地叫他“玄儿”比较好吧。

他——江南，昨晚见到了美鸟与美鱼。据双胞胎姐妹说，他在客厅休息时，她们去看过他，还“和他说了会儿话”。所以，至少江南亲眼见过她们，知道她们是那种畸形——实际上只是“表面的畸形”——的双胞胎。这是把握事态的必要前提。

接下来是今早天亮以后的事情——

和玄儿分开后，我想小睡片刻，就回到了东馆。从卫生间出来后和她们相遇，之后顺便到舞蹈室里说了会儿话。我听她们俩说了一阵关于当前凶案的意见后，便大胆提出了一个问题：你们没打算接受手术，将连在一起的身体分开吗？当时，她们的反应很激烈……

——不要！

——才不要！

她们二人将声音提至最大，拼命地喊着，紧紧抱在一起不停地摇头。

——绝对不要！

——绝对不要！

——我们可是合二为一的呀。

——我们永远合二为一的呀……

她们带着哭腔，大声喊道。

——我们不想被分开。

——我们不想被分开。

——要是被分成两半的话，我们宁愿去死。

——是的。要是分开了，索性死掉的好……

……是的！

她们明确说出了这句话：**如果被分开，我们宁愿去死。**

而且，这句话肯定通过传声筒的裂缝传到了客厅里，传到了江南耳中。

可是今天下午，她们从楼梯上滚落下来。听到嘈杂声来到大厅的江南，看到美鸟与美鱼本应连在一起的身体分成两半，分别滚落在走廊上。

江南站在那里目瞪口呆，嘴里发出野兽般的呻吟声。那时，玄儿所说的“开关”在他心里被打开了。

“如果被分开，我们宁愿去死”——说得如此坚决的她们现在真的分开了。一个头破血流晕了过去，另一个在疯狂地哭喊着。**不能放任不管，干脆自己来帮她们解脱！**应该这么做，必须这么做……

不知玄儿有没有想到这种可能性。不过，按照他的指示，征顺与野口医生应该正在监视江南的动向。他采取行动时想不被人发现，应该很难——

对了，刚才南馆遭雷击而停电，还引起了火灾。恐怕问题就出在这儿。由于意外事态的发生，征顺与野口医生的注意力不由得被吸引过去。趁着这个间隙，江南逃出了客厅。他偷偷进入北馆，找到双胞胎的卧室，然后……

“江南君——不，还是叫你忠教吧。”玄儿对他说，“住手吧！够了，别再杀人了！美鸟她不希望死，所以别再杀她了！”

不知江南有没有听到玄儿的话，他没有做出任何反应，一步一步向这边走来。他的右手握着双胞胎曾经用过的深蓝色和服腰带，可能他刚才就是用这个勒死美鱼的吧。

“好了，已经结束了！”玄儿声色俱厉地说，“站住！回去吧！”

但江南依然没有止步。他死死地盯着退到走廊尽头的美鸟，步调不变地紧逼过去。

“我让你站住！”

玄儿抓住他的手腕想制止他，但江南一下子就将他甩开，继续向前走着。

我不禁想起玄儿说过的一个词——“疯狂的电路”。一旦开关被打开，就没什么能平息他的疯狂。

可能是心理作用吧，江南看着美鸟的眼睛，看起来像被泪水打湿了。同时，我也能看出那里面确实蕴含着危险的疯狂。那不是激情澎湃的疯狂，而是安静的、冰冷的，因悲伤和痛苦而心碎的疯狂。

现在，可能他既看不到我和玄儿，也听不到我们的声音。他眼里肯定只有美鸟，只有从美鸟身上看到的母亲——诸居静临终前在病床上等死的身影。

“好了，住手吧！”

玄儿再次制止他。玄儿跑到江南身后死死抱住对方，但他毫不费力地挣脱了。被疯狂控制的人往往具备异于常人的蛮力，也许现在他也是这样吧。

美鸟背靠墙蹲着，我走到她身边，张开双臂挡在前面。当然不能让她被杀！因为他没有拿刀做凶器，所以，我想如果我和玄儿两个人猛扑过去，怎么也能制止他吧。

美鸟刚才靠着的门猛然打开了。从里面出来的自然就是全身裹着黑色长袍的暗黑馆当代馆主浦登柳士郎！

“玄儿！”

柳士郎一出来就这样喊道，但不是对着我的朋友玄儿，而是对着十八年前被他从暗黑馆放逐的玄儿。

“玄儿，是我，柳士郎！”

江南对这个具有莫名威严感的声音有了反应，他的目光第一次离开美鸟。他的视线好像被吸过去似的移到左前方的柳士郎身上。

“是我，玄儿！”柳士郎说道，“你在做什么？到这儿来！”

江南惊讶地歪着头，注视着柳士郎。柳士郎拄着手杖，从房间里走到走廊中。

“玄儿啊！”

他注视着江南。

“你明白吗？你是为了见我才来这里的。”

江南什么都没回答，但可以看出他心里确实正在发生微妙的变化。

“不记得了吗？不记得的话，就好好想想！”

暗黑馆馆主再次威严地说道。

“这是你出生并成长的暗黑馆，你是为了见我才回到这里的。你来这里是为了见这个世界上你最应该憎恨的我！”

江南什么都没回答，连身子都没动一下。柳士郎又踏出一步，用空着的左手紧紧抓住江南的手腕。

“好了，到这里来！”

他将抓住的手腕往自己身边拉。

“你像这样回到这里，这也是所谓的命运啊……”

柳士郎像是自言自语般低声说道。他抓住江南的手腕往后退，打算回到书房中。江南掩饰不住的视线离开柳士郎飞向美鸟。不知道是不是被柳士郎发现了，他猛然提高了声音。

“你明白吗，玄儿？”

他以像是说给不懂事的孩子听的语气说道。

“你明白吗？你必须杀的不是那个女孩——是我，是我啊！”

他到底要说什么？

我吃惊地刚要开口，但玄儿已在我之前高声叫起来。

“父亲，你在说什么？”

“来，玄儿！”

柳士郎不理会我们，只是用病弱的眼睛看着江南。

“你知道吗，玄儿？我不想再这样活下去了。我想像普通人一样死一次。所以，请用你的手让我解脱吧！杀了我吧！来，玄儿……”

江南还是什么都没说。但是，他已经不去看美鸟了，毫无反抗地被柳士郎拉着手向书房内走去。

玄儿慌忙跑过去，但却眼睁睁看着门咣当一声关上了。我也离开美鸟，跑到门前。

“父亲！”

玄儿隔着门喊着。

“柳士郎先生！”

我也一起喊道。我试着去拧门把手，但门好像已被锁上，怎么拧都拧不开。

“父亲，请开开门！”

“柳士郎先生！”

我们二人一边敲门，一边反复呼唤着。不久，房间里有了回应。

“玄儿……不，忠教。”

那是柳士郎的声音。

“请你离开这里，马上！”

“父亲，你要做什么？”

“我已经说了我该说的话，你也知道了一切。接下来怎么做，就看你自己了。”

“爸爸……”

“我——”

声音突然停住，接着传来像是剧烈咳嗽的声音。

“我按照我的方法……”

话到这里中断了。

我们无法知道门后正在发生什么。他用他的方法到底要做什么呢？他对江南说“杀了我吧”，那是他的真心话吗？还是……

就在我苦思冥想的时候，我突然向脚下一看，不由得“哇”的一声叫起来。

“烟……”

淡白色的烟正自门与地板的缝隙间慢慢飘入走廊。

玄儿将耳朵贴在门上，我也依葫芦画瓢。好像有异样的声音从里面传出来。啊，这莫非是着火的声音？

——索性整个暗黑馆都烧起来，让一切化成灰烬不是更好吗？

难道柳士郎真的像刚才所说的那样，自己将房间点着了吗？

“父亲！”

玄儿叫道。他用双拳敲门，用肩去撞门。

“父亲！”

“从起居室进去怎么样？”

我一说完，玄儿来不及点头就跑开了。我回头看了一眼美鸟，她一直蹲在走廊的尽头。

“去美惟太太那里！”我命令道，“让她出房间后，赶快逃去北馆。”

而后——

在我追赶玄儿拐过走廊拐角的瞬间，我又“哇”地失声叫起来。南北延伸的边廊深处是“达莉亚之间”，它的门周围正冒着滚滚灰烟。门的一部分已经着火，周围弥漫着焦臭味。

当我听到美鸟的惨叫声跑出来时，我闻到了一股异味。难道这就是那股异味的来源？也就是说，当时南馆的火已经在大风中蔓延到“达莉亚之塔”上，并且还在不断扩大它燃烧的范围。

9

市朗犹豫着。

熊熊燃烧的大火映红了黑夜。火势越来越猛，原本黑黢黢盘踞在地面上的西洋馆已经有一半以上被大火吞没。

现在是应该立即返回，还是待在这里不动？

……大约在一个半小时前、即过了下午五点的时候，慎太与母亲羽取忍来到独自被留在北馆沙龙室里的市朗身边。慎太还是一脸无邪，结结巴巴地和市朗说着话。羽取忍从一开始就对市朗很热情，可能也是因为听别人夸慎太助人为乐、是个好孩子的缘故吧。

肚子饿不饿？渴不渴？冷不冷……被人像亲人一样地关心，令市朗既高兴又放心。

“你可以到我们房间去休息，这也是玄儿少爷的吩咐。”

听到这个建议，市朗更加放心了。

昨晚之前，市朗相信这座宅子里住着可怕的、邪恶的东西，但现在这种想法已经淡薄了。不过，无论是玄儿还是其他人，在市朗看来仍然很难相处，好像和自己不是同类。无论怎么安慰他，他心里总是不安。唯一让他没有戒心的，只有那个叫“中也”的大学生，他似乎也是“从外面来的”。所以，市朗才鼓足勇气告诉他森林里被勒死的尸体，之前他是决定无论多么害怕都不说的。但那个中也，后来也表情恐怖地和玄儿他们一起离开了沙龙室。

市朗跟着忍与慎太来到他们母子的房间，那是在南馆的一楼。房间里是一幅市朗熟悉的极其日常化的生活情景。外面是杂乱的西洋式房间，里面是铺着被子的日式房间。西洋式房间里放着慎太的桌子，上边乱七八糟地放着小人书、彩纸与积木等东西。

“这孩子好像很喜欢市朗你啊！今后如果你还能做他的朋友，那就好了。”

虽然不知道有多少是她的真心话，但她说完之后，满脸都是忧虑的神情。

“不过啊，这个暗黑馆是个很奇怪的地方。主人性格怪僻，而且在深山里，离村庄这么远，所以很难让你来见他……”

慎太始终很愉快，似乎不懂母亲的忧虑。他从桌子里取出剑球——好像除了送给市朗的以外他还有一个——求市朗再表演一次昨天的“特技”。他还用蜡笔在画纸上画上奇怪的画——像人的脸——给市朗看。市朗总觉得那张奇怪的脸是以他为原型画的。

说实话，市朗浑身无力，还有点发烧，陪慎太玩对他来说是件苦差事。尽管如此，市朗还是终于从四天来的紧张状态中解脱出来，沉浸在内心的平静之中。

现在，市朗的失踪恐怕已在I村的家里引起了骚乱。学校自不必说，这骚乱或许正在村子里扩散。想必回去要狠狠挨顿骂了，但如果将事情解释清楚，向大家道歉，相信会得到原谅。等天气转好，就能设法将因塌方而中断的路修好。只要我能平安回到村里……他现在可以如此乐观地设想未来了。虽然他不想再次体验这种经历，但如果平安回到了原来的世界，那么终有一天他会很怀念这四天的“冒险”。

然而，与羽取母子度过的这种平静的时间并没有像市朗所期待的那样长。

巨大的雷声似乎震动了整个建筑，紧接着就是停电。所有的灯都灭了，眼前瞬间一片漆黑。

忍找出手电，勉强驱散了一丝黑暗，但仅仅如此还远远不够，她将手电递给市朗他们，又点上蜡烛，说了声“我出去看看”后，就走出房间去了。出去时她命令说，外面危险，你们两个就乖乖待在这里。所以市朗与慎太只能在黑暗的房间里紧紧依偎在一起。

之后也不知过了多长时间——

“火！”

屋外突然传来男人的大喊，声音中夹杂着惊慌与恐惧。这时羽取忍还没有回来。

——火？

起火了吗？这栋建筑因为刚才的雷击起火了……

必须赶快逃出去——市朗想道。

他拿起手电，对惊慌失措的慎太说了声“跟着我”，就飞奔出屋外。外面空无一人，但火已经烧到走廊的拐南处，离这里只有几米了。

“慎太，快跑！”

市朗忍着呛人的恶臭，用最大的声音喊道。然后，他朝着能逃出大火的方向拼命狂奔。他回头确认了一下，看到慎太踉踉跄跄地跟在身后，便头也不回地朝建筑的正门跑去。

逃到与东馆相连的走廊后，正好看到一个穿围裙的女人从对面的房子里跌跌撞撞地出来。那是忍吗？

风猛烈地刮着，不断发出尖厉的嘶吼声，像是要撕裂黑暗。而雨偏偏在这个时候停了。天公仿佛故意趁着失火的机会耍了一个充满恶意的小性子……

照这样下去，迟早这里会被烧到。市朗一边想着一边从走廊向中庭跑去。没跑几步，脚在泥泞中一滑，结结实实地扑倒在地上。

“慎太呢？”

一个声音在身边响起，是忍的声音。

“慎太在哪儿？市朗，你们不在一起吗？”

“啊？”

市朗惊慌失措地站起来，扭头向刚才跑出来的建筑正门看去。真的没有慎太的影子。

他应该跟着我一起逃出来了，难道中途摔倒了？难道自己光顾着跑，没发现把他落在里面了……

火势比刚才更加猛烈，就快将南馆完全吞没。虽然还没烧到走廊与大门附近，但那只是时间问题。

“慎太！”

“危险！”

慌乱的忍刚要冲进去，就被一个人制止了。那是体格巨大、虎背熊腰的医生，被称为野口医生。

“火速比想象中还要快。忍太太，我明白你的心情，但现在进去的话……”

“啊……慎太！”

熊熊燃烧的大火映红了黑暗。市朗在大火前犹豫着。

慎太还在里面。从正门到一楼的那个房间并不太远，现在马上去救可能还来得及。但是，也可能来不及。即便回去找到慎太，那时火可能已经烧到那里了……

一秒、两秒……市朗还在犹豫。但抛开犹豫之后，他的行动却非常迅速。倒不是他下了必死的决心。只是他觉得如果这样犹豫下去，使得慎太烧死在大火之中，那他会后悔一辈子。一想到这儿，他马上行动起来。

市朗不顾周围制止的声音，跑回建筑里面。他右手握着忍给他的手电，左手从口袋里掏出皱巴巴的手帕捂住嘴。

慎太——他帮过我。智力低下的他为我考虑了很多。他给我拿来面包、拿来剑球，对于我“不要告诉任何人”的请求，他也忠实地执行……啊，他曾竭尽全力帮助过我！所以……

有恩必报——这是从小外婆时常说给我听的。他是我的恩人，所以今天我也要救他。

市朗用手电光撕开挡住视线的黑暗与浓烟，在走廊里前进。眼泪不断涌出，擦都擦不完。如果一不小心大口呼吸，马上就呛得剧烈地咳嗽起来。

幸运的是，大火还没有烧到羽取母子的房前。但是，周围却没有慎太的身影——在哪里？本来应该跟着我出来的，到底他……

难道……市朗向房间里看去。

“慎太！”

他冲着屋内大声喊道。

“慎太，你在这里吗？”

没有回答——但是，用手电往室内一照，看到一个小小的人影伏在日式房间的榻榻米上。

“慎太！”

他急忙跑过去。

房间里有一扇小窗，火已经烧到那里，形成一道难已接近的火墙。室内弥漫着浓烟，他是吸入了烟才晕倒在这儿的吗？可是，他为什么要来这里……

“喂，振作点儿！”

市朗轻轻拍了拍他的脸颊，慎太微微张开眼。

“没事吧？好了，快走！”

“市朗、先生……”

“能站起来吗……站不起来？那我来背你！”

市朗拉起筋疲力尽的慎太，让他自后面抱住自己的肩。这时，他突然看到慎太手里死死地抓着一样东西。

原色木框里镶着玻璃，那是个小相框。镶在里面的黑白照片上有三个人。一个是女人，像是年轻时的忍。一个是忍抱在胸前的婴儿，那是慎太吧。还有一个是中年男子，市朗不认识。

是慎太的爸爸吧——市朗突然想到了。

虽然不知道发生了什么，但这张照片对慎太来说一定非常重要。所以，他逃到走廊后又返回这里拿它……

背上慎太，市朗使出最后的力气向房间出口跑去。然而，火舌这时已经开始舔舐走廊的墙壁与天花板。

旋涡似的浓烟、强烈的灼热感让市朗后退了几步。但是，没其他路了，只有往前冲——

——怎么了，市朗？

前夜噩梦中出现的母亲的声音在头中嗡嗡作响。

——加油，市朗！

啊……这是同一个梦中的父亲的声音。

——怎么了，市朗？

——加油，市朗！

市朗像是被他们二人的声音推出去似的飞奔出房间，冲进烟雾与灼热之中。

他屏住呼吸，拼命地跑。凶猛的火焰紧追着他，想把他与背上的慎太一起抓走。市朗咬牙狂奔，不久他感到终于逃出了火口。就在这时——

意外的重击与剧痛突然向他袭来。

不知道那是自何处飞来的。总之，一大颗火星自肆虐于建筑内的红莲之火中爆裂而出，正中向出口猛冲过来的市朗的脸——以左眼球为中心的地方。

市朗耐不住剧疼，大喊起来。

就在这一瞬间——

不断在市朗身上浮沉的“视点”像被弹开似的飞向虚空，消散在黑夜之中。

10

我脱下礼帽罩住口鼻，跑到起居室门口，不知什么原因，先我一步冲进去的玄儿不等我赶到就想把门关上。

“玄儿，你做什么？”

我抓住门把手想往外拉。

“你别过来！”

玄儿厉声命令道。

“不要过来，这两个人交给我。”

“你在说什么？”

我吃惊地反问。

“‘达莉亚之塔’好像着火了，而且还很大。”

“我知道。所以你快点儿走！”

“我会走的。玄儿你也快点儿，我们一起。”

“我不要紧！”

玄儿面部痉挛，断然说出了这句话。然后，他突然松开加在门上的力道。就在我乘机把关着的门拉开的那一刹那——我受到了重击。玄儿从门后对着我的小腹一脚踹来。

我经不住疼，放开门的把手，用手按着肚子弯下腰。玄儿趁着这个间隙把门关上。里面立即传出上锁的声音。

“玄儿！”

我抓住因汗水而湿滑的门把，呻吟着喊道。

“我没事，中也君！”

玄儿隔着门回答。

“我没事的。因为我已在十八年前的大火中死过一回了。”

说着，他笑了。咯咯咯咯……他压低了声音，我好不容易才明白这是他异样的笑声。

“美鸟与美惟姨妈就拜托你了！可以吗，中也君？”

这是他最后一句话。现在只剩下我一个人被留在关得严严实实的黑门前。

我呆呆地站在那里。周围弥漫着浓烟与恶臭，房子到处都响起了异样的声音，不断膨胀的火焰正在咆哮呻吟。

为什么——我自问道。

为什么，为什么要这样……

藤沼一成在《绯红庆典》中画的不规则的“红”现在成为现实，正对着“世界”张牙舞爪。在这个过程中，火焰大概会越烧越旺、越烧越大、越烧越猛，最后将整个馆吞噬，将它烧个一干二净吧。

……妈妈！

巨大的火焰被眼前的景象唤醒，在我遥远的记忆中再次燃烧起来。

……啊，妈妈！

十一年前的那个秋夜，无情的黑红色火焰包围着那座西洋馆……

“玄儿！”

我攥着皱巴巴的礼帽，再次喊了一声朋友的名字。这里面包含了我对他难以言表的矛盾之情。

“我——我对你……”

“中也先生！”

美鸟呼唤我的声音透过浓烟与恶臭传来。

“中也先生！玄儿哥哥……你们在哪儿？”

我转过身，离开了紧闭的黑门。毕竟不能一直这样沉浸在找不到出口的感伤之中。

11

江南忠教——如果用本名来称呼应该是浦登玄儿——正在犹豫着。

她——那对双胞胎中的另一个，正在走廊深处。那是美鸟。虽然她一边跑一边喊着“不要”、“救命啊”，但我知道那不是她的本意。她在那里等我。虽然有两个阻碍我的人，但我不能听他们的。不能犹豫，不必犹豫！我知道我该做什么，我很清楚我为什么要在这里。

然而，现在眼前的门突然开了，里面出现的男子喊我“玄儿”，还对我说：“玄儿，是我，柳士郎！”

……逃出客厅，我来到北馆二楼，偷偷进入了双胞胎的卧室。我首先用房间里和服衣带将头上包着绷带睡着的那一个勒死。那可能是美鱼。虽然她中途睁开眼睛，但并没有怎么反抗。可能是她心底正期待着死的解脱吧。

“合二为一”的她们是如此害怕结合的肉体被分离。她们发狂般地诉说过如果分开，她们宁愿去死。可是非常不幸，她们二人的身体从楼梯上滚落后真的分开了。这给她们带来了怎么也无法挽救的绝望。这一点从当时她们中的一个——美鸟狂乱的样子中就能知道。所以——

所以，她们想死，她们肯定想干脆死了算了！但是……是的，但是**她们死不了**。无论她们多么想死都不会死，也死不了。她们绝不会像普通人那样病死，但是她们也不能自杀。

就像昨天我在工作室杀的那个女人——望和一样。就像去年在病床上被我杀死的母亲——诸居静一样。

无论多么想死，美鸟和美鱼都不会死，也死不了。

因为她们吃了浦登家家传的“不死肉”。叫望和的人是这样，母亲也是这样。

……是的，我知道的。记忆中的这个知识肯定不会错。

我并没有恢复所有的记忆，也没有完全明白一切。我觉得拼图的碎片似乎还没有集齐，似乎还有很多缺失的部分。

但是，至少关于“我是谁”这个最大的问题，我终于找到“答案”了——

今天黎明，那个男人——浦登柳士郎来客厅之后，我睡着了……中间还做了好几个梦。睡梦中出现了新的拼图碎片，那是有关江南自身记忆的碎片。然后——

然后，江南首先想起了自己一直都想不起来的名字——“忠教”。

——知道了吗，忠教？

这是今早梦中出现的那个人——母亲说的话。而且，这肯定是自己复苏的记忆……

……是什么时候的事呢？

好像是很久以前了，可能是我某一年的生日吧，母亲把那个怀表交到我手中，并且说了那样的话。

——这是非常贵重的东西。将来走投无路时，就拿着它去浦登家的暗黑馆。知道了吗，忠教？

——知道了吗，忠教？

是的，我的名字叫忠教，江南忠教！所以那块怀表的后面刻着字母“T.E.”。

——明白了吗，忠教？一定要带着这块表去拜访浦登家的暗黑馆哦！

浦登家？当时我觉得很奇怪，为什么“浦登”这个姓我好像在哪听过似的？

——那是我以前一直工作的地方。你可能不记得了，小时候你也和我一起住在那里的。它在熊本市的山里，建在湖中的小岛上，是一座怪异的宅子。因为那里什么都是黑的，所以被称为“暗黑馆”……

这是一块新碎片。

从梦中醒来后，我慢慢地思考着这些话的意思。突然，与具体的语言和情景联系在一起的知识从混沌的海底浮上来。

——对了忠教，我告诉你一个大秘密吧！

这也是那个人——母亲说的话。那是战争结束了好多年之后的事了，当时已经查明她的身体正被一种现代医学难以治愈的疾病侵蚀着……

父亲很早就在战争中死了。战争结束前的八月九日，一个原子弹投在长崎，据说母亲——诸居静亲历了这个过程。当时她在街边，离爆炸中心很远，所以没有受到直接伤害。但后来，她却因此饱受无穷无尽的病痛折磨。

江南当时被疏散到五岛避难，和母亲不在一起。但是，那令人目眩的巨大闪光至今还留在他心中，昨夜在梦中也梦见它了。也许江南碰巧从疏散地的岛上看到了海对面的爆炸，而这正是这段记忆的碎片吧……

虽然得知自己患的病可能是核爆后遗症，但她起初并不担心。

她总是说“我不要紧的”，而且作为“不要紧”的证据，她说起了江南一直不知道的“大秘密”。

——也许你无法相信，我绝不会病死。

不会死？为什么会那样——江南当然感到非常疑惑。

——这个吗，是因为过去我在浦登家的暗黑馆中吃了“不死肉”。

不死肉？

——是的，浦登家家传的“不死肉”。浦登家的人吃了它，就不会死了。是真的！生病绝对不会死，除非遭遇事故或者被杀。但是不能自杀。如果自杀，就求生不得求死不能，一直会陷入迷失之中。

她的表情非常认真，声音异常兴奋，盯着江南的眼睛一眨都不眨，放出暗淡的光芒，就像被什么迷住了似的。

——忠教，事实上你小时候也和我一样吃过“不死肉”。所以你和我一样，无论患上什么病都不会死。

突然听到这些，我怎么也无法相信。但是也感觉不出她在说谎。当时我只是点头说“知道了”。

——忠教，这个对谁都不要讲，知道吗？绝对要保守秘密，这是和浦登家主人的约定。因为如果被别人知道，肯定会引起轩然大波的……

是的，我明白了，我已经明白了。她们和母亲一样吃了“不死肉”，一般情况下不会死，也死不了。她们也不能自杀。所以——

所以我必须亲手送她们下黄泉。

——首藤利吉！

江南想起来了。

今天黎明，来到客厅的柳士郎说出了“利吉”这个名字。那一瞬间，我觉得自己好像“知道”这个名字。利吉……首藤利吉！这是那个人的名字，那个来医院接我的男人的名字。

去年夏天母亲死后，我就一直是一个人。我被关在医院狭小的房间里，喝药、打针、和医生谈话……日复一日地重复着这种生活。就在这时，那个男人——首藤利吉出现了。他说要带我去“浦登家的暗黑馆”。

我们是在三天前的早晨出发的。乘着利吉驾驶的黑色轿车，我们朝着浦登家的宅邸——暗黑馆进发。中途我们进过一家茶社，之后我就在后座上裹着毛毯躺下了。然后我感觉一直在打盹，因为我不习惯远距离颠簸，十分疲倦。

就在这个时候，我们出事了——

不知道是什么原因，车子飞出道路冲进森林，撞上大树停了下来。因为在后座躺着，我只是左手受了点擦伤。但起来一看，驾驶座上利吉的身影不见了。前面的挡风玻璃碎成粉末，上面还沾着血。江南马上猜到他因碰撞的惯性被抛出了窗外。

首藤利吉倒在离车子不远处，身体埋在杂草中。他的手脚弯成极其扭曲的角度，裂开了头部喷出大量鲜血……样子十分凄惨。但他好像还有意识，当我走近时他的身体还微微动了一下，将满是鲜血的脸转向我。他的脸因为剧痛而扭曲，嘴唇无力地颤抖着。

那时——我回想道。

那时，我听到利吉的呻吟声。

让我死吧，让我早点儿解脱吧……不，我听到的可能不是他的声音，而是那个人——我母亲的声音。

——让我死吧。

眼神空洞。呼吸无力。口齿含糊不清。

——我受够了，杀了我吧……让我舒服一点儿。

她确实是那么说的。

外边下着大雨。是的，那是去年夏天——七月的那一日。

啊，这……江南孝明不由得感到强烈的眩晕。

他不是我！

这不是我的记忆！但是时隔三十多年，到底为什么会有如此偶然的一致……

在可恨且不讲理的病魔折磨下，她的身体一天天地衰弱。医生说已经没办法了。但是，在每一天的痛苦中她仍然相信自己不会死。她说因为吃了“不死肉”，所以绝不会病死。

然而有一天，她意识到“不死”未必与“病愈”同义。

于是她开始害怕了。

应该已经获得“不死”的自己是绝对不会死的，但这病也绝对治不好。如果是这样，难道自己今后必须一直在这样的状态下，永远活在痛苦之中吗？不会康复，但也不会死亡。即便今后病情继续恶化，身体被侵蚀得破败不堪，每天的痛苦更加增大，但还是不会死……难道自己只能这样在一天天不断增加且没有终结的痛苦中，度过今后的“不死之生”吗？

她觉得自己受不了。那么残酷的未来怎么能够忍受？她绝望了。所以……

——让我死吧。

她眼神空洞、呼吸无力、口齿不清地说道。

——我受够了，杀了我吧……让我舒服一点儿。

所以我就……

回过神的时候，我已经用浴衣的腰带勒住她的脖子，那浴衣是准备在病房中更换用的。她没怎么反抗，死得很安详，像睡着了一样。断气后，一行眼泪自她的眼角顺着凹陷的脸颊流下。

之后，只有一些断断续续的记忆。

……我记得我跑出病房，脚步踉跄地来到昏暗的走廊中（……昏暗的走廊）。回头看我的护士们表情很奇怪（……表情奇怪）。坐着轮椅的老人在等电梯（……老人）。我跑下楼梯的脚步声很大（……很大）。窗外传来救护车的警笛声（……窗外）。大厅里来来往往的净是陌生的面孔（……净是陌生面孔）。扬声器里传出院内播音员的中性声音（……中性的声音），是在反复叫着谁的名字（……叫着名字）。综合问讯处前的长椅上（……长椅上），一个穿着蓝色衣服的男人孤零零地坐着（……孤零零地坐着）（……**穿蓝色衣服的男人？**）……在我连滚带爬地跑出大门后，我终于站住了。之后，我没有打伞在大雨中徘徊，被医院的职工发现后我被抓了起来。

这个又……江南孝明不由得又感到眩晕。

他不是我！

这不是我的记忆！可是，如此一致……不，这里同时有一处明显的不一致。

那天，我跑出母亲的病房，跑下楼梯。当时，综合问讯处前的长椅上坐着的不是“穿蓝色衣服的男人”，好像是“穿黄色衣服的小女孩”……

等我回过神的时候，我用皮带勒住那个男的——利吉的脖子，那是从他的裤子上抽出来的皮带。而且他也没怎么反抗，死得很安详。

之后，我独自走在森林里的小路上，不久来到了湖边。栈桥上有两艘船，我乘上其中的一艘，来到这个岛上。然后我登上了那座十角形的塔，但我不知道为什么当时自己会径直去那座塔。我只能想起当时自己的身体是自然而然那么做的……

……那是因为他是浦登玄儿——江南想道。

九岁生日之前，玄儿一直被迫住在十角塔的禁闭室里。阔别十七年后，他又回到这个岛上。就算他被残留在潜意识中的记忆所吸引而登上塔去也不足为怪。

之后，关于在东馆客厅里醒来之前的事情，我依然什么都想不起来。可能是坠落时受到冲击，前后的记忆完全丧失了。

意识清醒后，一段时间里真的什么都不知道。虽然自“江南”这个姓氏开始，一些记忆的片断渐渐复苏，但我怎么也想不出该怎样将它们相互联系起来。而且，由于冲击我连声音都发不出来，一直处于束手无策的状态。

这时，有个叫作蛭山的看门人因事故身负重伤，被抬了进来。那时，我从客厅出来看到了他的样子。他浑身是血与泥，脸部丑陋地扭曲着，嘴里喷出血沫，十分痛苦……

的确，当时在他身上我看到了已经复苏的关于那个人——母亲的记忆片段。眼神空洞、呼吸无力、口齿含糊不清……我确实觉得那个男人也在对我说着和母亲相同的话。

那天夜里，我独自在北馆中徘徊，看了很多房间。之后，我回到客厅打发着难以入眠的时间。在这个过程中——

黏在头脑中挥之不去的麻痹感慢慢集中到一处，形成一个椭圆形的球体。球体开始慢慢转动、慢慢加速。各种颜色的碎片在其表面混合、融合。当转速达到顶点时，它变成了一片漆黑……

江南也不知道那到底是什么。在困惑中，他无可奈何地被卷入那旋转的黑色球体中。

……回过神来时我已经开始行动了。时间已经过了零点，夜很深了。

蛭山被抬进南馆的一间房里，我几乎没花什么时间就找到了。不知道为什么，我感觉我很早就知道那栋建筑的构造似的。或许以前和母亲一起住在这里时的记忆还留在头脑中吧。起初想从走廊进去的，但因为知道叫作忍的用人住在附近的房间里，为了不被发现，我决定直接从储藏室的暗门偷偷进去。为什么我会知道那里有个暗门呢？当时连我自己都觉得很不思可议，但想必那也是我以前住在这里时的记忆吧。接下来——

接下来，我在半无意识之中，被潜在的某种东西操纵般，用房间里的裤子上的裤带勒死了蛭山。处于昏睡状态的蛭山根本没有抵抗。我稍稍用了点力气，很快就勒死了他。就这样，这个人也从绝望的痛苦中得以解脱，获得了死的安宁——我记得自己抱着这样的想法回客厅睡觉去了。

之后是望和，那个患上早衰症的少年阿清的母亲。

昨天白天，我在被称为舞蹈室的大房间中偶然遇到她。当时，她像是相识已久的老朋友一样和我打招呼，多次问我阿清的去处，还喋喋不休地说那孩子的病是自己的过错，最终——

——所以……求求你，求求你让我替他死吧！

她流着眼泪哭诉着。

——求求你，让我替那孩子去死。杀了我吧……

她凝视我的眼神阴森恐怖，但又充满深切的悲哀和绝望。在她逼近我的脸上，我不可避免地又看到病床上母亲的样子。在那声音、那话语中，都能听到母亲的声音与话语。就这样我脑中又出现椭圆形的球体以及它的旋转、加速、变形、变色、黑暗、引力、联结、发狂……

——采取行动时已是傍晚之后。

我估计她可能在北馆的工作室——里面到处都是画具与未完成作品的房间，就瞒着所有的人偷偷去了那里……从背后悄悄靠近正沉迷于作画的望和，用围巾勒死了她。肉体上并不虚弱的她，和之前的几个人相比表现出相当程度的反抗，但中途她放弃了，很快断了气。就这样，她也获得了所期望的死的安宁。

当我想离开工作室时，不知道为什么门打却不开。那时我很着急，我强烈地感到不能被人发现我在这里。因为如果被发现，我想肯定又要被抓回医院那个狭小的房间了。不能被发现、不能被任何人发现。我来到隔壁的房间，看看是否有其他出口。结果，我用椅子打破窗户的玻璃逃了出来。

根据今早复苏的关于“不死肉”的记忆，我清楚地知道身为浦登家一员的望和也与母亲一样“即使想死也死不了”。同时，也确信了一件事：

这一定就是我存在的理由。我在这里正是为了亲手结束如母亲一样的人的生命。

12

然而现在——

突然出现的男人——浦登柳士郎对自己的呼唤充满了威严，江南对此不由得犹豫起来。

“是我，玄儿！”

柳士郎说。

“你在做什么？到这儿来！”

玄儿？江南十分纳闷。

为什么？为什么这个人要用这个名字称呼我呢？

柳士郎拄着手杖从房间里向走廊中踏出一步。

“玄儿呀！”

他注视着江南。

“你知道吗？你是为了见我才来这里的。”

这个人到底在说什么？

我的名字叫忠教！好不容易恢复的记忆应该不会有错。玄儿不是我，是现在在我身后的那个……

“你不记得吗？不记得的话，就好好想想！”

柳士郎又威严地说道。

“这里是你出生并成长的地方，你是为了见我，才回到这里的。你来这里是为了见这个世界上你最应该憎恨的我！”

江南什么都答不上来，身体也动不了。在他极其困惑的内心表层，突然浮现出一片拼图的碎片。

——你啊，不是我亲生的孩子。

啊……这是那个人在病房中说的话。

——你不是我亲生的，你过去是……

这是什么时候的事？是去年梅雨快结束的时候吗？

……不对。

对了，这确实是在我亲手杀死那人十天前对我说过的话。

这也不一样，当然不一样——江南孝明确认道。

这与病床上的母亲在愚人节撒的谎完全不同……

——你呢。

她瘦弱的身体躺在床上，注视着我这样说道。

——你呢，实际上不是我真正的孩子，也不是你死去爸爸的孩子。虽然必须保守秘密，但我觉得一直这样瞒着你也不好……

——你是以前浦登家的主人托付给我的。我一直把你当作是我名叫忠教的孩子……我一直把你看作是我自己的孩子。

——你真正的名字叫玄儿！不是忠教，是玄儿。浦登玄儿。

……江南、即玄儿站在那里目瞪口呆。柳士郎又踏出一步，抓住了他的手。

“来吧，到这里来！”

他命令着，将我的手腕拉向他身边。

“你像这样回到这里，这也是所谓的命运啊……”

……我是玄儿？我不是忠教？

江南困惑的眼神飞向蹲在走廊尽头的美鸟。

啊，那么我到底……

“你知道吗，玄儿？”

柳士郎马上提到了声音。

“你知道吗？你必须杀的不是那个女孩——是我，是我啊！”

“什么？”

背后传来玄儿——江南之前一直这么认为——的惊叫声。

“父亲，你干吗要那样说？”

“来，玄儿！”

柳士郎注视着江南。

“你知道吗，玄儿？我不想再这样活下去了。我想像普通人一样死一次。所以，请用你的手让我解脱吧，杀了我吧！来，玄儿……”

对于他低沉的声音与口吻，我的内心深处突然有了反应。说起来，今天黎明他来客厅时，我好像也陷入了同样的感觉。

这个人的话我怎么也无法违抗。不知道为什么我会无条件地这么想。我心里混杂着恐惧与胆怯，激烈地斗争着……江南被柳士郎拽着手腕，跟着他向房间里走去。一进门，柳士郎就关上门并上了锁。

“父亲！”

“柳士郎先生！”

他不顾隔着门传来的呼喊，把江南拉到房间中央，让他坐在放在那里的椅子上。而且，他用右手中的手杖开始从一端将满墙书架上的书挑落到地上。

……怎么回事？这个人到底要做什么？

江南茫然地看着他的动作，仿佛心里绷至极限的紧张之弦已经断了似的。不久，柳士郎从长袍口袋中取出打火机，点燃了几本散落在地上的书。

眼看着变大的红色火焰蔓延到其他书上，慢慢扩散开来。可是，江南仍然坐在椅子上茫然地看着这一切。

“玄儿……不，忠教！”

柳士郎回到门旁，回应门外的呼叫。忠教？听到这儿，江南纳闷了。

难道他、他才是忠教？我是玄儿，他是忠教……啊，那么到底……

“离开这里，马上！”

柳士郎对着门外放声大喊。

“该说的我都已经说了，你也知道了一切接下来怎么做，就看你自己了。”

这期间，火焰仍在稳步扩散，室内弥漫起淡白色的烟。

“我——”

说到这，柳士郎停住了，剧烈地咳嗽起来。

“我要用自己的方法……”

话到这里中断了，他又剧烈地咳起来。玄儿从椅子上站起来，慢慢走到他身边。

“父亲！”

从外面传来大声呼喊，接着响起了敲门声。

“父亲！”

火焰从书到书架，从书架到墙壁再到天花板……逐渐扩大，蔓延至整个房间。在玄儿心中，这光景和今早梦见的一个梦产生了共鸣……

梦中熊熊燃烧的火焰凶残猛烈，我独自在火中乱窜，被热气与浓烟席卷着、拼命地不停呼救。

……不对。

火焰背后是一片无尽的空白，似乎如果我不小心碰到它，就连现在的自己也会被它吞噬其中似的……

这也不一样——江南孝明确认道。

这当然也是不一样。这和我心中“角岛……十角馆的大火”的形象完全不同。

自那片空白的后面，慢慢渗出了模糊的记忆。

玄儿将这记忆捞起,心里有种差点窒息的感觉。就在下一个瞬间,他将惊恐的目光投向倒在门上喘息着的柳士郎。

“爸……爸爸！”

自从坠塔之后，他就一直不太能发出声音，但现在竟然可以结结巴巴地冒出只言片语来。

“爸爸，我、我……”

柳士郎的肩膀痛苦地上下抖动着。他回头看向玄儿，浑浊的双眼猛然睁大，整个脸扭曲起来，像是被内心的矛盾撕裂一般。

“玄儿啊！”他回应道，“我不是你的父亲，我……”

这时柳士郎又剧烈地咳起来，他跪在那里，用手杖撑起自己的上身。

“来吧，玄儿。”他用不容分说的语调说道，“杀了我吧，用你那双受诅咒的手杀了我！”

玄儿不知道该怎么回答。他觉得柳士郎的样子与低沉的声音比他话中的含义更让人害怕。他轻轻摇着头，一步步向后退去。

“父亲！”

随着这一声大喊，又一次响起了敲门声。响起敲门声的并非刚才的那扇门，是房间的另一扇……

正想着的时候，门被踢开了。奋力冲进来的是玄儿——不，他应该是忠教。

看到室内的情景，忠教首先对着柳士郎喊了一声“父亲”，接着将目光停留在玄儿身上。

“啊……玄儿！”

他的声音颤抖，好像十分激动。

房间里蔓延的火焰像昨夜梦见的那样凶残地燃烧起来。它舔舐着墙壁与天花板，四处蔓延，形成扭曲而恐怖的旋涡。

——失火了！

好像有个尖叫声突然从什么地方传来。是女人的叫声，但不知道是谁。

——失火了……快逃！

啊，这——这也是从我心底里扩展开来的空白后面渗出来的——玄儿少爷！

这次响起了这个声音。

——玄儿少爷，振作点！

这是孩子——**那个男孩**的声音。我在火中四处乱窜，最终筋疲力尽。这时他跑来救我，这就是他当时的声音……

“玄儿！”

现实中的声音响起，盖住了遥远记忆中的声音。

“不要紧吧，玄儿？”

那是忠教的声音！玄儿跪在地上，被火焰包围着。回头一看，柳士郎也在原地无力地跪着。

热浪突然提高了吼声，猛然露出灼热的獠牙向玄儿与柳士郎袭来。玄儿陷入无法遏止的恐惧之中，大声喊叫起来，柳士郎亦大声喊叫起来。向两人直冲而来的忠教也大声喊叫起来。

就在这个瞬间——

不断在江南、即玄儿身上浮沉的“视点”像被弹开似的飞向虚空，消散在黑夜之中。

13

大火最终烧毁了整个南馆以及西馆的四分之三。多亏了夜半前下起的大雨，大火才最终熄灭。否则它可能会波及东馆。这期间，在北馆避难的我们什么也做不了，只有祈祷火势不要继续扩大。

翌日、即九月二十七日的正午过后——

我站在东馆一楼自玄关大厅通向中庭的露台上，眺望两栋楼在大火后的惨相。心里想起三天前、即二十四日的这个时候，我站在这里素描西馆外观时的情景，感到有些难以承受。

这次，暴风雨完全离去了。万里无云，像在嘲笑地上一切的脆弱。荒凉的广阔庭院与倾注而下的耀眼阳光形成鲜明对比，在它周围是黑色的建筑与建筑的残骸……

第一次自东馆二楼的窗户看这中庭时，它充满了浓重的荒芜色彩，让我觉得像是“遭到神弃”似的。但眼前的光景远不止如此，或许可以把它说成是因惹怒了神灵而被毁灭的废墟吧。

“和你第一次见面，好像也是在这里吧。”

站在我身旁、同我一样眺望风景的浦登征顺叹息说道。

“那是三天前吧？现在已经面目全非了……”

我已经对征顺详细地说了我所知道的一切。十八年前的凶案与这次一连串凶案的真相、昨天傍晚发生的事以及柳士郎、玄儿即忠教、江南即玄儿他们三人在那场大火中的情况，所有的一切我都毫无保留地告诉了他。

在西馆的灰烬中没有找到一具尸体。大火熄灭后一直等到天亮，我、征顺与宍户试着搜索了一遍。但被毁建筑的瓦砾堆十分庞大，还在冒着热气，光靠这点人手怎么也无法将其挖开。因此，三个人目前依然“生死不明”。

美鸟与美惟在我的引导下逃到北馆而幸免于难。市朗与慎太好像在南馆的大火中受了伤。据说是市朗前去营救没来得及逃出来的慎太，虽然在千钧一发之际从火中逃出，但脸部受了重伤，慎太也有多处烧伤。野口医生采取了应急措施，所幸两个人都没有生命危险。不过市朗左眼球的伤势很重，据说即便马上送医院接受治疗，也免不了失明。

“之后，警察那边有联系吗？”

我问道。

“今天早上终于来电话了，是我接的。”

征顺仍然看着中庭对面的废墟。

“正如市朗所说，道路由于塌方而无法通行。警察说还需要一段时间才能到。”

“火灾的事情说了吗？”

“说了。我说因为有人受伤，所以希望道路能早点儿恢复通行。还说火基本上已经灭了，所以不需要派大规模的救援队来。”

“你是觉得把事情闹得太大不好，对吗？”

“是的。”

“是因为这个家里还有不得不保守的‘秘密’吗？”

征顺用食指向上推了推无框眼镜，说道：

“如果姐夫和玄儿君已经死在瓦砾中——”

他将目光投向我。

“在法律上，姐夫拥有的浦登家财产应该由妻子美惟与女儿美鸟继承，对吗？但是美惟有那种心理疾病，康复的希望很小。而美鸟的精神状态又有问题，而且按足岁算她只有十五岁，尚未成年。所以我必须做好当她监护人的心理准备。”

是吗？也就是说，作为下一代暗黑馆馆主的任务，必须像以前一样，要不择手段地将这个家的秘密保守下去。

“中也君，今后还需要你的合作！还有野口医生、用人们以及市朗……”

“还必须仔细叮嘱茅子太太与伊佐夫。”

“那是当然。”

“但是，即便大家统一口径，还是有问题瞒不住啊！关于蛭山先生、望和太太以及美鱼的死，就算野口医生伪造了无关痛痒的诊断与报告，但关于在外面森林中发现的首藤的死因，我们无论如何都掩盖不了，不是吗？”

“这我知道。”

征顺表情严肃地皱了皱眉。

“关于这一点，只能这样处理——杀害首藤的是他从精神病院带出来的患者江南忠教。而且，凶手江南也葬身于昨夜的火灾中。实际上，事实也是如此。”

“嗯，的确。”

“不知道算不算幸运，在警察来之前，我们还有充足的时间。这期间要做的事情有很多。比如必须把大家召集起来开个‘对策会议’，还要把院子里的白骨埋回去——你也会帮忙的吧，中也君？”

“是的。”

我没心思按照一个合格市民的常识与规范，对征顺的意见与请求表示否定。可能是因为我胸中充满了难以言表的无力感、虚脱感与丧失感吧。不、更重要的是，我与他们之间有种“共犯意识”，而这种意识已经在我的心中萌芽并深深扎下了根……

“说起来……”

我在裤兜摸索着，从中拉出一条沾染煤污的表链。不用说，垂在表链尽头的就是那块怀表——“达莉亚之表”。

“这个给你吧。”

我把表递给征顺。

“这是我帮美惟与美鸟逃出西馆时，在走廊里捡到的。可能是玄儿打算阻止凶手走向美鸟时，在拉扯中掉下来的吧。”

"'达莉亚之表'吗?"

征顺接过表,将表盘向上、托在掌心之中,眼神中混杂着感慨与困惑。

"我想这个应该由浦登家的人保管。"

征顺对于我的话没作任何回应,握着表,将它放入上衣口袋中。

之后的一段时间,我们只是默默地看着眼前凄惨的景象。自万里无云的天空照射下来的阳光非常刺眼,甚至让人觉得残酷。这让我想起了玄儿曾经说过的话——阳光是个居心叵测的家伙。缓缓吹来的凉爽秋风,自还在冒着轻烟的灰烬中带来了恶臭,与之形成鲜明的对比。

"对了,征顺先生。"

我脱下头上的礼帽,用手轻轻梳理着脏兮兮的头发。

"有几件事我一直很想知道,我现在可以问你吗?"

征顺略显惊讶地扭头看我,但马上又将视线返回中庭。

"什么事?"

"首先是关于电视节目中播放的影像,那好像是前天下午的事。濑户内海有个叫时岛的小岛,上面有座西洋馆。"

"那个啊。"

"据说那是负责北馆重建的那个建筑家很早以前设计的。当时有个富豪想在时岛上建一个'世外桃源',于是委托他设计了那栋建筑——征顺先生,**为什么你会知道那座木结构西洋馆的木质骨架的颜色呢?**"

这是那时立刻从我脑子里冒出来的疑问。

镀铜屋顶上的所有木架都被涂成铜绿色……**只看了电视里放的黑白影像**,征顺就很自然地这么说,所以我只能认为他事先就知道这座西洋馆木质骨架的独特颜色。

“我不知道你是实际去现场看过，还是从什么资料里得知的，但不管怎样，我想事情都没那么简单。还有三天前你看了我的素描本后说的那番话，我现在觉得也不像是外行人说的。因为如果对建筑没有相当的兴趣与知识，恐怕是说不出来的。”

“真是明察秋毫啊！”

征顺斜眼看着我，嘴角露出安详的微笑。

“还有就是关于图书室里宫垣叶太郎的签名本。”

“啊，你看到那个了？”

“前天傍晚时我在桌上看到的，是《冥想诗人的家》的初版本。毕竟那是自己喜欢的作家，所以不能不看。”

“那么，你看到那个签名了？”

“是的。”

“你应该明白了吧？”

“也许。”

我严肃地点点头，征顺再次将目光投向中庭。

“那本书的作者宫垣叶太郎曾来过这里一次。他就是在那个时候签的名。那是在什么时候？你还记得签名的日期吗？”

“好像是昭和二十五年十月某日。”

“已经是八年前的事儿了啊！”

征顺轻轻叹了口气，静静地将两手插入上衣口袋。

“事实上，以前我以东京为活动中心的时候，和他——叶太郎的父亲有过来往。我曾被邀请到他家里去过几次，在那里见到了还只有十岁左右的叶太郎。战后不久，他年纪轻轻就付梓出书了。当我知道那是侦探小说时，大吃一惊，当然也十分高兴。他八年前来这里拜访我，据说是因为从他父亲那里听到了关于这座宅子的传说，引起了很大兴趣。”

“是吗？”

“说起八年前，阿清已经出生了。我的姓氏早已变成了浦登，但在旧相识叶太郎君看来，可能对‘浦登征顺’这个名字还是有些抵触感吧。所以**他在写受赠人姓名时，还是写了他所熟悉的我的旧姓。**”

“是吗？”

我凝视着征顺的侧面。

“那个曾经设计了时岛上的西洋馆、那个负责重建十八年前烧毁的北馆的建筑家——**那位姓中村的建筑师就是您吧，征顺先生**？

“前天，我在图书室看到了宫垣叶太郎的处女作《冥想诗人的家》。当我看到作家署名旁的落款时，我不由得非常惊讶。‘惠存’旁边并排写着受赠人的名字，**但姓氏不是‘浦登’而是‘中村’**。也就是说那里写着‘致中村征顺先生’。”

征顺的唇角依然含着安详的微笑。

“是的。”

他点点头说。

“但是为什么？”我问道，“为什么最初在这里谈到中村这个建筑家时，你就像在叙述旁人之事似的说‘他已经死了’呢？”

“我的本意不是要说谎。”

征顺的微笑扩散到脸颊上。

“十七年前，我接受了浦登柳士郎重建北馆的委托，第一次来到这里。在这里我遇到了望和并坠入爱河之中。我爱着她，希望和她在一起。但是，要实现这个愿望我必须接受苛刻的条件……这个我对你说过吧。”

“是的。”

“我必须接受浦登的姓，还要抛弃过去生活的世界与经历住到这里来。换句话说，**建筑家中村征顺将从这个世界上消失**。我左思右想，最终选择了这条路。因此我才说‘他已经死了’。”

“你好像也说过‘他选择了完全不同的生活方式’吧？野口医生也说过‘他是个有点与众不同的建筑家’。那是什么意思？”

“你不觉得事实确实如此吗？”

征顺反问道。

“当时，我作为非常有名的建筑家被寄予厚望，对工作的欲望和热情也没有丝毫衰退，却突然决定放弃一切，隐居到山里这座怪异的暗黑馆中。最初是因为我遇到望和并爱上了她，但同时，我也被这座号称暗黑馆的奇异建筑所吸引。我相信了能带来‘不死’的‘达莉亚之肉’，发誓与光明相比，更加热爱黑暗……也就是说我**被迷住**了——怎么样，这是足够奇特的生活方式吧？”

但是现在，他爱的望和已不在了。与望和生下的阿清也得了宿命式的怪病，不知道还能活多久。达莉亚曾经居住的西馆被大火烧得无影无踪……啊，那么贮藏在“达莉亚房间”下面的“肉”怎么样了？难道昨夜的大火也没能烧到那看起来十分坚固的铁门之下吗？难道它还完好无损地保留在那里吗……

我找不到该说的话，重新把帽子戴好。

“那么，中也君！”征顺看着我，认真地说道，“我也有件事要拜托你。”

“——什么事儿？”

“烧毁的西馆与南馆不能就此放弃不管。我想如果情况允许，应该尽早重建。”

“啊？”

“你不是建筑系的学生吗？难道你没想过将来要从事与建筑有关的工作吗？”

“我是有个想法。”

“那么——”

征顺突然停下来，注视着我。

“现在，我想请你帮忙对烧毁的建筑进行修补与重建。”

“我吗？”

对于这个意外的“请求”，我完全惊呆了。

“可是，我还是个学生。”

“当然，还是以我为中心进行工作。我是希望你能从旁辅助，充分表达你的意见。对你来说，这也一定会成为有益的经验。”

“可是……”

“这样一来，阿清也可以经常见到你了，美鸟也是如此。如果你能来，或许有一天她失去美鱼后死掉的心会重新复活。”

昨夜逃出西馆后，美鸟就一直把自己关在放有美鱼遗体的房间里。双眼空洞无神地盯着空中，无论谁说什么都毫无反应。

“可是，征顺先生。我已经……”

“不用担心。我不会胡乱要求你一直陪在美鸟身旁的。也没打算将你的人生与这处宅邸维系一处——听说你在老家订婚了？”

“是的。”

“那位小姐的名字是什么？”

“和枝。花房和枝。”

“哦？”

征顺温和地笑着，而后再度看向紧绷嘴角的我。

“你愿意接受我的委托吗？中也……不对。”

于是，征顺轻轻摇摇头。

“还是不要再用诗人的名字称呼你了吧。如今，玄儿已经不在了啊。”

玄儿他，已经不在了——是的，玄儿不在了。他没有生还。昨夜那场大火吞噬了他，之后再也没有现身的他已经无法生还了。他再也不会出现在我的面前了——只要在他身上无法依照“达莉亚的祝福”实现完全的“复活的奇迹”。

“怎么样？愿意帮我这个忙吗？”

新一代暗黑馆馆主对低着头、轻轻咬着唇的我说道。

“**你的真名**……这也肯定是种缘分吧。对吧，中村——中村青司君。”

第六部

第二十八章　封印的十字架

“视点”离开三十三年前的一切，螺旋式地飞向虚空。时而变大、时而变小，时而激烈、时而舒缓，在不规则且扭曲的旋转中，它超越法则、跨越时间，回到三十三年后——一九九一年的“现在”。

……被深山老林包围着的小小湖泊（……是影见湖）。秋日午后的阳光下，平静的水面上微澜不惊（……红色的水面）。小岛浮在像是类人动物脚印（被称为“巨猿脚印”……）的“脚后跟”附近。岛的一角耸立着十角形的塔（从这个塔上我……）。西洋馆黑黢黢地盘踞在塔的不远处（**这是**……）。那是由大小及风格迥异的四栋建筑组成的西洋馆，是形状特异的黑色西洋馆（对了，这是暗黑馆**现在**的样子），是因妄想抗拒“死亡”而产生的西洋馆。这是……

飘落的“视点”瞬间滑入西洋馆的内部。

似曾相识的玄关大厅。

似曾相识的昏暗走廊。

似曾相识的宽敞客厅——当它捕捉到自己睡在里面的身影时，

“视点”瞬间消散在这座馆所孕育的黑暗之中。

1

当我微微张开眼睛时，最初映入眼帘的是张非常熟悉的面孔。

“啊，小南，你醒过来了？唉，我都没来得及着急，这可是体现朋友价值的好时机啊！”

虽然嘴上在开玩笑，但我想他心里未必真如他所说，因为他这个人什么时候都是这样……这个人？哈？为什么他会在这里？

“鹿谷？”

江南孝明接连眨了几下眼睛，重新看向对方。微微发黑的瘦削脸颊，尖尖的下巴，大鹰钩鼻，凹陷的眼睛稍稍下垂，那样子就像“皮肤黝黑的梅菲斯特”，一看就知道非常乖张……是的，他的确是鹿谷门实。

“这里是……”

江南吸了口气，低声说道。

鹿谷双手撑在榻榻米上看着我，在他身后露出红色的拉门，上面是黑色的天花板。江南脸向上平躺着，只要一动就会感到浑身酸痛。

“啊，这里是……”

“当然是暗黑馆呀。”鹿谷门实说道，“难道你不记得自己身上发生过什么了吗？”

“不是的。”

江南枕着枕头，轻轻摇摇头。

“不过……”

为什么鹿谷会在暗黑馆呢？虽然觉得很不可思议，但在问这之前，江南还有事情必须先说。

“鹿谷君！”

“什么事？”

“我——我都看到了。”

“看见了什么？”

“过去……三十三年前，发生于这座暗黑的凶案的始末，我都看到了。”

“等一下啦，小南。”

“我终于明白对于中村青司来说，这里意味着什么了。鹿谷啊，这里呢、**这座暗黑馆对于青司来说就是他的‘起始之馆’啊。**”

“小南，你说什么呢？”

鹿谷茫然地瞪大眼睛，然后一脸迷惑地将卷曲的头发向上拢了拢。但江南毫不理会，自顾自地继续说下去。

“三十三年前——一九五八年的九月二十三日，他——青司初次来到这里……是的，自那以后一切就开始了。他遇到那座十角形的塔，知道了意大利的建筑家朱利安·尼克罗蒂的名字……这里还有藤沼一成的画，以及宫垣叶太郎的签名本。对了，这里也有古峨精钟特制的西洋钟，当时古峨精钟的社长肯定是那个古峨伦典。还有后来成为‘黑猫馆’主题的‘爱丽丝’，青司也是在这里看到的。可能这里——这座暗黑馆里还有很多后来成为他设计出发点的东西……”

“小南，你还好吧？”

鹿谷十分担心地歪着头，竖起食指轻轻戳着自己的太阳穴。

“我听说你的头部没有被撞到，所以暂时放心了，不过……”

“我没事，我脑子很正常！”

江南回答，表情非常认真。

“不过，我的世界观可能已经因此改变了。”

“哎呀哎呀，你又开始夸张了！”

“因为，鹿谷呀，我真是一路见证过来的嘛。三十三年前，这里有三个人……不，如果包括中途在森林里被杀的首藤利吉，就有四个人遇害。再往前数十八年，这里也发生过凶案，还有个不可思议的‘活人消失’之谜，不过被青司完美地解开了，这时凶手柳士郎……”

“好啦，我知道了、知道了。小南，总之你在昏迷期间，做了那样一个梦，对吧？”

“梦？”

江南忍不住提高了声音。

“怎么可能！”

他否定道。

“不是的，那不是梦，是现实呀！我潜入三十三年前的中也……不，是中村青司的身体，和他共有视点与想法，而且将他在这暗黑馆的经历全部经历过……”

“所以说，那是梦呀。”

会有那样的梦吗？江南想道。

一连串的事情如此复杂地组合在一起，虽然和日常生活中的现实相差悬殊，却非常合情合理，即便在清醒后的现在，我都能清楚地想起数量庞大的细节。要是叫我讲的话，我可以丝毫不差地讲出来——

这怎么可能仅仅是个梦呢？

“不对！”

江南将语气加强到最大限度。

如果说那是梦，那我不得不说现在这里的现实也像是梦。如果说那是梦，那我不得不说这个世上根本就不存在现实。如果说那是梦……

“不对，我敢肯定那不是梦！”

江南反复否定着，可鹿谷的眼神像是在看怪物似的。

“可是，小南呀。”

“不！”

这时，另一个人插话了。

“这似乎不能简单地用梦这个词来解释。我也觉得这至少不是我们平时说的那种梦。”

虽然有点沙哑，但这还算是响亮的男高音。他说话的样子十分稳重，像是在一个字一个字地认真斟酌。

鹿谷不解地“啊”了一声，显得有些迷惑。

“为什么您会那么认为呢？”

“因为在这座宅子里即便真有这种事也不足为奇。自很早以前开始，这里发生的很多事情都不能用常识圆满解答。”

“啊……”

江南慢慢抬起上身。

身上的关节隐隐作痛，但还不至于动不了。可能是因为长时间躺着不动吧，身上各处肌肉均使不上力气。这比疼痛更令他在意。

鹿谷背后露出的红色拉门开着，门后——相连的房间中央放着黑色的矮桌，声音的主人坐在桌前看着这边。那个人是……

“就我刚才听到的来讲，这个年轻人、江南先生说的好像**确实在现实中发生过**。三十三年前的这个时候，在这座宅子里的确发生过那些凶案。其他的也都是事实。无论是藤沼画师的画，还是宫垣叶太郎的书，或者古峨精钟制作的钟。按常识来看，与这个家毫无关系的江南先生是绝不可能知道这些事的……”

声音的主人是个老年男子。

看起来他已有八旬高龄。身上穿着深褐色的优质皮衣。在他这个年龄来说，背算是挺得很直了。漂亮的白发整个向后梳着，蓄着同头发一样雪白的胡子，带着一副豪华的无框眼镜，比起“老人”这个词，也许“老绅士”更加贴切些。

“这是江南先生的东西吧？”

老绅士自桌上拿起一样东西给我看。

“家里人发现它掉在十角塔的露台上，这是你坠塔时掉的吧。表盘的玻璃没事，不过指针停在了六点半。”

江南自被子里出来，慢慢爬到矮桌旁。

“的确如此。”

他确认了一下，老实地点点头。

“这个——这块怀表确实是我的。但是，它原本是浦登家传下的‘达莉亚之表’。”

“好像是的。”

老绅士仔细端详着手里的怀表。

“虽然它比以前脏多了，但这个外形很像，颜色也像……后面也刻着缩略首字母‘T.E.’。没错，这是浦登家传下的‘达莉亚之表’——但是，它为什么会在你的手上呢？”

“这是我外公的遗物。听说外公是在舅爷的店里找到的，因为碰巧刻着与他名字相同的开头字母，所以就要下来了。”

“你舅爷……”

“我舅爷叫远藤敬辅，几年前在熊本市内经营古玩店。”

“熊本的古董商……”

老绅士慢慢眨眨眼睛。

“约莫二十年前，我记得曾把旧家当收集起来进行处理。那时来这里的古董商中，可能就有你舅爷。当时我犹豫了很久，最后还是决定把这块表卖了。”

“后来辗转就传到了我手里。啊，所以……”

太多的一致——不能单单用“偶然”来形容的一致，散落在“过去”与“现在”之间，当然这也无法用正常的道理彻底解释清楚……不，可是……

“这座宅邸之中是不是曾经有过一幅名为《时之网》的奇特的画呀。”

江南问道。老绅士稍稍皱了一下白眉，说道：

“《时之网》嘛……啊，是的。”

“三十三年前烧毁的西馆中，有间屋子里有一面大镜子，叫作‘达莉亚之镜’。《时之网》就是藤沼一成画在镜子上的幻想画。上面画着‘达莉亚之表’，指针指向六点半，表链就像蜘蛛网一样展开……

“我没有亲眼见过，不过那场大火之后我从他——青司君的口中听说过那幅画。”

“青司……这样啊。”

眼前的世界突然扭曲了。江南瞬间感到剧烈的眩晕——他闭上眼睛，深深地呼吸了一下。

“难道都是因为那块‘达莉亚之表’……拥有那块表的我在得知暗黑馆曾经与中村青司有关之后就产生了兴趣，难道一切都是因为这个吗？”

江南半自言自语地说着。

“所以，我就像被藤沼一成所预见的《时之网》捕获了一样……

选择三十三年后的同一天来到这里，一登上岛就糊里糊涂地爬上那座塔，然后……”

并非三十三年前发生的“过去”偶然与我的“现在”一致——江南试着改变自己看问题的角度。

想来这是理所当然的。因为“过去”是先行存在的。“过去”一连串的“现实”首先作为原型存在，我的“现在”就好比是对它的模仿。难道不应该这么看吗？

或者也可以这样考虑。

首先，最初的一大偶然是，拥有“江南”这个姓氏的我与中村青司建造的青公馆与十角馆事件产生了联系。之后，作为祖父的遗物我得到了“达莉亚之表”，这又是一个偶然。然后，又偶然与钟表馆、黑猫馆事件产生联系。并且，母亲于今夏去世的经历也是一个偶然……啊，是的！那时肯定已经发动了**什么**。所以，她才在那张病床上那样……

“原来如此。”

老绅士看着手里的“达莉亚之表”，点了点头。

“你的话很有意思。如果是普通人，可能会付之一笑吧！但即便事实果真如此，我也不会感到吃惊，因为**这种情况**的确存在。”

“这种情况……”

“我第一次来拜访这座馆时，也有许多奇怪的机缘巧合，现在回想起来简直难以置信。那些仅仅是偶然，还是有某种无形的东西在起作用，我目前仍不清楚，也不想勉强去了解。江南先生，这种情况确实是存在的。”

江南双手撑着矮桌，再次将目光投向老绅士。

“您是……”

江南低声说道。虽然经过三十三年，但他的脸**似曾相识**，就连声音与说话的样子也**有印象**。

“您的名字是……”

“你已经猜到了吧。”老绅士一本正经地说，“我是浦登征顺。”

2

一九九一年九月二十七日，星期五的下午一点半。这是江南孝明醒来的日期与时间。二十三日的日落后不久，他从十角塔的露台上坠落。之后，他昏睡了将近四天。

“如果直接掉下来，那无论如何是没救了。好在你中途挂在院子里的树上了，没有摔到地上，只受了轻微的摔伤与擦伤……”

“就如同三十三年前自这座塔上坠落的青年那样，对吗？”

在浦登征顺说明情况时，江南怀着奇怪的心情确认道。

暗黑馆老馆主的嘴角微微浮现出一丝笑容。

“是的。不过，可以说你更幸运。你似乎没有因为冲击而引起记忆障碍，而且也能好好说话。现在你感觉怎么样？”

“浑身多少有点疼……不过，好像不要紧——给您添麻烦了。”

征顺让江南喝口水。江南自桌上的水壶中倒出水来，润了一下干渴的喉咙，再次看了看周围的样子。这里是……

似曾相识。江南记得这里是那间客厅。

四间日式房间连在一起，十分宽敞。北端的一间铺着被子，自己与三十三年前的那个年轻人一样，躺在同一个地方。

枕边叠放着来时穿的衣服。土黄色的夹克，淡蓝色的长袖衬衣，褪色的黑色仔裤——江南身上换了睡衣，是黑色的。

虽然是白天，却没有光透过面向走廊的拉门照进来。难道现在依然关着防雨套窗吗？隔开房间的拉门上的红纸肯定不止换过一次，色泽比三十三年前要鲜亮明艳许多。

“那时——在我因地震而坠塔之前，我看到一个人影。”

江南对征顺说道。

“想必是这间客厅所在的东馆吧。二楼的一间屋子里亮着灯，窗边好像有个男人的身影，穿着茶色衣服，那个人是……”

“是我！”

征顺回答。

“我碰巧充当了三十三年前青司君的角色。”

鹿谷门实一直默默听着两人的交谈，可能是判断目前没有自己插嘴的余地吧。他盘腿坐在榻榻米上，一只手肘放在膝盖上托着腮。他浑身上下是清一色的黑色装束，像是为了拜访暗黑馆而定做的一般。

“我立刻叫家里人去塔下查看，结果发现了你。并且和三十三年前的那个青年一样，把你抬到这间客厅里。”

“哦……”

“尽管没有大伤，好像也没撞倒头部，但你就是昏迷不醒，我们也束手无策。”

“结果就在这里一直睡到了今天？”

“是的。”

“没有和医院以及警察联系吗？”

“是的，因为我们判断你没有生命危险。”

“也就是说在这方面，现在和过去没什么改变，对吗？”

征顺没有回答江南的提问。

“这个家里有位优秀的医生。”

征顺说道。

“医学上的判断都是交给他的。根据他的指示，我们用点滴给你补充水分与营养。”

“医生……是野口医生吗？”

“野口？啊，是村野先生吧。很遗憾，他已经去世了。十多年前病死的。”

“那么……”

那位“优秀的医生”是谁呢？是野口医生死后浦登家的主治医生吗？但是，一般不会把他叫作“家里人”吧。那么，究竟是……虽然我很想知道，但暗黑馆馆主并不打算做更多说明。

“总之——”他接着说道，“你能平安醒过来，我也放心了。那边的作家先生——鹿谷先生正好在这个时候到了，这也是机缘巧合吧。”

“是……机缘巧合吗？”

江南瞟了一眼依然沉默的“作家先生”。

“我想我夹克的口袋里应该装着钱包。”

“是的。”

征顺的嘴边又浮现出微笑。

“这和三十三年前不同。”

“钱包里应该装着工作证、驾驶证，还有信用卡之类的。”

“我检查过，知道你是在东京的出版社工作。后来，又找到了冲入森林的租赁汽车，是你开来的吧？”

“啊，是的！”

绷带代替了我当时用的手帕，整齐地包在事故中受伤的左手上。

“您是根据我的工作证同我公司联系的吗？所以鹿谷才会来这

里，对吗？”

“不是的。”

征顺摇摇头。

“对不起，和警察以及医院一样，我们没有主动和任何人联系过。因为我们不希望有太多不相干的人来，我们要尽量避免这种事情发生。

“因为医生诊断说没有生命危险，应该不久就会醒，所以我们决定先等你醒来再说。是的，就像刚才你说的，在这方面，现在和过去没什么改变。”

“因为这个家里有许多必须保守的‘秘密’，对吗？”

“是的。而且——”

说到这儿，浦登家的老主人有点犹豫。他用手指往上推了推无框眼镜的鼻架。

“因为这次的情况同三十三年前太像了，无论是日期上还是时间上，还有那天两次发生的地震……而且，我查看了你的钱包，得知坠塔后昏迷不醒的你偏偏也姓‘江南’。当时我简直不敢相信自己的眼睛，同时我有种不祥的预感。你应该知道这是为什么吧？”

“是的。”

“因此把你安顿在这间客厅后，对不起，我采取了一些措施。”

“什么意思？”

“除了出入用的一扇门，其他所有门窗都钉上钉子、使其无法打开。这是为了让你不能随便出去。我还立刻在出入用的门上装了锁……在此基础上，我尽量安排人在这里看着你——”

征顺环顾了一下微暗的客厅，再次用手指向上推了一下眼镜，然后注视着江南。

“幸好，这似乎是我杞人忧天了。”

3

“不过——”

江南回头看了一眼依然一声不吭的“作家先生”，问出了自己一直很想知道的问题。

“鹿谷，你为什么会在这里？不是说这边没有和任何人联系过吗？为什么你会来到这里呢？”

“我听到了录音电话上的留言。”

鹿谷门实轻轻地耸了一下肩。

“二十二日夜里，你不是给我留过言吗？说什么‘在熊本的山中有幢名为暗黑馆的“青司之馆”。明天，我想先一个人过去看看’……”

“啊，是的。”

“我好像也对你说过，当时我正好有事回了大分县的老家。第二天，也就是二十三日下午我在外地查了一下电话录音，听到了你的留言……我总有一种不祥的预感，一想到现在你正独自去那座‘青司之馆’就坐立不安。”

鹿谷嘟着嘴、瞪着江南，似乎有点生气。一种罪恶感油然而生，江南“啊”了一声垂下头。

“总之，我先查到你老家的联系电话，因为我听说你回老家给母亲守七去了。我打电话过去，可总是不通。到二十四日傍晚，你父亲才终于接了电话。我一问他就告诉我说，在法事后的餐桌上，你的舅爷——可能就是你们刚才提到的原古董商远藤敬辅吧，他热心地对你说了那座奇怪的宅子——暗黑馆的情况。因此，我要了远藤先生的电话号码打过去，但是也没人接。我等得不耐烦了，就决定先去熊本市看看……最终，在二十六日、即昨天早晨我与远藤先生取得了联系。”

一口气说到这里，鹿谷说了声“失礼”，将身体挪到矮桌旁，伸手去拿桌上的水壶。他在江南用过的玻璃杯里倒上水，一口气把它喝完，看来他也很渴了。然后，他的手伸进上衣口袋，取出一个像图章盒的黑色物体，但是里面装不了图章，只能放上一支烟。这是鹿谷爱用的香烟盒，他是用它来控制吸烟的。

“今日一支烟。”

他嘴里念念有词地说着，将烟叼到口中，用盒子里内置的打火机点上火。

“我对远藤先生说明了情况，问出了他记忆中暗黑馆的大概位置以及主人‘浦登’这个姓氏。然后，我就和你四天前一样，在熊本市内租了一辆车，于昨天傍晚时分出发。到了晚上我总算来到I村，但这时出现了大雾。我觉得最好不走夜路，就在车里过了一晚。天亮后，雾也散了，我又开始前进。可是到了百目木岭附近，又遇到了大雾……经过千辛万苦，终于来到湖边，这是两个小时前的事情。”

“对不起，为我害得你那么辛苦……”

“嗯，喔。”

鹿谷有点害羞地挠着鼻头。

“当然，担心你的安全是原因之一。但是，我自己也遏制不住想要亲眼看看这座‘青司之馆’的想法。”

“恐怕是吧！”

“对了，今天早晨，我去村里的杂货店询问暗黑馆的位置与行走路线时，那个店主人还记得你呢！他说几天前有个开车的年轻人问过同样的问题。还说你也是去‘山里浦登家的暗黑馆’吗？要是那样，那得非常小心才行，那儿很早以前就多次发生过可怕的事……我被他狠狠地吓了一顿。”

“是的，我是去那家店里问路的，鹿谷你也是吗？……对了！”

这时，江南终于想到了I村的“波贺商店”——**那店主人的脸上有块很大的旧伤疤。**

“是了。”

他不禁自言自语道。

那店主人看起来五十岁左右，假设他还要年轻一些，是四十六岁，那么三十三年前就是十三岁了。他脸上的旧伤疤好像是自额头直至左眼睑与脸颊一带，左眼看上去失明了。

“浦登先生。”江南向老馆主问道，“莫非那家杂货店——波贺商店的店主就是三十三年前那个叫市朗的中学生？他在南馆的火灾中左眼受了重伤。”

“市朗……哈哈，听到了一个熟悉的名字啊！这个我还记得——是的，听说他是波贺商店的继承人，左眼在那场大火后失明了。”

“果然……”

现在江南明白了，为什么在他说出中村青司的名字时店主人会表现出那种微妙的反应。想必他也听说过三十三年前被大家称为“中也”的大学生的本名，而这个名字肯定还残留在他记忆的角落里。

江南突然心跳加速。他用手按住胸口，看着远道而来的作家。

“鹿谷，你是怎么上岛的？”

“湖边不是有栋石造的小型建筑吗？那栋建筑的内线电话连着岛上的主屋——”

鹿谷斜眼看着征顺回答道。

“出来应答的好像是用人，最初他冷淡地回绝了我。但我说出你的名字后，他马上替我通报了浦登先生。然后就有人过来接我了。”

“四天前，我也先按了那部内线电话的按钮，当时没有任何反应……”

“啊，是吗？”

征顺回应道。

“呼叫音并不能传到馆内的每个角落，所以可能碰巧谁都没注意到吧。或者……对了，或者是因为设备陈旧。所以状态不稳定。”

“好了好了，总之一切没事就好了。是吧，小南？”

鹿谷的语调一下子变得非常明快。

“关于你昏迷期间所经历的三十三年前的事，我还是很难相信。嗯……这个改天再慢慢听你说——”

“那可说来话长了。”

“那我就做好心理准备吧。”

作家一本正经地点点头，露齿一笑。这时，香烟的过滤嘴已经开始烤焦，他依依不舍地将“今日一支烟”摁灭在桌上的烟灰缸里。

4

“我还有几个问题想问——可以吗？”

江南谨慎地问道。暗黑馆馆主的脸上又浮现出微笑，但中间好像混杂着一丝痛苦，或者说是焦虑的神情。

“能够回答的，我会回答的。”

也就是说还有很多不能回答吗？

这是当然的——江南心里想道。无论三十三年前与现在有着多么惊人的一致，无论他如何相信我说的**一切都不是梦**，但对于征顺来说，进而对于以他为代表的浦登家族来说，自己与鹿谷依然是突然造访的“不速之客”。

“实在过意不去。”

江南温顺地低下头，但还是马上提出了问题。

“首先是关于藤沼一成的画。除了‘达莉亚之镜’上的画，这座馆中还有藤沼的油画，对吗？东馆的客厅中有《绯红庆典》，北馆的沙龙室里有题为《征兆》作品。”

“题名是什么我已记不太清了……但是，以前确实有藤沼的画作。”

“现在还保留着吗？”

“不，这里已经没了。”

浦登征顺静静地眯起镜片后的老花眼。

“藤沼死后，他的儿子再三恳求我们把画让给他。那可能是十五年前左右……”

江南知道那是藤沼纪一。他戴着白色的橡胶面具，隐居在冈山的水车馆中。就是说水车馆的“藤沼作品集”中也包括曾经在暗黑馆里的那两幅吗？

实地拜访过水车馆的鹿谷轻轻地“啊”了一声。关于藤沼一成和纪一的知识，江南原本都是听他说的。

“听说你和作家宫垣叶太郎也是朋友？”

江南接着问道。鹿谷又“啊”了一声。征顺这次睁大了双眼。

“虽说是朋友，但也不过是很久以前见过几次罢了——他好像是三年前去世的吧，听说是因为疾病折磨而自杀的……真是可惜啊！”

“那么，你和中村青司先生呢？”

江南紧接着问道。

“三十三年前，在重建烧毁的西馆与南馆时，你不是请当时还是学生的青司先生帮过忙吗？之后，你们还继续交往吗？”

“和青司君……不，曾经有过亲密的交往，但后来突然中断了。”

征顺再次眯起镜片后的眼睛，他的眼中突然出现了浓重的忧郁之色。

“听说几年前，他也过世了。”

“是的，六年前的这个季节，在大分县的角岛。因为被称为青公馆的青司宅邸发生了火灾。”

“因为火灾……啊，好像是这么说的——具体的情况我不太清楚，但是江南先生……”

暗黑馆的老馆主注视着江南。他忧郁的眼神瞬间变得黯淡。

“我不相信。”

“不信？不信什么？”

“青司的死。”

江南无言以对，老馆主静静地继续说了下去。

“你也知道吧。青司君和我一样，是受到‘达莉亚祝福’的人。”

“是的……”

达莉亚的……祝福。

三十三年前的九月二十四日晚，在“达莉亚之夜”的“宴会”上，青司吃了用来招待他的“达莉亚之肉”……

但怎么可能——江南使劲摇头。

不可能有这种事，当然不可能！

在六年前的角岛上，中村青司确实死了。大火将青公馆烧得一干二净，他与妻子和枝的遗体一起葬身其中。半年后的春天，我与鹿谷在青司的弟弟——中村红次郎家中查明了事情的真相。不会错的，肯定不会错……

“还有一个问题，您能告诉我吗？“

江南再次使劲摇了摇头，怀着逃避的心态进入下一个问题。

说实话，想问的问题堆积如山。比如说三十三年前的那场大火后，“生死不明”的三个人的遗体是怎么发现的？一连串的凶案最终是如何处理的？现在这座馆里住着几个人、是什么人？患早衰症的阿清还是没过几年就死了吗？美惟怎样了？失去另一半的美鸟现在又如何？伊佐夫呢？茅子呢？当时的用人——鹤子、忍与宍户呢？还有慎太呢？“达莉亚之肉”现在还在吗？这三十三年间，有没有人成为新的“伙伴”呢？如果有，那有多少，还是一个人都没有呢……

但我觉得这些问题就算我再怎么问也不可能从征顺口中得到答案。而且我觉得现在的我还是不要知道、不要涉足这些问题为好。

“最后一个问题……重建补修完三十三年前烧毁的部分后，**这座宅邸的整体外观**是不是有了很大变化？”

“哦？”

“也就是说，我从塔的阳台上坠落之前看到的这座馆的整体外观，与三十三年前相比、似乎有很大差异。”

浦登征顺默默地点点头，用手指抚弄着雪白的胡子。他的手非常柔软，不像是老人的手。

“让我来回答你吧。”

几秒钟后他说道。

“首先，关于西馆我们尽量忠实地恢复原貌，在建筑的南端配上三层塔屋，墙为多用刷黑漆的海鼠壁。南馆是木结构，外壁钉上护板，基本上也和以前一样。这两栋建筑中照例都精心设计了几处不太实用的机关，这一点你恐怕早就知道了吧。总之，可以说每一栋建筑在结构和设计上都没做过多的改动。”

征顺停下来眨了几下眼睛。

“只有一处——”他继续说道，“只有一处因为青司君的提议，和以前相比发生了很大变化。”

“因为青司先生的提议？”

“是的，那是……对了，江南先生，要去实地看看吗？”

“啊？”

江南忍不住惊叫了一声。

“去实地看看……可以吗？”

“话说到这里，也没法再对你隐瞒了。”

暗黑馆馆主回答道。

“而且，也正是因为他——青司君的指引，你与鹿谷先生才会到这座暗黑馆来。你与青司君的缘分不浅，这一点在你醒来之前我已从鹿谷先生那里听说了。凡是和青司君有关的建筑，你们二人都很感兴趣。至于为什么会这样，我相信我已经按照自己的方式理解了。”

说着，老馆主又拿起手边的怀表递给江南。这是“我把它还给你”的意思吗？

“只不过，江南先生，所有在这里看到的、听到的，在你回到原来的世界之后请不要告诉任何人，好吗？”

“好的！”

接过外公的遗物，江南端坐后点点头。

“那么……”

征顺慢慢站起来。

“我来带路吧。你能走路吗？”

“啊，可以。我想不要紧。”

“走吧——鹿谷先生，如果你愿意的话，也请一起来吧。”

5

白发的暗黑馆馆主矍铄地走在前面，带着江南他们去东馆的玄关大厅。

客厅前面的长廊里并排着黑色的双层格子拉窗，地上铺着黑色平瓦。穿过左右打开的黑门，我们进入宽敞的大厅。但空间的光线依然微弱，和刚才相差无几。墙壁、天花板、通往二楼的回转楼梯……一切依然被刷成没有光泽的暗黑色。

据说这是建于明治时期的老西洋馆，尽管历经了漫长的岁月，但它内部的样子感觉和江南**见证过的**三十三年前的建筑几乎没有任何变化。

当然，过分老朽的部分肯定逐个得到了修缮。而如果仔细看，还是可以发现无情岁月留下的痕迹。尽管如此，江南还是产生了妄想。异国的魔女达莉亚，她疯狂的“祝福”或许只对她最后的栖身之处——这座暗黑馆才最有效地发挥着作用。

通往中庭的门是双开门，门的右侧有座黑色的座钟。现在，它正带着与三十三年前相同的厚重感，悠然地计着时间。

门的上方是半圆形窗户，镶着深色玻璃。我突然发现它和三十三年前不同，竟然没有一丝光亮从那里透进来。这是……正想着，征顺来到窗下，将漆成黑色的两扇门同时推开。

门外应该有个露台，铺着黑色炼瓦，向中庭方向突出。可是打开门后一看，江南才发现**它已经没有了**。他不由得“啊”了一声。

那里是走廊。

昏暗的走廊没有一扇天窗，宛如隧道一般。可能就是因为这个，所以才没有光亮从半圆形的窗户中透进来。

征顺打开灯。

长廊的黑色天花板上一盏一盏地亮起了灯光。灯光很弱，好像要被黑暗吞没似的。地上铺着黑石，墙壁上贴着黑色裙板，裙板上面的部分则是暗红色的。

“这——这样的走廊……”

“以前没有，这是在重建西馆与南馆时新建的。因此，如果从十角塔看，这座馆的整体外观和以前不同。”

说到这里，馆主静静地退到门旁。

“来吧！”他催促江南道，“走吧！你大概知道尽头是什么吧？我就在这里等你们，请——”

江南老老实实地点点头，慢步走了出去，鹿谷默默地跟在后面。

走廊尽头的墙壁与左右墙面的设计完全不同，黑色粗糙的墙面看上去像是用大块石料垒成的。

江南直视着前方，慢慢地向前走。

每前进一步，各种各样的情景就不断复苏，错综复杂地在脑子里闪过。那主要是飞到三十三年前的“视点”，通过中也——不、中村青司的经历看到的许多情景，其中也有很多是通过波贺商店的市朗以及坠塔青年——真正的浦登玄儿看到的，还有“视点”飞到三十三年前的十八年前，附在调包之前的玄儿身上看到的。

……黑黢黢耸立的十角塔。最上层昏暗的塔顶牢房。格子门对面出现的女性身影……诸居妈妈。妈妈！啊，妈妈……火，摇曳在宴会厅里的红色烛火。肖像画中妖艳的美女。异国魔女……祝福，达莉亚的祝福……血红的葡萄酒与红色黏稠的汤……你吃过了吧，玄儿少爷？玄儿……愿达莉亚祝福我们。把那肉吃下去！达莉亚的，达莉亚夫人的……你是说我一定要回答吗？我一定要回答……缺失，关键性的缺失，在这座馆中。令人眼晕的巨大闪光……妈妈！缺失一定在我身上。那可不行啊，青司！无情燃烧的大火……啊，妈妈，妈妈！吃了一惊吗，中也先生？我对你……所灭亡者，可是我心。所灭亡者，可是我……妈妈！啊，妈妈！妈妈！妈妈！明白了吗，忠教？实际上啊，忠教你……躺在满是药味的病床上的那个人，看起来很痛苦的脸，那声音、那话语……深深烙在心里的场景。深深烙在心里……孝明，实际上啊……这是我的、我的记忆。你呀……不是我亲生的。我的、我自己记忆中的……大雨，不安的雷声，火山爆发的惨剧……可怜！所谓亡者，可是我……是我的心吗？都很可怜……人、村子还有树和山。大雨……还有——还有那天的、那时的……

——让我死吧！

眼神空洞。呼吸无力。口齿含糊不清。

——我受够了，杀了我吧……让我舒服一点儿。

但是我做不到，那样的事我做不到！我下不了手，从病房里逃出来……是的，之后又经过几天病痛的折磨，她终于得到了死的安宁。

……

江南似乎快看不到眼前的现实了，他赶紧用力摇摇头。这时，他已经来到黑色石壁前，不知不觉中，双眼中竟有少许泪水。自从今夏与母亲诀别之后，他还从未流过泪——走廊在此向左右岔开。

去哪里呢？江南停住脚。突然，耳边隐约有声音传来，若隐若现的……啊，这不是钢琴声吗？谁在弹钢琴？在哪里弹？现在这个旋律是……

江南从分岔口拐向右边，那是琴声传来的方向。

走廊很快沿着黑色石壁向左拐了个直角。左转不久后又出现一个分岔，一边是沿着石壁笔直向前，另一边则向右拐了个直角。江南马上发现后者可能是延伸至北馆的。前者在前方不远处沿着石壁又拐向左。

来到这里，江南觉得大致上可以把握这条走廊的结构了。

如果从这里一直沿着墙往前走，肯定会有延伸至西馆的走廊。

如果在最初的分岔口向左转，那里也会有延伸至南馆的走廊。也就是说——

这个由黑色石块垒成的墙壁原本是四方形的小型建筑的外墙，而那座小型建筑就是中庭正中央的“迷失之笼”。恐怕这条走廊就是以它为中心将东西南北四栋建筑连成一个十字形……

原来如此——江南想道。

关于中村青司六年前的死，浦登征顺刚才是那样说的，但是——

在重建烧毁的那两栋建筑时，青司却提议建这样的走廊。当时他心里是怎么想的？莫非……

我停下来，朝着北馆的方向侧耳倾听，于是我听清了传来的钢琴声。缓慢的节奏，灰暗的旋律，这是萨蒂的……不，不是的。

是舒伯特的吗？

这是弗朗茨 · 舒伯特的《第二十号 A 大调钢琴奏鸣曲》的第二乐章。三十三年前，青司来到这座暗黑馆。第四天早晨，他在北馆的音乐室前听见的就是这首曲子。现在，是谁在那间音乐室的钢琴上演奏这首曲子呢？——到底是谁在弹？莫非那是……不！不过……

“哎？”

鹿谷的声音打断了江南如同滴在纸上的红墨水般渗开的思路。

江南放眼看去，只见鹿谷已经超过停下的自己，来到走廊前方又要左转的地方。

“怎么了？”

“就在刚才，那里有个人——”

鹿谷指着拐过去的走廊深处。

“那里有个人，但是他头也不回地走了，无声无息地在里面的拐角处拐过去了……”

“那是什么样的人？”

“身材很小，漆黑的衣服像斗篷一样，头上黑色的像是兜头帽，感觉那简直就像是……”

简直像是……

简直就像是“活影子”什么的吗——他是想这么说吗？啊，难不成……

“难不成……”

江南嘀咕着用手摸了摸微微出汗的额头。

难道鬼丸老人——那个黑衣老用人现在还在这里？难道三十三年前应该已将近九十岁的他现在还活着，还在守护着这座“迷失之笼”……

江南迅速地从鹿谷身旁穿过、沿着石壁拐过去。果然不出所料，前面有条向右拐的分岔，那是延伸至西馆的路。正好在分岔口附近的左手一侧墙壁上有扇黑色的门——没错，那是“迷失之笼”的入口。

陈旧的门紧闭着。江南战战兢兢地走到门前。那是两扇黑色的铁门，上面有他**似曾相识**的浮雕——“人骨与蛇”……

江南静静地伸出双手握住门的把手。把手摸上去滑溜溜的，感觉只要一用力就能打开。

这——这里是“迷失之笼”，是浦登家死者安息的墓地，也是求生不得求死不能的肉体与灵魂永远迷失的地方。这里是……

“小南，怎么了？不打开看看吗？”

鹿谷惊讶地问道。江南什么也没回答，握着门把的手好一会儿都没动。

江南知道门后是如洞穴一般的狭小空间，里面还有一扇铁门，门上有扇镶铁格子的小窗。门里面的地上有个四方形的洞，洞里有黑色的石台阶一直通向地下。而且……

这里……

是的，这里是“迷失之笼”，是浦登家死者安息的墓地，也是求生不得求死不能的肉体与灵魂永远迷失的地方……

“小南，你怎么了？”

鹿谷惊讶地再度问道。仿佛回应鹿谷的疑问般，江南重新握住门把、下定决心推开了那扇门。刹那间——

内心深处窜起一阵强烈的寒意。

紧紧关闭的黑色门扉后面，传来彷徨于地底深处的黑暗之中的某物那异样的气息——到底是何物、何人呢？

江南闭上双眼，静静地深深叹息。

“鹿谷，我们回去吧。”江南自那道门前离开，低声嗫嚅道，“这里不是我们可以靠近的地方。”

这道十字形走廊以“迷失之笼”为中心，连接着东西南北四栋建筑。江南重新思索起参与修复、重建宅邸的中村青司这个提案的大胆改建意图来。那是——

那是青司所做的既微弱，却也是竭尽全力的抵抗吧。抵抗因抗拒“死亡”的执念而孕育出的暗黑馆那执拗不放的咒语的束缚。哪怕，那咒语只是做做样子而已。

为了封印于“迷失之笼”之中、依旧迷惑却需要救赎的肉体与灵魂，是的，**一定是以它在地上绘出一副巨大的十字架**。当然，征顺不可能没有注意到中村青司的这个意图。正因为他注意到了，故而接受了青司的这个提案。也就是说，自身亦常年受到暗黑馆的咒缚的征顺也希望或多或少可以获取一些自由吧。

但是，对于青司的这种抵抗，恐怕这里依旧……这道门后的地底下……

江南的心中再度强烈的打起寒战来。

一味愕然的鹿谷在江南的眼神催促下，慢慢往回走。此时，自北馆的方向传来的灰暗琴声已荡然无存。

补遗

关于中村青司的若干纪要——摘自鹿谷门实的笔记：

一九三九年	五月五日	出生于大分县宇佐郡（后改为宇佐市）大字别府的资本家中村家，是中村家的长男。父亲名保治。母亲名晓子。
一九四二年	七月	中村家次子红次郎出生。
一九四七年	十一月	母亲晓子死于火灾。
一九五七年	五月	与花房和枝订婚。
一九五八年	四月	进入东京T大学工学院，专攻建筑学。
	四月末至五月下旬	滞留于东京的浦登玄儿家中。
	九月	应玄儿之邀拜访暗黑馆。

	十月起	应浦登征顺的请求，帮助修补、重建暗黑馆的西馆与南馆。
一九六〇年		师从神代舜之介副教授。
一九六二年	一月	父亲保治溘逝。
	三月	大学毕业。放弃入研究生院深造，回到家乡。
一九六三年		设计青公馆与十角馆。
一九六四年	六月	与和枝结婚。移居角岛。
一九六五年	十一月	长女千织诞生。
一九七〇年		受H大学副教授天羽辰也之邀，设计黑猫馆。
一九七三年		受古峨精钟的会长古峨伦典之邀，设计钟表馆旧馆。
一九七四年		受画家藤沼一成之子藤沼纪一之邀，设计水车馆。
一九七五年		受作家宫垣叶太郎之邀，设计迷宫馆。
一九七九年		再受古峨伦典之邀，设计钟表馆新馆。
一九八五年	一月	千织过世。
	九月十七至十八日	和枝过世。
	九月二十日黎明	青公馆起火。青司过世。享年四十六岁。

图书在版编目（CIP）数据

暗黑馆事件：全 2 册 /（日）绫辻行人著；樱庭译．— 3 版．北京：新星出版社，2024.7（2025.4 重印）
ISBN 978-7-5133-5709-8

Ⅰ．I313.45

中国国家版本馆 CIP 数据核字第 2024WU6239 号

暗黑馆事件（全二册）

[日] 绫辻行人 著；樱庭 译

责任编辑 王　萌
责任印制 李珊珊
装帧设计 张　二

出 版 人 马汝军
出版发行 新星出版社
（北京市西城区车公庄大街丙 3 号楼 8001　100044）
网　　址 www.newstarpress.com
法律顾问 北京市岳成律师事务所
印　　刷 北京天恒嘉业印刷有限公司
开　　本 910mm × 1230mm　1/32
印　　张 39.125
字　　数 538 千字
版　　次 2024 年 7 月第 3 版　　2025 年 4 月第 2 次印刷
书　　号 ISBN 978-7-5133-5709-8
定　　价 109.00 元（全二册）

总机：010-88310888　　**传真**：010-65270449　　**销售中心**：010-88310811